桂堂文库

多难牵掣下的苦心雕镂

辜也平 著

人民出版社

责任编辑:詹素娟

封面设计:周涛勇

图书在版编目(CIP)数据

多维牵掣下的苦心雕镂/辜也平 著. -北京:人民出版社,2015.5

ISBN 978 - 7 - 01 - 014217 - 3

Ⅰ.①多… Ⅱ.①辜… Ⅲ.①中国文学-现代文学-文学研究

  Ⅳ.①I206.6

中国版本图书馆 CIP 数据核字(2014)第 278133 号

多维牵掣下的苦心雕镂

DUOWEI QIANCHEXIA DE KUXIN DIAOLOU

辜也平 著

人民出版社出版发行

(100706 北京市东城区隆福寺街 99 号)

北京中科印刷有限公司印刷 新华书店经销

2015 年 5 月第 1 版 2015 年 5 月北京第 1 次印刷

开本:710 毫米×1000 毫米 1/16 印张:24.75

字数:390 千字

ISBN 978 - 7 - 01 - 014217 - 3 定价:62.00 元

邮购地址 100706 北京市东城区隆福寺街 99 号

人民东方图书销售中心 电话 (010)65250042 65289539

序

　　福建师范大学是一所百年学府,肇始于 1907 年由清末帝师陈宝琛先生创立的福建优级师范学堂,开示福建高等教育的先河和师范教育的优良传统,又承传 1908 年筹设的福建华南女子文理学院和 1915 年兴办的福建协和大学两所教会大学的学科积淀,历经百年建设,发展成为东南名校。

　　我校中文系与校史一样源远流长,主要由福建优级师范学堂国文科、协和大学与华南女院等中文系科发展而来,于 2000 年改设文学院,现包括中国语言文学、秘书学和文化产业管理三系。文学院的学术源流,既呈现了陈宝琛、陈易园、严叔夏、董作宾、黄寿祺诸先贤奠定的传统国学,又涵衍着叶圣陶、郭绍虞、章靳以、胡山源、俞元桂等名家开拓的现代新学,堪称新旧交融,底蕴深厚。其中,长期为学科建设殚精竭虑而贡献卓著者,当推前后执掌中文系务三十年的经学宗师黄寿祺(号六庵)教授和现代文学史家俞元桂(号桂堂)教授。

　　随着改革开放的新时代进程,我校中国语言文学学科建设稳步发展,屡有创获。由六庵先生和桂堂先生分别领衔的中国古代文学和中国现当代文学学科,于 1979 年开始招收研究生,1981 年经国务院学位委员会批准为全国首批硕士点;1995 年中国语言文学学科由国家教委确认为国家文科基础学科人才培养和科学研究基地;1998 年一举获得中国古代文学和中国现当代文学两个博士点,2000 年又获汉语言文字学博士点,2001 年设立中国语言文学博士后科研流动站,2003 年获取中国语言文学一级学科博士授予权,2007 年中国现当代文学被评为国家重点学科。此外,还有戏剧与影视学一级学科博士授予权和博士后科研流动站,国家级特色专业、人才培养模式创新实验区、教学团队各 1 个和精品课程 4 门,综合实力居全国同类院系的先进行列。

先师桂堂先生,1942 年毕业于协和大学,系国学名师陈易园、严叔夏先生之高足;1943 年考入中山大学研究院中国语言文学部,又师从文献学家李笠教授和文艺学家钟敬文教授;1946 年获文学硕士后,受严复哲嗣叔夏先生举荐回母校执教,直至退休。1956 年起任中文系副主任,协助六庵先生操持系务,1979 年接任系主任,至 1984 年卸任。先生从教五十年,早期讲授中国古代文学和文学批评史,1951 年起奉命转治现代文学,晚年创立现代散文研究方向,著有《中国现代散文史》、《桂堂述学》及散文集《晚晴漫步》、《晓月摇情》等,与六庵先生同为我校中文学科德高望重的鸿儒硕老。文学院此次策划出版两套学术文库,分别以两位先师的别号命名,不止为缅怀先师功德,更有传承光大学术门风的深长意味。

《桂堂文库》首批辑录 11 种,均来自我校现代文学学科群三代学者,包括文艺学、比较文学和语文教育学等学科。老一辈名师中,孙绍振教授以《文学的坚守与理论的突围》汇集他在中外文论、文艺美学和文本解读方面的精品力作,姚春树教授则以《中国现代杂文散文杂论》显示精鉴博识的特色。中年专家有 6 种,闽江学者特聘教授南帆的《表述与意义生产》畅论当代文论和文学研究的前沿关键问题,辜也平的《多维牵掣下的苦心雕镂》在巴金研究和传记文学探索上有所创获,席扬在《中国当代文学的"历史叙述"和"典型现象"》中阐发学科史和思潮史的新见,潘新和专门论述《"表现—存在论"语文学视界》,赖瑞云则细心探讨文学教育的《文本解读与多元有界》的理论与实践,拙作《现代散文学初探》只是附骥而已。新一代学人有郑家建的《透亮的纸窗》、葛桂录的《经典重释与中外文学关系新垦拓》和朱立立的《阅读华文离散叙事》,在各自领域显示学术锐气。原作俱在,可集中检阅我们学科建设的部分成果和治学风气,我作为当事人不宜在此饶舌,还是由读者独立阅读和评议吧。

汪文顶

二〇一四年夏于福建师范大学仓山校区

目 录

CONTENTS

其他作家作品研究

学术与学科史研究

代引 先锋、常态与文学范式的转换

　　对于中国人来说，20世纪是一个天翻地覆的世纪。只要我们匆匆地浏览普通教科书的历史年表，或者走进图书馆信手翻翻尘封的报纸就会发现，在20世纪的每一个十年，几乎都有影响社会进程的重大历史事件发生。当生活于信息化时代的我们回眸上一世纪，就不能不惊叹中国在已经成为历史的这百年间所发生的一切，从社会体制到生活方式，从思想意识到道德观念，无一例外都发生了当初人们难以预料的巨变。

　　从1840年鸦片战争，中国沦为半封建半殖民地社会开始后的一个世纪里，中华民族始终处于内忧外患之中。世界列强的虎视眈眈，枪炮相逼，封建末世王朝的腐败无能，丧权辱国，时刻都使中国人感到灭种亡国的危机。朝野之中的有识之士为此进行了种种不懈的努力。从洋务运动到戊戌变法，从义和团的抗争到辛亥革命，孙中山领导的资产阶级民主革命终于在1911年推翻了满清王朝，从而结束了长达两千多年的封建专制统治。但是，皇帝的退位并没从根本上改变中华民族的命运，并没使中国人马上过上和平幸福的日子。于是有了1919年的五四运动，有了20年代的大革命、30年代的抗日救亡和40年代解放战争，有了1949年人民共和国的成立。

　　共和国初年，中国的大地上百废待兴，中国共产党带领全国人民掀起了自力更生，建设美好家园的热潮，方方面面都呈现出一种前所未有的开国气象。在"东方红"的歌声中，中国人终于以独立的新姿，站立在世界的东方。

但是,共和国的历史进程也并非一路坦荡。冷战与封锁一方面使年轻的共和国经受了严峻的考验,中华民族由此充分地显示出顽强的世界生存能力;但是在另一方面,冷战与封锁同时也影响了世界范围的交往,隔断了中国人民与各国人民的文化往来,以至于在80年代初的开始改革开放和90年代的冷战结束之后,如何"与国际接轨"反倒成为社会的主要问题之一。而从50年代中后期开始出现的极"左"意识又越来越影响着整个社会,最后终于导致了"文革"的爆发,导致了长达十年的"内乱与浩劫"。

"文革"结束之后,共和国进入了新的历史时期。改革开放和以经济建设为中心终于使中国人逐步过上了富裕安康的生活,同时也促使中国的社会形态悄悄地发生着转变。发展与进步已不再靠过去的那种"轰轰烈烈"的"群众运动"来谋求,文化的变革和社会的转型也不是在过去的那种"暴风骤雨"式的"革命"中进行,共和国迈着稳健的步伐跨入了充满机遇与挑战的21世纪。

就是在这瞬息万变的世纪里,中国文学完成了从古典形态向现代形态的转变。在这一历史性转换过程中,文学本体以外的各种文化的、政治的,世界的、本土的,现实的、历史的因素都对文学的现代化发生着影响,这些外因影响着新的文学的萌生和兴起,影响着文学运动、文艺论争、文学创作,形成了20世纪中国文学的种种迅速、纷纭的变化,构成一部能折射历史的方方面面的多姿多彩的20世纪中国文学史。因此说,中国的20世纪是翻天覆地的变革时代,而20世纪的中国文学也就是一种变革时代的文学。

但时刻处于变动之中的文学本体以外的各种因素,固然是20世纪中国文学赖以生成、发展的土壤根基,却又不完全是其多姿多彩本身。如果从文学本体的角度稍稍加以考察又可发现,在过去的百年之间,世界范围内已经出现的文学思潮,如西方文艺复兴时期的人文主义、18世纪的启蒙主义、19世纪的现实主义、浪漫主义、以及进入20世纪之后出现的苏联式的社会主义现实主义、盛行于西方的现代主义和后现代主义,几乎先后都在中国文坛上得到不同程度的操演,有的稍纵即逝,有的几度辉煌,截然不同的文学观念、五彩纷呈的写作技法在理论家的介绍张扬和创作者的刻意模仿之下各领风骚,相互消长。所以,文学本体以外的诸因素影响和文学本身的迅速变化的相互作用,使 20 世纪中国文学具备了丰富多彩、复杂多变的特点。

丰富多彩使这个世纪的文学产生了无穷的魅力,召唤着人们去充分地认识和开掘蕴涵其中的瑰宝。但是,复杂多变却又给理解和把握这一世纪的文学带来种种的困难,当人们试图穿越时间的隧道进入文学的历史空间,经常会感到丰富的痛苦和自由的迷惘。所以,如何先从总体上把握 20 世纪中国文学的历史演变就显得尤为重要,因为只有先在宏观上把握了文学历史的发展脉络,也才能进一步对具体的文学运动、文学思潮以及作家作品进行微观的个案研究。

在很长的时期里,20 世纪中国文学是被切割为近代、现代和当代三个部分加以分别研究的。这种以时间为界限的研究使得人们普遍关注某一时期文学相对独立的阶段性特点而缺少对其渊源和走向的深入探讨,所以虽然在思潮、运动、作家作品以至文学运行机制等方面的研究各有突破,但一般都缺乏对其相互关系的深入探讨,因而影响了对整个 20 世纪中国文学历史的宏观把握。20 世纪 80 年代中期黄子平、陈平原、钱理群等提出"二十世纪中国文学"、陈思和提出"中国新文学整体观"① 之后,不少学者积极开展了旨在打通近代、现代和当代的 20 世纪中国文学的整体性研究,历史的、宏观的研究也受到了前所未有的重视。

但是,恰恰是"二十世纪中国文学"这一文学史命题提出之后的十几年间,中国文学又发生了一次当时的人们很难意料的变化。80 年代后期和整个 90 年代文学的历史走向,无疑已使 20 世纪中国文学以"改造民族的灵魂"为总主题,以"悲凉"为核心的现代美感特征② 等宏观把握面临了新的挑战。而这种研究在充分注重 20 世纪中国文学的整体性特征的同时,对不同文学范式的质的特征却又有所忽视,这在某种程度上也不能不影响对 20 世纪中国文学的丰富性的认识与研究。就是说,在充分注重 20 世纪中国文学的整体性特征的同时,研究者们实际上也还未找到一种既有利于整体性把握,又能恰到好处地观照到 20 世纪中国文学进程中不同文学现象,有利于丰

---

① 参见黄子平、陈平原、钱理群:《论"二十世纪中国文学"》,《文学评论》1985 年第 5 期;陈思和:《新文学史研究中的整体观》,《复旦学报》1985 年第 3 期。

② 黄子平、陈平原、钱理群:《论"二十世纪中国文学"》,《文学评论》1985 年第 5 期。

富性认识的阐释方法或方式。

实际上,文学史研究是一种文学运动过程的研究,在宏观把握整体性特征的同时,加强几种主要文学范式相互消长的历史走向的研究,才是推进和深化 20 世纪中国文学研究的一个关键。因为整体的复杂来自于个别的丰富,20 世纪中国文学历史的变迁源于不同文学范式的更迭、交替和发展,而20 世纪中国作家的命运又与不同文学范式的交替更迭息息相关。从这个意义上说,对一些主要文学范式进行系统而具体的考察,并探讨其相互间的内在关系,无疑有利于 20 世纪中国文学研究命题的深化。

这里借用的,是现代科学哲学的"范式"的概念,用以区别涵盖 20 世纪中国文学中几种主要的不同形态文学的特殊的内在结构的全部内容。所以借用"范式"这一概念,除其开放的包容性外,更主要在于科学哲学及其范式理论给以的启示。以库恩为发端的现代科学哲学认为:在科学发展史上,每一次"科学革命"(范式转换)"都迫使科学共同体抛弃一种盛极一时的科学理论,而赞成另一种与之不相容的理论。每一次革命都将产生科学所探讨的问题的转移,专家用以确定什么是可接受的问题或可算作是合理的问题解决的标准也相应地产生了转移。而且每一次革命也改变了科学的思维方式,以至于我们最终将需要做这样的描述,即在其中进行科学研究的世界也发生了转变";而"一种范式通过革命向另一种范式的过渡,便是成熟科学通常的发展模式"①。实际上,人类的文学活动和自然科学研究有某种相通的因素,它们之间有着大体相近的发展过程。同科学发展的历史一样,文学的历史不存在亘古不变的统一的文学范式,不同的范式也依照文学自身的发展而变化或更替着。文学的创造性活动总是在创造性的断裂和革命性的突变中产生质的变更。在不同的历史时期,文学同样也有为作家、文学批评家以至文学接受者所一致遵循的主导范式。

而库恩对科学历史的叙述给宏观把握 20 世纪中国文学史的另一个重要启示是,文学的历史与科学的历史一样,其发展并不是连续性的进步过程,而是间断性的转换过程,从一个处于危机的范式转变到一个新传统能从其中产

---

① 库恩:《科学革命的结构》,金吾伦、胡新和译,北京大学出版社 2003 年版,第 5、11 页。

生出来的新范式，"远不是一个积累过程，即远不是一个可以经由对旧范式的修改或扩展所能达到的过程"①。因此，不同的范式之间一般并不存在绝对优或劣的区别，新的范式也不一定就意味着是新的进步。

几千年中国文坛所遵循的是一种载道式的古典文学范式，而作为五四新文化运动的一个重要组成部分的五四文学革命，完成了中国文学的现代性转换，开创了以人本主义、爱国主义为中心内容，以现实主义、浪漫主义为主要表现手段，以现代白话文为载体的五四新文学传统。五四之后，在这种传统下生成的就是五四新文学范式。1949年共和国成立之后，在高度一元化，高度意识形态化的大背景下，文学领域全面实践和发展了延安文艺的精神，形成了一种单一的，以服务现实为主要目的，以歌颂为主要内容，以豪放、崇高为主要风尚的共和国初年文学范式。这种文学与五四文学当然有着质的区别，但在许多方面，如服务现实、标榜通俗等却又与五四文学有着千丝万缕的联系。从70年代后期开始局部的尝试、80年代全面展开的改革开放之后，社会进入新的转型期。相对于20世纪中国的其他运动或革命而言，这是一次平稳的社会变革过程，但它给中国社会的政治经济、文化观念、生活方式等方面所带来的影响却是巨大的，深远的。中国文学的历史也开始由历来那种相对统一或高度统一的一元统领的时代进入多元共存的时期，中国文学长期担当社会历史重任的意识形态功能正在逐步减弱，满足市场经济条件下大众文化消费的功能正在逐步增强，而包括言说方式在内、属于文学本体范畴的诸因素也已发生了巨大的变化，一种可以暂时称为新时期文学范式实际上已经悄然形成。当然正如与之相适应的社会变革过程一样，这一次的文学变革也是在平稳的渐进中完成，而它给中国文学历史所带来的影响却同样是巨大和深远的。这种文学范式的转换，也犹如M. H. 艾布拉姆斯所说的是文学历史上文学惯例（conventions）和文学创新（invention）的周期性反复②。而回眸过去的世纪，上述几种间断性转换中的文学范式，的确很难用一种文学标准，简单地加以肯定或否定，因此必须彻底告别那种"革命"战胜"反动"、

---

① 库恩：《科学革命的结构》，金吾伦、胡新和译，北京大学出版社2003年版，第78页。

② M. H. Abrams, *A Glossary of Literary Terms*, Fourth Edition, Holt, Rinehart and Winston, 1981, p.34.

"先进"取代"落后"的文学史叙述模式。

更主要的是,范式理论的运用,还有助于推进几种主要文学范式相互消长的历史走向的研究。而加强主要文学范式相互消长的历史研究,正是加强和深化20世纪中国文学研究的一个关键。因为整体的复杂来自于个别的丰富,20世纪中国文学历史的变迁源于不同文学范式的更迭、交替和发展。从这个意义上说,对一些主要文学范式进行系统而具体的考察,并探讨其相互间的关系,无疑有利于20世纪中国文学研究命题的深化,至少可以给我们以下几个方面的启迪。

首先,旧的文学范式与新的文学范式有着"质"的不同,两者之间存在着明显的"不可通约性"。虽然新范式都是从旧范式产生出来的,一开始也都较多地借用了旧范式使用过的概念与方法,但它同时又赋予这些概念与方法新的含义和新的关系。例如从晚清以来,革命、人民、救国爱国等相关概念,以及通俗化、大众化、民族化等相关的文学要求在各个不同的文学范式中一般都是被反复强调的,但实际上在不同的范式中其所指是有很大不同的。单就"人民"这一概念而言,在20世纪的中国文学历史中,它始终是作为文学的主要表现对象和主要受众而被提出的。但是,五四范式中的"人民"一般来说是较宽泛地指向民众或者平民,共和国初年范式中的"人民"主要被限定在劳动人民或工农兵,而在新时期范式中,"人民"则似乎更多地包含了大众的含义。在前面两种文学范式中,文学家艺术家一般是不包括在"人民"这一概念中,他们要么在"人民"之上,肩负着启蒙的历史重任,要么在"人民"之下,承担着服务的历史职责。在新时期文学范式中,"人民"已经包含了作家文学家本身,他们也就名正言顺地服务于自我而自觉地自娱自乐。新范式一旦建立,其"质"的规定性也随之产生,所以,很有必要在新旧范式千丝万缕的关系中辨析出新的"质"的内容。

其次,对不同文学范式转换过程的研究,可以更好地把握文学历史的宏观发展。不同文学范式的更替虽不限于一种模式,但都是一个从量变到质变的过程。一种文学范式从萌芽到衰落,一般也必须经历类似于库恩所描述的科学范式循环往复的过程,即"非常态(先锋)→形成范式→成为常态→出现新的非常态(新的先锋)→被新范式取代"的转换过程。在"非常态"

时期,新的文学范式在旧范式之中萌芽,接着以先锋的姿态出现,在与旧范式(常态)的对话中不断壮大,这是一个量变的过程。在经历"范式的革命(转换)"之后,这种范式就完全取代旧范式,它的"质"的规定性也就成为此后很长时期文学的"常态"。

如发端于 1917 年的文学革命运动所包含的白话文写作、科学民主精神,启蒙救亡使命等,的确源于晚清以来进步知识分子所进行的种种不懈的努力,黄遵宪、梁启超等人的"诗界革命"、"文界革命"和"小说界革命"相对于古典范式的"常态"是一种"非常态",在当时的文坛也可以说是一种"先锋"。但是,先锋未必都能成为新的范式,只有胡适、陈独秀、鲁迅等一大批作家汇成的五四新文学,才不仅是一种新的先锋,而且才具备成为新范式的意义。

又如共和国初年文学范式的最早萌芽,可以追溯到李大钊的《什么是新文学》,因为这是对五四文学范式的质疑或"重新提问"。但萌芽只不过是微弱的非常态,并未能达到先锋状态。这种新范式的萌芽在与五四文学范式的不断交锋和对话中(如初期革命文学的倡导),在自身结构的不断调整优化过程中(如普罗文学的倡导与论争),日益发展,并且逐渐以先锋状态出现(如蒋光赤以及 30 年代左翼作家的创作)。而从延安文艺开始到 1949 年之前,这种先锋文学已充分具备范式的意义。但是,从范式的雏形到成为文艺界一致遵循的主导范式,成为常态,中间还经历了一个带有革命性质的"建构期"。50 年代初三次规模巨大的文艺批判运动对共和国初年的文学范式的建构而言,发挥的正是这种决定性的变革作用。这期间,从旧"常规"时期过来的作家在被规范的同时也自发地参与了新范式的建构,从而加速推进了主导范式的确立进程。所以我认为,"常态"与"先锋"是文学范式转换中的两个关键性环节。

所以,按传统的文学史观念,我们可以说五四文学革命、共和国成立以及新时期的改革开放是 20 世纪中国文学范式转换的标志性事件,但这也只是相对于文学范式的历史性转变的宏观态势而言。如果把单一的文学史个案进行深入的考究我们就会发现,文学范式的实际转换远比一般教科书的描述复杂。比如发端于 1917 年的文学革命运动在短期内就取得了巨大的成功,北洋政府教育部在 1920 年正式宣布以白话为"国语",并且通令全国中小学采用,而作为这场运动的主要领导者之一的胡适也在 1922 年郑重宣告:文学革命运动已由过去少数先驱者的倡导、讨论的时期进入创造、建设时期,五四新文学传统似乎在这四五年间突然地成了文学家所共同遵循的文学范式。实际上,五四文学范式所包含的白话文写作、科学民主精神,启蒙救亡使命等都源于晚清以来进步知识分子所进行的种种不懈的努力,五四文学革命所以能在短期内建立起一种迥异于几千年文学的新范式,正是晚清以来进步知识分子不断探索、长期蓄势的必然结果。而如果单从传统的现代文学史或当代文学史的分别叙述,一般人也很难理解共和国初年的文学范式何以能在短期内迅速确立,很难理解众多作家何以会在一夜之间,都从守望五四文学的个性精神迅速转变到遵奉和恪守新的文学范式上来。但是,如联系 20 年代初期共产党人对革命文学的倡导、20 年代后期关于革命文学的论争、30 年代的左翼文艺的兴起以及 40 年代的延安文艺运动的展开,那么,我们不仅对共和国初年的文学范式的迅速确立,而且对十七年以及"文革"时期的种种文学现象都可能会就有更为深入、更为全面、更为客观的认识。

第三,不同文学范式的转换规定了中国文学的宏观走向,同时也影响甚至改变着大部分作家作品的历史命运。因为一种文学范式一旦建立起来,其"质"的规定性也随之产生。这种新"质"既是这一时期文学的集中体现,同时又规范着这一时期文学的发展;既是这一时期大部分作家共同的文学选择,同时也选择(或接纳、或剔除)从旧范式中过来的作家。当新的文学范式取代旧的文学范式,成为文学家共同遵循的规则和标准之后,活跃于旧"常态"时期的文学家必须抛弃原有的文学范式,接受新的文学范式的规则和标准,才有可能进入新的"常态"时期的文学领域,成为新的"文学界"的一员,或者说才能为新的文学"共同体"所接纳,否则就被排除在文学领域之外。

这就像孙犁在读《胡适的日记》时所说的,"五四文化一兴起,梁启超的著作,就被冷落下来;无产阶级文化一兴起,胡适的文化名人地位,就动摇了"[1]。而到了共和国初年文学范式基本建立之后,胡适则首先受到了全面的

---

① 孙犁:《曲终集》,百花文艺出版社 1995 年版,第 166 页。

批判。实际上,一般的作家艺术家在范式更迭之际也都同样面临着重新选择和重新被选择的历史命运。

五四文学范式建立,成为"常态"之后,近代以来在某些方面引领文坛时尚的王国维、夏曾佑、蒋观云、章太炎、林纾、曾朴、陈去病、柳亚子以及后来被称为"鸳鸯蝴蝶派"的小说家们,无一不被排除在新的"文学界"之外;而另外一些如刘半农、叶绍钧等曾经活跃于旧"常态"中的作家则告别原有的范式,接受新的文学范式的规则和标准,进入新的"常态"领域",成为新的"文学共同体"的一员。

共和国初年的文学范式建立之后,原来活跃于五四文学范式中的诸多作家虽然仍然留在大陆,并且大部分还列名于作家协会,但很多人已无法写出令自己满意也令别人满意的作品,所以在这新的"常规"时期他们实际上已经不是"文学界"的一员。而取代他们的,则是那些来自根据地、来自工农革命队伍的作家,或者在新的文学范式规则和标准培养出来的年轻作家。

在共和国初年文学范式和新时期文学范式的交替时期,固有范式中的不少作家在劫后之年似乎又回到了文坛,似乎为新的文学共同体所接纳。但实际上,这些作家中的大部分发挥"余勇"的时间都没超过 80 年代中后期,而新范式真正成为一种新的"常态"至少也是在 80 年代中期之后。最典型的两个个案是,巴金的《随想录》完成于 1986 年年底,所以他还能以一种昂然的文学姿态与读者告别;孙犁的创作生命支撑到 1995 年 11 月《曲终集》出版,但最后只能怀着沉重而感伤的心情退出文坛。所以,在范式更迭之际,作家们都同样面临着重新选择和重新被选择的历史命运。

这实际上也表明,一种文学范式对从旧范式中过来的作家的选择(或接纳、或剔除),是与其"质"的规定性紧密相连的。叶绍钧所以选择五四文学范式,或者说五四文学范式所以能够接纳叶绍钧,主要由于他原有的文学创作所具有的平民性。巴金为共和国初年文学范式所接纳,很大的原因是他的大部分创作本来就属于"革命叙事"的范畴;老舍选择共和国初年文学范式,原因则是他的创作所具有的"劳动人民"因素。而像沈从文、施蛰存、萧乾等当年被排除在共和国文坛之外,或者像曹禺等作家虽仍然被列名于作家队伍但长期苦无新作,也完全是他们原有的创作或他们的文学观念与新的文学范式之间不具备像巴金老舍那种与新范式的"可通约"成分。

总之，人类某一时期的理性概括往往代替不了历史本身的丰富性，考察研究文学范式的更替和转换正是为了加深我们对 20 世纪中国文学历史的认识和把握。这种考察不仅有利于旨在打通近代、现代和当代的 20 世纪中国文学的整体性研究，也有利于对 20 世纪中国文学不同的阶段性特点及其渊源走向的探讨；不仅可以加深对 20 世纪中国文学的宏观把握，也有助于对 20 世纪中国作家的命运变迁的历史认识。

（原载《二十世纪中国文学研究专题》，高等教育出版社 2012 年版）

巴金及其创作研究

巴金的革命叙事与泉州的民众运动

在 20 世纪 30 年代前期巴金小说中革命叙事占了大部分的篇章,它们曾经以充满革命的鼓动力为当时青年读者所接受。在 20 世纪 50 年代之前的一些文学史著作中,巴金也因此被认定为"革命文学"作家。但在这同时,批评界,特别是一些左翼批评家对其革命叙事的真实性曾经提出过质疑。20 世纪 50 年代之后,出于建立意识形态规范、划分政治阵线的需要,巴金叙事中的革命性问题再次被提出讨论,所谓"历史"真实和"本质"真实的缺失成为彻底否定巴金这类作品的理由。对于这种评判,巴金曾经做过不懈的辩解和默默的抗争。但作家本人的努力似乎是徒劳的,随着有关方面对《家》的"反封建"主题的指认和有意强化,以及后来《寒夜》等小说艺术价值的重新认识,《随想录》思想文化意义的凸现,巴金的革命叙事正在被逐渐淡忘。曾经在读者心中被当作革命领路人的巴金,如今正以"对于现实的暴露和批判"的民主作家的身份被定位于文学史。本文无意于作家身份的重新认定,而是尝试回到作家曾经的辩解,回到原初的历史文献,考察巴金"革命叙述"的"本事",并对过往文学史叙述中有关"革命文学"的命名和界定进行新的审视。

一

从 1929 年正式登上文坛到 1937 年抗战全面爆发,是巴金文学创作上的一个黄金的时期。这期间,他创作了《灭亡》、《新生》、《死去的太阳》、《雾》、《雨》、《电》、《砂丁》、《雪》(《萌芽》)、《海的梦》、《利娜》、《春天里的秋天》、《家》等十余部中长篇小说,结集出版有《复仇》、《光明》、《电椅》、《抹布》、《将军》、《沉默》、《神·鬼·人》、《沉落》、《发的故事》、《长生塔》等短篇小说集。这些小说中,描写民众运动和社会斗争的革命叙事占了大部分的篇章。如果排除批评上的思想偏见,或者对作者的思想信仰不作过分的追究,那么,巴金种类小说给人的印象,似乎与当时流行的普罗小说、左翼小说并无两样。都以年轻的革命党人的活动为主要内容,表现爱情与革命的矛盾、感情与理智的矛盾,字里行间充满着对社会现实的激烈批判,同时又都充满着革命的罗曼蒂克情怀。甚至杜大心、敏等最后因愤激而行刺而灭亡的故事,也和蒋光慈笔下的菊芬(《菊芬》)、王阿贵(《最后的微笑》)等人的相似。

正因为如此,在共时接受中,巴金主要也是因充满鼓动力的革命叙事为当时许多读者所接受。1929 年 4 月,巴金的成名作《灭亡》在《小说月报》上连载完毕,次年,就有读者发表《灭亡》的读后感说:"《灭亡》就把这个残杀着的现实,如实地描写了出来。不宁维是,它还把万重压榨下的苦痛者底反抗力,表现了出来(虽然不见十分强烈,似乎还能……)。从反抗压迫的叫号中,我们可以知道;弱者不是永久的弱者,他们有的是热血,一旦热血喷射的时候,哼! 他们要报复了。复仇! 复仇! 以他们内心底燃烧着的热血,去复仇! 这个残杀的局面,总不能维持多久的。在最近的将来总须有一个极大的破灭! "因此这位读者也同作品中的人物一样,表现出"革命什么时候才来呢"[①] 的期待。另外一位读者到晚年也比较具体地回忆道:"1933 年,那时我是个刚从师范学校毕业不久,刚走上社会的一个 23 岁的女青年,在苏州洞庭东山的一所小学当教师。我酷爱文学,尤其喜爱巴金先生创作的小说。从小说中的故事情节对照当时的社会现实,使我对旧中国政治的腐败,社会上种种不平现象有了进一步的了解,也更加不满现实,使我年青的心更加不能平静,探索着如何才能找到改变现状的真理,找到革命的道路。巴金先生

① 孙沫萍:《读〈灭亡〉》,《开明》第二卷第二十四期,1930 年。

初期作品《灭亡》和《新生》给予我极大的启发和鼓舞,推动我努力争取投
向革命的洪流中去。"①而在30年代曾经是左翼作家的荒煤后来也撰文谈道:
"真正认识到巴金作品的影响,还是1938年冬天在延安鲁迅艺术文学院招考
文学系学生的时候。……有好几个比较年轻的同学,都说他们爱好文学,要
革命,思想上的许多变化,是受了巴金作品的影响。"②

对于突然崛起文坛并迅速走红的巴金及其作品,评论界在短暂的沉默后
也迅速跟进。短短的三五年间,郦崇业、王淑明、贺玉波、胡风、老舍、李健吾、
施蛰存以及茅盾等都对巴金的小说作过具体的评价。在充分肯定巴金小说
的独特艺术个性的同时,一些批评者(特别是左翼批评家)对其"革命"叙
事的思想性和真实性提出了严重的质疑。最早撰文评论巴金小说的可能是
与巴金同属安那其阵营的毛一波。他在1929年9月发表的文章中向读者和
批评界透露了巴金的有关情况及自己对作品思想倾向的判断。他说:"我觉
得《灭亡》作者所表示的这种思想,是他崇仰过往革命家精神的结果。也
许,他是同样综合的接受了托尔斯泰的人道主义,阿尔巴绥夫式的虚无主义,
和克鲁泡特金的无政府主义。也许,他从书本上,受到俄国十九世纪到二十
世纪初年的革命潮流的影响,又加上他自己在中国从事革命的经验,所以,他
写出这部《灭亡》来了。总而言之,《灭亡》中的主人公,是较接近于理想
化的。也许,它还是一种主义的人格化呢。"③

巴金及其小说的思想倾向是个相当复杂的话题,还当有专文深入探讨。
但毛一波提到的作者小说"较接近于理想化"的判断,在后来的批评中也
就经常被道及。谷非(胡风)在《粉饰,歪曲,铁一般的事实》一文中批评
了巴金的中篇小说《海的梦》,认为"像作者所写的,没有从现实生活出发
的统一了感性与理性的实践情绪,只有抽象的'对于自由,正义以及一切的
合理的东西的渴望'"④。惕若(茅盾)在批评巴金的《电》的缺点时说:"不
错,这里有些活生生的青年男女,可是这些活人好象是在纸剪的背景前行

① 吴罗薏:《回忆巴金先生》,《巴金文学研究资料》1989年第1期。
② 荒煤:《心灵中仍然燃烧着希望之火》,《人民日报》1982年6月16日。类似荒煤的回忆
不少,如臧云远的《云集大武汉》(《南艺学报》1979年第2期)中也有相近的回忆。
③ 毛一波:《灭亡》,《真善美》第四卷第五号,1929年。
④ 谷非:《粉饰,歪曲,铁一般的事实》,《文学月报》第一卷5月号、6月号合刊,1932年。

动，——在空虚的地方行动。他们是在一个非常单纯化了的社会中，而不是在一个现实的充满了矛盾的复杂的社会中。"①而老舍也表达过与茅盾相近的感受，他认为："巴金兄""忠厚的面貌与粗短的身体是那么结实沉重，而在里面有颗极玲珑的浪漫的心。在创造的时节，大概他忘了一切，在心中另开辟了一个热烈的，简单的，有一道电光的世界。这世界不是实在经验与印象的写画，而是经验与印象的放大，在放大的时候极细心的'修版'，希望成为一个有艺术价值的作品"②。

　　对巴金小说思想性和真实性的讨论或批评并没影响作品本身的传播，巴金还是以"革命文学"作家的身份被定位于当时及后来问世的一些文学史中。1929年9月，距巴金的成名作《灭亡》在《小说月报》上连载完毕仅五个月，谭正璧在其《中国文学进化史》中就写道："最近，革命文学的呼声，由一二人的提倡，渐呼渐高起来；这派作者如蒋光赤（后改名光慈）、杨邨人、钱杏邨、龚冰庐、巴金……都很努力于新写实主义的作品，他们笔尖下所写出的，都是热血、愤怒……等种种制造革命的原料。"③李一鸣的《中国新文学史讲话》则把从五四时期到抗战前夕的作家分为四派，认为其中"第四派代表新兴文学的一系，虽然这些人的立场并不相同，其态度前进则一，茅盾巴金可称是这一派的两大领袖，同派的有蒋光慈、钱杏邨、龚冰庐、丁玲、胡也频、张天翼、以及后起的吴组湘、艾芜、芦焚、何谷天、萧军、欧阳山等。他们可称为新写实主义者或新浪漫主义者，用的都是新的题材，写社会的不平，和弱者的反抗"④。至共和国成立初年，蔡仪在其《中国新文学史讲话》中，也还把巴金的作品列入"革命文学"一派⑤。

---

①　惕若：《〈文学季刊〉第二期内的创作》，《文学》第三卷第一期，1934年。

②　老舍：《读巴金的〈电〉》，《刁斗》第二卷第一期，1935年。

③　谭正璧：《中国文学进化史》，上海光明书局1929年版，第361页。

④　李一鸣：《中国新文学史讲话》，世界书局1947年版，第86页。

⑤　蔡仪：《中国新文学史讲话》，新文艺出版社1952年版。蔡仪认为："'革命文学'派的这种创作精神，总的说来是以主观想象与革命热情为基础的，没有深刻地发掘现实，所以主要倾向是革命的浪漫主义。惟其因为他们的作品富有革命的热情，斗争的勇气，指示了在反动统治下苦闷的小资产阶级知识分子和青年的道路，而得到无数读者的爱好，这影响是很大的。"（第128页）而"巴金作品的主要倾向还是革命的浪漫主义"（第134页）。实际上，后来的夏志清在其《中国现代小说史》中也还是认为："且不提他写作事业的后期，巴金和一般左翼作家们，只在程度上，而非类别上的不同。"（香港：友联出版社有限公司1979年版，第209页）

　　但大约从 20 世纪 50 年代中期开始,出于建立规范、划分政治阵线的需要,巴金革命叙事中的思想性和真实性问题终于被有组织地提出讨论。[①] 当时关注、讨论巴金的创作目的无非两个,一是从政治的角度甄别巴金在文学史上的身份。这一工作的紧迫性和必要性李希凡在文章中谈得很清楚:"巴金同志的作品,大多数是写在左翼文学——无产阶级革命文学兴起的时代,而它们又以革命文学的面目出现在读者的面前,可是,作品所宣扬的却是无政府主义和虚无主义……在中国共产党所领导的社会主义革命已经取得决定性的胜利的今天,这个问题就更加具有尖锐的性质了。"[②] 二是从历史的角度否定巴金革命叙事的真实性。这一工作可以说是完成前一工作的重要基础之一,同时也牵涉如何合法阐释近代中国历史的问题。因此,丁易在其《中国现代文学史略》中不容置疑地认定:"在中国现实社会里,巴金作品中所想象的那种模糊的虚无的革命是不存在的。"[③] 此前王瑶的《中国新文学史稿》(开明书店 1951 年版)和稍后刘绶松的《中国新文学史稿》(作家出版社 1956 年版)虽还没涉及这一话题,但王瑶到 1957 年论及《爱情的三部曲》时也说:"由于这种构思和现实生活之间有了距离,因而艺术的真实性也就受到了一定的损害。"[④] 而据称以著者 1958 年至 1959 年间"修改过的"《讲义》本为基础"修订再版的刘绶松的《中国新文学史稿》也认为:"把这样的人物(指'从《灭亡》一直到《爱情三部曲》里面的主人公',笔者)当成是二十世纪 1920 年代到 30 年代中国的'革命者'来加以描写和歌颂,不能不形成为作品对于现实生活的非真实的反映。"[⑤] 北京师范大学

①　其中从 1958 年 10 月开始的关于巴金创作的群众性讨论运动,名曰"讨论",实则是一场有组织的政治批判运动。作为这场讨论运动的主要阵地的《中国青年》1958 年第 19 期刊登在姚文元文章时加编者按说:"为了把共产主义的红旗插遍一切思想领域,我们从本期起,将陆续对巴金同志的主要著作,进行分析批判";为配合这场运动而出版的《巴金创作评论》(人民文学出版社 1958 年版)的"出版说明"也强调:"分析和研究"巴金及其作品属于当时文艺思想领域"拔白旗,插红旗"斗争的一项重要内容。稍后,张毕来在一个座谈会上明确谈道:"广大的读者无批判地接受巴金的作品,是一个不健康的现象。这个现象不是盲目地全面肯定巴金作品的依据,而恰恰是批判地介绍巴金作品的必要性的依据。"(张毕来:《巴金的现实主义》,《读书》1959 年第 4 期)
②　李希凡:《谈〈雾、雨、电〉的思想和人物》,《文学研究》1958 年第 4 期。
③　丁易:《中国现代文学史略》,作家出版社 1955 年版,第 275 页。
④　王瑶:《论巴金的小说》,《文学研究》1957 年第 4 期。
⑤　刘绶松:《中国新文学史稿》,人民文学出版社 1979 年版,第 360 页。

中文系二年级学生与青年教师集体写作的《论巴金创作中的几个问题》则明确表示："作者所要写的革命，并不是当时现实中的革命，那只不过是作者脱离实际而作出的虚构罢了"，"巴金创作中的一个大问题便是不够真实，甚至与现实恰恰相反。是的，巴金的作品反映了一定的社会现实（不同作品的程度不同），但真实性更主要的取决于是否反映了社会现象的本质"。①

于是，所谓"历史"真实和"本质"真实的缺失成了彻底否定巴金这类作品的理由，巴金最终也就以"民主作家"的身份被定位于中国现代文学史。丁易的《中国现代文学史略》第一次按作家的政治态度，把作家分为"革命作家"、"进步作家"和"反动作家"，巴金与老舍、曹禺、洪深、闻一多被并列为"进步作家"。刘绶松的《中国新文学史稿》则把 20 世纪 30 年代的小说分为"社会主义现实主义"和"对于现实的暴露和批判"两类，前者包括左翼作家的创作，后者则列叶绍钧、巴金和老舍三作家的创作。

二

对于作家政治身份的认定，巴金似乎不大在意；而且，20 世纪 50 年代之后的这种认定一般也由不得作家本人。但从 20 世纪 30 年代开始，巴金始终没有放弃对自己作品的真实性的辩护。他不断地为自己再版的作品写"序"，不断地发表"作者的自白"、"谈自己的创作"、"创作回忆录"，强调自己写作如同在生活，强调自己文学上所走的道路和生活上所走的道路是一致的，表明自己对于读者的真诚。同时也一而再、再而三地说明自己小说题材的来源，公开自己笔下人物、情节的"本事"。

正是巴金通过不同方式的"自白"，人们了解到《灭亡》表现的是作者亲身的人生感受；《新生》的背景是 20 世纪 20 年代末厦门机器工会及所属电灯工会一次失败的罢工，直接的素材则是一份被捕工人的狱中日记；《死去的太阳》取材于五卅运动时作者本人在南京的一段经历；《砂丁》的故事

---

① 北京师范大学中文系二年级学生与青年教师集体写作：《论巴金创作中的几个问题》，《文学研究》1958 年第 3 期。

主要来自云南朋友黄的介绍；《萌芽》根据自己在浙江长兴煤矿客居一周的体验、调查写成；《春天里的秋天》的创作灵感来自因受迫害而发疯的晋江少女；《雾》的主人公的原型则是一位从日本回来的朋友……人们有时可能会为巴金不断絮絮叨叨自己作品而感到惋惜，但想想朋友和评论界对其创作的各种意见或指责，应该也能体验到作者数十年间不断的告白与解释的良苦用心和种种无奈。

在大多数的情况下，巴金的努力似乎很难改变人们对其这类小说的看法，有时作家本人甚至在不知不觉中也趋同于外界的议论。如 1930 年年初，巴金就写下了《〈灭亡〉作者底自白》①，以图改变人们对《灭亡》的误读。后来，在《写作生活底回顾》②等文中，他又多次谈到这部作品。甚至到 50 年代的《谈〈灭亡〉》③里，他还试图进行最后的辩解。但面对集体的思维定势，巴金的努力只能是徒劳的，人们对他的反复解释并没给以充分的重视，而巴金对流行的评价也逐渐趋于认同。80 年代初，巴金曾表示不会让 14 卷本的《巴金文集》再版。后来，他认真地为四川人民出版社选编了 10 卷本的《巴金选集》，他说："我严肃地进行这次的编辑工作，我把它当作我的'后事'之一，我要按照自己的意思做好它。"④ 但是，在这选集里却没有选入《灭亡》这部作品。在一般的情况下，作家对自己的处女作和成名作都是格外珍视的，《灭亡》被漏选不一定表明巴金对流行的评价的认同，但至少也说明各种评论曾经使作者对《灭亡》一度失去信心。

但也有例外。对于《爱情的三部曲》，特别是其中的《电》，巴金不管外界作何评论，他一直不讳言自己的珍爱，并且一直小心翼翼地呵护着她。

在 30 年代中期的《〈爱情的三部曲〉总序》里，巴金说："在我的二十多本文艺作品里面也有我个人喜欢的东西，那就是我的《爱情的三部曲》"；"我的确喜欢这三本小书。在我的全部文艺作品中，我时时翻来阅读的也就只有它们。有些小说连里面的故事我也差不多完全忘记了。但在这三本小

---

① 巴金：《〈灭亡〉作者底自白》，初载《开明》第二十二期，1930 年。
② 巴金：《写作生活底回顾》，初载《巴金短篇小说集》第一集，开明书店 1936 年版。
③ 巴金：《谈〈灭亡〉》，初载《文艺月报》1958 年 4 月号。
④ 巴金：《巴金选集（十卷本）·后记》，《巴金全集》第十七卷，人民文学出版社 1991 年版，第 46 页。

书中甚至一两处细小的情节,我也还记得很清楚。这三本小书,我可以说是为自己写的,写给自己读的。我可以毫不夸张地说,就在今天我读着《雨》和《电》,我的心还会颤动。它们使我哭,也使我笑。它们给过我勇气,也给过我慰藉";"《电》是应该特别提出来的。这里面有几段,我永不能够忘记。我每次读到它们,总要流出感动的眼泪来";"(《电》)这本书是我的全部作品里面我自己最喜欢的一本,在《爱情的三部曲》里面,我也最爱它"。① 在 40 年代的文章中他又说:"我以后还写了《爱情的三部曲》和《激流的三部曲》,……不过说句老实话,我私心颇喜欢这两个《三部曲》。"② 同时也正是作者委婉的透露,人们也才了解到,《电》的故事取材于作者的安那其朋友们的斗争经历,取材于 30 年代福建泉州一带的民众运动。

　　而除了各卷的单行本外,《爱情的三部曲》从 1936 年到 1956 年先后由四家出版社排印不同版本的合订本。每次重排,作者几乎都进行过认真的修改和校订,并颇费心思地为其增删序跋与"附录"。后来"文革"前的 14 卷本《巴金文集》、"文革"后的 10 卷本《巴金选集》也都收有这作品。另外,在 30 年代中期,巴金还写下了《〈爱情的三部曲〉总序》、《〈爱情的三部曲〉作者的自白》两篇数万字的长文,对这部小说的创作动机、创作过程以及人们对它的误解尽可能地进行了表白与分辩。

　　当然,作者也有难言之隐。在 30 年代的《总序》中巴金就已经谈到,"关于《电》我似乎有许多话想说,但在这里却又不便把它们全说出来";"我想只有那些深知道现实生活而且深入到那里面去过的人方可以明了它们的意义"。③ 所以新中国成立后,他一方面从不放弃《爱情的三部曲》出版的机会,另一方面却尽量不谈这部小说。在 50 年代的《谈自己的创作》和 80 年代的《创作回忆录》中,巴金几乎谈遍了从《灭亡》到《寒夜》的大部分中、长篇小说,唯独不谈《爱情的三部曲》。而可以和这相对照的却是,在三四十年代到八九十年代,除了小说本身,巴金以泉州或在泉州认识、活

---

　　①　巴金:《〈爱情的三部曲〉总序》,原载《雾》,良友图书印刷公司 1936 年版。本文所引均据李存光编:《巴金研究资料》(上卷),海峡文艺出版社 1985 年版。

　　②　巴金:《关于小说中人物描写的意见》,《巴金全集》第十八卷,人民文学出版社 1993 年版,第 490 页。

　　③　巴金:《〈爱情的三部曲〉总序》。

动过的朋友为话题,写下了《朋友》、《海上》、《月夜》、《写给彦兄》、《怀念陆圣泉》、《悼范兄》、《纪念憾翁》、《怀念叶非英兄》、《关于丽尼同志》以及两篇同名的《南国的梦》等一批饱含深情的散文。从 80 年代初开始直至逝世,很少承担名誉职务的巴金一直是泉州黎明大学(黎明高中是其前身)的名誉董事长,并且一共赠送给该校 11 批共七千余册的图书①。1987 年 12 月 18 日,在给王仰晨的信中,巴金还谈到关于泉州的一件小事:"多少年(四、五十年吧)过去了,那些熟人中还有少数留在原地,虽然退休了,仍在做一点教育工作。去年我女儿女婿到南方出差,代我去看望了那几位老友,他们回来对我说,很少见到这样真诚,这样纯朴,这样不自私的人。真是'理想主义者'!"②

　　毋庸讳言,谈论《爱情的三部曲》最大的障碍在于"安那其主义"。巴金年轻时多次宣称自己是一个安那其主义者,并为其献出过宝贵的青春。但是,中国安那其运动最后以失败的、反动的面目载入史册,巴金也由此背上沉重的历史包袱。实际上,从 30 年代开始,每当谈到这方面问题时,巴金就已是只有招架之功,没有还手之力。50 年代以后,他则更只能是认错,从不敢来半点的"说明",更不用说辩解。从年轻时花费的心血,到后来长期背上的精神重负,巴金为此付出的代价是十分沉重的。但他是否就真的心悦诚服呢? 新中国成立前夕的 1949 年 3 月 18 日,在致国际无政府主义团体 CRIA 的法文信中,巴金还表达了对安那其朋友过去在福建泉州的活动的怀念,他说:"在福建,只有在福建,才有过一个真正的自由主义运动。这个运动不大,但这是一个真正的运动。"③ 到了晚年,当人们再就这相关问题与其交流时,他则总是"沉默着,未置可否"④。

---

　　①　据有关资料,巴金晚年赠送给中国现代文学馆的图书的总册数比这略多,但也不及八千。当然,赠送现代文学馆的图书或许在总体上会比赠送泉州方面的要珍贵得多。

　　②　巴金:《致树基》,《巴金全集》第六卷,人民文学出版社 1988 年版,第 279 页。

　　③　原文为:"En Fukien, seulement en Fukien, il y a un mouvement litertaire, Il est pas grahd, mais il est un mouvement reel." 见巴金与 20 世纪研讨会编:《世纪的良心》,上海文艺出版社 1996 年版,第 376 页。

　　④　朱栋霖:《燃烧的心——送别巴老》,香港《大公报》2005 年 11 月 5 日。晚年的巴金在访问者问及这一话题时,的确很少作具体或明确的回应,具体可参见《巴金全集》第十九卷中的二十余篇访问记。

　　实际上,世界的安那其运动或中国的安那其运动是一回事,20 世纪 30 年代福建泉州的民众运动又是另一回事。在总体上把握中国安那其命运的同时还应看到,进入 30 年代以后,中国的这一阵营虽然已经分化,但作为政治思潮的中国安那其并未完全退出历史舞台。在广东的新会、广州,福建的漳州、厦门、泉州,浙江的杭州、温州以及上海等地,仍然有一些人在活动着。《爱情的三部曲》就是以上海、泉州的安那其运动为背景的,其中受人非议最多的《电》正是取材于 30 年代泉州民众运动。对《爱情的三部曲》持否定态度的人往往指责说,作品所描写的革命斗争是作者的空想,因为在 30 年代,除了中国共产党所领导的人民革命,安那其在中国的土地上根本不可能进行那种实际的斗争。所以,从历史的隧道中搜寻 30 年代泉州民众运动的印记,考察巴金当年与泉州之关系也就成为讨论这一问题的关键。

三

　　据范天均、陈佩刚、秦望山等人的回忆 ①,早在 1918 年,陈炯明的粤军占领漳州,陈通过其秘书莫纪彭的关系,引用了刘师复系统中的一大批安那其者。于是梁冰弦、刘石心、区心田等先后到漳州创办《闽南新报》,宣传安那其主义,提倡新文化运动和学生运动,在漳州、厦门和泉州等闽南地区播下了安那其种子。后来,秦望山借国民党及当地军阀的招牌,办"干部训练所",办"宣传养成所",先后为 20 年代末 30 年代初泉州的安那其运动培养了梁龙光、袁国钦、袁继热、谢仰丹(谢真)等一批骨干。20 年代后期,国民党掌握了政权,开始实行专制统治,于是其他地方的一些安那其主义者(包括日本的岩佐作太郎,朝鲜的许烈秋、柳子明等)聚集到泉州一带。他们借国民党县党部之名组织工会、农会、妇女协会以及学生联合会,进行安那其宣传,组织开展民众活动。1929 年在中山路的武庙(关帝庙)创办的黎明高中,1930 年创设于泮宫附近文庙(孔庙)内的平民中学也成了当时活动的重要

---

　　① 　参见《访问范天均先生的记录》、陈佩刚《无政府主义在中国的若干史实》,均载《无政府主义思想资料选》(下册),北京大学出版社 1984 年版;秦望山:《安那其主义者在福建的一些活动》,《福建文史资料》1990 年第 24 辑。

据点。先后在这两所学校任教的文化人包括作家鲁彦、丽尼、陆蠡；音乐家吕骥、戏剧家张庚、译作家诸候、静川、伍禅、吴朗西；生物学家陈范予，历史学家杨人楩以及巴金的留法好友、社会学家吴克刚、卫惠林等。1934 年夏，黎明高中和平民中学先后为国民党当局查封，泉州一带的安那其运动才开始走入低潮。

这期间，巴金曾于 1930 年 8、9 月间，1932 年 4、5 月间和 1933 年 5 月下旬三次到泉州旅行访友。他第一次住在黎明高中，第二和第三次都住在平民中学。从 1930 年到 1933 年，正是黎明高中和平民中学由初创进入兴盛的时期，也是泉州民众运动蓬勃高涨的时期。学校的气氛、朋友的精神以及当地民众运动的状况，都给巴金留下了极为深刻的印象。几年后，巴金在《黑土》中回忆了自己在这片土地上的经历与感受："有一个时候，我的确在那些好心的友人中间过了一些日子，我自己也仿佛成了故事中的人物。白天在荒凉的园子里草地上，或者寂寞的公园里凉亭的栏杆上，我们兴奋地谈论着那些使我们的热血沸腾的问题。晚上我们打着火把，走过黑暗的窄巷，听见带着威胁似的狗吠，到一个古老的院子去搠油漆脱落的木门。在那个阴暗的旧式房间里，围着一盏发出微光的煤油灯，大家怀着献身的热情，准备找一个机会牺牲自己。""在这里每个人都不会为他个人的事情烦心，每个人都没有一点顾虑。我们的目标是'群'，是'事业'；我们的口号是'坦白'。""我的心至今还依恋着那个地方和那些友人。每当这样的怀念折磨我的时候，我的眼前就隐约地现出了那个地方的情景。红土一粒一粒、一堆一堆地伸展出去，成了一片无垠的大原野，在这孕育着一切的土地上活动着无数真挚的、勇敢的年轻人的影子。我认识他们，他们是我的朋友。我的心由于感动和希望而微微地颤抖了。"[1]

1931 年刚开始创作《雾》时，巴金并没写成三部曲的计划，更没把泉州的朋友的活动写入作品打算。但就是在这种的生命体验中，巴金才突然决定把泉州的素材写入《爱情的三部曲》中。这一年的冬天，巴金又开始了《雨》的创作。巴金说自己"写《雨》的前三章时心情十分恶劣"；《雨》

---

① 巴金：《黑土》，《巴金全集》第十三卷，人民文学出版社 1990 年版，第 280—282 页。

的前三章就是在这个绝望的挣扎中写成的,所以那里面含有浓厚的阴郁气"。第二年4月,巴金动身去泉州住了三个星期。巴金后来回忆说:"我记得很清楚:《雨》的第五章的前面一部分还是在太古公司的太原轮船的统舱里写的,后面一部分却是在泉州一个破庙里写成。这破庙在那时还是一所私立中学校的校址,但如今那个中学已经关门了。""一个月以后我继续写了《雨》的第六第七两章,又过了三个星期我就一口气从第八章写到第十六章,这样算是把《雨》写完了。"① 在第六章里,方亚丹突然严肃地告诉吴仁民,他和高志元决定到F地去。② 这是F地在这个三部曲里第一次出现。而在第四章、第五章中,前三章的那种阴郁气也还很浓,情节也几乎没有展开。从第六章开始,作品由前五章那种空洞、无名的愤懑发泄转入紧张的情节展开,气氛也由阴郁转为明快。其实作者这时的终极目标已经确定,所以他一方面把方亚丹、高志元送到F地去,让李佩珠表达赴F地的意愿;另一方面又匆忙地展开吴仁民与另外两个女性的爱情故事。吴仁民在第六章的开头突然接到熊智君的信,他去看了她,由此又引来了郑玉雯的介入。后来这场爱情的悲喜剧又由作者匆忙地结束了。吴仁民从爱情悲喜剧中清醒过来,为紧接着在后面的《电》里出场做了准备。从篇幅上看,小说的前五章约占整篇小说的3/7,而后面共11章却仅占4/7。不难看出,泉州之行促使巴金下决心把这个三部曲的最后故事安排在泉州。泉州之行也改变了巴金的心情,因为他从活动在泉州的朋友们身上又一次看到了信仰的力量,看到了似乎是中国安那其的又一线希望。

于是,在《雾》中革命仅仅是爱情的点缀,经过《雨》的转化,到了《电》里爱情则成了革命的点缀。在《电》这篇小说中,作者主要叙述以李佩珠为首的一群年轻人的革命活动。他们有自己的秘密团体,有公开的工会、妇女协会、报馆、学校等组织。为了共同的信仰,他们走到了一起,相互关心,平等相待,每个人都准备献出自己的一切。所以,他们的工作取得了一定的成效,民众也被充分地发动起来了。一位叫"明"的年轻人,为了码头工

---

　　① 巴金:《〈爱情的三部曲〉总序》。

　　② "F地",初刊和早期版本均写为"E.地",后来才改为现在通行的"F地"。人民文学出版社1988年版《巴金全集》第六卷第183页注:"F地:指福建省。"

人的事情跟军人打架被捕,后来通过团体营救把他从公安局接了出来。明出来后,由最初几个工人来看他,后来却自发地形成一个大规模的群众集会,吴仁民、李佩珠、克等人也纷纷上台演说。齐声的高歌,雷鸣般的掌声,还有飘舞着的传单,终于引来了军队的包围。但在纠察队的维持下,激情高涨的人群还是顺利地通过了军队的防线散了。但是,这群革命者的团体又是比较涣散的。由于尊重个人的自由,他们的活动并不受严格的纪律约束,所以最终的失败也是不言而喻的。从小说开始不久后的明的牺牲,紧接着是报馆被封,雄和高志元就义,方亚丹遇害。接着,敏为了复仇走上了类似于杜大心的灭亡的路,并给团体的工作带来了极大的麻烦。最后,工会、学校、妇女协会被抄,陈清、陈舜民被捕,李佩珠等人落荒逃到城外。

　　就 1930 年至 1933 年自己在泉州的感受,巴金为何会又把《电》写成如此失败的结局? 或许,作者的确为泉州朋友们的精神和民众的激情所感动,但又为具体运动的发展感到担忧,所以他虚构了运动受挫的故事,借吴仁民的口道出了自己看法:"我们没有严密的组织,又不好好准备,那么还会有更大的损失。"李佩珠也说:"我们应当认真考虑仁民刚才的话。我们过去太散漫了。"因为巴金早就强调过:"无政府党是需要组织的,而且需要严密的组织"①;他认为:"要实现无政府主义,除了有组织的群众运动外,并无其它的路可走"②。

　　或许,这只是巴金的一种预感,但这种预感很快却成了现实。就在《电》最后发表之前后,黎明高中和平民中学果真被取缔,而且其过程也与《电》的结尾相类似:"晋江县长吴石仙奉教厅电令,二十一日午后四时,派教育局长郑伯聪等,率警察队兵,暨城警所武装巡官警察等二十余名,至黎明高中附近散放步哨,禁止校内外通行。然后施行检查,同时贴出县府布告於校门。检查约一小时,扣留该校代理校长陈君冷,教员陈侃,学生庐主民三人,解送保安分处。另派武装警察数名,看守该校校门,禁止学生出入。检查毕,队伍撤退,由卅六师军士教导队主任张绍勋,向学生训话,劝各自省,并以安慰。

---

　　①　巴金:《中国无政府主义与组织问题》,《巴金全集》第十八卷,人民文学出版社 1993 年版,第 129 页。

　　②　巴金:《无政府主义与恐怖主义》,《巴金全集》第二十一卷,人民文学出版社 1993 年版,第 252 页。

谓咎在学校教职员,不在学生。查在校学生昨晚仍在警察看守中。"① 一个月后,教育当局勒令停办泉州五校,平民中学也名列其中:"泉讯:晋江教育局奉省教育厅令,以晋江西隅师范、昭昧国学专修学校、平民初级中学、南华女子中学、私立女子中学等五校,或未经立案,或组织不合法,或办理不善,均着于本学期起结束,一律停止开学。"② 泉州的安那其运动由此逐渐走向衰落。

所以说,清醒地面对现实的理智与带有理想化倾向的感情的双重作用,使得《爱情的三部曲》成了一曲深情的无政府主义的挽歌。巴金由衷地赞美了信仰的力量,赞美了李佩珠等人的献身精神,同时又如实地写出了他们无可挽回的失败结局。从客观的角度看,《爱情的三部曲》反映了中国安那其主义的必然命运,同时也预示了巴金创作中安那其热情的衰退,预示着其浪漫叙事色彩的终结。

<h2 style="text-align:center">四</h2>

但问题的关键并不在于巴金写出了安那其主义的失败,而在于 19 世纪 30 年代的泉州是否有过巴金笔下那种如火如荼的民众运动。在带有"正史"性质的《福建工人运动史:1840—1949》、《福建工人运动史要录(1927—1949)》③ 等著作中,有关这方面的记录几乎没有。过往巴金研究者用于这方面论证的

---

① 《黎明高中解散》,《江声报》1934 年 6 月 23 日。关于黎明高中最后被取缔的原因,几乎所有的回忆和相关巴金的传记都持这样的看法:1934 年夏天黎明高中因学生排演话剧《出路》而被查封。但据我查到的 1934 年 6 月 23 日、30 日《江声报》有关黎明高中被查封的报道看,没迹象表明排演话剧《出路》与黎明高中被查封有关。学校被关闭主要原因,是统治当局发现黎明高中师生在泉州民众运动中的特殊影响力。6 月 23 日的这篇报道中还录有当时取缔的布告:"县府布告 案奉教育厅密令开,案奉省政府密字令开,案据南区保安分处长沈发藻皓电称,查黎明中学,学生不过数十人,闻教育厅尚未立案。该校宣传反动,凡社会学校,发生风潮,均为主持机关。又查学生联合会,为人民政府遗留产物,现在此间仍在流行。据报亦为该校主持者。可否令教厅下令,解散该校,或由此间拘捕,乞电示。等情据此,除电复准于拿办不法分子外,仰该厅长即将该校解散,以杜后患,并具报为要。此令。等因奉此,仰该县长剋即将该校解散,并将办理情形电复,勿得延误为要。此令。等因奉此,除遵令解散外,合行布告周知,仰各一体知悉。倘有不肖之徒,藉端鼓动煽惑,定将严拿惩办不贷云云。"

② 《泉州私立五中学厅令停办》,厦门《江声报》1934 年 7 月 27 日。

③ 福建省总工会编:《福建工人运动史:1840—1949》,中国工人出版社 1990 年版;陈孝华:《福建工人运动史要录(1927—1949)》,厦门大学出版社 1999 年版。

材料大多来自于有关人士几十年后的回忆。但是这些回忆都非原初史料,其中,当事者如秦望山、郑佩刚、毕修勺、范天均等谈到那段历史时,或因年事已高,或现实语境的影响,许多回忆语焉不详,相互矛盾;而当年黎明高中、平民中学学生的回忆除存在同样不足外,还因身份差异而无法提供较为实质性的东西。而纯粹用这类回忆性的资料来探讨历史问题,也的确存在着一个信度问题。所以,应该寻找当年报纸的有关报道,来尽可能地还原那段已经被无意忘却、或被有意遮蔽的历史。

查当年的《江声报》(厦门),从1931年5月至1934年5月的三年间,在泉州(晋江,不含所辖7县)发生的各类民众风潮事件二十余起,其中较大规模的包括:

1931年5月:泉安汽车公司劳资纠纷,工人罢工;

1931年6月:泉州渔民反对海味税请愿事件;

1931年8月:城内商人反对苛捐杂税罢市;

1931年10月:因征收契税引发晋江伍堡军民冲突事件;

1932年3月:晋江反日会与许锡安冲突事件;

1932年12月:泉州民、警冲突风潮;

1933年1月:泉州反日会反对、处罚海关关长事件;

1933年2月:晋江执委庄澄波被捕事件;

1933年5月:石狮市民反对契税罢市风潮;

1933年5月:泉州船工、警察冲突事件;

1933年6月:泉州初中学校罢课十天;

1933年6月:泉州高中学生拒绝参加全省会考的罢考事件;

1933年8月:泉永德公司职工请愿事件;

1933年8月:城内人力车夫集合请愿事件;

1933年9月:人力车夫再度集合请愿,公路局被捣毁事件;

1933年11月:民船工会要求撤消船牌税风潮;

1933年12月:警察捕殴群众引发城内各界请愿风潮;

1934年6月:培元初中学生罢课离校,引发各校声援事件。

据不完全统计,这三年间在城内举行的较大规模的民众集会、游行也有十余次。这些集会地点大多在黎明高中旁边的中山公园,较主要的集会如:

　　1931年10月6日:晋江各界抗日大会,会后游街大示威,参加者两万余人;

　　1932年3月16日:晋江学生反日救国大会,会后示威游行,参加者二十九校学生;

　　1933年1月28日:泉州各界纪念淞沪抗战周年大会;

　　1933年6月6日:晋江学生联合会反对对日妥协大会,会后游行,参加者二十二校学生;

　　1933年6月7日:晋江各界反对对日妥协示威大会,参加者两万余人;

　　1933年11月23日:泉州各界倒蒋救国大会;

　　1933年12月1日:泉州各界庆祝人民革命政府成立大会。

其中,如1933年6月7日的大会,《江声报》10日有标题为《晋江反对妥协二万众示威大会志详/质问中央通电全国响应蒋蔡/全县实行抗日自卫组织》的详细报道:

　　晋江各界反对对日妥协示威大会,于七日上午十时在中山公园举行。路情已志昨报,兹再详志之。查是日会场分农工界,学生妇女界,商界,军界,各机关等。围以小绳,杆上标以五色小旗,临风飘动。会场左门,写着打倒日本帝国主义者,右门写革命民众请进来,并装发播音扩大机,会场布置极为庄严。是日各界均行罢业,晨有工人纠察队十数名,分乘汽车沿街巡察,制止商家不依照休业者。及后微雨霏霏,雷声隆隆,及各团体学校,仍冒雨到会。共有一百五十余团体,及军队保卫团等一万余人,以及自动参加市民,计有二万众。会场里工人纠察队二百余名,维持秩序。主席团县党部代表袁国钦,师司令部代表赵锦文,特别党部代表陶若存,县民众自卫委员会代表袁继热,总工会代表黄也鲁,县政府代表高垣,第二区保卫指挥部代表,各界抗日会代表程永才,商会代表庄子才,妇女会代表张人任,农会代表欧阳某,黎明代表许谦,培元代表黄

丽川,学联会吴庆良。总主席袁国钦,记录刘尧基。行礼如仪。由总主
席袁国钦报告开会意义……。次由六十一师部参谋长赵锦文演说……。
再次特别党部代表陶若存,学联会代表吴庆良,民众自卫会代表袁继热,
妇女会代表张人任,相率演说,词意激昂。全场对于打倒卖国军阀政府
之空气,异常紧张,实为九一八以来,泉州民气激昂之现象。大会一致通
过四提案:一,质问中央为何对日妥协,签定华北辱权协定。二,响应蒋
蔡通电,并电请全国一致反对中央对日妥协,彻底抗日。三,电请抗日
军,为民前锋,继续奋勇抗日。四,本县民众一致实行抗日自卫组织,充
实抗日力量。次高呼口号摄影示威游行。路线是自会场经新街,由新街
过东街,穿过承天巷,南大马路,直至新桥头,转向海关至南较场散会。
是日游行民众,极为庄重,工人纠察队服装齐备,殊足表现精神。尤以
六一师教导队,于大雨淋漓中,经南街直上回部,精神奋发,步伐整齐不
变。是晚有学生联合会,在中山公园表演抗日新剧。各街衢有各校化装
宣传队宣传抗日云。

　在上述风潮、集会等事件中,晋江县党部(这期间一直由秦望山、袁国钦
等人掌控)、总工会、农会、妇女协会、学联会和民众自卫委员会都是活跃的
组织。而经常在相关报道中出现的代表或负责人,则包括了袁国钦、袁继热、
谢仰丹、张人任、张一粟、王一萍(平)、黄也鲁、欧阳某、叶非英、陈君冷、陈
侃、程永才、许谦,等等。
　作为领导者或组织者,这些团体和个人又是如何协商、议事的呢? 巴金
的《电》开头第一章曾描写过一次会议的过程:先是吴仁民的长篇报告,过
后有好几个人接连地发言。"碧和志元说得最多;佩珠、雄、慧也说得不少。"
接着,"在某一点上,起了小的争论,慧和志元站在反对的两方面,两个人起
初都不肯让步,反复争论了好一会儿。志元的不清楚的口音渐渐地敌不住慧
的明快的口齿了,他显得着急起来,差不多争红了脸。这其间佩珠出来抓住
了两个人的论点,极力使它们接近。后来志元作了一个小小的让步,让大家
修正了慧的提议把它通过了。众人带着微笑来讨论新的问题。没有人觉得
奇怪。在他们的会议里事情常常是如此进行的"。或许,人们会觉得小说的

描述过于空洞,也过于"安那其"式的民主。但从当年报纸有关会议的详细
报道看,巴金小说的这类描述也不能说完全是凭空虚构。如 1931 年 10 月
6 日的《江声报》的报道《泉救国执委宣传两会议 / 组织各乡村抗日救国会
及义勇军女子家庭宣传队》就为后人留下了当年开会议事的实际情况:

> (晋江讯)救国会于二日下午二时在县党部开第二次执委会议。讨
> 论事项:一、大会主席团应如何规定案。议决:除本会执委全部外,加推
> 旅部、县政府、公安局、印务工会为主席团。二、游行路线应如何规定案。
> 议决:自会场出发,从左边转新街,过裴巷,出西街,直上东街,至石墙边,
> 出镇抚巷口,由南街直抵南门新桥头,折米埠,由海关口过富美,从水巷
> 街直至南门城,从南校场入涂门街,到考棚奎星楼前运动场散会。三、大
> 会纠察队案。议决:1.函请旅部公安局派得力军警到场维持秩序及担任
> 游行纠察。2.函全体学生反日救国会,派学生纠察队担任协助纠察。四、
> 惩戒奸商条例应如何规定案。议决:由纠察部负责起草,提交下次常会
> 讨论。五、纠察队出勤奖惩条例应行规定案。议决:由常务委员起草,
> 提交下次常会讨论。六、六日起开始检查日货,纠察办法应如何规定案。
> 议决:由常务委员与全体学生反日救国会接洽办理。七、常会时间应如
> 何规定案。议决:定每星期一下午一时为常会时间。八、本会委员有未
> 申述理由而缺席者,应如何惩戒案。议决:惩戒办法:1.一次不出席者请
> 其申述缺席理由。2.连续两次不出席者,由会严重警告。3.连续三次不
> 出席者,登报停止其执委资格。九、为实际扩大抗日工作,应增加组织部
> 案。议决:通过。组织部职务:1.组织各团体各乡村抗日救国会。2.组
> 织抗日救国义勇军。四时闭会。
>
> 　继续又开第二次宣传委员会议。出席者:泉中代表朱贯五,平中代
> 表叶非英,省中代表吴文良,黎明代表洪一萍。讨论事项:一、通知各工
> 商团体开会,由指导股规定时间、派人宣传案。议决。二、通知各中小学
> 校组织抗日救国会女子家庭宣传队到各家庭向妇女宣传案。议决:通
> 过。家庭宣传队之组织与宣传方法由组织股规定。三、本会应出版一周
> 刊,由出版股计划提出执委会通过实行案。议决:通过。四、画报及剧团

应从速进行案。议决：由艺术股设计从速进行。五、抗日救国宣传应统一案。议决通过。由组织股与全体学生反日救国会宣传股协商召集各宣传队会议，决定统一宣传办法。查晋江各界抗日救国大会于六日开大会，总罢业罢课罢工一天，示威游行。全体学生反日救国大会则先一天开会。各界大会时，各学生仍踊跃热心参加云。

如果再详细披阅上述这些事件的相关报道，还可更为深入地了解或感受到当年泉州民众运动的历史氛围。但囿于篇幅，这里只能就可确认的当年巴金了解到或经历到，对他的创作产生一定影响的几个历史事件作较为详细的介绍。

一是泉安汽车工人罢工。后来当过晋江县总工会执委的张汉玉①1990年回忆说："巴金来过泉州三次。有一次（可能是第二次——1932年，原注）当时我是在泉永德汽车公司当业务员。办公室设在南安诗山街。有一天，我从诗山回家，到和平书店访友。袁志伊告诉我：'继热要和你去见见巴金。'因为我读过巴金许多作品，对他很崇拜，能够有机会和他会晤，自然十分高兴。我跟袁一道到平民中学的一间教室。那里已围坐着许多人了。非英、继热立即把我介绍给巴金。巴金站起来和我亲切地握手，随即询问汽车工会的工作情况，工人生活好吗。我说，住石狮镇的泉安汽车公司的汽车工人曾发动过大罢工，要求改善待遇，已得到合理解决。其他地方的汽车工人生活还过得去。继热说，石狮工潮的资料已整理好，可以送巴金先生一份。当时在座的尚有一些工会工作者，记得有张一粟、欧阳某、黄雅士等人。他们都谈了各自工会的情况，不久就先后告辞了。"②

张汉玉提到的这次罢工影响较大，当时的《江声报》有过详细的系列报道，其主要篇目包括：《泉安汽车工人罢工／工人徐尧卿被护路队开枪伤毙》（1931年5月28日）；《泉安交通昨午恢复》（5月29日）；《泉安劳资纠纷资方之理由／泉安昨来电告复工》（5月30日）；《泉安劳资纠纷已解决》（6

① 据厦门《江声报》1934年5月4日消息《晋江总工会选举执监／决议十六案》："晋江总工会选举执监，决议十六案，……，议毕。选举总工会执委，王一平、张一粟、欧阳某、张汉玉……中选；……等，中选监委。"

② 张汉玉：《巴金关怀工人生活》，《巴金与泉州》，厦门大学出版社1994年版，第168页。

月2日）；《泉安劳资纠纷协调后》（6月5日）。此录比较详细的第一篇，以见当时罢工的来龙去脉：

　　本报昨接晋江县汽车工作理事会代电两纸，谓泉安车公司经理，唆使护路队开枪射死工人徐尧卿等事。真相如何，容后详查。兹录该电如左：

　　（一）江声报转各团体鉴　宥日（廿六）泉安车公司经理唆命护路队到各站逮捕工人，晚八时在青阳站开枪扫射死工人徐尧卿，失踪数名。感日工人罢工，晋江汽车工会叩感（廿七）

　　（二）衔略。查本会依据全×（此字不清，下同——笔者）第二次代表大会议决案及地方情形，提向泉安、泉围、石永、溪安四汽车公司修正劳资合约一事，经本会一再交涉，乃泉安汽车公司不但不切实答复，反将工作时间要延长至每日十二小时。嗣经工友反对，维持原来每日十小时之工作。乃本月廿六日午后五时，泉安汽车公司经理吴警予、傅薇阁，突派护路队兵二十余名，武装实弹，强将本会在安海工友拘押在公司。工友问何事，则谓召集开会云。随又派护路队兵多名驰到青阳，欲加诸同样行动。工友得悉，设法逃脱。护路队竟以经理命令"不去——开枪"为词，准备作开枪状。幸当时有庄栋先生在场，极力制止、遂免发生意外。同时本会在石狮工友，适在工人宿舍晚膳间。公司经理部突令驻石护路队兵四五名包围宿舍，声势汹涌，强迫全场工友要到安海经理部去，云云。工友未明有何事体，正彷踌躇，乃护路队兵实弹示威，全场工友惊慌万状，四行奔散。而在安海被胁迫去开会者，经理强要他们签名否认条件，应要脱离工会，方得在公司工作云云。有些工友，据理辩驳，乃经理兽性大发，派护路队强到会工人要到青阳。抵站，护路队兵见车站有工友在休息谈话，即予开枪，连发驳壳枪四十余发。工友逃散失踪未返会者十一名。幸当地驻军民团出面维持，始得地方免受其害。本会工友，安分工作，究有何罪亦应据理到法庭控诉，岂得借护路队之强力，任意逮捕？且护路队之设，原为维护交通路线，有何权力拘押他人？显见经理唆使，有意摧残工人。国家法令何在？人权保障何在？处今青天白日之下，公司竟敢横蛮无理，恃强凌人，其越法行动，形同绑劫。是可忍孰不可忍，本会工友虽皆空拳赤手，但以公理存在，誓必达到完满解决。现在全县汽车工友万分激昂，群以护路队枪击工人，生命时陷危险，谁能安心工作？因是自×日（廿七）起，全体停工。致若影响交通之责任，应由泉安汽车公司完全负责。本会工友群形奋激，非达到要求条件，得完满解决，及取消专事杀戮工人而设之护路队，誓不复工。凭我党政军诸公及各界同胞，实力援助，俾得及早解决，则晋江汽车工人幸甚，晋江工运幸甚。晋江县汽车工会理事会。五月廿七日。

二是石狮反契税罢市风潮。1933年5月巴金第三次到福建，这前后，泉州先后发生石狮反契税罢市风潮、泉州民船工会与当地警察冲突的两件大的民众反抗事件。

石狮反契税罢市风潮始于1933年5月13日，最后以5月30日学生请愿团包围县政府，迫使县长接受请愿条件而告结束。巴金5月17由上海乘船，20日到达厦门，厦门当地报纸《江声报》已经开始系列报道。20日至5月26日巴金在泉州时正是这一冲突的高潮时期。此后巴金于7日离开厦门往香港、广东，7月底返沪时又在厦门停留并会见泉州友人，因此应充分了解此事件的全过程。

对这一事件，秦望山后来的回忆是："晋江县县长高垣（曾任十九路军第六十一师毛维寿部的副官长，原注）袭陈受禄故伎，以契税名义，要在晋工筹款200万元。高首从泉州商户下手，内定城区额数为40万元，且急如星火，数周之内即征收现款20余万元（根据高后来在《泉州日报》公布的数字，原注），商人叫苦连天，但不敢罢市，只半掩店门，高对此熟视无睹。对高的劣举，袁国钦等愤而不平，乃领导学联会带头反对，集合约400名学生包围县政府，要求高垣出来讲话。适十九路军某师师部就在县政府隔壁，见学生包围县政府，即派一连人包围学生，双方相持不下。高垣要学生推出代表商谈解决，当时有的学生暗藏手枪，即推带有手枪的8人为代表入内见高垣。双方辩论至为激烈，顷之，学生代表忽一起亮出手枪，厉声说：'军队在外面包围我们，我们现在就在这里和你同归于尽！'高垣吓得魂不附体，当即答应两条办法：一是全县契税暂停征收，候省政府解决；二是将已收的现款账目，即日在《泉州日报》公布。高垣亲手签字交学生代表。之后，学生代表挟持高垣遣散包围学生的军队，从容整队而归。"①

当年厦门《江声报》对这一事件的系列报道共九篇：《反对契税捕人／石狮昨罢市毁局伤警／晋江县率警至警戒／捕七人枪伤一人》（1933年5月14日）、《石狮罢市殴警续详／原因为市民反对契税／事后捕七人伤一人／警兵亦受伤二人》（5月15日）、《石狮仍罢市中／昨捕一人封二商店／交涉人释一店启封》（5月16日）、《石狮反契税／罢市风潮澎湃中／第二三日／官民相持之紧张状态》（5月17日）、《石狮反契税罢市风潮／党部与县府洽商消弭中／各界请释七人县府已允／请缓办或酌减复市再商》（5月18日）、《石狮税潮党政再商善后／商民复市县府即可放人／契税缓征准向财厅请减》（5月19日）、《石狮税潮已谈判解决／赔偿警局损失契税估值体减／乡长结保肇事人准自新》（5月30日）、《泉学生昨为契税请愿／提四项高垣均接受》（5月31日）、《晋江三百余学生／簇拥县府请减轻契税／提出四项县长逐条签认／当场释放石狮在押三人／学生再进行减税宣传》（6月1日），等等。其中5月31日报道全文如下：

> 泉州今晨一时四十五分电：三十日学生代表团为契税包围县长高垣请援。提四项：一、契税展期，未减轻前不征税。二、撤回石狮征税人员，并登报声明。三、公布前收契税款项。四、释放石狮在押人。当高逐条签字加印县印，学生即请释放石狮被捕三人。退后，代表再开会，定六月一日二日赴乡宣传减税。

就当时具体的报道和后来秦望山的回忆看，其中代表晋江县党部从中洽商协调的正是袁国钦。或许袁国钦无法使具有当地驻军背景的县长退让，最后只好策动学生采用非常手段迫使高垣就范。据6月1日更为详细的报道，中午十二时许，"代表团集中泮宫，每校约二十人，计有培中、黎高、平中、乡师、西师、晦中、泉中、培英女中、泉州女中、南华女中、晋中、晋公、溪亭、西

---

①　秦望山：《安那其主义者在福建的一些活动》，《福建文史资料》1990年第24期。

隅、孟群、闽南、崇德、立成等小学,城外到者有南区学联会、法江农中、新华小学、养正中学,计二十余校,约三百人,各校代表团推代表统率,直入县府大礼堂……"从名单看,当时泉州城内及附城的中小学校几乎全部被组织发动起来。而平民中学所在的县文庙就在泮宫隔壁,该校在这一斗争中的角色也就很清楚了。①

三是民船工会与警察冲突事件。泉州民船工会与当地公安局的冲突发生于 1933 年 5 月 24 日,中经总工会介入,最后在 28 日以工会方面获胜而解决。这期间巴金刚好就在泉州。这一事件的经过,《江声报》从 26 日至 29 日连续几天追踪报道。其中 27 日的报道题为:《泉州工警冲突 / 公安局答复工会六项 / 工人不满货运仍停顿》,全文如下:

> 泉州讯:本市民船工会船工林世乌,廿四日上午,因改换船牌事,与船牌编查处警兵冲突,两人均受伤。事后民船工会工友,全体停止工作,并向公安局提出六项要求。详情经见前讯。续查民船工会工友,昨仍无形停运。上午十时,该会工人百余人,晋城向党政两机关请愿,请予援助。经县党部,县政府,派员面覆该会代表,允许详查办理,百余船工始返会。午后公安局函致总工会,对于民船工会所提六项要求,其答覆文云:顷准贵会公函,以民船工会提出六条,请即答覆,等由准此,查原条第一,谓保障殴伤工友林世乌生命安全等字样。查该林世乌于昨日到局请验时,已经验明,其额角有伤一处,皮破血流,甚属轻微,当不致命,曾到晋江地方检察处请验在案。即令因伤致死,自有法院依法律解决。其答复者一。第二,谓将凶警兵按律严办等语。查该警兵翁钦和,身负重伤,现在局请医诊治。据其声称,伤系船户林世乌及业殴之船民加害,亦经法院验伤究办矣。是该警兵亦系被害人,俟法院传到加害者到庭时,该警兵亦必到庭追诉。此其答覆者二。第三,谓将船牌主任戚义和,撤职查办,并将该处全部人员撤职等词。查任用职员,系行政者之权衡。

---

① 据相关的资料看,早在 1931 年间,黎明高中闹学潮,吴克刚、卫惠林、陈范予等离校,许多有鲜明安那其倾向的师生转入平民中学,所以后来的民众运动中平民中学的激进并不亚于黎明高中。而巴金第一次到泉州住黎明高中,第二、第三次就都住在平民中学了。

该办事员戚义和等有无情弊,现正由本局调查中。果有不法行为,自当分别处分。此其答覆者三。第四,谓负责医治被伤工友林世乌,并赔偿损失等语。查该警兵翁钦和,所受之伤,亦在医治中。药费究由何人负责? 且据办事员戚义和报告,所有办事处公用器具,均被捣毁。应由何人赔偿损失? 及负毁弃损坏罪,此其答覆者四。第五,谓以后查验船牌,应会同民船工会派员办理云云。查民政厅颁发查验船牌章程,无此办法,敝局未便擅专。此其答覆者五。第六,谓系保障以后不发生同样事件等语。查编查船牌,为顾虑水上治安要政。或各警士知识浅薄,对于处事接物,难免失当,现正积极训练,嗣后当能恪尽其责;以及船户均能遵章将船牌缴验,当不致再有同样事件发生。准函前因,相应函复查照,云云。另据总工会负责人谈,民船工会工友,对于公安局答复,均深表不满。本日拟再派员严重交涉,如无完满答复,全体工友,为争工人保障起见,决进一步,作正式罢工,停止运输,务求达到目的,云云。

对于公安局方面的顽固态度,工会方面进行了进一步抗争,终于在28日取得了最后的胜利。29日《江声报》消息《泉州工警潮已可解决/肇事警开除》报道说:

> 泉州讯:晋公安局船牌办事处,与民船工会冲突事,经县长高垣,表示接受工方意儿,及公安局长车之监态度接近等情,志昨本报。昨复据公交局吴宗本科长谈,本局对工会已作切实答复,大抵撤船牌办事员戚义和,而委本局巡官吴英祺接任。肇事警察翁钦和开除。惟该警因伤未愈,即待执行。受伤工友林世乌医药费斟予赔偿。此后编验船牌,准即会同工会办理,以期和平解决,而免事态扩大云云。闻工方对此会表同情,已可完全解决云。

从《电》的描写看,上述三事件都在巴金的写作中留下了蛛丝马迹。小说一开始写到的明为了码头工人的事情跟军人打架被捕,后来通过团体营救从公安局出来的情节,与民船工会工人同公安局的斗争相类似,而团体营救被捕者则在石狮反契税罢市风潮中出现过。群众集会引来军队的包围,但又在纠察队的维持下,顺利地通过了军队的防线散会了,也和学生代表挟持高垣遣散包围学生的军队,从容整队而归有点相似。

在群众撤离现场过程中,慧一激动,喊出了"取消苛捐杂税! 打倒陈××"的口号。小说紧接着特意解释说:"陈××就是统治这个城市的旅长。"巴金在 1943 年的《新版题记》中特意挑明说:《雷》同《电》里面写的是在陈国辉统治下的一个闽南古城的生活。我到那地方去时,正是这个由土匪改编的旅长作威作福的时期。"① 在《〈爱情的三部曲〉总序》中,作者已经交代:"《雨》的结束时间应该比《雷》迟","《电》和《雷》一样也是在 E. 地发生的事情,不过时间比《雷》迟了两年半以上。在时间上《电》和《雨》相距至多也不过两年半的光景"②。从巴金三次到泉州的时间和《雾》、《雨》、《雷》、《电》的写作时间看,《雷》的时间大致在 1930 年巴金第一次到泉州的 1930 年 8、9 月间,《电》的时间则在巴金第三次到泉州的 1933 年 5 月,两者相距正好在"两年半以上"。但实际上,陈国辉统治泉州的时间到 1932 年夏天就结束了。1932 年十九路军从海路入闽时,据查是由其六十一师于 6 月 7 日率先在泉州登陆的。③ 六十一师抵泉后,陈国辉旅就被调防到仙游一带。9 月陈国辉被蒋光鼐诱捕于福州,12 月 23 日被执行枪决于福州东湖。④ 陈国辉统治泉州时,苛捐杂税很重,所以在 1931 年夏秋,泉州也曾经发生过一次很大规模的民众抗税风潮。巴金 1931 年没到过泉州,但他 1930 年和 1932 年到泉州时,都是陈国辉统治这个古城,估计他对1931 年的抗税风潮的过程会有大致的了解。所以在《电》中,他让笔下的人物喊出了"取消苛捐杂税! 打倒陈××"的口号。

另外,《电》最后写到的工会、学校、妇女协会被抄,陈清、陈舜民等被捕的情节,也与引发泉安汽车工人罢工的护路队警兵从安海、青阳、石狮一路包围,开枪射杀工人的情形相类似。

可见,如果不囿于已经遮蔽某些事实的"革命"历史著作而从当年报

① 巴金:《新版题记》,《巴金全集》第六卷,人民文学出版社 1988 年版,第 1 页。
② 巴金:《〈爱情的三部曲〉总序》。
③ 参见:《十九路军六十一师全部到泉／一团九日开安同马驻防》,福州《民国日报》1933 年6 月 11 日。
④ 参见:《闽南著匪陈国辉昨日陈尸东湖》,福州《民国日报》1933 年 12 月 24 日。

纸的原初记录中追寻,的确可以窥见 20 世纪 30 年代初泉州民众运动勃然兴起的局面,可以感受巴金"革命"叙事中的历史氛围与相近事件。那么,在充分认识历史的丰富性和复杂性的基础上,是否应该对过去文学史叙述中有关 20 世纪 30 年代"革命文学"的命名和界定进行重新的审视呢? 所谓的"革命文学",是以其叙事的"革命性"认定,抑或以这种历史叙述者的"革命性"身份加以界定? 如果以叙事的"革命性"认定,那么,是因这种"革命"运动的领导者的身份,还是以"革命"运动的历史实际为辨别标准? 如果以历史叙述者的"革命性"身份界定,那么,过去文学史叙述中有关 20 世纪 30 年代"革命文学"描述是否又恰如其分呢? 在 21 世纪中国文学研究不断深化的今天,的确有必要对在某种程度上已被遮蔽的"历史",对"革命文学"的命名进行全新的审视。

(原载《中国现代文学研究丛刊》2006 年第 2 期)

《家》的版本流变及"异文"考察

一

在现代中国,巴金是最愿意不断在自己作品再版时进行认真修改的作家之一。他这种严肃认真的工作态度,是与其尊重读者,为读者高度负责的精神相一致的。在巴金的作品中,尤以《家》被修改的次数最多,"算起来,这部小说一共改动了七、八次",直到 20 世纪 80 年代,巴金对这部作品还进行了"最后的一次"的修改①。下面拟从考察"异文"入手,了解《家》的主要版本的流变状况,并进一步探讨作者数次修改的主观动机与客观效果。

《家》于 1931 年 4 月 18 日面世。当时上海的《时报》在这一天开始以《激流》为题连载这一部小说。此后,除由于"九·一八"事变等原因停载两个月外,至 1932 年 5 月 22 日,《时报》用一年多的时间连载完这部作品。连载期间,报纸每天发表一千字左右,巴金"写好三四章就送到报馆收发室,每次送去的原稿可以用十天到两星期"②。由于是随写随送,作品难免存在有待完善之处,所以 1933 年 5 月,上海开明书店根据《时报》文字排印单行本时,作者对这部小说进行了首次的全面修改。修改后的这个单行本正式以

---

① 《关于〈激流〉》,《巴金全集》第二十卷,人民文学出版社 1993 年版,第 684 页。

② 同上书,第 676 页。

《家》取代《激流》为书名,而《激流》则成了以《家》为开头的三部连续性长篇小说的总题,称《激流三部曲》。从《时报》的发表本到开明书店的初版本,巴金对小说做了很大的改动,其中包括对一些章节、章名的更改与调整,也包括补充了诸如高老太爷死后克安、克定闹分家等情节。此后几年,这个版本也就成了《家》的最初流行本。所以,下面就以1933年5月上海开明书店初版的《家》为第一个主要考察本,称"初版本"。

1936年4月,巴金因动笔写《春》重读这部小说,并对其进行重新校订,后于1936年6月以上海开明书店第5版印行,并增加《题记》,对校订情况做了说明。1937年,《家》已印行到第10版,书店拟为其改版。于是巴金干脆把这部小说"从头到尾修改了一次"[①],包括删去各章标题只留章码等。改订后的这个版本于1938年1月由上海开明书店印行。从1938年到50年代初,《家》就一直以此版本行世,所以,下述以此为第二个主要考察本,称"十版本"。

新中国成立后,人民文学出版社于1953年6月初版印行《家》,作者对小说进行了一些修改,并为其增写了注释。但有较大改动的,是1958年5月人民文学出版社出版的《巴金文集》第四卷中的《家》,这一版本在社会上流行极广,在《巴金全集》出版之前,许多学者在研究时,也大多依据这一版本。因此,下面以此为第三个主要考察版本,称"文集本"。

"文革"之后,人民文学出版社于1977年11月重印《家》,依据的是"文集本",内容上未作新的更动。1982年7月,四川人民出版社出版作者亲自编定的《巴金选集》(十卷本),第一卷《家》仍以"文集本"为底本,但作者做了一些修改。1986年,人民文学出版社开始出版《巴金全集》,第一卷为《家》。据本卷卷首全集的"出版说明"称:"凡曾收入四川人民出版社版《巴金选集》(十卷本)者,据《选集》排校",但考虑到此后《巴金全集》第一卷可能将成为《家》的最后改订本,而且《家》的出版、研究也可能以此为主,故下述以《巴金全集》第一卷为第四个主要考察版本,称"全集本"。

---

① 《关于〈家〉》,《巴金全集》第一卷,人民文学出版社1986年版,第452页。

二

　　《家》的版本纷繁复杂,而在不同版本中,除文本差异之外,序跋附录中的有关文字也时有变动。先了解一下有关序跋附录中作者对高家的总体认识的变化,对后面围绕异文展开的讨论必将有所启发。

　　初版本的《后记》在谈到《家》的内容时说:"从这一年内的大小事变底描写,我们已经可以看到一个正在崩坏的资产阶级的家庭底全部悲欢离合的历史了。"十版本的《十版改订本代序》中,这句话依原文被引用,并提到说:"我所写的应该是一般的资产阶级家庭的历史"。在同一篇"代序"中,还多次出现另一提法,如"旧家庭是渐渐地沉落进灭亡的命运里面了";"觉慧也正是靠了这几个字才能够逃出那正在崩溃的旧家庭",等等。另外,十版本仍采用初版本的《后记》。

　　但是到了文集本中,原《后记》被删除,《十版改订本代序》作为附录二收入时,关于"资产阶级家庭"的两处改作"封建家庭",关于"旧家庭"几处未作更动。而作为附录三的《和读者谈〈家〉》则提到:"写出这个正在崩溃中的地主阶级的封建大家庭的悲欢离合的故事";"我写了一般的官僚地主家庭的历史"。全集本中,《初版后记》据初版本,《十版代序》据文集本,《罗马尼亚文译本序》有"我在这里写的只是一个封建地主家庭的悲欢离合的故事"及"高家那样的封建大家庭"等文字。

　　巴金在写作《家》之前对社会政治理论有过近十年的研究,因此,上述关于高家的家庭性质的界定当不是随意的。不同的界定实际上反映了作者不同时期对高家的不同的认识。上述的不同提法,归纳起来主要有"资产阶级家庭"、"旧家庭"和"封建大家庭"、"官僚地主家庭"、"封建地主家庭"五种。前两种一组,主要是50年代以前两个版本中的提法,强调这个家庭的资产阶级性质。后三种一组,为50年代以后的提法,强调的是其封建性。这一变化可以看出1949年以后评论界一致强调的《家》的反封建意义对作者本人的影响。

　　但是,巴金对当时评论界共识的这种认同,又是建立在自己对这个家庭实际状况的进一步认识的基础上的。作者50年代后的一系列关于《家》的文章都印证了这一点。而关于"官僚地主家庭"或"封建地主家庭"的说法则反映了50年代以来社会上强调政治斗争、阶级斗争对巴金的影响，同时也反映了巴金对社会盛行的阶级分析方法的陌生。因为从高家的实际情况看，其经济收入可能以地租为主，但从十版本开始增加了高家拥有不少的"股票"的内容看，作者似乎又在强调其现代工商业性质。至于"官僚地主家庭"的提法则更不符合实际情况，因为高老太爷和克安等人虽然都当过官，但那是辛亥革命前的情形了。辛亥革命之后，高家实际上已脱离政界，高老太爷、克明、克安可以自以为是社会的名流、绅士，但绝对已不是官僚或政客了。

实际上，文学作品并非社会科学论文或著作，它主要还是通过作品中构筑起的艺术世界来反映社会生活，表现作者对社会人生的看法。上述的不同界定主要还是表明作者一开始就对这方面问题很关注，也提醒人们在考察《家》的异文时，应注意作者有关这方面的修改。

初版本第六章中，觉新的父亲有一天对觉新说：

> 我已经给你找好了一个位置，就在××公司，钱虽然不多，总够你们两个人零用。你好好去做，将来也许还有更好的事。明天你就到××公司办事，我领你去，那里面有几个同事都是我的朋友，他们会照料你的。……

十版本中，这一段除文字更动外，语义没有更动，到文集本和全集本中，这段话改为：

> 我已经给你找好了一个位置，就在西蜀实业公司，薪水虽然不多，总够你们两个人零用。你只要好好做事，将来一定有出头的日子。明天你就到公司事务所去办事，我领你去。这个公司的股子我们家里也有好些，我还是一个董事。事务所里面几个同事都是我的朋友，他们会照料你。……

　　改动后的这段话,突出了"西蜀实业公司"。改动前是泛指,只不过要强调觉新19岁就被迫走入社会,至于什么公司则不究。改动后明确公司的性质,是实业公司,而且强调高家是重要股东。改动鼓励觉新"将来也许还有更好的事"为"将来一定有出头的日子",可视为父亲对觉新的期望,也可视为高家对这家公司的期望。上述异文表明作者对高家与社会的关系,高家的现代工商性质的强调。但是,这种强调并不是始于50年代,而是从30年代就开始了,并且有不断增强的趋势。在《时报》连载时,第35章(连载时为第38章)没克安、克定闹分家的情节。初版本中新增了这一情节,其中觉新提到"我得了祖父遗命所给的一千元的公司股票"。十版本中,这句改为"我得了爷爷遗命所给的三千元的公司股票"。文集本中,再改为"我得了爷爷遗命所给的三千元西蜀商业公司的股票",并增加"姑妈只得了一点东西,还有五百块钱的股票"。全集本与文集本同。可以看出,从初版开始,巴金就注意到这一问题,并在每次修改中,逐渐加重这方面的内容。另外,文集本和全集本中提到的"西蜀商业公司",似乎也不是"西蜀实业公司"的误植,如为误植,四川的十卷本和最后的全集本是会改正的。那么,可以认为高家至少拥有"西蜀实业公司"和"西蜀商业公司"两家以上的股票。

　　强调高家与社会经济的关系,还包括在所有版本的第30章中都提到的,这个家庭"每年要收那么多担租谷"。但在文集本和全集本中,高老太爷在责骂克定时还增加了这段话:"畜生,你欠了这么多的债,哪里有钱来还啊?你以为我很有钱吗? 现在水灾、兵灾、棒客、粮税样样多。像你这样花钱如水,坐吃山空,我问你,还有几年好花?……"(第33章)另外,在文集本和全集本中,克明的身份也被明确为省城有名的大律师,在社会上开办着"律师事务所"。

　　巴金在《十版改订本代序》中曾谈到,旧家庭灭亡的"必然趋势,是被经济关系和社会环境决定了的"。上述新增或改订的那些内容,体现的正是作者的这种创作思路。如果不是简单地以"资产阶级"、"封建地主"或"官僚地主"这些术语来界定,经过不断修改后的《家》,的确较好地反映了20世纪20年代初处于半封建半殖民地中国的高家的复杂社会经济关系。

三

《家》的一些修改,也造成了同一作品人物在不同版本中思想性格的变化,其中以对关于觉慧描写的修改最为显著。在初版本和十版本中,第九章都有这么一段文字:

> 但他对于祖父依然保持着从前的敬爱,因为这敬爱在他的脑里是根深蒂固了。儿子应该敬爱父亲、幼辈应该敬爱长辈——他自小就受着这样的教育,印象太深了,很难摆脱,况且有许多人告诉过他:全靠他底祖父当初赤手空拳造就了这一份家业,他们如今才得过着舒服的日子;饮水思源,他就不得不感激他底祖父。因此他对于祖父便只是敬爱着,或者更恰当一点说,只是敬畏着,虽然在他的脑里,常常浮出种种不满意祖父底行为的思想。……

在文集本和全集本中,关于觉慧的这一段文字全部删除。而在第35章,觉慧与病中的高老太爷有过一次单独的见面,初版本是这样描写的:

> "你好,我很喜欢你。"祖父很费力地说了这样的话,又勉强笑了一笑,从被里伸出右手来要握觉慧的手,觉慧受了大的感动,便把身子靠近床边,跪在踏凳上,让祖父底冰冷的瘦弱的手去抚摩他底头。
>
> "你很好",祖父又用他底微弱的声音断续地说,"他们说你底脾气古怪……你要好好地读书,不要学他们底榜样。"祖父把手从觉慧底头上取下来,但立刻又放上去了。
>
> "我现在完全明白了",祖父叹息地说。"你常常看见你底民哥吗?他还好罢。"
>
> 觉慧注意到祖父底声音有点变了,他开始看见祖父底眼角上嵌着两颗大的眼泪。他觉得自己也要哭了,为了这意料不到的慈祥和亲切,这是他从来不曾在祖父那里得到过的。他忍住眼泪勉强答应了一个是字。
>
> "我错了,我对不起他。……你快去叫他回来罢,我想见他一面。……

你给我把他找回来,我决不会再为难他的……"祖父说到这里用手拭了拭眼睛,忽然看见觉慧的眼泪正沿着面颊流着,便感动地说:"你哭了。……你很好……不要哭,我底病马上就会好的。……不要哭,年纪轻的人要常常高兴,哭得多了,会伤害身体。……你要好好地读书,好好地做人,……这样就是我死了,我在九泉也会高兴的。"

觉慧一时感情爆发,忍不住便把头俯在床上压着祖父的手哭起来。

十版本里,除称谓改动外,这段文字基本保持原样。但到了文集本,这段文字被改为:

"你过来",祖父很费力地说,又勉强笑了笑。觉慧把身子靠近床。

"你给我倒半杯茶来",祖父说。

觉慧走到方桌前,在一个金红磁杯里倒了半杯热茶,送到祖父面前。祖父抬起头,觉慧连忙把杯子送到祖父的嘴边,祖父吃力地喝了两口茶,摇摇头说:"不要了",疲倦地躺下去。觉慧把茶杯放回方桌上去,又走到祖父的床前来。

"你很好",祖父把觉慧望了半晌,又用他的微弱的声音断续地说,"他们说……你脾气古怪……你要好好读书。"

觉慧不做声。

"我现在有些明白",祖父吐了一口气,然后慢慢地说。"你看见你二哥吗?"

觉慧注意到祖父的声音改变了,他看见祖父的眼角嵌着两颗大的眼泪。为了这意料不到的慈祥和亲切(这是他从来不曾在祖父那里得到过的),他答应了一个"是"字。

"我……我的脾气……现在我不发气……我想看见他,你把他喊回来。……我不再……"祖父说,他从被里伸出右手来,揩了揩眼泪。

上述这段在全集本中,除祖父的话文字略有更动外,其他与文集本一致。这是从初版本和十版本到文集本和全集本中最重要的改动之一。在前两个版本中,祖孙两人的交流合情合理,并极为细腻地描写了觉慧当时的心理变化过程:"觉慧受了很大的感动,便把身子靠近床边,跪在踏凳上"→"他觉得自己也要哭了"→"他忍住眼泪勉强答应了一个是字"→"觉慧底眼泪正沿着面颊流着"→"觉慧一时感情爆发,忍不住便把头俯在床上压着祖父的手哭起来"。觉慧从受感动到觉得要哭,从无声流泪以至大哭,作家没有真切的感情体验和高超的艺术功力是无法进行如此细腻的描绘的。但这极为成功的片断在后两个版本中被简化了。改动后的觉慧几乎是不动感情地和祖父打交道,只不过勉强应了个"是"。由于这个改动,文集本和全集本也就只好删除原初版本和十版本中关于觉慧与祖父刚开始相互了解,又怀着隔膜永别的那段长达 250 多字的感慨与议论。

从上述的几处改动看,在后两个版本中,觉慧与祖父的感情被淡化了。而这样做的原因,恐怕与过分强调阶级斗争,把高老太爷作为封建阶级的代理人有关。同时,也与为了强化觉慧的反封建精神有关。

强化觉慧的反封建精神,还表现在对觉慧与鸣凤恋爱的有关描写的修改上。在这一爱情故事中,觉慧本来就一直为鸣凤没处于琴的位置而苦恼,因此,第 25 章中谈到鸣凤一直等待与他单独见面的机会,而他对鸣凤所面临的不幸又一无所知的原因时,初版本和十版本是这样写的:

> 这是因为一则,(从略——笔者);二则,他在家里也忙着写文章或者读书,即使有机会听见别人说起鸣凤底事,他也连忙避开,他怕别人知道了他和鸣凤的关系。

> 而文集本和全集本则改为:

> 因为:一则,(从略——笔者);二则,他在家里时也忙着写文章或者读书,没有机会听见别人谈鸣凤的事。

这样一改,就回避了觉慧害怕别人知道他与丫头恋爱的心理。接着,在鸣凤自杀前找过他之后,他才从觉民处知道鸣凤第二天将被送到冯家。经过一番思想斗争,他终于决定去找鸣凤,几个版本分别这样描写道:

> 去,他必须到她那里去,去求她宽恕,去为他自己赎罪。
> 他走到仆婢室里,轻轻推了门。屋里漆黑。她大概睡了。他不能够

进去把她唤起来,因为在那里睡着几个娘姨。他便又绝望地走回来。他回到自己房里,他发现屋子开始在他的周围转动起来。(初版本)

去,他必须到她那里去,去求她宽恕,去为他自己赎罪。

他走到仆婢室底门前,轻轻推了推门。屋里漆黑。他底底地唤了两声:"鸣凤",没有人答应。她大概睡了。(后同初版本)(十版本)

去,他必须到她那里去,去为他自己赎罪。

他走到仆婢室的门前,轻轻推开了门。屋里漆黑。他轻轻地唤了两声"鸣凤",没有人答应。难道她就上床睡了?他不能够进去把她唤起来,因为在那里还睡着几个女佣。他回到屋里,却不能够安静地坐下来,马上又走出去。他又走到仆婢室的门前,把门轻轻地推开,只听见屋里的鼾声。他走进花园,黑暗中在梅林里走了好一阵,他大声唤:"鸣凤",听不见一声回答。他的头几次碰到梅树枝上,脸上出了血,他也不曾感到痛。最后他绝望地走回到自己的房里。他看见屋子开始在他的四周转动起来……(文集本、全集本)

在初版本和十版本中,觉慧去找鸣凤是为了求她"宽恕",找一次没找着,也就算了。"他不能够进去把她唤起来",但为什么不能,或不敢在外面把她唤起来呢? 在这关键的时刻。找一次没找着就回自己的屋里了,这较符合觉慧当时的思想性格实际。他找鸣凤带有一种内心合理化的倾向,找不着似乎也尽到责任了,良心上也过得去了。这恰是觉慧尚未褪尽的少爷习性和思想上幼稚的表现。文集本和全集本中,觉慧去找了鸣凤两次,又在梅林中找了好一阵子。似乎,他很想找到鸣凤。但是,如果很想找到她,他为什么没把认为还在仆婢室的鸣凤叫起? 既然觉得鸣凤睡了,为什么又到梅林寻找呼唤? 如果认为鸣凤在梅林中,又怎能放弃寻找呢? 而且,他这样迫切寻找的动机是什么呢? 觉慧真的找到鸣凤怎么办呢? 应该说,改动后的文字过分地强调了觉慧与鸣凤的这种感情。在当时觉慧的心中,少爷与丫头的差别始终是无法打破的;在强大的现实面前觉慧也是胆怯的。所以,他后来才一直认为自己对于鸣凤的死负有很大的责任,他才有那痛苦万分的忏悔与自责。

从初版本到文集本的修改中,在逐步突出、强调觉慧与鸣凤这种感情的同时,觉慧在鸣凤死后的痛苦忏悔则被淡化,觉慧说:

> 一个人孤立着,常常缺乏大的勇气。而且当初我是决心放弃了她,我想不到她会走这样的路。我的确是爱她的,可是在我们这样的环境里我和她怎么能够结合呢? 除非贡献了大的牺牲。我也许是太自私了,也许是被别的东西迷了眼睛,我自己不愿牺牲,却把她牺牲了。(初版本)

> 一个人孤立着,常常缺乏勇气。我想不到她会走这样的路。我的确是爱她的,可是(后同初版本)(十版本)

> 我想不到她会走这样的路。我的确爱她。可是在我们这样的环境里我同她怎么能够结婚呢? 我也许太自私了,也许被别的东西迷了我的眼睛,我把她牺牲了。……(文集本、全集本)

和初版本相比,后三个版本都回避了觉慧当初准备放弃这一少女的问题。而文集本和全集本又都逃避了觉慧当时觉得贡献大的牺牲也许可以结合的事实,也不提缺乏勇气的问题了。

总之,就对觉慧的描写而言,《家》的不断修改使觉慧的反抗性不断地增强,而他的局限性,他的幼稚的方面则被不断地谈化。另外,觉慧对琴的感情,对大嫂的感情,他处于青春期对于异性的特殊心理,在不断的修改中也逐步地简单化了。上述这些趋势,在文集本和全集本中显得格外清楚。因此,这一切与50年代以来不断强调阶级斗争、政治斗争的社会大背景有关,同时也与当时简单化绝对化地把文学形象分为革命与反动、先进与落后,追求塑造崇高的英雄人物形象的时代文学风尚有关。

四

与对觉慧的这种英雄化修改同时进行的,还有对高公馆内其他一些人物活动的更动。如果说,前者的更动较大程度上受到了社会、时代风尚的影响,后者的更动则融进了作者对笔下人物感情态度的调整。在前后的版本中,这种调整最大的当属高克明,而调整得最微妙的则是高老太爷。

在前两个版本中,克明并不是一个很"光彩"的人物。在小说第九章,初版本里有"但是便在现今,祖父也有和唱小旦的戏子往来的事,甚至于和叔父们把小旦弄到家里来化装照相,……"的叙述。这里的"叔父们"当然包括了三叔克明。到十版本中,这一段改为"但是便在现今,祖父也有和唱小旦的戏子往来的事,还有过一次祖父和三叔四叔们把一个出名的小旦弄在家里来化装照相……"这次更改,有意识地突出了三叔四叔两人。但到文集本中,这段则被改为:"但是……便在今天,祖父偶尔也跟唱小旦的戏子往来,还有过一次祖父和四叔把一个出名的小旦叫到家里来化装照相……"这次修改,把克明从这"风雅"的事件中解脱出来了。到全集本,这段文字略有更动,但克明仍没参加这"风雅"之事。

在初版本和十版本中,用盛大的仪式庆祝高老太爷66岁寿辰"这意见是由平日管帐的三叔克明(十版本没'三叔'二字——笔者)提出",而经过高老太爷赞同的(第30章)。在文集本和全集本中则一律改为"克定第一个主张用盛大的仪式庆祝这个日子","克安非常赞成克定的主张","平日管帐的克明考虑了一下也就同意了",最后当然也报请高老太爷同意。作者对高公馆这种讲排场、挥霍浪费的作风是极为反感的,小说中曾有"有钱人家常常不肯放过可以表示自己有钱的机会"的反讽。经过修改之后,克明对这件事也由原来主动提出,积极筹办变为被动地接受执行了。

克明在《家》中最主要的表现,当是第23章里怒斥并赶走连长姨太太一事。他仿佛被一种崇高的"卫道"(文集本和全集本中还加上"护法")精神所鼓舞,一身正气,捍卫了上流社会的尊严,保护了高公馆的财产与门风。但是,在初版本和十版本中,当高克明看到连长姨太太走进华丽的客厅,并且用流俗的语调与勤务兵谈话时,他觉得不能再忍耐下去了:

> 他想闭着眼,蒙着耳走回到自己底房里去,不看见这一切。但是在旁边站着看他底兄弟侄儿和仆人们,他们沉默着,似乎都在对他做鬼脸,都露了鄙夷的样子。于是他底勇气又同着愤怒来了。

受卫道精神的鼓舞,他才推门进去,怒斥并赶走那女人。但是在文集本和全集本中,上面那一段全部删除,由于胆怯,本来想溜掉,后来怕被后辈和下人讥笑,才重又鼓起勇气的心理过程消失了,他似乎是没有任何顾忌,勇往直前地与那女人进行面对面的斗争。

前后版本对克明描写的这些调整,可能出于写作上的考虑。在文集本和全集本中,克明早年留学日本,"做过不太小的官",后来又是省城里有名的大律师的身份被明确了,再把这些不光彩的东西加在他身上,似乎与他这种身份不太相称。另外,文集本修改时,《春》、《秋》也都已完成,这些不光彩的举动也与他在《春》和《秋》中的思想性格不相吻合。但是,除出于上述写作上的考虑之外,后来修改是否受到作者本人在现实生活中的一些感受的影响呢? 克明的原型是作者的二叔。从巴金后来的一些回忆文字可以看到,作者对二叔的感情还是比较深的,评价也比较好。① 所以,似乎也不排除创作主体的一些实际生活感受对作品修改的影响。

作家本人的实际生活感受对作品修改的影响,在对关于高老太爷和陈姨太的描写的修改时表现得更为明显。1957 年,巴金在一篇文章中曾谈到过:"我承认我写《家》的时候,我恨陈姨太这个人。我们老家从前的确有过一个'语言无味,面目可憎'的'黄老姨太',我一面写陈姨太,我一面就想到'黄老姨太'。不过我恨她不如我恨陈姨太那么深。我在陈姨太身上增加了一些叫人厌恶的东西。但即使是这样,我仍然不能说陈姨太就是一个'丧尽天良'的坏女人","她只是一个旧社会中的牺牲者"。② 就是说,在创作时,作家的内心出现了这样的矛盾:在理性的层面上,他认为陈姨太也是一个牺牲者;在感情的层面上,他一写到陈姨太就想到生活中的黄老姨太,于是就往她身上增加一些叫人讨厌的东西。这种理性与感情的矛盾,对于巴金这种诗人型或情绪型的小说家来说,有时是很难以克服的,创作时是这样,修改时也是这样。

陈姨太在《家》中是第九章正式出场的,出场前有段借助觉慧视角的文字先以介绍:

① 参见《怀念二叔》,《再思录》,上海远东出版社 1995 年版,第 35 页。
② 《谈影片的〈家〉》,《巴金全集》第十八卷,人民文学出版社 1993 年版,第 699—700 页。

祖父还有着一个姨太太,这一个瘦长的女人并没有一点爱娇,而且正合于"语言无味面目可憎"这两句成语,但她却和祖父一起过了十多年。(初版本)

在这一段中,觉慧对她的反感是极为明显的。在十版本中,作者在这段话之后增加了"她是在祖母去世以后被买来服侍祖父的"这么一句,客观上反映了陈姨太低下的地位(被买来服侍别人)。到文集本和全集本中,又改为:

祖父还有一个姨太太。这个女人虽然常常浓妆艳抹,一身香气,可是并没有一点爱娇。她讲起话来,总是尖声尖气,扭扭捏捏。她是在祖母去世以后买来服侍祖父的。祖父好像很喜欢她,同她在一起过了将近十年。她还生过一个六叔,但是六叔只活了五岁就生病死了。

最后改定的这段文字,把觉慧很带感情色彩的"语言无味面目可憎"形象化了,同时也更为具体地交代了陈姨太低下的地位和不幸坎坷的经历。

在第34章,"捉鬼"的闹剧在觉慧的反抗下失败了,陈姨太最后也"带着满脸羞容走开了"。但在不同的版本中,对她此时的心理描写是颇不一样的:

可是在心里她却打算着报仇的方法。这仇结果是报复了,虽然受害的并不是觉慧本人。(初版本)

可是在心里她却打算报仇的方法。(十版本)

可是在心里她咒骂着这个不孝顺爷爷的孙儿。(文集本、全集本)

按初版本的写法,紧接下去的"血光之灾"导致了瑞珏的死一事,就是陈姨太有意报仇陷害的了。这显然是不妥的。十版本那一句没再暗示"血光之灾"是陈姨太捣的鬼,但也没排除她企图报复的心理。只有到了后两个版本,陈姨太的这方面"嫌疑"才被最后排除,因为作者到50年代修改《家》时已认识到"她没有理由一定要害死瑞珏,即使因为妒忌"①。可

① 《谈影片的〈家〉》,《巴金全集》第十八卷,人民文学出版社1993年版,第699页。

见,到修改文集本时,巴金确实在理性的层面上认识到应客观地写陈姨太这个人了。

但是,在实际操作时,巴金有时还是很难驾驭自己的感情,很难排除对陈姨太的厌恶:

> 那一个瘦长的粉脸在她底眼前晃了一下,他看出狡猾的微笑。(第九章,初版本、十版本文字略有更动)

> 那张颧骨高,嘴唇薄,眉毛漆黑的粉脸在他的眼前晃了一下。她带进来一股刺鼻的香风。(同上,文集本、全集本)

> 陈姨太坐在祖父旁边,给祖父看牌。(第15章,初版本、十版本"祖父"作"爷爷")

> 打扮得花枝招展的陈姨太刚刚脱下了粉红裙子坐在老太爷旁边替老太爷看牌。(同上,文集本、全集本)

从后面的版本比前面的版本还增加令人厌恶的东西看,作者在修改时仍然未能完全排除对陈姨太的反感。

在50年代对《家》的修改中,作者这种理性和感情上的矛盾也表现在对高老太爷这一形象的处理上。总体上看,在初版本和十版本中的高老太爷形象比文集本和全集本中的他要丰满得多。50年代对《家》进行修改时,高老太爷已被当成封建地主的代表,封建专制制度的代理人。但是,哪怕在这样的情形之下,作者在修改时也仍然难以排除来自实际生活的感情的影响。在初版本和十版本的第九章中,高老太爷训斥觉慧时有这么一段:

> 本来学生太嚣张了,太胡闹了,今天要检查日货,明天又捉商人游街,简直目无法纪,被军人打一顿,倒是很好的事,你为什么要跟着他们胡闹?

从文集本开始,"被军人打一顿,倒是很好的事"这12个字被删除了。这个删除是合理的,因为高老太爷再怎么是封建地主,恐怕也不至于站到军阀一边,认为军人打学生是好事。在初版本的第33章,高老太爷责骂克定时,"觉慧听了暗笑。他心里想:'祖父,你忘了你自己了'"。到十版本中,觉慧把高老太爷与克定相提并论的那一句被删除了,只余下"觉慧听了忍不住暗笑"的字样。到文集本和全集本,连十版本余下的这一句也删除了,并在高老太爷的话中增加了这么一段:

> 我看你自小聪明,对你有些偏爱,想不到你倒做出这种不要脸的事情。你自己说,你哪点对得起我? 你欺骗我! 我还把你当作好子弟。

作者在这里让高老太爷吐出了被骗的愤怒,也让他透露了对"偏爱"克定的悔悟。可以说这是作者对笔下人物感情的一种新的体验。在50年代,在强调高老太爷的反动性的背景下,巴金进行这样的修改,不能不说是实际生活感受对于政治教条的一种超越。

五

初版本与后来几个版本相比,有一个很突出的不同。在初版本的大部分章节里,高老太爷总是以"祖父"称之。而从十版本开始,不同的章节、片断中,则分别以"高老太爷"、"老太爷"、"祖父"称之。此外,初版本与后几个版本相比,对周氏、克明、克安等人的称呼也有一些变动。这是一个重大的修改,表明作者注意到小说的视角、话语等问题了。

初版本的叙述大都以"祖父"称之,那么就明显地表示,小说是以觉慧等人的同一视角观察的,或叙述者是与觉慧等人站同一立场进行叙述的。这样的立场与视角本来是无可厚非的,但问题是,像第34章末尾,以觉慧的视角怎么能知道祖父独自一人时产生的幻灭感,叙述者作如此详细的描述显然使人怀疑。另外,像第26章的叙述中,全部以"太太"称呼周氏,很容易使人认为叙述者是以鸣凤的视角进行感知的。但是当鸣凤哭着向周氏表示自己不愿给冯乐山做姨太太时,有这么一段的叙述:"这情形触动了太太底平常很少被触到的母性,她很感动。对于这婢女她突然感到了母亲对于女儿的爱怜……"稍后,还叙述了鸣凤找过觉慧之后,觉慧与觉民的对话,以及觉慧独自一人寻找鸣凤的过程。显然,这并非仅仅以作品中某人物的视角来感知的,而是全知全觉的非聚焦叙述。所以,作者在十版本中,就改用周氏代替初版本中的太太。

但是,十版本也不是把初版本中的祖父全部都改为老太爷或高老太爷。如第九章就仍然保留了原祖父之称。因为这一章除开头的背景介绍之外,从觉慧进高老太爷的房门到他退出,甚至包括此后的叙述,小说的叙述都是严格按照觉慧这个人的感受和意识来呈现的,属于非常固定的第三人称内聚焦叙述。所以,祖父也就不必改为高老太爷了。

第33章的情况较为复杂。从开头"第二天午后觉慧去看觉民"进入叙述,是以觉慧的感知呈现的。觉慧回到家中,开头没挤入围观的人群,他看不到祖父房中的一切,所以叙述中只有他听到、他想到的内容。后来他挤入围观的人群,看到了房中发生的一切,这时叙述中才有了他看见、他想到的内容。最后觉慧看腻了,"他掉头转身走了",至此,叙述才退出觉慧的视角,进入第三人称非聚焦叙述。而从觉慧去看觉民,到觉慧转身走了这一部分,则完全是第三人称固定内聚焦叙述。所以,小说这一章的前半部分以"姑母"称琴的母亲,以"祖父"称老太爷,偶尔也以"老太爷"称之,但未见出现"高老太爷"的称呼,因"高老太爷"之称,带有调侃的意味。而这一章的后半部分,从十版本起,就改由"老太爷"代替初版本的"祖父"之称。可见,十版本以后的这种更动还是很符合叙事学原理的。

修改之后的文本还有一个很大的更动,就是在人物对话(直接引语)中,初版本里的"祖父"一律改为"爷爷",而在叙述觉慧等人的感知时(如前述第九章和第33章前半部分),仍然保留"祖父"之称。"爷爷"一般用于口语,而"祖父"则用于书面语。作者在第十版的修改中已开始注意这方面的问题,因而这部小说的话语系统也就更为完善了。

有关人物话语、人物称呼的更动,《家》中还有一处极为成功的修改范例。在鸣凤的话语中,她对觉慧总是以"三少爷"称之。初版本的第26章里,当她要纵身湖水时,也仍然"用极其温柔而凄楚的声音叫了两声'三少爷'",然后才投湖自杀。在十版本,这一句被改为"用极其温柔而凄楚的声音叫了两声'觉慧'"。后来,从文集本开始,才改成许多研究者所称道的"用极其温柔而凄楚的声音叫了两声:'三少爷,觉慧'"。最后这一改动体现了鸣凤固有的身份,但也反映了她与觉慧特殊的感情。而最为重要的,这一改动准确地展示了鸣凤投湖前那一刹那间复杂的心理变化。这是她第一次,也是最后一次直呼心上人的名字,而在这之前,哪怕即将投湖,她与觉慧的主仆关系的心理障碍仍难以逾越,所以才有了这三少爷和觉慧两个的称呼,而且是"三少爷"在前,"觉慧"在后。从这两声呼唤的几次修改,可以看出巴金在艺术创造中呕心沥血,苦苦经营的认真精神。

除从视角、话语方面对《家》进行艺术上的修改之外,在后来的版本中,巴金还对故事的时间及情节的组织做了一些更动。如在初版本和十版本中,周氏是提前七天通知鸣凤,让她准备到冯家做姨太太的(第26章)。而在文集本和全集本中则改为三天。相比而言,改动后的时间安排更符合情节的发展逻辑,更易于为读者接受。因为从提前通知到鸣凤自杀这段时间还得表现两个遗憾:一是鸣凤一直想单独寻找觉慧而不得;二是觉慧对鸣凤之事一直一无所闻。如果有了七天的时间,这两个遗憾就较不可能存在;如果仅有三天的时间,两个遗憾的存在就更有可能。

另外,在第19章描写高家年轻人元宵之夜游玩情景的文字中,十版本比初版本多了这么一段:

"其实少的人不仅是梅表姐,还有周外婆的蕙表姐和芸表姐。从前她们在这儿来耍的时候,我们是何等热闹。她们离开省城已经有三年了。光阴真快!"淑英半怀念、半感慨地对觉新说。

文集本和全集本里,在这段之后又增加一段:

"你不要难过。我听见妈说,周外婆有信来,蕙表姐她们过一两年就要回省城来的",淑华插嘴说。

在初版本时,作者还未有《春》与《秋》的构想,后来写了《春》与《秋》,先后的修改增加这两段,也就使得《激流三部曲》的接榫更为严密了。

发生在觉新、梅、瑞珏三人之间的婚姻爱情悲剧是《家》中很主要,很有艺术张力的故事内容,特别是第24章,两个善良无辜的女子单独相处,互相哭诉自己的不幸更是震撼人心。但是,初版本和十版本有关两人哭诉的文字,在文集本和全集本中被大量地删除了(限于篇幅,这里实在无法引出被删的大段文字),陷于这悲剧之中的人物之间那复杂的心灵痛苦,两个善良女子由相互哭诉、表白,到相互沟通的心灵交流过程被大量地简化。事实上,正因为这两个女子都是善良的、无辜的,她们才更是不幸的。让她们来表露自己内心的痛苦,才更能让读者认清封建婚姻制度的非人特点与残酷性质。因此,对这一章的大量删改,减弱了觉新、梅、瑞珏三人间的恋爱婚姻悲剧的艺术感染力。

当然,在涉及觉新、梅、瑞珏三人的爱情婚姻悲剧的有关修改中,作者删除的有一些也是必要的。如在初版本和十版本的第30章中都有这样的议论与感慨:

> 因为社会制度判定了年青女子以爱为其生命,又判定了一个男人只能够被一个女子所爱,换句话说就是把爱规定成一件专利品,不能够分配在两个女子之间,于是这两个互相了解互相爱着的女郎,竟被这畸形的社会制度把她们放在敌对的地位,使她们无法互相帮助。都明白这情形,因为有了一个的缘故。而其它一个就不得不失望了。

这段文字,反映了青年巴金在无政府主义思想的影响下对现代婚姻制度的一种偏激的反叛情绪。随着人生阅历的丰富和思想的转变,从文集本开始作者就自觉地删除了这段文字。

六

《家》的不同版本有近十种,而异文也极为繁多,因此这方面的研究还有待于进一步的深入。但通过上述初步的抽样分析还是可以看出,从初版本到十版本在故事内容与艺术表现方面都有不少重要修改,其中出于艺术表现考虑的修改比出于内容方面考虑的修改多,诸如叙事人称的更变、各章标题的删除等都是在这次修改中完成的。从总体看,这次修改是随作者本人的意愿进行的,也是较为成功的。

从十版本到文集本也有较大的修改,但不少的更动是出于思想内容方面的考虑的。这次改动受到时代、社会、政治诸方面因素的影响很大,有些改动作者是在被动情形之下进行的。如当时作者无意中就谈到过一例:"许倩如在课堂中写给琴的纸条上有这样的一句话:'你便抛弃你所爱的人,给人家做发泄兽欲的工具吗?'我现在删去了它,因为有人认为这不像一个少女的口气。其实当时有些少女不仅说话连行动也非常开通,只为了表示女人是跟男人'完全'一样的人。"① 作者所谈到的许倩如的话出于《家》第25章,从文集本起被删除。估计作者当时"因为有人认为"而删改的当不止这一处。但是,也不排除一部分改动是按作者的意愿进行的:如对克明、陈姨太等人有关描写的修改,有关故事时间的调整,以及叙事话语系统的完善等。另外,也包括第30章中关于现代婚姻制度的议论的删除。

从文集本到全集本的改动较小,而且改动主要也仅限于文字方面,但也有极少属非文字改动。如第七章写到琴的眼睛的时候,文集本中有"这对眼睛非常明亮,非常深透,射出来一种热烈的光,不仅……",全集本删除了"非常深透,射出来一种热烈的光"十几个字。第28章觉慧的话中,文集本有"婉儿含着眼泪到冯家去受罪,做那个老混蛋发泄兽欲的工具……",全集本中,后半句也被删除。

上述4个版本各有千秋,但作者关于"修改过的《家》比初版本少一些毛病"的判断是实事求是的,也是毋庸置疑的。文集本和全集本基本接近,它们与十版本相比有其纯净的特色,但十版本也有文集本和全集本所无法替代的丰富性。

另外,在对《家》的几次重大修改的抽样分析之后也不难看出,从30年代创作《家》到80年代《家》收入《巴金全集》这半个多世纪中,巴金对于社会人生的认识有一个不断变化、逐渐成熟的过程。《家》的几次修改固然存在着社会政治斗争、文学时代风尚等因素对于作家的影响,但也反映了作家自身阅历增加后对社会人生认识的深化。同时,从有关叙述视角、叙

① 《谈〈秋〉》,《巴金全集》第二十卷,人民文学出版社1993年版,第456页。

述话语、故事时间、接榫设置以及人物性格完整性等方面的不断修改、不断完善中也还可以看出,尽管巴金比较不愿谈及艺术技巧方面的话题,有时甚至说"文学的最高境界是无技巧",但在文学实践中他却从未放弃艺术方面的追求。从《家》的一次次修改中,人们不正可以看到巴金在创作技巧方面的苦心雕镂、刻意追求,看到作为艺术家的巴金的不断成熟吗?

（原载《巴金创作综论》,福建教育出版社 1997 年版）

传统叙事母题的现代语义

文学史上,由婆媳矛盾而酿成家庭悲剧是中国传统的叙事母题之一,以婆媳矛盾使儿子处于两难境地,最后导致夫妻分离与家庭破灭为基本语义的情节,已成为中国传统叙事作品的一种范畴型情节。从古代的《孔雀东南飞》到现代剧作家曹禺的《原野》,历代的文学家借此敷演出许多惊心动魄的故事。如果穿越作家自觉的创作意图这个层面进行进一步的考察则不难发现,巴金在《寒夜》中为这一古老的叙事母题注入了特定时代的新语义。

一

在汪家,大多数的争端往往是由汪老太太挑起的,她经常莫名其妙地辱骂曾树生,也经常挑拨儿子与媳妇的关系。但是作为长辈,她深深地爱着自己的儿孙,爱着自己的家。为了这一切,她愿意吃各种各样的苦,也心甘情愿地承受来自生活的种种压力。她卖掉自己心爱的戒指,她放下读书人的架子充当"二等老妈子",整天做饭、洗衣服,为家人操劳着。甚至连曾树生也承认,老太太的生活比自己"苦过若干倍",自己"只有可怜她,人到老年,反而尝到贫苦的滋味"。而且,她18岁嫁到汪家,生下汪文宣不久丈夫便去世了。在这样的情形下,她能把汪文宣拉扯大就已很不容易,但她还把儿子培养到大学毕业。从汪老太太的种种经历看,她曾是一位知书达理的女性,后来又成了一位很成功的母亲。那么,汪老太太为何又对自己的儿媳妇那样的怨恨呢?

原因是多方面的。首先,在二三十年孤儿寡母、相依为命的生活中,汪老太太已对儿子形成了一种很难改变的母性占有的自私心理。母性是崇高的、无私的,而汪老太太对儿子的爱却带有自私占有的因素,她决不允许另外的女人与其分享儿子的爱。第六章中,当她好不容易为儿子煮了一碗他所喜欢吃的红烧肉,等他回来吃饭时,儿子却"低着头用唯唯的答应口吻敷衍"她。于是,"她感到失望,等了他这一天,他回来却这样冷淡地对待她!她明白,一定是那个女人在他的心上作怪"。但作为母亲,她暂时还能压住刚刚升上来的怒气。接着,她又知道了儿子刚才同儿媳妇喝过咖啡,"她的怒火立刻冒上来了。又是那个女人!她在家里烧好饭菜等他回来同吃,他却同那个女人去喝咖啡。他们倒会享福。她这个没出息的儿子。他居然跑去找那个女人,向那个不要脸的女人低头。这太过分了,不是她所能忍受的"。再后来,当听到儿子说曾请媳妇回家,并还在等媳妇回心转意时,汪老太太更是妒火中烧,"她气得没有办法,知道儿子不会听她的话,又知道他仍然忘不了那个女人,甚至,在这个时候她还是压不倒那个女人,树生这个名字在他的口里念着还十分亲热"(着重号为引者加,下同)。可见,在老太太的心目中,儿子是她的一切,儿子心中也只能有她,任何人取代她而占有了汪文宣,都将引发老太太极大的愤怒。当然,后来汪文宣仿佛"还是从前那个孩子,在外面受了委屈,回家来向母亲哭诉似的"时候,他的眼泪才赢得母亲的怜爱,她的妒恨才消失,她也才"和蔼地"安慰他。不难看出,当伟大的母性回到汪老太太身上时,她才能理解、同情、怜悯自己的儿子,而当这种崇高的母性减弱或畸变时,她的心中则充满了一个女性对另一女性的"妒忌和憎恨"。正因为如此,她常常尖酸刻薄地侮辱、伤害曾树生,"她只顾发泄自己的怒气,却没有想到她的话怎样伤了他的心"。以至于最后知道儿媳提出与贫病交加的儿子分手时,"她气愤,但是她觉得痛快、得意。她起初还把这看作好消息。她并没有想到她应该同情她的儿子"。可见,汪老太太无论对于儿子的爱,还是对于曾树生的忌恨,同样都出自于母性占有的变态、自私的心理因素。这种心理因素,与其孤儿寡母的独特人生经历,与中国传统的文化习俗有很大的关系。在旧时代里,女人天生为男人的附属品。所谓女人的"三从",即在家从父,嫁后从夫,夫死则从子。丈夫"醉死"(第八章)之后,汪老太太恪守传统道德,尽力把儿子培养成人。但同时也形成了依靠、占有儿子的心态。作为一个旧式妇女,在失去父亲、丈夫之后,一旦再失去儿子,那么也就意味着失去了自己人生的一切。所以,无论在中国历代的文学作品中还是在中国现实的生活里,那许许多多的婆媳矛盾,实际上不少就是对儿子(丈夫)的争夺与反争夺、占有与反占有的较量。汪老太太对曾树生的妒恨,从这种意义上说,恰恰是很典型地反映了旧式妇女共有的那种婆母心态。

　　其次,汪老太太的作为,她对曾树生的态度,也是不少老年人普遍存在的情感特征和心理特征的一种反映。老年人在经历漫长的人世沧桑之后,在许多问题上都较容易形成较为稳固的思维定式,这种思维定式有时又有可能转化为固执的性格特征。在体力、精力逐步衰退之后,他们容易产生自卑心态与力不从心感,这一切在外显为心理性格特征时则表现为有很强的自尊心。随着自我控制能力的减退,老人们有时反而变得很敏感,他们的情绪、情感变化也就易喜易怒,特别是对自己看不惯或觉得被别人瞧不起时则更容易愤怒或忧伤。所以,老年人的性格特点在很大程度上取决于所处的环境和个人的修养。汪老太太虽然年岁不大(53岁),但早年守寡、家道中落的坎坷人生已使她在心理年龄上较早地进入了老年人阶段;而"她虽然自夸学问如何,德行如何,可是到了五十高龄,却还来做一个二等老妈,做饭、洗衣服、打扫房屋"(曾树生与汪文宣信),这晚年的变迁更不能不使她感伤与自卑。于是,在内心深处,她时时有意无意地把自己与曾树生作比较。她显得那样的衰老,背弯得那样的深,甚至仅仅几针的针线活,也要花那么多的工夫,也觉得吃力,而儿媳妇却"像鲜花一样",是那样的丰腴,那样充满青春活力,"儿子都有十三岁了",却还有人叫她"小姐";她和儿孙们一起过着苦日子,而儿媳妇却"过得快活","上办公还要打扮得那样摩登,像去吃喜酒一样"。力不从心感使得老太太时时感到深深的自卑,而越是自卑就越想通过与对手的较量来显示自己的优越。但生命的规律与生存的法则却早已规定了汪老太太的这种较量的失败。于是,失败之余就只有牢骚与愤怒了。有时,汪老太太对儿子抱怨说:"我也不明白为什么她那样看不起我";有时,她甚至恼怒地责问儿子说:"她不是坏人,那么我就是坏人。"儿子对媳妇的容忍和曾树生在她面前的冷傲使她感到极大的不满;战时动荡不安的环境以及家中日渐贫困的生活又给她带来无形的心理压力。在自制力减退的情形之下,汪老太太很容易把由此产生的烦躁与不平直接倾泻到经常与其接触的人身上。对儿子与孙子,汪老太太又有一种出于本能的偏爱,那么,曾树生就成了她唯一出气的对象,成了一个无辜的替罪羊。

另外,与"女子无才便是德"的观念束缚下的女性相比,读过书的汪老太可能还算是比较幸运的,因为在生命长河里,她毕竟有过那段"才女"的美好印记。但是在实际上,她仍无法摆脱许多旧的传统观念的影响。她时时自觉或不自觉地以自己当媳妇时的规矩和观念衡量、要求曾树生,因此也就经常产生了类似于"此妇无礼节,举动自专由"①的愤慨。她曾涨红脸生气地对儿子抱怨说:"我十八岁嫁到你们汪家来,三十几年了,我当初做媳妇,哪里是这个样子?我就没见过像她这样的女人!"她总觉得曾树生"像鲜花一样,这也不能做,那也不能做。只顾自己打扮得漂亮,连儿子也不管",并且还出去看戏、打牌、跳舞、交男朋友,是"不守妇道"。因此,她当着儿子的面说:"我做媳妇的时候哪里敢像她这样!儿子都快成人了,还要假装小姐,在外面胡闹";"我要是你啊,她今晚上回来,我一定要好好教训她一顿"。甚至还认为曾树生没跟自己的儿子正式结过婚,并不是儿子的妻子而只不过是"姘头","比娼妓还不如"。对于老太太来说,最伤她自尊心的还有儿子的软弱无能和儿媳妇的能干,这种阴盛阳衰的状况对她来说简直是一种无法容忍的耻辱。所以,当最后儿子失业、病重,老太太谈到自己不得不动用曾树生从兰州寄来的钱的时候,她"声音尖,又变了脸色,眼眶里装满了泪水"。不难看出,汪老太太对曾树生的种种不平与愤怒,固然有其不平衡的心理背景,但也有其满脑子充满传统观念的思想原因。从这意义上看,汪家的婆媳矛盾同时也反映了新与旧、现代与传统在婚姻家庭观念上的冲突。

---

① 《孔雀东南飞》。

二

对于曾树生,人们一直有着明显的争议。有的人认为"曾树生是一个要求个性解放的资产阶级女性,在她的心灵深处,东方妇女的道德观念并未泯灭"①。有的人则认为,曾树生"是一个受到资产阶级思想腐蚀,在旧社会的压迫下,失掉了正确的人生态度,并且正在自觉地走向毁灭深渊的小资产阶级女性"②,"是一个努力适应这个黑暗社会的潮流的人"③。实际上,对于这一具有复杂思想性格的人物形象,人们大可不必急于做出简单的道德评判,而应着重探讨其思想性格的形成根源、构成因素,以及由此而显示出的认识意义。

曾树生早年就读于上海某大学教育系,创办"乡村化、家庭化的学堂"的共同理想把她与汪文宣联系到了一起。他们由同学而相恋,由相爱而同居。但是婚后十几年来,他们的远大理想在生活重压下破灭了,他们那爱的激情在现实的黑暗中熄灭了。现实生活给曾树生留下的只是一个贫穷的家庭,一个体弱多病的丈夫,还有一个需要抚育的孩子。为了这一切,她只好到银行从事被婆婆称为"花瓶"的工作。社会环境、家庭环境和工作环境的急变使她的思想性格发生了巨大的变化。她开始热衷于打扮与交际,开始向往有钱阶级的生活方式,也开始有意无意地保持着与陈奉光那份亲密的关系。她抛弃了自己的理想,认为"人一生就只能活一次,一旦错过机会,什么都完了"。所以她也"不要再听抗战胜利的话",她觉得"要等到抗战胜利恐怕我已经老了,死了"。于是,曾树生虽然对自己的"花瓶"身份有所不满,但也还是心甘情愿地做下去,直至抛下丈夫与孩子而爬上飞往兰州的飞机。很明显,现实生活的重压使曾树生变成了一个耐不住清贫与寂寞,向往与追求及时行乐的女人,使一个有抱负的青年向着消沉的方向走去。

但是,曾树生又还不是一个冷酷无情、道德败坏的女人,她并不像汪老

① 陈则光:《一曲感人肺腑的哀歌》,《文学评论》1981年第1期。
② 戴翊:《应该怎样评价〈寒夜〉的女主人公》,《文学评论》1982年第2期。
③ 汪应果:《巴金论》,上海文艺出版社1985年版,第28页。

太太所说的是一个整天想着"私奔"的女人,她也没有最后堕落下去。出于对丈夫的关心与爱护,她曾不顾自己刚与丈夫、婆婆吵过架而把醉酒的汪文宣护送回家,并且还忍受住老太太的冷眼与辱骂,留在家里照顾丈夫。为了家人的安全,她也曾冒着敌机空袭的危险为丈夫送回防空证。为了丈夫的健康,她压抑着遭受尖酸刻薄辱骂的不平,做出与婆婆和好的姿态,并且千方百计地为丈夫治病筹款请医生。她一直担负着儿子学费的全部开支,并且尽力协助丈夫维持好一家人的生活。直至与丈夫离婚之后,曾树生也没丧失自己的同情心与道德感,她仍然按月给汪文宣寄钱,仍然关心着他的病情。她的离家也只不过是出走而非私奔,因为她始终没和有地位、有权势的热心追求者陈奉光结婚。

曾树生最为一些读者和批评家所不能宽容的,是她抛下贫病交加的丈夫而随陈奉光飞往兰州,以及最后又在汪文宣病重之时写来那加速丈夫丧命的长信。关于兰州之行,曾树生也曾犹豫再三,最后是在汪老太太一再中伤和汪文宣多次劝告之下才下决心的。至于最后那封表示决裂的长信则更有具体的原因。她到兰州后,汪文宣一直对她隐瞒自己的病情,"常常编造一些谎话,他不愿意让她知道他的实际生活情况";而汪文宣要她向婆婆道歉的信则直接引发了她的积怨,成了她写决裂信的直接诱因。最后她从兰州回来,当方太太表示不知道该不该称她为"汪太太"时,她曾红着脸告诉过方太太:"我还是从前那样。"而在归家的路上,她还曾想"坦白地"对汪文宣说:"只要对你有好处,我可以回来,我并没有做过对不起你的事情。"当然,这一切都太迟了,"她为了自己的幸福,却帮忙毁了别一个人的……",留给她的只是一种无尽的悔恨。从小说开始曾树生与丈夫、婆婆吵架而离家出走,到最后她从兰州飞回重庆寻找汪文宣,寻找那个令她痛苦而又使她难以忘怀的家,恰恰反映出她无法从根本上抛弃自己的丈夫与儿子,无法彻底割断自己与家庭的精神联系。

在已有的许多评论中,人们大多关注着作为妻子的曾树生而忽略了作为母亲的曾树生。相对于丈夫的感情来说,曾树生对儿子的感情似乎更为淡漠,她似乎觉得挣点钱把儿子送进贵族学校就已完成了做母亲的责任。如果说,曾树生对这个家还有所牵挂的话,那么主要的也还是汪文宣而决不是汪小宣。实际上像汪小宣这样的孩子,更需要的还是曾树生作为母亲的那份爱,但她却一直"没有对他充分地表示过母爱。她忽略了他"。她远远没有付出作为母亲所能给儿子的那一切。

总之,曾树生也是一个具有二重人格的人。在她身上,既有现代女性追求个性独立的强烈要求,又有传统女性恪守东方道德的矜持;既有"年轻而富于生命力"的普通女性的生理渴求,又有受过高等教育的知识女性的冷静与理智。从表面上看,曾树生是整篇小说中唯一可以操纵自己命运的人,在与汪文宣、陈奉光,甚至与汪老太太、汪小宣的关系上,她始终掌握着主动权。但是,虽然她与汪文宣年轻时那种爱的情焰已经熄灭,理性和道德的力量却使她难以彻底摆脱汪家的阴影;虽然她有意无意地保持甚至操纵着自己与陈奉光的关系,实际上她也未敢越雷池一步。所以说,从根本上看曾树生仍然属于悲剧性的人物形象,她不仅像汪文宣那样,经历了精神崩溃、理想破灭,以及由此而带来的婚姻家庭的危机,而且她还无时无刻经受着出走或归家、维持旧家庭秩序或追求新生活目标、抛弃贫病交加的丈夫或拒绝享乐人生的诱惑等种种人生苦恼的折磨。在那大多数人惶惶不可终日的社会中,她虽然已有了漂亮的服饰,有着丰润的肌体,还有那及时行乐、逢场作戏的笑容,但在这一切之下掩盖着的却是她一个无法安定的灵魂,一颗饱受煎熬的心。

三

在曹禺话剧《原野》的序幕中,花金子曾逼着焦大星在母亲与妻子之间作出抉择。她说:"要是我掉在河里,——""你妈也掉在河里,——""你在河边上,你先救哪一个?""是你妈,还是我?"《寒夜》中的汪文宣和焦大星所面临的实际上是同一个人生的难题。由于中国历来有数代聚居的生活习俗,中国的不少男人常常要面对的,也正是这种残酷的两难选择。因此,类似于花金子的其他假设,也广泛地流传于中国许多传说之中。当然,由于各人思想个性与每一家庭的具体背景的不同,有的人与焦大星一样,在母爱与情爱的夹缝中苦苦挣扎,有的则像焦仲卿那样屈服于孝道的尊严而挥泪别妻。数千年来,许多家庭由此而引发了种种的人间悲剧。而这种种的悲剧,实际上又反映出不同家庭的不幸,体现了不同时代、不同环境的不同生活内涵。

汪文宣是一个善良本分的知识分子,尽管他生活极为穷困潦倒,但他却从不去阿谀奉承,依附权贵。在给顶头上司祝寿的宴会上,许多同事大献殷勤,而唯独他一人不去敬酒;在被迫吹捧政界红人的"著作"之后,他的内心也感到无比痛苦。汪文宣对母亲、妻子关怀备至,常常会设身处地地为她们着想,就是对唐柏青、钟又安这些普通的朋友也常常表现出诚挚与热情,甚至两个素不相识的儿童的遭遇,也会引发他无尽的同情,也会使他忘却自己的不幸。汪文宣还具有鲜明的是非感,对那些粉饰太平,吹捧政府的文章嗤之以鼻;具有强烈的爱国热情,虽然抗战胜利没给他带来任何好处,但他却觉得自己"可以瞑目死去"。

但是,在现实的重压之下,汪文宣又渐渐地形成了自卑怯懦、胆小怕事的性格弱点。在公司里他提心吊胆,生怕因一时的不慎而被辞退,主任、科长们望他一眼,咳嗽一声也会令他胆战心惊。而在自己家中,他离不开母亲又抛不下妻子,他不敢违抗母亲又不想得罪妻子,"他没有方法把母亲和妻子拉在一起,也没有毅力在两个人中间选取一个"。因此,汪文宣只能痛苦地沉溺于母爱与情爱的冲突中而无法自拔。

汪文宣与曾树生年轻时曾有过共同的理想,他们曾因此热烈相爱而同居。但在人到中年,社会环境和生活条件发生急剧变化的时候,他们彼此思想上的距离和性格上的差异却正悄然地加大,他们之间相互爱慕的热情也由此而消释。

在思想观念上,汪文宣仍然保持着年轻时的正直与正气,因此他不想也无法适应自己所处的社会;而曾树生却正努力地改变自己,使自己能在战时的环境中自在地生活。对于汪文宣来说,他需要解决的难题是生存本身;而对于曾树生来说,她追求的则已是生存的质量。汪文宣有时还会惦念起年轻时的高尚理想和宏伟抱负,虽然这只不过是一种无能为力的慰藉;但在曾树生的记忆中,这种理想与抱负则已是遥远的"一场梦"。所以,生活中汪文宣虽完全是一个弱者,但决不是一个市侩;而曾树生虽然表面上如鱼得水,实际上却不能摆脱精神失落的空虚。

　　在内心深处,由于经济收入的低微和健康状况的恶化,汪文宣在妻子面前已形成自卑负疚的心理定势,他总觉得自己不如曾树生,自己耽误了曾树生的青春与幸福,妻子是因自己而受罪。因此,他不仅不敢对曾树生有任何指责,任何祈求,就是看见她与另一个男人一起亲密地走大街,他也"不敢迎着他们走去"。他最多也只是悄悄地跟在他们的后面,独自承受那内心的折磨,最后又"垂头扫兴地走回自己的办公地方去"。当经过自己再三要求,妻子答应和他谈一会儿时,他竟流露出"差不多要流泪地感激"之情。

　　在汪文宣的身上,人们已经找不到类似于焦大星的那种亮晶晶的双眼和那种宣泄不出的热情,而他必须面对的却又是有点像花金子的艳丽的妻子。她健康、丰润、自信、成熟,在冷静与理智中潜藏着生的欲望和爱的渴求。汪文宣常常只能"痛苦地望着她那充满活力的身体"。

　　因此,这夫妻二人一个软弱卑琐,一个自信鲜活,他们最终的分道扬镳是不言而喻的。作为受过高等教育的现代知识分子,汪文宣当然也不难认识到这一切。所以,当他一开始发现曾树生与另一个男人亲密地在一起时,马上也就产生了"当初他反对举行结婚仪式,现在他却后悔他那么轻易地丢开他可以使用的唯一的武器"的念头。

　　当然,汪文宣仍然觉得自己离不开妻子。他曾因曾树生的出走而神不守舍、借酒浇愁;他也曾残忍地自我虐待,以期获取妻子的同情与谅解。但是,汪文宣离不开自己的妻子已不完全是情爱上的需求,他与妻子的精神联结正在逐渐转化为一种近似于对母性的依恋。因为怕惹她生气,在与妻子讲话时,他是"红着脸,像一个挨了骂以后的小孩似地"。当妻子看到他醉酒,说要送他回家时,他"胆怯地"看着她,并且很快就"孩子似地"表示,自己再也不喝酒了。回到家以后,"妻子便扶着丈夫走到床前,她默默地给他脱去鞋袜和外衣。他好些年没有享过这样的福了。他像孩子似地顺从她。最后他上了床,她给他盖好被"。在妻子面前,汪文宣心理个性的不成熟彻底地显露出来了。他期望从妻子处获得的是慈母般的关怀,而不太是情人般的欢爱。

　　在感情上,夫妻的爱和情人的爱是平等的、双向的,但是在汪文宣与曾树生夫妻之间,丈夫对于妻子只有渴求(或乞求),而妻子对于丈夫也只剩下了怜悯（或施舍）。当然,形成这样尴尬的局面有复杂的生活和社会原因,但汪文宣在生理上和心理上无法付出却已是一种定局。而汪文宣又犹如一只在生活海洋中颠簸的小船,时刻都需要躲避风浪。因此,与其说汪文宣爱母亲更甚于爱妻子,不如说他需要母亲更甚于需要妻子。因为对于他来说,只有母亲那无私而博大的胸怀,才可能是随时可以停泊的港湾。

所以,汪文宣虽然坚信妻子"决不是一个坏女人",但在心理天平上,他却更倾向于同情母亲,在潜意识中,他更需要的也是母亲。他不止一次地私下从内心发出"她真是好母亲啊"、"究竟是自己的母亲好"的由衷赞叹,他还真诚地安慰自己的母亲说:"妈,你不要伤心。我不会偏袒她,我是你的儿子——"汪文宣这种心理定势的形成,也源于其心理个性的不成熟。他从小失去父亲,长期的孤儿寡母的生活使他形成了严重的恋母情结。他似乎一直没走出儿童期,似乎永远也长不大,永远都离不开母亲的关怀与慈爱。虽然已过而立之年,并且有了13岁的儿子,但"他在母亲的面前还是一个温顺的孩子",母亲常常"爱怜地望着他,仿佛他还是从前那个孩子,在外面受了委屈,回家来向母亲哭诉似的"。

汪文宣潜意识中对母亲的这种依恋倾向,在小说刚开始的第二章的梦境中非常自然地显露出来了:当"敌人打来了"的惊惶之时,他第一个反应便是"我找妈去!"他对曾树生说:"我要去找妈。我们不能丢开她。万一有事情,她一个人怎么办!"后来,在一声高过一声、一声比一声可怕的爆炸声中,汪文宣"知道危险就在面前了。他的第一个念头是'妈!'他立刻跑下石阶,要跨过门前草地到马路上去。他要进城去找他母亲"。他甚至不顾曾树生的厉声责怪,想抛下妻子与孩子去寻找自己的母亲。在《原野》中,焦大星无论心中如何矛盾,一旦他面对花金子时,他还是无法抗拒妻子的娇媚与嗔怒。而在这里,汪文宣却毫无顾忌地在妻子面前表现出对于母亲的依恋。这一梦境把汪文宣潜意识中的价值天平无遗地袒露出来了。

所以说,汪文宣最后支持、奉劝自己的妻子与另一男人飞往兰州,固然有其关心妻子、为妻子着想的善良动机,但也不排除他恋母别妻、息事宁人的深层心理因素。当然,处于两难境地的汪文宣是痛苦的,而最后不得不作出非此即彼的选择对他来说又是残酷的。因为在作出选择的同时,也就意味着他必须为自己的选择承担可以预想得到的后果。曾树生的兰州之行终于加速了汪文宣的毁灭。

　　总而言之,穿越作者思想政治层面的创作意图,《寒夜》实际上为读者提出了一系列复杂的婚姻家庭、社会人生的问题。在物质条件和精神需求均无法尽如人意的实际生活中,每一位曾经有过理想与抱负的知识分子应该为自己选择怎样的道路,应该怎样度过自己的人生？是注重生存还是追求发展？是适应现实还是执著理想？在现代的家庭中,人与人之间应如何克服观念冲突与性格差异而和睦相处？是相互理解与谅解,还是相互苛求与指责？是恪守传统的道德规范和家庭秩序,还是尊重人的个性,营造一种自由开放的家庭模式？而每一个人对家庭应承担怎样的责任与义务,又可以享有怎样的自由与权利？等等,等等。总之,《寒夜》在传统的叙事母题中融入了复杂的现代语义。

　　　　　　　　（原载《中国现代文学研究丛刊》1998 年第 1 期）

《随想录》：文学老人的沉思

　　《随想录》是巴金晚年最主要的著作。从 1978 年 12 月初写《谈〈望乡〉》开始，到 1986 年 8 月 20 日写成《怀念胡风》，巴金克服年老体弱，多次患病住院以及其他种种无形压力，用近八年的时间完成了这部 48 万字的大书。《随想录》的发表和出版在 20 世纪 80 年代初、中期曾引起国内外不同阶层人士的广泛关注，大部分评论者都给以很高的评价，但也有一些人持有不同的看法。作为一部贴近现实生活，具有鲜明社会文化批评色彩的"随想"，它带来不同的评价是必然的。而由于历时八年的写作时间恰是中国社会逐步从"文革"的阴影中解脱出来的时期，《随想录》前后的篇目必然也表现出某些的差异。如在 70 年代末，作者写作时可能较多地倾向于社会的批判和政治的批判，而到了 80 年代中期则更多地显示出作者自觉的思想批判和文化批判意识。这种差异实际上也恰好与流行于 70 年代末到 80 年代中期的"伤痕文学"、"反思文学"、"寻根文学"的时代文学风尚相一致。作者后来谈到这本著作时也说："我写第一本和以后的几本，思想有时也不同，也有变化。它们是个整体，相互联系，有分有合。"所以他主张"应该把每一篇连在一起来看"①，"最好能作为整体来看"②。

　　① 《巴金访问荟萃》，《巴金全集》第十九卷，人民文学出版社 1993 年版，第 671 页。
　　② 《作家靠读者养活》，《巴金全集》第十四卷，人民文学出版社 1990 年版，第 485 页。

一

20世纪70年代末,中华民族刚从文化大革命这"史无前例"的大灾难中解放出来,因而,这时期开始的新时期散文带有沉郁和悲怆的色彩。大部分作家还是从现实政治斗争的需要出发,回忆"文革"中的种种遭遇,揭示人们身心的种种创伤,表达对林彪、"四人帮"的愤怒之情。从挽悼领袖开始,进而挽悼普通的亲人与朋友,把批判的矛头直指林彪、"四人帮"。进入80年代之后,这种批判则有了更为深广的拓展。在时间跨度上,不少作家把对"文革"的思考上溯到反右、反胡风等五六十年代的一系列政治斗争;在深度上,也由原来的社会政治批判逐步转向更为广泛的文化思想反思,更为深刻的灵魂自省。在70年代末80年代初的这场散文创作热潮中,巴金的《随想录》无疑是最具有轰动效应的作品。巴金与孙犁、杨绛、陈白尘、柯灵、萧乾等一批文坛宿将,率先在散文领域寻回了显示个性的"五四"文学传统。

但是,与其他作家有所不同的是,巴金一开始就以直面现实,贴近生活的文化战士的姿态再次崛起于文坛。他站在历史与未来的交汇点上,批判现实,反思历史,同时又关注着未来,从而显示了一代资深作家感时忧国的情怀,显示了高度自觉的现实批判精神和历史责任感。单从《随想录》开头的《谈〈望乡〉》、《再谈〈望乡〉》、《多印几本西方文学名著》、《"遵命文学"》、《"长官意志"》等几篇的题目就可看出,作者最早也是从揭露和批判开始的,它们充分地体现了巴金关注现实,介入现实的创作态度。

在《随想录》150篇中,巴金始终保持开笔这几篇那种追踪时代步伐,贴近现实生活,批判社会痼疾的政治色彩。1979年6月,李剑在《河北文艺》发表文章《"歌德"与"缺德"》,对粉碎"四人帮"之后大量出现的揭露"文革"给中国人民带来的外痛内伤的"伤痕文学"表示不满,他认为"现代的中国人并无失学、失业之忧,也无无衣无食之虑,日不怕盗贼执仗行凶,夜不怕黑布蒙面的大汉轻轻叩门",从而指责"伤痕文学"的作者们是"缺德"的。对此,巴金迅速地写下了《要不要制订"文艺法"》一文,对"歌德

派"的观点进行了严厉的批判。巴金也认为粉碎"四人帮"后的"形势大好",但他指出:

> 我们是在一面医治创伤,一面奋勇前进的时候,我们应当鼓足干劲,充满信心,但是绝不能够自我陶醉,忘记昨天。我们还得及时给身上的伤口敷药。还要设法排除背后荆棘丛中散发出来的恶臭。

接着他又提醒人们:

> 就有这么一伙人,有的公开地发表文章,有的在角落里吱吱喳喳,有的在背后放暗箭伤人,有的打小报告状。他们就是看不惯"文学艺术创作的自由",他们就是要干涉这种"自由"。宪法不在他们的眼里,其他的法律更不在他们的眼里。

因此,巴金明确地指出,作家"要维护自己的合法权利,也必须经过斗争"。

大约在同一时期,大众传媒先后曝光了几起骗子冒充高干子弟行骗得手的事件,有位青年剧作家写了剧本《假如我是真的……》,对骗子的伎俩进行了揭露,同时也对社会存在的给骗子有机可乘的官僚特权提出了质疑。这个剧本发表和上演后,又引发了一场争论。面对这敏感的社会热点问题,巴金又先后写下了《小骗子》、《再说骗子》、《三谈骗子》等文,大胆地发表自己的看法。在《小骗子》中,巴金指出:

> 有人说话剧给干部脸上抹黑,给社会主义脸上抹黑,我看倒不见得。骗子的出现不限于上海一地,别省也有。他是从天上掉下来的吗?倘使没有产生他的土壤和气候,他就出来不了。倘使在我们今天的社会风气中他钻不到空子,也就不会有人受骗。把他揭露出来,谴责他,这是一件好事,也就是为了消除产生他的气候、铲除产生他的土壤。如果有病不治,有疮不上药,连开后门、仗权势等等也给装扮得如何"美好",拿"家丑不可外扬"这句封建古话当作处世格言,不让人揭自己的疮疤,这样下去不但是给社会主义抹黑,而且是在挖社会主义的墙脚。

《随想录》中类似这一类的篇目还很多,它的作者总是时时刻刻关注着现实,它的批判锋芒也由此而涉及现实生活中的方方面面。如《小人·大人·长官》批判了把解决问题的一切希望寄托于包青天、海青天,进而放弃独立思考,唯上是从的清官意识。《赵丹同志》、《"没有什么可怕的了"》、《究竟属于谁》、《作家》、《"创作自由"》、《谈版权》等篇则就当时人们普遍关注的文艺政策问题、创作问题、版权问题表明自己的看法。而《可怕的现实主义》、《衙内》、《"牛棚"》数篇,关注的则是 80 年代中期人们议论纷纷的上海两位高干子弟伏法的问题,表明了作者对"衙内"现象出现的根源的深刻思索。此外,作者有时还对诸如学校教育(《小端端》、《再说端端》、《三说端端》)、汉字改革(《汉字改革》)等方面的问题发表自己独特的见解。

　　除了对社会现实表现出独立的批判精神之外,《随想录》还显示了作者严肃认真的历史思考。70 年代末正是"文革"刚刚结束的年头,《随想录》的历史反思首先也就是从"文革"开始的。写于 1979 年年初的《怀念萧珊》就是一篇较早对"文革"那段历史进行批判思考的著名散文。这一作品倾注着作者对亡妻深沉的怀念,包藏着作者对给萧珊带来不幸的罪恶势力的无比仇恨。但是,正如别林斯基所说的:"任何伟大的诗人之所以伟大,是因为他的痛苦和幸福深深根植于社会和历史的土壤里,他从而成为社会、时代、以及人类的代表和喉舌。"① 巴金失去萧珊的痛苦是他个人的,同时又是那一时代整个民族所共有的。巴金在作品中一再为自己连累萧珊而自责,透过这痛苦的自责,人们不难看到巴金自己不也正是那场劫难的受害者。无论是作者本人,还是周信芳夫人、巴金的妹妹、子女,在那灾难的岁月中同样都受到了无尽的凌辱。

　　当然,《怀念萧珊》对那场灾难更为深刻的揭露,主要还是通过对萧珊悲剧的描述加以表现的。萧珊是有"才华"的,她曾翻译过普希金和屠格涅夫的小说;她也有工作热情,曾主动要求到编辑部义务劳动。萧珊又是善良本分的,病重住院时,她不止一次地对大夫说:"你辛苦了。"见到熟人来探望,她也"常有这样一种表情:请原谅我麻烦了你们"。更令人痛心的,是她

---

① 《杰尔查文的作品》,《别林斯基论文学》,新文艺出版社 1958 年版,第 26 页。

又是那样地单纯,单纯得至死也没能识破那场罪恶的种种骗局。她诚心诚意、身体力行地"改造"自己,同时又主动地配合丈夫的"改造"。巴金越是写出被害者的善良本分热情单纯,也就越深刻地揭示了那场罪恶的残酷性;他越是挖掘出萧珊性格中那美丽动人之处,就越是引发人们对毁灭这一切的罪恶势力的憎恨。因此,萧珊的不幸连同其他人的遭遇,使得这一作品的悲剧意义远远地超越了一般的悼亡散文,作者的哀痛、愤懑、思索实际上已和民族的不幸,人民的苦难紧紧地交织到了一起,它促使人们在痛苦中对那段历史进行深刻的反思:是谁利用了人民的善良与单纯? 是谁给国家和民族带来了不幸? 是什么原因使得这历史的灾难得以产生?

可以说,在彻底否定"文革"这场"浩劫"方面,巴金的《随想录》体现了一种超前的意识,也体现了作者深沉而大胆的思考。对于这场"浩劫",官方作出正式的否定是在 1981 年 6 月(这个月 27 日至 29 日,中共十一届六中全会举行,大会通过的《关于建国以来党的若干历史问题的决议》对"文革"正式作出了彻底的否定),而在巴金的《随想录》中,从开篇到《十年一梦》为止的篇章都写于这之前,其中就包括了像《怀念萧珊》、《一颗桃核的喜剧》、《绝不会忘记》、《怀念老舍同志》、《小狗包弟》、《灌输和宣传》、《发烧》、《"腹地"》这类揭露、批判、否定那场浩劫的篇章。而这之后,巴金也没因有了官方的结论而放弃对这段历史进行更为深入的思考。在《解剖自己》、《西湖》、《思路》、《"掏一把出来"》等文中,巴金又对"文革"产生的根源,"文革"中知识分子的心态进行了大胆而深入的探讨;在《纪念》、《"样板戏"》、《官气》、《"文革"博物馆》、《二十年前》中,他还郑重地提出设立"文革"博物馆,总结这场历史悲剧教训,让子孙后代永远牢记这场民族灾难,牢记这次历史耻辱的设想和建议。

正如当时整个文学界由"伤痕文学"开始进而对建国以来的许多政治运动进行全面的历史反思一样,巴金的《随想录》在批判、否定"文革"之后,也逐渐把目光投向了更为遥远的过去,从而对 60 年代初的反修运动(如《"遵命文学"》、《怀念丰先生》)、50 年代中后期的反右运动(如《纪念雪峰》、《悼方之同志》、《怀念叶非英兄》)、反胡风运动(如《怀念满涛同志》、《怀念胡风》)进行了更为深刻的反思。在《三论讲真话》中,巴金对三十年来运动不断，自己逐渐丧失"独立思考"个性的过程进行了总结。他说：

> 我说不出我头几年参加的会是什么样的内容，总不是表态，不是整人，也不是自己挨整吧。不过以后参加的许多大会小会中整人被整的事就在所难免了。但有一点是可以确定的：表态，说空话，说假话。起初听别人说，后来自己跟着别人说，再后是自己同别人一起说。起初自己还怀疑这可能是假话、那可能是误传，这样说可能不符合事实等等、等等。起初我听见别人说假话，自己还不满意，不肯发言表态。但是一个会接一个会地开下去，我终于感觉到必须摔掉"独立思考"这个包袱，才能"轻装前进"，因为我已经在不知不觉中给改造过来了。于是叫我表态就表态。先讲空话，然后讲假话，反正大家讲一样话，反正可以照抄报纸，照抄文件。

在《五四运动六十周年》中，巴金提出了"今天还应当大反封建，今天还应当高举社会主义民主和科学的大旗前进"的主张。在《老化》一文中，他又说：

> 有一位作者认为"五四"的"害处"是"全面打倒历史传统、彻底否定中国文化"。我的看法正相反，"五四"的缺点恰恰是既未"全面打倒"，又不"彻底否定"。……所以封建文化的残余现在到处皆是。这些残余正是今天阻碍我们前进的绊脚石。

对于"五四"运动，巴金的见解未必十分深思熟虑，但从《随想录》提出的这一系列问题可以看出，他一直在对过去的历史进行反思。他从对"文革"的批判开始，把历史的反思上溯到20世纪50年代，甚至整个20世纪。

那么，是什么动力促使巴金到晚年还对这一切耿耿于怀、不息探索呢？是有艺术良知的作家对于祖国的忠诚，对人类那始终如一的爱。巴金批判现实，反思历史，但他时刻着眼的又是未来。他探索、思考的目的，他所期望的就是那些曾经发生的历史悲剧不再在中国的大地上重演，就是人类社会不再蒙受那种历史的灾难。浩劫已经过去，但巴金时刻思考着的，是"十年浩劫"

那种"非人生活""是从哪里来的？它会不会再来？"（《病中》）他一直担心，"倘使我们不下定决心，十年的悲剧又会重演"（《探索集·后记》）；他一再劝人不要忘记"文革"的教训，"唯一的原因就是担心'造反派'卷土重来"（《"紧箍咒"》），担心"有一天说不定情况一变"，自己"又会中了催眠术无缘无故地变成另外一个人"（《我和文学》）。总之，巴金的批判和反思都是为了美好的明天，为了民族的昌盛和祖国的富强，为了整个人类的文明与进步。他说："我们有权利，也有责任写下我们的经验，不仅是为我们自己，也是为了别人，为了下一代，更重要的是不让这种浩劫再一次发生。"（《〈随想录〉日译本序》）因此，他对于那种一味强调"向前看"，不允许人们谈论"文革"，总结教训的看法不以为然，他说：

> "忘记！忘记！"你们喊吧，这难忘的十一年是没有人能够忘记的。让下一代人给它下结论、写历史也好。一定有人做这个工作。但为什么我们不可以给他们留一点真实材料呢？我们为什么不可以把个人的遭遇如实地写下来呢？难道为了向前进，为了向前看，我们就应当忘记过去的伤痛？就应当让我们的伤口化脓？
>
> 我们应当向前看，而且我们是在向前看。我们应当向前进，而且我们是在向前进。然而中华民族绝不是健忘的民族，绝不会忘记那十一年间发生的事情。（《绝不会忘记》）

为了未来正是巴金反思历史、批判现实的着眼点。

二

巴金《随想录》的另一重要价值，就是通过严厉的自剖和深刻的自省，表达富有正义精神与艺术良知的知识分子对于已经逝去的那段岁月的反思与忏悔。而这种反思与忏悔，同样也是在对历史进行深沉反思的基础上逐步展开的。

《随想录》的开首几篇，还是配合当时拨乱反正、批判"四人帮"的形势而写的。但是随着由批判进入反思，作者在对过去历史进行重新审视的同时,也开始对自己经历的人生进行了内省。在《"遵命文学"》中,他开始为曾"遵命"批判柯灵的《不夜城》而歉疚。接着,在《一颗桃核的喜剧》中,他又为林彪、"四人帮"能轻而易举地得逞而反省道:

> 我常常这样想:我们不能单怪林彪,单怪"四人帮",我们也得责备自己! 我们自己"吃"那一套封建货色,林彪和"四人帮"贩卖它们才会生意兴隆。不然,怎么随便一纸"勒令"就能使人家破人亡呢? 不然怎么在某一个时期我们会一天几次高声"敬祝"林彪和江青"身体永远健康"呢?

如果说,巴金这时的自省还处于一种不自觉的阶段,那么随着反思的深入,作者的自省意识也就越来越自觉,他的自我批判也就越来越严厉。他如实地回顾了自己在 50 年代以来种种运动中的经历,毫不留情地剖析了自己当时的心态,从而对"旧我"进行严厉的批判,对自己一些不光彩的作为表示了真诚的忏悔。在《纪念雪峰》中,他为曾重复别人的话,批判丁玲的"一本书主义"、冯雪峰的"凌驾在党之上"、艾青的"上下串连","跟在别人后面丢石块"而责备自己。在《再论说真话》里,他又为曾跟着浮夸风跑而写下的"豪言壮语"而脸红心跳。到最后的《怀念胡风》中,他更为自己参加过批判胡风和路翎而痛心疾首。

1979 年 2 月的《"遵命文学"》中,巴金对批判柯灵的《不夜城》的忏悔还只限于"歉意",他说:

> 我也暗中埋怨自己太老实,因为另一位被指定写稿的朋友似乎交了白卷,这样他反倒脱身了。

对与这事有关的叶以群的死,作者也仅表示"难过"和"痛惜",他说:

> 更使我感到难过的是第二年八月初,叶以群同志自己遭受到林彪和"四人帮"的迫害含恨跳楼自尽,留下爱人和五个小孩子。我连同他的遗体告别的机会也没有! 一直到这个月初他的冤案才得到昭雪,名誉才得到恢复。我在追悼会上读了悼词,想起他的不明不白的死亡,我痛惜

我国文艺界失去这样一位战士,我失去这样一位朋友,我在心里说:绝不让再发生这一类的事情。

但是,到了1986年9月的《二十年前》中,巴金对叶以群死时自己的心态有了更为严厉的自责。作者在文中写到,他参加了批判以群"自绝于人民"的大会,"大家都顺从地举手表示拥护,而且做得慷慨激昂",他自己也跟着人们举手喊口号,"注意的是不要让人们看出我的紧张,不要让人们想起以群是我的朋友"。晚上临睡前,他又在日记中写下:"一点半同萧珊雇三轮车去作协。两点在大厅开全体大会批判叶以群最后的叛党行为,一致表示极大愤慨。五点半散会。"作者说自己当时"感到疲乏,只求平安过关",所以"动着笔,不加思索,也毫不迟疑,更没有设身处地地想一想亡友一家的处境"。本来,在"文革"中像巴金一类的知识分子人人自危,而他当时的心态也不为人所知,但作者却严酷地把自己的这一切袒露出来,并且毫不留情地进行了严厉的自责:

> 为了找寻关于以群死亡的记录,我一页一页地翻着,越看越觉得不是滋味,也越是瞧不起自己。那些年我口口声声"改造自己",究竟想把自己改造成为什么呢? 我不用自己脑筋思考,只是跟着人举手放手,为了保全自己,哪管牺牲朋友? 起先打倒别人,后来打倒自己。所以就在这个大厅里不到两个月后,我也跟着人高呼"打倒反党反社会主义分子巴金"了。想想可笑,其实可耻!

在其他许多篇章中,巴金也把曾为了保全自己而跟着批判别人称为"向着井口投掷石块",称自己的行为是"可耻"、"卑鄙"的,后来自己想起来也"感到恶心","感到羞耻"。在《小狗包弟》中,他甚至对自己把小狗送上解剖桌也进行了深刻的自省。巴金说:"不能保护一条小狗,我感到羞耻;为了想保全自己,我把包弟送到解剖桌上,我瞧不起自己,我不能原谅自己。"像这样的自责,在当时许多作家的文章中都是少有的。可以说,在《随想录》中,巴金自审的严厉甚至超过了自身对现实的批判和对历史的反思。

"文革"中,几乎所有的中国知识分子都在劫难逃地陷入了遭受迫害的厄运之中。"文革"后,许多作家复出并开始重新执笔,他们大都自然地以受害者的身份诉说自己在"文革"中的不幸。但是,像巴金这样在诉说不幸的同时进行认真自省的人却不多。50年代以来,文艺界的运动一个紧接一个,一批又一批文艺工作者相继成为极"左"政治的牺牲品。但是,这难道仅仅因为政策方针或最高当权者决策失误而造成? 文艺界人士的各种表态、支持、响应难道在客观上没起一种推波助澜的作用? 而在"文革"前的历次运动中都幸免于难的人士难道不该进行一定的反躬自问? 可惜的是,在批判林彪、"四人帮"时,大家都以受害者的身份同仇敌忾,而到了反思"反右"、"反胡风"等运动时,不少人对自己在当时的表演却缄默不言了。只有真诚的巴金以及孙犁、黄秋耘、荒煤等作家才虔诚地把自己放在灵魂的天平上,自觉而严厉地解剖和拷问自我。因为巴金觉得不应该"事情一过,不论是做过的事,讲过的话,发表过的文章,一概忘得干干净净,什么都不用自己负责"。他觉得自己应该"做一个不赖债的人"(《访日归来》)。

在严厉的自我批判、自我谴责的同时,巴金在《随想录》中也对自己50年代以来的精神状态和心理状态进行了客观的剖析。在《"紧箍咒"》中他谈到,1957年"反右"运动时,"我一方面感谢'领导'终于没有把我列为右派,让我参加各种'反右'活动,另一方面又觉得左右的界限并不分明,有些人成为反右对象实在冤枉,特别是几个平日跟我往来较多的朋友,他们的见解并不比我更'右',可是在批判会上我不敢出来替他们说一句公道话,而且时时担心怕让人当场揪出来"。当自己平稳地度过了1957年,还暗暗庆幸自己是一员"福将"。巴金说,其实"一九五七年下半年起我就给戴上了'金箍儿'。……我所认识的那些'知识分子'都是这样。从此我们就一直战战兢兢地过着日子,不知道什么时候会有人念起紧箍咒来叫我们痛得打滚,但我确实相信念咒语的人不会白白放过我们"。于是,自己也就"越来越小心谨慎,人变得更加内向,不愿意让别人看到真心",并且"下定决心用个人崇拜来消除一切的杂念,这样的一座塔就是建筑在恐惧、疑惑与自我保护上面"的。

在《怀念叶非英兄》一文中,巴金又谈道,50年代以来,自己"在每次运动中或上台发言,或连夜执笔,事后总是庆幸自己又过了一关,颇为得意",实际上"不过是自欺欺人",到了"文革"自己终于也"得到了应得的惩罚"。

与此同时,巴金还十分真诚地回忆分析了自己在"文革"期间的心态。他说自己由于个人崇拜,"更是心悦诚服地拜倒在'四人帮'的脚下,习惯于责骂自己、歌颂别人"(《保持自己的本来面目》)。他说:"最可笑的是,有个短时期我偷偷地练习低头弯腰、接受批斗的姿势,这说明我是心甘情愿地接受批斗,而且想在台上表现得好。"(《怀念丰先生》)"我准备给'剖腹挖心','上刀山,下油锅',受尽惩罚,最后喝'迷魂汤',到阳世重新做人。"(《再论说真话》)巴金坦率地承认:"当时我不是做假,我真心表示自己愿意让人彻底打倒,以便从头做起,重新做人。我还有通过吃苦完成自我改造的决心。我甚至因为'造反派'不'谅解'我这番用心而感到苦恼。"(《十年一梦》)那时候"很少想到别人,见着熟人也故意躲开,说是怕连累别人,其实是害怕牵连自己"(《"掏一把出来"》)。

巴金在《随想录》中对自己那几十年间的所思所想的无情而又真诚的袒露,客观上揭示了那些岁月里大部分知识分子的共有心态。作者现身说法,揭示了知识分子丧失主体精神,丧失独立思想品格之后的可悲境地,同时也从另一个角度挖掘出给知识分子造成极大伤害的几次运动得以展开的原因。从利己主义、明哲保身到奴隶哲学;从人人自危、放弃独立思考到依附权势、投井下石,巴金勾画了那一时代知识分子较为普遍的心路历程,无情地揭示和批判了那几十年间知识分子自身的性格弱点。当然,巴金的审判是从自我开始的,在谈到"文革"的情形时,他甚至说:

> 在那个时期我不曾登台批判别人,只是因为我没有得到机会,倘使我能够上台亮相,我会看作莫大的幸运。我常常这样想,也常常这样说,万一在"早请示、晚汇报"搞得最起劲的时期,我得到了解放和重用,那么我也会做出不少的蠢事,甚至不少的坏事。当时大家都以"紧跟"为荣,我因为没有"效忠"的资格,参加运动不久就被勒令靠边站,才容易保持个人的清白。使我感到可怕的是那个时候自己的精神状态和思

想情况,没有掉进深渊,确实是万幸,清夜扪心自问,还有点毛骨悚然。(《解剖自己》)

自省需要勇气,自责更是一种痛苦。巴金说自己写《随想录》时,刚开始拿着笔并不觉得"沉重",可是当"把笔当作手术刀一下一下地割自己的心"时,"却显得十分笨拙","下不了手",因为觉得"剧痛"(《随想录·合订本新记》)。但是巴金最后还是完成了这震撼人心的自我审判,他把笔锋伸向社会、伸向历史,同时也伸到了自己的心灵深处。他没美化自己,更不指责别人,和他的现实批判和历史反思的目的一样,他的自省也是为了未来,为了拯救几十年来被严重扭曲的知识分子的灵魂。在经历了十年的"文革"之后,巴金又重新寻回了自我,他不仅是旧制度、旧势力的无情批判者,同时也成了旧我的无情批判者。

三

从总体上看,《随想录》属于议论性随笔,作者继承了鲁迅杂文紧密贴近现实,大胆针砭时弊的创作传统,写真话,抒真情,不卖弄,无做作,所写的虽大多为"随时随地的感想","但它们却不是四平八稳,无病呻吟,不痛不痒,人云亦云,说了等于不说的话,写了等于不写的文章"(《随想录·总序》)。

在三四十年代,巴金始终以社会的批判者、文化战士的身姿活跃于文坛。五六十年代,他出于对新社会的热爱,把具有鲜明个性特点的"我"逐渐地融入了社会化、政治化的"我们"之中,他也由独立的批判者转为赞歌和颂歌的合唱队队员,直至"文革"开始被剥夺这种歌颂的权利为止。巴金五六十年代这种创作转向有其历史的必然性。这个转换过程,实际上是具有独立批判品格的作者对于那一历史时期中心意识形态的逐步认同,具有独特个性的自我逐渐被消解,以致最后被消灭的过程。巴金三四十年代作品的魅力或张力,很大程度来自创作主体那鲜明的人文品格和批判精神。这一切逐渐消失之后,他的作品的魅力也随之减弱。而当作者在"文革"之后又找回自我,找回这种品格精神时,他的作品则又重新散发出其热度,显示出其张力。在《随想录》中,读者终于又看到一个真诚的、独有独立人文品格的巴金的再生,《随想录》也由此而显示了鲜明而锐利的社会批判和文化批判的色彩。

在叙述和议论中潜藏着一种真挚的情感力量是《随想录》最为鲜明的艺术特征。整部《随想录》,处处流露着作者批判、抨击丑恶势力的愤激之情,显示出作者对社会上种种不正常现象的不满,以及对于亲朋好友的真挚的怀念。面对10个"寻找理想的孩子",巴金用几个星期的时间艰难地写了一封回信,与他们探讨人生、社会与理想。在与这10位小学生的信中,这位81岁的老人仍然保持着青年时代的真诚与热情。他写道:

> 五十几年来我走了很多的弯路,我写过不少错误的文章,我浪费了多少宝贵的光阴,我经常感受到"内部干枯"的折磨。但是理想从未在我的眼前隐去,它有时离我很远,有时仿佛近在身边;有时我以为自己抓住了它,有时又觉得两手空空。有时我竭尽全力,向它奔去,有时我停止追求,失去一切。但任何时候在我的前面或远或近,或明或暗,总有一道亮光。不管它是一团火,一盏灯,只要我一心向前,它会永远给我指路。我的工作时间剩下不多,我拿着笔已经不能挥动自如了。我常常谈老谈死,虽然只是一篇短短的"随想",字里行间也流露出我对人生无限的留恋。我不需要从生活里捞取什么,也不想用空话打扮自己,趁现在还能够勉强动笔,我再一次向读者,向你们掏出我的心:光辉的理想像明净的水一样洗去我心灵上的尘垢,我的心里又燃起了热爱生活、热爱光明的火。火不灭,我也不会感到"内部干枯"……(《"寻找理想"》)

这并不是牧师般的布道,也没有空洞抽象的大道理,这只是一个普通作家对于读者的心灵表白。作者掏出一颗心来,真诚、炽热。整篇作品行文流畅,有一泻千里之势,字里行间包藏着一个81岁的老人对于人生、对于理想的热爱,充溢着一个著作等身的老作家对于普通读者的眷眷深情,具有很强的感染力。

《怀念萧珊》更是一篇充满情感力量的佳作,它倾注着巴金对亡妻真挚而深沉的怀念,饱含着作者对给萧珊带来不幸的罪恶势力的无比仇恨。和许多优秀的悼挽散文一样,《怀念萧珊》也通过对逝者的回忆来寄托生者的哀思。巴金满怀深情地诉说着萧珊生前的一切,诉说着他们相濡以沫的最后时光。他们初识于30年代中期,几乎完全是在战乱中经历了多年的相恋之后结合到一起。没有隆重的婚礼,也没有任何的物质追求,有的只是两人真诚的爱。在战争的年代里,萧珊与丈夫一起"经历了各种艰苦的生活";在"浩劫"的岁月中,她又给备受摧残的丈夫以安慰、鼓励与信任。由于丈夫的"连累",她也蒙受着种种非人的迫害,但虽然"内心的痛苦像一锅煮沸的水",表面上却还努力装出"平静"的样子。当丈夫向她诉说"日子难过"时,她总是鼓励丈夫"要坚持下去";为了使丈夫的"问题"早日解决,自己病得不能起床也不用电话去打扰丈夫;甚至在病危之际也还念念不忘丈夫的"解放",还为看不到丈夫的"解放"而遗憾。巴金一方面深情绵邈地诉说着萧珊生前对自己的种种好处,另一方面又痛苦地回忆自己给她带来的种种不幸。为了他,亡妻曾承受铜头皮带的抽打;因为他,萧珊被揪去挂牌、陪斗,被罚去扫街。"冷嘲热骂蚕食着她的身心",无情的病魔夺去了她的生命。她死时,自己的亲人都没能在身边。在这悲痛的思忆中,交杂着生者无尽的自责与悔恨,透露出巴金永久遗憾的深情:"我同她生活了三十多年,但是我并没有好好地帮助过她。""倘使不是为了我,她三七、三八年一定去了延安。""是我连累了她,是我害了她……"悔深正由于情切。用悔恨和遗憾来反衬哀思,使得巴金对亡妻的怀念之情显得更为真挚与深沉。

在把自己的情思化作涓涓的细流,渗入到对萧珊生前一言一行的体察、描绘之中的同时,巴金又常常按捺不住地直抒胸臆,用诗一般的语言来表现自己那痛苦的心灵。面对即将永别的妻子,望着她那"很大、很美、很亮"的双眼,巴金的心都快破碎了,他说:"我多么想让这对眼睛永远亮下去!我多么害怕她离开我!我甚至愿意为我那十四卷'邪书'受到千刀万剐,只求她能安静地活下去。"情真意切,痛不欲生,简直令人不忍卒读。在与妻子的遗体告别时,巴金又痛苦地想道:"我想,我比她大十三岁,为什么不让我先死?我想,这是多么不公平! 她究竟犯了什么罪?"这里,有失去亲人的哀痛,也有愤懑不平的呼号。而在痛定思痛之时,作者的情思就显得更为绵长,更为深沉。他一次又一次地诉说着:"她是我的生命的一部分,她的骨灰里有我的泪和血。""她的结局将和我的连结在一起。""等到我永远闭眼睛,就让我的骨灰同她的掺和在一起。"真是柔肠百结,生死与共,时时处处流露出作者对亡妻刻骨铭心的思念。

　　正由于《随想录》中的不少篇章仍然充满着作者这种情感的宣泄与倾吐,它自然地体现了巴金作品一以贯之的热烈激昂的风格特征。但是,写作《随想录》时的巴金已经进入晚年,已经经历过十年的"浩劫",他是把《随想录》当成自己的"遗嘱"来写的①,因此,这一著作同时也体现着作者对社会与人生、现实与历史的深沉思考,体现着巴金老人即将告别文坛,告别读者的苍凉,因此,它又是一种激情与理性的形象结晶。

　　巴金曾提出过一个重要的文学主张,认为作家在作品中应该"说真话"。在经历了粉饰和浮夸的年代,经历了假、大、空的"文革"之后,他觉得提倡"说真话"无论对于社会,对于文学,还是对于具体的作家都有着特殊的意义。因此,在《随想录》中他就写有数篇论述"说真话"的文章,并且把第三集《随想录》命名为《真话集》。但是,老作家的这一番良苦用心,一些人却不以为然或不甚理解,有的人说,"真话不一定是真理"②,有的人甚至由此而在背地里说巴金是"持不同政见者"③。当然,也有批评家从美学的角度担心"说真话"并不能保证"艺术上有突破性的创造"。实际上,早在半个世纪前鲁迅就尖锐地指出过:"中国人向来因为不敢正视人生,只好瞒和骗,由此也生出瞒和骗的文艺来,由这文艺,更令中国人更深地陷入瞒和骗的大泽中,甚而至于已经自己不觉得。"④鲁迅大概没想到他所抨击的这种文学现象,到了半个世纪后反而得到"发扬光大"。"文革"中那些风靡一时的文学作品,堪称瞒和骗文学的样板。巴金提倡"说真话"正是为了让"我们的作家取下假面,真诚地,深入地,大胆地看取人生并且写出他的血和肉来",为了"一片崭新的文场"⑤的诞生,为了告别文学上粉饰、说谎的时代,同时也

---

①　《把心交给读者》,《巴金全集》第十六卷,人民文学出版社 1991 年版,第 44 页。

②　参见木一（谭兴国）:《今日巴金》,美国加州《世界日报》1992 年 4 月 29 日。

③　参见 1987 年 7 月 3 日《致沈毓刚》,《巴金全集》第二十四卷,人民文学出版社 1994 年版,第 102 页。

④　鲁迅:《论睁了眼看》,《鲁迅全集》第一卷,人民文学出版社 1981 年版,第 240 页。

⑤　同上书,第 241 页。

是为了实事求是的社会风气的形成。对于创作主体来说，提倡"说真话"意味着提倡一种艺术的良知，强调崇高的历史责任感；而对于社会来说，提倡"说真话"则意味着提倡一种直面现实缺陷，直面自我不足，不陷入瞒和骗，不陷入自欺欺人大淖之中的实事求是的精神。

由于这一番良苦用心常为一些人曲解或误解，巴金除了在那些以"说真话"为题的随感中三番五次、旗帜鲜明地呼吁"说真话"外，在《大镜子》、《发烧》、《卖真货》、《可怕的现实主义》等一系列文章中，他又从不同的角度探讨、阐述了"说真话"的重要意义。

《大镜子》写的是"我"对一面大镜子态度的变化。刚开始时，"我"不喜欢大镜子："面对镜子我并不感到愉快，因为在镜面上反映出来的'尊容'叫人担心：憔悴、衰老、皱纹多、嘴唇干瘪……好看不好看，我倒不在乎。使我感到不舒服的是，它随时提醒我：你是在走向死亡。"于是"索性打碎镜子"。"有一个时期我就不照镜子。我不看见自己的'尊容'，听见好话倒更放心，不但放心，而且自己开始编造好话。别人说我'焕发了青春'，我完全接受，甚至更进一步幻想自己'返老还童'。""我"也就开始为各种各样的人办各种各样的事，做各种各样的工作。直至有一天发现自己垮了，"才又想起应当照照镜子，便站在镜子前面一看，那是在晚上，刚刚嗽过口，取下了假牙，连自己都认不出来了。哪里有什么'青春'？好像做了一场大梦似的，我清醒了"。"我"终于悟出了这样的道理："在镜子里我看见了自己真实的面容"，"镜子对我讲的是真话"。作者在这篇"随想"中不是用抽象的议论阐述"说真话"，而是通过"我"对镜子态度变化的描述，揭示出"说真话"的重要性，具体、生动，很有说服力。

《发烧》的寓意也与《大镜子》有点类似。"我"不喜欢量体温，"明明感觉到不舒服，有热度，偏偏不承认，不去看病，不量体温，还以为挺起胸就可以挺过去"。最后发了高烧，差点变成肺炎。所以"我"最后悟出："不承认自己发烧，又不肯设法退烧，这不仅是一件蠢事，而且是很危险的事。"不难看出，这两篇"随想"都有很深的寓意、很强的针对性。

除了"说真话"的主张之外，巴金在《随想录》中还提出了关于"建立'文革'博物馆"等建议。这类见解都是已经进入晚年的作者在三思之后谨慎提出的,虽然常遭一些人曲解或误解,他总是执著地坚持着。由于这是一个80多岁老人在即将放下手中的笔告别文坛之前,为了国家、民族和整个人类的最后呼唤,读来总让人感到一种悲壮,阵阵苍凉。所以,虽然《随想录》表面上给人以热烈、激昂的特点,但在更深的层面上却反映了作者冷峻的思考,显示了一种执著与深沉。如果说,写作《随想录》时期的巴金继承了鲁迅杂文的战斗传统,着眼于未来,对现实与历史、社会与人生展开了全方位的韧性的批评,那么,在具体的创作中,鲁迅的杂文具有外冷内热的总体特征,而巴金的《随想录》则显示出一种外热内冷的特点。

由于写作《随想录》的70年代末到80年代中期,中国社会正经历一个逐步开放的历史时期,各种社会意识仍然对作家个体的思想意识形成强有力的干预,巴金的某些感受和思想有时就无法在《随想录》中直截地表达,在写作时他有时就不得不来一点曲笔。如《〈序跋集〉序》之中就有这样的文字:

> 我居住的地方气候并不炎热,因此我想不通为什么有人那样喜欢风。风并不总是朝着一个方向吹,它有时向东,有时向西。我的头脑迟钝,不能一下子就看出风向,常常是这样:我看见很多人朝着一个方向跑,或者挤成一堆,才知道刮起风来了。

> 说实话,有一个长时期我很怕风,就像一个经常患感冒的人害怕冷风那样。风不仅把我吹得晕头转向,有时还使我发高烧,躺在床上起不来。

> 但这也是过去的事情了。十二级台风也好,龙卷风也好,差一点把我送进了"永恒的痛苦",然而我也见过了世面,而且活下来了。我不能说从此不再怕风,不过我也绝不是笔记小说里那种随风飘荡的游魂。

在这里,"风"、"晕头转向"、"发高烧"、"躺在床上起不来"、"随风飘荡的游魂"以及"朝着一个方向跑"的人都有特殊的指向,一般得在全面、充分地了解写作时期的意识形态背景和社会流行话语之后才能从中领悟到其弦外之音。而像《鹰的歌》、《西湖》、《思路》等文,也都别有寓意,很值得读者深入、细致地品味。

巴金曾是一位杰出的小说家,《随想录》虽并非小说,但作者仍常常借助小说的技法描述事件，刻画人物，展示人物的心理感受，从而使《随想录》的叙事与议论具有具体化、形象化的特点。

《怀念萧珊》中曾写到，"浩劫"到来之后，巴金和萧珊有一个时期临睡前都得靠眠尔通才能闭眼。但是，安眠药可以使人暂时入睡，却无法令人一直摆脱痛苦。于是，"天刚刚发白就都醒了。我唤她，她也唤我。我诉苦般地说：'日子难过啊！'她也用同样的声音回答：'日子难过啊！'"寥寥几笔，形象地再现了这对善良夫妻相濡以沫，相依为命的悲惨情形。而这又是那灾难岁月中许许多多中国人艰难境况的真实写照。

在这篇感人肺腑的散文中，巴金还以小说刻画人物的技法来揭示萧珊细微的心理活动，展现她美好的品格。当萧珊知道"工宣队"头头逼巴金第二天返回干校时，"她叹了一口气，说：'你放心去吧。'她把脸掉过去……"叹了一口气是她心情的自然流露。她的病情已日益严重，多么希望丈夫能守在身边，但现实却是这样的残酷。这口气，包含着与亲人分离的痛苦，包含着对丈夫无尽的恋情，也包含着无可奈何的惆怅。但是，萧珊又十分明白丈夫的处境。她体贴丈夫的为难，期望他能早日得到"解放"，因此又很快克制住自己的感情安慰丈夫说："你放心去吧。"当然，强作的平静无法掩饰内心的痛苦，她终于还是把脸掉转过去，因为她不想让丈夫看到自己痛苦的表情，不忍心让处于厄运中的亲人再承受心灵的折磨。巴金还多次写到女主人公无尽的疑问："你的问题什么时候才解决呢？""他（指自己的儿子——笔者注）怎么办呢？""棠棠怎么样？""输多少西西的血？该怎么办？"这一个又一个的疑问，流露着萧珊无法左右自己命运时的困惑与痛苦，体现了她对丈夫、儿子、家庭的无私的爱。总之，巴金通过对人物语言与行动的细腻描绘，形象地展现了萧珊这一纯洁善良女性那美好动人的心灵。

在其他的回忆性散文中，巴金也常常通过对一两个简单细节的描绘，写出人物心灵的闪光点，写出作者与笔下人物之间的一脉深情。如《怀念一位教育家》一文的最后写到一个细节：匡互生通过国民党"元老"李石曾营救因"共产党嫌疑"被捕的三个人，李写的"保证无罪"的信中，只提到他们熟悉的两个人而未提到不认识的郑，但匡互生却认为："信里只有两个名字，对姓郑的不利。是不是把他的名字也写进去。那么我把信拿去找李改一

下。"第二天一早他就把改了的信送来了。这小小的细节,一下子就写出了
匡互生为朋友的仗义和为人的善良。《怀念马宗融大哥》中曾写到,马宗融
从台湾返沪后,"我去看他,他躺在床上,一身浮肿,但仍然满脸笑容。他伸
出大手来抓我的手,声音不高地说:'我看到你了。你不怪我吧,没有听你的
话就回来了。'"当时的马宗融已是"在逐渐熄灭"的火,但那笑容,那紧紧
抓住朋友的大手,以及那一句"我看到你了",都无不流露出终于见到老朋友
的欣喜。《赵丹同志》写到"文革"时期上海文艺界人士被揪到杂技场参加
批斗会,大家老老实实地坐满了一间小屋。这时赵丹来了,坐在白杨旁边,而
且还问她住在什么地方。结果引来了"造反派"的厉声训斥:"你不老实,回
去好好揍你一顿。"这一切显示了赵丹的个性,也再现了当时"造反派"的
气焰。

　　《随想录》中对"文革"给人造成的恐惧感的描摹也极为出色。《小狗
包弟》中写到"文革"初期小狗包弟变成了作者全家的包袱,晚上附近的小
孩子常常打门大喊大叫,说是要杀小狗。巴金非常真切地描摹出自己当时
极为恐惧的心态:"听见包弟尖声吠叫,我就胆战心惊,害怕这种叫声会把抄
'四旧'的红卫兵引我到家里来。"《解剖自己》中作者还写到自己在上海杂
技场挨斗的真实感受:"杂技场的舞台是圆形的,人站在那里挨斗,好像四面
八方高举的拳头都对着你,你找不到一个藏身的地方,相当可怕。"

　　另外,在体裁样式上《随想录》可谓不拘一格,其中大多为议论性的随
笔或杂感,但也包括了不少记叙抒情散文。它们中有语录体、书信体,有游
记、悼挽散文,也有序与跋。正如作者自己所说过的:"我写作是为着同敌人
战斗。那一堆'杂货'可以说是各种各样的武器,我打仗时不管什么武器,
只要用得着,我都用上去。"①

　　写完了五集《随想录》之后,巴金在《后记》中怀着"感激的心"向自
己的读者告别:

　　　　我这一生不知说过多少假话,但是我希望在这里你们会看到我的真

---

① 《我和文学》,《巴金全集》第十六卷,人民文学出版社1991年版,第268页。

诚的心。这是最后的一次了。为着你们我愿意再到油锅里受一次煎熬。是真是假,我等待你们的判断。同这五本小书一起,我把我的爱和祝福献给你们。

巴金是幸运的,他偶然闯入文坛却获得了意外的成功。在三四十年代,巴金以其勤奋、真诚与热情赢得了广大读者的爱戴;经历了"史无前例"的浩劫之后,幸存的他在《随想录》中又为人类举起了爱的大纛,为人民筑下了憎的丰碑。随着时间的推移,晚年的巴金及其《随想录》必将显示出跨时代的意义。

(原载《巴金创作综论》,福建教育出版社 1997 年版)

巴金创作的接受研究

　　巴金与读者的密切关系一直是从事巴金研究的人们关注的问题,但巴金与读者接受却是近年来才见经常谈起的问题。如今巴金的大多数研究者虽都已预计到巴金创作的接受研究的特殊意义,但切实的、专门的研究成果却非常有限。就国内而言,笔者目前已经接触到的主要论述有王卫平的《巴金与青年读者》[①] 和周立民的《巴金与二十世纪中国青年读者》[②],前者是作者专著《接受美学与中国现代文学》中的第 12 章,后者则是作者提供给 1994 年巴金与 20 世纪学术研讨会的论文。王卫平的《巴金与青年读者》作为专著中的一部分可能对其总论题有特殊的意义,但就巴金的研究来说,其内容基本还是巴金与读者关系的描述。周立民的文章侧重于巴金读者群的分析,在提供一些新的统计数据和较具体的接受现象的基础上,分析探讨了巴金读者群的生成与发展,这对于巴金创作的接受研究很有启示。另外,与这一论题关系较密切的还有张民权的《试论巴金对同时代文学的影响》[③]、徐开垒的《巴金与同时代人》[④] 以及纪申的《读者的回声》[⑤] 等文。其中张民权的论文借鉴了比较文学研究的方法,徐开垒和纪申的文章提供了许多鲜为人知

---

① 王卫平:《接受美学与中国现代文学》,吉林教育出版社 1994 年版。
② 《世纪的良心》,上海文艺出版社 1996 年版。
③ 《江淮论坛》1994 年第 5 期。
④ 徐开垒:《巴金和他的同时代人》,学林出版社 1999 年版。
⑤ 纪申:《一个纯洁的灵魂——记病中的巴金》,上海文艺出版社 2001 年版。

的第一手资料,但他们关注的重点实际上还是巴金对读者的影响问题。在上述这些成果的基础上,本文即将进行的是从读者接受的具体现象入手,考察包括共时的和历时的巴金文学接受的历史,通过对读者接受巴金文本过程的分析,探讨巴金文本与读者交流的基本条件、探讨决定巴金文本意义生成的各种因素。进行这些工作的初衷在于调整巴金研究的视野,拓展巴金研究的学术空间,其主要目的仍然在于更深入地认识巴金现象及巴金创作,探寻巴金文学的历史意义。由于读者接受是个体的文学实践,为尽可能缩小个别接受现象对整体论述的严谨性的影响,除对有关概念、范围进行必要的界定外,本文的还将尽可能充分地利用具体确凿的接受个案资料,以提高结论的信度,但论述也可能由此而显得过分的繁琐甚至啰嗦。另外,本文引用的未公开发表的资料均为笔者学生的作业,谨此特向原作者表示感谢并向本文读者说明。

一

如果不是充分的文字记载,很难相信这是上一世纪一个并非神话的文学史奇迹。从 20 世纪 20 年代初开始文学创作尝试,到 1995 年《再思录》的出版,巴金为中国读者提供了数百万字的文学作品,并且始终受到广大读者的普遍接受。

在三四十年代的二十年间,《灭亡》先后印行 28 版次,《家》先后印行 33 版次,而现在从国内的许多大图书馆,人们还可以找到当年以不同书店或出版社名誉盗印的巴金的各种作品,那一时代有无数的青年被称为“巴金迷”。40 年代曾有人在文章中形象地描述巴金作品受欢迎的情形:

> 过六月前住在苏州,和当地的文学青年颇多接触的机会,在他们中间最容易感到的一件事,就是对巴金作品的爱好,口有谈,谈巴金,目有视,视巴金的作品,只要两三个青年集合在一起,你就可以听得他们巴金长,巴金短的谈个不歇……。又有一天,我在《吴县日报》上,见到一条广告,是愿出重价征求巴金的全部作品,此人不用说也是个“巴金迷”,在任何书店里都高高陈列着巴金作品的当时的苏州,此人却还恐有所遗漏,愿出重价征集巴金的全部作品。即此可见巴金的作品受人欢迎的一斑了。

　　鲁迅的《呐喊》,茅盾的《子夜》,固然都是文坛上首屈一指的名著,但要说到普及这一点上,还得让巴金的《激流三部曲》之一的《家》独步文坛。《家》,《春》,《秋》这三部作品,现在真是家弦户诵,男女老幼,谁人不知,那个不晓,改编成话剧,天天卖满座,改摄成电影,连映七八十天,甚至连专演京剧的共舞台,现在都上演起《家》来,藉以号召观众了。一部作品能拥有如许读者和观众,至少这部作品可说是不朽的了,……①

　　就在那前后,不少在大学任教的外籍教师也有过如此的经验,一位西方的教授曾经写道:"我多次问学生们最喜欢读什么书,他们的答复常常是两个名字:鲁迅和巴金。这两位作家无疑地是一九四四年的青年的导师。让我看巴金对学生们的影响好像比鲁迅先生的更大一些,所以他负的责任也比较重。"② 另一位来自日本的学者后来也回忆说:"战争(指抗日战争——辜注)末期,我在圣约翰大学主讲《文学概论》。有一次,我要求二十来个男女学生(多数是资产阶级子女),写出自己喜欢的作家。他们的回答是:莎士比亚,歌德,雨果,狄更斯,屠洛涅夫,托尔斯泰,罗曼·罗兰,再有就是巴金(他的《家》)等人(有一个犹太籍学生还举出了萧伯纳)。"③

　　就是把目光投向更远的年代,巴金作品的影响同样是巨大的。1929 年《小说月报》连载他的处女作《灭亡》,就给当时的读者带来了不小的波动,《小说月报》的编者在当年的"编辑后记"曾留下了这样的记录:"曾有好些人写信来问巴金君是谁,这连我们也不知道"④;"这两部长著(指《灭亡》和老舍的《二马》——辜注)在今年的文坛上很引起读者的注意,也极博得批评者的好感"⑤。在 30 年代,巴金的作品更受为广大青年读者所欢迎。臧云远回忆 1937 年在武汉、长沙等地为民族革命大学招生的情况时说:有许多投考的救亡青年"说是喜欢文艺的,问他们'读过谁的作品?''巴金'。

　　① 王易庵:《巴金的〈家·春·秋〉及其它》,上海《杂志》第九卷第六期,1942 年。
　　② 转引自明兴礼:《巴金的生活和著作》,王继文译,上海文风出版社 1950 年版,第 68—69 页。
　　③ [日]阿部知二:《同时代人》,焦同仁、汪平戈译,焦同仁校,原载《现代中国文学 4·老舍 巴金(〈骆驼祥子〉〈憩园〉)》,日本河出书房新社 1970 年版。转引自李存光编:《巴金研究资料》(下卷),海峡文艺出版社 1985 年版,第 337 页。
　　④ 《小说月报》第二十卷第四号,1929 年。
　　⑤ 《小说月报》第二十卷第十二号,1929 年。

'你喜欢谁的作品？''巴金'。差不多是异口同声"①。荒煤也谈到，1938 年
冬天，在延安鲁迅艺术文学院参加招考文学系学生时，"有好几个比较年轻
的同学，都说他们爱好文学，要革命，思想上的许多变化，是受了巴金作品的
影响"，有一位同学还因为觉得荒煤"有一点惊讶的表情"而对他"有些冷
漠、傲慢"②。

　　上述的文字记载了当年巴金作品广为读者接受的情形，还有一些当年
的读者后来也谈到了自己的情况。美籍华人作家董鼎山在晚年的文章写道：
"巴金是我幼时思想发展上的第一个照明灯，第一个导师。"③ 著名美籍华人
陈香梅在接受记者采访时回忆说，40 年代自己在上海读书，"最喜欢的是
张爱玲、巴金等人的文章"④。著名华裔科学家杨振宁认为："巴金的《家》、
《春》、《秋》是一部伟大的著作，对当时的知识分子的影响很大。"⑤ 在巴金
九十华诞之日，老干部钱正英代表全国政协专程到上海向老人祝贺时，"也
讲到自己年轻时读了巴老作品而受影响的话"⑥。

　　1949 年中华人民共和国成立之后，巴金的作品仍然受到读者的欢迎。
据巴金 80 年代初估算，《家》在五六十年代的印数是"几十万册"，"文革"
结束到 1980 年 4 月"大约又印了五十万册"⑦。就是在 21 世纪的今天，
《灭亡》、《爱情的三部曲》、《激流三部曲》以及《寒夜》等一系列作品，仍
然在不断地被不同的出版社同时翻印出版。在地摊上，人们还可以看到不法
书商盗用各种名誉翻印的巴金作品。在 50 年代后期的所谓"巴金作品讨论
运动"中，单是《文学知识》一家刊物半年多的时间内就"收到的稿件近千
件"⑧，北京女十二中的"学生中有 80% 以上的人看过巴金的《激流三部曲》
（或电影），一九五五年看的人最多，图书馆常借不到，有的同学就到校外去

　　①　臧云远：《云集大武汉》，《南艺学报》1979 年第 2 期。
　　②　荒煤：《心灵中仍然燃烧着希望之火》，《人民日报》1982 年 6 月 16 日。
　　③　董鼎山：《从何其芳著作的英译本谈起》，《读书》1979 年第 7 期。
　　④　徐林正：《陈香梅畅谈人生、爱情和文学》，《中华读书报》1998 年 6 月 3 日。
　　⑤　潘国驹、韩川元：《与杨振宁一席谈》，新加坡《联合早报》1988 年 1 月 17 日。
　　⑥　参见纪申：《读者的回声》，《一个纯洁的灵魂——记病中的巴金》，上海文艺出版社 2001
年版，第 152 页。
　　⑦　巴金：《和木下顺二的谈话》，《巴金全集》第十九卷，人民文学出版社 1993 年版，第 547 页。
　　⑧　《本刊巴金作品讨论概况和我们的几点意见》，《文学知识》1959 年第 4 期。

找。电影有的人看过几遍"①。60年代初的上海图书馆,巴金的小说也"是出借率最高的几种之一"②。而根据黄瑞旭、祝晓风、周立民等人的调查,在八九十年代,巴金的小说仍然是青年工人和校园学生喜欢的作品。③

在海外的华文读者中,巴金也是他们熟悉和热爱的老作家。曾有一位当年的华侨女青年晚年回忆说,"九一八"事变传到南洋后不久,"一个偶然的机会,一位在华校读书的朋友借给我一本《家》,它像磁石般把我吸引住了。巴金以他的书教我爱真理,爱正义,爱祖国,爱人民,爱一切美好善良的余西。要离开殖民地,要摆脱奴化教育,就得学习觉慧,回祖国去"④。余思牧在60年代的著作中也介绍说:"近年来,南国出版社印行了巴金先生的各种著作,受到广大读者的欢迎。有些地区,甚至把《家》、《春》、《秋》列为高中会考的华文科课外必读书。难怪有许多'巴金迷'经常向南国出版社打听巴金先生的事情——生平啊,家庭生活啊,个人兴趣啊,最近的文学活动啊,创作经验啊……","直到近年,海外畅销的小说中,仍以巴金的创作居第一位"。⑤

然而,对于巴金创作所引发的持久广泛的文学史效应,对于巴金读者的接受状况,国内外学术界虽有所注意却缺乏深入系统的研究,直至美国的奥尔格·朗《巴金和他的著作——两次革命中的中国青年》⑥ 一书的出版这种状况才有所改变。但奥氏对巴金创作与读者接受的研究也仅局限于1949年之前的巴金创作,局限于那一时代的青年读者。新时期以来,特别是90年代之后,国内虽然也有人注意过这方面的问题,但主要还是停留于一些读者接受现象的描述,还谈不上系统研究。

回顾巴金研究的历史及其面临的挑战,笔者觉得这是一个特别值得系统、深入研究的课题。在20世纪,整个巴金研究基本上采用的是传统的、历史的、实证的方法,人们似乎首先认定巴金创作的意义就存在于作者的意图

---

① 《读者对巴金作品的反映辑录》,《巴金创作论》,人民文学出版社1958年版,第124页。

② 陈丹晨:《巴金评传》,河北人民出版社1981年版,第309页。

③ 参见黄瑞旭:《关于当代青年工人文艺审美倾向的考察》,《当代文艺思潮》1984年第4期;祝晓风等:《大学生的文学阅读状况》,《文学自由谈》1989年第4期;周立民:《巴金与二十世纪中国青年读者》,《世纪的良心》,上海文艺出版社1996年版。

④ 张弘:《巴金的书和我》,上海《文汇报》1999年5月11日。

⑤ 余思牧:《作家巴金》,香港:南国出版社1964年版,第329、172页。

⑥ 哈佛大学出版社1967年版。

之中,而忽视了读者接受在巴金文学现实化中的作用。又因为认定了作者的意图很大程度受制于他的个人经验、他的思想信仰、他的世界观以及他所处的社会环境、历史条件和时代要求,几乎所有的研究者都特别地关注巴金的生平与思想,关注他所处的社会历史背景,以求把握作家的创作动机。不可否认,这一切的研究对于理解巴金、对于探讨巴金文学的意义都具有重要价值。但也正是长时间对这一研究方法的过分相信导致了很大部分研究精力的浪费,在一定程度上也影响了巴金研究的深入,导致了巴金研究的徘徊与滞后。最明显的例证就是,从巴金登上文坛那一刻起,人们似乎就一直想追究巴金所信仰的无政府主义与他的作品的关系,客观的研究者是这样,别有用心的巴金批判者也是这样。甚至到 80 年代中后期,这一问题还成为许多研究者绕不过的坎。当然,巴金与无政府主义是一个很值得研究的学术问题,这一问题的研究也很有必要再进一步深入地展开,但问题在于,除了目前意识形态的原因,这问题根本不可能进行充分的、实事求是的探讨外,文学的起因也绝不等于文学的意义,作家的思想信仰也并不就等于作品的思想倾向。经过半个多世纪的探究人们才终于明白,无政府主义世界观对巴金创作文本的影响远远没有原先所想象的那么大。更何况一个作家的文学意义,他所完成的文本的功能与价值并不完全是以其创作意图为转移的。

20 世纪 80 年代中期之后,随着学术视角和批评方法的更新,特别是以英美新批评为代表的批评理论的运用,不少研究者开始注重巴金创作文本的研究,力图从巴金创作文本的结构方式探寻其意义所在。这种努力提高了巴金文学文本的地位,一定程度上矫正了历史研究和实证研究的偏差,也更为接近了巴金创作的文学本质。但这种研究把文本视为一种封闭的、永恒的、超历史的存在,它同样忽视了读者的接受因素,忽视了读者的能动作用。在某种程度上说,文学的意义是阅读的产物,它主要靠读者来发掘,没有读者的文本只是一种潜在的符号。这正如姚斯在他那著名的演讲《文学史作为向文学理论的挑战》中所指出的,迄今为止的文学研究一直把文学事实局限在文学的创作与作品的表现的封闭圈子里,使文学丧失了一个极其重要的维面,这就是文学的接受之维。在以往的文学史家和理论家们看来,作家和作品是整个文学进程中的核心与客观的认识对象,而读者则被置于无足轻重的地位。姚斯认为:

"在作者、作品与读者的三角关系中,读者绝不仅仅是被动的部分,或者仅仅作出一种反应,相反,它自身就是历史的一个能动的构成。一部文学作品的历史生命如果没有接受者的积极参与是不可思议的。因为只有通过读者的传递过程,作品才进入一种连续性变化的经验视野之中。"① 也就是说,只有通过读者,作品才能在一代一代的接受之链上被丰富和充实,永谋其价值和生命。这对于曾经深受读者欢迎的巴金及巴金文本的研究无疑有着特殊的启示。

所以笔者认为,现在已是尝试运用接受美学的方法,从读者接受的角度研究巴金及巴金创作时候了,可以把研究的范围和视角从长期以来的"作家—作品"调整和扩大到"读者—作品—作家"方面来,这不仅在巴金研究领域,就是在中国 20 世纪文学史研究中都将有特别的意义。因为对于巴金研究领域来说,这项工作不仅将较大程度地拓展巴金研究的视野,丰富研究的话语空间,而且也将更为深入地探寻到巴金文学的意义。而由于巴金在 20 世纪文学史和文化史上实际影响,由于巴金文学创作的特殊性,这一个案研究对于 20 世纪文学史研究、对于当下的文学的批评和创作的实践也都将会有别样的启迪。

二

把接受因素引入巴金研究的范围,把读者对本文的具体化纳入到巴金文本意义的构成要素之中去,就必须考察读者接受的能动作用。从作者接受的角度讲,文学文本的意义并不是作家独自创造的,也不是文本自身所具有的。读者对本文的接受过程就是对本文的再创造过程,是读者的阅读接受才使得文学文本得以具体化,所以文本的意义是阅读接受过程中文本与读者共同创造的产物。把这种观念应用到巴金研究的实际,可以充分肯定读者接受在巴金文学意义中举足轻重的作用,为巴金研究开拓一片广阔而自由天地。从本文开头众多具体的事例看,这样的思路也特别符合巴金文本意义生成的实际。

---

① 汉斯·罗伯特·姚斯等:《接受美学与接受理论》,周宁、金元浦译,辽宁人民出版社 1987 年版,第 24 页。

　　但是,研究的难度也是明显的,因为这样的研究必须把巴金读者以及接受过程纳入研究范围,而读者对文本的接受又是个体的文学实践,实际读者的反应可能（必然）是千差万别,怎样防止随感性或印象式批评的偏差成了该研究的关键。所以必须界定,这里先要讨论到的巴金读者主要是共时接受中的读者,是业已存在和发现的文字资料中的读者,而不是当下具体的、个别的巴金读者或理论建构中的理想读者。在界定这前提之后就可以进一步探寻当年巴金读者的期待视野。

　　“期待视野”是姚斯文学史理论中的一个重要概念,它指的是读者阅读、体验、接受一部作品时的“先在理解”与“先在知识”。姚斯认为,任何一个读者,在其阅读任何一部具体的文学作品之前,都已处在一种先在理解或先在知识的状态。没有这种先在理解与先在知识,任何新东西都不可能为经验所接受。这种先在理解就是文学的期待视野,没有这种先在理解,任何文学的阅读都将不可能进行。他说:“一部文学作品,即便它以崭新面目出现,也不可能在信息真空中以绝对新的姿态展示自身。但它却可以通过预告、公开的或隐蔽的信号、熟悉的特点、或隐蔽的暗示,预先为读者提示一种特殊的接受。它唤醒以往阅读的记忆,将读者带入一种特定的情感态度中,随之开始唤起‘中间与终结’的期待,于是这种期待便在阅读过程中根据这类本文的流派和风格的特殊规则被完整地保持下去,或被改变、重新定向,或讽刺性地获得实现。在审美经验的主要视野中,接受一篇本文的心理过程,绝不仅仅是一种只凭主观印象的任意罗列,而是在感知定向过程中特殊指令的实现。”①

　　巴金的第一部作品是1929年的《灭亡》,这一小说在问世的当年就“很引起读者的注意,也极博得批评者的好感”。那么,当时的读者处于一种怎样的先在理解或先在知识的状态,是怎样被《灭亡》以及稍后问世的《爱情三部曲》等文本“唤醒以往阅读的记忆”,“中间与终结”的期待,从而“实现”“在感知定向过程中”的“特殊指令”的呢? 先来看一段1930年《开明》杂志上登出的读者阅读《灭亡》后所写的文字:

---

　　① 汉斯·罗伯特·姚斯等:《接受美学与接受理论》,周宁、金元浦译,辽宁人民出版社1987年版,第29页。

哈！这是现实世界底缩影！显然的，世界已经划成两敌对的壁垒——富与穷！穷者永远是被榨取，被残杀！那狼般凶，猪般蠢的富人，却是站在榨取来的血脂中享乐啊！啊！这个世界里所听见的，只有：——悲痛的呼号，与那恶魔底淫嚣！

《灭亡》就把这个残杀着的现实，如实地描写了出来。不宁维是，它还把万重压榨下的苦痛者底反抗力，表现了出来（虽然不见十分强烈，似乎还能……）。从反抗压迫的叫号中，我们可以知道：弱者不是永久的弱者，他们有的是热血，一旦热血喷射的时候，哼！他们要报复了。复仇！复仇！以他们内心底燃烧着的热血，去复仇！这个残杀的局面，总不能维持多久的。在最近的将来总须有一个极大的破灭！……

新近看 Gerbart Hauptmann 的 Die welur（《织工》），如今又看到这《灭亡》，我都凄然地在心底流着滚滚的热泪。尤其是后者，晶晶的泪水，遮着我的眼珠，全身的筋肉都颤动起来。耳畔依稀听见张为群妻子的哭泣，李静淑的幽咽，还有那一切的惨叫声！眼际朦胧地也看见两个鲜血滴滴的人头，在空中摇动。啊！那是杜大心和张为群的首级！……

"革命什么时候才来呢？"——我这样地自己思维着！①

"革命什么时候才来呢？"是《灭亡》中张为群给杜大心的疑问，它反映了张为群的迷惘，他的一种期待。文本中这一疑问也使得杜大心陷入深深的痛苦，因为张为群的迷惘和期待实际上也是杜大心的迷惘和期待。而这一疑问和期待也震动了共时接受中的读者，唤起了他的"中间与终结"的期待，最后使读者在接受中实现了文本关于贫富对垒、强弱对抗以及革命复仇的特殊指令。

1929 年以及 30 年代前期的中国读者一般都已可接触到五四时期的问题小说，接触到人生派的血和泪的文学、浪漫派的情与性的文学。早期革命文学的提倡和"光慈式"小说的出现也使他们熟悉了"革命＋恋爱"叙述套路。1927 年开始的国共破裂、血腥屠杀和白色恐怖之后，茅盾的《蚀》三部曲（《幻灭》、《动摇》、《追求》）和《野蔷薇》、叶绍钧的《倪焕之》、柔

① 孙沫萍：《读〈灭亡〉》，《开明》第二卷第二十四期，1930 年。

石的《三姐妹》和《旧时代之死》以及郁达夫的《迷羊》等弥漫着感伤幻灭情绪和悲观颓丧色彩的小说，又大量出现在读者的眼前。除此之外，1928至1929年间出现的比较令人瞩目的小说还有被称为京派作品的《花之寺》（凌叔华）、《桃园》（废名）以及沈从文的作品，新近走上文坛的老舍的《老张的哲学》和《赵子曰》，另外就是张资平、叶灵凤的《菊子夫人》、《鸠绿媚》一类的作品。当时的批评家李健吾曾经说过，读同时代作家的作品，"属于同一时代，同一地域，彼此不免现实的沾着人世的利害。我能看他们和我看古人那样一尘不染，一波不兴吗？对于今人，甚乎对于古人，我的标准阻碍我和他们的认识。用同一尺度观察废名和巴金，我必须牺牲其中之一，因为废名单自成为一个境界，犹如巴金单自成为一种力量。人世应当有废名那样的隐士，更应当有巴金那样的战士"①。对于短短几年间经历或感受了"五四"、"五卅"、"北伐"以及大屠杀的青年来说，废名等人的小说自不必讲，老舍那种幽默得近于"耍贫嘴"②的小说也很难引起他们的激动，那些走投无路，彷徨歧途、春情发动的纯洁的青年怎能不对表现社会革命的文本充满阅读的热情？

当然，《灭亡》以及稍后的《爱情的三部曲》等文本的具体化过程中，必须受到文本"互文性"的制约。"一部文学作品不只是经验的表现，而且总是一系列这类作品中最新的一部；无论是一出戏剧，一部小说，或者是一首诗，其决定因素不是别的，而是文学的传统和惯例。"③单从采用"革命＋恋爱"的小说模式而言，《灭亡》和《爱情的三部曲》的文本并不是初始的、独到的，因此读者的接受首先依赖的就是先前存在的全部文本和释义规范。《灭亡》和《爱情的三部曲》中的"革命＋恋爱"模式的直接功能，就是引发读者的先在知识或先在理解。"革命＋恋爱"模式的流行，自有其时代的必然。"1920年代青年知识分子，在'五四'运动的影响下——也不管影响的深浅，大概都要面临爱情与革命这两道关。特别是爱情关即婚姻问题这一类，谁都难免的"；而"小资产阶级知识分子动摇性很大。他们在情场失意

---

① 刘西渭：《〈雾〉、〈雨〉与〈电〉》，《巴金全集》第六卷，人民文学出版社1993年版，第452页。

② 老舍：《我怎样写〈老张的哲学〉》，《老舍文集》第十五卷，人民文学出版社1990年版，第185页。

③ 韦勒克、沃伦：《文学理论》，刘象愚等译，三联书店1984年版，第72页。

时,会愤然去参加革命;但革命失败后,又每每去找爱情的避难所"①。这种先在知识或先在理解读者几年前已经从蒋光慈的文本中获得, 1928 至 1929 年间,茅盾、叶绍钧、柔石等人的文本更增进了他们的体验。

但是,读者一旦从"革命 + 恋爱"的先在理解进入《灭亡》这样的文本,很快就由熟悉的特点进入特殊的接受。《灭亡》文本将带领读者共同穿越简单的"革命 + 恋爱"的老套路,在彼此间的交流中使读者接近时代的情绪。这种情绪反驳了茅盾、叶绍钧文本所带来的"幻灭"的先在经验,也超越了蒋光慈《野祭》、《菊芬》那种简单的愤激的复仇,它是一种"觉悟一民族底灵魂,而使之'向上''奋斗'"②的特定情感态度。这一点,人们可以在当时及后来许多文字资料中找到印证。毕生从事教师职业的吴罗蕙在 80 年代后期撰文回忆说, 1933 年, 23 岁的她从师范学校毕业不久在苏州洞庭东山的一所小学当教师,"巴金先生初期作品《灭亡》和《新生》给予我极大的启发和鼓舞,推动我努力争取投向革命的洪流中去"③。30 年代初在福建省南安县当汽车公司业务员的张汉玉也曾回忆说,自己读巴金的作品是从他的处女作《灭亡》开始的,虽然文化程度很低,经济并不宽裕,后来却成了巴金的长期读者,成为"巴金迷",他说:"我读巴金的作品,得到良多的教益和鼓励,追求真理的欲望更加强烈。"④

如果说,上述这些后来的文字可能存在记忆的偏差,那么一位不知名的读者留在一本 1938 年版的《灭亡》扉页上的文字也可看出文本在当年是怎样为读者具体化的,这位不知名的读者写道:对于一个有志气的青年来说,不能因为恋生而不去反抗,即使死首先降临自己身上,也将义不容辞,从死里得到新生。"的确,没有牺牲是决不会胜利于任何事业;为了被压迫的同胞,凡是有血性之青年,也不应怕个人的'灭亡'。"⑤另外,发表在 1935 年《中学生》杂志上的"读者书评"则谈道:

---

　　①　陈白尘:《少年行》,三联书店 1988 年版,第 77、87 页。
　　②　夏一粟:《论巴金》,天津《大公报》1935 年 7 月 16 日。
　　③　吴罗蕙:《回忆巴金先生》,《巴金文学研究资料》1989 年第 1 期。
　　④　张汉玉:《巴金关怀工人生活》,《巴金与泉州》,厦门大学出版社 1994 年版,第 168 页。
　　⑤　转引自谭兴国:《巴金的生平和创作》,四川文艺出版社 1988 年版,第 64 页。

本来在这新旧社会的过渡期间,青年人是具着莫大的热力与希望的;他们要创造,要奋斗,要发展自己。但他们又不得不在顷刻间失了望了! 现社会并没有赐与他们以发展的道路与机会。而他们的热力却是薄弱的,他们吃不消这个打击,他们未曾锻炼下坚苦的耐心;自然的,于是他们只有彷徨,惆怅,迷茫,在街头徘徊,他们没有一丝出路与去向啊! 烦恼与苦闷,日久了,自然把他们迫向浪漫,狂欢,纵欲,颓唐的路上去。巴金先生的小说,却正是他们的一个疼痛的针砭,当头的一棒。由我自己说,由我向朋友们得来的消息说,他们都在巴金先生的小说里,窥出了青年人的一条路向,证明了他们从前一切的卑鄙与无聊。他们是都被唤醒了。而这也正是巴金小说成功之处,他揭出了这一个时代中青年人的苦痛的病状,又指示给他们一个去路。①

而 1932 年现代书局出版的 “文艺年鉴” 也印证了《灭亡》等文本满足并超越当时读者的期待视野的论断:

在怠惰和疲惫的状态下支持着的文坛上,近年来只有巴金可以算是尽了最大的努力的一个。他以热烈而动人的笔致,抒写着全人类的疾苦,以博得广大的同情。他的作品范围非常博大,而且多量地采取异域的题材;他的流畅而绮丽的风格也能在热情的场面下紧紧抓住读者的注意力,而没有那种叫人精神涣散的弊病。②

这也就是接受理论所假设过的阅读过程,“一部作品被读者首次接受,包括同已经阅读过的作品进行比较,比较中就包含着对作品审美价值的一种检验”。读者对新作品的接受,总是通过对先在经验的否定完成 “视野间的变化”,把新经验提高到意识水平,从而进入新视野的。“一部文学作品在其出现的历史时刻,对它的第一读者的期待视野是满足、超越、失望或反驳,这种方法明显地提供了一个决定其审美价值变化的尺度”;而 “作品在其诞生之初,并不是指向任何特定的读者,而是彻底打破文学期待的熟悉的视野,

---

① 石玉淦:《读过〈春雨〉之后》,《中学生》第五十一号,1935 年。
② 《一九三二年中国文艺年鉴》,现代书局 1933 年版,第 16 页。

读者只有逐渐发展去适应作品"①。正是由于这期待视野与文本的特殊指令的距离,先在经验与文本接受所需求的视野的变化之间的距离,巴金的《灭亡》、《爱情的三部曲》一类小说满足而又超越了当时读者的阅读期待,从而获得了当时青年读者的普遍接受,巴金也由此而崛起于文坛,并且迅速成为30年代最重要的小说家之一。

三

几乎就在写作发表《爱情的三部曲》的同时,巴金推出了他的另一部重要作品《家》。这一部小说——也连同同属《激流三部曲》的《春》和《秋》,但后两者的影响略逊于《家》,所以这里主要围绕《家》进行考察——的流布更为广泛,曾被人誉为"中国新文学"的"第一畅销小说"②。从读者接受的文字资料看,《家》在20世纪中国读者中的传播有几个明显的特点,首先是读者阅读热情的持续性。自1931年4月在上海《时报》连载和1933年出单行本之后的半个多世纪里,读者对这一小说始终保持着特殊的阅读热情,《灭亡》、《爱情的三部曲》等作品以及其他现代作家的小说都很难出现如此被接受的现象。其次是传播形式的多样性。这部小说问世后不久,就反复不断地被改编成话剧、电影、戏剧以至电视连续剧,这不同艺术形式的传播必然更增进接受者阅读文本的热情。第三是传播过程的互连性。许多读者开始对《家》的接受并不是主动自觉的,他们似乎都是在偶然的情境下接触到文本,但是却又很快地顺利接受,并且由自己的接受辐射到别人。

笔者注意到一个有趣的现象,许多《家》的读者后来回忆接受这一小说的情形时,除了谈到自己难于忘怀的感受外,还会连带地、但又是非常具体地描述最早接触这一小说或这一小说被传播的情形:

---

① 汉斯·罗伯特·姚斯等:《接受美学与接受理论》,周宁、金元浦译,辽宁人民出版社1987年版,第24、31、33页。

② 司马长风:《新文学丛谈》,香港:昭明出版有限公司1975年版,第117页。

　　我是通过《家》知道巴金先生的。那还是在抗战末期,我正在浙东的家乡读小学四年级的时候。当我从哥哥那儿偷偷拿到这本《家》来读时,我完全被作者那炽热的情感和真挚的言辞所感动,一边读,一边流着泪。我以少年人的幼稚和狂热,在油灯下高声朗读《〈激流〉总序》,"青春是美丽的东西……"一边同书中的那些人物一起哭泣,一起受苦,一起诅咒黑暗的社会……①

　　一个偶然的机会,我发现我们语文老师聚精会神地阅读一本什么书。出于好奇,我便悄悄地走近老师。老师一见是我,便和蔼地问这问那同我攀谈起来。我一边听老师说话,一边不时地瞅着老师手里的书。老师似乎看出了我的心思,便主动地说:"你喜欢读小说是吗? 等我看完后就借给你。"没过几天,老师果然把她刚刚读完的书借给我了。我高兴地感谢着老师。

　　那书,就是巴金的《家》。我细心地用纸包了封皮,仔细地翻阅。《家》,深深地吸引着我,它几乎占去我那些日子的全部业余时间……②

　　记得那时我还幼小,常常看到大姊倚门坐在小板凳上,聚精会神地读书。有一次,整整一个下午,动也不动地在那里读呵读呵。天色渐渐地昏暗了,妈妈呼唤我们吃晚饭,但是姊姊仍然端坐不动,却发出了嘘唏的悲泣声。原来她在读巴金的《家》,她为书中主人翁的不幸命运流下了同情的热泪……

　　十多年过去了。我的一位妹妹正在中学读书。她从我的书柜里悄悄取走《家》《春》《秋》,不仅自己读,而且还借给同学阅读。当我发现时,连她自己都不知道这几本书已经过多少人传阅,如今又流落在何处……③

这些描述形象具体,不仅再现了读者接受《家》时的沉醉状态,也反映了兄

---

① 薛家柱:《不屈的灯光》,《散文》1980 年第 10 期。
② 牟书芳:《巴金研究纵横观》,陕西人民出版社 1991 年版,第 247 页。
③ 陈丹晨:《巴金评传》,河北人民出版社 1981 年版,第 309 页。

弟姐妹、师生朋友互相影响、共同接受的情形。正是在这种纵横交错的接受网络里,产生了一部小说数十年畅销不衰的奇迹。

《家》的这一文本在共时接受中所产生的价值或意义,最主要是由当年的青年读者参与完成的。当年还是天津中西女中的学生杨苡后来回忆说:"'一二·九'后,我们这些中学生都有'觉慧'式的热情与苦闷,我们向往走觉慧的道路,打开'家'的樊笼。"① 一位当年住在武汉名叫刘家绵的女孩子,一直跟巴金不相识,后来在托人转交给巴金九十寿辰的贺信中也谈到,1938 年因读了《家》受到启发,"从此生活中有了航标灯,领航着我背叛家庭,走向自立,走进大学,进入社会,由一个弱女子成为一名为共产主义勤奋工作的共产党员……"② 一名叫罗迦的当年读者则回忆自己第一次阅读《家》的情形:"掩卷之后,我为书中的真挚的言辞和热烈的情感所震动。我不能自已,我流泪,我抽泣,同时我发誓,一定要像作者那样,去用自己的笔向这黑暗的旧社会抗争,我要诅咒,我要奋斗……"③ 还有那位浙东小学四年级的学生也说:"从此,《家》就成了鼓舞我去奋斗、抗争的难忘作品,巴金先生也成为我最崇拜的作家。"④ 而更多当年的大学生则认为:"巴金认识我们,爱我们,他激起我们热烈的感情,他是我们的保护者。他了解青年男女被父母遗弃后生活的不幸,他给每个人指示得救的路:脱离父母的照顾和监视,摈弃旧家庭中的家长,自己管自己的生活,对结婚问题,是青年们自己的事,父母不得参与任何意见。"⑤

由于当时这些青年读者"遵守着一套每一个人都使之内在化的规则体系"⑥,《家》的文本意义主要也就这样被这"解释团体"一致指认并较长期地锁定为反封建出走家庭,追求光明的精神力量,觉慧也由此成为青年读者心目中的偶像。

---

① 杨苡:《雪泥集》,三联书店 1987 年版,第 48 页。
② 参见纪申:《读者的回声》,《一个纯洁的灵魂——记病中的巴金》,上海文艺出版社 2001 年版,第 152 页。
③ 罗迦:《"我绝不放下我的笔"》,《百花洲》1982 年第 2 期。
④ 薛家柱:《不屈的灯光》,《散文》1980 年第 10 期。
⑤ 转引自明兴礼:《巴金的生活和著作》,王继文译,上海文风出版社 1950 年版,第 68—69 页。
⑥ 斯坦利·费什:《读者中的文学:感受文体学》,文楚安译,《读者反应批评:理论与实践》,中国社会科学出版社 1998 年版,第 160 页。

但是,《家》的接受者又不仅仅是青年读者,"家弦户诵,男女老幼,谁人不知,那个不晓"的文字记载,表明了它的实际读者群远远超越了《灭亡》和《爱情的三部曲》等小说文本读者群的范围。究其原因,文学作品的接受本身就是一个文本与接受者互动的过程,《家》这种迅速而持久的接受效果,首先就得益于文本的先在条件。无论是具备言情小说、家族史小说、父与子冲突小说还是"革命＋恋爱"小说的先在理解或先在知识状态的读者,《家》的文本几乎都能迅速唤醒其以往阅读的记忆,首先满足其期待视野,并且将他带入特定的情感态度之中,唤起"中间与终结"的期待。而读者接受的终结则是:传统言情小说的大团圆规则、《红楼梦》的家族衰亡规则、19世纪俄罗斯小说的父子冲突规则以及蒋光慈革命恋爱冲突规则通通受到彻底的改变或部分的改写。对于不同读者的接受来说,《家》的文本在具体化过程中也就产生了各自不同的意义。当然,每一读者在接受《家》的文本过程中,其期待视野无论是得到了满足、超越、失望或反驳,还都将直接导致他修正原有的审美价值,使他们获得又一种新的先在理解或先在知识,并进而形成阅读《春》与《秋》的新的接受期待。

在《家》、《春》、《秋》之后,巴金认真完成的几篇重要的小说是《寒夜》、《憩园》和《第四病室》,但由于战争的环境和紧接而来的社会政治体制的突变,这几个文本的意义并没在当时的具体化过程中被充分认识。《寒夜》等文本的多重意义是在十几二十年后的读者接受中完成的,这已是历时接受中的问题了。

读者对巴金创作文本的接受热情再次高涨是在20世纪的80年代之后。随着70年代后期《随想录》的陆续发表,巴金及其创作再度引起媒体和广大读者的关注,1986年五本《随想录》全部完成和出版又一次博得了许多文学批评者的好感。但在实际读者中,这一次共时接受却由于不同接受者的不同期待视野而导致了明显不同的接受效果。

在接受《随想录》文本过程中,认同、肯定其文化思想史意义或文学史意义的读者似乎占大多数,而持保留看法的读者好像也不少。从严格意义上讲,至少得进行一定规模的抽样调查才能对这两类读者比例作较为准确或较有根据的判断,但就目前见诸文字的情况看,上述判断基本准确。但考虑到诉诸文字的读者必定仅仅是实际读者的一小部分,所以这一判断又很令人怀疑。好在两类读者比例的多少对本文的论述影响不大,对《随想录》文本意义的两种明显不同的看法本身也不是本文探讨的重点,因为这些都仅仅作为一种读者接受现象而进入本文的讨论范围。这里将主要进行的是:考察怎样的期待视野导致了这截然不同的接受效果。

对《随想录》持充分赞赏、肯定态度的读者是在接受过程中发现了文本的特殊意义,这些意义主要包括真诚的自省意识和忏悔意识、对历史的深刻反思与鲜明的反封建反专制思想、大胆的说真话与崇高的人格精神,等等。这些读者在接受中发现的文本意义不止这些,反映这些接受效果的文章在80年代报刊上也很多,比较集中的可参见《巴金〈随想录〉五集笔谈》和《上海部分文学艺术家谈巴金近作》① 两文。但是,就在这大多数文字表明读者顺利接受《随想录》之前,就已经另有文字记录了香港几位青年学生的阅读感受,这就是发表在1980年9月香港《开卷》第三卷第四期,题为《我们对巴金〈随想录〉的意见》的学生笔谈。这几位学生主要从文字和技巧方面谈论自己无法顺利接受文本的原因,但其中也有对文本意义的怀疑,如:"他对'四人帮'的责难,常常流于公式化,对社会现象的批评又过分平淡含蓄";"巴金对'四人帮'必定很痛恨,但在今天人人大骂'四人帮'的时候,他又来这一套,多多少少有'遵命'文学的意味";"作者急于控诉现实,作了太多的呻吟,虽然他的呻吟都是有感而发",等等(这几位学生的接受现象稍后分析,但必须特别指出的是,他们这时候所接触的并不是《随想录》的全部文本,而只是其中的第一集)。发表自己阅读感受的虽然仅仅是几位学生,并且马上受到读书界众多的批评,但这几位学生的接受状况并不是绝无仅有。1988年,内地的张放发表题为《关于〈随想录〉评价的思考》② 的文章,对香港大学生抱同情态度,对众多批评者所说的《随想录》意义提出质疑。在90年代的大学生中,也有人表示过类似的感受。如福建师范大学中文系1994级的学生王圣志在他的学期作业中就表示:"读巴金的《随想录》,我总觉得好像不断地听到祥林嫂在说'我真傻,真的⋯⋯'。"1998级

---

① 　分别载1986年9月27日《文艺报》、1986年9月29日《文汇报》。

② 　张放:《关于〈随想录〉评价的思考》,《文学自由谈》1988年第6期。

的穆勇也表示自己的"一点疑惑"："中国这些经过'文革'活下来的老作家好像都没资格谈'人格'。作为单独的一个人的存在好像他们的后半辈子就没有了……"①

　　这些截然不同的接受效果，反映的是读者的不同期待视野。香港那几位大学生所处的是与作者、与大多数内地读者截然不同的社会和语境，他们以当时香港的意识形态背景和新闻自由、文学自由背景影响下形成的先在理解或先在知识进入《随想录》文本，期待当然无法得到满足或超越，他们与《随想录》文本的接受交流无法产生同时期大陆接受者所读出的意义也就在必然。80年代初期的大陆语境还处于"解冻"时期，"文革"的意识形态并未完全清除，思想解放运动也刚刚开始，"当时有些权威人士对《随想录》不感兴趣，不时传出种种批评和指责"②，有的人说，"真话不一定是真理"③，有的人甚至背地里说巴金是"持不同政见者"④。当时大陆的许多读者正是带着这种背景的先在理解或先在知识接受文本，其阅读期待必然得到满足与超越。80年代后期张放的接受结果虽与好几年前的香港大学生略有不同，但其阅读期待无法得到满足或超越的根本原因，仍然是先在理解或先在知识与《随想录》文本的冲突。产生《随想录》文本的80年代前期的意识形态局面与1988年下半年的局面完全不能同日而语，但张放却以1988年的立场，期待从80年代前期的《随想录》中"听到""巴老讲一讲目前最现实的是非风云以及那些最不能使一般青年明白的现象"，这也难怪其奢望无法得到满足。至于90年代的大学生基本已属社会转型后的青年，在经济大潮蓬勃高涨，人文精神日渐失落的语境中，他们带着由武侠小说、言情小说和肥皂剧等一次性文化消费品培养出来的先在经验和年轻人容易产生的简单偏激的先在理解共同构成的期待视野阅读《随想录》，自然无法顺利进入文

---

　　①　未刊稿。从90年代初开始，笔者曾先后在福建教育学院、福州高等师范专科学校以及福建师范大学的中文系开设过"巴金研究"专题课，这里及后面引用的未刊资料均为这三校中文系学生的作业。

　　②　丹晨：《对张放对巴金的批评的批评》，《文艺报》1989年2月11日。

　　③　木一：《今日巴金》，美国加州《世界日报》1992年4月29日。

　　④　巴金（1987年7月3日）：《致沈毓刚》，《巴金全集》第二十四卷，人民文学出版社1993年版，第102页。

本,更无从与文本进行交流并产生意义。

　　文学文本要进入阅读,其基本条件是读者必须具备接受文本的视界,或文本具备足够的力量可以打破读者原有的阅读惯例。从上述《随想录》的接受状况看,这一文本只有在那些了解当代中国历史变迁,并熟知80年代文化语境的读者中,才能产生读者与文本"视野融合"的最佳效果,才能谈得上文本意义的产生、接受和理解。所以,曾被许多人反复谈论的"巴金在他整个文学生涯中一直是青年的代言人。他写青年,为青年而写,他所写的主要是青年知识分子"①,巴金属于青年读者的流行论点在这必须进行修正,因为从共时接受而言,巴金及其创作文本属于五四精神影响下成长起来的那一代知识分子,属于那些具有崇高人文情怀、感时忧国的读者。

四

　　前两部分论述了共时接受中巴金创作文本意义的产生,文本与读者是上述的主要考察对象。虽然从读者接受的角度看,意义的来源不再是作者,而在于读者与文本的交流,意义产生过程即接受主体与文本相互作用的过程,但是,文本在这过程中毕竟是一个重要的因素,而无论以什么方式存在,它毕竟是作者创作的产物,文本必然地包括了创作主体的立场。所以要对巴金文本的接受进行深入的研究,就不能不把创作主体纳入考察范围。更何况巴金与那些声称只为自己写作的人截然不同,他一直把读者当作交流某种情感或思想的对象,他的创作就是以鲜明的情感符号化行为方式走向读者的。而他的文本又大部分具备祈使文本的特征。祈使文本与陈述文本、疑问文本相比,最明显的不同就是格外关注现实的"本质"和"道义",就是与实际读者的关系特别密切,无论是叙述或言说都有比较明确的现实意图指向,都必须有较为具体的他者进行交流与对话。这一切就更有必要把创作主体纳入这一接受研究的范围。

---

　　① 奥尔格·朗:《巴金和他的著作——两次革命中的中国青年》,译文见艾晓明《青年巴金及其文学视界》,四川文艺出版社1989年版,第344页。

在 20 世纪中国，巴金属始终自觉关注读者接受因素的作家，他始终认为"作家靠读者们养活"①，作家的写作不应该是为了职位，为了荣誉，而应该为了读者。所以他强调作家必须"把心交给读者"②，必须考虑读者的接受能力和接受习惯。而更重要的是，巴金特别在意读者对自己文本的接受反应，重视与读者的交流与沟通。他一直通过与读者的通讯联系，多方面了解读者的接受期待；也格外喜欢在自己作品出版时写"序"或"跋"，希望通过这些文字使读者顺利接受自己的作品。直至晚年他还说过："我一直注意我和读者之间的代沟，消除我们之间的隔阂，甚至在我躺在病床上接近死亡的时候，我仍然在寻求读者们理解，同时也感觉到得到理解的幸福。"③ 作为创作主体，巴金的这些主张并不仅仅是口头的，而是实实在在体现在其数十年的创作实践中，从一些"序""跋"以及收入《短简》、《旅途通讯》、《生之忏悔》、《忆》、《点滴》中的许多文字可以看出巴金数十年间的努力。

但笔者觉得，巴金与接受者的关系并不是一般的作者与读者的关系，他们之间的通讯也不仅仅是情感交流或对文本提问和解释的书信往来；他们的通讯是创作主体与接受主体在文本外的文学互动，就共时接受而言，他们的关系是同构巴金文本意义的共谋关系。

从表面看，作为接受主体的巴金读者在通讯中似乎只是在诉说着自己以及同伴的种种不幸、困惑与希望，实际上他们是不知不觉地代表着文本接受者在向写作者暗示自身的期待视野，同时也是在为文本意义的产生提供某种初始方案。例如，距"四人帮"垮台、"文革"结束仅几个月的 1977 年 5 月 25 日，沉默十年的巴金在上海《文汇报》发表了复出后的第一篇短文《一封信》，据报社的人后来回忆：这一文章的发表，"顷刻之间，如地动山摇，大批读者来信涌向编辑部，丢开读者写给编辑部的信近千封不说，单是由我经手转给他（巴金——辜注）的读者要求直接寄给他的信，就有一百五十多封。这决不是一般的读者来信，也不是一般的慰问信。它们有的情文并茂，长达万言，向他倾诉了十年中的痛苦遭遇；有的发自肺腑，字字血

---

①　巴金：《我和读者》，《巴金全集》第十六卷，人民文学出版社 1991 年版，第 285 页。

②　同上。

③　《〈巴金译文全集〉第一卷代跋》，《文汇读书周报》1995 年 11 月 4 日。

泪,告诉他由于读了他的小说,几年来被整得几乎家破人亡;有的真心诚意,情辞恳切,说自己懂几个国家的语言,今后愿多方面提供资料,做他翻译工作上的助手……"① 关于这些信件的原文,其他人可能已无法全部见到,但当事人描述出的揭露与控诉、慰问与期待的内容,后来其他读者陆续发表的一些读后感以及与巴金有类似体验与愿望的同一阵营作家的呼应文章,都影响了作家后来的写作意识,从而也无形中大致规定了《随想录》作者的思想价值取向。

　　巴金自己的文字中也不断有关于读者来信的记录,特别是刚刚在文坛上成名,创作爆发力得到充分发挥的那段时间里,他更是广大青年读者倾诉心声的对象。在《短简》的序言里巴金就谈道:"近一年来有许多不认识的年轻朋友写信给我,他们把我当作一个知己友人看待,告诉我许多事情,甚至把他们的渴望和苦恼也毫不隐瞒地讲出来了……,我也曾尽我微弱的力量回答那些充满信任与热情的来信。"② 对于巴金来说,众多的读者的来信不仅是一种写作的动力,更是写作的灵感所在。那一时期的许多资料都明显地留下了创作主体与接受主体交流碰撞的印记。30 年代中期曾有一个香港读者的来信向巴金说,为了巴金的一本作品,他 "曾在黑暗中走了九英里的路,而且还经过三个冷僻荒凉的墓场"③;读了这作品他就想了解是什么东西把巴金养育大的。巴金为此而写下了《我的幼年》。这篇青年读者都能顺利接受的散文发表后,又有年轻人读后来信,说自己曾读《家》读了一个通夜,读了《我的幼年》后,希望作家再谈谈是什么人把他教育成怎样的,希望他能为自己指出一条明确的路。巴金为此又写下了《我的几个先生》,并在文章中坦诚地告诉年轻人:"朋友,相信我,我说的全是真活。我不能够给你指出一条明确的路,叫你马上去交出生命。你当然明白我们生活在什么样的时代,处在什么样的环境;你当然知道我们说一句什么样的话,或者做一件什么样的事,就会有什么样的结果。要交出生命是很容易的事情,但是困难却在如何使这生命像落红一样化着春泥,还可以培养花树,使来春再开出灿烂的花朵。

① 徐开垒:《巴金和他的同时代人》,学林出版社 1999 年版,第 40 页。
② 巴金:《〈短简〉序》,《巴金全集》第十三卷,人民文学出版社 1990 年版,第 3 页。
③ 巴金:《我的幼年》,《巴金全集》第十三卷,人民文学出版社 1990 年版,第 4 页。

这一切你一定比我更明白。路是有的,到光明去的路就摆在我们的面前,不过什么时候才能够达到光明,那就是问题了。这一点你一定也很清楚。路你自己也会找到……"① 巴金与读者之间的互动,除了这种直接的交流外,还有通过小说或其他文本的回应。当《家》、《爱情的三部曲》等小说在社会上流行时,有青年女读者写信向巴金倾诉:

> 先生的文章我真读过不少,那些文章给了我激动,痛苦和希望。……我有时候看到书里的人物活动,就常常梦幻似的想到那个人就是指我!那些人就是指我和我的朋友,我常常读到下泪,因为我太象那些角色。那些角色都英勇的寻找自己的路了,我依然天天在这里受永没有完结的苦。我愿意勇敢,我真愿意抛弃一切捆束我的东西啊!——甚至爱我的父母。我愿意真的"生活"一下,但现在我根本没有生活。
>
> 我是个大学低年级生,而且是个女生,父母管得我像铁一样,但他们却有很好的理由,——把我当儿子看,——他们并不像旁的女孩的父母,并不阻止我进学校,并不要强行替我订婚,但却一定要我规规矩矩挣好分数,毕业,得学位,留美国;不许我和一个不羁的友人交往。在学校呢,这环境是个珠香玉美的红楼,我实在看不得这些女同学的样子。我愿找一条出路,但是没有!这环境根本不给我机会。我骂自己,自己是个无用无耻的寄生虫,寄生在父母身上。我有太高太高的梦想,其实呢,自己依然天天进学校上讲堂,回家吃饭,以外没有半点事。有的男同学还说我"好",其实我比所有的女生更矛盾。
>
> 先生!我等候你帮助我,我希望你告诉我,在我这种环境里,可有什么方法挣脱?我绝对相信自己有勇气可以脱离这个家,——我家把他们未来"光耀门楣"的担子已搁了一半在我身上,我也不愿承受,——但脱离之后,我难道就回到红楼式的学校里?我真没有路可去。先生!你告诉我,用什么方法可以解除我这苦痛?……
>
> 先生,帮我罢,我等待你的一篇新文章来答复我。请你发表它;它会帮助我和我以外的青年的。

---

① 巴金:《我的几个先生》,《巴金全集》第十三卷,人民文学出版社 1990 年版,第 14 页。

　　这之前,巴金已经计划过一本"以一个少女做主人公的《家》,写一个少女怎样经过自杀,逃亡……种种方法,终于获得求知识与自由的权利,而离开了她的腐败的大家庭"① 的小说,这本小说就是后来出版的《春》。虽然巴金已经有过这样的计划,但这位青年女读者信任和热切的阅读期待,必然地成为完成文本的一种动力,并且影响着文本潜在意义的生成。巴金收到这读者的来信大约在 1935 年秋天,1936 年 6 月,《春》就开始在《文学季刊》连载。但是,小说还没连载完,又有读者给巴金写信,"奇怪为什么会有那许多懦弱的人"?问作者为什么要"残酷地把他们表现在纸上"?巴金除了公开回信作简单的解释外,又产生了"为了这些年轻的生命,我应该写一部小说,以后我就把他们完全掩埋了"② 的写作念头。《秋》的文本又在作者与读者的交流中萌芽了。对于《家》、《春》、《秋》,据说杨晦先生在 50 年代曾经认为"如果把三部压缩成一部就好了"③。这种观点,纯粹是专业读者的一家之言,从共时接受的角度看,从实际读者的期待视野看,《家》之后得有《春》,《春》之后还必须来个《秋》,一切似乎都那么自然。20 世纪读者对这三部小说的顺利接受表明,这一系列文本与读者的阅读期待有着某种的"融合",而这种融合,正是创作主体与接受主体互动的结果。这正如本文前面谈到的,每一读者在接受《家》的文本过程中,其期待视野无论是得到了满足、超越、失望或反驳,都将直接导致他修正原有的审美价值,使他们获得又一种新的先在理解或先在知识,并进而形成阅读《春》与《秋》的新的接受期待。巴金创作的特殊性就在于他总是从读者的来信中了解这种接受期待,并且在互动交流中完成下一个新文本。

　　从作家研究的角度看,不少人都认为十七年中的巴金是自我迷失的时期,他这时期的许多文字正是自我迷失的产物。但联系当时那个充满着理想主义、集体主义、英雄主义的文化语境,看看当年作家从读者接受的信息,就不能不说这种迷失是历史的必然。南通女子师范幼儿师范科的首届毕业生

<hr />

① 巴金:《〈爱情的三部曲〉总序》,《巴金全集》第六卷,人民文学出版社 1988 年版,第 41—42 页。

② 巴金:《关于〈春〉》,《巴金全集》第十三卷,人民文学出版社 1990 年版,第 26 页。

③ 转引自孙绍振:《北大课堂》,《灵魂的喜剧》,辽宁大学出版社 2000 年版,第 155 页。

在给他的信中说:"我们渴望着为祖国效劳,为祖国社会主义大厦添一块砖瓦,我们希望自己成为一块坚强的小石子,铺在通往社会主义、共产主义的大道上,我们热望着走向生活,走向这充满了劳动、斗争,充满了欢笑和愉快的生活。……我们会勇敢而愉快地走向祖国召唤的地方。"清华大学55届毕业生也给他写信说:"我们是学习电机、无线电、土木、水利和动力机械的学生,就要作为祖国工业建设的干部而投身到第一个五年计划最紧张的时刻(第三个年头)的建设中去,我们内心非常激动。……我们年轻人要勇于克服困难,攻克科学堡垒,成为新生活的建设者。"① 正是这些信件所透露出的青年读者的先在理解和先在知识,加上巴金自身一贯的理想主义、群体主义和英雄主义的人格精神,以及作者对读者的真诚与信赖的相互作用,才产生了巴金十七年的写作文本。

但是,巴金与读者之间的通讯只不过是创作主体与接受主体在文本外的文学互动,他们又是怎样实现同构下一文本的共谋的呢? 在巴金早期的文本(如《灭亡》和《新生》)中,读者基本上还未能参与文本的生成,他们只不过在后来的具体化过程中与文本共创意义。但对于作者巴金来说,他几乎是从一开始写作就有明确的读者在场意识,从写作较早,发表较迟的《海行》以及《灭亡》的实际写作情况看,《海行》记录了作者1927年1月至2月赴法途中的见闻,本来是准备给两个哥哥看的,《灭亡》本来也不是为了发表,只是想自己筹点钱把它印出来给两个哥哥翻阅和送给一些朋友,可见作者写作时就已设定,这两个文本的隐含读者或假设读者就是自己的兄弟或朋友。这种明确的读者在场意识同时也透露了写作者自觉(或强烈)的交流愿望,所以在《灭亡》这样的小说文本中,作者也是频频出场,他还只习惯于直接出来表示对事件和人物的看法。这种作者直接进入文本的状况到《爱情的三部曲》中有所改善,特别是其中的《电》,叙事话语成为文本的基本构成,而非叙事话语明显减少,从表面看,作者几乎已经退场;《激流三部曲》的情况也有点类似,《秋》中作者也基本退场。但是,有些评论家所期望的作者完全退出文本或作者死亡的设想本来就不可能,因为"要求作者从自己

---

① 转引自巴金:《让每个人的青春都开放美丽的花朵》,《巴金全集》第十四卷,人民文学出版社1990年版,第372页。

的小说中清除爱和恨,以及它们所根据的判断"只不过是一种难于达到的
"技巧的教条"①,对巴金这种主体意识较强的作家来说就更是这样。巴金后
来的"基本退场"只不过是以更隐蔽更巧妙的方式隐藏于文本中,更含蓄地
表达自己的态度,如40年代的《憩园》、《寒夜》、《第四病室》中,作者就
以"隐含作者"的方式出入文本。而巴金一开始那种明确的读者在场意识、
交流意识却始终没有变化,散文的写作不用说,就是小说写作,他也始终先在
地设计了读者,并通过"隐含作者"与他们在文本中交流。这种读者就是伊
瑟尔所说的"隐含读者"。

　　但是,巴金文本中的"隐含读者"又与通常所说的"隐含读者"有着明
显的不同,他并不仅仅是纯粹的"作为本文结构的读者的角色和作为结构活
动的读者的角色"②,从前面关于作者与读者在《家》、《春》、《秋》文本外
的文学互动及其后果看,巴金文本中的"隐含读者"在"本文结构"之前就
已入侵文本。作者与读者在文本生成前的交流与互动,使得巴金文本的隐含
读者不仅仅体现了创作者希望与读者沟通的所有意向和努力,包含着激发文
本读者阅读兴趣的功能,同时也显示了读者对文本提前介入的事实。可能这
提前介入的读者只是个别的、部分的,但不管怎么说,他们已经使巴金文本的
隐含读者渗透了实际读者的成分,同时也在一定程度上干预了文本生成的方
向,他对后来文本意义的产生的影响无疑是巨大的。所以说,在共时接受中,
巴金与接受者的关系并不是一般的作者与读者的关系,他们密切的通讯是创
作主体与接受主体在文本外的文学互动,他们的关系是同构巴金文本意义的
共谋关系。从文本的产生之前的"创意"到文本产生后的具体化,巴金的读
者参与了整个过程。通过这种参与,他们为作者透露了阅读期待的参照,同
时为其他的文本读者与隐含读者的协调统一创造了条件,他们实际上与作者
共同建构了巴金文本的共时意义。

---

　　①　W. C. 布斯:《小说修辞学》,华明等译,北京大学出版社1987年版,第95页。
　　②　沃尔夫冈·伊瑟尔:《阅读活动——审美反映论》,金元浦、周宁译,中国社会科学出版社
1991年版,第44页。

五

前面提到,巴金 40 年代完成的几篇重要的小说《寒夜》、《憩园》和《第四病室》由于动荡和突变的环境而未能为读者广泛的接受,几个文本并未在充分具体化的过程中产生重要的价值与意义。而随着时间的推移,《爱情的三部曲》、《激流三部曲》等小说也已也成为历史的存在,它们连同《寒夜》等小说能否超越时间与空间,为新的读者所接受,产生新的反响,从而成为一种当代的存在吗? 从 1949 年之后的接受情况看,回答是肯定的;从读者接受的原理看,新的反响、新的意义的产生也是可能的。"一部文学作品,并不是一个自身独立,向每一时代的每一读者均提供同样观点的客体。它不是一尊纪念碑,形而上学地展示其超时代的本质。它更多地像一部管弦乐谱,在其演奏中不断获得读者新的反响,使本文从词的物质形态中解放出来,成为一种当代的存在。"[①] 所以,本文最后这一部分将重点考察巴金文本的历时接受情况。

巴金三四十年代的创作文本在读者接受中产生的"反封建走出家庭"的意义虽然在五六十年代被主流意识形态延续锁定,但主流意识形态规范下的接受者带着新的先在理解和先在知识阅读这一文本,却"创造"了作者在文本中宣传无政府主义、虚无主义等"意义"。带着这一时期政治功利期待接受的这种结果,主要就集中反映在《巴金创作论》和《巴金创作试论》[②]两本小册子中。但是,即使在这样的背景下,读者与文本交流中所共创的意义也不是那么统一,有华东师范大学的学生从巴金的创作文本中看到了"生活",他说"看别人的作品是在欣赏,看巴金的作品是在生活";还有学生看到的则是"力量",他说:"每当我思想上不开展,心情矛盾,干劲不足,忧郁的时候,翻一翻巴金的东西就特别感兴趣,就好象充实了一些。"[③] 作为特定历史时期的巴金读者的接受,这些简单的个案并不能反映实际的情况,但把这

---

① 汉斯·罗伯特·姚斯等:《接受美学与接受理论》,周宁、金元浦译,辽宁人民出版社 1987 年版,第 26 页。

② 人民文学出版社 1958 年版,湖北人民出版社 1959 年版。

③ 《读者对巴金作品的反映辑录》,《巴金创作论》,人民文学出版社 1958 年版,第 128 页。

些个案与本文第一部分介绍的五六十年代巴金作品深受欢迎的事实连同考虑,巴金文本的召唤性始终是存在的,其语义潜能也是丰富的,即使在高度意识形态化的时期,读者同样也能顺利地接受。

"文革"十年过后,《家》、《寒夜》等文本已经成了文学史上的经典。而随着社会的转型和文化的变迁,读者的期待视野也由变化、充实而趋向多元。在新的接受过程中,读者对巴金文本的理解不断得到充实和丰富,巴金文本也被赋予了新的、多样的意义。在专业读者与文本的互动过程中,二者共创了如"高老太爷是封建制度的人格化"、"高觉新型"、"软弱者形象系列"、"委顿的生命"、曾树生是一个"要求个性解放的资产阶级女性"、或曾树生是一个"受到资产阶级思想腐蚀,……并且正在自觉地走向毁灭深渊的小资产阶级女性"等诸多的新意义。而在普通读者中,特别是一般的青年学生中,巴金文本同样有其吸引力。福州师范高等专科学校中文系 1998 级的学生徐宏雁在其作业中回忆了自己初中时阅读巴金作品的情形与感受:

> 记忆中的巴金先生总是和《家》连在一起。初中时同学之间互相传阅的书籍中便有巴金的《家》,拥衾而读,爱不释手,以至于宿舍熄灯后还在照着手电筒,睁着"虾米"眼,花了两个晚上的时间把它看完。现在或许缺少那份阅读的激情以及对课外读物的渴求,但可以肯定的是,不论过去、现在或是将来,当我再次捧起手中的《家》时,那一个个鲜活的人物就如同一个个有血有肉、有思想有语言、有欢笑有哭泣的朋友在你的身边环绕,久久不肯离去。

徐宏雁的阅读体验或许并不具代表性,但它至少说明在 90 年代中期,巴金的文本还对初中的学生产生过这样的召唤力。实际上对于本文现在的论题——历时接受而言,关键已不在于巴金作品是否召唤过读者,而在于已成为历史文本的巴金作品具有何种召唤力。笔者注意到一般的青年学生的接受不仅完全不同于共时接受的读者,不同于专业接受的读者,而且接受的效果也多种多样,异彩纷呈。

在《家》的再欣赏过程中,不少青年学生的期待视野往往不能从文本中得到超越或满足,他们往往发出"可惜作家不这样写"的感慨。《家》也就是这样被读出了完全不同于传统认定的意义。福建师大中文系 1998 级学生韩望舒觉得："最让我欣赏的是许倩如，一副天不怕地不怕的架势，是真正的女中豪杰。只可惜作者着墨太少，不然和觉新真是天造地设的一对'英雄儿女'。"另一位同学林秀玉则认为："在《激流三部曲》中，一切的反抗都是苍白无力的，对抗封建旧家庭时显得心有余而力不足，别说摧毁，动摇都做不到。而反抗的结果最终可以归结为两大类：一是'死'，如鸣凤投湖，淑英跳井；二是'亡'（逃亡），如觉慧出走，淑英离家。无论是前者还是后者，是'死'还是'亡'，都是消极的反抗，都显得苍白无力。"

还有位叫李勤的同学把巴金的《家》和曹禺的话剧《家》的文本对照阅读后还产生了改编《家》的念头，她说："假如让我来改编《家》，我会专门从一个女性的角度来改编，婚姻的悲剧仍然是主题……"，在其设想的故事的最后，琴也从家中出走了，"带着一脸茫然但无比信任她的淑英、淑贞，还有蕙，走了"。李勤最后还特地说明：

> 在我改写的剧本里，所有的男人都不要出现，只要用背景和声音作为陪衬就够了。在巴金的《家》和曹禺的《家》中，男人全是主角，男人的悲剧是社会的悲剧，而女人的悲剧仅仅因为她们是女人，是男人悲剧中的道具。我想说其实女人比男人更容易觉醒。男人除了金钱还有权力，除了权力还有女人，因为有太多的退路他们才有麻木的理由。而当时的女人，她们的世界只有男人，既然她们不能选择爱情，如果不想一无所有就必须站起来，走出去。所以我在剧本里设计了一个女性的世界，我想也只有在我这个不可能的改编中，女性才有为自己说话的可能，过去如此，现在如是，将来也如是。既然悲剧已不能引起同情，那就让走出去的女性告诉其它女性如何站起来。

李勤的这种阅读已不仅仅停留在用女权主义的先在经验与先在知识对历史文本进行的一般性接受，而是在期待视野未能得到充分满足之后对原有文本的"语义潜能"[①]的解构与重写。

---

　① 汉斯·罗伯特·姚斯等：《接受美学与接受理论》，周宁、金元浦译，辽宁人民出版社 1987 年版，第 37 页。

　　和《家》的这种激发读者改写或重写欲望的现象不同的是,读者在接受《寒夜》之后更多地表现为对文本价值体系的认定或反驳。福州师范高等专科学校中文系 1998 级的陈长发认为:"世人给汪文宣的同情与怜悯已经够多了。我一想起人们对他的同情和怜悯就愤怒。这个时代已不是同情弱者的时代。但对曾树生这个女人大家至少同情一回吧。"福建教育学院中文系本科 1995 级的蔡丽敏从《憩园》、《寒夜》两个文本探讨"中国女性解放道路坎坷艰辛的原因",认为万昭华、曾树生的遭遇"不仅使我们看到那一代中国女性争取自由解放的艰苦历程以及最后以无奈屈服为终结的命运,还揭示了女性自身的悲剧性格和封建思想意识的顽固性"。因此,"中国女性要真正得到解放,不仅要在经济上能够自立,而且还应在思想意识上彻底解放自己,挣脱由深厚的封建传统文化积淀的'心灵桎梏',在精神领域中建立真正的独立意志,完善独立的人格"。她甚至联系"现在有人在探讨,女性是否应该重回厨房,在家相夫教子"的问题说,"历史的倒退和反复是可怕的,万昭华、曾树生的悲剧难道还要在今天重演? 妇女解放的先驱们的血泪难道就这样白流?"[①]

　　另外,也仍然有青年学生从巴金的文本得到人生的启示。福州师范高等专科学校中文系 1998 级的许晓文认为,在短篇小说《爱》中,"巴金通过莫华老头儿的口讲出了他的爱情观:爱情不过是生活里一个小小的点缀,它不代表一切"。"正是这样的爱情观,才造就了今天硕果累累、令人尊重的巴金。"许晓文由此也联系到当下:"现在的年轻一代却在琼瑶小说中浸泡得忘乎所以,又深受新古典主义诗歌中那种爱情至上思想的影响,于是爱情成了生活的唯一重心。许多男孩女孩,为了爱情抛弃一切甚至寻死觅活。"因此她"摇头叹息"地与同学"共勉":"爱情并不是一切。"

　　从上述青年学生对巴金文本的接受效果看,"对过去作品的再欣赏是同过去艺术与现在艺术之间、传统评价与当前的文学尝试之间进行着的不间断的调节同时发生的"[②],它们的确反映了新的巴金读者的当代期待,读者可以

---

　　① 　这是蔡丽敏的毕业论文,后来发表在《宁德师专学报》1997 年第 3 期和《巴金研究》1997年第 3、4 期合刊。

　　② 　汉斯·罗伯特·姚斯等:《接受美学与接受理论》,周宁、金元浦译,辽宁人民出版社 1987年版,第 25 页。

与文本进行交流并生成出的关于《家》、《寒夜》、高老太爷、觉新、汪文宣、曾树生等众多不同的看法，也表明了巴金的文本具有特殊的召唤性结构或丰富的"语义潜能"。这里即将探讨的不是读者们阅读巴金文本后所生成的各种具体看法本身，也不是各不相同的阅读期待，而是巴金的作品作为历史的文本，它们为读者提供了什么样的召唤结构，是什么原因导致着巴金文本阅读中当代意义的生成。

　　就目前读者接受的情况看，对读者具有较大召唤力的巴金文本主要就是《家》和《寒夜》。从总体上说，《家》属于那种由叙述者的主导意识统辖故事，组织与支配故事中的人物和事件，并通过一些解释、议论、抒发等非叙事话语的穿插，形成语义明白、系统一致的话语的小说，文本中基本上不存在不同或对立观点并存的现象。《家》还明显是一种祈使的文本，它不仅具有鲜明的意识形态色彩，而且与读者的关系也绝对是引导与被引导、灌输与被灌输的关系，其潜在的语义或功能就是对读者发出种种的指令。《家》的这些文本特征本来已决定它不大可能在历时接受中对读者产生大的召唤力。但是，《家》的结构系统并不是那么严密，其叙事话语也不是那么统一，就拿高老太爷来说，他过去的"荒唐"和现在的"风雅"、"卫道"，叙述者似乎有所谴责但又均语焉不详，对他管教儿孙的动机和效果的叙述也是矛盾重重，特别是在对他临终语言、动作以及内心活动的描述中，叙述者一改居高临下的作风，时而潜入人物的内心，让其抒发良苦的用心和落寞感情，时而站在旁观者的角度讲述觉慧的悲伤，时而又用觉慧的视角谴责克安克定的不肖……有关觉慧的叙述也同样存在着诸多不确定的因素，如他对鸣凤是否真有感情？他对琴是怎样的感情？叙述者关于这方面的叙述并不那么权威，至少在当代读者的眼中叙述者有点闪烁其词，并不是那么客观或坦诚。而觉慧参加的是什么团体？进行的是什么活动？他离家后又将走向何方？对于接受之中的读者来说，这方面问题至关重要，但文本却似乎有意省略。结果，《家》的文本自身的这些"空白"及其"未定性"，都成了与读者交流的基本条件，成为具体化过程中有待于接受者补充或认定的地方。

　　《寒夜》的情况就更复杂了。除了曾树生与陈奉光的关系到底亲密到怎样的程度、她到兰州后做了些什么，这些关系到道德人格评判的重要情节文本都没交代外,还有许多疑团也很令接受者猜测。如既然汪老太太那么疼爱自己的儿子,从本质上说她也算勤劳善良,知书达理,为什么唯独视曾树生为仇敌?如果仅仅是婆媳的矛盾,难道会发展到如此刻骨仇视的地步?曾树生对汪文宣还有没有感情,如果有,为什么走掉?如果没有,又为什么回来?汪文宣对曾树生又是怎样的感情?在心理天平上他倾向于母亲还是妻子?等等。而更容易令接受过程生成不同意义的还在于《寒夜》的文本类型。这是一个典型的疑问文本,它的叙述者在开始的大半部分中似乎以汪文宣的视角观察生活,站在汪文宣的立场叙述,但随着故事的展开,以曾树生为视角的声音逐渐增多、增大,到后来,老太太的视角、声音也有着较充分的表现。由于多种视角构成的多重声音彼此独立,由于三个主要人物都在文本中发出自己的声音,《寒夜》也就缺少了像《家》那样能容纳和确证其他话语的权威性话语,也就出现了类似于陀思妥耶夫斯基作品的现象:"在他的作品里不是众多性格和命运构成一个统一的客观世界,在作者的统一的意识支配下层层展开;这里恰是众多的地位平等的意识连同它们各自的世界,结合在某个统一的事件之中,而相互间不发生融合。"① 再加上文本最后的开放性结局,《寒夜》一反巴金其他文本的模式,不仅空白不少,疑问很多,而且没有明确权威的叙述。这一切使读者在接受时根本无法简单地认同或偏向于某一人物的立场,他必须在认真、反复地阅读后才能作出自己的判断,才能生成出自己的意义。但这种判断或意义也只能是"自己的",它们很难与其他读者接受所生成的完全一致。

在巴金的其他文本中,"空白"与"未定性"的因素相信也是同样存在的,如《随想录》中那些有意的省略,故意的委婉在共时接受的读者看来未必是问题,但在将来历时接受的过程中就有可能成为新的"空白"与"未定性",并且将随着将来读者的接受生成新的意义。

"空白"与"未定性"是读者接受的动力,也是新的意义生成的前提。它不仅激发着读者的阅读热情,而且让读者根据自己的先在理解和先在经验填补"空白",认定"未定性",从而参与文本意义的改写与重构。因此,

① 巴赫金:《陀思妥耶夫斯基诗学问题》,白春仁、顾亚玲译,三联书店 1988 年版,第 29 页。

巴金的作品将不会是一个永不变更的客观的认识对象,它将像汉斯·罗伯特·姚斯所说的那样,"更多地像一部管弦乐谱,在其演奏中不断获得读者新的反响"。巴金的作品的意义潜能也不可能为某一时代读者或某一个别读者所穷尽,它将在不断延伸的接受链条中逐渐由读者展开。而巴金研究的一个重要工作就是对巴金文本中的"空白"和"未定性"进行挖掘,因为所谓的"空白"与"未定性"并不是坦然地存在于文本表层,它们更像是地表下的溶洞,虽然千姿百态,即将召唤着一批又一批游人的遐思,但它们最早总得由先行的考察者去发现、去开掘。

　　文学的意义是阅读的产物,文学家的价值就体现在一代又一代读者的接受当中。巴金文本的最初功能与价值就在于满足与超越了共时接受读者的阅读期待,从而获得了当时青年读者的青睐,巴金也由此而崛起于文坛,并且迅速成为 30 年代最重要的小说家之一。由于 20 世纪青年读者比较一致的接受期待,巴金文本意义曾被共同指认并较长期地锁定为反封建出走家庭,追求光明的精神力量。但随着社会的发展与历史的变迁,读者心目中的巴金文本意义必然地出现变化。就共时接受而言,巴金及其创作文本并不永远属于青年,而是属于五四精神影响下成长起来的那一代知识分子,属于那些具有崇高人文情怀、感时忧国的读者。在文本的结构之前和结构之后,巴金与读者通过文本外的文学互动,共同建构着巴金文本的共时意义。随着巴金的文本逐渐成为历史的存在,它的新的意义又在新的阅读接受中生成。总之,在 20 世纪中国,巴金的创作哺育了数代的读者,数代的读者也成就了今天的巴金。在巴金的作品已经成为历史文本的 21 世纪,巴金研究的一个重要工作就是对巴金文本中的"空白"和"未定性"进行挖掘,因为随着读者先在理解和先在知识的变化,随着文本中的"空白"与"未定性"的不断浮出地表,读者将在其接受过程中对巴金文本进行全新的具体化,而巴金的意义也将不断得到丰富,以至不朽。

（原载《巴金：新世纪的阐释》,福建教育出版社 2002 年版）

巴金创作的文学史意义

　　无论后人将如何评价 20 世纪的中国文学,评价这一时期的作家作品,有一点是完全可以肯定的,这是一种变革时代的文学。当即将跨入新世纪的人们回眸世纪之初,不能不惊叹即将成为历史的这百年间所发生的一切,从社会体制到生活方式,从思想意识到道德观念,无一例外地发生了当初人们难以预料的巨变。这变化中的一切,既是 20 世纪中国文学赖以生成、发展的土壤根基,也应是后人评价这时期作家作品的重要背景参照。百年之间,世界范围内已经出现的文学思潮几乎先后都在中国文坛上得到不同程度的操演,有的稍纵即逝,有的几度辉煌;截然不同的文学观念、五彩纷呈的写作技法在理论家的介绍张扬和创作者的刻意模仿之下各领风骚,相互消长;以至于在这一世纪的文学即将成为历史之时,还难以找到一种可以被较为广泛接受的文学评判的标准或尺度。当然,文学的标准和尺度"都与生活配合着",始终处于"变换"① 之中,它们本来就是相对的。人们似乎更应看到这样的事实,即在这百年之间,在中国文学由传统步入现代、由自足迈向世界的曲折进程中,一些作家和他们的创作毫无疑问地担负着某种无可替代的历史责任。对于他们,用单一的理论观念或绝对的标准尺度来规范、要求或评价,都难说不

---

　　① 朱自清:《文学的标准与尺度》,《朱自清全集》第三卷,江苏教育出版社 1988 年版,第136 页。

出现类似于"异元批评"①的偏差。较为可行的做法也许是从这些作家创作的个性特征入手,把他们的作品放到文学发展的宏观背景中去追寻其文学史意义。

一

或许,相对于怎么写而言,写什么对于一个作家来说并不显得特别重要;但是对于作家研究而言,这毕竟是迅速进入作家艺术世界的重要通道之一。一般说来,作家过往的人生经历与情感体验往往造成其写作时相对稳定、相对集中的取材倾向。虽然不少作家曾自觉或不自觉地突破、超越这种倾向,但由于经历的不同、体验的差异,他们写得最为精彩、最具文学价值的成功之作,也无不与感受最深的那一方面的生活有关,如叶绍钧的教育小说系列、老舍的北平市民生活系列、沈从文的湘西系列都是如此。那么,巴金相对集中的取材倾向是什么? 他始终关注的又是什么? 而他的取材倾向在文学发展的历史中有无特殊的意义呢?

由于巴金是"从探索人生出发走上文学道路"②的,成了作家之后又喜欢在文章中不断诉说自己对"信仰"的热情,以至人们习惯于把他的创作与社会革命活动、与时代青年命运联系起来考察。然而笔者认为,就创作总体而言,社会革命或青年问题却并非巴金关注的焦点,在创作《灭亡》、《爱情的三部曲》等作品的短暂时期之后,巴金这方面的热情就已逐渐消退。综观巴金半个多世纪的文学创作,家庭故事才是他长谈不衰的话题,家庭问题也才是他创作时始终关注的焦点。

有着十九年大家庭生活经历的巴金虽然在 1923 年离开成都后就义无反顾地踏上叛逆者之路,但青少年时代的特殊经历及离家后与家人的特殊关系,使得他一直难于从根本上割断与大家庭的情感联系。他当初离家外出求学,是由于无中学毕业文凭,虽然已进成都"外专"读了两年书,将来也得不

---

① 严家炎:《走出百慕大三角区》,《中国现代小说流派史》,人民文学出版社 1995 年版,第 329 页。

② 巴金:《文学生活五十年》,《巴金全集》第二十卷,人民文学出版社 1993 年版,第 569 页。

到该校的毕业文凭。所以巴金外出求学的计划得到了包括大哥、继母以及二叔（《激流三部曲》中克明的生活原型）等家人的同意和支持。巴金 1927 年的法国之行则颇费周折。主要原因是需要家中资助路费和短期生活费，而当时成都老家的经济景况却已大不如前。但大哥最终还是支持了巴金，他热切地期待着巴金学成之后能"复兴家业"。实际上，从 1923 年离开大家庭之后，巴金就已走上了违背家庭、违背大哥意愿的道路，他不仅没专心学业，而且把自己的全部精力与热情投入到无政府主义运动之中。后来，巴金在法国接到了家中破产的消息，接到了大哥充满伤感与期望的信。1931 年 4 月，他又惊悉大哥因经济破产而服毒自杀的噩耗。这一切，不能不使巴金一直怀有对家庭、对大哥的负疚感。从理智上，说巴金当然无悔于自己的选择，但从感情上说，他又无法彻底割断与家庭的精神联结。这可以从他后来写下的关于大哥、三哥、三叔以及"家"的一系列文章中找到充分的印证。[1]

因此，巴金的潜意识中有一种极难消除的家庭情结，关于"家"的生活与思考也就成了他作品中反复表现的内容。在早期的《灭亡》《新生》和《爱情的三部曲》中，杜大心、李冷、周如水等人的故事背后都笼罩着一个旧家庭的生活阴影。到了写作《激流三部曲》时，巴金开始直接讲述大家庭的生活故事。《家》似乎以"激流"为叙事中心，《春》却违背了写"激流"奔向社会的初衷[2]而继续讲述发生在大家庭内部的故事，《秋》则更是集中、全面地展现大家庭的衰亡过程。《火》是一本"宣传"抗战的作品，但在第三部作者又抛开抗战生活的中心话题而着意于温馨幸福家庭生活的描摹。40 年代中后期的《憩园》、《寒夜》更是典型的家庭生活故事的延伸。就是在 50 年代大量写作"英雄的故事"之后，巴金 60 年代的小说《团圆》的中心情节同样又回到"家"的故事，只不过这时的故事已被加上了革命的色彩。在巴金晚年的作品中，最具情感魅力的的恐怕也是以讲述浩劫给作者本人及家人带来巨大不幸的《怀念萧珊》；而《我的哥哥李尧林》、《我的老

---

① 参见巴金：《谈〈灭亡〉》、《关于〈激流〉》、《纪念我的哥哥》、《我的哥哥李尧林》、《怀念三叔》、《我的老家》等文。

② 巴金在 1932 年 5 月的《家》初版后记中曾预告说，在"写完了一个家庭底历史"之后，他还将"用更多的字来写一个社会底历史"，《巴金全集》第一卷，人民文学出版社 1986 年版，第 435 页。

家》、《怀念二叔》等文也同样流露了作者深沉的家庭情怀。可以说,上述的一切共同构成了巴金创作中最为引人注目的家庭问题系列,"家"成了巴金数十年来长谈不衰的话题。

家庭是社会的细胞,在中国传统的宗法制度中,"家"则更被赋以某些特殊的意味。它往往不是被当作维系家庭成员经济生存的单位,更不被当作维系家庭成员间感情关系的单位,而是更多地带上了社会政治的属性。"人有恒言,皆曰天下国家。天下之本在国,国之本在家。"① 家族的秩序、观念以及家族成员间的等级差别、亲疏关系几乎都与社会政治中的一切相对应,如君臣与父子、品位与辈分、忠与孝、皇亲国戚与族亲外戚,等等。在家族内部,父子关系是一切关系的核心,这就如同社会政治生活中的君臣关系一样;家族制度实际上就是家长专制制度,其他如等级制度、婚姻制度以及财产继承制度等都是由此派生而来。"家"就意味着一种以家长为中心、以姓氏为标志、以封建礼教规范为秩序的社会实体。从某种意义上说,"家"既是"国"的基础,同时又是"国"的缩影。在这种独特的文化背景之下,本应更侧重于表现家庭成员间的心灵冲突,进行情感世界开掘和家庭伦理道德探讨的中国家庭生活小说自然就更多地带上了社会政治小说的特性。因此在巴金的小说中,家庭问题的探讨往往也和社会时代联系在一起。

但由于巴金的创作一直围绕着家庭的话题而进行,他的作品客观上还是反映了由于社会历史的变迁所带来的家庭生活模式的更动。早期的《灭亡》、《雾》等小说大多以旧家庭为背景,"家"是一种痛苦的记忆,是年轻人迈向新生的障碍;不过,《雨》中的李剑虹李静淑父女的"家"则是例外,它是革命的摇篮,是年轻人走向进步的起点。《激流三部曲》全面展示了封建大家庭的弊端,《火》则描写了一个宗教家庭的和睦与温馨。《憩园》中的姚国栋、万昭华以及小虎组合起来的是一个特殊的、半新半旧的家庭,《寒夜》里汪文宣曾树生组成的才是新式的现代家庭,而《团圆》中连结王芳与王复标或王东的,已不完全是血缘或亲情。从《激流三部曲》对旧的家族制度的批判到《憩园》对旧的家庭观念的批判,从《寒夜》对现代家庭的生存

---

① 《孟子·离娄上》,《诸子集成》第一册,上海书店 1986 年影印版,第 290 页。

方式、伦理道德的思考到《团圆》对新型家庭关系的赞叹,从早期小说反映的个人与家庭的对立到晚年一系列散文所流露的对于家庭与亲情的归依,巴金的创作集中的映现了由于社会变革所带来的传统家庭模式向现代家庭模式转换的历史进程,同时也体现了作者对变动中的家庭生活的一系列问题的深切关注与独特思考。

在巴金有关家庭生活的一系列作品中,给人印象最深、最具现代意义的是对于传统的家族制度的批判和对于现代家庭所面临的新问题的思考。五四前后,以鲁迅为代表的一大批作家对封建的家族制度展开了猛烈的批判。《狂人日记》率先以现代人的目光和启蒙者的角度深刻地揭露了封建家族制度的弊端。继鲁迅之后,这一主题在叶绍钧、冰心、许地山和凌叔华等人的创作中也有不同程度的展开。但是,这些展开不仅规模有限,而且也少有达到鲁迅作品那样的深度。只有到了巴金的《激流三部曲》,对家族制度的种种弊端才有了更为具体形象、更为全面深入的揭露。一方面,作者集中笔力揭露了封建家族制度的专制与不义、愚昧与残酷。作品通过发生在高家、周(伯涛)家的一幕幕悲剧形象地向人们昭示:在封建的家族制度统治之下,不仅像鸣凤、婉儿这样的仆人丫头注定要承受非人的压迫,就是像觉新、梅、瑞珏、蕙、枚这些封建家族的成员也难逃任人宰割的命运,从而深刻地揭示了封建家族制度的吃人本质。小说还通过对高公馆内部无耻荒淫、勾心斗角、坐吃山空的描绘,撕下了四代同堂、体面风光的封建大家族那温情脉脉的面纱。另一方面,《激流三部曲》也展示和歌颂了在五四新思想影响下,封建家庭内部年轻一代的觉醒和反抗,揭示了时代生活的变迁给封建家庭所带来的巨大冲击,从而"宣告一个不合理制度的死刑"[1]。

"五四"高潮之后,那些接受个性解放婚姻自主的青年所建立起的迥异于传统的新式家庭,同样也面临着许多复杂的新问题。鲁迅、庐隐、许钦文等人对此都作出过迅速的反应。特别是鲁迅的《伤逝》,深刻地揭示了这类家庭出现悲剧的某种重要根源,如家庭物质基础的脆弱、家庭成员自身思想性格的局限,等等。巴金 30 年代初创作的《爱》、《天鹅之歌》、《父与子》、

---

[1]　巴金:《关于〈家〉》,《巴金全集》第一卷,人民文学出版社 1986 年版,第 441 页。

《一个女人》、《玫瑰花的香》等一系列短篇小说也涉及了现代青年如何对待爱情、婚姻和家庭等问题;到了40年代的《憩园》、《寒夜》等作品中,他又就姚国栋、汪文宣两个家庭所潜藏(或暴露出)的包括家庭观念、家庭道德、家庭成员间关系等一系列问题进行了更为集中、更为深入的探讨。

　　如果说,在《激流三部曲》中巴金着力批判的是封建家族制度,他力图颠覆的是建立在封建礼教制度基础上的家庭秩序;那么,在《憩园》中,巴金则从先前对封建家族的制度批判转向了对旧家庭中一种观念的批判。作品通过对先后发生于"憩园"这一公馆内的两个家庭悲剧的描摹,表明具有鲜明的封建性质的旧家庭(杨家)与带有现代特点的新式家庭(姚家),同样在上演着相类似的生活悲剧。这些悲剧的产生,并不能完全归咎于父为子纲、夫为妻纲的封建家族制度,悲剧产生的根源也包括了一种认为财富可以"长宜子孙"的错误观念。这种观念"只能摧毁年轻心灵的发育成长","只能毁灭崇高的理想和善良的气质"。① 所以,《憩园》也已不完全是《激流三部曲》的尾声,它表明作者对于家庭问题的思考,已经超越了"激流"的水平而正在向更深的层面深入。

　　《寒夜》讲述的是一个由婆媳矛盾而引发的家庭悲剧故事,并且具有极其鲜明的政治批判指向。但穿越作者思想政治层面的创作意图,这部小说实际上为人们提出了一系列复杂的婚姻家庭、社会人生问题。它通过汪文宣、曾树生以及汪老太太的种种选择的艰难提醒人们进一步思考:在家庭生活中,人与人之间应如何克服观念冲突与性格差异而和睦相处? 是相互理解与谅解,还是相互苛求与指责? 是恪守传统的道德规范和家庭秩序,还是尊重人的个性,营造一种自由开放的家庭模式? 而每一个人对家庭应承担怎样的责任与义务,又可以享有怎样的自由与权利? 等等。总之,《寒夜》在婆媳矛盾而引发家庭悲剧这一传统的叙事母题中融入了复杂的现代语义,它体现了作者对现代家庭所面临的一系列问题的关注与深思。

　　总之,巴金有关家庭问题的作品继承了鲁迅所开创的对封建家族制度的批判和对现代家庭问题的理性思考的新文学传统,同时还具体而形象地使这

———————

① 巴金:《爱尔克的灯光》,《巴金全集》第十三卷,人民文学出版社1990年版,第348页。

种批判与思考得到进一步的深化。

如果从更为深广的文学背景加以考察,巴金的家庭生活系列作品,特别是他的《激流三部曲》也具有一种承前启后的文学史意义。明代小说《金瓶梅》标志着以"家庭生活故事"为叙事中心的写作传统的诞生,清代曹雪芹的《红楼梦》继承这一传统,并把讲述家庭生活故事提高到描绘"家族史"的新境界。或许由于《红楼梦》的巨大成功,在曹雪芹之后,"家庭生活故事"或"家族史"式的作品日趋式微。新文学诞生之后,鲁迅、冰心、王统照、凌叔华等作家的一些作品虽然偶然涉及到"家庭生活故事"的某些方面,但"家族史"式的作品始终未能出现。只有到了巴金的《激流三部曲》,现代文学中一种以讲述家族历史故事、探讨家庭生活问题的创作风气才重新形成。而这一"三部曲"所提供的以一个主要家庭为中心,以相互关联(族亲、姻亲其他关系)的几个家庭的生活和几代人的命运为主要描写内容,通过讲述家族史故事映现社会历史变迁的现代小说叙事模式,对同时代的作家及后来者都产生了广泛的影响。不管是有意的模仿还是无意的巧合,是自觉的借鉴还是不自觉地接受影响,《激流三部曲》的叙事模式的某些方面在后来问世的《京华烟云》(林语堂)、《前夕》(靳以)、《北京人》(曹禺)、《财主底儿女们》(路翎)、《四世同堂》(老舍),以至于《红旗谱》(梁斌)、《三家巷》(欧阳山)、《白鹿原》(陈忠实)等作品中都得到了不同程度的重现。

二

20世纪之后,许多先进的知识分子在寻找救国救民良策过程中,都不约而同地感到改造国民灵魂,重铸民族性格的重要性。正是在这样的思想启蒙背景之下,对国民的灵魂、性格,民族的思想、观念的探索与思考成了这一时期文学的重要主题,许多现代作家自觉或不自觉地把这方面的工作纳入了自己文学创作的努力范围。像鲁迅对国民性格弱点的批判、老舍对东西方民族性格的比较、以及沈从文进行的人性小庙的构筑,无论在过去或现在都有特殊的意义。而始终贯穿在巴金义学创作之中,允分显示巴金这方面独特思考的,则是对于畸形人格的批判和对于独立进取的现代人格的探求。

　　无论在现实生活里还是在文学创作中,巴金都极为注重人格的构成和人格的力量。在他看来,一个人的思想信仰是一回事,道德人格是一回事,它们彼此都是独立的存在。在向读者介绍克鲁泡特金时,巴金说,你可以"反对"或"信奉"他的主张,"然而你一定会像全世界的人一样要赞美他的人格,将承认他是一个纯洁、伟大的人,你将爱他、敬他"①。在现实生活中,人格的高尚或低下也一直是巴金认识人、评判人的一个重要价值天平。例如他与大多数后辈作家一样对鲁迅推崇备至,但他认为,"鲁迅先生的人格比他的作品更伟大"②。在巴金看来,人格精神完全可以显示出一种超越思想或艺术的力量。

　　这种对人格的自觉关注,使得巴金的文学创作出现一个贯穿始终的基本主题,即通过对于畸形人格的批判与对于健全人格的探寻,为人们建构或展示一种理想的现代人格。在早期那些描写革命斗争生活的小说中,对社会革命和无政府主义信仰的热情并没影响巴金对于人格问题的关注与思考。在巴金笔下,杜大心虽然具有坚定的献身人类的崇高信仰,虽然最后也成为一位勇敢的殉道者,但他过分地多愁善感,抑郁孤独,只不过是一个人格分裂的病态革命家。在《灭亡》的续篇《新生》中,巴金干脆把李冷精神上获得新生的过程概括地称为"一个人格的成长"。紧接着,从《雾》对周如水懦弱犹豫的批判,《雨》对吴仁民暴躁偏激的否定,到《电》写出李静淑"近乎健全的性格",巴金完成了对于理想英雄的人格神话的建构。

　　就是在《爱情的三部曲》的《总序》中,巴金特别提醒人们:"我的小说里的每个主人公都是一个独立的人格。他或她发育,成长,活动,死亡,都构成了他或她的独立存在。"③《雨》中的周如水与巴金后来所塑造的高觉新有些相似,他怀有对理想的追求和对幸福的渴望,也深知给自己带来不幸的旧式婚姻的不合理,但又无法摆脱旧的传统观念的束缚。在他身上,缺少的是"大胆、大胆、永远大胆"的反抗精神,是"我们是青年,不是畸人,不是愚人,

————————

　　①　巴金:《〈我的自传〉译本代序》,《巴金全集》第十七卷,人民文学出版社1991年版,第132页。

　　②　巴金:《悼鲁迅先生》,《巴金全集》第十三卷,人民文学出版社1990年版,第337页。

　　③　巴金:《〈爱情的三部曲〉总序》,《巴金全集》第六卷,人民文学出版社1988年版,第5页。

应当给自己把幸福争回来"①的自主意识。在这一篇小说中,陈真是以周如水思想性格的批判者的身份出现的,同时又是作者着力塑造的革命苦行僧的典型形象。就像俄国革命党圣人利索加布一样,他"除了革命的大义而外,再没有别的念头。家庭不能羁绊他,恋爱也不能束缚他,他把他的全部财产都牺牲了,自己过着极贫苦的生活……"②但是,就人格而言,陈真也是有缺憾的。像周如水借口封建的孝义一样,陈真则借口革命的大义躲避爱情,以苦行僧的生活去压制自己对秦蕴玉的好感。就追求个性解放、追求个人美好幸福的爱情生活而言,陈真其实与周如水一样的怯弱,只不过周如水用"孝"作借口,而陈真以"革命"为托辞而已。

《雨》中的吴仁民不像周如水那样沉湎于个人的生活而又胆小懦弱无法自拔,而是更为关注社会现实,关注革命运动。在生活态度上他也比较积极,敢爱敢恨,不为世俗的舆论所束缚。但与《电》中的吴仁民或李佩珠相比,这时的吴仁民仍是不成熟的,不健全的。他对社会、对生活有热情,但偏激急躁,易于冲动,一旦陷入爱情的旋涡就无法自拔,差点因过分地贪图爱情的温馨而使得恋爱耽误了革命。这时的吴仁民时而愤激,时而消沉。那消沉的言论,正表明他思想上的犹移和信仰上的危机。正如作者所说的:"他有信仰,但是不够坚强。"③因此,《雨》中的吴仁民一直游离于革命运动的边缘,他只不过是一个"罗亭式"的多余人的形象。只有到了《电》,他才"构成了一个独立的人格,获得了他独立的存在,而成为一个新人"④。

在《电》里,巴金开始怀着极大的热情来塑造李佩珠这一形象,来建构自己理想中的英雄那"近乎健全"的人格神话的。李佩珠在《雾》中尚被陈真讥笑为"小资产阶级女性"。在《雨》中,她开始大量阅读革命著作,参加关于革命问题的讨论。到了《电》,她变成了一个成熟的革命者。她不像周如水那样软弱委琐,而是果敢无畏。和《雨》中的吴仁民相比,她显得老练持重。她具有陈真反抗黑暗、献身理想的长处,又具有陈真身上所缺少的

---

① 屠格涅夫:《前夜》,《巴金全集》第一卷,人民文学出版社 1986 年版,第 101 页。

② 巴金:《圣人利索加布》,《巴金全集》第二十一卷,人民文学出版社 1990 年版,第 13 页。

③ 巴金:《〈爱情的三部曲〉作者的自白》,《巴金全集》第六卷,人民文学出版社 1988 年版,第 470 页。

④ 巴金:《〈爱情的三部曲〉总序》,《巴金全集》第六卷,人民文学出版社 1988 年版,第 38 页。

积极乐观的奋斗精神。正因为这样,她在许多紧要关头才显示了独有的人格力量。当集会的群众被军队包围,会场产生混乱时,她"微笑着"稳住群众的心理,传达散会的消息,组织群众安全地退出军队的防线之外。当方亚丹遇害、敏行刺失败,敌人开始疯狂报复时,她也提醒大家考虑"太散漫"的问题,并果断作出把主要成员转移到城外的安排。最后,她又以大局为重,让吴仁民回上海替自己处理父亲失踪事件,自己留下来坚持斗争。在日常工作和个人生活方面,李佩珠也显示了一种特殊的光彩。她以"爱"的精神温暖垂死的明,希望通过沟通与理解来劝阻敏的盲动;她和房东林舍犹如母女般的融洽,与贤之间充满着姐弟般的友爱。作为一个"平凡的女子",她也需要爱情。因此,她与吴仁民大胆相爱,而关键时刻又主动让吴仁民暂时离开自己。总之,在《电》中,李佩珠获得了"近乎健全"的人格,她成了一个"妃格念尔型的女性",而巴金也完成了他建构理想的英雄人格的愿望。

除了在 30 年代的革命小说中建构理想的英雄人格之外,巴金在 40 年代的《怀念》集及其他一些散文中也极力弘扬朋友们那"不害人,不欺世:谦虚、和善,而有毅力坚守岗位;物质贫乏而心灵丰富;爱朋友,爱工作,对人诚恳,重'给予'而不求'取得'"[①] 的人格精神。

新中国成立后,巴金一方面热情地加入社会主义的大合唱,另一方面则一直坚持关于朝鲜战场生活作品的创作;因为他觉得从志愿军战士的身上看到了自己探寻多年的"一人吃苦,万人幸福"[②],把个体的生命联系到事业和群体之中的理想人格。他常常为没能写出"志愿军新人的面貌",写出"那些崇高、伟大的心灵"而"感到苦恼"。他说:"只有在我写出了新中国的新人——保卫和平的志愿军战士的伟大的面貌之后,我的心才能够得到安宁。"[③] 正由于这种发现新人的兴奋和表现新人的强烈欲望,在五六十年代里,巴金写下了《坚强的战士》等十几个短篇小说和一部中篇小说《三同志》。70 年代末在文坛上复出后,他又把《三同志》的素材改写为短篇小说

---

① 巴金:《〈怀念〉前记》,《巴金全集》第十三卷,人民文学出版社 1990 年版,第 469 页。

② 巴金:《〈生活在英雄们的中间〉后记》,《巴金全集》第十四卷,人民文学出版社 1990 年版,第 190 页。

③ 巴金:《衷心的祝贺》,《巴金全集》第十四卷,人民文学出版社 1990 年版,第 197 页。

《杨林同志》在刊物上发表①。可以说,两次奔赴朝鲜战场的经历使巴金重新萌发开掘新型英雄人格的创作欲望。在这些小说中,巴金首先弘扬的是志愿军战士那种为祖国、为人民、为世界和平勇于献出一切的忘我精神,同时也展现他们爱的胸怀、乐观的信念,刻画他们"征服"困难的硬汉性格。

在经历"文革"的磨难之后,巴金的《随想录》在进行历史反思与现实批判的同时,也对作者自身的灵魂展开了严厉的自审。这种灵魂自审实际上就是一种人格的自我批判和自我完善。《随想录》的思想文化价值是多方面的,但它所表现出的作者那独立的思考、大胆的批判、宽广的胸怀、以及不息探索的精神等,共同构成了一种非凡的人格力量,在现实生活中产生了不可估量的影响。正因为这样,《随想录》所产生的价值与意义也才远远超越了文学本身。

一般地说来,人格是人的精神境界与个性气质的总和。它的形成受到个人精神系统的基本特征及其所处的社会文化环境的双重的制约。但从上述分析不难看出,巴金更为重视的是人格中的精神境界方面的内容。他强调一个健全的现代人必须具有独立完善的思想意志、坚定执著的理想追求和高尚纯洁的道德情操。巴金所弘扬的这一切,正与"五四"以来"自我"的发现、"人"的解放、以及蓬勃进取的现代精神相一致。而且,巴金所推崇的也不是纯粹的个人主义、个性主义,他憧憬的是人类平等、自由、互助的共同理想。所以巴金强调人必须有高尚的道德情操和自觉的群体意识,必须有社会的责任感。从团体、集体、民族以至于人类,巴金一直在思索着人作为社会的一分子所应承担的责任与义务,从而体现了对社会与时代的博大的人文关怀。李佩珠、里娜、琴、冯文淑、杨木华、黄文元、李大海、张林……巴金通过笔下的众女神,通过五六十年代小说里的志愿军英雄,同时也通过自己在写作《随想录》时的身体力行,分别从不同的方面向人们展示了现代人所应具备的人格取向。

当然,每一种新的事物的建构总比对任何一点旧事物的破坏艰难得多。在鲁迅的"国民性"批判,老舍对传统文化的思考,张爱玲等作家挖掘人性

①　参见巴金:《致树基》,《巴金全集》第二十卷,人民文学出版社1993年版,第710页。

弱点的过程中,他们所批判的总比他们所提供的深刻的多。沈从文似乎有意在自己的作品中构筑人性的小庙,但他所吟唱的优美的牧歌,让人听来总有恍如隔世之感,虽深深醉人,却虚无缥缈。巴金的创作也有点类似。他早期所建构的理想英雄的人格神话并未能产生自己预想的效果,而他对于保守的、畸形的人格的深刻挖掘与批判,却得到了广泛的关注与肯定。

从《雾》的周如水开始,巴金笔下出现了一系列被人们称为“委顿的生命”、“软弱者”或“高觉新型”①的人物形象。他们包括了周如水、陈剑云、汪文宣等人,其中以《激流三部曲》中的高觉新最具代表。在将来的文学史上,觉新形象的塑造无疑是巴金最为重要的贡献之一。这一形象的价值,主要并不在于其不幸的遭遇本身,而在于他为人们提供了一种具有普遍认识意义的“觉新精神”或“觉新性格”。这种精神或性格,决非是懦弱、顺从、苟安的无抵抗主义就可以一以概之,而是包括了怀旧与趋新,自卑与自信,敏感与健忘,好强与落寞等一组组对立统一的思想性格因素。因为敏感,觉新才比别人更容易产生落寞的心态;因为多情,他也才有更深沉的怀旧情绪;体面意识使他产生自信精神,而落寞与自卑又逼得他只好麻木健忘……正是这一组组思想性格因素间的相互联系相互作用,才使觉新“变成了一个有两重人格的人”。

当然,觉新这种复杂的“两重人格”,又并非一种简单的二元对立。在一组组相互对立的思想性格因素中,总有其占主导地位,起决定作用的一方。对于觉新来说,怀旧是一种长期的心理积淀,而趋新只不过是那一拂即过的春风;体面意识是其强烈的主体要求,而落寞只不过是他被动产生的一种无可奈何的情绪。随着年龄的增长,觉新还将变得更为老成,自卑心态只会有增无减,而自信精神将逐渐丧失,敏感多情最终也必将为麻木健忘所替代。因此,从总体上看,消极的、守旧的、落伍的一方才是觉新思想性格中的主导因素,他最终无法跨越他所处的时代和他所属的家庭而获得一种健全的、进取的、独立完善的现代人格,他最终只能成为封建家族的最后一位守墓人。

---

① 　参见张民权:《试论巴金小说的“生命”体系》,《文学评论》1985 年第 1 期;李今:《试论巴金中长篇小说中的软弱者形象》,《中国现代文学研究丛刊》1985 年第 1 期;赵园:《中国现代小说中的“高觉新型”》,《艺谭》1986 年第 2 期等文。

觉新形象的价值还在于他显示了产生这种"两重人格"的社会历史根源。近代以来,中国社会进入东西文化相互碰撞、传统的封建观念与现代科学民主思想激烈交战的漫长的历史转型期。这期间,中国的知识分子一方面因袭着历史的重负,另一方面又比一般人更早地感受到新世纪的春风。于是,许许多多知识分子都像觉新那样面临着两难的选择。他们看到了传统中的弊端,也看到了一种新的希望。但他们中的许多人又和觉新一样,无法忍痛割断与传统的血脉联系,无法轻装地迈出关键性的一步。对于个别知识分子而言,他们可以摆脱传统的束缚而形成自己独立进取的现代人格,但对于像觉新及更为广大的知识分子来说,迈向新世纪毕竟只是理想中的奢望。于是,觉新的心态、觉新式的"两重人格"便油然而生。所以,尽管这种"两重人格"带有觉新这一文学形象的个性特征,但它所反映出来的本质特点就不能不带有非常广泛的普遍性。在觉新这一文学形象出现之前,"觉新心态"早就像幽灵一样,久久盘桓于中国社会的现实生活之中;而在巴金完成这一形象的塑造之后很长一段时间里,人们仍然可以从蒋少祖(路翎《财主底儿女们》)、曾文清(曹禺《北京人》)、祁瑞宣(老舍《四世同堂》)等人物形象身上,窥见到觉新畸形的"两重人格"的某些特征。

总之,由于对周如水、高觉新、汪文宣等人物形象那深刻的人格批判,由于对理想的现代人格的执着追寻,巴金的创作在 20 世纪的中国文学史上留下了难以磨灭的印记。正是这种人格的批判与建构,连同鲁迅的"国民性"批判,老舍的历史文化反思,以及沈从文、张爱玲等作家对人性的开掘,共同构成了 20 世纪中国文学一道道鲜明的、而又各具特色的人文风景线。

三

伴随着近代以来的西风东渐,特别是伴随着以否定和摧毁旧文学为重要使命的五四文学革命的兴起,中国作家对外来的文学的形式与技巧表现了极大的热情与爱好;在轻视本民族文学遗产的集体思维定势之下,大胆地借鉴与吸收外来的文学的形式与技巧成为一种文坛时尚。在后来的岁月中,虽然有过民族形式问题的讨论,有过古为今用、洋为中用的设想,但如何在吸收中外文学的有益成分的基础上,创作出广为中国读者接受的作品却一直是文学界面临的一大难题。外来的文学观念、文学形式、以及技巧方法一旦传入,必然与中国传统文学发生激烈的冲突。几乎所有的现代中国作家都面临着如何从有利于中国文学的现代化进程出发,在广泛接受外国文学影响的同时注意继承本民族文学的优良传统,把继承传统文学的精华与借鉴外国文学的有益经验辩证地统一起来的问题。这一问题直接影响与制约着作家的创作实践,实际上也决定着作家能否在继承和发扬中外文学的有益成分的同时,又突破固有的或外来的模式、套路与章法,实现一种充分个性化的艺术创造。真正具有现代意义的 20 世纪中国文学应既是东西方文学交流的产物,同时又是充分个性化的文学。这种个性化包括了作家情感意志、精神人格的充分显现,同时也包括这种显现的过程本身。趋时之作不是现代意义的艺术创造,千人一面万人同腔则更是文学事业的倒退与反动。同样,固守一成不变的古老传统或单纯模仿某种外来的文学技法也难以达到个性化的境界。模仿越逼真,艺术个性的损失越惨重。在将来的文学史上,20 世纪的中国文学属于那些既博采众长而又独树一帜的作家。

　　巴金曾经认为在中国现代作家中,自己"可能是最受西方文学影响的一个"[1];在回忆文章中,巴金也喜欢谈自己创作与外国文学的关系。的确,早在成都"外专"读书时,巴金就开始大量接受外国文学的熏陶;投身社会运动之后,他又对欧美一些社会运动史和人物传记产生了极大的兴趣;稍后又系统地阅读了像左拉的《卢贡——马加尔家族》一类的外国文学名著。这一切为巴金日后的博采众长打下了坚实的基础。单是《灭亡》的创作,巴金的有关回忆就为人们提供了可能存在的不同国家的作家作品影响线索,他说:"我写《灭亡》之前读过一些欧美'无政府主义者'或巴黎公社革命者的自传或传记,例如克鲁泡特金的《自传》;我也读过更多的关于俄国十二月党人和十九世纪六十、七十年代俄国民粹派或别的革命者的书,例如《牛虻》作者丽莲·伏尼契的朋友斯捷普尼雅克的《地下的俄罗斯》和小说《安德列依·科茹霍夫》,以及妃格念尔的《回忆录》。我还读过赫尔岑的

　　① 巴金:《答法国〈世界报〉记者问》,《巴金全集》第十九卷,人民文学出版社 1993 年版,第 498 页。

《往事与回忆》。读了这许多人的充满热情的文字,我开始懂得怎样表达自己的感情。在《灭亡》里面斯捷普尼雅克的影响是突出的,虽然科茹霍夫和杜大心并不是一类的人。而且斯捷普尼雅克的小说高出我的《灭亡》若干倍。我记得斯捷普尼雅克的小说里也有'告别'的一章,描写科茹霍夫在刺杀沙皇之前向他的爱人(不是妻子)告别的情景。"①

其实何止《灭亡》,许多研究者已从巴金的一系列创作中发现和讨论过他所接受的外国作家作品的广泛影响,如《爱情的三部曲》之于车尔尼雪夫斯基的《怎么办?》,《家》之于狄更斯的《大卫·可比非尔》、托尔斯泰的《复活》、屠格涅夫的《父与子》以及左拉的《卢贡——马加尔家族》,《寒夜》之于契诃夫的《一个官员的死》、田山花袋的《乡村教师》②,《第四病室》之于契诃夫的《第六病室》,《长生塔》之于与爱罗先珂的《为跌下而造的塔》、森欧外的《沉默之塔》,《丹东的悲哀》之于罗曼·罗兰的《丹东》,《砂丁》《雪》之于左拉的《萌芽》,《随想录》之于卢梭的《忏悔录》、赫尔岑的《往事与随想》,等等。人们而且注意到,巴金在接受外国文学影响时还有一个从文本借鉴到技巧借鉴,从文学层面的接受到文化层面的接受的复杂过程。③

当然,除了创作的灵感、动机、以及内容受到多渠道启迪之外,巴金也多方面地学习与借鉴了外国文学的写作技法。其中最为成功的便是在注重人物内心世界的描写方面。由于长期形成的写事重于写人的传统,中国小说在表现人物时也行动描写重于内心刻画。作者一般不大用心去直接探索或表现人物的内心世界,不进行静态的心理描写,而是通过一定的行动描写透露人物心理状态。而西方小说由于写人重于写事,描写人物内心世界的细致程度和挖掘、剖析人物内心的深刻程度就成了衡量小说水平的重要标准。因此,许多西方文学名著中都不难找到人物心理描写的精彩片段。巴金在这一方面则较成功地学习和运用了外国小说的描写手法。像《家》第4章对鸣凤临睡前打开"灵魂一隅"的描写,《春》第15章对淑英心理的剖析,以及

---

① 巴金:《谈〈灭亡〉》,《巴金全集》第二十卷,人民文学出版社1993年版,第391页。
② 参见笔者:《巴金与日本文学》,《走近巴金》,山东文艺出版社2003年版。
③ 参见笔者:《巴金与罗曼·罗兰》,《走近巴金》,山东文艺出版社2003年版。

《寒夜》里对汪文宣、曾树生心态的描摹都极为出色。他还经常通过人物的日记、书信，通过对他们梦境以至幻觉的描写，直接深入地展示人物的内心世界。而像杜大心在爱与憎折磨下的心灵呼号，吴仁民在革命与恋爱间徘徊，汪文宣在母爱与情爱里挣扎，高觉新向往新生活但又安于旧秩序，曾树生渴望自己得到温暖但又不忍心抛下寒夜中的丈夫……这一个个处于两难选择境地者的痛苦的心灵冲突，在巴金笔下无不得到细致的描摹和深刻的剖析。

　　然而，在格外注意巴金与外国文学关系的同时，学术界却忽视了巴金创作对本民族文学遗产的继承以及巴金与同时代作家之间的相互影响等问题。或许，一个作家的创作对本民族文学传统的继承是无意识的，但是这种继承一般都是存在的。巴金出生在一个书香门第，从小饱受传统文学的熏陶。早年的家庭环境也使巴金有机会接触或熟读像《红楼梦》、《古文观止》、《白香词谱》、《施公案》、《彭公案》、《说岳全传》等一大批传统作品。后来，巴金虽然读过大量的外国作品，但他并没有被完全西方化。考察巴金的人生道路以及他的全部创作将会发现，中国传统中重亲情、重友情等观念在巴金的思想中不仅没有消失，而且还是根深蒂固的；在家庭婚姻、伦理道德等方面，西方一些现代观念最终也无法取而代之。当然，传统对于一个人的影响就好比孩子从父母处接受的遗传一样，有时候简直难以确认其从父母处接受了什么。正因为如此，找寻现代作家创作的传统影响也才别有意义。

　　在由话本演变而来的中国传统小说中，作者或叙述者大多采用全知全觉的叙述观点。有时，为了照顾讲话的现场气氛，或为了达到劝恶从善等效果，叙述者就跳出故事之外发表与故事内容有关，同时又带有哲理或说教意味的非叙事话语。这种非叙事话语到了以阅读为主要目的的文人小说中，就变成了"看官知道……"之类的模式。传统小说中的这种叙事笔法在巴金最早创作的小说《灭亡》中就落下了明显的痕迹。在这部小说里，叙述者在叙事过程中插入了大量类似于"看官知道……"的非叙事话语，如"本来一个男人如果真正爱一个女人，他可以为爱而牺牲自己底一切，只要这个女人是属于他的时候，然而如果他明白她不再是属于他的了，那么，他底对于她底爱，就会驱使他向她作种种残酷的报复"（第3章）；"爱情这东西是生长得最快的，只要它发芽后不曾受到阻碍，那么它在很短的时期内，就会很快地发育到成熟的时候"（第8章）；"本来女人底爱虽然常常是专制的，盲目的，夸张的，但其中也含得有很多母性的成份"（第20章），等等。有趣的是，这些带有为读者指点迷津的非叙事话语还多与爱情有关，而巴金当时似乎还是一个没有爱情经历的青年，他在这些地方并非真的有感而发，而只是对传统小说或传统的才子佳人小说的叙事技巧的模仿。而第15章关于"赤党"与"长毛"的议论，第17章关于杀头示众与夜间枪决的议论，不仅采用了鲁迅小说那种幽默反讽的笔调，而且大量运用了诸如"那时的革命党好像穿白的"，"长毛本是用红缎子裹头"，"凡事总是古已有之"，"大概因为世风日下的缘故"，"从不肯让小民来观光观光的"以及"也在叹人心之不古"等鲁迅式的话语。特别是杜大新被处死后，《灭亡》的许多叙述话语与鲁迅小说《阿Q正传》《风波》更为相似，如："至于人群底感觉，当然和杜大心底不同。而且各人有各人底想法。不过他们都觉得有点扫兴，本来在他们底想象中，所谓'赤党'，至少也是一个面目狰狞可怕的壮夫，却料不到这只是一个快进棺材去的垂死的病人"①；"一代不如一代，这话真有道理！一个有经验的老年店主惋惜地说：从前的刽子手，哪里像这样！……"② 一个作家创作初期对于前辈作家的模仿本是常见现象，也无可厚非，这里不厌其烦的引述不过说明巴金的创作不仅受外来文学的影响，同时也受到本民族文学传统的影响。

　　巴金创作中更得传统小说精髓还在于情节结构方面。相对于西方小说而言中国古典小说动作性较强，它往往通过新奇的情节与富于动感事件来反映现实，吸引读者。而结构上的最明显特征是注意首尾完整，开始介绍人物情节的由来，结尾交代人物事件的结局，不管长篇短制，都要从头交代，有始有终，这一切充分体现了中国小说的"史传"传统。结构上的另一特征是一般按事件发生先后的时间顺序安排情节，井然有序；同时在大故事中套小故事，一部几十万字的小说往往由一些既互相联系，又相对独立的故事组成，全局中的各部分往往具有相对独立的完整性，如《红楼梦》中的红楼二尤、龄

---

① 鲁迅的《阿Q正传》中有："至于舆论，在未庄是无异议的，……而城里的舆论却不佳，他们多半不满足，以为枪毙并无杀头这般好看；而且那是怎样的一个可笑的死囚啊，游了那么久的街，竟没有唱一句戏：他们白跟一趟了。"《鲁迅全集》第一卷，人民文学出版社1981年版，第527页。

② 鲁迅的《风波》中有："一代不如一代，我是活够了。三文钱一个钉；从前的钉，这样的么？从前的钉是……"同上书，第474页。

官画蔷、小红赠帕,《水浒传》中的武十回、宋十回等,这一切则是由于中国小说的"话本"渊源。

在谈自己的创作时巴金曾说过,除了多倾注感情之外,"我尽全力把故事讲得好一些"①。实际上也是如此,他的作品无论是早期的《灭亡》《爱情的三部曲》,还是后来的《憩园》《寒夜》,一般都包含了曲折生动的故事情节。《寒夜》虽较多地借鉴吸收了西方小说侧重人物内心世界开掘的写法,但汪家母子及曾树生三人之间的矛盾同样构成了尖锐集中引人入胜的戏剧性冲突。在情节结构上,巴金的许多小说也具有传统的特色。以《激流三部曲》为例,《家》的第1—6章先分别交代了小说的重要背景以及主要人物的身世与性格,同时提挈情节发展的一些主要线索。《秋》的最后也通过觉新的信、交代了有关分家等后话。《家》中依次描写的觉新的婚姻悲剧、鸣凤之死、觉民逃婚、陈姨太等人"捉鬼",高老太爷的死导致瑞珏的死,以及最后觉慧出走等事件,也是按事件发生的先后顺序安排。另外,像《家》第6章觉新不幸的经历,从第19章到第23章的"兵变"等也都具有相对独立完整的故事性。而就整个《激流三部曲》而言,《家》写觉新的爱情悲剧,觉民抗婚的胜利以及觉慧的出走;《春》写淑英的逃婚和蕙由于不合理的婚姻而惨死;《秋》则写"树倒猢狲散"的结局。在整个高家故事中,《家》、《春》、《秋》既相互独立,又相互联系,犹如一套旧家庭灭亡与新力量成长的历史通景屏。

与此相连,传统章回体小说的一些表现技巧也常常在巴金的创作中得到应用。比如,《家》中的冯老太爷到高公馆找丫头当姨太太、围绕觉民婚事的抗争、觉慧最后的出走等事件,发生前的一些章节中都有过伏笔。高老太爷惩罚克定的堕落并由此发病致死的情节是在第33章以后,但第23章末尾克定的失眠就已预示着这位深为高老太爷赞赏的健全子弟即将堕落的必然趋势。接着,第28章里觉慧、觉民偶然之中发现了"金陵公寓",第29章中他们又看到克安、克定一起进了这座公寓。有了这些伏笔,第33章所描写的事件也就属预料之中了。而像对觉新与梅的爱情悲剧表现,则更深得传统叙

---

① 巴金:《祝〈萌芽〉复刊》,《巴金全集》第十九卷,人民文学出版社 1993 年版,第 336 页。

事手法的精妙。先是在第 6 章用闪回叙述的方法,初步交代了觉新过去的恋爱婚姻悲剧。第 7 章又通过琴的口再度闪回,强调了双方家长的任性导致了这悲剧的发生。小说第三次闪回交代是在第 14 章,由觉新叙述梅婚后的悲惨情形。第四次的闪回叙述由梅自己承担,她在第 15 章正式登场,并向琴、觉民、觉慧倾吐了自己"现在梦醒了,可是什么也没有"的空虚的心,表露了自己"已经过了绿叶成荫的时节,现在走上飘落的路"的。在经过这四次闪回叙述,极尽渲染之后,第 20 章梅才重返高公馆。第 21 章,觉新和梅终于在花园中相聚。这一次又一次的重复闪回,既激活和增进了读者的阅读期待,同时又不断强化了这不幸故事的悲剧效果,步步深入地揭示出这场悲剧的根源。总之,在这些方面,巴金成功地运用中国传统小说创作中的"草蛇灰线"等伏笔技法,让相互穿插的大小事件接榫严密,融为一体。

巴金还特别注意在情节进行之中设置"悬念"和"扣子",用以增强小说的引人入胜的效果。《憩园》的基本情节采用了典型的发现模式。敏感、热心而又喜欢了解、体验生活的作家黎先生住进憩园之初,就遇上寒儿进憩园折花并与仆人吵架之事,小孩子是什么人? 为什么总是跑入花园折花? 而老同学的踌躇满志,女主人幸福微笑下那淡淡的忧愁,以及小虎的放纵行为,也使人感到蹊跷。黎先生通过多方的观察与了解,终于逐渐认识周围发生的一切,逐步搞清其他故事人物的身份与心态,最后也就发现和掌握发生在杨、姚两家的全部故事。在这一部小说中,黎先生讲述故事的过程也就是他对故事的发现过程,因此,本来发生在许多家庭中的那种平淡的故事也就显得格外的曲折与迷离,处处有相关的"扣子",处处充满着悬念与惊奇。到了小说的最后,杨家的故事才真相大白,姚家的故事也有了一个出人意外的结局。除了《憩园》,巴金的其他许多小说也是这样,虽然没采用"章"或"回"的形式,但在章节的安排之间却常有"且听下回分解"的味道。

当然,巴金创作的传统影响更主要体现在其作品所包含的浓郁的民族韵味方面,他所叙述的故事,所描写的生活画面,以及所塑造的艺术形象,有许多都具有鲜明的民族特色和传统的文学继承性。比如,巴金笔下那许许多多青年男女的恩恩怨怨,往往使人联想到传统小说中的"才子佳人"叙述模式。《家》第 10 章觉慧和鸣凤在梅林中的山盟海誓,不能不说有点"私订终身后花园"的味道;第21章觉新和梅在小桥流水边的藕断丝连,也容易使人想到古人"剪不断,理还乱"的忧愁;而《寒夜》的婆媳矛盾弱子情怀,更是承接了《孔雀东南飞》以来的传统叙事母题。巴金的高明之处就在于他擅于为传统的故事注入新鲜的现代语义。在生活画面的描绘方面,《秋》中单是枚的婚事,就详尽地描述了下定、过礼、花宵、发轿、迎亲、拜堂、撒帐、揭盖头、交杯、大拜、宴客、闹新房,以及回门等繁文缛节的全过程,从而为人们提供了一幅极富民族特色的风俗画。甚至在人物的命名、形象的比附、以及氛围的渲染等方面,巴金作品也与传统的文学形象有着密不可分的关系。《家》中的梅与林黛玉甚至崔莺莺的形象有着渊源关系,而单从"梅"这一字面本身,读者也很容易产生冰肌玉骨、但又感时伤春的联想。其他如李静淑、张若兰、秦蕴玉、李佩珠、冯文淑、周如水以及杨梦痴等名字,也很能引发读者产生比字面的意思范围多得多的联想。另外像《雾》的最后周如水重返海滨旅社时的"人去楼空",《家》的最后觉慧出走时的"孤帆远影",也都带有中国古典诗词意境的韵味。

　　因此完全有理由说,虽然作家本人一再强调外来文学的影响,但巴金并非一位纯粹西方化的作家。在他的作品中,传统的基因与外来的成分并存,西方文学的影响已被本土化,传统文学的基因也已被现代化。正是在这种继承与借鉴的辩证统一之中,巴金广采博取,综合创新,进而为中国文学的现代化进程提供有益的参照。

四

　　中外文学史上历来就有雅俗之分,但很少像20世纪中国文坛那样形成尖锐的对峙。五四时期,新文学的提倡者们把古典诗文为正宗的高雅文学视为旧文学的代表,用章回体的白话小说为代表的通俗文学与之相抗衡。后来,在彻底颠覆和摧毁古典诗文高雅地位之后,一大批新文学作家很快从抨击和否定鸳鸯蝴蝶派的章回小说开始,进而把通俗的章回体作为旧的文学形式加以否定。新文学取得绝对胜利之后,许多有影响的新派作家迅速在高等院校以至整个上层社会取代旧文人的地位,他们中的不少人又渐渐自觉或不自觉地成为文艺贵族化的新的实践者。所以,尽管五四新文学最早以通俗明了为文学革命的基本宗旨之一,紧接着又有平民文学、文艺通俗化、文艺大众化等呼声,但新文学的通俗化、大众化问题始终未能得到较好的解决。而雅俗对峙也由此成为20世纪文坛上一个难于解决的理论思维的怪圈。

尽管理论界对文学的雅、俗有不同的界定,但可以肯定的一点是,相对于高雅文学或严肃文学来说,通俗的文学是那种易于为广大读者接受的文学。用刘半农有关通俗小说演讲时的说法,"通俗"指的是"合乎普通人民的,容易理会的,为普通人民所喜悦所承受的";"通俗小说"也就"是上中下三等社会共有的小说,并不是哲学家、科学家交换思想意志的小说,更不是文人学士发牢骚卖本领的小说"①。当然也有人认为,通俗文学所以拥有广大的读者,是因为它以迎合市民的审美趣味、欣赏习惯为宗旨,带有消遣性和趣味性特点。其实,"偏重俗人或常人的立场",就是"近于人民的立场",也就是"所谓现代的立场"②;严肃的作家也完全可以借鉴通俗文学的技法创作出格调高雅,同时又为广大读者喜闻乐见的作品。

在现代文坛上,巴金可以说是拥有最广大读者的作家之一,他的许多作品往往是一经问世就受到普遍欢迎。成名作《灭亡》在发表的当年就"很引起读者的注意,也极博得批评家的好感"③,他的《爱情的三部曲》、《激流三部曲》等作品问世后也同样迅速在读者中广为流传。60年代初,在"海外畅销的小说中,仍以巴金的创作居第一位"④。他的长篇小说《家》甚至被人誉为"中国新文学"的"第一畅销小说"⑤。1942年,曾有评论者在自己文章中详细地记录了读者当年接受巴金作品的状况,他写道:"六月前住在苏州,和当地的文学青年颇有接触的机会,在他们中间最容易感到的一件事,就是对巴金作品的爱好,口有谈,谈巴金,目有视,视巴金的作品,只要两三个青年集合在一起,你就可以听得他们巴金长,巴金短的谈个不歇,甚至还有人疑

---

① 刘半农:《通俗小说之积极教训与消极教训》,转引自严家炎编《二十世纪中国小说理论资料》第二卷,北京大学出版社1997年版,第47页。

② 朱自清:《〈论雅俗共赏〉序》,《朱自清全集》第三卷,江苏教育出版社1988年版,第218页。

③ 记者:《最后一页》,《小说月报》第二十卷第十二号,1929年。

④ 余思牧:《作家巴金》,香港:南国出版社1964年版,第172页。

⑤ 司马长风:《新文学丛谈》,香港:昭明出版有限公司1975年版,第117页。

神见鬼的说巴金业已到苏州,并且有人曾见他在吴苑深处喝茶,实际上,他们连巴金的面长面短都不知道,而巴金的足迹也根本没有到过苏州。又有一天,我在《吴县日报》上,见到一条广告,是愿出重价征求巴金的全部作品,此人不用说也是个'巴金迷',在任何书店里都高高陈列着巴金作品的当时的苏州,此人却还恐有所遗漏,愿出重价征集巴金的全部作品。即此可见巴金的作品受人欢迎的一斑了。"鲁迅的《呐喊》,茅盾的《子夜》固然是文坛上首屈一指的名著,但要说到普及这一点上,还得让巴金的《激流三部曲》之一的《家》独步文坛。《家》,《春》,《秋》,这三部作品,现在真是家弦户颂,男女老幼,谁人不知,那个不晓,改编成话剧,天天卖满座,改摄成电影,连映七八十天,甚至连专演京剧的共舞台,现在都上演起《家》来,藉以号召观众了。"正因为如此,这位批评者在半个多世纪前就向人们提出这样的问题:"为什么文坛的重镇是鲁迅茅盾,而读者所狂热地欢迎着的却是巴金的作品呢? 到底巴金的作品有什么特殊的优点? 他对读者的吸引力是在什么地方?"①

巴金的作品所以受到读者的普遍欢迎,首先与作家本人充分理解和尊重读者分不开。在新文学作家中,巴金是少数几位始终自觉关注读者接受因素的作家之一。与那种居高临下地傲视大千世界的芸芸众生,一心一意想登上象牙之塔,或极力强调自我,以自我为中心的作家截然不同,巴金认为"作家靠读者们养活"②,他说:"作为作家,养活我的是读者。"③ 所以他认为作家的写作不应该是为了职位,为了荣誉,而应该为了读者。虽然巴金并不是一个纯粹的职业作家,但是在作家与读者的关系这问题上,他却表现了与非职业作家的明显不同。非职业作家在其文学行为中总是会自觉或不自觉表现出启蒙、引导读者的意向,表现出改造文学形式、提高艺术水准的企图。在他们心目中,作家与读者的关系是启蒙者与被启蒙者、提高者与被提高者的关系。这种居高临下的姿态,常常使他们的创作表现出某种贵族气,有时也就不大

---

①　王易庵:《巴金的〈家·春·秋〉及其他》,上海《杂志》第九卷第六期,1942 年。

②　巴金《我和读者》,《巴金全集》第十六卷,人民文学出版社 1991 年版,第 285 页。

③　参见巴金:《作家靠读者养活——关于传记及某些文艺现象与徐开垒的谈话》,《巴金全集》第十四卷,人民文学出版社 1990 年版,第 492 页。

为广为读者接受。而巴金对读者的态度较为接近职业作家,他重视与读者之间的交流与沟通,从 30 年代与无数青年读者的通信,到 80 年代与寻找理想的小朋友共同探讨社会人生问题,他从未中断同读者的联系。正是通过这种持久的联系,巴金尽量了解读者的接受期待与接受能力,把读者对自己的期望当成一种鞭策,进而设法使自己的创作与读者的需求相适应。

曾有朋友认为"文学作品或者文章能够流传下去主要靠技巧,谁会关心几百年前人们的生活"。巴金则认为:"读者关心的是作品所反映的生活和主人公的命运。"① 他还说过:"一部作品的主要东西在于它的思想内容,在于作者对生活、对社会了解的深度,在于作品反映时代的深度等等",而不在于分章分卷、时间顺序这些"技巧方面的东西"。② 巴金朋友的观点明显出自于纯文学的立场,他心目中的读者是理想的专业读者;而巴金所说的读者则是广大的非专业读者,他的观点更多地代表着大众的立场。正是基于这种的立场与观点,巴金的大部分作品表现的就是两个带有通俗文学特点的取材倾向。一是带有新闻性与时效性,贴近读者热切关注的一些时代话题和社会话题,如《灭亡》之于 20 年代后期的社会政治局势、《火》三部曲之于抗日战争、50 年代初的小说之于朝鲜战场,等等;二是贴近现实人生,贴近普通人的生活,直接关注具体的世俗人生问题,如《激流三部曲》、《春天里的秋天》、《第四病室》、《憩园》、《寒夜》以及《小人小事》等集子中的一些短篇小说,叙说的均为家庭婚姻、亲情爱情的故事。

除了贴近时代与社会,贴近现实人生,表现广大读者所共同关注的话题之外,巴金还把读者能否接受作为衡量创作成功与失败的标准。在与沙汀谈到小说创作时,巴金曾直言沙汀小说中"土话太多,外省人常说不懂";他认为沙汀的《淘金记》、《还乡记》是当时少有的杰作,但"要是找缺点,可以找到一个:甚至在叙述和描写的句子里面也有些太僻的土话。好些没有耐心的读者是不会懂的"③。在和诗人杜运燮谈论诗歌形式的探索与革新时巴金

---

① 巴金:《探索之三》,《巴金全集》第十六卷,人民文学出版社 1991 年版,第 183 页。

② 巴金:《谈〈春〉》,《巴金全集》第二十卷,人民文学出版社 1993 年版,第 429 页。

③ 1950 年 4 月 11 日、6 月 16 日《致沙汀》,《巴金全集》第二十四卷,人民文学出版社 1994 年版,第 55—56 页。

也认为:进行一些探索是可以的,"但是总得做到这样的一点:群众能接受,群众会喜爱,才能有成绩"①。因此,创作时巴金特别注意语言的通俗性,尽量做到明白晓畅。他一般不大使用诘屈聱牙的字句或冷僻的词汇,笔下也很少出现生硬的方言行话或哗众取宠的外文。在表现形式方面,巴金的创作也教符合中国读者的欣赏习惯与审美取向。如前面所述,他特别注意情节的连贯性与完整性,很少采用多线索齐头并进的结构方式,擅于用一波未平一波又起故事吸引读者,等等。

通俗文艺区别于高雅艺术的另一个标志在于其语义的明晰性。它一般不追求表现深刻的思想或哲理,也不闪烁其词故作高深,而是以真假易辨,善恶分明,褒贬倾向跃然纸上的美感特征适应广大读者的审美意识。巴金的作品,特别是那些广为读者欢迎的早期小说一般也具有尖锐的二元对立,鲜明的爱憎感情。他早期作品中极少像觉新这种具有"二重人格"的中间人物,而杜大心与李静淑、周如水与吴仁民、琴与梅、蕙与淑英、觉慧觉民与觉新、觉慧觉民觉新与克明克安克定……这一对对、一组组或一定系列的人物形象则始终保持着相互对照的关系。他们的思想性格截然不同,他们的命运似乎也不难预测,真善美和假丑恶由此而形成一种鲜明的对比与对照。巴金在创作中也重视人物性格的刻画,但正如他谈到《爱情的三部曲》的创作"计划"那样:"在《雾》里写一个模糊的、优柔寡断的性格;在《雨》里写一种粗暴的、浮躁的性格,这性格恰恰是前一种的反面,但比前一种已经有了进步;在最后一部的《雪》(即后来的《电》——笔者注)里面,就描写一种近乎健全的性格。"②像这种更多地带有类型描写而非典型塑造的人物形象,同样也体现了通俗作品的明晰性特点。巴金在创作(不仅小说,也包括散文及为数不多的诗歌)时,也常常运用象征、隐喻等手法,但无论是对理想、光明等意念的歌颂,对激流、春天、灯、火等意象的描摹,还是对寒夜、憩园、梦等意境的营造,他的作品中反复出现的意念、意象或意境,一般都有相对稳定的所指。即使像《狗》、《幽灵》那种借鉴、运用现代主义表现手法的短篇小说,也不像大部分现代主义作品那样晦涩难读,也都体现了作者强烈的主体意识和鲜

---

① 1976年2月7日《致杜运燮》,《巴金全集》第二十二卷,人民文学出版社1996年版,第463页。

② 巴金:《〈爱情的三部曲〉总序》,《巴金全集》第六卷,人民文学出版社1988年版,第16页。

明的思想倾向。从叙事方式看,巴金的作品大多由单一的叙述者的主导意识统辖叙事过程,同时通过穿插其间的解释、评论、抒发等非叙事性话语的补充,完善对人物与事件的叙述与评价,从而形成语义明白、系统一致的话语层面。总之,巴金创作的明晰性特征最大范围地适应了那一时代大多数读者的审美水平。

当然,尊重读者并非无原则地迎合读者。早在正式步入文坛之前的20年代初,巴金在致《文学旬刊》的信中就对那些"总恨时间多,只是找消遣的事做,只是游玩、闲耍,舍不得用一点心,所以才不喜欢看非消遣的小说"的读者表示不满;他认为文学界不应该迎合这种读者的需要,而应"一面做建设的工作,一面做破坏的工作",以便中国的文学可以"立足于世界文学之间,并能大放光明"①。实际上,巴金所以拥有广大的读者而又没成为一位纯粹的通俗作家,首先就在于他始终强调作家的艺术良知与社会责任感,自觉坚持着严肃的文学追求。他从不像某些通俗作家那样为获取发表机会、读者青睐、以及高额报酬而一味地迎合读者,而是在尽量照顾读者接受习惯与欣赏水平的同时,努力给人送去光明、力量、以及积极向上的勇气。比如同样在取材上带有鲜明的时效性,一般通俗作品更多的是出于追求新奇,缺乏时代感,没有激发人们进取向上的力量;而巴金的作品却体现着关注社会、感时忧国的执着精神。与大多数通俗作品一样,巴金的许多小说也通过对爱情婚姻家庭的故事反映社会人生,但巴金从不为写爱情而滥写爱情,更不涉及粗俗或庸俗的色情或性描写。巴金正是以这种严肃作家的良知、真诚和责任感,去赢得广大读者的信任。

在实际创作中,巴金也绝非放弃技巧或不讲究技巧。设法使自己的创作实际与读者接受的具体需求相一致,这本身就是一种高难度技巧。前面引述过的他关于沙汀小说的评价,他与杜运燮关于新诗形式的改造与革新的讨论,涉及的也是技巧问题。而从他在《〈爱情的三部曲〉总序》所谈到的小说的创作经过,从他对《家》等小说一次又一次的修改,人们同样也可以看到巴金在艺术技巧方面的自觉追求。就艺术成就而论,巴金的作品也曾得到

---

① 巴金:《致〈文学旬刊〉》,《巴金全集》第十八卷,人民文学出版社1993年版,第30页。

过包括茅盾、叶圣陶、老舍、李健吾以及许多批评家、文学史家的多方肯定。限于篇幅,这里就不做更多的论述。

当然,巴金更强调的是生活、思想、感情与文学创作的密切关系。就主体意识而言,巴金是一位注重文学社会功用的作家;而就个性气质而言,他则又是一位单纯诚恳、敏感热情的诗人型作家。他常说自己是"有思想表达不出,有感情无法倾吐","才不得不求助于纸笔",让"心上燃烧的火喷出"。①这使得他成为现代文坛上少有的抒情歌手,使得他的作品洋溢着诗人般的炽热感情。从青年时代《灭亡》到晚年的《随想录》的写作,巴金都把自身的全部人生体验以及由此而产生的情感观念注入到作品之中,同时又深深地陶醉在自己所构筑的艺术世界里。他说自己"写作如同在生活"②同时就包括两个方面的意义,即既把自己所熟悉的生活与深切的感受写入作品,又"生活在自己描写的生活里"③。在谈到《灭亡》的创作情形时巴金说:"我写的时候,自己和书中的人物一同生活,他哭我也哭,他笑我也笑。"④他还谈道:"我写《家》的时候,我仿佛跟一些人一同受苦,一同在魔爪下面挣扎。我陪那些可爱的年轻生命欢笑,也陪着他们哀哭。"⑤总之,巴金把文学与生活、个人感情与笔下世界紧紧地联系在一起,把自己整个生命融化在艺术创造之中。写作成了巴金的一种特殊的生存方式。正是这一切使巴金的创作弥补了由于考虑读者接受因素,尽量清晰与明了所可能带来的平淡和浅白,他的文体也由此显示出以思想为主干,以情愫为枝叶的独特风貌。而在浅显、明了的行文中,巴金也通过长句短句的安排,重叠、反复、排比、倒装等手法的应用,使自己的语言形成一种满蕴着情感波澜的内在节奏,从而使那平易的文字显示出特殊的诗意。

总而言之,艺术的良知和为读者考虑的自觉,使得巴金的创作在 20 世纪中国文学史上成为严肃的文学追求与通俗的表现方式相结合的一种成功的

---

① 巴金:《文学生活五十年》,《巴金全集》第二十卷,人民文学出版社 1993 年版,第 559 页。

② 巴金:《我和文学》,《巴金全集》第十六卷,人民文学出版社 1991 年版,第 268 页。

③ 巴金:《在四川省文学创作会议上的讲话》,《巴金全集》第十八卷,人民文学出版社 1993 年版,第 679 页。

④ 巴金:《〈灭亡〉作者底自白》,《巴金全集》第十二卷,人民文学出版社 1990 年版,第 241 页。

⑤ 巴金:《谈〈家〉》,《巴金全集》第二十卷,人民文学出版社 1993 年版,第 415 页。

范例。巴金自由地出入于高雅与通俗之间,他的作品也产生了"雅俗共赏"的接受效果。完全有理由说,五四以来一直困扰着文学界的雅俗对峙问题,实际上在巴金的创作中得到了较为圆满的解决。

　　陈思和先生在十年前提出过:"为什么鲁迅、老舍、沈从文等人的创作风格在当代文学中都能找到后继者或模仿者,而独独巴金在这方面的影响却很少? 许多人都说读了巴金的作品走上革命道路的话,却为什么没听说有谁自称是学习模仿了巴金的创作而走上了文学道路,成为作家的? 《阿 Q 正传》、《子夜》、《边城》或者老舍的京味小说都有现代翻版,而为什么独独没有《家》或《寒夜》的现代翻版?"① 现在看来,这一切都由于巴金创作整体的独特性:它是那样深地融入了作家的整个生命,包括他独特的生活和情感体验,他的全部人格;它是那样密切地联系着接受者,既体现了作者的主体意识,又呼应着读者的期待视界;而它又是那样深深地根植于中外文化的沃土,吸取着古今文学的养分。在现代中国,的确有不少作家的文学修养和生活积累远远超过了巴金,也有不少作家和巴金一样,充满着自觉的使命感和强烈的创作激情,但是,又有多少人愿意效仿巴金的生活姿态,走他那种"我不是文学家"② 的创作之路? 实际上,艺术上是否独树一帜并不取决于有多少追随者或模仿者,真正的创新有时只属于那些有个性的孤独者。20 世纪在人类历史长河中只不过是短暂的一瞬间,这一时期的中国作家或作品可能也未能达到许多人所期待的文学史高度;但是像巴金这样的作家正是以其充分个性化的创作,承接前人,启迪来者,从而实现其在文学史上的价值与意义。

　　　　　　　　　　　　　（原载《文学评论丛刊》2000 年第 3 卷第 1 期）

----

　　① 　陈思和:《巴金研究的回顾与瞻望》,天津教育出版社 1991 年版,第 12 页。
　　② 　巴金在许多文章中均有过类似的文字,此处引文见《文学生活五十年》,《巴金全集》第二十卷,人民文学出版社 1993 年版,第 559 页。

现代传记文学研究

论郭沫若自传写作的现代意义

一

据相关学者考证，"Autobiographical Narrative"这一形容词最早出现在1786年，而以卢梭为先导的欧洲近代自传则形成于18世纪末至19世纪前半叶。① 中国古代类似自传的作品最早被称为"叙传"、"自叙"、"自述"或"序传"，如司马迁的《自叙》，班固的《叙传》王充的《自纪篇》，江淹的《自叙》；之后，被认为较具代表性的自传性质作品才有陶渊明的《五柳先生自传》、白居易的《醉吟先生传》以及陶渊明的《自祭文》、杜牧的《自撰墓铭》等。但如从菲力浦·勒热讷的定义，自传所探讨的主题必须是"个人生活，个性历史"，其"作者、叙述者和人物的同一"，且用"叙事的回顾视角"②，那么一般被认为是中国传统自传的这些作品，有许多和现代自传的内涵并不相

① 罗伯特·弗尔肯夫利克在他所编的《自传文化》一书的开头，曾详细调查过这个语汇是如何出现的。其结论为：1786年，"Autobiographical Narrative"这一形容词最早出现，而autobiography以及它的同义词self-biography，18世纪后半叶在英国、德国偶或一见，法国则更迟，19世纪30年代才开始使用。这一语汇于1800年前后出现，应该与自传的概念本身在当时已得到确定有关。据中川久定的研究，以卢梭为先导的欧洲近代自传，形成于18世纪末至19世纪前半叶，这和autobioyraphy一词的出现，适相吻合。见［日］川合康三：《中国的自传文学》，蔡毅译，中央编译出版社1999年版，第6页。

② ［法］菲力浦·勒热讷：《自传契约》，杨国政译，生活·读书·新知三联书店2001年版，第3页。

吻合。比较与现代"自传"文体一致的《陆文学自传》（陆羽）和《子刘子自传》（刘禹锡）等虽然出现的时间比西方早，但这类作品的数量极其有限。中国古代自传不发达的原因在于，中国虽然有着悠久的史传文化传统，但在很长的时期里，中国社会轻个人重群体，个人、个性一直受各种观念的抑制，加上生不立传和盖棺论定的传统观念，一般文人不愿为自己写传，"生而作传，非古也"①。

中国现代自传滥觞于海禁的解除之后。海禁解除使中国知识分子接触到西方现代的传记文化，同时也接触到重视个人、个性以及个体生命价值的思想观念，因此最早走出国门的一批知识分子写出了像《弢园老民自传》（王韬，1880）、《三十自述》（梁启超，1902）和《西学东渐记》（*My Life in Chinaand America*，容闳，1909）等一类的作品。但《弢园老民自传》和《三十自述》用文言写成，字数也就三五千，且仍无法突破传统自叙观念的因袭；《西学东渐记》篇幅扩大，且具体而完整记录了作者从1828年出生到1901年游历台湾这七十余年的人生历程，但作品用英文写成，而且至1915年才由恽铁樵、徐凤石节译为中文在上海商务印书馆出版。

中国具有完全现代意义的自传写作出现在五四之后。一般认为，胡适的《四十自述》是中国现代自传最早期的作品，但他在1933年6月撰写的《〈四十自述〉自序》中却说："我的这部《自述》虽然至今没写完，几位旧友的自传，如郭沫若先生的，如李季先生的，都早已出版了。自传的风气似乎已开了。"②

胡适这里谈到的郭沫若的"自传"，可能指郭沫若此前已经出版的《我的幼年》（即后来的《我的童年》，上海光华书局1929年版）、《反正前后》（上海现代书局1929年版）、《黑猫》（上海现代书局1931年版）和《创造十年》（上海现代书局1932年版）等系列作品。实际上，正式以《沫若自传》为题行世的图书出现的都比较迟，其中最早以《沫若自传》为题的版本是1947年4—5月上海海燕书店的《少年时代》（《沫若自传》第一卷）和

---

① 王韬：《弢园老民自传》。
② 胡适：《〈四十自述〉自序》，《胡适传记作品全编》第一卷上册，东方出版中心1999年版，第3页。

《革命春秋》(《沫若自传》第二卷)。而目前比较通行的版本则是作者逝世后由郭沫若著作编辑出版委员会编定,依次存1992年9月人民文学出版社《郭沫若全集》文学编·第十一至十四卷的《少年时代》(沫若自传·第一卷),《学生时代》(沫若自传·第二卷),《革命春秋》(沫若自传·第三卷),《沫若自传·第四卷——洪波曲》(沫若自传·第四卷)。

在上述不同版本的篇章中,郭沫若写作最早的是《今津纪游》(1922)、《水平线下》(1923)和《山中杂记》(1925)。但从严格意义上说,这些都只是带有浓厚自传色彩的散文作品,只有从1928年的《我的童年》开始,"自传"已才成为郭沫若写作的自觉。从1928年的《我的童年》到1948年的《洪波曲》,跨越二十年的连续性共时写作,使郭沫若完成了一百多万言的巨幅自传,从而弥补了"东方无长篇自传"[①]的缺憾。但是,从传统到现代,郭沫若自传写作的独特意义,并不仅仅在于写得早,坚持时间长,篇幅巨大,而且还在于由传记观念的嬗变所带来的自传文学的叙事书写方式的转换。

二

现代自传的兴起是以新兴的资产阶级觉醒为前提的。作为新兴阶级的资产阶级标榜个性主义,崇尚民主自由,主张尊重个体的,对个人、对自身的行为价值具有充分的自信。而自传的最基本特征是作者、叙述者和人物(传主)的同一,在自传作品,作者既是回忆的主体,又是被回忆的客体,传主既是叙事的主体,同时也是被叙事的客体,因此自传与一般回忆录的根本区别在于回忆主体在叙事中的核心地位,这种核心地位决定了这是一种充分个性化的文体,极其适合个人主体精神的书写。狂飙突进的"五四"时期是一个召唤"主体性"的时代,作为五四新文化运动中崛起的著名浪漫诗人,郭沫若不仅在思想观念上深受个性主义的时代思潮的影响,而且也具有主观冲动的性格和气质。他曾经夫子自道:"我是一个偏于主观的人,我的朋友每向我如是说,我自己也很承认";"我又是一个冲动性的人,我的朋友每向我如是

①　胡适:《传记文学》,《胡适传记作品全编》第四卷,东方出版中心1999年版,第201页。

说,我自己也很承认。我回顾我所走过了的半生行路,都是一任我自己的冲动在那里奔驰……"①至少在50年代之前,郭沫若一般都不隐讳自己的观点,喜欢张扬自己的个性,喜欢指点江山激扬文字。他创作诗歌时是这样,撰写自传时同样也是这样。

1928年,在正式开始自传写作时郭沫若就宣称自己"不是想学Augustine 和 Rousseau 要表述甚么忏悔";"我也不是想学 Goethe 和 Tolstoy 要描写甚么天才"。②在中国现代传记文学,特别是自传文学兴起的最初时期,奥古斯丁、卢梭、歌德和托尔斯泰的《忏悔录》或《自传》都是中国作家写作的典范,但郭沫若一开始就自觉表现了与西方自传的两大传统的决裂。Augustine 和 Rousseau 型自传表现的"忏悔"是一种宣示自己羞耻和内省的告白,Goethe 和 Tolstoy 型自传张扬的"天才"则包含着对自身辉煌人生的温婉回味,但郭沫若认为:

> 我没有什么忏悔。少年人的生活自己是不能负责的。假使我们自己做了些阻碍进化的路,害了下一代的少年人,那倒是真正应该忏悔的事。自己扣着良心自问,似乎还没有做过那样的事情。不过假使我真的做了,那我恐怕也不会忏悔了。
>
> 自己也没有什么天才。大体上是一个中等的资质,并不怎么聪明,也并不怎么愚蠢,只是时代是一个天才的时代,让我们这些平常人四处碰壁。我自己颇感觉着也象大渡河里面的水一样,一直是在崇山峻岭中迂回曲折地流着。③

所以在《沫若自传》中,兼作者、叙述者和传主三者为一身的"我"在强烈的主体意识的统辖下回顾自己的前半生,回顾自己生活的时代,同时也评判社会,臧否人生。他不忏悔,不隐讳,仅以亲历者与见证人的身份展开历史的叙事,通过非叙事的书写表达对人物事件的认识与评判,不仅通过人生经

---

① 郭沫若:《论国内的评坛及我对于创作上的态度》,《郭沫若全集》第十五卷,人民文学出版社1990年版,第225页。

② 郭沫若:《〈我的童年〉前言》,《郭沫若全集》第十一卷,人民文学出版社1992年版,第8页。

③ 郭沫若:《〈少年时代〉序》,《郭沫若全集》第十一卷,人民文学出版社1992年版,第3页。

历的回顾建立自我的雕像,也通过对同时代人的介绍与评述进行"自我"的建构。

《沫若自传》的这种充满个性的主体性叙事也体现了和中国序传传统的决裂。中国古代的序传写作讲究显祖扬名,司马相如《自序》记其与卓氏私奔,王充《自纪》述其父祖不肖,均被认为是"虽事或非虚,而理无可取"。因为序传虽要求首章"上陈氏族,下列祖考",但为亲者讳,自言家世"当以扬名显亲为主,苟无其人,阙之可也";而"自叙"的所谓"实录",也仅求"隐己之短,称其所长"。①《沫若自传》却不仅不忌讳家乡是"土匪的巢穴",且大谈父亲"虽然不是甚么奸商,但是商业的性质,根本上不外是一种榨取",其营业的成功无非是"吗啡有眼,酒精有灵","应该感谢帝国主义者的恩德"。② 对给予自己重要帮助和影响的大哥,也直录其当上"四川军政府"的交通部长后就抽鸦片烟,且收"从前某一道台的遗妾"③为小老婆。即使回顾"自我"的成长,也不讳言小学时就沾染抽烟、喝酒的不良习惯,以及有悖人伦的性觉醒,惊世骇俗的同性恋等经历。他热烈地标榜自我,坦率地表白自我,对鲁迅、沈尹默、胡适以至叶圣陶、沈雁冰、朱自清等,也都不避讳自己的不敬。这一切无不体现了郭沫若与自我美化的叙传传统决裂的决心与勇气。

总之,《沫若自传》充分体现了主体精神的个性化书写特征,其回顾性的叙事和表白始终坚持的是"我"的视角,因此成功地塑造了一个注重主体性、创造性和行动性,反叛世俗的多面自我的传主形象。关于过渡时期的教育,反正前后的荒唐,创造十年的恩怨,北伐路上的坎坷以及抗战时期的复杂,《沫若自传》讲述的可能并非全面与客观,但这些故事正是当年的"我"的观察和当下的"我"的回顾,只不过它们已深深烙上了郭氏主体的印记。《沫若自传》中大量笔无藏锋的非叙述话语,无论是议论、解释或抒发,贯穿的则都是"我"的主体精神。或许其中的一些议论不无偏颇,一些评判带有偏见,甚至不少抒发近乎煽情,但不能不承认,这其中包含的如果不是当年的

① 刘知几:《史通·内篇序传第三十二》。
② 郭沫若:《我的童年》,《郭沫若全集》第十一卷,人民文学出版社1992年版,第23页。
③ 郭沫若:《黑猫》,《郭沫若全集》第十一卷,人民文学出版社1992年版,第309页。

郭沫若,至少也是写作当境时的郭沫若的真情实感。《沫若自传》中的"自我"不仅不把自己认作天才或完人,不作什么忏悔,同时也没中国传统自叙中称"余"道"民"的谦卑,或"辩诬"式的自我美化,它充分地体现了时代对主体性的召唤,体现了作家张扬的"我便是我呀!我的我要爆了"① 的个性。

三

　　郭沫若的自传是个性化的叙事,也是成长的叙事。中国有"藉传窥史"的悠久传统,因此不管是书写还是阅读,中国古代史传或序传常常被当作历史的著作,其主要关注的是传主与社会的关系。加上篇幅的限制,过往传记只能以记叙传主官职、爵禄、往来、政绩的进退为主要内容。而序传的情形更为不堪,一般四五千字,而议论居之七八,对于个人的生活历程的记录,更是简上加简。因此,现代传记文学区别于传统史传之处并不仅在篇幅的扩大,还在于叙事书写上的种种变革。传统的传记"但写其人为谁某,而不写其人之何以得成谁某是也",传主的个性、人格往往是"静而不动";现代的传记文学"则不独传此人格已也,又传此人格进化之历史"。② 传统的传记关注传主外部的生活轨迹,主要记录传主在社会生活中经历、地位的变化,现代的传记文学则"将他外面的起伏事实与内心的变革过程同时抒写出来","是己身的经验尤其是本人内心的起伏变革的记录"。③

　　在《沫若自传》中,作者系统而全面地讲述了自己半个多世纪的生活史,乐山、成都、东京、上海、广州、武汉、南京……伴随着空间的改变是传主人生历程的增长。从中小学时的叛逆到"创造"时期的浪漫与激情,从北伐征程上的慷慨激昂到高潮过后的孤独与迷茫,从再度归来的一度的游移到复出

---

① 郭沫若:《天狗》,《郭沫若全集》第一卷,人民文学出版社1982年版,第55页。
② 胡适:《传记文学》,《胡适传记作品全编》第四卷,东方出版中心1999年版,第200—201页。
③ 郁达夫:《什么是传记文学?》,《郁达夫文集》第六卷,花城出版社1983年版,第283—284页。

政坛后的冷静从容,作者讲述了自身心智成长的过程。而从东渡之前富国强兵的理想,"五四"狂飙突进时的泛神论和个性主义,接触翻译河上肇著作后的思想转向,到最后投身实际革命运动后的政治选择,郭沫若的自传写出了"自我"在变革时代的思想历程。总之,有别于史传静态叙事的传统,《沫若自传》的叙事是一种成长的叙事,它讲述的是"自我"由少及长的成长历程和心路历程,不仅写出独特的思想个性,也再现自己思想个性的形成、发展与转换。

　　现代传记文学的成长叙事与传统的历史传记的静态叙事的又一区别在于赋予"童年"特殊的意义。史传的叙事是历史的叙事,历史的叙事关注的重点是不是传主本身,而是传主与社会的关系。史传虽然"以人别为篇,标传称列"①,但史传中的"人"是历史中的"人",其着眼点和归结点都是社会和历史,所以对于尚未进入社会历史进程的个体大多不是叙事的重点。而现代传记文学不仅把童年理解为生命的意义的初始阶段,而且当成完整人格的起点。现代自传中对于个体的"人"的概念,主要是"通过他的历史,尤其是通过他在童年和少年时期的成长得以解释的。写自己的自传,就是试图从整体上、在一种对自我进行总结的概括活动中把握自己。识别一部自传的最有效的方法之一就是看童年叙事是否占有能够说明问题的地位,或者更普遍说来,叙事是否强调个性的诞生"②。

　　《沫若自传》中的"自我"主体的建构,"个性"的诞生,同样也是从童年和少年的叙事展开的。并且,对于童年、少年时代的经历和所受的影响,《沫若自传》用了近乎五分之一的篇幅进行比较详尽的描述。如果按传统的传记观念,一个人未进入社会就意味着未进入历史,而每一个体成年之前的生活似乎都是相近的,其身心的成长是不足以进行郑重的记录。但实际的情形并非这样,"对一个成人来说,孩提时代并非其它,常常似乎是一连串的稀有事件。它产生的映象非常强烈,甚至在岁月流逝之后,那精神上所受的打

---

　　① 章学诚:《文史通义·永清县志列传序例》。
　　② [法]菲力浦·勒热讷:《自传契约》,杨国政译,生活·读书·新知三联书店 2001 年版,第8 页。

击也仍有使我们颤动的力量"①。所以,从心理学的角度看,每一个人独特的个性气质的形成,都与其幼年、童年和少年时代的独特的经历有关。如果不了解其当年接触古代诗文的情况,就无法理解郭沫若文学兴趣的源头,不知道有杨三和尚、徐大汉子这些小时的大伙伴、不知道中小学时数度被劝退的故事,不知道后来参与保卫团的经历,也无法充分理解郭沫若青年时代的叛逆和后来岁月中对于政治组织工作的热心。《沫若自传》以充分的童年叙事,强调了传主个性的诞生。

四

中国自司马迁开创纪传体样式之后,史传合一成为定例,传记也理所当然地被归入到"史部"。当然,中国古代文史不分,许多优秀的历史著作也不乏鲜明的文学特征,鲁迅称道司马迁的《史记》是"史家之绝唱,无韵之《离骚》"②,某种意义上正是对其浓厚的文学色彩的充分肯定。但《史记》之后,中国史籍中的传记越后面离文学的书写越远,以致最后成为纯粹的历史叙事。实际上,历史的传记和文学的传记最后的分道扬镳是文体发展的必然,因为历史的叙事和文学的叙事有着本质上的区别。因为必须遵循严密的科学性,历史的叙事一般采用实录的手段,要求言之有据,表述具体、准确、客观。而文学的叙事为求形象可感,为求有限话语阐释空间的最大化,往往兼收并蓄不同的叙事书写技巧,在总体上建构起感性而充满艺术张力的文学世界。用孙犁的话说是"史学重事实,文人好渲染;史学重客观,文人好表现自我"③。

《沫若自传》无疑属于文学的叙事。和传统史传用纪事写人不同,郭沫若在描写"他者"时既重"形似",但更重"神似"。他一般仅用粗线条勾勒出人物的大体轮廓,而通过对语言动作的简练描写,表现其主要性格特征。他有时也会对笔下人物的身份、个性进行简要的介绍,但更热衷于对人物作带情感印象的审美评价。郭沫若是个浪漫抒情诗人,他的评价有时仅建立在

---

① ［法］安德烈·莫洛亚:《论自传》,杨民译,《传记文学》1987年第3期。
② 鲁迅:《汉文学史纲要》,《鲁迅全集》第九卷,人民文学出版社1981年版,第420页。
③ 孙犁:《与友人论传记》,《澹定集》,百花文艺出版社1981年版,第62页。

个体印象的基础上,但却体现了鲜明的主体意识和真切的情感倾向。或许有人会觉得《沫若自传》中对"他者"的描写或评价不具体,不形象,甚至不够客观,但不可否认的是这些人物身上包含了作者真切的感受和真率的评判,体现的是作者情感中的真实。有道是"真者,精诚之至也。不精不诚,不能动人。故强哭者虽悲不哀,强怒者虽严不威,强亲者虽笑不和"①,对于文学的叙事和书写而言,感情的冷漠比形象性的模糊更是致命的弱点,《沫若自传》中对"他者"的描写正是以强烈的感情色彩引发读者的共鸣。

和描写"他者"一样,《沫若自传》中的景物描写也满蕴着主体的情愫。当经过几年的游学漂泊回到朝思暮想的祖国,黄浦江边的景象也带上作者复杂的感情:

> 船进了黄浦江口,两岸的风光的确是迷人的。时节是春天,又是风雨之后晴朗的清晨,黄浦江中的淡黄色的水,像海鸥一样的游船,一望无际的大陆,漾着青翠的柳波,真是一幅活的荷兰画家的风景画……
>
> 船愈朝前进,水愈见混浊,天空愈见昏朦起来。杨树浦一带的工厂中的作业声,煤烟,汽笛,起重机,香烟广告,接客先生,……中世纪的风景画,一转瞬间便改变成为未来派。②

自然的景物与现实画面的反差,一下就令传主产生"美好的风景画被异族涂炭"的呻吟。当经历一番曲折紧张的追赶,在武昌城下见到北伐军的先头部队,虽然身处进攻的最前线,但周围的风物也变得格外的清新:"空气是异常清澄的,近处的树木戴着青翠而新鲜的叶冠,有的还在点滴着夜来的宿雨。"③而在"脱离蒋介石以后",经两个礼拜焦头烂额奔波,传主假充第三军的一个参谋通过严密的检查,终于登上开往南昌的列车。当他放眼窗外,铁路沿线已是"一片锦绣的一世界":

> 四处的桃花都在开放,杨柳已经转青了,一片金黄的菜花敷陈在四

---

① 《庄子·渔父》。

② 郭沫若:《创造十年》,《郭沫若全集》第十二卷,人民文学出版社 1992 年版,第 88 页。

③ 郭沫若:《北伐途次》,《郭沫若全集》第十三卷,人民文学出版社 1992 年版,第 48 页。

处的田亩上,活活的青水流绕着沿线的溪流,清脆的鸟声不断地在晴空中清啭。①

除了情感特征,《沫若自传》的语言同时还具有其他方面的文学张力。作者的行文时而犀利深刻,冷静中包含着睿智,时而暗含讥刺,庄重中带着反讽的锋芒。在作者笔下,蒋介石面前的那些"武将班头""威风八面","一个个佩剑戎装,精神飒爽,真是满颈子的星斗,满肚子的军粮"②;窃取保路同志军成果,一上台就滥发货币、扩充军旅、弹压民众、强占良家妇女的尹昌衡、董脩武、杨莘友等是"新人一上台,委实又有一番新气象","总还有了一番作为","真有点雷厉风行的手腕"。③他还称郁达夫到北京后果然不寄稿给《创造日》等刊物为"言能顾行"④,曾琦一上台就攻击"我"为赤党张目是"说话却是很得要领"⑤。这些充满张力的文字读来无不令人心领神会,忍俊不禁。

五

作为自述性的作品,作者总是必须面对一些不能不说但又不便细说的故事,或者总有一些既想表露但又不便直露的心情,委婉含蓄或春秋笔法于是就成为《沫若自传》中常用的叙事修辞手段。对与张琼华、安娜和于立群三位夫人的婚姻关系,作者虽然都有完整的介绍,但用笔不多且各有不同。《黑猫》中的新娘给人仅仅是个印象,读者强烈感受到的,主要还是传主心灵的伤痛。安娜着墨最多,断断续续的身影总是使人去想象两人曾经患难与共的平凡岁月。而写于立群则用语颇俏皮,读后令人发出会心微笑。从作者的这些书写,可以分别感受到作者回忆中的沉重、平淡或欢快。至于曾经的安琳,

---

① 郭沫若:《脱离蒋介石以后》,《郭沫若全集》第十三卷,人民文学出版社 1992 年版,第166 页。

② 郭沫若:《洪波曲》,《郭沫若全集》第十四卷,人民文学出版社 1992 年版,第 166 页。

③ 郭沫若:《反正前后》,《郭沫若全集》第十一卷,人民文学出版社 1992 年版,第 270—271 页。

④ 郭沫若:《创造十年》,《郭沫若全集》第十二卷,人民文学出版社 1992 年版,第 181 页。

⑤ 郭沫若:《创造十年续篇》,《郭沫若全集》第十二卷,人民文学出版社 1992 年版,第 247 页。

那是南昌"八一"革命后始终跟着传主流亡的女战士,一个一路在传主身边唱《国际歌》的姑娘。在最后与传主告别时,安娜也在场,作者写道:

> 安琳比从前消瘦了,脸色也很苍白,和我应对,极其拘束。
>
> 她假如和我是全无情愫,那我们今天的欢聚必定会更自然而愉快。
>
> 恋爱,并不是专爱对方,是要对方专爱自己。这专爱专靠精神上的表现是不充分的。①

似乎语焉不详,但实际上一切已在不言当中。当读者返观此前的相关描写,就不能不感受到那些平淡文字空白所包含的巨大张力。

郭沫若自传的文学张力,有时也来自叙事的修辞。对那些不便直接表露的心情或看法,作者总是采用春秋的笔法,用貌似客观的叙述加以透露。如在《创造十年》中,对与其有一定交往的文学研究会作家,郭沫若一般都不惮于作直率的评价,但唯独对郑振铎下笔温和。如再进一步细察又可发现,那些平常的叙述中其实别有含义:

> 我记得他(郑振铎)穿的是一件旧了的鸡血红的华丝葛的马褂,下面是爱国布的长衫。他的面貌很有些希腊人的风味,但那时好象没有洗脸的一样,带着一层暗暮的色彩。他伸出来和我握手的手指,就和小学生的手一样,有很多的墨迹。那时候我觉得他很真率,当得德国人说的unschuldig,日本人说的"无邪气"。

> 他送我下车的地方是先施公司前面,浙江路和大马路成正交的那个十字口,这自然是后来才知道的。那时我很感谢他的殷勤,但我不知道他那时是不是已经住在闸北,如是已经住在闸北,那他乘浙江路的电车也正是必由之路,他和我同了一节路也不必就是专于为我了。不过他的确是陪我下过车,他那时候的厚情,我始终是怀着谢意的。

> 有一次,我把王维的《竹里馆》那首绝诗写在纸上:
>
> 独坐幽篁里,弹琴复长啸。

---

① 郭沫若:《海涛集》,《郭沫若全集》第十三卷,人民文学出版社 1992 年版,第 298 页。

深林人不知,明月来相照。

这是我从前最喜欢的一首诗,喜欢它全不矜持,全不费力地写出了一种极幽邃的世界。我很喜欢把这首诗来暗诵。振铎看见了这首诗,他以为是我做的,他还这样地问过我:"你还在做旧诗吗?"①

这三处平淡无奇的叙述背后,郑振铎似乎有些邋遢、世故和无知。但作者的叙述似乎又欲盖弥彰,原因和在? 顺着郭沫若的回忆再往下读可以发现,原来郑振铎的岳父,"商务印书馆的元老之一"的高梦旦,那位郭沫若觉得"态度异常诚恳",一看"便觉得和我父亲的面貌很相仿佛"的老先生,当年曾专门把"我"当成贵客请到他公馆去晚餐。所以作者不无自嘲地调侃道:"我虽然呆笨,但同时是感觉着高梦旦先生的一席晚餐,是对于我的一个箝口令。物质的通性有一项是:一个空间不能容两个物。梦旦先生把那很可口的福建菜充满了我的口腹,自然会把我口腹中的话从反对的孔穴里逼进茅房里去了。"②

对于创造社同人,郭沫若对张资平、成仿吾、王独清、穆木天等都有简明而直接的描述或评价,而对曾经和他"断绝"过关系的田汉和郁达夫则一直谨慎地用着曲笔。郭沫若和田汉是由宗白华介绍开始通信的,第一次见面是1920 年 3 月,田汉利用春假专程由东京到福冈拜访郭沫若。作者回忆说:"他来的时候正逢我第二个儿子博孙诞生后才满三天,我因为没钱请用人,一切家中的杂务是自己在动手。他看见了我那个情形似乎感受着很大的失望":

当他初来的时候,我正在烧水,好等产婆来替婴儿洗澡,不一会产婆也就来了。我因为他的远道来访,很高兴,一面做着杂务,一面和他谈笑。我偶尔说了一句"谈笑有鸿儒",他接着回答我的便是"往来有产婆"。他说这话时,或者是出于无心,但在我听话的人却感受了不小的侮蔑。后来在《三叶集》出版之后,他写信给我,也说他的舅父易梅园先生说我很有诗人的天分,但可惜烟火气太重了。

---

① 　郭沫若:《创造十年》,《郭沫若全集》第十二卷,人民文学出版社 1992 年版,第 99、101、103 页。

② 　同上书,第 176 页。

田汉的这种傲慢和轻蔑，对年轻郭沫若自尊心的伤害当然是很深的。"我们每一个人，对于他人的存在所产生的压抑感如此之强，听到一个人说及他自己，一旦有傲慢骄矜的倾向出现，那么我们不能不感到他是多么荒谬可笑。"① 所以郭沫若不能不感叹地写道："他那时候还年青，还是昂头天外的一位诗人，不知道人生为何物。就是我自己也是一样。"② 如果回忆仅此而已也还算客观平和，但是后来作者又用多出几倍的文字叙述自己去东京郊外访田汉的情形。田汉不仅更为困窘，而且还想硬撑面子：

> 寿昌住的地方，就是仿吾从前住过的月印精舍。那个地方，我起初以为是僧寮或者道院，原来只是几个留学生共同组织的"贷家"（日语，出租的房子——原注）。寿昌和他的（易）漱瑜是特别住在一间小房里的。他们那时的恋爱已经是在所谓"纯洁的"以上了。他们同住的人在精舍里面养了一些鸡，我到了，在吃中饭时便蒙他们杀了一只鸡来款待。午后寿昌约我去会佐藤春夫，我谢绝了。又约我去会秋田雨雀，我也谢绝了。不拜访名人的我的"不带贵"的脾气在寿昌面前又发挥了一下，其实我所拜访的寿昌，在那时候已经是名人了。

既然不去拜见名人，那么时间还得打发。田汉说"晚间要引我到银座去领略些咖啡馆情调，这对于我倒是一个很大的诱惑"。接着，下午、晚上以至第二天，不仅咖啡馆情调没领略着，"我"在田汉处还有了啼笑皆非的经历，最后郭沫若才点明真相，并且顺便大发一通感慨：

> ……我到这时候才知道寿昌是囊空如洗，他是连坐电车的零钱都没有的。我这个太不聪明的脑筋，也才悟到在早上他为甚么要到上野去会那位"老王"，为甚么到中饭时又去找屠模，为甚么几次都不坐电车。说不定昨天晚上漱瑜去会某姐，也怕是去借钱，因为钱没借到，所以肚子才痛了起来，让我们的咖啡馆情调也就成为了画饼。脑筋太迟钝的人，就是在享乐上都是没有资格的。我假如早悟到了他们是没有钱，我自己虽

---

① ［法］安德烈·莫洛亚：《论自传》，杨民译，《传记文学》1987 年第 3 期。
② 郭沫若：《创造十年》，《郭沫若全集》第十二卷，人民文学出版社 1992 年版，第 69—70 页。

然也穷,但还有从书店老板那儿领来的路费,一小时的咖啡馆情调或者是可以领略的。可惜我就在那一次把机会失掉了,自有生以来一直到现在终还不曾把我们的"咖啡馆情调"领略过一次。我这样写来倒不是要夸示我是一位道学先生,也并不是想否认我之为"流氓痞棍",不过我这个"流氓痞棍"委实是一位胆小的家伙,凡是没有经验的地方,实在没有胆量一个人去撞。自然,在这儿也有一种东西在说话,那种东西多的便是胆量十足的人,那种东西一缺乏不怕就是想要以"咖啡馆情调"来款待我的寿昌,反因我而得到一番梦游患者的经验。①

至于郁达夫,《沫若自传》的相关叙述就更体现了"微而显,志而晦,婉而成章,尽而不污"②的特色,因篇幅关系,本文就不再絮谈。

总而言之,现代传记滥觞于海禁解开之后,正式诞生于五四时期。其中郭沫若的自传不仅出现较早,写作时间长,篇幅巨大,而且显示了迥异传统的叙事书写特征,因此具有独特的现代意义。首先,与轻个体、抑个性的文化传统不同,《沫若自传》充分体现了主体精神的个性化书写特征,其回顾性的叙事和表白始终坚持"我"的视角,因此塑造出一个注重主体性、创造性和行动性,反叛世俗的多重自我的传主形象。第二,有别于史传的静态叙事,《沫若自传》进行的是成长叙事,不仅刻画独特的个性,而且以充分的童年叙事强调个性的产生、发展和变化。第三,不同于重"实录"的历史叙事,《沫若自传》采用的是有多样阐释空间的文学叙事,其叙事写人的情感色彩,议论、抒发、反讽、自嘲的丰富含义,以及婉而成章的叙事修辞都具有特殊的文学张力。所以,虽然郭沫若在正式开始自传写作时就宣称自己不想学歌德在自传中描写什么天才,但正如歌德的自传题名《诗与真》一样,一代浪漫诗人郭沫若的自传也可以说是诗与真的结合。《沫若自传》不仅弥补了"东方无长篇自传"的缺憾,而且充分体现了由传记观念地嬗变所带来的自传文学的叙事书写方式的转换,进而为中国自传文学写作的现代转换打开了崭新的一页。

---

①　郭沫若:《创造十年》,《郭沫若全集》第十二卷,人民文学出版社 1992 年版,第 113—117 页。
②　《左传·成公十四年》。

郁达夫传记文学的"文学"取向

在中国传记文学的现代转型中,梁启超、胡适等几位最初倡导和实践者作出了突出的贡献,他们的理论提倡和创作实践也受到了后来研究者的充分重视。而出现于40年代的朱东润因为其系统的理论研究和大量的传记文学写作,在现代传记文学研究领域也成为重要的研究对象。但在他们中间起着承上启下作用,在理论和创作上都别树一帜的郁达夫相对说来就没那么幸运了。在已有的论文中,系统研究郁达夫的传记文学的理论和事件的寥寥无几,相关著作中有关的论述也有限。① 究其原因,郁达夫是以小说、散文和旧体诗词闻名于世,他的重要建树使得一般的研究者无暇顾及这些领域之外的传记文学;而相对于梁启超、胡适、朱东润以至郭沫若等丰厚的传记写作,郁达夫有限的传记文学作品也很难引起现代传记文学研究者的深入关注。实际上,历史地评判一位作家的关键,并不仅仅看他写下了多少作品,同时也看他比前人多提供了些什么。就郁达夫有关传记文学的理论与实践而言,我认为他的独特性并未受到深入的、充分的认识,因此他在中国现代传记文学发

---

① 目前能看到的两篇论文是汪亚明、陈顺宣的《郁达夫对中国现代传记文学的独特贡献》(《浙江师范大学学报》社会科学版1997年第5期)和张志成的《郁达夫与传记文学》(《西南民族大学学报》人文社科版2004年第4期),后者基本上是前者的翻版,在资料的辨析和学术的探讨方面均未有大的突破;而在陈兰村主编的《中国传记文学发展史》(语文出版社1999年版)和陈兰村、叶志良主编的《20世纪中国传记文学论》(天津人民出版社1998年版)中,关于郁达夫的论述也很有限。

展史上的地位和作用也没得到恰如其分的肯定。

一

中国具有现代意义的传记文学的诞生，是在 19 世纪后期西学东渐之后。王韬、容闳自传的出现，标志着中国传记文学写作开始进入转型期，中经严复、梁启超、胡适等人的努力，中国的传记在 20 年代初完成了文学意义上的转型。这期间，胡适对于"传记文学"的自觉提倡功不可没，郁达夫在 30 年代初也写下了《传记文学》、《所谓自传也者》和《什么是传记文学？》等文大力提倡，并在理论上提出了与传统、同时也和时人截然不同的见解。

在 1933 年的《传记文学》一文中，郁达夫提出："中国的传记文学，自太史公以来，直到现在，盛行着的，总还是列传式的那一套老花样。若论变体，则子孙为祖宗饰门面的墓志、哀启、行述之类，所谓谀墓之文，或者庶乎近之。可是这些，也总是千篇一律，人人死后，一例都是智仁皆备的完人，从没有看见过一篇活生生地能把人的弱点短处都刻画出来的传神文字"，他推崇的"千古不朽"的外国传记文学作品是"把一人一世的言行思想，性格风度，及其周围环境，描写得极微尽致的"英国鲍思威儿 Bosell 的《约翰生传》，"以飘逸的笔致，清新的文体，旁敲侧击，来把一个人的一生，极有趣味地叙写出来的"英国 LyttonStrachey 的《维多利亚女皇传》，法国 Maurois 的《雪莱传》、《皮贡司非而特公传》，以及德国的爱米儿·露特唯希，意大利的乔泛尼·巴披尼等所作的"生龙活虎似"的作品。他强调，中国缺少的正是"这一种文学的传记作家"。①

两年后，在《什么是传记文学》一文中郁达夫又进一步提出："我们现在要求有一种新的解放的传记文学出现，来代替这刻板的旧式的行传之类。"那么，什么是"新的解放的传记文学"呢？郁达夫认为："新的传记，是在记一个活泼泼的人的一生，记述他的思想与言行，记述他与时代的关系。他的美点，自然应当写出，但他的缺点与特点，因为要传述一个活泼而且整个的

---

① 郁达夫：《传记文学》，《郁达夫文集》第六卷，花城出版社 1983 年版，第 201—202 页。

人,尤其不可不书。"所以郁达夫认为,"若要写新的有文学价值的传记,我们应当将他外面的起伏事实与内心的变革过程同时抒写出来,长处短处,公生活与私生活,一颦一笑,一死一生,择其要者,尽量写来,才可以见得真,说得像"。郁达夫的这些论述,充分表明他已意识到,新的传记文学既要全面地写人,而且要有文学性。为了文学性他甚至提出:"传记文学,是一种艺术的作品,要点并不在事实的详尽记载,如科学之类;也不在示人以好例恶例,而成为道德的教条。"他认为"近人的了解此意,而使传记文学更发展得活泼,带起历史传奇小说的色彩来的,有英国去世不久的 Giles Lytton Strachey,法国 André Maurois 和德国 Emil Ludwig 的三人"①。

上述引文中,"刻画"、"传神文字"、"飘逸的笔致,清新的文体,旁敲侧击"、"极有趣味地叙写"以及"将外面的起伏事实与内心的变革过程同时抒写"等,无不表明郁达夫在提倡传记文学时的文学自觉,而关于传记文学的"要点并不在事实的详尽记载,如科学之类"的主张,更是充分昭示其把传记文学与史学彻底区别开来的坚定立场。如果把这样的主张放到整个现代传记文学的理论提倡中加以考察,人们就不难发现郁达夫的传记文学主张的独特之处。

胡适之前,梁启超在《中国历史研究法》、《中国历史研究法补编》和《新史学》等著作中也曾对西方的和中国传统的传记理论有过专门的介绍和梳理,并且提出了一些如传记的写作"不必依年代的先后,可全以轻重为标准"②的新主张。但正如梁启超所说,自己"虽数变而自有其坚密自守者在,即百变不离于史"③,他主要还是在历史写作的范畴中进行传记理论研究的。

而自觉推进中国传记的文学转型的胡适在 1914 年写下的题为《传记文学》的札记中,率先明确地提出了"传记文学"的概念,并从理论上比较分析了中西传记的"差异"。胡适认为,"东方无长篇自传",中国传记"静而不动",即"但写其人为谁某,而不写其人之何以得成谁某",而西方传记"可见其人格进退之次第,及其进退之动力",且"琐事多而详,读之如亲见其

① 郁达夫:《什么是传记文学》,《郁达夫文集》第六卷,花城出版社 1983 年版,第 283—286 页。
② 梁启超:《中国历史研究法补编》,《饮冰室合集》专集之九十九。
③ 梁启超:《饮冰室合集·序》。

人,亲聆其谈论"。① 后来,他又写有《南通张季直先生传记·序》等文,把推进传记现代化进程与提倡白话文,反对文言文的文学革命运动结合到了一起。但胡适毕竟也是"一个受史学训练深于文学训练的人"②,他在理论提倡时也很难不用史学的眼光看待传记文学。如他有时认定,"年谱乃是中国传记体的一大变化。最好的年谱,……可算是中国最高等的传记"③,但有时又说"其实'年谱'只是编排材料时的分档草稿,还不是'传记'"④。在后来的一次演讲中,他甚至把在史学中也只能被看成是传记资料的墓志、碑记、自序、游记、日记、信札等全部列为"中国的传记文学"⑤。而对于传记文学的写作,胡适似乎很强调"可读而又可信",但在许多时候,他更强调的则是"替将来的史家留下一点史料"⑥,或"可以用做中国家庭制度的研究资料"⑦,等等。不难看出,胡适提倡之功固不可没,但他对于传记文学的内涵与外延,特别是对于传记文学的文学属性的把握其实是很含混的。

后来对现代传记文学发展也作过重要贡献的朱东润,在现代传记文学本质属性的问题上则始终采用双重的认识,主张"传记文学是文学,同时也是历史"⑧。和胡适郁达夫一样,朱东润也认为中国近代以来的传记文学创作已经落后西方,也主张向外国传记学习。但他认为,西方三百年来的传记基本分为三种类型:一是鲍斯威尔的《约翰逊博士传》型的,以具体而形象的描写传主的生活见长。二是斯特拉哲的《维多利亚女王传》型的,简洁严谨,

---

① 胡适:《传记文学》,《胡适传记作品全编》第四卷,东方出版中心1999年版,第201页。
② 胡适:《〈四十自述〉自序》,《胡适传记作品全编》第一卷上册,东方出版中心1999年版,第3页。
③ 胡适:《〈章实斋先生年谱〉序》,《胡适传记作品全编》第二卷,东方出版中心1999年版,第2页。
④ 胡适:《黄谷仙论文审查报告》,《胡适传记作品全编》第四卷,东方出版中心1999年版,第218页。
⑤ 胡适:《中国的传记文学》,《胡适传记作品全编》第四卷,东方出版中心1999年版,第206页。
⑥ 胡适:《〈四十自述〉自序》,《胡适传记作品全编》第一卷上册,东方出版中心1999年版,第3页。
⑦ 胡适:《李超传》,《胡适传记作品全编》第四卷,东方出版中心1999年版,第193页。
⑧ 朱东润:《〈张居正大传〉序》,《朱东润传记作品全集》第一卷,东方出版中心1999年版,第12页。朱东润在1959年的《〈陆游传〉序》中还表示:"传记文学是史,同时也是文学。"《〈陆游传〉序》,《朱东润传记作品全集》第一卷,东方出版中心1999年版,第427页。

虽然没有冗长的引证，没有繁琐的考订，但广泛地参考各种史料，所以能全面地反映了传主的生活及其时代的方方面面。三是19世纪中期以来的作品，繁琐冗长，但是一切都有来历，有证据。他比较推崇的是第二种写法，但提倡的却是第三种写法，认为"中国所需要的传记文学，看来只是一种有来历、有证据、不忌繁琐、不事颂扬的作品"。"因为传记文学是历史，所以在记载方面，应当追求真相，和小说家那一番凭空结构的作风，绝不相同。"① 可以看出，作为文史学家，朱东润关于传记文学的主张，明显受到了章学诚"史体述而不造"② 观念的影响。

实际上，"史学的方法和文学的方法，并非一回事，而且有时很矛盾。史学重事实，文人好渲染；史学重客观，文人好表现自我"③。文学属性与史学属性对于写作者来说，要求也是截然不同的。"文士撰文，惟恐不自己出；史家之文，惟恐出之于己。"④ 因此，相对于胡适、朱东润等在历史与文学之间摇摆，甚至于用史学的标准衡量传记文学，郁达夫提倡传记文学时自觉而鲜明的"文学"立场，才显得格外引人注目，或格外难能可贵。

另外，也有论者把郁达夫的《日记文学》和《再谈日记》等文也作为其现代传记文学理论提倡的文章，甚至把其日记、书信等也作为传记文学作品。我认为，日记、书信一般只能被看成传记资料，即使文学性很强，也不能成为传记文学。郁达夫是提出了"日记文学"概念，但他也只是把日记看成散文的"一种体裁"，"一个文学的重要分支"⑤，并没把日记文学等同于传记文学。

二

在写《传记文学》、《什么是传记文学？》等文之前十年，郁达夫就已经开始传记文学的创作。郁达夫撰写的他传的传主，大多是具有反叛性格的外国作家或思想家,如德国的施笃姆（斯笃姆）、须的儿纳（施蒂纳），俄国的赫尔惨（赫尔岑）、屠格涅夫,以及法国的卢骚（卢梭）等,而他撰写的国人传记则只有 1935 年完成的《王二南先生传》。在一些论者的著述中,郁达夫所写的关于鲁迅、郭沫若、胡适、许地出、成仿吾、徐志摩、蒋光慈、杨骚、洪雪帆、刘开渠、徐悲鸿、刘海粟、曾孟朴、广洽法师、郁曼陀、黄仲则、托尔斯泰、尼采、道森、查尔、劳伦斯等人的文字无一例外都被当成了"文人传记"。我认为传记文学的作品指的应是以历史或现实中具体的人物为传主,以纪实为主要表现手段,集中叙述其生平,或相对完整的一段生活历程的作品,所以常被一些论者当成"文人传记"讨论的《怀鲁迅》、《鲁迅先生逝世一周年》、《回忆鲁迅》、《志摩在回忆里》、《怀四十岁的志摩》、《记曾孟朴先生》、《光慈的晚年》、《追怀洪雪帆先生》、《屠格涅夫的临终》都只能算是悼挽散文或回忆性散文,而像以评论介绍为主的《卢骚的思想和他的创作》等则属于评论文章,与传记文学作品就相去更远了。

郁达夫最早的外国作家传记是 1921 年 7 月写成的《施笃姆》。施笃姆有时也被翻译为斯笃姆,是《茵梦湖》的作者、德国著名诗人、小说家。郁达夫的《施笃姆》是为其著名小说《茵梦湖》的译本所作的"序引"①而"并非是施笃姆的评传",但内容的实际并不集中评介这一小说,而是"同时抒写"作者人生历程的"外面的起伏事实与内心的变革过程"。另外,对施笃姆生平的描述,也并不止于《茵梦湖》的写作和出版,对于他后期的活动和逝世后的辉煌也有系统的介绍。在对施笃姆一生的描摹中,郁达夫强调或突出的,是其作为抒情诗人的一面。除了引用其诗章外,所谓"北方雪娄斯维州人的特性"、"悲凉沉郁的气象"、"沉静的一个梦想家"、"怀乡病者"等,是对施笃姆生存环境和个性气质的总体把握,而入克依耳 Kiel 大学时的"大失所望",大学毕业后对律师职位的"去就的歧途"时的"逡巡不决"则集中体现其内心的矛盾、苦闷和变革。

20 年代初的郁达夫和当时许多五四青年一样,有个接受、甚至热衷于无政府主义思潮的短暂过程,1323 年 6 月写的《自我狂者须的儿纳》就是这

---

① 郁达夫的《施笃姆》1921 年 10 月 1 日在《文学周报》第 15 期发表时题为《〈茵梦湖〉的序引》。

一过程留下的人生印痕。须的儿纳现通译施蒂纳,是德国哲学家,世界著名无政府主义的创始人之一。他关注极端扩张的自我,认为利己主义是自我意识的本质,是历史发展的趋势和真理。所以个体是世界的"唯一者",是万事万物的核心和主宰,凡是束缚个体的东西,如国家、上帝、法律、道德、真理等都应屏弃,"唯我主义才是真正的自由"①。《自我狂者须的儿纳》的前半部分描述施蒂纳的生平,后半部分则集中介绍他的小说。在描述施蒂纳的生平时,郁达夫主要突出其坎坷的人生经历:贫困的逼迫、流浪的生活、母亲的"病乱"(精神病)、前后两个妻子的背叛、两度的监牢囚禁以及最后在贫民窟被毒蝇咬死。作者似乎注意到不得志的人生经历对于其思想形成的影响,但其许许多多不幸的场景或细节,似乎又是作者"所不忍描写的了"②。

写完《自我狂者须的儿纳》后两个月,郁达夫又写《赫尔惨》,向读者介绍俄国著名民主主义革命家、思想家赫尔岑的一生。在郁达夫的心目中,赫尔岑同样也是"抱有无政府共产主义的倾向,主张以破坏为第一义"的"先觉"。③但和《自我狂者须的儿纳》不同的是,郁达夫并不花专门的笔墨去介绍赫尔岑的思想或学说,而是从他1812年的出生开篇,写到他1870年客死他乡结束,在描述其不屈不挠的斗争历程中刻画赫尔岑的反叛性、革命性和追求民主自由的精神。

1928年1月,郁达夫写了一万余言的《卢骚传》。这一传记的写作固然与美国教授白壁德曾在一次讲演中说卢梭"一无足取"有关,但从根本上说,这与卢梭对郁达夫的深刻影响,与他对卢梭的独钟之情有很大的关系。所以这一作品充满感情地记叙了卢梭曲折、不幸而又浪漫多彩的一生,包括他少年时代的"隐忍好胜",青年时的流浪冒险,与伐兰夫人(也译华伦夫人)等的情感纠葛,与服尔德等政敌的较量以及和优美大自然的心灵交流。不仅写了他在音乐、教育、文学以及改造社会方面的不息探索,也描绘了他成功时的喜悦,遭受迫害时的艰难,晚年精神癫疯状态下的死。由于着力于生平事迹的描述,《卢骚传》较少对传主的思想与创作展开评介,所以作者差

---

① 郁达夫:《自我狂者须的儿纳》,《郁达夫文集》第五卷,花城出版社1982年版,第145页。
② 同上书,第143页。
③ 郁达夫:《赫尔惨》,《郁达夫文集》第五卷,花城出版社1982年版,第164页。

不多在这同时又专门写了长文《卢骚的思想和他的创作》。

　　和对卢梭的顶礼膜拜一样，郁达夫对屠格涅夫也是推崇至极。在郁达夫看来，"最可爱、最熟悉，同他的作品交往得最久而不会生厌的，便是屠格涅夫"，而且他说自己"开始读小说，开始想写小说，受的完全是这一位相貌柔和，眼睛有点忧郁，绕腮胡长得满满的北国巨人的影响"。[①]《屠格涅夫的〈罗亭〉问世以前》写于1933年7月，虽然篇幅不长，但集中讲述了屠格涅夫从出生"到他的第一部杰作《罗亭》出世为止的生涯大略"。[②] 除了记叙屠格涅夫与家人、朋友、恋人的关系外，《屠格涅夫的〈罗亭〉问世以前》还用了不少的篇幅，梳理了传主在俄罗斯时与普希金、巴枯宁、涅克拉索夫、别林斯基、果戈理、冈察诺夫、托尔斯泰等的交往，最后也简略介绍了晚年侨居西欧时与其他英法作家的关系。

　　《王二南先生传》的传主即王映霞祖父，作者1927年春避居杭州时与其相识，1931年春辞世。由于有王映霞这层关系，所以这也就带有传统家传的特点。传主虽缺少前述世界级作家、思想家的传奇经历，但由于郁达夫与其有过近距离接触，为其立传显得亲切自然，所以这一传记虽然篇幅不长，传主的生平也较平淡，但作者还是用极省俭的笔墨，形象地刻画出王二南的音容笑貌和心性特征。

　　除王二南外，郁达夫不仅与上述传主均无直接接触的机会，而且连相关的历史文献也很匮乏，为他们立传不能不说显得很偶然，按常理看好像也很贸然。其实不然。从施笃姆、施蒂纳、赫尔岑、卢梭到屠格涅夫，郁达夫选择的传主虽然国别不同，成就不一，但在他们的经历、他们的著作或他们的思想中，似乎都具有郁达夫自己的影子。从表层看，他们都有贫穷、流浪、抑郁不得志、不为世俗社会所理解的经历，他们的作品或他们的精神气质都包容着大自然、抒情诗、神经质、孤独情怀、抑郁感伤等浪漫主义的元素；而从更深层处看，追求自由和人权的思想、大胆反叛的性格、坦然而正直的人生态度等，这一切与郁达夫的个性气质本身都有着千丝万缕的关系。就是他想象中的

---

　　①　郁达夫：《屠格涅夫的〈罗亭〉问世以前》，《郁达夫文集》第六卷，花城出版社1983年版，第176页。

　　②　同上书，第185页。

施笃姆家乡人的个性:"他们大抵性格顽固,坚忍不拔,守旧排外,不善交际的。但外貌虽如冰铁一样的冷酷,内心却是柔情宛转的"①,这在某种程度上,又岂不是郁达夫自身的写照? 所以,郁达夫对传主的选择本身就是一个身份认同的过程。其实何止传主,郁达夫为他们花过较多笔墨的古今中外的人物,鲁迅、许地山、徐志摩、蒋光慈、杨骚、洪雪帆、刘开渠、徐悲鸿、刘海粟、曾孟朴、广洽法师、郁曼陀、黄仲则、尼采、道森、查尔、劳伦斯……,哪个不与作者心灵上有某种的相通?

由于存在这种身份认同,郁达夫在传记作品中也才能心有灵犀地深入传主们的精神世界,揣摩他们的心理变化,描摹他们的喜怒哀乐。施笃姆大学毕业后通过律师资格考试,不得不回故乡的法庭出任辩护士时,郁达夫似乎潜入其内心揣摩道:"自古的文人,于就职的时候,都有一番苦闷,他就辩护士职的时候也觉得逡巡不决;因为他的才地,决不是在法庭上可以战胜他人的;他学的虽然是法律,然而他的心意,却只许他作一个超俗的诗人来闲吟风月。到了这去就的歧途,他就不得不怨他的父亲强制他学法律的无理了。"②

这种身份的认同,不仅为作者揣摩传主心理活动铺设了便利的通道,同时也为他们之间的心灵沟通架设了桥梁。当施蒂纳第一次结婚不到半年,妻子就因为贫穷离他而去,而他的母亲恰恰又在这前后发了疯,郁达夫惊叹道:"可怜他的一双弱腕,又要扶养病乱的衰亲,又要按捺自家失爱的胸怀,——在这样坎坷不遇的中间产生出来的 Der Einzigeundsein Eigentum 哟,你的客观的价值可以不必说了,由百年以后,万里以外的我这无聊赖的零余者看来,觉得你的主观的背景,更是悲壮淋漓,令人钦佩不置哩!"③ 六年后施蒂纳第二次结婚,但有新思想的妻子在花完他的积蓄后又离开了他,郁达夫不由又为其哀鸣道:"啊啊,个性强烈的 Stirner! 性质非常柔和,对外界如弱女子一样娇柔的 Stirner! 名誉,金钱,妇人,一点也没有的 Stirner! 到了末路只剩了一个自我! 啊啊,可怜的唯一者 DerEinzige 哟! 你的所有物 Eigentum 究竟是

---

① 郁达夫:《施笃姆》,《郁达夫文集》第五卷,花城出版社 1982 年版,第 107 页。
② 同上书,第 112 页。
③ 郁达夫:《自我狂者须的儿纳》,《郁达夫文集》第五卷,花城出版社 1982 年版,第 142 页。

什么?"①

在郁达夫为他人立传的作品中,像上述引文中叙述主体直接出场的现象时有发生。不过除了与传主交流或单独的抒发,在有的时候,他是与隐含的叙述接受者共同出现的。郁达夫在传记叙述中总是喜欢用"我们若……"、"我们的……",实际上这也体现了作者与读者沟通交流的意向,在客观上也对读者也是一种召唤的结构。

三

郁达夫的自传写作始于1934年,这正是他撰写《传记文学》、《什么是传记文学?》等文,大力提倡传记文学的时候。那时作者已从上海移家杭州,过着政治上苦闷、彷徨,经济上靠卖文为生的专业作家生活。

这一年4月,林语堂、徐訏、陶亢德等创办《人间世》,8月约请郁达夫撰写自传。郁达夫前一年9月刚为黎烈文主持的《申报·自由谈》写了《传记文学》一文,也正打算写部自传,于是便接受《人间世》之约。在正式撰写自传之前,郁达夫先写题为《所谓自传也者》的"自序",刊发在1934年11月20日《人间世》第十六期。接着,从12月5日的第十七期开始到1935年2月5日的第二十一期,《人间世》连续刊载其"自传之一"到"之五"。而"自传之六"至"之八"则断断续续刊载到7月的第三十一期。9月,林语堂等又创办《宇宙风》并向郁约稿,但他已有"自传也想结束了它,大约当以写至高等学校生活末期为止,《沉沦》的出世,或须顺便一提"②之意。1936年1月末日,写完《雪夜》,刊2月16日《宇宙风》第十一期,因换了刊物登载,故改标"自传之一章"。2月2日,郁达夫离沪入闽,7日在福州出任福建省政府参议,日常生活日趋繁忙。12日致信陶亢德说:"我只身来闽,打算南下泉漳,北上武夷,去一探闽中风景,《自传》以后怕写不出来了。"③至4月1日

① 郁达夫:《自我狂者须的儿纳》,《郁达夫文集》第五卷,花城出版社1982年版,第143页。

② 郁达夫:《秋霖日记》(1935年9月5日),《郁达夫文集》第九卷,花城出版社1984年版,第247页。

③ 郁达夫:《致陶亢德》(1936年2月12日),《郁达夫文集》第九卷,花城出版社1984年版,第460页。

的日记中,郁达夫还有完成"自传的末章"①的打算,但这"写至高等学校生活末期为止,《沉沦》的出世,或须顺便一提"的"自传的末章"终究没见写成。而即使这一章完成,也还是一部未完成的作品,因为"自传和其他的作品明显的区别,在于这是一本永远不能完成的作品,因此在整个结构方面,不可能像其他作品那样的完整"。②

除"自序",郁达夫这连续九篇自传叙述从出生到去日本进入名古屋第八高等学校为止大约二十年间的生活,但它不是按照"我生于何日何时何地"③式的史籍体例的纪传,也不是像唐代刘知几所推崇的,"首章上陈氏族,下列祖考;先述厥生,次显名字,自叙发迹,实基于此"④的叙述模式,而是始终围绕自身的生命体验,侧重表现青少年时代"内心的变革过程"的作品。

郁达夫的自传在叙事时间上虽先后连贯,但具体经历的交代有时却语焉不详,作者只不过把二十年的人生历程大致分为童年、少年、书塾、洋学堂、嘉兴、杭州、老家自学以及留学日本等若干时段,分篇独立叙写。在各篇的叙述中也不是事无巨细,面面俱到,而是选取各个时段自己记忆中印象最深,对自身精神人格成长起较大作用的关键性事件集中描述。因此这九篇自传各具中心,各赋标题,都是相对独立的篇章。那充满情感色彩的标题,规定了每一篇章的叙述重点,同时也昭示着每一人生时段的心路历程。如"悲剧的出生"突出的是两件事,一是自己人生的"最初的感觉,便是饥饿"。郁达夫三岁丧父,家中有年老的祖母、母亲,二位已上学读书的哥哥,一位姐姐及养女翠花,所谓老幼七口,两代寡妇,家庭经济十分困难。又由于全家靠母亲一人打理,三餐茶饭既不按时又常不足,所以郁达夫人生的第一个经验便是"饥饿的恐怖"。"悲剧的出生"突出的另一件事是与翠花的感情,特别是自己不小心掉入鱼缸,后从昏死中醒来时看到的"两眼哭得红肿的翠花的脸"的

①　郁达夫:《浓春日记》(1936年4月1日),《郁达夫文集》第九卷,花城出版社1984年版,第292页。

②　朱东润:《〈朱东润自传〉序》,《朱东润传记作品全集》第四卷,东方出版中心1999年版,第1页。

③　郁达夫:《所谓自传也者》,《郁达夫文集》第三卷,花城出版社1982年版,第320页。

④　刘知几:《史通·内篇 序传第三十二》。

描绘,令人读后动容。其他如"我的梦,我的青春"主要写第一次私下跟阿千上山砍材,在半山大石上看见"那宽广的水面! 那澄碧的天空! 那些上上下下的船只……"时产生的"这世界真大呀!"的震撼;"水样的春愁"集中回顾 14 岁那年与赵家侄女的初恋,最后在临离开家乡前夜两人"在月光里沉默着相对"的情景;《雪夜》则特别叙述自己留学日本时,因遭受民族的歧视和青春期的性苦闷,在一个寒冷的雪夜里失去童贞的经历和过后的悔恨。这些经历对于作者的一生,相信都成为刻骨铭心的记忆,也一定对青年郁达夫内心的变革过程,产生过重要的影响,因为正如莫洛亚所说:"对一个成人来说,孩提时代并非其它,常常似乎是一连串的稀有事件。它产生的映象非常强烈,甚至在岁月流逝之后,那精神上所受的打击也仍有使我们颤动的力量。"①

　　从郁达夫对早年生活记忆的选取看,他的自传写作的指导思想与郭沫若自传写作的主导动机:"我写的只是这样的社会生出了这样的一个人。或者也可以说有过这样的人生在这样的时代"② 是完全不同的,郁达夫选取的重点并不是时代、社会的大事件,或者说,郁达夫在传记中还有意在回避许多本来可以写得有声有色的历史事件。如《孤独者》写在之江大学(育英书院)预科读书时的学潮:"学校风潮的发生,经过,和结局,大抵都是一样;起始总是全体学生的罢课退校,中间是背盟者的出来复课,结果便是几个强硬者的开除。不知道是幸还是不幸,在这一次的风潮里,我也算是强硬者的一个。"本来,这一学潮虽没闹出什么名堂,但在当时的杭州以至江浙一带,也应算是重要的社会事件。学潮中印发传单,走访报社,向社会呼吁,甚至集合队伍到孙中山临时下榻杭州的驻地告状请愿等经过,对于十五六岁的青年学生也应算是轰轰烈烈的经历了。而近代以来,除了老舍,几乎所有回忆青年时代参与学潮的作家或其他名人,不管当年学潮规模大小,一般也都要大肆渲染一番。但郁达夫却仅用不足百字,就把这事交代过去了。作者在这篇中,着重回忆或渲染的,是自己用节省下的零用钱积买旧书的"娱乐"、闲暇时一个人边吃清面边翻阅书本的"快慰"、模仿写作四处投稿的"兴奋"以及第一

---

① ［法］安德烈·莫洛亚:《论自传》,杨民译,《传记文学》1987 年第 3 期。
② 郭沫若:《〈我的童年〉前言》,《郭沫若全集》第十一卷,人民文学出版社 1992 年版,第 8 页。

次看见自己的作品刊载在《全浙公报》时"想大叫起来"的"快活"。如就对个人成长的影响而言,这学潮与读书、写作、发表,孰重孰轻是不言而喻的。

在小说中成功地塑造零余者形象的郁达夫,在其自传中也刻意表现自身的零余者个性。其实,"小说家在小说上写下来的人物,大抵不是完全直接被他观察过,或者间接听人家说或在书报上读过的人物,而系一种被他的想象所改造过的性格。所以作家对于人物的性格心理的知识,仍系由他自家的性格心理中产生出来的"①。可以说,零余者孤独、自卑、敏感的性格特征其实就来于郁达夫自身。在自传中,他借助周围人的视角或用直接抒发的方式,不断渲染自身的这种个性特征:"这相貌清瘦的孩子,既不下来和其他的同年辈的小孩们去同玩,也不愿意说话似地只沉默着在看远处";"一个不善交际,衣装朴素,说话也不大会说的乡下蠢才";"一个不入伙的游离分子";"一个无祖国无故乡的游民";"拼命的读书,拼命的和同学中的贫困者相往来,对有钱的人,经商的人仇视等,也是从这时候而起的。当时虽还只有十二岁的我,经了这一番波折,居然有起老成人的样子来了,直到现在,觉得这一种怪癖的性格,还是改不转来";"从性知识发育落后的一点上说,我确不得不承认自己是一个最低能的人。又因自小就习于孤独,困于家境的结果,怕羞的心,猥琐的性,更使我的胆量,变得异常的小",等等。

由于对过往生活中那些对自己内心的变革过程产生重要的影响的人物、事件或场面总是那样地令人刻骨铭心,郁达夫的传记中这些关键的生活画面的描绘才显得格外的形象和生动。如第一次看见自己的作品被报纸采用的感受,作者描摹道:"当看见了自己缀联起来的一串文字,被植字工人排印出来的时候,虽然是用的匿名,阅报室里也决没有人会知道作者是谁,但心头正在狂跳着的我的脸上,马上就变成了朱红。洪的一声,耳朵里也响了起来,头脑摇晃得象坐在船里。眼睛也没有主意了,看了又看,看了又看,虽则从头至尾,把那一串文字看了好几遍,但自己还在疑惑,怕这并不是由我投去的稿

---

① 　郁达夫:《小说论》,《郁达夫文集》第五卷,花城出版社1983年版,第26页。

子。再狂奔出去,上操场去跳绕一圈,回来重新又拿起那张报纸,按住心头,复看一遍,这才放心,于是乎方始感到了快活,快活得想大叫起来。"① 另外,像《我的梦,我的青春》中对幼小的我第一次私自离家远行,第一次独立高山,感受到令人眩晕的惊异,感受到莫名的秋思和"接连不断的白日之梦"的描述 ②;像《书塾与学堂》中对我无理买双皮鞋的要求,店家频频的白眼,母亲的难堪与尴尬,以及最后母子对泣、惊动四邻的叙写 ③,也都同样是震人心弦,同样具有经典性。

当然,作为对过往记忆的再现,自传的叙述一般都存在着双重的视角,古今中外,概莫能外。但这视角的转换,往往又须与不同的话语模式相配合,才能取得浑然一体的效果。在郁达夫自传的每一篇章,过去的视角与当下的视角,叙事的话语与非叙述的话语,以及主观的叙述与客观的叙述往往是交织在一起的。特别是"自传之一"从近年"时运不佳"、被"精神异状"的女作家"一顿痛骂"开篇,进而叙述悲剧的出生、饥饿的恐惧、孤儿寡母的相依为命,以及与忠心使婢翠花的感情,最后还谈到前几年"我"回家与她再次相见的情形:"她突然看见了我,先笑了一阵,后来就哭了起来。我问她的儿子,就是我的外甥有没有和她一起进城来玩,她一边擦着眼泪,一边还向布裙袋里摸出了一个烤白芋来给我吃。我笑着接过来了,边上的人也大家笑了起来,大约我在她的眼里,总还只是五六岁的一个孤独的孩子。"④ 这中间,有现在对当年时局的概述,也有儿时亲历的再现,有过去事实的描述,也有当下情感的抒发。而最为别致的是,中间用 1/3 的篇幅,打破第一人称叙述贯穿始终的自传成规,插入第三人称叙述。或许这一切都仅仅是尝试,但也充分体现了郁达夫在传记文学创作中进行叙事实验的艺术自觉。

① 郁达夫:《孤独者》,《郁达夫文集》第三卷,花城出版社 1982 年版,第 409 页。
② 郁达夫:《我的梦,我的青春》,《郁达夫文集》第三卷,花城出版社 1982 年版,第 365 页。
③ 郁达夫:《书塾与学堂》,《郁达夫文集》第三卷,花城出版社 1982 年版,第 375 页。
④ 郁达夫:《悲剧的出生》,《郁达夫文集》第三卷,花城出版社 1982 年版,第 357 页。

四

郁达夫所作的外国名人传记主要凭借的依据,是他们自己的著作和他们的传记资料,因此就史学的角度衡量有时并不那么具有准确性。《自我狂者须的儿纳》发表几年后,就曾有读者致信郁达夫指明其中一些时间的出入,而郁达夫在回信中似乎也不忌讳自己这方面的粗疏。[①] 而自传虽叙自己过往生活的经历,且当时作者就住在杭州,但这种时间上出入的现象也有多处。[②] 如果作为严谨的历史的传记,这样的粗疏是不可饶恕的,但作为文学的传记,郁达夫本人以及后来的编者,都没对这些粗疏进行过专门的修正。从艺术角度看,时间上一定的出入的确不会影响作品的整体效果。一般说来,自传、他传中时间方面的差异很有可能被发现,而关于传主内心的揣摩则完全是作者的虚构,但又有谁会专门计较当年的传主有无这样的念头呢!这种差异,可能就是史学传记与文学传记、历史真实与艺术真实不同的成规所致。

在论及历史小说时,郁达夫曾经谈到历史与小说的区别,他说:"历史是历史,小说是小说,小说也没有太拘守史实的必要。往往有许多历史家,常根据了精细的史实来批评历史小说,实在是一件杀风景的事情。小说家当写历史小说的时候,在不至使读者感到幻灭的范围以内,就是在不十分的违反历史常识的范围以内,他的空想,是完全可以自由的。譬如我们大家知道杨贵妃是一位肥满的美女,我们当写她的身体的时候,只教使我们不感到她是一个林黛玉式的肺病美人就够了。至于她的肉脚有几寸长,吃饭之前的身体有几磅重,胸前的乳房有几寸高等问题,是可以由小说家自由设想的。批评家断不能根据了她的袜来说小说家的空想过度,使她的脚长了一分或短了一分。但是这一种空想,也不能过度,譬如说杨贵妃是一个麻脸,那读者就马上

---

① 参见郁达夫:《通讯——关于 Max Stirner》,《郁达夫文集》第六卷,花城出版社 1983 年版,第 54 页。

② 这方面的出入,可参见于听《说郁达夫的〈自传〉》一文的详细考证,该文刊《新文学史料》1987 年第 2、3 期。

能根据他的历史上的常识,识破你的撒谎。"① 历史小说这样,作为和历史小说在许多方面相近的传记文学也大致如此。这段议论,大概也可以作为理解郁达夫的传记文学的理论与实践的基本精神之一吧!

在 20 世纪的二三十年代,不仅仅在中国,就是在世界范围内,"传记文学和诗歌与小说的艺术比较起来,还是一门年轻的艺术"②,所以,无论是理论的提倡还是创作的实践,无论是自传写作还是他传写作,郁达夫强调传记文学的文学性,并且这样身体力行,大胆尝试的努力才有着重要的、无可替代的价值和意义。

（原载《浙江师范大学学报》2007 年第 6 期）

---

① 郁达夫:《历史小说论》,《郁达夫文集》第五卷,花城出版社 1982 年版,第 241 页。
② ［英］弗·吴尔夫:《传记文学的艺术》,主万译,《世界文学》1990 年第 3 期。

许寿裳与现代传记文学

　　首先感谢上海鲁迅纪念馆的盛情邀请,使我能荣幸地参加"许寿裳先生诞辰 130 周年纪念座谈会",并有机会就"许寿裳与现代传记文学"这一论题谈谈我的看法。在这之前,我已经关注到许寿裳写于 1940 年 5 月的《谈传记文学》,这篇文章发表在当年 6 月出版的《读书通讯》上,以及他写于 1945 年的传记作品《章炳麟》(重庆胜利出版社 1945 年版)。这次我又系统阅读了许先生关于传记研究的全部遗稿,因此,我今天主要想从中国现代传记文学发展的角度,谈谈许寿裳传记研究的价值与意义。

一

　　首先,我要谈的是许寿裳的传记研究在中国现代传记文学发展史中的地位。

　　虽然中华民族的是一个有着悠久的传记写作历史的民族,但真正具有现代意义的传记文学的诞生,是在 19 世纪后期西学东渐之后。首先出现的是王韬的《弢园老民自传》和容闳的《西学东渐记》,他们的传记上已经显示出和传统传记的不同,但这种不同还谈不上理论的自觉,而只是一种西方现代(传记)观念影响下的写作实践。但王韬、容闳的出现标志着中国传记的发展历史进入了从传统走向现代的转型期。从这之后到 20 世纪 50 年代之前,中国传记从传统向现代转换的进程大致可以分为三个阶段。

第一个阶段是从梁启超"新史学"开始的理论探索和写作尝试时期,其主要的代表是梁启超、胡适、鲁迅与郭沫若。一般认为1914年胡适在题为《传记文学》的札记中率先提出"传记文学"的概念。但据卞兆明《胡适最早使用"传记文学"名称的时间定位》的考证,"写于1914年9月23日的《藏晖室札记》卷一七第一条原本没有标题。而现在看到的'传记文学'这一分条题目是胡适的朋友章希吕在1934在1月5日至7月7日这段时间内抄写整理这则札记时给加上去的";他认为,"胡适在1914年并没有使用'传记文学'一词,9月23日的札记谈论的也只是'传记'而不是'传记文学',直到1930年胡适在《〈书舶庸谭〉序》中才正式开始使用'传记文学'名称"。① 从这一角度看,在30年代之前的中国,尚无人从文学的角度进行自觉的传记研究和倡导。

即使胡适在1914年就有过关于东西方传记差异的思考,而梁启超是在1920年代的《中国历史研究法》和《中国历史研究法补编》中才提出"人的专史"的概念,进而对传记写作进行系统的理论思考,但胡适关于东西方传记不同特点的思考仍然是在历史研究的范畴中进行,而且在他之前,梁启超的"新史学"观念已经学界广为传播,所以在考察中国传记理论转型时,就不能不首先关注梁启超。

梁启超是1898年戊戌变法失败后才开始大量写作传记的。1901年10月李鸿章去世,11月梁启超即完成又名《中国四十年来大事记》的李鸿章的传记。同年,梁启超还写作了他的另一重要传记《南海康先生传》,并完成其史学论文《中国史叙论》。1902年,他所完成的中外名人传记则包括了《近世第一女杰罗兰夫人传》、《意大利建国三杰传》、《匈加利爱国者噶苏氏传》、《张博望班定远合传》和《黄帝以后第一伟人赵武灵王传》等。此时的梁启超已经"颇有志于史学"②,因此又写出重要的史学论文《新史学》一篇。

---

① 卞兆明:《胡适最早使用"传记文学"名称的时间定位》,《苏州大学学报》2002年第4期。
② 丁文江、赵丰田编:《梁启超年谱长编》,上海人民出版社1983年版,第309页。

在 1921 年的《中国历史研究法》[①] 中，他提出历史"当分为专门史与普遍史两途"，这为之后专门提出"人的专史"奠定了基础。1926 年，梁启超在《中国历史研究法补编》中正式提出了"人的专史"的命题，并此进行了系统的、专门的论述。

胡适提倡传记文学的缘由也和梁启超提倡人的专史很有些相似，他也是在进行一定的传记写作后开始其理论思考的。1904 年到上海求学后在中国公学校刊《竞业句报》发表过《姚烈士传》、《中国第一伟人杨斯盛传》、《世界第一女杰贞德传》和《中国女杰王昭君传》等作品。从题目上看，"第一伟人"、"第一女杰"等的立传角度明显受了梁启超的《近世第一女杰罗兰夫人传》、《黄帝以后第一伟人赵武灵王传》、《明季第一重要人物袁崇焕传》等作品的启发。

1910 年赴美留学之后，胡适广泛接触西方传记作品和理论，并于 1914 年写下了后来被题为《传记文学》的札记。这一札记虽然仅是提纲，而且未正式提出"传记文学"的概念，但胡适从理论上比较分析了中西传记的"差异"，已经显示他对于传记这一文体的理论自觉，而且也基本体现了他的传记文学观念。

接着，胡适在 1929 年年底的《〈南通张季直先生传记〉序》中仍然未正式提出"传记文学"的名称，但开宗明义的第一句"传记是中国文学里最不发达的一门"已经表明，此时他关于传记的理论思考已经有比较明确的文学意识。1930 年，胡适在《〈书舶庸谭〉序》中开始使用"传记文学"名称。此后，在《〈四十自述〉自序》（1933）、《中国的传记文学——在北京大学史学会的讲演提纲》（1935）等文中就一直沿用"传记文学"的名称。

从总体上看，中国传记或传记文学的不发达的原因是胡适进行理论探讨的出发点和基本着眼点，他的许多论述都是围绕这一命题展开的。而进入 30 年代后胡适虽然已经常采用"传记文学"的概念，但其理论思考却又并不完全囿于文学的范畴，历史和文学在胡适讨论传记或传记文学时常常是含混的，这也正是作为转型时期中国传记文学提倡者特殊的理论特征。

---

① 梁启超：《中国历史研究法》，《饮冰室合集》专集之七十三。

而在在 20 年代,郭沫若的自传和鲁迅的《朝花夕拾》则是中国传记文学(自传文学)转型期最为成功的作品。

就在胡适的传记理论思考从历史范畴逐渐向文学范畴转换,并且有了郭沫若、鲁迅等的成功的传记文学写作实践的背景下,梁遇春率先在自己的文章中正式提出了"传记文学"的概念。"传记文学"名称的启用表明有关传记的讨论已经明确由历史范畴进入文学的范畴,因此这也就标志着中国现代传记文学的发展进入了第二个阶段——文学自觉的倡导阶段。

紧接梁遇春、胡适之后始终坚持从文学的角度进行理论倡导的是郁达夫。他在 1933 年到 1935 年间写下了《传记文学》、《什么是传记文学》等几篇提倡传记文学的重要文章,在理论上表现了与传统、同时也和时人截然不同的见解。而几乎和郁达夫同时,茅盾发表了《传记文学》(1933)、阿英发表了《传记文学论》(1935)。

和梁启超、胡适从历史研究进入传记文学的研究与提倡的经历不同,梁遇春、郁达夫、茅盾以及阿英的主要身份是作家,他们提倡传记文学的立足点已经完全从历史转到了文学。而且由于他们是从文学的角度提倡传记写作,他们倡导的主要成效,主要也就在创作的实绩而不在理论的建构。

因此,传记文学、特别是自传创作在 30 年代中期也就有了相对繁荣的景象。上海第一出版社在 1934 年 6 月到 11 月推出了包括庐隐、沈从文、张资平和巴金等的《自传丛书》。同年底,郁达夫自传开始在《人间世》连载。进入 1935 年之后,《我的母亲》(盛成)、《林语堂自传》(林语堂)、《一个女兵的自传》(谢冰莹)、《钦文自传》(许钦文)、《悲剧生涯》(白薇)《经历》(邹韬奋)、《实庵自传》(陈独秀)、《李宗仁将军传》(赵轶琳)等相继推出。1934 年,上海文艺书局出版由新绿社选编的传记选集《名家传记》;1938 年,广州宇宙风出版社也出版由陶亢德编辑的自传选集《自传之一章》。

这其中值得特别注意的,是《名家传记》书前刊载的、近万字的长文《怎样写传记》(目前还无法确认其作者)。这篇文章对"传记与传记文学"、"传记的一般作法"、"传记的种类与形式"、"关于自传的作品"等展开了比较系统的综合考察。当然,该文对一些理论观念的表述还不尽严密。

进入 40 年代之后是中国传记文学研究的第三个阶段,也就是研究的全面展开和理论的建构的阶段。这一阶段的最主要特点是,不再仅仅是作家、文学家的一般提倡,包括许寿裳、林国光、朱东润、郑天挺、许君远、孙毓棠、戴镏龄、寒曦、湘渔和沈嵩华等一批学者先后发表文章或出版著作,从不同的角度对传记文学的相关问题展开了比较系统深入的研究。

这些人中,除被称为中国现代传记文学的开拓者的朱东润,其他也大多是学有专攻研究者,如:

郑天挺(1899—1981)是著名历史学家,时任西南联合大学教授、总务长;

孙毓棠(1911—1985)曾列名于新月诗派,同时也是著名的历史学家;

许君远(1902—1962)是著名的报人、作家、翻译家;

戴镏龄(1913—2004)早年研究过图书馆学,后赴留英,专治英国文学;

湘渔即是吴景崧(1906—1967)的笔名,他早年毕业于复旦大学,先后任《东方杂志》、《申报·自由谈》、《申报月刊》等编辑,曾参与翻译斯诺的《西行漫记》,抗战抗战胜利后主编大型月刊《中国建设》,并主持世界知识社。

上述这些学者在40年代都就传记或传记文学发表了比较有分量的研究文章,如:朱东润在1941年连续发表了《传叙文学与人格》(《文史杂志》第一期)、《关于传叙文学的几个名辞》(《星期评论》第十五期)、《传叙文学与史传之别》(《星期评论》第三十一期)等文,后来又写有《论自传及法显行传》(《东方杂志》1943年第十七号)、《〈张居正大传〉序》(开明书店1945年版)等重要文章。而其他学者的相关文章则有:

林国光:《论传记》,《学术季刊》1942年第一期;

郑天挺:《中国的传记文》,《国文月刊》1942年第二十三期;

许君远:《论传记文学》,《东方杂志》1943年第三号;

戴镏龄:《谈西洋传记》,《人物杂志》1947年第七期;

寒曦:《现代传记的特征》,《人物杂志》1948年第二期;

湘渔:《新史学与传记文学》,《中国建设》1948年第一卷合订本,等等。

另外,朱东润大约在1942年完成了他的《八代传叙文学述论》(复旦大学出版社 2006 年版）。孙毓棠 1943 年出版了《传记与文学》（重庆正中书局版），其中包括《论新传记》、和《传记的真实性和方法》两章。沈嵩华 1947 年在教育图书出版社出版了《传记学概论》。

许寿裳开始传记文学研究，也就是在这一阶段。但从时间上看，许寿裳的传记文学研究和教学明显比上述这些学者们早。他 1940 年发表的《谈传记文学》（《读书通讯》第三期）在时间上刚好是这一传记文学研究阶段的引领之作。而他 1940 年在华西协合大学讲授《传记研究》的专题课，比朱东润 1947 年开始在无锡国专开设《传记文学》课程，在时间上也早了好几年。所以完全可以说，许寿裳是中国现代传记文学研究深入展开阶段的重要代表之一。

二

其次我要谈的是：许寿裳的传记研究在观念和方法上有何独特之处。

研究或提倡传记文学，首先面临的是传记文学的本质属性问题。在许多提倡者（包括许寿裳）的论述中，传记文学是和传记、传记文、新传记、现代传记等概念混合使用的。不同的命名实际上也反映了对"传记文学"本质属性的不同把握。

梁启超是从史学的角度思考传记写作的，他根据传主在著作中所占的地位，把传记分为列传、专传和合传，而这三者又和年谱、人表一起归入"人的专史"。而他虽然注意欧美历史与传记分科的状况，但还是明确表示"传记体仍不失为历史中很重要的部分"。梁启超认为理想的专传，"是以一个伟大人物对于时代有特殊关系者为中心，将周围关系事实归纳其中，横的竖的，网罗无遗。比如替一个大文学家作专传，可以把当时及前后的文学潮流分别说明。此种专传，其对象虽止一人，而目的不在一人。择出一时代的代表人物或一种学问一种艺术的代表人物，为行文方便起见，用作中心"①。可见梁启超强调的，始终是社会与时代的发展，他心目中专传的所指是历史（目的

---

① 梁启超：《中国历史研究法补编》，《饮冰室全集》专集之九十九。

不在一人），而传主仅仅是"为行文方便起见"的能指（为行文方便起见，用作中心）。

胡适是从中西传记比较和对中国旧传记的清理入手而提倡传记文学的，但他在大力提倡的同时，对传记文学本质属性的理解也始终没走出史传观念的影响。或者说，他表面提倡的是传记的文学，实际上他更注重的是传记的史学属性与史学价值，他关于传记文学的理论思维，大多是在史学的范畴里展开的。

与胡适持绝然不同意见的是郁达夫和茅盾。郁达夫认为"传记文学，是一种艺术的作品"，所以他主张传记写作应用能把传主优点长处和弱点短处"都刻画出来的传神文字"应有"飘逸的笔致，清新的文体"，应"极有趣味地叙写"，等等。这一切无不表明郁达夫在提倡传记文学时的文学自觉。而关于传记文学的"要点并不在事实的详尽记载，如科学之类"的主张，更是充分昭示其把传记文学与史学彻底区别开来的坚定立场。① 茅盾认为古代典籍中的传记"只是历史的一部分，目的只是在于供史事参考，并没有成为独立的文学"，私人文集中的传记，"以颂赞死人为目的，千篇一律，更说不上文学价值"他强调传记文学应该"描写个性发展"和"个人主义的幻想"。② 这些都表明了他们对传记文学这一概念的"文学性"把握。

后来，朱东润开始旗帜鲜明地主张传记文学的史学、文学的双重属性，朱东润强调"传叙文学是文学，然而同时也是史；这是史和文学中间的产物"③（或者说，"传记文学是文学，同时也是史"④），但在具体写作时，他实际上更强调史学方法的运用，强调史料的辨伪考据，即使是具体的对话，他也以"没有一句凭空想象的话"⑤ 而自得。这种对史料绝对信任、对"想象"一概摈弃的评判标准，本质上还是史学的标准而非文学的标准。和朱东润观点相近

---

① 参见郁达夫：《传记文学》、《什么是传记文学》，《郁达夫文集》第六卷，花城出版社 1983 年版。

② 茅盾：《传记文学》，《文学》第五号，1933 年。

③ 朱东润：《八代传叙文学述论·第一绪言》，复旦大学出版社 2006 年版，第 1 页。

④ 朱东润：《〈张居正大传〉序》，《朱东润传记作品全集》第一卷，东方出版中心 1999 年版，第 12 页。

⑤ 同上。

的还有许君远、湘渔等,他们一般都认为"传记就其主要的性格讲,是历史的一个支庶,是文学的一个部门"①。

许寿裳的传记观念表面上和朱东润等人的看法差不多,或者可以说,许寿裳还是先于他们提出传记的双重属性的。遗稿《传记研究》中,他就有"传记者,史部之一科,文章之一体"②的表述。但实际上,和朱东润、许君远、湘渔他们主张传记文学的双重属性,但实际论述中又更偏重于史的性质绝然不同的是,许寿裳似乎更强调其"文章之一体"。他认为,"传记文学的范围是非常广大的。一切史籍固然都在传记之科,但是传记的文章决不是史籍所能包括的。因为古来传记的文章,也有用辞赋体写成的,也有用诗歌体或书牍体写成的,范围非常之大"③。正因为着眼点在于文体,许寿裳的传记文学观和朱东润等人的观念才有了根本的不同。他强调传记或传记文学是超越历史著作的一种独立的文体,它可能具备历史的属性,但也可以不属于历史。

从这种观念出发,对于中国传记历史演变的整体把握,许寿裳也就和梁启超、胡适他们有了角度和方法上的不同。他认为:"梁、胡二氏,止知注重传记之体制,而略于其历史的发展。吾今所述,与之稍异,以为传记体裁,代有变迁,演进之迹,历历可征。"④不拘泥于传统的史传成规而着眼于文体演变,许寿裳在对中国传统传记的审视时,也就有了比梁启超、胡适或者郁达夫、茅盾等人的更为开阔的视界。从《许寿裳遗稿》可以看出,作者在考察中国传记发展时所涉及或关注的作品的总量,不仅超越了郁达夫、茅盾等人,而且也比梁启超、朱东润等人多得多。

和这种以发展的眼光客观看待中国悠久传记传统相一致,许寿裳和其他现代传记文学提倡者另一明显区别是,他摒弃了带有明显标举西方传记模式的论述参照。

中国现代传记文学最初几位自觉倡导者在倡导传记文学时,无一不是以西方传记文学为参照审视中国传统的传记写作。梁启超说自己的《李鸿

---

① 湘渔:《新史学与传记文学》,《中国建设》第一卷合订本,1948 年。
② 许寿裳:《传记研究》,《许寿裳遗稿》第二卷,福建教育出版社 2011 年版,第 586 页。
③ 许寿裳:《谈传记文学》,《读书通讯》第三期,1940 年。
④ 许寿裳:《传记研究》,《许寿裳遗稿》第二卷,福建教育出版社 2011 年版,第 586 页。

章传》"全仿西人传记之体"①。胡适和郁达夫在介绍西方近代以来的传记文学作品时也都认定这是"中国最缺乏的一类文字"②;"正因为中国缺少了这些,所以连一个例都寻找不出来。若从外国文学里来找材料,则千古不朽的传记作品,实在是很多很多"③。后来的朱东润也认为"在近代的中国,传记文学的意识,也许不免落后。……史汉列传的时代过去了,汉魏别传的时代过去了,六代唐宋墓铭的时代过去了,宋代以后年谱的时代过去了,乃至比较好的作品,如朱熹《张魏公行状》,黄榦《朱子行状》的时代也过去了。横在我们面前的,是西方三百年以来传记文学的进展",所以他也不讳言写作《张居正大传》的目的是"供给一般人一个参考,知道西方的传记文学是怎样写法,怎样可以介绍到中国"。④

而许寿裳虽然也推崇布鲁泰克(Plutarch)等西方传记作家,甚至有时也认为"居今日而谈传记文学,自然当以西人的传记性质为标准"⑤,但就其有关传记研究的遗稿看,他关注的主要是中国不同历史时期的传记文本,他的理论参照,也基本上是包括刘勰的《文心雕龙》、刘知几的《史通》、章学诚的《文史通义》、郑樵的《通志》以及章太炎的《国故论衡》等本土资源。而他具体的论述,主要采用的也是中国传统的实证的方法。

三

第三个方面,我想谈谈许寿裳对于传记和传记文学还有哪些独特的见解。

在学术研究中,不同的观念、方法和角度往往决定或制约着研究的视野,但视野的拓展、角度的变换有时反过来也会矫正某些思想观念偏颇。从前面的回顾不难看出,在中国现代传记文学的提倡和研究中,由于过于拘泥古老

---

① 梁启超:《中国四十年来大事记(一名李鸿章传)·序例》,《饮冰室合集》专集之三。

② 胡适:《传记文学》,《胡适传记作品全编》第四卷,东方出版中心 1999 年版,第 243 页。

③ 郁达夫:《传记文学》,《郁达夫文集》第六卷,花城出版社 1983 年版,第 201 页。

④ 朱东润:《〈张居正大传〉序》,《朱东润传记作品全集》第一卷,东方出版中心 1999 年版,第 4、15 页。

⑤ 许寿裳:《谈传记文学》,《读书通讯》第三期,1940 年。

的史传成规,从梁启超、胡适、郁达夫、茅盾到朱东润,他们无一不感叹中国传记传统的没落。

而许寿裳坚持用发展的眼光审视本民族的传记传统,因此就有了不同于其他提倡者的历史判断。他认为:"上古时代,史传和神话传说混而不分,史实之中,固然不免带有神话传说性质,而神话传说之中也往往含有史实。……而后儒家所传《尚书》《春秋》,才开始专记人事,……可是小说和史传仍混而不分……正史之体,备于太史公……。孔子以后,历史和神话分途了。司马迁以后,正史和小说分途了。魏晋以后,别传繁兴了,杂传也多了,正史变为官书,列传的体例越严,而内容越薄,文学趣味反而低减了。"① 所以他肯定魏徵撰《隋书经籍志》列《杂传》一目,"开后世传记之先河,是其长也"②。

在史传、列传时代过去之后,许寿裳自然把考察的重点转移到别传、杂传等。"唐以后之正史日枯,宋元以后之传记又日枯。"③ 所以许寿裳又注意到,元明以降,"传记之枯亦如正史,则又有以小说笔记为传记者,如辛文房《唐才子传》,沈复《浮生六记》之类。张潮辑《虞初新志》,耽奇揽异,中多佳篇。(余如胡应麟《少室山房笔丛》,刘献廷《广阳杂记》,名家笔记。)而徐宏祖以科学精神研究地理,著《霞客游记》,实探险家之自传也"。他认为:"其他自序附于著述者,如张岱《陶庵梦忆自序》,李慈铭《桃花圣解庵日记自序》之类;自传之直书者如胡应麟《石羊生小传》,汪价《三侬赘人广自序》,段玉裁《八十自序》,汪中《自叙》之类;自传之托喻者,如应㧑(挥)谦《无闷先生传》,王锡阐《天同一生传》之类……:皆自成馨逸,卓然可传者也。"

许寿裳还注意到,入清之后,"传记之衰,其佳文转在小说,盖自平话章回之书兴,生气远出者,在里巷不在馆阁,文人益拘,稗官益肆。如吴敬梓《儒林外史》,……书中杜少卿,即作者自况也。又如《石头记》,清代人情小说之冠也。求其本事,异说纷纭。自胡适作《红楼梦考证》,乃知此书实

---

① 许寿裳:《谈传记文学》,《读书通讯》第二期,1940年。
② 许寿裳:《传记研究》,《许寿裳遗稿》第二卷,福建教育出版社2011年版,第597页。
③ 同上书,第586页。

曹霑（沾）之自叙"。到了清末，"林纾译欧美小说，卷帙繁多，虽以其不谙西文，仅赖他人口授，颇有选择未精，误解原意之处。然其影响固至大，使国人知西洋文学，叙事写情，有如是之长篇巨制，间接为传记文学，开辟新境。其佳者如英司各德《撒克逊劫后英雄略》，狄更司《块肉余生述》，美史他活《黑奴吁天录》，法小仲马《茶花女遗事》等；同时梁启超作《中国殖民八大伟人传》，《郑和传》，《李鸿章》，《罗兰夫人传》，《意大利建国三杰传》等；中国传记始渐与西人所著相衔接"①。

许寿裳的这些考察和描述，明晰勾勒了中国古代传记文体的演变轨迹，也比较全面、客观地总结了中国传记的写作传统。总之，在研究中国传记文学的发展过程中，许寿裳是围绕"传人"这一本质特征而考察传记文体演变的，因此他才能在总体上得出迥异于胡适、郁达夫甚至朱东润等人关于中国缺少传记文学，或者说传记文学的时代早已过去等不无偏颇的历史判断。

而由于观念、视角或方法的不同，在对古代传记兴衰的许多具体问题的考察中，许寿裳也常有不同于流行的见解。如对于"传记之原起"的研究，特别是对"传之字原"的考察，许寿裳不仅关注《文心雕龙》、《史通》、《文史通义》等经典的阐释，而且吸收了晚近（章太炎）甲骨文研究的新成果。对于"传之原始"，许寿裳认为"远在上古，孔子之前，已见援引"。他的证据是"太史公曰'孔子序《书传》'"。②又如对唐宋之后史传、列传或正传衰落，别传、杂传，特别的自传兴起的原因，许寿裳受章太炎、鲁迅等的相关文章的启发，认为晋朝大重门阀，而隋唐之后以科举更世胄，于是"风气所趋，过自高贤，以为门阀既世所共知，科举又出于己力，故矜自喜大，淫为文辞，此与前世之多叙祖德，少夸自身迥别矣"③。许寿裳的这些观点，都是其他传记文学研究者所未谈及的新发现，令人耳目一新。

关于传记的"效用"，许寿裳遗稿开列的有：一是修养人格；二是增加做事经验；三是把握历史主眼；四是发扬民族主义等几个方面。这些有的是沿用的是前人的观点，有的也带有许寿裳基于时代的思考。如所谓"增加作事

---

① 许寿裳：《传记研究》，《许寿裳遗稿》第二卷，福建教育出版社2011年版，第599—601页。
② 同上书，第589—590页。
③ 许寿裳：《中国传记发展史》，《许寿裳遗稿》第二卷，福建教育出版社2011年版，第661页。

经验"沿袭的则是"商鉴不远,在夏后之世"的说法。"把握历史主眼"沿用的是梁启超对于综合性传记的看法,即认为"历史不外若干伟大人物集合而成,以人作标准,可以把所有的要点,看得清清楚楚"。① 但"修养人格",指的则是从每一时代寻出代表人物,"将种种有关之事变归纳于其身,其幼少时代之修养如何? 所受时势环境之影响如何? 所贡献于当世,遗留于后代者如何? 其平常起居状况琐屑言行如何? 一一描出,俾留一详确之面影以传以世"②,"以供千百世人的歌泣模仿"③。而"发扬民族主义"在"遗稿"的表述是"显扬祖德,巩固国本,使民无攜志"。④ 在正式发表的《谈传记文学》中则参照章太炎的观点指出:"现在沦陷区域,不是敌人正在控制学校,删改教科书,尤其是历史教科书吗? "从这也约略可以看出40年代众多学者提倡传记文学,名人传记流行的时代因素。

因为突出了"传人"这一本质特征,许寿裳也比较准确地把握到传记与文学的紧密关系。在设想的论述提纲中,他从六个方面提及了"传记在文学上之地位":"一、论记叙文有'时、地、人、事'四纲。传记以'人'统'时、地'与'事',为最易发挥文学质素之一体。二、论文学以描写为任务,传记文即描写文之主体。三、论小说戏曲之技巧皆具备于传记文。四、论中国传记唐以前寓于史籍,与《人物志》前后之'观人术'相通,唐以后寓于古文,与传奇小说相通。五、论骈文最不宜于传记。六、论长篇传记应为中国传记最新最进步之体裁。"⑤ 这虽然仅是扼要的纲目,但已经充分表明许寿裳的传记研究有着比较鲜明的文学自觉,和比较全面、系统的艺术把握。

对具体的传记文学的写作,许寿裳强调的是趣味性和形象性。他说:"譬如哲学书或哲学史,读者非专家,必难发生趣味,假使不做哲学史而做哲学家传,以深奥之理杂在平常事实之中,读者便不觉其难解。……哲学如此,其余方面亦然。"他认为正史变为官书后,列传的局限就在于"体例越严,而内容越薄,文学趣味反而低减了"。许寿裳特别肯定自传的写作,因为他觉得自传

---

① 梁启超:《中国历史研究法补编》,《饮冰室合集》专集之九十九。
② 许寿裳:《传记研究杂稿》,《许寿裳遗稿》第二卷,福建教育出版社2011年版,第694页。
③ 许寿裳:《谈传记文学》,《读书通讯》第三期,1940年。
④ 许寿裳:《传记研究杂稿》,《许寿裳遗稿》第二卷,福建教育出版社2011年版,第696页。
⑤ 许寿裳:《中国传记发展史》,《许寿裳遗稿》第二卷,福建教育出版社2011年版,第657页。

的长处就在于"能够自语经历、感想以及治学方法，把自己的真性情和活面目都表现出来，使读者觉得亲切有味，好像当面聆教"。可以"令读者如接其声欬（咳），而悉其甘苦，观其变迁进步"，进而感受到"尚友之乐"。①

和许多提倡者坚持传记写作必须客观纪实的史学倾向不同，许寿裳还比较强调传记作者的主体性。他觉得"从前的专传，不过篇长的行状，如《三藏传》，不能算理想的专传"；年谱则"呆板，不能提前抑后；许多批评议论，亦难插入"。所以许寿裳认为"算理想的专传"应是"可全以轻重为标准，改换异常自由，内包亦较丰富。无论直接间接，无论议论叙事，都可网罗无遗"。②他觉得布鲁泰克（Plutarch）之所以能在欧洲文学史成为传记鼻祖的原因之一，是他不仅"能够忠实的描写每个伟人的一生，同时能加以客观的批评"。而《史记》中的列传之所以"不朽"，某种程度上也由于其"宏识孤怀，卓绝一世"，"每叙复杂之事，能剖析条理，缜密而清晰"。③许寿裳强调传记作者的整体性，注重传记写作的形象性和趣味性，实际上体现了他比较准确地把握了现代传记的文学特性。

当然，我们最后也不能不感到遗憾，由于工作岗位的变化（先后任职考试院、台湾编译馆）和后来的不幸遇害，许寿裳先生的传记文学研究未能继续进行，他生前可能也只发表了一篇相关的文章，其他的思维成果只能以遗稿的形式留存于世，并且直到六十年之后才被整理出版。从已经整理出版的相关遗稿看，许先生关于传记文学研究的不少设想都未能得到落实，他的许多观点也没充分的展开。而据 1940 年 10 月 19 日的日记，许寿裳当时还有为鲁迅立传的计划，后因"无暇"和资料方面的原因也"未能着手"。④但比较可喜的是，许寿裳先生后来还是撰写并出版了一本反映章太炎一生的传记作品《章炳麟》（胜利出版社 1945 年版），40 年代后期又撰有《鲁迅的思想与生活》（台湾文化协进会 1947 年版）、《亡友鲁迅印象记》（峨嵋出

---

① 许寿裳：《谈传记文学》，《读书通讯》第三期，1940 年；《传记研究》，《许寿裳遗稿》第二卷，福建教育出版社 2011 年版，第 612、622 页。

② 许寿裳：《传记研究》，《许寿裳遗稿》第二卷，福建教育出版社 2011 年版，第 587 页。

③ 许寿裳：《中国传记发展史》，《许寿裳遗稿》第二卷，福建教育出版社 2011 年版，第 658 页。

④ 《许寿裳日记》，福建教育出版社 2008 年版，第 587 页。

版社 1947 年版）以及一系列回忆鲁迅生平的重要传记资料,并且产生了重大的影响。所以,综合许寿裳这些方面的实绩,以及我前面谈到的他在传记文学研究与教学方面的努力,我们还是完全有理由认为,许寿裳先生是现代传记文学研究、写作和教学的重要开拓者之一。

（原载《上海鲁迅研究》2013 年春之卷）

陶菊隐名人传记的通俗叙事

在中国现代传记文学史上,陶菊隐(1918—1989)是一位有鲜明风格和重要影响的作家,从1936年《六君子传》开始,陶菊隐创作了包括《督军团传》、《吴佩孚将军传》、《蒋百里先生传》等数量不少的传记作品,当年的中华书局曾在上海福州路河南路口的中华发行所辟一专用橱窗,陈列其一整套二十五本的《菊隐丛谭》①,其影响可见一斑。但时至今日,他独特的传记文学建树却很少为人道及,更不用说能到充分的、恰如其分的认识或研究。目前已经出版的几种"传记文学史",如陈兰村《中国传记文学发展史》、郭久麟《中国二十世纪传记文学史》②中,陶菊隐的传记文学作品几乎没被提到。报刊杂志上有关陶菊隐的文字,大多关注的是其史学或新闻采访方面的价值,如谢迪南《陶菊隐:迟到的史学地位》、苏小和《陶菊隐的多重价值》、陶端口述、陈远采写《陶菊隐:军阀的情况,他了如指掌》、世涛《中国报坛一老兵——访老报人陶菊隐》③,等等,对其著述的评价,一般也只认为"陶先生的著述作为研究

---

①　陶菊隐:《新闻记者三十年》,中华书局2005年版,第232页。

②　陈兰村:《中国传记文学发展史》,语文出版社1999年版;郭久麟:《中国二十世纪传记文学史》,山西人民出版社2009年版。

③　谢迪南:《陶菊隐:迟到的史学地位》,《中国图书商报》2006年10月24日;苏小和:《陶菊隐的多重价值》,《新京报》2006年11月3日;陶端口述、陈远采写:《陶菊隐:军阀的情况,他了如指掌》,《新京报》2006年11月2日;世涛:《中国报坛一老兵——访老报人陶菊隐》,《中国记者》1988年第4期。

中外近代史的参考书,特别是为研究北洋军阀史提供了系统的资料"①。因此,本文拟通过对陶菊隐的传记作品的系统考察,探寻其传记作品的特殊魅力,并尽可能客观地评判其在中国传记文学发展史上的作用、地位和影响。

一

在 20 世纪 50 年代之前,陶菊隐是以著名报人闻名于世的。他 1898 年出生于湖南长沙,童年随父母到南京。1910 年就读文昌宫小学的陶菊隐就已经在上海四大名报之一的《时报》上发表《去年今日》、《苦海》、《发》等小说。② 同年回湖南长沙读于明德小学和明德中学期间及之后,曾先后担任过长沙《女权日报》、《湖南民报》、《湖南日报》编辑,《湖南新报》总编辑,并为上海《时报》"余兴"栏撰稿。1919 年,陶菊隐以湖南报界联合会代表资格,参加湖南民众的驱张(敬尧)运动,翌年受聘上海《新闻报》驻湘特约通讯员,撰写长沙特约通讯。在整个 20 年代,他先后担任《新闻报》旅行记者、战地记者,驻汉口特派记者;1934 年 5 月开始为《新闻报》撰写《显微镜下的国际形势》专栏文章;1936 年定居上海后,又参与《新闻报》编辑工作,直至 1941 年退出《新闻报》。正是这期间,他与《民立报》的于右任,《民国日报》的邵力子、叶楚伧,《商报》的陈布雷,《大公报》的张季鸾,《申报》的陈景寒等,都是新闻界很有影响的人物。总之,自 1920 年至 1941 年的二十年间,陶菊隐与《新闻报》有着长期、稳定的联系,他在新闻界的地位与影响也和《新闻报》密切相关。另外,在此前后他还担任过《武汉民报》代理总编辑、曾与人合办过《华报》,等等。

作为一个传记作家,陶菊隐的正式传记作品是 1941 年的《吴佩孚将军传》,但他的传记尝试则始于 1934 年在南京创办《华报》时期,那时他为自

---

① 永石:《陶菊隐和〈菊隐丛谭〉》,《史学集刊》1982 年第 2 期。

② 当年上海四大名报为《申报》、《新闻报》、《时报》和《时事新报》。有关陶菊隐当年在《时报》发表小说事据作者自述:"一九一○年我才十二岁,写过一篇长仅五百字的小小说,题名《去年今日》,在姜老师的鼓励下,送往上海《时报》编辑部。这是我胆大妄为为报纸写稿的第一篇。稿子登出后,我高兴得就像中了秀才一样。后来续写《苦海》、《发》等篇,也都发表了。"陶菊隐:《新闻记者三十年》,中华书局 2005 年版,第 2 页。

己创办的这份报纸撰写"政海轶闻"专栏,他后来曾回忆道:

> 我由汉口迁居南京的一年,正值蒋汪两人第二次合作,汪精卫任行政院长,其班底颇多前任院长谭延闿留下来的旧人,其中有湘人胡迈、邓介松、唐卜年、方叔章、陈仲恂等。方叔章早年久居北京,是杨度的"智囊团"成员之一,熟悉洪宪王朝的遗闻轶事,历历如数家珍。他经常把这些故事讲给我听,我都记录下来。我在《华报》上所写的"政海轶闻",大多取材于此。①

这一专栏采用的是类似于列传的形式,分别以袁世凯、熊希龄、徐绍祯、张勋、徐世昌、曹锟等为题,用文言文写洪宪王朝至 30 年代军政界名人的遗闻轶事。其最后所涉的重要历史事件,包括红军反"围剿"、张辉瓒被俘毙命(《张辉瓒》)和 1933 年的闽变等(《粤桂将领素描》)。这一作品系列虽然写的是"遗闻轶事",但在叙事上却大多围绕历史人物的生平经历展开,其中如《张勋》,开篇以"张勋之身世"为题,勾勒其善于机变,从江西奉新一普通佣役到清末民初"辫子军"首领的人生轨迹。接着,依次以"黄陂引狼入室"、"大风起于萍末"、"冯国璋之眼泪"、"中堂装做煤小子"以及"群犬争骨之现象"为题,集中叙述其复辟帝制的历史闹剧。最后的"失败之一刹那"不仅描写复辟失败、张勋匿居荷兰使馆结果,而且补叙其平时冬不重裘、礼待文士、纷纶款客等趣闻,并交代奉系失败,郁郁以没的人生结局。这种以具体人物为传主,以纪实为主要表现手段,集中叙述其完整生活历程的写法既突出了人物参与重大历史的过程,又完整交代一个人的一生,无疑具有典范的传记文学意义。这些具有鲜明传记特征的文字,华报馆曾以《政海轶闻》为书名单独印行。后来作者在这基础上增删修订,改名"近代轶闻",列"菊隐丛谭"在中华书局正式出版。②

　　1939 年 12 月 4 日,原北洋军阀首领吴佩孚在绝拒日伪诱惑、保持晚节后病死北平(关于吴佩孚死因的另一说法是被日本医生害死)。为此,国人

---

① 陶菊隐:《新闻记者三十年》,中华书局 2005 年版,第 174 页。
② 陶菊隐:《政海轶闻》,南京华报馆 1934 年版;《近代轶闻》,中华书局 1940 年版。

雪涕,国民政府明令褒扬,追授陆军上将。一年后,陶菊隐开始《吴佩孚将军传》写作,并陆续在《新闻报》连载。1941 年 4 月,《吴佩孚将军传》修订完毕, 5 月由上海中华书局出版发行。写《吴佩孚将军传》之前,陶菊隐已写过相关的《吴佩孚》(《政海轶闻》)、《曹吴之盛衰》(《近代轶闻》)、《孤城古木英雄老》、《什景花园中古怪老头子》、《吴子玉将军之一生》等文①,所以他为吴佩孚立传可谓得心应手,《吴佩孚将军传》也可称得上陶菊隐传记中最优秀之一种。

《吴佩孚将军传》出版后,陶菊隐又用两个月时间写成《六君子传》。②这一作品从书名上看似六人的合传,实际上这六人并非传主,作者对筹安会"六君子"落笔也不均衡,像孙毓筠、严复、刘师培等的人生历程并没多少涉及。《六君子传》记叙辛亥革命前的排满潮和党团活动、袁世凯与清廷之斗法、南北议和与统一、二次独立、洪宪丑剧以及最后袁世凯忧愤而死的结局,而具体的叙述则主要围绕袁世凯展开的,所以作者说"名为《六君子传》,其实写的是袁世凯窃国、叛国的罪恶史"③。因此,作者后来在这基础上分别写了《袁世凯演义》和《筹安会"六君子"传》。④

《六君子传》1941 年 10 月脱稿后由上海中华书局排版完成,却因"一二八"事变、陶菊隐作品全部被日本人列入"禁书"而无法出版发行。该书因此延至 1946 年出版,两年后,内容与写法与此相近《督军团传》也由中华书局出版。⑤作者说,《吴佩孚将军传》、《六君子传》以及《督军团传》"联系起来,是民元至民十五间民国初期的掌故"⑥,所以 50 年代后他"把这些资料衔接起来,加工补充核实,写成《北洋军阀统治时期史话》八册"⑦出版。

最能代表陶菊隐传记文学特色的作品是《蒋百里先生传》。⑧作者与传主及其家人有很深的私交,传记写作前又专门访问过传主的师友陈仲恕、钱

---

①   陶菊隐:《新语林》,中华书局 1940 年版。

②   陶菊隐:《六君子传》,中华书局 1946 年版。

③   陶菊隐:《新闻记者三十年》,中华书局 2005 年版,第 227 页。

④   陶菊隐:《袁世凯演义》,中华书局 1979 年版;《筹安会"六君子"传》,中华书局 1981 年版。

⑤   陶菊隐:《督军团传》,中华书局 1948 年版。

⑥   陶菊隐:《六君子传》,中华书局 1946 年版,第 3 页。

⑦   陶菊隐:《新闻记者三十年》,中华书局 2005 年版,第 227 页。

⑧   陶菊隐:《蒋百里先生传》,中华书局 1948 年版。

均甫等人,并且得到了蒋百里侄儿蒋慰堂的有关资料的支持,这一切都成为《蒋百里先生传》写作成功的重要基础。

陶菊隐还撰有数量不少的短篇传记。除前面提到的《政海轶闻》中的军政人物的传记外,像总题《文坛名宿列传》(《近代轶闻》)所写的王闿运、康有为、辜鸿铭、苏曼殊,以及《新语林》所写的梁启超、齐白石等的小传,都别具一格,各有特色。《世界名人特写》、《世界名人特写续编》① 中的特写也有不少类似于人物小传,如《达拉第》、《瑞典王加斯塔夫五世》、《墨西哥总统加登纳司》、《莫洛托夫》,等等。但作者自身不通外文,这些作品是在专人代译外文资料的基础上写成,因此被戏称"林琴南第二"②,这些外国人物小传靠的是第二手资料,其可读性和艺术性相对较弱。《闲话》③ 中的《标准政客传》则属拟传记的虚构,虽非严格意义的传记文学作品,但所叙标准政客通七十二种方言、能发出七十二种笑声、溜须拍马、两面做人等伎俩,却令人相信"今史氏"最后所说"标准政客不必有其人,然而滔滔者天下皆是也"。另外,陶菊隐晚年完成的《新闻记者三十年》则是一部完整的自传作品,对了解、研究其早年的生活和创作有重要的价值。

从 1912 年入《女权日报》当编辑到 1941 年完全退出《新闻报》,陶菊隐当了三十年新闻记者。其中 1936 年移居上海后长期为报纸撰写国故丛谈,他开始自称"由新闻记者改作旧闻记者"④。这种人生历程,无疑造就了这位传记文学作家注重时效性和通俗性的鲜明写作个性。

二

传记文学是以写人为中心的文学,它是作为作者的人以人的命运、人的智慧和人的情感启迪人、感染人的艺术。围绕传记文学作品,由作者、传主、读者共同构成了一个介于文学和现实的艺术世界。而就作者而言,他并不仅

---

① 陶菊隐:《世界名人特写》,中华书局 1940 年版;《世界名人特写续编》,中华书局 1941 年版。
② 陶菊隐:《新闻记者三十年》,中华书局 2005 年版,第 181 页。
③ 陶菊隐:《闲话》,中华书局 1939 年版。
④ 陶菊隐:《新闻记者三十年》,中华书局 2005 年版,第 174 页。

仅是被动纪录传主生平的书记官,在选择传主、记录传主生平、评判传主思想人格时,无不体现其个人的价值评判与情感取向。

一般说来,传记作家的主体性首先就体现在传主的选择上。陶菊隐的传记作品中,传主大多是近代以来的名人,他们生活的年代与作者生活的年代都相去不远,而且是他较为关注或较为熟悉的人物。如为吴佩孚立传虽说是配合重庆国民党当局明令褒扬之举[1],但也与其年轻时就开始的对吴的特别关注有关。他说:

> 吴的一生与湖南结不解之缘:始而在衡阳发迹,继而在岳阳避难,他的事业湘人所知最多,我所写亦最多,所写与吴有关的各种通信稿前后无虑数十万字,有一时期几至一手包办;即其练兵洛阳之时亦常从北方归客口中得着他的详细消息。……二十一年(1932)吴由川北上后,他的消息在报上几于"鱼沉雁渺",而我从北方归客口中所得愈多,甚至他每天喝几盅老酒,发些什么怪议论都有人传到我的耳里。……二十八年(1939)吴的噩耗传来,我的心灵上像遇了一次莫大的打击,戚戚然,惘惘然,若闻亲戚故旧之丧,为之不怡者累日。[2]

而陶菊隐与蒋百里的关系更是非同寻常。1922年,作为普通记者的陶菊隐首次见到应邀到长沙帮助起草省宪的蒋百里。1928年,为了解前方战况,陶菊隐也曾几度到上海蒋百里家造访。1934年之后,陶菊隐因在《新闻报》写国际问题专栏引起蒋百里的关注,两人因此开始密切的往来。1938年9月,由蒋百里推荐和周密安排,陶菊隐由上海绕道香港、广州、衡山、长沙,月底在汉口接受蒋介石召见,陶菊隐与蒋介石也由此建立秘密的电讯联系。10月中旬,陶菊隐在长沙与蒋百里郑重道别;11月4日,蒋百里以心脏病猝发逝世广西宜山。此时,陶菊隐刚绕道返回上海不久,接此噩耗,悲痛万分。他后来回忆说:"别来不及一月,此别遂成千古,我在私情上自不免悲痛万分,一面

---

[1] 1938年9月陶菊隐因蒋百里关系至汉口受蒋介石召见,后一直与蒋保持密电联系。在《新闻记者三十年》中他还明确谈道:"《吴佩孚将军传》是我生平所写的一部坏书。我写这部书,是受了来自重庆的暗示。"参见陶菊隐:《新闻记者三十年》,中华书局2005年版,第204、219、231页。
[2] 陶菊隐:《吴佩孚将军传》,中华书局1941年版,第1—2页。

又不禁为国家失此栋梁才而痛悼不已。"① 因此,陶菊隐在十年后写作《蒋百里先生传》时,笔下还满带深情。实际上,当年在与蒋百里一家交往时,由于职业的敏感,陶菊隐似乎就已经有意识地了解、收集相关资料。1938年九十月间在长沙时,陶菊隐还建议和支持蒋百里夫人左梅撰写自传。此工作虽然中途而废,但对陶菊隐后来生动描写蒋百里的恋爱史和家庭生活,无疑有很大的帮助。

陶菊隐的传记写作不仅选择自己熟悉的人物为传主,而且喜欢在叙述中有意无意地强调自己与传主直接或间接的关系。如《蒋百里先生传》开篇写1938年蒋百里在国家危急关头撒手西去,其恩师陈仲恕悲痛万状,紧接着作者插叙道:

> 我访问陈先生是春末夏初的一个佳日。他已七十四岁,精神兀自那样的饱满,在战后激流浊浪之中得见这样热情充沛的长者,我不禁引为愉快。他对知百里的早期史说得很详明,从他的记忆和谈述之中脸部常泛着无限的伤感。(《浙江求是书院》)

由陈仲恕又引出蒋百里的莫逆之交钱均甫:

> 随后我遇见百里的老窗友钱均甫先生,他和百里同年生,也是六十五岁的老人了,但一点都不显得苍老,有循循儒者的风度。他和百里订交于己酉("己酉",作者1985修订版《蒋百里传》改正为"己亥"——辜注)岁,那时彼此都只十八岁,以文字互契而成莫逆。百里东渡求学的那年,托钱先生每逢假期到硖石代省他的老母,他俩的交情从小到老是不同恒泛的。(《浙江求是书院》)

而在后面的叙述中,"我"也时常是在场的,如

> 二十四年百里以军委会高等顾问名义,奉派出国考察欧洲各国的总动员法。他偕夫人及蒋英、蒋和两女登上意大利邮船维多利亚的时候,我送到船上,合拍一影以留念。我看见驻法大使顾维钧夫妇和新任驻意

---

① 陶菊隐:《新闻记者三十年》,中华书局2005年版,第208页。

大使刘文岛纷纷上船来,知道他此行颇不寂寞。(《畅游欧美》)

（西安事变后蒋百里）他回沪后的第一件事是驱车到福民医院看他第四女蒋华割治盲肠后的情况,随即回家打电话给我,叫我到他家再吃一顿海宁菜。他对西安事变从头至尾地说了一遍,……(《西安事变的不速客》)

至传记最后的《冷客目击的一脔》、《陆大的代校长》和《"鞠躬尽瘁死而后已"》三章,"我"则更是传主许多亲历事件的参与者,因此也就自始至终出现在叙述文本中。

就叙事而言,中国传统的史传一般很少夹叙夹议,也不直接评价人物。"司马迁在写过一个人物之后,有'太史公曰'一小段文字,谈他对这一人物的印象和评价,也是在若即若离之间,游刃于褒贬爱憎之外……。班固以后,这种文字,称'赞'或称'史臣曰',渐渐有所褒贬,但也绝不把这种文字滥入正文。"[①] 但陶菊隐传记中的"我"则是直接出场,他并不忌对人物事件的直接评价,因此行文时常穿插着各种非叙事话语。这些非叙事话语内容涉及了社会、人生、政治,而形式则包括议论、抒发或解释等。如写齐白石从民间艺人到著名画家的人生历程的小传《北方一艺人》(《新语林》)仅五千余字,但叙述中不时就齐白石刻苦学艺和世态炎凉发出各种令人心领神会的精辟议论:

气之为物,有时可杀身辱国,有时却是发愤为雄功成名就的唯一动机,许多英雄豪杰往往因受不了"气"而后来得以扬眉吐气的。

天下事往往是这样的:名气越大润格越高,润格越高,登门求教的越多,可是他的时间越迫促,气作品却不免失之于粗制滥造,然而一般人偏视若拱璧,这好像大家不是颠倒他的作品,而系为名气所颠倒。

名比生命还宝贵:无名步步荆棘,有名到处通行。

---

① 孙犁:《与友人论传记》,《澹定集》,百花文艺出版社 1981 年版,第 66 页。

这些议论不仅富于人生感悟,且带讽世意味。而《吴佩孚将军传》中关于北洋时期社会各种怪现状的分析或批点更是信手拈来,鞭辟入里:

前清督抚被人尊呼为"某帅",民国成立后,过去一般旧军阀仍沿用这称呼,尤盛行于北洋团体……后来这称谓发生变化,兼任省长的武人称为"兼帅",部属呼长官则曰"帅座"。渐渐地愈变愈奇,督军既称"帅座",于是乎师长也称"师座",推而至于"旅座、团座、营座",无论大小官儿都加上一个"座"字。张敬尧的第七师中竟有"连座"之称。

"帅"的称谓高不可攀,但自普遍化之后,那些兵微将寡的督军们尚无话说,而兵多将广的督军渐觉得呼"帅座"之不过瘾,于是手下人恭上尊号曰"大帅",如张勋称"张大帅"之类是。直皖一役后,曹张是当时两大柱石,他们的部下尊之为"张大帅、曹大帅",同时吴以赫赫之功亦被尊为"吴大帅",曹吴本是一家,岂可"天有二日"?便有善用心机的幕僚们请曹晋一级呼为"老帅"以示区别之意。

张是不甘居曹之下的,听得曹三爷爬上了三层楼,马上自加"老帅"尊号而呼其子学良为"少帅"。(《一段笑话》)

曹吴电请任命援赣总司令蔡成勋为赣督,九月二日下令以蔡"督理江西军务善后事宜",此例一开,督军之名一变再变,民元为都督,袁世凯改为将军,后在两名称中各抽一字来叫"督军",现又易简为繁叫"督理军务善后",此而曰废督,无异于"朝三暮四,暮四朝三"。(《迎黎》)

前清官场中有一习惯,督抚呼属吏为老兄,那是泛泛路人的称谓,他若呼你老弟,那就是抬举你,把你看做自家人了,你切莫回敬他一声"老兄",依然要乱喊"恩帅"、"我宪"这类肉麻得要命的称呼。另有一种习惯,呼兄唤弟往往以爵而不以齿,比方他是你的上司,官比你做得大,年纪却比你小,那么他唤你老弟不但不曾辱漠了你,你应当受宠若惊,出而语人曰,"督帅弟我,祖宗与有荣焉。"(《另一知己》)

短篇《曹三爷大事不糊涂》(《新语林》)中也有类似的议论:"老袁对曹始终不假词色,终老袁之世,曹三直挺挺立着,没有'赐坐平身'的分儿。可是官场中往往有这种习惯:长官对部下越客气越不放心,不假词色挨骂越多的升迁得快。"

早期的《张勋》(《政海轶闻》)在讲述完张勋复辟失败之后分析到:"其时论者以为张勋心粗气浮,冒天下之大不韪,虽其行诣足以危害我国家,而略迹原情,究不失为清廷忠仆。此皆不明底蕴之谈也。盖张愦愦武夫,功名心切,谥之曰愚忠,诚非其分。而复辟一幕之所以演成,乃发动于一极不相干之小政客,所谓大风起于萍末,其是之谓乎?"这其中先"时论",后反驳,再分析,虽以反意疑问作结,但针对性强,分析精辟,充分体现了作者鲜明的立场和评判。

而在后来的《蒋百里先生传》中,这类的议论、分析仍不见少,且不时流露出称道传主或为传主辩解的意味,如对蒋百里愤激自杀的分析:

> 百里一生为人温和,遇事不疾不徐,采取中庸之道,从无疾言厉色,激烈流血的行动生平只有这一次,但由此反映他舍生取义和见危授命的真精神。他自杀的那件血衣今仍保存。当时盛传这血案有着学派的背景:该校教官以前多由速成生担任,百里换了些学识新颖的留学生,而军学司司长魏学瀚(字海楼)就是速成生出身,为学派的关系,对百里请款及任何建议多方留难,百里乃忿而出此。事实上并非如此简单,严格说起来,杀百里的不是魏司长,也不是段总长,是旧军人杀新军人,庸才杀人才,是时代杀了他的。(《保定军校校长——自杀之一幕》)

这不仅说明蒋百里这过激行为是偶尔为之,平时乃儒雅中庸,而且突出强调的是这必然结果是因为他超越了一般的官僚政客,超越了旧军人,也超越了当时的时代。又如关于蒋百里的婚姻家庭生活,作者一方面语焉不详,另一方面又有"辩诬"式分析:

> 百里处新旧递嬗的时代,脑子受了新时代的洗礼,身子却摆脱不了旧时代的背景。关于婚姻问题,一方父母之命不敢为,一方自由之爱又不能自制,便构成了"东宫""西宫"的复杂家庭,这是新旧之交多数中国大家庭共有的悲剧,不是个人的过失,但百里也常常觉得精神上对左梅负了债。(《吴佩孚的参谋长》)

总而言之,陶菊隐选择与作者、读者生活的年代都相去不远的近代名人为传主,强化自己与传主直接或间接的关系,并且运用各种非叙事话语分析人物与事件,表现对传记人物的价值评判,这一切都使其传记体现了通俗叙事的特点。相对于高雅文学或严肃文学而言,通俗的文学是那种易于为广大读者接受的文学,其特点往往是取材上的新闻性与时效性,贴近读者热切关注的时代话题和社会话题,表现上则语义明晰,真假易辨,善恶分明,褒贬倾向跃然纸上。近代名人实际上就是公众人物,普通读者在心理上有自然的亲近感;强化传主思想个性的主导面固然与人本身的复杂性有距离,但却减少了传统春秋笔法带来的接受障碍。陶菊隐传记叙事,首先正是以这种现实针对性和语义明晰性适应普通读者的接受期待,进而使其传记作品产生社会效应的。

三

如果说从新闻记者到旧闻记者的写作转向对陶菊隐来说是人生历程中一个被迫的选择,那么从写新闻报道到为近代公众人物立传却是他面临的一个全新的挑战。新闻写作关注的是突发的"事件",传记写作的对象却是"人",而不管是徐世昌、曹锟、吴佩孚、筹安会"六君子",还是齐白石、梁启超或文坛名宿,陶菊隐笔下的传主大多是当时读者耳熟能详的近代名人或公众人物。随便那个人的一生,总会是几次曲折的历程,总会有几次激动人心的搏斗的瞬间。因此即便是普通人,只要调查一下他的生平,往往也是一个充满曲折变幻的故事,更不有说名人或伟人。为伟人、名人等公众人物立传,固然容易召唤一般读者的阅读期待,但除了尽可能收集披露独家资料、满足普通读者的窥探欲外,在叙事上同样必须讲究策略,以形成持续不断的陌生化效果。因为凡是名人总是有故事的,但他们的故事却又大多是众所周知的。那么,陶菊隐的传记叙述,如何在不违背众所周知事实的同时,又使众所周知产生陌生化效果呢?

传记文学讲述人的故事,而人的故事借用福斯特的话说,实际上"就是对一些按时间顺序排列的事件的叙述——早餐后是午餐,星期一后是星期二,死亡以后便腐烂等等"①,不管是伟人还是普通人,他一生的终点都是坟墓。因此,除了自传,任何一部完整的传记的结局都是死亡。但即便是伟人,他来到人世的第一声啼哭也不会与普通人有什么两样,所以,根据传主的生平,选择独特的人生节点开始叙述就显得特别重要。否则,像陶菊隐在长篇传记《吴佩孚将军传》开篇所谈到的,用"吴佩孚字子玉,山东蓬莱人也。少孤,太夫人课之严,以是养成其刚毅不屈之个性。妻李氏事姑至孝,有'玉美人'之目。弟文孚初亦习儒,后碌碌以没。将军无子,以弟之子道时为嗣"这种固有传记叙事模式排列人所共知的故事,那就太老调而乏味了。(《逃出故乡》)

因此陶菊隐的传记写作,一般总是从传主最富于戏剧性的人生转折关头展开叙事,他认为:"要写吴将军历史须从投笔从戎时说起;在这阶段之前,将军虽应登州府试,得中第二十七名秀才,实与市井常儿无异,无着力描写之必要。将军从戎的动机非由于所谓'少年怀抱大志',他是穷秀才,大烟抽上了瘾,因大烟闯了一场大祸,因而逃出故乡来,因而以吃粮当兵为其避祸安身之计。假使不抽大烟,也许他后来不会造成其'虎踞洛阳'的地位,也许郁郁居故乡以死,与春花同落,秋草同腐。"(《逃出故乡》)所以,他的《吴佩孚将军传》开篇第一章讲述的就是吴佩孚投笔从戎的故事。

为齐白石立传的《北方一艺人》写成于 1938 年 6 月底,这时齐白石已经名满天下,关于他的种种传奇也早已在社会中广泛流传。但陶菊隐一开始的讲述也不是齐白石的家庭、出生或家乡,而是从上海人的俗语"长沙里手湘潭漂"谈起,信手点了几个近代湘潭的"名人":文学泰斗王壬秋、君宪救国论者杨度、中共领袖毛泽东、近代大画家齐白石以及善唱《毛毛雨》的影星黎明晖女士。然后进入"若干年之前……"的叙事,讲述湘潭黎翰林有一天请王壬秋吃饭,王却在黎的轿厅见到一个木匠的工作案板上摆着陆游和自己的诗集,他不禁疑惑,木匠能读懂自己的诗?上前攀谈后王壬秋发现木匠不仅能读懂,而且诗也做得不错,于是他惊喜地收了木匠为弟子。行文至此,叙述者才点明"那木匠姓齐,名璜,字萍生,便是现在誉满全国的大画家白石

---

① [英]爱·摩·福斯特:《小说面面观》,苏炳文译,花城出版社 1984 年版,第 24 页。

老人"。读者至此也才恍然悟出作者这是在为齐白石立传。然而一个普通的木匠,是如何有此"诗情",日后又是如何成为著名的画家,这些自然也成为有待揭开的悬念。

《莫洛托夫》(《世界名人特写》)的情节设计也类似于《北方一艺人》,只不过作品一开始就直接进入叙事:

> "你叫什么名字?"
>
> "斯克利亚宾。"
>
> "你来干什么?"
>
> "首领叫我来的。"
>
> 问话的人是个戴皮帽子穿大衣的彪形大汉,(他)用怀疑的眼光望着站在他面前的坚决果敢的孩子。这孩子年约十五六岁,人很单瘦,长着很阔的肩膀,还顶着一颗很大的头颅,在他苍白的脸上有一对伶俐的眼,戴着一副厚玻璃眼镜,穿的是一套大学生服装。
>
> "这倒是个好小子。"看守人一面想,一面把他导入黑暗的走廊。沿着墙走下梯子,潮湿的空气马上扑入鼻端,原来这种秘密会议是在地窖中开着的。
>
> 时间是 1906 年 11 月,地点是圣彼得堡。那时革命党正在进行推翻帝俄的运动,俄皇警察也在千方百计地搜捕他们……
>
> 此后斯克利亚宾成为一个青年革命党员,三十年以后,他用莫洛托夫的假名变成苏俄的第二号领袖。

第二次世界大战期间,一般的人对于莫洛托夫并不生疏,但叙述者一开始却先把三十年前有着绝然反差的斯克利亚宾推到人们面前。这巨大的反差无疑也足以引起接受者的好奇。正是在这样的情势之下,叙述者才从容不迫地展开叙述:"莫洛托夫于 1890 年生于……"

《蒋百里先生传》一开篇讲述的并不是蒋百里的故事,而是杭州陈家一门三翰林的故事,"前清末年,杭州出了个一门三翰林的佳话:名翰林陈豪的长子汉第字仲恕,次子敬第字叔通,先后都点了翰林。后来仲恕主持杭州有名的求是书院,蒋百里便是该院的高材生,该院即现今浙江大学的前身"。而直接引出传主的则是一个别开生面的细节:"二十七年百里奉命代理陆大校长,由长衡道出桂林的时候,忽然想到老师陈先生以高龄避难上海,靠着画竹子维持一家人的生计,近况当然很清苦,便由中国银行汇了五百元接济陈先生。陈领到汇款的第三天,早起翻开报来看,看到他的得意门人病逝宜山的噩耗,就像暴雷从他的顶门劈下来的一样。"(《浙江求是书院》)接着才展开对蒋百里童年时代的叙述。

在其他许多作品中,陶菊隐也都是这样一开篇就直接亮出预先设计的"悬念",从而唤起读者的接受期待,如:

> 自清末至民国,以权术窃高位者多矣,术之愈工者,位亦愈显。然皆饱涉风波,或有所凭借,始得蒸蒸日上。独徐世昌者,侥幸入词苑,学问非所长,终身未绾军符,戎事更非所习,谈笑从容,取功名如拾芥,仕清室忝握机枢,佐民国俨居元首。士林称之曰雅,黎庶目之为庸,然徐氏岂真庸人、雅士哉?(《政海轶闻·徐世昌》)

> 张敬尧督湘时,湘人以"民贼"呼之。今年,张受日人豢养,潜居北平六国饭店,将煽诱乱民,危害民国,歼于义士之手,国人又谥为"国贼"。军阀之为贼者多矣,而祸国殃民,身兼两贼,未有如张之甚者。泱泱大国,诞此凶顽,不独为民众之敌,亦国家莫大之玷也。(《政海轶闻·张敬尧》)

> 人人都知道曹三爷(即曹锟——辜注)的出身是个买布的行脚商,却少知道他做过三家村教读的夫子的。(《新语林·曹三爷大事不糊涂》)

> 从前一般老古董都骂梁任公是一代文妖,而新进之士又讥他是落伍者……(《新语林·梁启超》)

作为著名的新闻记者,陶菊隐当然深知新闻记者赖以生存的原因之一是大众的知情欲望,所以新闻写作最讲究的是时效性,谁先向受众传达了事实的真相,谁也就获得了成功。而所谓的追踪报道或深度报道,利用的也正是受众被突发事件激起的、不断增长的求知心理。非同一般的原因才可以导致出乎意料的结果,如果某一事件的发展进入常规的轨道,其结果变得完全可以预料,这一事件也就失去其突发时的"未定性",本来存在的"召唤结构"也就荡然无存。

所以,陶菊隐在传记写作中不仅有意通过开头设置悬念来吸引读者,而且还努力从"故事"中寻找"情节",在固有的时间的链条之外突出和强化因果的承接,从而使传主的故事产生引人入胜的奇妙效果。《吴佩孚将军传》在第一章讲述吴佩孚因大烟闯了大祸、因大祸而逃出故乡、因无法谋生而吃粮当兵的经过之后,紧接着讲述的是:他因曾是秀才所以被保送开平武备学校、但又因秀才体弱改入测量科,因是测量科而被选派赴满洲一带试探军情、而立功、而升管带、而……总之,正是这一环紧扣一环的因果链条,在不断满足读者接受期待的同时又不断超越读者的期待,形成新的召唤结构,从而把吴佩孚的思想个性,把他因时际会、在短短十几年间从一个穷秀才变成吴大帅的发迹过程,紧凑而自然地展现在读者面前。

名人或历史人物的结果一般是众所周知,但他们所以成为名人或历史人物的历程却各有各的不同。陶菊隐着力从传主生平寻找因果关系,意在强化历史故事的情节因素,揭示偶然中的必然,进而展现传主所以成为传主的各方面原因。前述的《北方一艺人》不足六千字,但叙述者从三个层面有声有色地讲述这位近代著名画家的传奇经历:学画的道路、成名的过程以及家庭的故事。在开篇点出王湘绮慧眼识木匠之后,叙述者就开始了富于戏剧性的追述:齐白石"在十八九岁时"还只是个雕花的木匠,因乡下人请其作画而不让落款"一气"而发愤读书。接着因湘绮关系,他成为一"名人"家的教习,但又因主人"待师何其热,待我何其冷","二气"而发愤练艺,终于成为一代画家。齐白石刻苦自学而成为大画家是人所皆知的故事,但陶菊隐寥寥一千多字中突出强调了两次的因果变化,使现成的故事有了曲折的情节,叙述也因此充满了悬念。在第三部分讲述齐白石的家庭故事时,作者也着力于从故事中寻找戏剧性因素,一开始就强调"说齐白石的家庭,有一段曲折离奇的情节……",而这"曲折离奇的情节"在紧接着的叙述中,其实不止"一段",而是一波未平、一波又起。

总之,陶菊隐传记叙事打破了传统传记流水账的写法,善于从历史事件中提炼情节,在强化因果链接中不断推出戏剧性的悬念,使其传记作品收到引人入胜的阅读效果。

<h1 style="text-align:center">四</h1>

作为叙事性的文体,传记文学强化故事情节固然可形成独特的召唤结构,但艺术的形象性和生动性都赖于细节的展开和丰富。"传记作家必须认清一个事实:最小的细节时常是最有趣的。只要一件事情能够让我们知道主人公实际上的样子,他声音的特色,以及他谈话的风格,那么这件事情就是最重要的。"① 如果《史记》中的人物传记缺少那些绘声绘影、栩栩如生的细节而只有故事的梗概,其独特的艺术魅力必将大打折扣;因为没有细节的故事仅仅是人生轨迹的概貌,没有细节支持的情节充其量也只是故事的纲要。一部传记缺少丰富的细节,读者接触到的就只能是传主抽象的影子。因此生动形象的细节描绘对于增进传记文学的艺术魅力至关重要,惟其生动形象,才能 "使阅者如闻其声,如见其人,不觉其枯燥无味"②。陶菊隐深谙此理,所以他总是打破传统史传简约记事的写法,注重细节的描绘,注重场景的渲染,通过具体的生活场景的艺术重构,增进作品的生动性和形象性。

要为名人或公众人物立传,排列公众耳熟能详的故事既不能对读者产生陌生化的效果,也无益于历史的再现或传主个性的刻画。在后来谈到《六君子传》的写作过程时陶菊隐曾经回忆说:"舒新城先生……向我提出意见,写一部历史书,单靠自己占有的材料是不够的,还必须翻阅旧报纸,旧报纸有许多各地特约通讯,其中不乏可供引证之处。再则,历史上有些条约条文、规章制度,以及事件发生的时间、地点,一个人的脑子里哪里装得进这许多,这就有求教于旧报之必要。"③ 或许舒新城的建议给陶菊隐留下了深刻的印象,但实际的情形是在《六君子传》之前完成的《吴佩孚将军传》等作品中,陶菊隐已经注意通过报纸、书信等历史材料还原历史的场景。

---

① 安德烈·莫洛亚:《传记面面观》,陈苍多译,台北:商务印书馆 1986 年版,第 49 页。
② 陶菊隐:《新闻记者三十年》,中华书局 2005 年版,第 37 页。
③ 同上书,第 232 页。

像吴佩孚这种秀才出身的北洋军阀,引用其当年发表的通电、诗词等,不仅能给人以历史的现场感,而且还使人真切感受其狷介的个性。如《讨"财神"檄》章叙1922年,梁士诒政府在华盛顿会议期间,大搞亲日外交,以日本借款赎回被日霸占的胶济铁路。但日使小幡向外部交涉,向日本借款,日本有荐用路员之权,等等。事为吴所闻,吴接连发表庚、佳、蒸、真、文各电斥梁卖国媚外,庚电略云:

> 华会闭幕在即,梁氏欲以迅雷不及掩耳之手段施其盗卖伎俩。吾中国何以不幸而有梁士诒,梁何心而甘为外人作伥!传曰,与其有聚敛之臣,宁有盗臣,梁则兼而有之。

佳电反对沪、宁、汉长途电话借用日款。蒸电据华会国民代表余日章、蒋梦麟电告,谓:

> 梁电告专使,接受日本借款赎路与中日共管之要求。梁登台甫旬日,即援引卖国有成绩之曹汝霖为督办实业专使,陆宗舆为市政督办,拔茅连茹,载鬼一车,以辅其卖国媚外之所不及。

真电直接劝梁引退:

> 洪宪蹉跎,埋首五六稔,此次突如其来而窃高位,余孽群丑咸庆弹冠。鄙人与公素无芥蒂,何至予公以难堪!而不谓秉揆未及旬日,伟略未闻,秽声四播:首先盗卖胶济铁路,促进沪、宁、汉长途电话,援引曹陆朋比为奸,实行盐余公债九千万借款。旬日之政绩如斯卓著,倘再假以时日,我国民之受福于公者更当奚若!……今与公约,其率丑类迅速下野,以避全国之攻击,三日不能至五日,五日不能至七日,七日不能是终不肯去。吾国不乏爱国健儿,窃恐赵家楼之恶剧复演于今日,公将有折足灭顶之凶矣,其勿悔!

文电则下结论说:

> 燕啄皇孙(隐藏燕孙二字——原注),汉祚将尽,斯人不去,国不得

安。倘再恋栈贻羞,可谓颜之孔厚。请问今日之国民,谁认卖国之内阁!

至此梁有元电复吴,除解释无卖国行动外,还特意公开表现出对吴备至推崇:

> 执事为吾国之一奇男子。然君子可欺以其方,彼己之怀未能共喻,至足为大局惜。平生好交直谅之友,诤论敢不拜嘉。

吴则以嬉笑怒骂之删电回敬:

> 鄙人本诸公意,迫于乡国情切,对公不免有烦激过当之语。乃公不以逆耳见责,反许鄙人为直谅之友,休休有容,诚不愧相国风度!鄙人朴野不文,不禁有衰渎之感,公之元电心平气和,尤不能不叹为涵养过人。赫赫总揆,民具尔瞻,鲁案经过,事实具在,公应下野以明坦白。笑骂由他笑骂,好官我自为之,以公明哲,谅不出此。承许谅直,敢进诤言。岁暮天寒,诸希自爱!

接连引用的这些电文,不仅形象还原了吴佩孚愈战愈勇,梁士诒狼狈下台的历史过程,而且写出秀才出身的传主不同于一般军阀政客的个性所在。

在这一作品中,像吴佩孚之烟馆受辱(《逃出故乡》)、郭梁丞之发现吴佩孚(《从戎》)、德国小姐追吴的爱情喜剧(《洛阳花絮》)等故事的细节描写也都有声有色,文趣盎然。另外,像老同学王兆中求官和吴大帅批条的片段更是令人忍俊不禁:

> 开平另一老同学王兆中也来依吴,得委上校副官。王颇想过“知县”瘾,上了个条陈自称“文武兼资尤富于政治常识;大帅不信,请令河南省长张凤台以优缺见委,必有莫大贡献”。吴亲批“豫民何辜”四个字,原件发还。王不懂这四字的意义,欣然如奉丹诏,以为县篆稳稳在握。迟之又久,百里侯始终轮不到他的头上,他才带着原批请教那位代撰条陈的朋友,一经说破,才哑然若失。他又央求着那位朋友另作条陈请吴委充混成旅长,“愿提一旅之众讨平两广,将来班师回洛后,释甲归田,以种树自娱。”吴批“先种树再说”。(《第一知己》)

《蒋百里先生传》中,传主任职保定军校,但因请款发生困难,校务无法推进,辞职又不为袁世凯照准而被迫自杀的场景(《保定军校校长——自杀之一幕》),在作者笔下显得特别紧张动人。学生的窃窃私议,校长的迷离惆怅,划破黎明沉寂的枪声及军校慌乱一团,时刻都给人以亲临现场之感。之后有关左梅看护蒋百里、蒋百里追求左梅的一系列细节的描摹,更多渲染的则是温情脉脉的浪漫(《情场的胜利者》)。

在陶菊隐的传记中,形象生动、妙趣横生的精彩细节在其他短篇传记中更是比比皆是,出人意表。王闿运处理女儿女婿、儿子媳妇等家庭关系时的怪异思路,在场面上"玩世不恭、语言妙天下"的特立独行都是通过一系列极端的细节加以表现(《近代轶闻·文坛名宿列传·王闿运》);齐白石成名前后的世态炎凉,齐夫人千里寻亲的曲折离奇也都由精彩细节加以演绎(《北方一艺人》)。熊希龄当年曾以参赞名义随五大臣出洋考察,但他却在国门外闹出"洋相":

> ……抵新金山,下榻某旅馆。一日,熊自外归。楼数层,设备相类,熊以电梯上,误登另一层,左折右转,昂然推扉入。一西妇方裸卧,睹熊状疑为暴客,锐声呼。旅客咸集,熊茫然不解,操华语曰:"此吾寝处地,何来夫人高据吾榻?"喧哗间,熊友梁鼎甫至,急挽其臂曰:"君误矣!君所居为上一层。"熊悟,赧然而退,群客大噱。(《政海轶闻·熊希龄》)

如果说故事与情节是传记叙事的枝干,那么细节的描写就是枝干上的绿叶。中国现代的许多传记作家受史传传统的影响,叙事时总拘泥于索引性历史的写作成规,因此不少传记成了流水的纪事,少细节,缺文采,令人感受不到艺术创造的魅力,因此"不免失之于刻板,读未尽而思睡矣"[①]。实际上,历史叙事关注大局、大事和人物大节,而文学的叙事则应在细微处显功力,令读者如闻其声,如见其人,如临传主生活的现场。陶菊隐传记叙事的迷人之处,从某种程度上说就得益那些形象有趣的精彩细节。

问题也随之而来。陶菊隐的传记材料,"半采自书报,半得自传闻"

---

① 汪荣祖:《史传通说》,中华书局 2003 年版,第 87 页。

（《菊隐丛谭·菊隐启事》），有时难免有不实之处。他的全景式叙述固然让读者感受到吴佩孚、蒋百里们纵横捭阖的惊奇，但作为普通的记者，其笔下那些深入密室，涉及军政要员的人物对话、人物心理的细节描摹有时却不能不留下采自掌故、逸闻或主观揣摩、想象虚构的印痕。如吴佩孚在总统府的四照堂点将，《吴佩孚将军传》说"从下午二时直点到晚上十二时，刚刚写到'总司令吴佩孚'几个大字时，总统府全部电灯骤然熄灭，这是每晚十二时例有的现象，但不先不后，刚刚点到自己头上，眼前一片漆黑，一般人颇疑其不祥"（《第二次直奉之役》）。但作为当境者的冯玉祥的回忆，显然和这有一定的出入：

> 那晚被邀请参加的人员，有他（吴佩孚）的参谋长、总参议、陆军总长、海军总长、航空署长、代理国务总理、以及派有任务的高级将领及其他有关人员。四照堂四面都是玻璃窗，电灯明如白昼，厅中置一长条桌，挨挨挤挤，坐满六十多人。大家坐了许久，才听到有人大声地报告道："总司令出来啦！"嚷着，吴佩孚已经摇摇摆摆地走到堂中。且看他那副打扮：下面穿着一条白色裤子，身上穿的是紫色绸子的夹袄，外披一件黑色坎肩，胸口敞着，纽子也不扣，嘴里吸着一根纸烟。他走到座上，即盘腿在椅子上坐下，斜身靠住条桌，那种坐法，宛似一位懒散的乡下大姑娘。于是口传命令……，念到中间，电灯忽然灭了，半晌才复明亮。王怀庆和我坐在一处，附着我耳朵根低声笑道："不吉！不吉！这是不吉之兆！"①

就历史故事的大致情节而言，陶菊隐讲述的和冯玉祥的回忆还算比较接近，但冯玉祥的记忆中，吴佩孚的出场并非是"下午二时直点到晚上十二时"，而是晚上灯亮了"许久"才"摇摇摆摆地走到堂中"，他的点将仅是"口传"而不亲自操笔，电灯骤灭也是发生在"中间"而非发生在最后。

从《蒋百里先生传》看，传主早年从东北虎口脱险是其人生道路的一个关键。时任东三省总督的是赵尔巽，蒋百里当年就是由他指派出洋深造的，

---

① 冯玉祥：《我的生活》，上海教育书店 1947 年版，第 497 页。

而蒋的恩师陈仲恕也是赵的幕府,所以由赵奏请,朝廷指派蒋百里到奉天任东三省督练公所总参议。但"张作霖久有不利百里之心,这风声一天紧似一天",于是1948年版的《蒋百里先生传》写道:"赵对旧军不能不采取绥靖政策,百里遂无用武之地。一天赵密告百里:'现在应该是你走的时候了,迟则我无能为力。'百里遂登京奉车南行。"① 但80年代修订后的新版《蒋百里传》中,私下指点蒋百里离开东北的却变成了陈仲恕:"百里恩师陈仲恕(赵尔巽久任各省督爱抚,陈仲恕始终在其幕中——原注)密告百里:'此时此地,旧军占有绝对优势,应该是你离开东北的时候了。'百里也知情况不佳,立即登车南行。"② 实际上,蒋百里人生道路的关键,在于南行是否成功,而非在赵告或陈告。而在历史的政治舞台上,此类"密告"之事一般民众也是无法详细了解。所以像这两种不同的描写,目的无非是写出神秘惊险之状,但其实都只能是作者想象发挥的结果。

可见,即使被一些史学人士称道的陶菊隐的历史人物传记,也不能完全排除虚构和想象。同样的取材,历史叙事和文学叙事的根本分野或许就在于虚构之有无。"历史但存其大要"③,文学则须具体形象。历史地纪录一个人的生活大致轨迹并不难,难的是栩栩如生地讲述出一个人多姿多彩的具体生活历程。生动的故事情节如缺少虚构细节的丰富,就缺少传记文学的具体性和形象性,缺少读者接受时饶有兴味的快感。所以在传记文学写作时,精彩细节的虚构和描摹不仅是难免的,而且是必须的。

总而言之,由彰显主体而形成的明晰的语义,在人们熟知的故事中提炼出曲折动人的情节,以及包含了趣事轶闻、虚构想象的生动细节,共同构成了陶菊隐传记作品的通俗叙事特征。所谓"通俗"叙事,就是"合乎普通人民的,容易理会的,为普通人民所喜悦所承受的"④ 的叙事。在中国现代传记文学史上,胡适、朱东润等的传记作品固然朴实严谨,但有时难免失之拘谨,所

① 陶菊隐:《蒋百里先生传》,中华书局1948年版,第32页。
② 陶菊隐:《蒋百里传》,中华书局1985年版,第22页。
③ 孙犁:《三国志·关羽传》,《秀露集》,百花文艺出版社1981年版,第204页。
④ 刘半农:《通俗小说之积极教训与消极教训》,转引自严家炎编《二十世纪中国小说理论资料》第二卷,北京大学出版社1997年版,第47页。

以其理想读者主要是专业的读者;郭沫若、郁达夫、沈从文的自传舒展活泼,
但故事的连贯和情节的曲折有时碍于非叙事的抒发,其理想的读者则可能是
一般的文学青年。陶菊隐的传记作品虽在严谨方面不及胡适朱东润,在描摹
抒发方面不像郭沫若、郁达夫、沈从文那样文采斐然,但其主体特征明显,故
事情节连贯,叙事生动活泼,所以更易于为普通的读者所接受,因此也自有其
别样的价值所在。

（原载《荆楚理工学院学报》2009 年第 8 期）

朱东润的传记文学理论与实践

朱东润治学古今融通,兼学中西,不仅是中国古代文学史教学与研究专家,还是中国现代传记文学研究和创作领域的重要倡导者、拓荒者之一。与胡适等人相比,他对于传记文学的倡导不仅身体力行,而且成绩斐然,他的一生不论在传记文学理论研究还是在传记文学创作方面都取得了突出的成就。此外,他还是中国现代传记文学教学的开拓者。

一

朱东润(1896—1988),原名世溙,东润是其字,江苏泰兴人。朱家在当地虽为大户,然久经破落,至朱东润出生时已家贫无以为生,以至要借典衣当物,甚至卖房子度日。清贫的生活,培养了他崇俭务实、耐得清苦的品格精神。12岁时,朱东润受族人资助考入南洋公学附小。朱东润的聪颖好学及优异成绩很快引起了南洋公学校长唐文治的注意与赏识。1910年小学毕业,因家贫学费不继,准备中断学业,后由唐文治的关照得以进入中学部就读。1913年秋,朱东润在上海勤工俭学会的帮助下赴英国伦敦西南学院半工半读。留学期间,朱东润除了广泛汲取西方文化知识之外,兼以翻译为生,所译《欧西报业述略》等曾在上海《申报》连载。1916年回国后,朱东润先后在广西二中和南通师范任教八年,从1929年起才开始进入大学工作。他执教的第一所大学是武汉大学,教的是英语。此后曾在中央大学、无锡国专、江南大学、齐鲁大学、沪江大学等校执教。1952 年院系调整时进入复旦大学工作,直至逝世。

1931 年,朱东润在武汉大学任教期间接受闻一多先生安排,开始从事中国古代文史教学与研究。由于教学需要,他于 1932 年编就《中国文学批评史讲义》,后由开明书店出版(出版时改题为《中国文学批评史大纲》)。随后朱东润又结合教学过程中的体会,吸收新的研究成果,撰写了几十篇的专门的论文,发表在武大的《文哲季刊》上,后集结成书由开明书店出版,名为《中国文学批评论集》。在从事古典文学的教学研究中,朱东润注重经、史、子、集的仔细研究及外国文学理论材料的搜集工作。朱东润从中国古代文学作品的源头《诗经》和《楚辞》研究起,延伸到汉儒的鲁、齐、韩三家诗说及毛诗说,1940 年商务印书馆出版了他的《诗经》研究专著《读诗四论》。后来,朱东润往史学方向做进一步的努力,并先后完成了《史记考索》、《后汉书考索》等著作。

40 年代在重庆期间,朱东润虽然仍以讲授古代文史为主,但其钻研的兴趣已经逐渐转移传记文学方面。在《〈张居正大传〉序》中他说:“但是对于文学的这个部门,作切实的研讨,只是 1939 年以来的事。在那一年,我看到一般人对于传记文学的观念还是非常模糊,更谈不到对于这类文学有什么进展,于是决定替中国文学界做一番斩伐荆棘的工作。”[1] 当时朱东润进行的传记文学理论与实践的工作主要包括两个方面,第一是比较系统的总结中国古代传记文学的演变与特点,其成果以 1942 年完成的《八代传叙文学述论》[2]为代表;第二是借鉴西方尤其是英国传记文学的写法为中国的古代名人做传,代表作是 1943 年完成的《张居正大传》。[3] 这一作品后来被认为是中国现代传记文学的经典作品之一,它的出版标志着朱东润学术研究重点的转移,同时也表明他完成了从纯粹的文史学家向传记文学家的转变。

---

[1]　朱东润:《〈张居正大传〉序》,《朱东润传记作品全集》第一卷,东方出版中心 1999 年版,第 3 页。

[2]　朱东润:《八代传叙文学述论》,复旦大学出版社 2006 年版。

[3]　朱东润:《张居正大传》,开明书店 1943 年版。

　　完成《张居正大传》之后，朱东润在四十年代还撰有《王守仁大传》，可惜此书未能及时出版，手稿后来在"文革"期间散失。从 50 年代到 80 年代，在主持复旦大学中文系和继续从事中国古代文学的教学与研究之外，朱东润还先后完成了《陆游传》(1959)、《梅尧臣传》(1963)、《杜甫叙论》(1977)、《陈子龙及其时代》(1982)、《元好问传》(1987)、《朱东润自传》(1976)、《李方舟传》(完成于"文革"期间)等 7 部传记作品。

　　朱东润在 40 年代转向传记文学的研究与创作，一方面缘于个人青年时代就已有过的对传记文学的浓厚兴趣和长期以来在传记文学方面所做的积累。在英伦留学期间(1913—1916)，朱东润便已对西方传记文学产生了极大的兴趣，在《〈张居正大传〉序》中他说："二十余年以前，读到鲍斯威尔的《约翰逊博士传》，我开始对于传记文学感觉很大的兴趣……"① 朱东润还曾对人说过，"在武汉大学期间(1929—1937)，他曾读完了当时武大图书馆所藏几乎全部的英文版传记藏书"②。1939 年，他作出对传记文学进行切实研讨的决定之后更是开始了系统的"研读"："除了中国作品以外，对于西方文学，在传记作品方面，我从勃路泰格的《名人传》读到现代作家的著作，在传记理论方面，我从提阿梵特斯的《人格论》读到莫洛亚的《传记综论》。"③ 对于中国的传统传记，朱东润也有极深入的钻研，从对《史记》、《汉书》等正史史传的研究，到对散佚已久的魏晋杂传的勾稽以及对佛家传记的研习，他都倾注了大量的心力并取得了累累成果。在《张居正大传》撰写前后，他撰写、发表《中国传记文学之进展》、《传记文学之前途》、《大慈恩寺三藏法师传述论》、《传记文学与人格》等文，系统地总结了中国古代传记的发展并论述了传记文学的艺术特征。这种长期的兴趣以及对古今中外传记文学理论与创作的广泛的研习，无疑成为朱东润的传记文学的倡导、研究和创作的深厚根基。

　　促使朱东润学术转换的另一方面原因则是自觉的使命感，他希冀从历史

---

　　① 　朱东润：《〈张居正大传〉序》，《朱东润传记作品全集》第一卷，东方出版中心 1999 年版，第 3 页。

　　② 　李祥年：《朱东润——现代传记园地的拓荒者》，《人物》1996 年第 3 期。

　　③ 　朱东润：《〈张居正大传〉序》，《朱东润传记作品全集》第一卷，东方出版中心 1999 年版，第 3 页。

的隧道里取得可以照亮时代迷雾的烛光,以书斋为阵地,以手中的笔为武器投身民族解放事业。他主张传记文学创作既要反映历史的本来面貌,也要兼顾国家当前的利益。他的学生后来回忆说:"朱东润针对外国一位传记家所提出'真实、个性、艺术'是传记文学的'三要素'而发表自己的意见。他认为提出这个'三要素'是正确的,但仅有此三项还是不够的,在此之外我们还要强调'祖国'这一要素",他认为:"传记文学的精神是要写真实,但在写实中还要抒情。从我们今天的认识看,就是要抒'爱国之情',要引导人民对我们国家更加热爱,为了这个目的而使我们的作品对国家做出较大的、较多的贡献。"① 因此,他选择的传主也大多是积极入世,不计较个人得失,而且曾经在历史上有作为的历史人物。

　　朱东润一开始从事传记文学创作就选择张居正为传主,是因为他觉得张居正是个为国家发展立了大功的划时代人物,他说:"中国历史上的伟大人物虽多,但是像居正那样划时代的人物,实在数不上几个。从隆庆六年到万历十年之中,这整整的十年,居正占有政局的全面,再没有第二个和他比拟的人物。这个时期以前数十年,整个的政局是混乱,以后数十年,还是混乱:只有在这十年之中,比较清明的时代,中国在安定的状态中,获得一定程度的进展,一切都是居正的大功。他所以成为划时代的人物者,其故在此。"② 同时,选择张居正也和当时国家面临的严峻形势有关,朱东润后来又谈道:"我想从历史陈迹里,看出是不是可以从国家衰亡的边境找到一条重新振作的道路。我反复思考,终于想到明代的张居正。为什么我要写张居正? 因为在 1937年到达重庆以后,我看到当时的国家大势,没有张居正这样的精神是担负不了的。张居正不是十全十美的,我没有放过他的缺点,但是我也没有执着在这一点。人是不可能没有缺点的,但是我并没有因为他有了这些缺点,就否定他对于国家的忠忱。这是我在 40 年代初期的写作,在那时代,我们正和敌人作着生死的搏斗。一切的写作,包括传记文学创作在内,都是为着当前的

---

① 李祥年:《朱东润的学术道路》,复旦大学中文系编《朱东润先生诞辰一百一十周年纪念文集》,上海古籍出版社 2006 年版,第 38 页。

② 朱东润:《〈张居正大传〉序》,《朱东润传记作品全集》第一卷,东方出版中心 1999 年版,第 7 页。

人民而写作的。写张居正的传记,当然必须交代一个生动、完整的张居正,但绝不是为了张居正而创作。我们的目光必须落到当前的时代,我们的工作毕竟是为现代服务的。"① 正是这种强烈的使命感促使朱东润作出了与时代同呼吸共命运的重要抉择。

除了自身的兴趣和使命感,对时代的呼吁和感召,对 20 世纪以来中国传记文学发展的反思也是朱东润进行学术转变的动因。近代以来,传记文学一直受到新文化提倡者的关注。一些富有历史感的知识分子在对中国几千年的传统文化进行深刻反思的同时,也把传统的传记形式纳入了批判的视野。从梁启超提出"人的专史"到胡适提出"传记文学",中国的传记文学完成了的观念上的现代转换,但是,具有现代意义的诗歌、散文、小说和戏剧等文学样式在"五四"之后的二十几年间有着长足的发展,而中国现代的传记文学发展却不能尽如人意。虽然 20 年代后期至 30 年代前期曾经有过一个自传写作的高潮,但厚重的、称得上经典的现代传记文学作品却不多见,像朱东润所希望的"忠实的传记文学家"更是寥寥无几。因此,朱东润才"决定替中国文学界做一番斩伐荆棘的工作",他希望通过自己专注的理论探讨和创作实践,推动中国传记文学的新发展。

朱东润还是中国传记文学教学的开创者。40 年代中期在无锡国专任教时,朱东润便已开设过《传记文学》课程, 60 年代初又在复旦大学开设《史传文学》课程。1982 年他开始招收传记文学硕士研究生, 1985 年,九十高龄的他又招收博士研究生。朱东润多年积累的教学思想以及传记文学理论与写作实践相结合的教学经验,都给学生以深远的影响。他的学生后来回忆说:"记得他当时为我们上《史记》课时,就采用他写的《史记考索》;上传记文学课时,就以《张居正大传》为教材;上杜甫诗选课,后来又写了《杜甫叙论》。朱老师善于把教学与科研结合起来,不断开设新课,不断研究新课题,取得新成果,使教学与科研相互促进。"② 朱东润的晚年除指导博士生进行传记文学研究外,自己还坚持传记文学写作。1986 年,已是 91 岁的高龄

---

① 李祥年:《朱东润——现代传记园地的拓荒者》,《人物》1996 年第 3 期。

② 陈征:《朱东润师的治学特色》,《朱东润先生诞辰一百一十周年纪念文集》,上海古籍出版社 2006 年版,第 50 页。

的朱东润开始撰写《元好问传》，1987年末《元好问传》脱稿。两个月后，朱东润因病长逝于上海，他为中国现代传记文学的繁荣与发展努力到了生命的最后一刻。

<h1 style="text-align:center">二</h1>

从30年代后期开始传记文学研究之后，朱东润撰写和发表了《传叙文学与人格》、《关于传叙文学的几个名词》、《八代传叙文学述论》等著述。另外，在自己的几部传记作品的序言中，他也都讨论到传记文学创作的许多问题。从这些文字中可以看出，朱东润已形成比较完备的现代传记文学理论体系。

和胡适、郁达夫等人一样，朱东润的理论也是建立在对中外传记理论的吸收、借鉴的基础上的。1943年，他在《张居正大传》序言中说过：

> 二十余年以前，读到鲍斯威尔的《约翰逊博士传》，我开始对于传记文学感觉很大的兴趣，但是对于文学的这个部门，作切实的研讨，只是1939年以来的事。在那一年，我看到一般人对于传记文学的观念还是非常模糊，更谈不到对于这类文学有什么进展，于是决定替中国文学界做一番斩伐荆棘的工作。

> 宗旨既经决定，开始研读。除了中国作品以外，对于西方文学，在传记作品方面，我从勃路泰格的《名人传》读到现代作家的著作，在传记理论方面，我从提阿梵特斯的《人格论》读到莫洛亚的《传记综论》。当然，我的能力有限，所在地的书籍也有限，但是我只有尽我的力量在可能范围以内前进。①

到了晚年，朱东润对自己当时的传记文学研读有更为全面的回顾，他说：

> 在这次决定以前，我曾经对于《诗经》、对于《史记》、对于中国文

---

① 朱东润：《〈张居正大传〉序》，《朱东润传记作品全集》第一卷，东方出版中心1999年版，第3页。

学批评史下过一些工夫,现在看来这方面的成就很有限,因此都放弃了,把全部精力转移到传记文学研究方面。……

这就迫使我不能不沉下心来仔细研读西方作家的作品,从罗马的勃路泰哲到英国的斯塔雷奇,法国的莫洛亚。莫洛亚的一本传记文学理论,是我所见的唯一的理论书,但是武大图书馆只能借出一个月,而不断学习是完全必要的。我没有打字机,因此我连读带译,在一个月内,把这部理论掌握了。……

读了外国的作品,不能不知道中国的作品。我早年曾经浏览过二十四史的史传,对文人的作品,多少也有些认识。我连道家的什么内传、外传,佛家的《高僧传》、《续高僧传》、《宋高僧传》也不敢放过,最后写成了《中国传记文学之发展》这本书,主要叙述中国古代的作品。

自己对于这部叙述很不满意,因为对于汉魏六朝的叙述太简略了。事实上没有足够的材料,叙述也就必然地简略。这样我就开始了辑佚的工作。我从《汉书注》、《后汉书注》、《三国志注》、《文选注》以及类似的畸零琐碎的著作里搜求古代传记的残篇断简。有时只是几个字、十几个字;有时多至几万字。我利用这些材料和道家、佛家的材料写成一部《八代传记文学叙论》。①

总之,朱东润是在对中外传记文学理论与创作进行系统深入的考察之后,才开始其传记文学的提倡、研究和创作的。经过广泛的阅读与思考后,朱东润深感近代以来中国传记文学的落后形势,他开始借助西方的视角对中国传统的传记资源进行比较全面的反思:

世界是整个的,文学是整个的,在近代的中国,传记文学的意识,也许不免落后,但是在不久的将来,必然有把我们的意识激荡向前、不容落伍的一日。史汉列传的时代过了,汉魏别传的时代过去了,六代唐宋墓铭的时代过去了,宋代以后年谱的时代过去了,乃至比较好的作品,如朱熹《张魏公行状》,黄幹《朱子行状》的时代也过去了。横在我们面

①　朱东润:《朱东润自传》,《朱东润传记作品全集》第四卷,东方出版中心1999年版,第255页。

前的,是西方三百年以来传记文学的进展。我们对于古人的著作,要认识,要了解,要欣赏;但是我们决不承认由古人支配我们的前途。古人支配今人,纵使有人主张,其实是一个不能忍受、不能想象的谬论。①

因此,他认为吸收西方传记文学理论和创作成果是必要,也是正常的,他后来说:

> 在中国出生的传记文学的发展既然已有许多曲折,为了求得这类文字的进展,势不能不求助于国外。学术是人类共同创造的,在此路不通的时候,在外国文学的发展中,求得一些启示,一些帮助,我们并不感到耻辱,也无所用其惭愧。②

但提倡学习借鉴西方传记文学理论和创作的成果,不意味着主张机械地加以照搬与模仿。经过比较研究,朱东润把西方传记分为三种基本类型:一是鲍斯威尔的《约翰逊博士传》型的,这类作品以具体而形象地描写传主的生活见长。但种类作品的完成有一定的先决条件,即"要写成这样一部作品,至少要作者和传主在生活上有密切的关系,而后才有叙述的机会"。

另外一种是斯特拉哲的《维多利亚女王传》类型的。这一作品"在薄薄的二百几十页里面,作者描写女王的生平。我们看到她的父母和伯父,看到她的保姆,看到她的丈夫和子女。我们看到英国的几位首相,从梅尔朋到格兰斯顿和秋士莱里。这里有英国的政局,也有世界的大势。但是一切只在这一部薄薄的小书里面。作者没有冗长的引证,没有繁琐的考订"。但朱东润认为:"二三十年以来的中国文坛,转变的次数不在少处,但是还没有养成谨严的风气。称道斯特拉哲的人虽多,谁能记得这薄薄的一册曾经参考过七十几种的史料? 仲弓说过:'居敬而行简以临其民,不亦可乎? 居简而行简,无乃太简乎?'朱熹《集注》:'言自处以敬,则中有主而自治严,如是而行简以临民,则事不烦而民不扰,所以为可;若先自处以简,则中无主而自治

---

① 朱东润:《〈张居正大传〉序》,《朱东润传记作品全集》第一卷,东方出版中心1999年版,第4页。

② 朱东润:《论传记文学》,《复旦学报》1980年第3期。

疏矣,而所行又简,岂不失之太简而无法度之可守乎？'这是说的政治,但是同样也适用于文学,没有经过谨严的阶段,不能谈到简易;本来已经简易了,再提倡简易,岂不失之太简而无法度之可守乎？所以斯特拉哲尽管写成一部名著,但是 1943 年的中国,不是提倡这个作法的时代和地点。"后来朱东润又更明确地谈道:

> 向这本女王传学习,很容易使我们向中国古代传记这一条道路滑下去,句法简练了,叙述整齐了,而我们向新时代追求的方向也慢慢地要回到老路上去。回到老路,便丧失了向新时代追求的的方向,对于新文学的滋长实在是一种损失,继续滑下去,便终于使我们丧失了新的方向,那种追求真相蓬蓬勃勃的精神从我们手里轻轻滑下去,是一种罪过。①

还有一类是 19 世纪中期以来的作品,朱东润认为"英国人有那种所谓实事求是的精神,他们近世以来那种繁重的作品,一部《格兰斯顿传》便是数十万字,一部《狄士莱里传》便是一百几十万字,他们的基础坚固,任何的记载都要有来历,任何的推论都要有根据"。"常常是那样地繁琐和冗长,但是一切都有来历,有证据。笨重确是有些笨重,然而这是磐石,我们要求磐石坚固可靠,便不能不承认磐石的笨重。"这类作品的不足是"取材的不知抉择和持论的不能中肯。……他们抱定颂扬传主的宗旨,因此他们所写的作品,只是一种谀墓的文字,徒然博得遗族的欢心,而丧失文学的价值"。朱东润认定,当时的"中国所需要的传记文学",就是这种"有来历、有证据、不忌繁琐、不事颂扬的作品。至于取材有抉择,持论能中肯,这是有关作者修养的事"。②

不难看出,朱东润并非一味推崇西方的传记文学,而是根据不同类型的特点而有所借鉴,其着眼点完全是当时中国的传记文学创作实际。

同样,对于中国的传统传记,朱东润也不是一概否定,他一再强调:"过分地推重本国文学,固然不必,但是过分地贬抑,也未必是。妄自尊大的弊

---

① 朱东润:《论传记文学》,《复旦学报》1980 年第 3 期。

② 上述关于西方三种传记文学类型的划分和论述,除另外注明外,均据《〈张居正大传〉序》,《朱东润传记作品全集》第一卷,东方出版中心 1999 年版。

病,正和妄自菲薄一样。……单就传叙文学而论,我们曾经有过光明的时期,我们也会有光明的将来。"① "不要看不起老祖宗,但也不要让祖宗限制了我们。"② 他认为:

> 传叙文学在西方文学里的大规模进展,只是近二三百年以内的事。撇开上二三百年不论,那么中国传叙文学底成就,和西方传叙文学底成就比较起来,我们委实不感觉任何愧色。在传人方面,我们有唐慧立彦宗底《大唐大慈恩寺三藏法师传》十卷,博大宏伟为同时所罕有。在自传方面,我们有东晋法显底《法显行传》,直抒胸臆,达到自传底高境。在理论方面,我们有宋黄干底《朱子行状书后》及《晦庵先生行状成告家庙文》两篇,更奠定了传叙文学底那种追求真相的理论。③

所以,在战时极其困难的情况下,他对中国传统的传记也进行了系统的梳理和卓有成效的研究,他说:

> 在写成《史记考索》的时候,我开始对于传叙文学感觉到狠深的兴趣。接着便拟叙述中国传叙文学之趋势,但是因为参考书籍缺乏,罅隙百出,眼见是一部无法完成的著作,所以只能写成一些纲领,从此束之高阁。在这个时期中,看到汉魏六朝传叙文学,尤其不易捉摸。除了几部有名的著作以外,其余都是断片,一切散漫在那里。但是即使要看这些断片,还得首先花费许多披沙简金的功夫。严可均底《全两汉三国六朝文》,总算是一种帮助,但是严可均所辑存的,不过百分之五,其余还需要开发。就是几部有名的著作,有单行本可见者,其中亦多真赝夹杂,仍需一番辩订考证的工作。不过中国传叙文学惟有汉魏六朝写得最好,忽略了这个阶段,对于全部传叙文学,更加不易理解。所以我决定对于这个时期的传叙文学,尽我底力量。④

---

① 朱东润:《八代传叙文学述论·第一绪言》,复旦大学出版社 2006 年版,第 12 页。
② 转引自李祥年:《朱东润——现代传记园地的拓荒者》,《人物》1996 年第 3 期。
③ 朱东润:《论自传及法显行传》,《东方杂志》第十七号,1943 年。
④ 朱东润:《〈八代传叙文学述论〉序》,复旦大学出版社 2006 年版,第 1 页。

在这之后的几年以内,他陆续写成和发表了"《中国传记文学之进展》、《传记文学之前途》、《大慈恩寺三藏法师传述论》、《传记文学与人格》和其他几篇文字发表了,没有发表的也有几篇";另外还完成了"《八代传记文学述论》一本十余万字的著作"。①

朱东润这些文字是经过后来修改的,这里所说的"传记文学"在当年都是以"传叙文学"表述的。他所提到的《八代传记文学述论》在半个多世纪后由复旦大学出版社正式出版时,用的也仍然是《八代传叙文学述论》的书名。朱东润学生陈尚君曾就此回忆说:"《八代传叙文学述论》一书写成后,先生作了认真修改定稿,亲笔题签,装订成册,珍藏行箧。他在晚年多篇回忆文章中谈到此书,颇为重视。当时的出版环境已经比较宽松,本书也没有任何违忌内容,但他始终没有谋求出版,原因不甚清楚。如果硬要揣测,我以为可能一是当时对一些问题的见解后来有所变化,比如当时称传叙而不赞成称传记,五十年代后即有所改变;二是他后来似乎更看重于传叙的文学写作,并坚持始终,直到去世,而对于古代传叙成就的研究反而看轻了。"②

如果不是以成败论英雄而进行具体的考察就不难发现,这并不仅仅是简单命名问题,也不是朱东润心血来潮标新立异。他当年想力排众议废"传记"之名而用"传叙"取而代之,自有其学理上的依据,体现了他对传记（或"传叙"）这一概念周密的思考。他认为:

> 传记的名称不能不另行商定的原因,共有两点。第一,假如沿袭我国原来的看法,把叙一人之始末的和叙一事之始末的混在一处,那便是把截然两类的东西并在一处,观念不清。一切科学的分类方法,都是愈分意精,走向更清楚更明显的途径,我们决没有理由在二百年来已经把传和记的区别认清以後,倒退到观念混淆的地位。第二,假如我们采用西洋文学的看法,专指叙一人之始末的文学,那麼因为本来传记类是指两方面的,我们现在专指一方面,这便陷于以偏概全底谬误,同样也有改定的必要。

① 朱东润:《〈张居正大传〉序》,《朱东润传记作品全集》第一卷,东方出版中心1999年版,第3页。

② 陈尚君:《〈八代传叙文学述论〉（节选）附记》,《中华文史论丛》第八十三辑,上海古籍出版社2006年版,第42页。

朱东润觉得，依传统的看法，"传是传，记是记，并合在一个名称之下，不能不算是观念的混淆"，而采用"西洋文学"的看法，"传记"实际上又包含了"biography（传记）"和"autobiography（自传）"二类，如仅称"传记"则是"以偏概全"。在中国传统中，"叙是一种自传或传人的著述"，所以，把业已流行的"传记文学"改称"传叙文学"为的是"求名称的确当起见"。他说：

> 传叙两字连用，还有一种意外的便利。自传和传人，本是性质类似的著述，除了因为作者立场的不同，因而有必要的区别以外，原来没有很大的差异。但是在西洋文学里，常会发生分类的麻烦。我们则传叙二字连用指明同类的文学。同时因为古代的用法，传人曰传，自叙曰叙，这种分别的观念，是一种原有的观念，所以传叙文学，包括叙传在内，丝毫不感觉牵强。①

可见，对于现代传记文学的理论建设而言，朱东润对传记文学概念进行辨析的意义并不在于最后的结果，而在于辨析的过程。自从"传记文学"的概念在中国被提出之后，胡适、郁达夫等人始终无暇对这一命名进行严密的理论界定，朱东润的探讨从某种意义上说是一种理论的自觉，是中国现代传记文学理论建设的深入。这一切也体现了朱东润传记理论探讨中立足本国而中外兼容的背景以及继承与借鉴并重的思路，体现其思辨的缜密和深入。人们不能不承认朱东润辨析传记文学命名在理论上的合理性，只不过"传记文学"的概念已流行二三十年，先入为主，约定俗成，他的一番努力表面上是无果而终。

在对传记文学命名进行理论思辨的同时，朱东润从一开始也关注到传记文学的基本属性问题，并且始终强调传记文学的史学、文学双重属性。在《八代传叙文学述论》的《绪言》中，朱东润虽然开宗明义地强调："传叙文学是文学底一个部门，发源很古，到了近代，更加引人注意。二十世纪以来，在文学范围里占有很重要的位置"，但紧接着就谈到"传叙文学是文学，然而

---

① 朱东润：《关于传叙文学的几个名词》，《星期评论》第十五期，1941 年。

同时也是史;这是史和文学中间的产物"。① 在《张居正大传》的《序》中他也强调:"传记文学是文学,同时也是史。"② 到五十年代写作《陆游传》时他仍然认为:"传记文学是史,同时也是文学。"③

就像对传记文学和传叙文学进行辨析一样,朱东润对传记文学属性的论述意义也不在于其结果而在于其分析论述显示出的理论启示。首先他强调:

> 传叙文学是史,但是和一般史学有一个重大的差异。一般史学底主要对象是事,而传叙文学底主要对象是人。同样地叙述故实,同样地加以理解,但是因为对象从事到人的移转,便肯定了传叙文学和一般史学底区别。

紧接着朱东润详细分析道:

> 龟甲文底卜射猎,卜征伐,这是事。金文底作钟鼎,作敦盘,这也是事。乃至《春秋》隐公十一年的记载,"秋七月壬午,公及齐侯郑伯入许。冬十有一月壬辰,公薨。"这还是事:公及齐侯郑伯,都是人,不过在这种简单的记载下面看不出人性的轮廓,所以也还是事。但是到了《左传》底记载,便完全改样了。我们看到"籁考叔取郑伯之旗蝥弧以先登";看到"子都自下射之颠";看到郑庄公使许大夫奉许叔居许东偏,使公孙获处许西偏;又看到他诅子都;看到羽父请杀桓公;看到隐公底迟回;以后又看到桓公羽父底凶悖。这里的重心便移转到人了。从《春秋》到《左传》,正是从对事到对人的例证。但是《左传》还是史,不是传叙。为什麽? 因为《左传》写人,仍旧著重在人性发展中的事态,而不是事态发展中的人性。主要的对象还是事而不是人,所以《左传》是史而不是传叙。④

---

① 朱东润:《八代传叙文学述论·第一绪言》,复旦大学出版社 2006 年版,第 1 页。
② 朱东润:《〈张居正大传〉序》,《朱东润传记作品全集》第一卷,东方出版中心 1999 年版,第 12 页。
③ 朱东润:《〈陆游传〉序》,《朱东润传记作品全集》第一卷,东方出版中心 1999 年版,第 427 页。
④ 朱东润:《八代传叙文学述论·第一绪言》,复旦大学出版社 2006 年版,第 1—2 页。

对于《史记》中的传记以至一般的史传,朱东润也认为它们属于历史而非文学。在《传叙文学与史传之别》①一文中,朱东润分析了史书中本纪和列传与"传叙文学的"的区别,他认为:"本纪常是一张大事年表,不是传叙;而帝王的生平,也只剩(?)了一些大纲和年表,而不是血肉之躯。他没有憎,没有爱,没有思想和感情,而止有若干的表格。""这里自然也有例外,史记项羽本纪便是一篇好文章,那里显出了项羽的才气过人,叱咤慷慨,但是古代的史学家认为不对",所以"司马迁以后的史家,完全把本纪写成年表的公式"。而史汉的列传,三国志的全部也不是传叙文学,因为"近代的传叙应当是真相的探求,而不仅是英雄的记载。在史家的叙述里,常常认定这是圣贤,那是名臣,或则这是奸佞,那是篡盗,于是就在文字上从某一方面发挥。其结果,我们所看到的往往不是本人的真相,而是某种成见的疏证"。因此,朱东润总结了现代的传叙与传统的史传的区别:

> 史家的叙述和传叙家的叙述,有一个根本的区别,就是史家以事为中心,而传叙家以人为中心。在一部史书里,往往先有成见,认定几件大事是一代政绩的骨干,和这几件大事有关的人,当然收进列传,但是传中所载,仅仅把他对于这几件大事的关系写出,其余则都不妨付之阙如。传叙家不应当是这样的,他要把传主的人性完全写出。凡是和人性发展有关的,都是传叙家的材料。最显然地,和人性发展有关的事态,不一定是历史上的大事,所以传叙家所用的材料,和史家所用的材料不同,而两家所得的结果,也必然地不会一致。

另外,在《传叙文学与史传之别》中,朱东润还详细分析了梁启超在《中国历史研究法补编》已经提到的:史家和传叙文学中间,还有一个很大的差别就是所谓"互见"。

总之,朱东润坚持认为,"《史记》底全部也是史而不是传叙。一般的史传也是史而不是传叙"②。甚至到了晚年,朱东润对"有人把一些史传看作传

---

① 朱东润:《传叙文学与史传之别》,《星期评论》第三十一期,1941 年。

② 朱东润:《八代传叙文学述论·第一绪言》,复旦大学出版社 2006 年版,第 2 页。

记文学"仍然持怀疑态度,他觉得"这样的看法不一定正确",认为"史书中的传记作品只能算作是传记文学的雏形吧?"①

从梁启超提出的人的"专传"到朱东润的"对象从事到人",的确表明中国现代传记文学理论探讨的深入。梁启超率先提出"专传"的概念,强调了以人为中心,但他认为:"此种专传,其对象虽止一人,而目的不在一人。择出一时代的代表人物或一种学问一种技术的代表人物,为行文方便起见,用作中心。"② 可见,梁启超的传记观念虽然有别于传统的史传,但仍然是在史学的范畴中立论,而朱东润对"从事到人"的强调却表明他力图将传记文学从历史的附庸地位中解放出来的理论自觉。

但是,作为过渡时代的人物,朱东润虽然意识到传记文学必须是独立于历史著作之外的文体,但在对这一文体进行深入思考时却很难突破史传的影响,仍然因袭着"历史"的重负。从表面上看,朱东润主张的是传记文学的双重属性,认为既是文学又是历史,但实际上"史学的方法和文学的方法,并非一回事,而且有时很矛盾。史学重事实,文人好渲染;史学重客观,文人好表现自我"③。所以他很难在史学和文学之间寻找出不偏不倚的中间路线,或者左右摇摆,或者时左时右。

在《八代传叙文学·绪言》中,朱东润开宗明义谈到了传记文学"是史和文学中间的产物",但随着对问题的进一步探讨,他就发现了这一中间物不可撼动的根本属性:

> 传叙文学底价值,全靠它底真实。无论是个人事迹的叙述,或是人类通性的描绘,假如失去了真实性,便成为没有价值的作品。真是传叙文学底生命。

> 真确的认识,既然不能绝对确定,我们所得的便不是真值,而只是近似值。近似值当然不及真值,但是我们在追求近似值的过程中,仍不能

---

① 朱东润:《我对传记文学的看法》,《文汇报》1982 年 8 月 16 日。
② 梁启超:《中国历史研究法补编》,《饮冰室合集》专集之九十九。
③ 孙犁:《与友人论传记》,《澹定集》,百花文艺出版社 1981 年版,第 62 页。

不把真值作为最后的目标。①

对于真相的敬意,便是传叙文学的精神。②

传记是以抒写真人真事为生命线的。离开了真人真事,传记就不是传记了。作为小说,可以,作为戏剧,都不妨,可是不能作为传记。③

可见,在朱东润的观念中,历史研究中的求真的精神是传记文学的前提、基础或出发点,同时也是其终极的归宿。皮之不存,毛之焉在,传记文学中的文学由此也就成为"形态",成了"外表",成为了可有可无的东西:

传叙文学和一般文学不同的方面,就是在叙述上尽管采取各种文学的形态,但是对于所记的事实却断断不容有丝毫的作伪。文学的形态是外表,忠实的叙述是内容。④

在认定现代传叙文学是文学的时候,我们要认识这里不是文章,不是马《史》班《书》,不是《任府君传》、《丘乃敦崇传》,不是《董晋行状》、《段太尉逸事状》,不是《张魏公行状》、《朱子行状》,而是一种新兴的文学。新的传叙文学所写的人,不一定丰容盛鬋,也不一定淡红素抹,甚至也不必是蓬头乱发,这里所写只是一个人,是人就有人底必然的缺憾,也就有他不可掩没的光精。一切的文采都剥落了,只是一种朴素的叙述。传叙文学就应当是这样一种没有文采的文学。……因为恣意所适,所以不受拘束,因为内容充实,所以形式简单:这正是伟大的文学。⑤

所以,朱东润虽然在原则上强调传记应该脱离传统史学的规范,但因为把"真"作为传记文学出发点和归宿,在具体写作上,他还是更强调史学方

---

① 朱东润:《八代传叙文学述论·第一绪言》,复旦大学出版社 2006 年版,第 5、10 页。
② 朱东润:《传叙文学与人格》,《文史杂志》第一期,1941 年。
③ 朱东润:《谈谈传记文学》,《中西学术》第一辑,上海学林出版社 1995 年版。
④ 朱东润:《八代传叙文学·第五传叙文学的自觉》,复旦大学出版社 2006 年版,第 85 页。
⑤ 朱东润:《八代传叙文学述论·第一绪言》,复旦大学出版社 2006 年版,第 11 页。

法的运用,强调史料的辨伪考据,要求做到严谨有据。他认为,"中国所需要的传记文学,看来只是一种有来历、有证据、不忌繁琐、不事颂扬的作品",但资料的运用必须"慎重",不能"不敢轻易采用"。不同的人,不同的资料要区别对待,他说:

> 以本人的著作,为本人的史料,正是西方传记文学的通例。一个人的作品,除了有意作伪一望即知者以外,对于自己的记载,其可信的程度常在其他诸人的作品以上。关于这一点,当然还有一些限制:年龄高大,对于早年的回忆,印象不免模糊;事业完成,对于最初的动机,解释不免迁就。对于事的认识,不免看到局部而不见全体;对于人的评判,不免全凭主观而不能分析。人类只是平凡的,我们不能有过大的期待,但是只要我们细心推考,常常能从作者的一切踬驳矛盾之中,发现事态的真相。西方传记文学以传主的作品为主要的材料,其故在此。①

> 在真实性底方面,西洋传叙文学家都比较地更慎重,其记载也更翔实。关于这一点,我们不能不承认他们底超越。一部大传,往往从数十万言到百余万言。关于每一项目的记载,常要经过多种文卷的考订。这种精力,真是使人吃惊。这种风气,在英国传叙文学里一直保存到维多利亚时代。②

而无论是在理论上还是在实践中,朱东润都非常重视对话的运用。他认为"对话是传记文学的精神,有了对话,读者便会感觉书中的人物一一如在目前"③。"一段好的对话,会使读者感觉书中人物历历在目。……对话是刻画人物的重要手段。"④ 但是,当谈到自己作品中的对话描写时,朱东润自诩的也仍然是:"在写这本书的时候,只要是有根据的对话,我们是充分利用的,

---

① 朱东润:《〈张居正大传〉序》,《朱东润传记作品全集》第一卷,东方出版中心 1999 年版,第 8 页。
② 朱东润:《八代传叙文学述论·第一绪言》,复旦大学出版社 2006 年版,第 7 页。
③ 朱东润:《〈张居正大传〉序》,《朱东润传记作品全集》第一卷,东方出版中心 1999 年版,第 12 页。
④ 朱东润:《我对传记文学的看法》,《文汇报》1982 年 8 月 16 日。

但是我担保没有一句凭空想象的话。"① 不难看出，朱东润这种绝对的对"根据"信任和对"想象"摈弃的评判标准，本质上还是史学的标准而非文学的标准。对历史真实的过度关注使得朱东润的传记文学理论探讨忽视了对艺术真实的思考。

强调历史的真实，重视史料在传记文学写作中的特殊作用，必然也就重视史料的选择、辨析和考证。朱东润认为，"传叙文学既然重在真实，我们应当怎样取材呢？西方人常说，每个人底生活，最好由他自己写。因此在取材方面，常常注意到传主底自叙、回忆录、日记、书简、著作这一类的东西"，在中国则还包括"自著的年谱"。② 从这可以看出，朱东润关于传记文学的理论思考已经比胡适等更为严谨和成熟。因为在胡适等的相关论述中，年谱、日记、回忆录等也常被看成是传记文学，而不是被当作传记资料。另外，关于这些传记资料，朱东润还特别提醒须辨析其真伪，他认为：

> 我们应当知道自叙或回忆，不一定都是可靠的。……本来作自叙的人多在耋年以后，正是记忆力消失殆尽，自信力亢进非常的时候，写作之时，既不易博考已往的书简或其他的证件，而且也不愿，因此无论自叙或回忆，都不一定是翔实的叙述。人类对于往事的记忆，常因受到心理上必然的影响，以致无形之中往往变质，所以尽管作者没有掩蔽事实的存心，但是在传叙家采用的时候，仍旧不能不给以审慎的考虑。

> 西洋传叙文学久已盛行，名人日记难免存心留待天下后世，因而有记载不实之病。这一种征象，在中国还没有，不过不久以后，会流传过来，而且因为一般人底信义感不甚健全，辨别真伪的兴趣又不甚浓厚的原故，一经流传，势必变本加厉，这是可以预见的。

> 书简是一种艺术，除了几个文人以外，能够运用自如的人，还不很多。政治生活中的人物，更加假手幕僚之流，最易写成固定的公式，只有

---

① 朱东润：《〈张居正大传〉序》，《朱东润传记作品全集》第一卷，东方出版中心 1999 年版，第 13 页。

② 朱东润：《八代传叙文学述论·第一绪言》，复旦大学出版社 2006 年版，第 7 页。

套数,没有情感,而且也不一定有事实。

　　在作年谱的时候,也难免和自叙有同样的困难。年谱又有年谱底公式,在那种提纲挈领、条目井然的形式下面,对于一生事实,常有不能叙述尽致的弊病。作者对于自身底经历,往往侧重几件大事,在私生活方面,大都置之不论。固然各人有各人底事业,即在根据自撰年谱从事撰述的传叙家,原用不到着力写他底私生活,但是惟有了解他底私生活,才能了解他底整个生活。①

朱东润既然认为"从事到人"是传统史传与现代传记文学的根本区别,在他关于传记文学的论述中,如何写"人"也就成为其格外关注的焦点。虽然从上述引文中可以看到,朱东润认为"惟有了解他底私生活,才能了解他底整个生活",而且他还专门谈到"现代传记文学,常常注意传主的私生活。在私生活方面的描写,可以使文字生动,同时更可以使读者对于传主发生一种亲切的感想,因此更能了解传主的人格"。② 但在总体上他仍然无法摆脱传统史传写作中宏大叙事的影响。

史传的传统强调"知人论世",因此格外关注传主与外部世界的关系而忽略对传主个人生活乃至个性的探究,传记作家关注的往往只是传主作为社会的人在某些特殊职能中的行为和功能,而不是尽量提供其全面生动的人生面貌。朱东润所以一开始传记写作就选张居正为传主,那是因为他考虑到,这是"一个受时代陶熔而同时又想陶熔时代的人物",他说:"中国历史上的伟大人物虽多,但是像居正那样划时代的人物,实在数不上几个。从隆庆六年到万历十年之中,这整整的十年,居正占有政局的全面,再没有第二个和他比拟的人物。"③ 所以《张居正大传》十四章三十余万言,有十三章用于叙述传主辅弼神宗,宦海沉浮的人生历程。其中特别引人注目的是联系政局时局,对张居正当政期间推行"考成法"及"一条编法",裁汰冗员,加强边防,

　　① 朱东润:《八代传叙文学述论·第一绪言》,复旦大学出版社2006年版,第7—9页。
　　② 朱东润:《〈张居正大传〉序》,《朱东润传记作品全集》第一卷,东方出版中心1999年版,第7页。
　　③ 同上。

浚治黄淮等一系列改革措施进行全方位的描述。

写张居正是这样，其他人物也是这样。朱东润说，陈子龙"是时代中的人物，他的一生的经历都和他的时代息息相关，因此我在这本作品当中，把他的时代写的比较多一些"①。写杜甫，朱东润从大唐帝国的兴盛写起，从李氏王朝和回纥、吐蕃等王朝之间的矛盾，从李唐王朝内内部斗争考察传主的思想性格和创作特色，因为他认为只有把杜甫放到这广阔背景下考察，才能准确把他的思想性格和诗歌创作和风格的转变。此前，朱东润在《〈梅尧臣传〉序》中已经谈道："十一世纪的吕大防开始作《杜诗年谱》，以后宋刻的诗文集，经常附有作者的年谱，正是从这一个认识出发的。但是他们的工作还很不够，不能充分地满足读者的要求。主要的原因在于他们做得太简单了。他们只注意到诗人的升沉否泰，而没有把他放到时代里去。脱离了时代，我们怎样能理解诗人的生活呢？"②

除了宏大叙事传统的继承外，朱东润认为"传叙文学应当着重人格的叙述"，他强调说："在讨论传叙文学的时候，当然只从人格立论。"朱东润谈到，在英国留学时他曾认真读过古希腊的提阿梵特斯（Theophrastus）的《人格论》（Then Characters）。他发现"这本书的理论盛行以后，对于西洋传叙文学曾经发生重大的影响"，但也清醒地看到，《人格论》"引导了传叙家首先决定某种的形态而后将传主一生的节目迎合这样的宿题"。朱东润认为这种受《人格论》影响而形成的人格叙述用的是"反天性的演绎方法"，而符合传主人格实际的叙述却应该采用归纳方法，他说：

> 在人格方面，什么是归纳，什么是演绎呢？演绎的方法是预先假定某人的人格如止而后把他一生的事实从这个观点去解释。这是说人格是固定的。归纳的方法便是不预先假定他的人格如何，只是收集他一生的事实，从各种观点去解释，以求得最后的结论。这样便走上了认为人格也许并非固定的路线。以往的史家史传家以至传叙文学家常常采取

---

① 朱东润：《〈陈子龙及其时代〉序》，《朱东润传记作品全集》第三卷，东方出版中心1999年版，第5页。
② 朱东润：《〈梅尧臣传〉序》，《朱东润传记作品全集》第二卷，东方出版中心1999年版，第3页。

了演绎的方法,认为人格是固定的,在下笔之先,便有一种的成见;于是史实受到成见的影响,而传叙的人物只成为作家的心象,这正是近代传叙家所要排斥的观念。

　　其实人格不是一致的,也许有的一成不变,我们不妨称为定格;有的却是一生全在演进的过程中,那便不是定格。

他认为,"传叙文学家认识人格不是成格而是变格,然后始能对于传主生活的各阶段有切实的了解和把握。在他下笔的时候,始能对于传主给与一个适当的轮廓"。这样做也因为"传叙文学的对象是人而不是物,是实地的人生而不是想象的产物。因为传主是人,所以他必须有爱,也有憎;有独有的优点,也有必不能免的缺憾;有终身一致的信条,也有前后矛盾的事实。我们所愿看到的只是一个和我们相去不甚悬绝的血肉之躯,而不是一位离世绝俗无懈可击的神人。传叙家了解了这一点,然后才能写出一部唤起读者同情的著作"。他批评那种仅"认定传叙的目标只要发生劝善惩恶的作用"作者,他们"对于传主多半是把握住后半生的事实,而把前半生的矛盾完全放来。再不然,便给一点最简单的描绘。对于迁善的传主,着重在自新一点加以褒扬,而对于变节的传主又往往即此一点加以攻击"。

总之,朱东润认为,传主的人格不可能是"成格"或"定格"而应是"变格",人类中的也很找到"完人",传记作家的任务仅仅是进行"追求真相"的正常叙述,他说:

　　人类止是人类,在人类中间要找完人当然是件不易的事。也许有人以为这种说法是"吹毛求疵",实则疵终是疵,在黾毛凋落以后终有暴露的一日。我们不能希望传叙家负起掩饰的责任。这个却和不能理解传主以至颠倒是非的作家不同,前者是追求真相,后者是故意罗织;一面是正常的传叙,一面便是失实的记载。①

对传记文学的不同类别的命名和特点,朱东润也独特的见解。作为现代

_____

①　朱东润上述关于传主人格的主张的引文,见其长篇专论:《传叙文学与人格》,《文史杂志》第一期,1941 年。

传记创作中最早采用了"大传"的形式者，朱东润认为："传记文学里用这两个字，委实是一个创举。'大传'本来是经学中的一个名称；尚书有《尚书大传》，礼记也有大传；但是在史传里从来没有这样用过。不过我们应当知道中国的史学，发源于经学，一百三十篇的《史记》，只是模仿《春秋》的作品：十二本纪模仿十二公，七十列传模仿公羊、榖梁。'传'的原义，有注的意思，所以《释名·释典艺》云：'传，传也，以传示后人也。'七十列传只是七十篇注解，把本纪或其他诸篇的人物，加以应有的注释。既然列传之传是一个援经入史的名称，那么在传记文学里再来一个援经入史的'大传'，似乎也不算是破例。"① 对于评传，朱东润认为"'叙论'的本意就是评传"，他认为："我这本书对于杜诗的发展讲得较多，实际上是杜甫的评传。由于有些人把评传写成对于作者的片段叙述，例如作者的家世，作者的人生观等，我的意见不同，所以这本书不称为评传，称为'叙论'。"② 至于自传，朱东润则认为："自传和其他的作品明显的区别，在于这是一本永远不能完成的作品，因此在整个结构方面，不可能像其他作品那样的完整"；"自传的写作还有一个限制，作品总是从主观出发的。作者叙述自己的生活时，不可能脱离自己而全凭客观。在我们无法立在半空的时候，要求作者做到完全客观地叙述，这是不现实的"。③

另外，关于传记文学的读者接受，朱东润也谈道："西洋传叙底第一章，常常引用传主底自叙或回忆，因为这是出于传主底自述，所以篇首便能引起读者底信任。"④ 这里已经涉及传记文学的接受与传记"契约"的重要问题，可遗憾的是，朱东润只是点到为止而未能进行专门、深入的探讨。

综上所述，朱东润是在外国作品的激发下对传记文学产生兴趣的，但外国的传记文学仅仅是其理论探讨的某种参照；从根本上说，朱东润关于传记

① 朱东润：《〈张居正大传〉序》，《朱东润传记作品全集》第一卷，东方出版中心1999年版，第15页。
② 朱东润：《〈杜甫叙论〉序》，《朱东润传记作品全集》第二卷，东方出版中心1999年版，第215页。
③ 朱东润：《〈朱东润自传〉序》，《朱东润传记作品全集》第四卷，东方出版中心1999年版，第3页。
④ 朱东润：《八代传叙文学述论·第一绪言》，复旦大学出版社2006年版，第7页。

文学的理论探讨和理论建构,立足的是中国传记的写作实际,中国传统的史传观念才是其重要的精神资源。和梁启超、胡适一样,朱东润既是现代传记文学的先驱者,但也是过渡时代的学者,他的传记文学理论有其独特性,但也有其复杂性和矛盾性。所以,对他的理论观念的研究不必急于进行简单的价值判断,而应本着认识、总结和继承文化先驱者的精神财富的精神,汲取合理成分,促进和完善中国现代传记文学的理论建构。

三

　　除了积极提倡,认真进行理论探究之外,朱东润还数十年如一日地从事传记文学的创作,他先后完成并出版的传记有八部近两百万字。和胡适、郁达夫、郭沫若和巴金等人不同的是,朱东润把传记写作和自身的教学和科研工作相结合,在浩瀚的中国历史中与古人进行精神的对话,既探究他们的时代与人生,也思索这些人的当代启示。

　　朱东润最早创作的,是由开明书店 1943 年出版的长篇历史传记《张居正大传》。题名"大传",首先就在印象上给人一种历史的厚重感,而它也的确是一部气势宏大、纵横恣肆的著作,作者站在社会历史的高度,多侧面地刻画了张居正这位中国古代铁腕政治家的形象。

　　这部传记写于 1941—1943 年,在这民族抗争、个人流离的最艰难的时期,作者克服种种困难,用三十余万言的篇幅为一个古人立传自有其特殊的动机。此前,他接武汉大学在四川乐山复课的通知,别妇抛雏离开故乡,绕道上海、香港、越南、昆明、贵阳、重庆到达乐山。虽然是战时,而且已经迁到乐山,但学校内部的派系纷争并没因此而减少。那时的中国一半土地正在受着敌人的蹂躏,朱东润也和千千万万的人民一样,正在睁大充满血泪的双眼,盼望着收复失地的大军。但大后方的上空却流传着各式各样的流言蜚语,朱东润后来回忆说:

　　　　最离奇的是一种猜测,称为"右手拉着东方,左手拉着西方,面向北方"。什么是西方?那很清楚。东方是什么?北方更是什么?当然这只是流言蜚语,什么人也负不了责任。但是对一个从二千里以外的家乡,抛妻弃子,堆备千辛万苦,投身祖国复兴事业的知识分子,这是多么沉重的打击!……为了逃避学校内部的纷争,我只有埋头书斋,有时竟是足不出户,从早到晚,一直钻进故纸堆。故纸堆有什么可钻的?我想从历史陈迹里,看出是不是可以从国家衰亡的边境找到一条重新振作的道路。我反复思考,终于想到明代的张居正,这是我写作《张居正大传》的动机。……在那时代,我们正和敌人作着生死的搏斗。一切的写作,包括传记文学的创作在内,都是为着当前的人民而写作的。写张居正的传记当然必须交代一个生动、完整的张居正,但决不是为了张居正而创作,我们的目光必须落到当前的时代,我们的工作毕竟是为现代服务的。①

可见,朱东润能克服生活非常艰难、资料极其匮乏和心境特别不佳的困难完成"大传",是与其鲜明的写作动机、与他深沉的爱国主义情怀分不开的。至于从众多古人中选择张居正,那是因为作者认为:

中国历史上的伟大人物虽多,但是像居正那样划时代的人物,实在数不上几个。从隆庆六年到万历十年之中,这整整的十年,居正占有政局的全面,再没有第二个和他比拟的人物。这个时期以前数十年,整个的政局是混乱,以后数十年,还是混乱:只有在这十年之中,比较清明的时代,中国在安定的状态中,获得一定程度的进展,一切都是居正的大功。他所以成为划时代的人物者,其故在此。但是居正的一生,始终没有得到世人的了解。……有的推为圣人,有的甚至斥为禽兽。其实居正既非伊、周,亦非温、莽:他固然不是禽兽,但是他也并不志在圣人。他只是张居正,一个受时代陶熔而同时又想陶熔时代的人物。②

他觉得"当日(时)的国家大势,没有张居正这样的精神是担负不了的。……人是不可能没有缺点的。但是我并没有因为他有了这些缺点,就否

---

①　朱东润:《我怎样写作〈张居正大传〉的》,《社会科学战线》1983年第3期。

②　朱东润:《〈张居正大传〉序》,《朱东润传记作品全集》第一卷,东方出版中心1999年版,第7页。

定他对于国家的忠忱"①。

中国传统的传记写作历来注重史鉴的功能,司马迁认为"居今之世,志古之道,所以自镜也"②,唐太宗也有"以人为镜,可以明得失"③名言。朱东润写作《张居正大传》的现实功利性,也正是对这种史鉴传统的继承。动机的现实关怀明显,写作的终极指向也就格外明晰,在《张居正大传》的最后,作者一反整部著作严谨、冷静的叙事风格,充满真情地直接地抒发道:

> 整个底的中国,不是一家一姓的事,任何人追溯到自己的祖先的时候,总会发现许多可歌可泣的事实;有的显焕一些,也许有的黯淡一些,但是当我们想到自己底祖先,曾经为自由而奋斗,为发展而努力,乃至为生存而流血,我们对于过去,固然看到无穷的光辉,对于将来,也必然抱着更大的期待。前进啊,每一个中华民族的儿女!④

由于着眼现实社会政治,朱东润的传记写作也秉承中国古代传记宏大的历史叙事传统。这种写作传统关注的大多是传主与外部世界的关系,着重叙述的是当时朝政与他有关的大事与大局,而对于个人的身边琐屑和心理个性的探究则相对较少。

"大传"对于这种传统的继承,首先就体现在其整体的叙事结构上。这一著作共十四章三十余万言,但作者用了十三章的篇幅讲述张居正辅弼神宗,宦海沉浮的人生历程。其中对"考成法"、"一条编法",以及他当政期间裁汰冗员,加强边防,浚治黄淮等一系列改革措施都进行了详尽的描述。而用于叙述传主个人生活和成长历程的,仅仅是在开篇的第一章"荆州张秀才"。到20世纪三四十年代,西方现代的传记由于受心理学发展的影响,实际上已经比较一致地倾向于围绕传主私生活进行个人化的微观叙事。英国著名的传记作家约翰生就曾经公开提出:"传记作家的职责往往是稍稍撇开

---

①　朱东润:《我怎样写作〈张居正大传〉的》,《社会科学战线》1983年第3期。
②　《史记》卷十八。
③　《旧唐书》卷八。
④　朱东润:《张居正大传》,《朱东润传记作品全集》第一卷,东方出版中心1999年版,第422页。

那些带来世俗伟大的功业和事变,去关注家庭的私生活,展现日常生活琐事。在这儿,外在的附着物被抛开了,人们只以勤谨和德行互较长短。"① 尽管朱东润写作《张居正大传》之前已对西方传记进行过专门研究,并且也深知"现代传记文学"应该"注意传主的私生活。在私生活方面的描写,可以使文字生动,同时更可以使读者对于传主发生一种亲切的感想,因此更能了解传主的人格"②,但服务现实社会的写作动机和文史学家以史为鉴的传统因袭,最终还是促使他采用了这种历史叙述的视角去结构人物的传记。

在具体叙述时,朱东润采用的也是宏大的视角。传记讲述的是张居正一生,但开篇却从宋恭帝德祐二年"临安陷落,皇帝成为俘虏"说起。在简要概述南宋王朝悲壮的抗元斗争之后,又依次勾勒"宋王朝倒下去"、"元王朝兴起来"、"明太祖起兵",直至明室中衰、张居正出生的时代。在开始点及张居正出生之后,又追述"居正的先代,一直推到元末的张关保"。张关保的曾孙是张诚,而张诚即张居正的曾祖,到张家七代的家族世系梳理清楚的"张居正出生前夕",第一章"荆州张秀才"的篇幅已经过半。而后,讲述张居正从出生到嘉靖二十六年(丁未)入京会试中二甲进士,开始踏上政治生涯大道的文字微乎其微。从第二章"政治生活的开始"之后的叙述,则完全是以朝政变迁为背景,以传主的政治生涯为重点了。

既然以传主的政治生涯为叙述重点,《张居正大传》自然又须费大量笔墨详细讲述相关历史知识,如明代政治体制以及内阁的运作,"大传"就用了八百多字详细加以介绍:

> 明代自成祖以来,政治的枢纽全在内阁。这是和现代资本主义国家的内阁近似、然而完全不同的组织。现代西方的内阁,是议会政治的产物;它的权力是相当地庞大,有时甚至成为国家的统治者,除了偶然受到议会制裁以外,不受任何的限制,整个的内阁,人员常在六、七人以上,有时多至二、三十人;全体阁员,不是出于一个政党,便出于几个政见不甚

---

① 转引自〔英〕艾伦・谢尔斯顿:《传记》,李文辉、尚伟译,昆仑出版社1993年版,第7页。
② 朱东润:《〈张居正大传〉序》,《朱东润传记作品全集》第一卷,东方出版中心1999年版,第7页。

悬殊的政党；内阁总理，纵使不一定能够操纵全部的政治，但是他在内阁的领导权，任何阁员都不能加以否认。明代的内阁便完全两样了。整个的内阁只是皇帝的秘书厅，内阁大学士只是皇帝的秘书：内阁的权力有时竟是非常渺小，即使在相当庞大的时候，仍旧受到君权的限制；任何权重的大学士，在皇帝下诏斥逐以后，当日即须出京，不得逗留片刻；内阁的人员，有时多至八人，但是通常只有四、五人，有时仅有一人；因为阁员的来源，出于皇帝的任命，而不出于任何的政党，所以阁中的意见，常时纷歧，偶有志同道合的同僚，意见一致，这只是和衷共济，而不是政见的协调；在四、五人的内阁中间，正在逐渐演成一种领袖制度，这便是所谓首辅，现代的术语，称为秘书主任，皇帝的一切诏谕，都由首辅一人拟稿，称为票拟；在首辅执笔的时候，其余的人只有束手旁观，没有斟酌的余地，即有代为执笔的时候，也难免再经过首辅的删定；首辅的产生，常常是论资格，所以往往身任首辅数年，忽然来了一个资格较深的大学士，便只能退任次辅；首辅、次辅职权的分限，一切没有明文规定，只有习惯，因此首辅和其余的阁员，常时会有不断的斗争；政治的波涛，永远发生在内阁以内，次辅因为觊觎首辅的大权，便要攻击首辅，首辅因为感受次辅的威胁，也要驱逐次辅；同时因为维持内阁的尊严，所以他们的斗争，常是暗斗而不是明争；又因为内阁阁员，或多或少地都得到皇帝的信任，所以斗争的第一步，便是破坏皇帝对他的信任，以致加以贬斥或降调，而此种斗争的后面，常常潜伏着诬蔑、谗毁、甚至杀机。这样的政争，永远是充满血腥，而居正参加政治的时代，血腥正在内阁中荡漾。①

而后，诸如关于翰林院的构成和职责、明朝的学制与学风、官场的各种规制、当时对于河漕事务的管理、明朝廷与鞑靼等的复杂关系，等等，书中也都进行了具体详实的介绍。

这种宏大叙事视角也体现在"表"的制作上。一般说来，作为一部几十万字、讲述传主数十年生平故事的传记，帮助一般读者更为清晰地理解和把握传主的一生的有效方法，莫过于附录一份传主简明的生平年表。《张居

---

① 朱东润：《张居正大传》，《朱东润传记作品全集》第一卷，东方出版中心1999年版，第41页。

正大传》缺少了这样的"附录",但在正文之前却又安排了"张氏世系表"和详细的"隆庆、万历十六年间内阁七卿年表"。因此,读完《张居正大传》读者可能对传主个人的饮食起居、生活习性不甚了了,但对于他的家族,他所处的社会和时代,却会有系统的认识。

朱东润继承了史传宏大的历史叙事传统,也谨守传统史传的"实录"原则,因为他认为中国所需要的传记文学是"一种有来历、有证据、不忌繁琐"①的作品。为保证《张居正大传》的叙事中"没有一句凭空想象的话"②,朱东润参考和引用了大量的历史文献。在这一作品中,几乎在每两三页间就会有来自于史书(《明史》)、奏疏、诗稿、文集、书牍等历史文献的大段引文。像第五章《内阁中的混斗(上)》中谈及,八月间张居正上陈六事疏,按作者的看法,这"六事"只是"平凡的见地,没有高超的理论",但因"省议论,核名实,饬武备三事,对于现代的国家都有相当的价值",作者竟用四页近三千字的篇幅大段"移录"③。

中国历史传记讲究"记言记行并重"④,既记述人物一生的重要行为,也记述其相辅相成的语言。朱东润从文学的角度强调传记中对话的重要性,他认为"传记文学既然作为文学,就要讲究文学色彩",因此,"在尊重史实的前提下,可以而且应该充分运用文学的表现方法和技巧,比如环境的描写、气氛的渲染、人物心理活动的刻画等,特别是细节的描述和对话的运用,它能使人物形象更鲜明、个性更突出。一段好的对话,会使读者感觉书中人物历历在目"⑤。在写作《张居正大传》时,朱东润也认为"对话是传记文学的精神,有了对话,读者便会感觉书中的人物一一如在目前"。但他当时特别强调的是传记中的对话仍然须有根据,因为他觉得:"传记文学是史,所以在记载方面,应当追求真相,和小说家那一番凭空结构的作风,绝不相同。这一点没

---

① 朱东润:《〈张居正大传〉序》,《朱东润传记作品全集》第一卷,东方出版中心 1999 年版,第 6 页。

② 朱东润:《〈张居正大传〉序》,《朱东润传记作品全集》第一卷,东方出版中心 1999 年版,第 13 页。

③ 朱东润:《张居正大传》,《朱东润传记作品全集》第一卷,东方出版中心 1999 年版,第 102—105 页。

④ 孙犁:《与友人论传记》,《澹定集》,百花文艺出版社 1981 年版,第 63 页。

⑤ 朱东润:《我对传记文学的看法》,《文汇报》1982 年 8 月 16 日。

有看清,便会把传记文学引入一个令人不能置信的境地;文字也许生动一些,但是出的代价太大,究竟是不甚合算的事。"① 所以朱东润尽可能地借用相关的历史文献,以求传记人物也言之有据。这种方法看似笨拙,但却也栩栩如生,如第十二章中:

> 初九日黎明,居正至文华殿伺候。神宗召见,居正叩头称贺道:"恭惟圣躬康豫,福寿无疆,臣犬马微衷,不胜欣庆。"
>
> 神宗说:"朕久未视朝,国家事多,劳先生费心。"
>
> "臣久不睹圣颜,朝夕仰念,今蒙特赐召见,下情无任欢忻,但圣体虽安,还宜保重。至于国家事务,臣当尽忠干理,皇上免劳挂怀。"
>
> "先生忠爱,朕知道了",神宗说,一面吩咐赐银五十两、彩币六表里、烧割一分、酒饭一桌。
>
> 居正俯服在下面叩头。
>
> 神宗又说:"先生近前,看朕容色。"
>
> 居正奉命,在晨光嘉微的中间,向前挪了几步,又跪下了。神宗握着居正的手,居正这才抬头仰看,见得神宗气色甚好,声调也很清亮,心里不由地感觉快乐。
>
> "朕日进膳四次,每次俱两碗,但不用荤",神宗告诉他。
>
> "病后加餐,诚为可喜,但元气初复,亦宜节调,过多恐伤脾胃",居正说。这位老臣底态度越发严肃了,他郑重地说,"然不但饮食宜节,臣前奏'疹后最患风寒与房事',尤望圣明加慎。"
>
> "今圣母朝夕视朕起居,未尝暂离",神宗说,"三宫俱未宣召。先生忠爱,朕悉知。"
>
> 殿上又是一度沉寂。
>
> 神宗吩咐道,"十二日经筵,其日讲且待五月初旬行。"居正叩头以后,退出。②

① 朱东润:《〈张居正大传〉序》,《朱东润传记作品全集》第一卷,东方出版中心1999年版,第12页。

② 朱东润:《张居正大传》,《朱东润传记作品全集》第一卷,东方出版中心1999年版,第343页。

为显示记事之可靠,作者还特意对上述对话加注说明:"奏疏八《召见纪事》。对话用原文。"

因过于强调这种言之有据,《张居正大传》中像这样的对话并不多。有时有不同版本的文献,作者还进行比照和推测,如第十一章叙王锡爵直奔孝闻请张居正申救吴中行等四人,张居正居正伏着叩头道,"大众要我去,偏是皇上不许我走,我有什么办法? 只要有一柄刀子,让我把自己杀了吧!"对传主这种表现,作者加注说:"王世贞《首辅传》卷七。又《明史纪事本末》卷六十一云,居正屈膝于地,举手索刃,作刎颈状,曰:'尔杀我,尔杀我。'《明史稿·张居正传》云:居正至引刀作自刭状,以胁之。《明史·王锡爵传》言居正径入不顾。今按世贞与锡爵往还甚密,言较可信,其余则传闻之辞也。"[①]

总之,无论是记事还是记言,朱东润都推崇有来历、有证据,忌凭空想象的实录,但三十万言的《张居正大传》却又非一味谨守客观实录的传统。"中国历史传记,很少夹叙夹议,直接评价人物的写法。它的传统作法是'春秋笔法',寓褒贬于行文用字之中,实际上是叫事实说话,即用所排比的事件本身,使读者得到对人物的印象,评价,因之引出历史的经验教训。大的史学家只是写事实,很少议论。司马迁在写过一个人物之后,有'太史公曰'一小段文字,谈他对这一人物的印象和评价,也是在若即若离之间,游刃于褒贬爱憎之外。又有时谈一些与评价无关的逸闻琐事,给文字增加无穷余韵,真是高妙极了。班固以后,这种文字,称'赞'或称'史臣曰',渐渐有所褒贬,但也绝不把这种文字滥入正文。"[②]朱东润是带着鲜明的现实关怀冲动、把传主当作精神寄托写作《张居正大传》的,因此其叙述自然具有较强的主体意识,他常常通过解释、评论、抒发等非叙事话语去阐释传主的言行,表达自己关于传主的看法。如在讲述张居正两次治河失败后,作者就直接出面,用自己的声音述说对传主这一经历的理解:

> 居正底两次失败,本来不是意外。他自己没有治河的经验,而且平生没有经过这一带,他凭什么可以构成正确的判断呢? 他有坚强的意

---

① 朱东润:《张居正大传》,《朱东润传记作品全集》第一卷,东方出版中心 1999 年版,第 300 页。
② 孙犁:《与友人论传记》,《澹定集》,百花文艺出版社 1981 年版,第 66 页。

志,他能充分地运用政治的力量,但是在他没有找到得力的干才以前,意志和力量只能加强他底失败,所以在无法进行的时候,他便毅然地承认失败,这正是他底干练。最可惜的,万历二年工部尚书朱衡致仕,失去一个有经验、有魄力的大臣,假如居正能够和他和衷共济,也许可以减少一部分的失败。万历三年,工科给事中徐贞明上水利议,认定河北、山东一带都可兴水利,供军实。但是在交给工部尚书郭朝宾查复以后,朝宾只说"水田劳民,请俟异日",打销了一个最有价值的提议。假如居正能够给贞明一些应得的注意,再推动政治力量,作为他底后盾,也许可以根本解决北方底粮食问题。①

在谈及张居正和神宗的复杂关系时,朱东润则用父母与子女的关系加以对照启发读者,从而表露自己的见解。

做父母的常说:"小的子女好养,大的子女难教。"为什么?小的时候,子女底个性还没有发展,原谈不上独立生存的能力,因此他们听从父母底指挥,驯伏得和羔羊一样,引起父母的怜爱。等到大了以后,他们底个性发展了,他们开始发现自己,在生活上,也许需要父母底维持,但是他们尽有独力生存的能力,为了这一点维持的力量,当然不愿接受太大的委屈。于是家庭之内,父母底意志和子女底意志并存,有时从并存进到对立,甚至从对立进到斗争。假如一家之中,父母底意志不一致,子女又不只一人,小小的家庭,无形中会成为多角形的战场。

不过亲子之间,究竟有亲子之间的天性,而且经过几千百年以来的礼教,子女或多或少地总觉得在父母面前有屈服的必要。尽管家庭之中,有不断的斗争,但是亲子之间,不一定会决裂,这是一个理由。

但是居正和神宗的关系,究竟不是亲子的关系……②

这类非叙事性话语,不仅有助于读者理解传主的故事,也体现了作者争取读者站在其立场,与其就人物、故事达成某种共识的努力,而这,又恰恰是历史

①　朱东润:《张居正大传》,《朱东润传记作品全集》第一卷,东方出版中心1999年版,第240页。
②　同上书,第346页。

传记尽量避免的。所以说,朱东润虽然极力推崇有来历、有证据的实录,但强烈的主体意识使其传记缺少了"春秋笔法"的含蓄而多了现代传记的主体性冲动。

但是,朱东润追求"磐石"般的"坚固可靠",所以他主张传记写作不仅应"有来历、有证据",而且还应"不忌繁琐"①。这种写作精神影响所及,就是《张居正大传》的"笨重确是有些笨重"。其实,"传记并不在于说出一个人所知道的一切——因为如果是这样的话,那么一本最琐碎的书就会像一生那么长;传记是要估计一个人的知识以及选择重要的事件"②。这种有证据、有来历、不忌繁琐的叙述,不能不影响到普通读者对这一作品的顺利接受。

四

写完《张居正大传》之后,朱东润在 40 年代还撰写了《王守仁大传》。对此,他在《自传》中回忆道:"《张居正大传》脱稿之后,我考虑到怎样把人的思想从固有的框框中解放出来。……这就使我联想到明代的王守仁。王守仁出来了,反对朱熹的那一套客观唯心主义。他提倡良知良能,提倡良心,认为只要不去昧没自己的良心,良心自然会告诉他什么是是,什么是非,什么是善什么是恶。他要的是良心所见的是非,而不是孔子孟子、圣经贤传所见的是非。日本明治时代的维新,主要是得力于阳明学说。其实明代末年认为洪水猛兽的李贽的《童心说》,也是从王守仁的良心派生的。这就使我考虑到要写《王守仁大传》。"③ 为了通过表现王守仁的行为否定程朱理学,提倡思想解放,在资料不全的情况下,朱东润克服困难最终写出了《王守仁大传》。可惜此书未能及时出版,手稿后于"文革"期间散失。

朱东润再从事传记文学写作已是 50 年代,1959 年他完成了《陆游传》。所以选择陆游为传主,是因为他是一位有问题的传主,后代对其"评价分歧

---

① 上述关于西方三种传记文学类型的划分和论述,除另外注明外,均据《〈张居正大传〉序》,见《朱东润传记作品全集》第一卷,东方出版中心 1999 年版。

② 安德烈·莫洛亚:《传记面面观》,陈苍多译,台北:商务印书馆 1986 年版,第 48 页。

③ 朱东润:《朱东润自传》,《朱东润传记作品全集》第四卷,东方出版中心 1999 年版,第 281 页。

很大"。"陆游的一生,八十五年的当中,经过不少的变化,他的政治关系,也有过相当的转变","有人把陆游看成权门清客",有人"认陆游为爱国诗人"。朱东润认为,"一位有问题的传主,有时会给传记的作者以更大的兴趣"。但要对传主作出判断就"必须举出具体的事实来,否则不容易取信",所以必须做必要的考证。① 因此,作者在写作《陆游传》前做了一些准备工作,包括《陆游诗选注》、《陆游研究》,等等。《陆游研究》中的某些篇目如《陆游和梅尧臣》、《陆游和曾几》、《陆游在南郑》、《陆游在农村》等可以看出可以作者对陆游生平的关注和考证。这部传记记叙了陆游具有悲剧色彩的一生。陆游经历的是战乱频繁的年代,金戈铁马的生活、收复中原信念和对美好感情的追求是贯穿其一生的鲜明印记,收复中原的执著信念和对美好感情的追求贯穿在传主的人生历程之中。传记以陆游自己的作品为脉络,叙写其传曲折的人生经历和复杂的心灵世界。除侧重梳理生平几件重大事情之外,朱东润开始尝试用小说的笔法描写传主的一些生活细节,因此整部作品的文学性较之《张居正大传》有所增强。

　　朱东润认为:"诗人是时代的先觉,在战争的年代里,他站在最前列,在和平的年代里,他歌颂得最嘹亮。他的丰富而深刻的感情和他的身世存在着密切的联系。倘使我们对于他的时代和身世,没有切实的体会,怎样理解他的作品呢?"他觉得"诗人是最需要写成传记的,这样我们对于他的作品才能获得进一步的理解"。② 因此,在《陆游传》之后朱东润完成的是《梅尧臣传》。梅尧臣是宋诗的"开山祖师",但其主要作品集六十卷的《宛陵文集》(《宛陵集》)"既不分体,又非编年"③,编次混乱给理解诗人及其作品造成很大的困难。朱东润研读梅尧臣集、《宋史》及同时代的一些诗文集,寻找查阅《宣城县志》和《梅氏宗谱》,又根据各种本子和相关史实做了一幅《宛陵文集分卷编年表》,然后才于1963年4月开笔写作《梅尧臣传》,至10月完成全书初稿,耗时两百余日。作品以传主的诗风变化为中心,结合时代和

----

　　① 　朱东润:《〈陆游传〉序》,《朱东润传记作品全集》第一卷,东方出版中心1999年版,第427—428页。

　　② 　朱东润:《〈梅尧臣传〉序》,《朱东润传记作品全集》第二卷,东方出版中心1999年版,第3页。

　　③ 　夏敬观:《梅尧臣诗导言》,转引自《朱东润自传》,《朱东润传记作品全集》第四卷,东方出版中心1999年版,第461页。

个人性格发展,描叙梅尧臣的身世遭际,剖析其作为宋诗"开山祖师"在诗歌创作上的特色和成就,也记载了他与当时文坛名流唱和往来的轶事趣闻。全书叙述的重点是传主对于宋王朝与西夏的战争、对于统治阶层内部的三次重大政治斗争的态度。梅尧臣没有直接参加对西夏的战争,但他时刻关心边境的战事,写了大量关乎国事的诗歌。三次重大政治事件指的则是景祐年间范仲淹等被贬官、庆历新政年间的政治斗争和皇祐初年唐介弹劾文彦博的事件。朱东润凭借其深厚的文史学养,佐之以丰富翔实的史料,在北宋王朝积贫积弱、内外交困的时代背景下,准确把握传主形象,这对于读者研究梅尧臣、研究古代诗歌的发展道路均很有裨益。

《梅尧臣传》之后,朱东润本拟撰写《苏轼传》。他花一年的时间仔细读了苏轼及同时代一些人的作品,并且开始了编定年次的工作,但最终还是放弃了这一计划。朱东润后来后来提到放弃的原因:

> 我终于发现我无法全部理解他的政治态度和生活作风。他的一生是那么的优游自在,行云流水;而我对于人生执著异常,我这一生固然无法享受优游自在的生活,也没有行云流水的消闲。这不是说我对或苏轼错,而是说我无法理解他。传主和作者至少要有一些共同的认识而后才能深入,才能写出自己满意的作品。①

朱东润发现苏轼的"行云流水"与自己的"执著异常"无法产生"共鸣",所以遗憾地放弃了为苏轼立传的打算,这表明传记作家选取传主的过程实际上接近"读者"接受"作品"的过程,传主的人生历程本身对作者来说必须具备特殊的"召唤结构"。作者的接受期待从"召唤结构"中满足,但作者最终还必须超越这种结构,否则就无法准确把握和从容再现传主的一生。

十年"文革"时期,朱东润历经坎坷,完全停止了传记的写作。1976年10月"文革"结束,一年后的1977年10月,朱东润写完他的《杜甫叙论》。这一传记写于70年代后期,但作者最早萌发为杜甫作传却是在十几年前。

---

① 朱东润:《朱东润自传》,《朱东润传记作品全集》第四卷,东方出版中心1999年版,第474页。

1964 年年底他就曾计划写作杜甫传，因为"这是一位论定的作家，关于他的材料也尽多"，但朱东润当时又认为"写杜甫传却有困难"，原因是"冯至写的《杜甫传》出版不久，虽然简短一些，论述也还精炼"。① 另外，一些问题，如"李姓王朝和吐蕃王朝、回纥王朝的关系，杜甫作品在唐诗中的地位、杜诗的发展及其创作道路等"也还没思考成熟。到了 70 年代中后期，朱东润自己觉得"对于这些问题有了某种程度的解决"，因此开笔写作，但标题已经变为《杜甫叙论》。据作者的解释，"叙论"的本意就是评传，特点是"对于杜诗的发展讲得较多"。② 杜甫是唐代著名诗人，他的诗歌主要记载安史之乱前后李唐王朝由盛入衰的社会现实及诗人颠沛流离的个人生活，素有"诗史"之称。《杜甫叙论》评论的重点是杜甫诗歌创作的两个高峰问题，即乾元二年的思想高峰和永泰二年的艺术高峰，关于传主的创作道路和杜诗的发展始终围绕这两个论题展开，而对于他的生平事迹的描述则相对较少。所以，《杜甫叙论》的结构特色是"以传为纵以论为横"③，它与一般传记叙事的区别在于前者围绕诗歌创作而后者围绕生平事迹进行。另外，这一作品虽为"叙论"，但也颇具文学性。朱东润善于用严肃而又不乏活泼、幽默的文学语言来介绍分析杜甫的生活和创作，特别是善于通过精炼生动的对话再现历史的场景，因此，《杜甫叙论》兼具了学术的价值和文学的价值。

除了杜甫的传记，60 年代中期朱东润也有写陈子龙传记的念头，他觉得陈子龙"不但诗作得好，文章也好，而且在异民族入侵的时候，在极为艰苦的情况下，他起兵反抗，最终献出了自己的生命"，所以值得为他作传，但最后终因担心一般读者对他不熟悉而作罢。④ 80 年代初完成《杜甫叙论》之后，朱东润还是写出了《陈子龙及其时代》这一作品。朱东润认为："陈子龙一生可以分为三个阶段，青少年时期他是一名文士，他的理想只是考中举人、进士，……幸而在适当的机会，他结识了黄道周，这才理解到还有一个为国为民的目标。这时子龙是一名志士了，他认识到必须把自己的力量贡献给国

① 朱东润：《朱东润自传》，《朱东润传记作品全集》第四卷，东方出版中心 1999 年版，第 471 页。
② 朱东润：《〈杜甫叙论〉序》，《朱东润传记作品全集》第二卷，东方出版中心 1999 年版，第 215 页。
③ 林东海：《朱东润先生和〈杜甫叙论〉》，《朱东润先生诞辰一百一十周年纪念文集》，上海古籍出版社 2006 年版，第 129 页。
④ 朱东润：《朱东润自传》，《朱东润传记作品全集》第四卷，东方出版中心 1999 年版，第 474 页。

家。……子龙曾经参加南京政权的工作,在看到朝政混乱以后,他回到松江。他不是退隐,而是纠结地方人士准备给敌人一次打击。南京政权垮台以后,要凭地方势力击退敌人,这是一个过分的估计,但作为斗士,他是不会计较成败利钝的。起义失败以后,他联系吴易,准备太湖起义。及至吴易过早地暴露目标,遇到又一次失败,这时黄道周在福建建立了以唐王朱聿键为首的福建政权,这是后来的隆武帝。国势进一步削弱了,但是子龙并不灰心,他一边接受福建政权领导,一边也联系浙东崛起的鲁王朱以海,准备起义。作为斗士,他得不断地进行斗争,只要成功有一线的希望,真正的斗士必然要从失败中争取胜利,甚至在成功的希望只是泡影的时候,他也决不放弃斗争。子龙就是这样的一个斗士。”但朱东润又认为,陈子龙并不是超人,“他是时代中的人物,他的一生的经历都和他的时代息息相关”①。因此,《陈子龙及其时代》没拘泥于作者多年来驾轻就熟的传记写作体例和传记结构,而是突破常规,推陈出新,改变行文布局的惯例。作品不再仅仅围绕传主的事迹来谋篇布局,而是在叙述传主生平的同时增加时代大事的线索,融人物生平变化于时代风云之中。在明政权日益崩溃、清军进逼中原、农民起义迭起的大背景下,朱东润的《陈子龙及其时代》生动地刻画出一位从只关心诗文的文士,以国事为己任的志士,到最终以身殉国的斗士的传主形象。同时,朱东润还以一个文学史家独到之笔触,描摹了崇祯帝、吴三桂、洪承畴、袁崇焕等各色人物的活动,勾勒了一幅十七世纪中国的波澜壮阔的历史画卷,并试图在历史的发展进程中,寻找出产生真正斗士的契机。据称,“朱东润本拟将此书的书名定为《陈子龙大传》,后因有关方面认为书中与传主个人活动无直接关系的时代大事占了太多篇幅,故改为现名”②。但朱东润后来在“序”中揶揄道:“这样的写法,在国外是经常见到的,不过在国内,由于数百年来八股文字的传统,可能有人认为离题太远,因此我在书名中特别提到的时代,表示我

---

　　①　朱东润:《〈陈子龙及其时代〉序》,《朱东润传记作品全集》第三卷,东方出版中心 1999 年版,第 4 页。

　　②　李祥年:《朱东润的学术道路》,《朱东润先生诞辰一百一十周年纪念文集》,上海古籍出版社 2006 年版,第 41 页。

对于这个传统的正视。"① 实际上，着重在社会时代的背景下叙述传主的人生历程正是中国史传宏大叙事的传统，朱东润这样的解释不能不说是充满反讽的意味。

1986 年，在 91 岁高龄的时候，朱东润开始着手《元好问传》的写作，1987 年 12 月初《元好问传》脱稿，12 月 20 日他因病入院，1988 年 2 月与世长辞，《元好问传》也就成为其名副其实的遗作。元好问历经金、蒙古两个时代，他的一生是在兵戈撞击、颠沛流离的动荡岁月中度过的。为让读者充分了解元好问生活的特殊年代，朱东润用一大章的篇幅去厘清元宋、金、蒙古间的复杂关系。从第二章开始讲述传主的青少年时代开始，《元好问传》就大量引用传主的诗歌以印证其经历和体验。作者充分借助传主的作品，循着历史的足迹，描述其坎坷的一生，揭示其充满矛盾的人格特征。在《元好问传》中，传主的相关诗文作品是被当成生平史料而得到充分运用的。

在朱东润的传记文学创作生涯中，另还有两部传记作品特别值得重视，一是他为自己妻子写作的传记《李方舟传》，另一本是他自己的自传。

《李方舟传》是朱东润为其夫人邹莲舫女士所作的传记，李为邹的化名。朱、邹两人结缡于 20 年代，相濡以沫，携手走过了近半个世纪的人生沧桑。这部作品写于"文革"期间，因此不能不借鉴传统的春秋笔法，其中人名、地名、机关名"都经过一些转化"②，有些事件场面的叙写也不得不采用曲笔，但作者还是以史家之笔触、饱含深情地描写了一位为丈夫和子女奉献一生，努力为社会尽个人本分，却在不正常的岁月里，含冤离开人世的普通女性的生命历程，同时也通过传主的一生写出了中国跌宕多灾的艰难时代。严格地说，这一传记并未完整记录李方舟的一生，它虽然像许许多多传记那样开篇于传主的家世与出生，但却结束于 1965 年冬天"文革"爆发前夕，敦容的七十岁生日：

> 在他们结婚以后，方舟对于敦容的生日，一向是非常重视的。三十岁那一年，敦容还在崇川，生日那一天，方舟是赶到崇川去，夫妇和孩子

---

① 朱东润：《〈陈子龙及其时代〉序》，《朱东润传记作品全集》第三卷，东方出版中心 1999 年版，第 5 页。

② 朱东润：《〈李方舟传〉序》，《朱东润传记作品全集》第四卷，东方出版中心 1999 年版，第 507 页。

们一起，欢度这一个日子。四十岁那一年，敦容在武汉，方舟是带着文简去的。五十岁就不同了，那时一个在四川，一个在济川，相去数千里，无法见面，这是迫于时势，原是无可奈何的了。六十岁那一年，敦容在无锡，方舟从济川赶过去，和天中夫妇一道过的。如今是七十岁了，方舟商议是怎么过呢？当然，他们是不会搞什么排场的，以往不也是如此吗？但是也不能就此不声不响地过去。①

于是他们最后商定那一天到南翔去。在南翔的古漪园，"草木发出一些幽静的幽香"，"日光从西窗里慢慢地透过来，更使人感到透骨的舒适"，但他们听到的却女艺人悲惋、呜咽、沉痛的歌唱，最后落得个"惘惘地"离开。传记正文至此而止，夫妇之间一往情深，山雨欲来风满楼的预感等都隐含在不露声色的字里行间。三年之后，李方舟这位善良的家庭妇女就因不堪忍受精神与病痛的折磨被迫自杀，但作者却不能在其传记中记下这惨痛的悲剧。"文革"结束后，朱东润才在《后记》中详细补叙了这一悲剧，并且长篇抒发了多年压抑心底的愤懑与不平：

> ……莲舫没有呼吸了，自经的绳索还在，后来给公安局的人带去了，作为自尽的见证。我的棉袄已经收拾了，上面留着一张字条："东润：对不起，我先行一步了。钱留在衣袋里。"这张字条也由公安局的人带去。所以她的遗物，除了衣饰零用以外，这最后的一点遗言都没有留下。
>
> 为了国家的需要，她办过缝纫组，她办过食堂。她曾经在第一宿舍担任居民小组长，因为缺人负责的关系，她跨过马路，到第二宿舍再兼任一个居民小组长。为了食堂的需要，她一天亮就工作，除了午后略为休息外，又从下午起再一直干到晚上。至于在泰兴办缝纫组的事，那更不必说了。假如办到现在，我们可以做多少工作，为国家赚多少外汇。但是李副县长慑于成衣师傅的压力，他主张停办了。她一句话也不说，连李副县长要为她安排在县立中学工作，她也拒绝了。

---

① 朱东润：《李方舟传》，《朱东润传记作品全集》第四卷，东方出版中心1999年版，第591页。

　　在国家需要我从泰兴到四川工作的时候,她毅然决然地让我走了。我还有些留恋,但是她却肯定地让我走了。八年分离之中,她对我是绝对地信任,甚至有人告诉她我在四川重娶已经有了孩子的时候,她只是淡淡地一笑,没有一丝一毫的怀疑。在敌人进入泰兴以后,亲戚朋友的往来都相继断绝,她没有分厘毫发的畏惧。除了在大乱的当中,她关心儿女的生存,为他们的安全操心担忧之外,只是行所当行,为所当为,没有丝毫的胆怯。

　　然而,这样的一位家庭妇女,竟被威逼到自杀的地步。在那种风声鹤唳的时候,原本救死扶伤的医院对这样的妇女是不收留、不抢救的。莲舫的生是为国家和家庭尽了她的责任,莲舫的死是由于应当尽责的医护人员不便尽责而终于死去的。①

　　可以说,李方舟最后的命运就是"文革"岁月中许多善良中国人命运的缩影,她的悲剧是时代的悲剧、社会的悲剧。因此,这是一部了解、研究20世纪普通中国人命运的重要著作,随着时代的推移,它将显示出特殊的意义。

　　《朱东润自传》的写作始于1976年2月,成于同年12月,在时间上略迟于《李方舟传》,但基本上也属于"文革"时期的写作。1976年恰为作者八十周岁,因此这一传记原称《八十年》,后才更名为《朱东润自传》。② 从1896出生到1976年,作者经历和见证了清末、民国和新中国成立后的历史变迁,所以这既是作者对自己八十年人生历程的回顾和总结,也是作者记录人世变迁世事浮沉的历史长卷,因此同样具有重要的历史文化价值。

　　从上述的梳理不难看出,朱东润的传记文学创作比较倾向于中国古代的历史人物,特别是倾向于古代的文学家,这样的选材与作者是个文史学家不无关系。一般来说,这样的选材,这样的作者背景,写出来的传记往往是因学术要素特别明显、美学技巧要素又相对薄弱,因而缺乏可读性。但朱东润的传记作品却能够避免这种不足,它们在内容方面注重科学性、准确性的同时,

　　① 　朱东润:《〈李方舟传〉后记》,《朱东润传记作品全集》第四卷,东方出版中心1999年版,第602页。

　　② 　顾雷:《现代传记文学的拓荒者——朱东润教授传论》,《朱东润先生诞辰一百一十周年纪念文集》,上海古籍出版社2006年版,第60页。

在具体的表述形式上又是相当突出美学技巧因素,即在谋篇布局、遣词造句、描述事件、刻画人物等各个方面,大都吸收和借鉴了文学方法。可以说,朱东润的传记作品在本质上是历史、学术性以及文学性的结合。

朱东润曾说过:"在武汉大学时,闻一多要我教中国文学批评史,我一年中写成了《中国文学批评史大纲》。解放后,周扬要我编《中国历代文学作品选》,这些都是任务。我的衷心愿望,倒是想当一名忠实的传记文学家,为一代的文人,千秋的斗士,真正的爱国者立传,为在国家和人民的命运转折时期的关键入伍立传。到我死后,只要人们说一句:'我国传记文学家朱东润死了。'我于愿足矣。"① 综观朱东润的一生,他的确为现代传记文学的提倡、研究、创作以及教学付出了毕生的心血,他的传记文学理论与实践既借鉴西方但又不是简单机械的模仿,既立足于本民族的传统又融汇了现代传记的理念;他由理论的研究引导传记文学的创作,又由创作的实践验证和丰富传记文学的理论;他以系统的理论研究和切实的创作实践引领传记文学的教学,由通过教学深化、充实和实现传记文学的提倡。总之,提倡、研究、创作以及教学相得益彰,朱东润为现代传记文学事业作出了巨大的贡献,他完全无愧于"传记文学家"的称号。

(原载《文艺理论研究》2012 年第 2 期)

---

① 转引自陈谦豫:《难忘的回忆》,《泰兴文史资料》1989 年第 6 辑。

论中国现代传记文学的民族特色

中国现代传记文学最初几位自觉倡导者在倡导传记文学时,无一不是以西方传记文学为参照审视中国传统的传记写作,并且都带有明显的标举西方传记模式的倾向。梁启超说自己的《李鸿章传》"全仿西人传记之体"①。胡适和郁达夫在介绍西方近代以来的传记文学作品时也都认定这是"中国最缺乏的一类文字"②;"正因为中国缺少了这些,所以连一个例都寻找不出来。若从外国文学里来找材料,则千古不朽的传记作品,实在是很多很多"③。后来的朱东润也认为"在近代的中国,传记文学的意识,也许不免落后……,横在我们面前的,是西方三百年以来传记文学的进展",所以他也不讳言写作《张居正大传》的目的是"供给一般人一个参考,知道西方的传记文学是怎样写法,怎样可以介绍到中国"④。由于梁启超他们在中国现代文化史上举足轻重的地位和在中国现代传记文学发生期的巨大影响,人们后来在论及现代传记文学时,自然也就都格外瞩目中国现代传记文学的外来影响而忽略其民族承传。20世纪40年代就已有论者指出,"近世以来,中国的传记文学,因为受到西洋的影响","在体裁格调方

---

① 梁启超:《中国四十年来大事记(一名李鸿章传)·序例》,《饮冰室合集》专集之三。
② 胡适:《传记文学》,《胡适传记作品全编》第四卷,东方出版中心1999年版,第243页。
③ 郁达夫:《传记文学》,《郁达夫文集》第六卷,花城出版社1983年版,第201页。
④ 朱东润:《张居正大传·序》,《朱东润传记作品全集》第一卷,东方出版中心1999年版,第4、15页。

面有了改变,……与过去的传记相较,换了一副神气"①。到 90 年代人们仍然认为,"从戊戌维新到五四前后,是中国的传记写作在吸收借鉴西方传记经验的基础上,从内容到形式逐步突破封建时代的旧传记传统,由此过渡到完全意义上的现代传记的一个重要时期"②;"五四以来的中国传记一直存在着两种不同的走向,而这两种走向都是以'现代性'为前提的,都是在'现代性'的文学话语的范围之内运作的。它们都与传统的传记有着深刻的断裂"③。甚至在进入新世纪后人们仍然认为,"中国现代传记,即区别于古典传统模式的现代传记,是本世纪初思想解放运动的产物,也是向西方学习的结果"④。在考察研究 20 世纪中国传记文学的学者中,只有陈兰村先生注意到"20 世纪中国传记文学既受外域传记文学的明显影响,又与中国古代传记文学有一定的承传关系,并且在中国现当代文学整体格局中仍保持了自己历史与文学结合的独特品性"⑤。但是中国传记文学在哪些方面与本民族传统保持了承传关系,又在哪些方面体现了独特的民族品性,陈先生也未展开过充分的阐述。笔者觉得,本民族的传统文化对于一代作家的影响往往是一种潜移默化的过程,这种影响有时并不如外来文化影响引人注目,但却是深远的,无条件的。中国传记文学虽然在 19 世纪后期开始接受外来影响,并在 20 世纪二三十年代完成了现代的转型,但中国深厚的传记文化积淀无疑是中国现代传记文学赖以生成的土壤根基,传统传记写作中的"史传"精神作为一种文化观念,其影响更是无比深远。追寻这种影响无论对于准确把握中国现代传记文学的发展历史,还是对于促进现代传记理论体系的建构都是极其有益的。因此,本文将进行的,是考察中国现代传记文学与中国传统传记之承传关系,并进而探讨寻蕴含于现代传记文学创作中的民族特色。

① 沈嵩年:《传记学概论》,教育图书出版社 1947 年版,第 64 页。
② 朱文华:《传记通论》,复旦大学出版社 1993 年版,第 134 页。
③ 张颐武:《传记文化:转型的挑战》,《人物》1995 年第 1 期。
④ 萧关鸿:《中国百年传记经典·序》第一卷,东方出版中心 2002 年版,第 3 页。
⑤ 陈兰村:《20 世纪中国传记文学的历史位置及其基本走向》,《学术论坛》1999 年第 3 期。

一

在中国的文化史上,自司马迁在《史记》中以人物为中心来表现历史,开创纪传体样式之后,史传合一成为定体,以后历代均沿袭此体。在中国传统的图书分类法中,传记一般也理所当然地被归入到"史部"。当然,中国古代文史不分,许多优秀的传记作品也不乏鲜明的文学特征,但作为历史写作的重要组成部分,中国古代传记写作也就往往格外注重史鉴的功能。

以史为鉴,中外皆然,但由于历代文人及统治者对这一功能的重视,这种观念在中华文化的发展进程中显得格外突出。数千年前的《诗经》就已强调"殷鉴不远,在夏后之世"①;贾谊的《过秦论》也告诫汉文帝说,"'前事之不忘,后事之师也'。是以君子为国,观之上古,验之当世,参以人事,察盛衰之理,审权势之宜,去就有序,变化应时,固旷日长久,而社稷安矣"②。后来司马迁的"居今之世,志古之道,所以自镜也"③;唐太宗的"以古为镜,可以知兴替"④也都是此意。中国古代重要的史学理论著作把这概括为撰史的一项重要原则:"史之为务,申以劝诫,树之风声。"⑤这种撰史的原则,探究或再现的是历史,目的却在当下,所以明显地带有现实功利性。历史写作是这样,传记的写作也是这样。唐太宗的"以人为镜,可以明得失"⑥说的是直言谏诤的魏征,但理解为以古人为镜也未尝不可。因为历代的帝王将相无不从有关历史人物的记载中寻找治国安邦之术,无数忠臣义士也都以过往君主的成败得失来诤谏当朝的统治者(如贾谊的《过秦论》)。所以中国古代大多数"史传"或"散传"的写作,也都有着明显的现实功利目的。

中国现代传记文学诞生于内忧外患之际,传统传记的史鉴功能一开始就为有志于社会变革者所重视。严复作《孟德斯鸠列传》、《斯密亚丹传》等

---

① 《大雅·荡》。
② 《过秦论》。
③ 《史记·高祖功臣侯者年表》。
④ 《旧唐书·魏征传》。
⑤ 《史通·直书》。
⑥ 《旧唐书·魏征传》。

作品,为外国人立传的目的显然不在认识、研究历史,而完全是为了新民启智,为了唤醒民众。梁启超作《李鸿章》、《王荆公》、《管子传》、《袁崇焕传》和《匈加利爱国者噶苏氏传》、《意大利建国三杰传》、《近世第一女杰罗兰夫人传》等一系列中外名人传记,其所写西方名人传在内容上宣扬资产阶级平等、自由、博爱的思想,明显是为当时的立宪运动服务的;所写本国历史名人传记则是为了张扬英雄主义和爱国主义,改造冷漠涣散的“国民性”。他为西汉的张骞和东汉的班超作《张博望班定远合传》,动机也是“欧美日本人常言支那历史不名誉之历史也。何以故?以其与异种人相遇辄败北故。呜呼,吾耻其言。虽然,吾历史真果如是而已乎?其亦有一二非常之人非常之事,可以雪此言者乎?高山仰止,景行行上,读张博望班定远之轶事,吾历史亦足以豪矣”。这一类的传记,用梁启超自己的话说,均为“意不在古人,在来者也”①。

辛亥革命期间,章太炎的《邹容传》、《徐锡麟陈伯平马宗汉合传》,蔡元培的《徐锡麟墓表》、《杨笃生先生蹈海记》以及其他人用白话写作的《黄帝传》、《孔子传》、《中国革命家陈涉传》、《中国排外大英雄郑成功传》等,宣传民族革命和爱国主义的倾向就更为明显。后来的论者不仅注意到这一现象,而且还明确指出其原因:“传记文学在当时,几乎成为绝大多数革命刊物不可缺少的部门。采用这样文学形式来宣传革命,也正适应了民族革命和爱国主义宣传工作的需要。”②

到五四新文化运动前后,传记的这种史鉴功能不仅没有减弱,而且以更为丰富的方式得到充分的应用。不是以政治家或革命者,而是以文化学者闻名的胡适按理说对于文学的功利目的不会那么在意,但是他1908年撰写的《姚烈士传》一开篇就强调“责任”“比生命还贵重几千百倍”,并且强调姚烈士“因为把救我们中国同胞这一件事,看做他自己的责任”,所以“才把他的生命来殉他的责任”。《世界第一女杰贞德传》的结尾明确指出:

---

① 梁启超:《中国四十年来大事记(一名李鸿章传)·序例》,《饮冰室合集》专集之三。

② 阿英:《传记文学的发展——辛亥革命文谈之五》,《阿英全集》第六卷,安徽教育出版社2003年版,第688页。

我们中国如今的时势危险极了,比起那时法国的情形,我们中国还
要危险十倍呢!……我很望我们中国的同胞,快些起来救国,快些快些,
不要等到将来使娘子军笑我们没用。我又天天巴望我们中国快些多出
几个贞德,几十个贞德,几千百个贞德。等到那时候,在下便抛了笔砚,
放下书本,赶去做一个马前卒,也情愿的,极情愿的。①

而同样发表在这一年的《中国爱国女杰王昭君传》,张扬的则是传主
的一片"爱国苦心"。后来,在五四高潮中胡适替一个"素不相识的可怜女
子"李超做传,其目的也是"因为她的一生的遭遇可以用做无量数中国女
子的写照,可以用做中国家庭制度的资料,可以用做研究中国女子问题的起
点",所以他在最后说:"我们研究她的一生,至少可以引起这些问题":"(1)
家长族长的专制","(2)女子教育问题","(3)女子承袭财产的权利",
"(4)有女不为有后的问题"②。不难看到,胡适当时的思路也和"叙国家之
盛衰,著生民之休戚,使观者自择其善恶得失,以为劝诫"③的意图不无相通
之处。

从20年代中后期开始到40年代后期,社会政治斗争和民族矛盾更为尖
锐,传记写作与现实的关系更为紧密。郭沫若写于20年代后期的《反正前
后》以及《革命春秋》,写自己在保路运动中的成长过程,但在更深的层面
上却透露了作者分析总结近代中国社会历史经验教训的意图。郭沫若认为
保路运动失败的原因在于这场革命斗争的领导阶级——资产阶级的软弱性
和妥协性;而辛亥革命的最终爆发则源于群众运动的兴起,源于争取立宪制
的政治斗争和争取路权的经济斗争相结合。他认为这样的革命导致的是立
宪派、"同盟会"以及封建军阀的权力之争,革命的最终结果则是中国的支
配权"由反革命派移到反革命派手里的"。在对那段历史进行一番考察描绘
的基础上,这一传记作品实际上在告诉读者:

---

① 胡适:《世界第一女杰贞德传》,《胡适传记作品全编》第四卷,东方出版中心1999年版,
第177页。
② 胡适:《李超传》,《胡适传记作品全编》第四卷,东方出版中心1999年版,第184、193—
194页。
③ 《资治通鉴·世祖文皇帝上黄初二年》。

保路同志会的运动,乃至结晶为辛亥革命的整个资本主义的革命运动,结果是失败了。它的失败却告诉了我们一条路:中国革命自始至终应该是反抗帝国主义的革命,而这种革命不能由中国的资本家的手里来完成。①

联系 1927 年国共破裂后空前尖锐的阶级斗争政治斗争,联系 20 年代末思想文化界那场关于中国社会性质问题的激烈论辩,作者通过这一切的分析关注现实斗争的意图显得格外明晰。

郭沫若之后,《明太祖传》、《汉奸刽子手曾国藩的一生》、《窃国大盗袁世凯》等作品的作者通过为历史人物立传反观现实的意图就更为明显。就是朱东润写《张居正大传》,目的也是"想从历史陈迹里,看出是不是可以从国家衰亡的边境找到一条重新振作的道路",因为作者认为:

在那时代,我们正和敌人作着生死的搏斗。一切的写作,包括传记文学创作在内,都是为着当前的人民而写作的。写张居正的传记,当然必须交代一个生动、完整的张居正,但绝不是为了张居正而创作。我们的目光必须落到当前的时代,我们的工作毕竟是为现代服务的。②

另外,像巴金撰写的《俄罗斯十女杰》、《克鲁泡特金》等传记,很主要的一个意愿则是弘扬高尚的道德人格。因为在巴金看来,道德人格完全可以显示出一种超越思想观念或理论主张的力量,而社会革命也急切需要崇高的道德理想作指导。他曾明确谈道:"人群解放运动中确实需要着一种崇高的道德理想。过去的革命之所以不能达其预料的目的,皆由缺乏此种道德理想所致。"③ 所以在向读者介绍克鲁泡特金时巴金说,你可以"反对"或"信奉"他的主张,"然而你一定会像全世界的人一样要赞美他的人格,将承认他是一个纯洁、伟大的人,你将爱他、敬他"④。可见巴金的传记讲述的是外国

---

① 郭沫若:《反正前后》,《郭沫若全集》第十一卷,人民文学出版社 1992 年版,第 232 页。

② 李祥年:《朱东润——现代传记园地的拓荒者》,《人物》1996 年第 3 期。

③ 巴金:《克鲁泡特金的〈伦理学〉之解说》,《巴金全集》第十八卷,人民文学出版社 1993 年版,第 456 页。

④ 巴金:《〈我的自传〉译本代序》,《巴金全集》第十七卷,人民文学出版社 1991 年版,第 132 页。

人的故事,针对的也仍然是当下社会,为的是将来的世界,体现的则是一种
"已往之兴废,堪作将来之法戒"① 的自觉意识。

　　总之,中国现代传记的史鉴功能很大程度上源自于古代以史为镜、以人
为镜的民族传统,和古代传记一样,其探究或再现的是过往的人事,目的却始
终在当下,所以明显地带有现实功利性。但是在这种自觉的价值取向中,却
又包括了现实社会的认识、现实人生的探讨、现代人格的建构等等诸多的内
涵或途径。所以,现代传记所体现出的史鉴功能远比传统的史传丰富,从发
展的角度来看,这既是历史的传承,也包含了现代的创新。

二

　　现代传记既然还承担着传统的史鉴功能,那么作者在具体写作中必然也
得继承传统的历史叙事方法。"夫史之称美者,以叙事为先。"② 司马迁所开
创的纪传体,是一种把人物传记纳入"表"、"书"统辖之下的写作模式。以
《史记》为开端,中国传记的写作实际上形成了在广阔的社会历史背景中写
人的宏大叙事传统,后继的传记作者所关注的大多是与历史有关的大局、大
事、人物大节,而对于个人的身边琐屑,传主的内心世界一般都不给予过多的
关注。所以,中国传统的历史叙事实际上是一种关注人与社会关系的宏大叙
事。孙犁曾经注意到:

　　　　《项羽本纪》,写到虞姬的文字极少,最后写了那么一两句,是为了表现
　　英雄末路。如果是文学作品,就会抓住虞姬不放,大事渲染。从她怎样与
　　项羽认识,日常感情如何,写到临别时(《史记》没写她死,也没有写别离)
　　的心理状态,纠缠不清,历史家如果这样去写,那就不成其为历史名著了。③

这种关注传主与社会关系的宏大叙事传统也可以从古代先贤孟子的"知人
论世"中找到渊源。

---

　　① 宋濂:《文宪集·进元史表》。
　　② 《史通·叙事》。
　　③ 孙犁:《关于报告文学和纪实文学》,《如云集》,百花文艺出版社 1992 年版,第 144 页。

　　而在西方，"历史之路与传记之路"虽然曾经有过"一种会合的趋势"，而后来历史和传记之间的联系也"未随着更为学术化的史学研究方法的出现而被割断"①，但西方传记作者更为注重的往往是资料全面与详实。所以西方传记作品的一个很重要的基本特征是"把一人一世的言行思想，性格风度，及其周围的环境，描写得极微尽致"②。作为鲍斯威尔的著名传记《约翰生传》的传主、同时也是西方近代著名的传记作者约翰生就曾经公开提出："传记作家的职责往往是稍稍撇开那些带来世俗伟大的功业和事变，去关注家庭的私生活，展现日常生活琐事。在这儿，外在的附着物被抛开了，人们只以勤谨和德行互较长短。"③约翰生的观念深深地影响了他的后继者鲍斯威尔，《约翰生传》便是以其巨细靡遗地记述传主的生平事迹而闻名于世的。这一包括上下两大卷的皇皇巨传为了全面展示传主的性格特征，不仅细致记录其饮食起居等日常生活情况，而且对其行为怪癖也有相当入微的描述。这种传记观以及对传主日常生活琐屑巨细必录的写作方法，在很长时间里一直被许多西方传记作家奉为圭臬。

　　进入现代之后，针对鲍斯威尔、特别是维多利亚时期以来传记写作的状况，西方的传记作家和理论家开始了新的变革。但由于受心理学发展的影响，在强调清晰简洁、追求真实等原则，注重资料取舍和谋篇布局等问题的同时，许多传记作家又不约而同地把关注的重点转向了传主的内心世界。英国杰出的传记作家李顿·斯特拉屈在完成其代表作《维多利亚女王传》时精心取舍地处理材料，匠心独运地安排篇章结构，从而用不及《约翰生传》1/3的篇幅完成了在位近七十年的英国女王的传记。在这有限的篇幅中，作者对女王在位期间纷繁复杂的国内外大事背景进行了大刀阔斧的处理，而把大量的笔墨用于对传主性格形成过程的刻画和对其心理世界分析。稍后，奥地利籍犹太作家斯蒂芬·茨威格那部广受西方世界赞誉的传记《命丧断头台的法国王后——玛丽·安托瓦内特》，描述的是最后被送上断头台的法国皇后的生平事迹。作品对法国大革命的时代背景虽也有一定的交代，但着重揭示

　　①　艾伦·谢尔斯顿：《传记》，李文辉、尚伟译，昆仑出版社1993年版，第25、34页。
　　②　郁达夫：《传记文学》，《郁达夫文集》第六卷，花城出版社1983年版，第201页。
　　③　艾伦·谢尔斯顿：《传记》，李文辉、尚伟译，昆仑出版社1993年版，第7页。

的仍然是传主与路易十六的个人性格和命运的发展。其中最引人注目之处是对传主日常生活具体入微的描绘和对传主内心世界的细致深刻的分析。法国的莫洛亚的代表作《博学的小说家——阿道斯》、《赫胥黎》和《英国小说大师苏伦斯》等在注重把握具体生活细节的同时也明显借鉴了现代心理分析的方法。莫洛亚认为："若不考察一个人物的各个方面,不深入了解其无数的细枝末节,要想把握他的心理状况,是根本不可能的。以往被解释成由单一原因所引起的或者是由某些伟大人物所决定的历史事件,其实则是大量小规模的活动及无数个人意志合力作用的结果。"① 他甚至明确地把充分揭示传主人格的复杂性和注重传主内心冲突作为现代传记所应具备的最基本特征。

总之,西方传记作家大都注重对传主生平资料乃至野史秘闻的全面搜集和运用,注重对传主心理个性的探究,他们比较一致地倾向于围绕传主私生活进行个人化的微观叙事。而"史传合一"、"知人论世"的传统则更为使中国传记重视传主与外部世界的关系,忽略对传主个人生活乃至个性的探究,传记作家关注的往往只是传主作为社会的人在某些特殊职能中的行为和功能,而不是尽量提供其全面生动的人生面貌。这种叙事,无疑属于一种宏大的历史叙事。

这种宏大的历史叙事传统在进入现代之后仍为广为现代传记作家所继承。首先,在传主的确定上,作家们往往热衷于选择那些曾经叱咤风云,或者影响社会历史进程的重要人物,并且通过对他们与社会历史关系的描述展现或寄托某种国家、民族的精神,揭示或表露对社会历史规律的认识。朱东润在谈《张居正大传》的写作过程时就曾说过:在传主的选择上他曾"经过不少的痛苦",因为"任何人都有自己的世界,自己的一生。这一生的记载,在优良的传记文学家的手里,都可以成为优良的著作。所以在下州小邑、穷乡僻壤中,田夫野老、痴儿怨女的生活,都是传记文学的题目",只是"一个理想的说法,事实上还有许多必要的限制",他觉得"只能从伟大人物着手",所以最终还是选择了从隆庆六年到万历十年之中,占据政局中枢整整十年

---

① 安德烈·莫洛亚:《论当代传记文学》,刘可、程为坤译,《传记文学》1987 年第 4 期。

的"划时代的人物"张居正①。胡适虽然在《李超传》中提出"替一个女子做传比替什么督军做墓志铭重要得多"②,但除此之外,他所做传记的传主也大多是神会(《荷泽大师神会传》)、高梦旦、张伯苓、吴敬梓、朱敦如、王昭君、康有为、姚洪业(《姚烈士传》)以至贞德、吉尔曼、爱迪生等这些古今中外的历史文化名人。梁启超写作传记是为了启智和新民,所以对传主的选择更是注重其社会历史的影响,如管子、张謇、班超、郑和、王荆公、康有为、李鸿章以及意大利建国三杰等。被中国现代传记作家选为传主的这些人物,或以其思想行为为自己的国家民族作出过贡献,或可以给当下的社会以某种的启迪,他们轻而易举地成为现代传记作家和传记读者"认同"意识的对象。

按传统的文学观念,传主的选择本是一种内容的选择,它与具体的叙事形式关系并不太大。但是正如俄国形式主义理论所认为的那样,内容是依附于形式而存在,内容不可能在文学中单独存在,作品中的一切都是形式,思想、倾向、观念等等过去属于内容的东西共同成了艺术形式的构成要素。所以,这种颇为相近的传主选择实际上体现了传记作家一种共同的叙事对象化倾向,即更多的是从社会历史的角度而不是从生命个体的角度来进行具体的传记叙述。传主的选择在某种程度上已大致规定了宏大的历史叙述倾向。

中国现代传记所继承的宏大历史叙事传统的另一个更为主要的体现,是传记作家在具体的叙述中都特别关注传主与时代的关系。梁启超作的是《李鸿章传》,同时他又说:"吾今此书,虽名之为'同光(指同治、光绪——原注)以来大事记'可也。"他还认为:

> 不宁惟是。凡一国今日之现象,必与其国前此之历史相应,故前史者现象之原因,而现象者前史之结果也。夫以李鸿章与今日之中国,其关系既如此其深厚,则欲论李鸿章之人物,势不可不以如炬之目,观察夫中国数千年来政权变迁之大势,民族消长之暗潮,与夫现时中外交涉之隐情,而求得李鸿章一身在中国之位置。③

① 朱东润:《〈张居正大传〉序》,《朱东润传记作品全集》第一卷,东方出版中心1999年版,第6页。
② 胡适:《李超传》,《胡适传记作品全编》第四卷,东方出版中心1999年版,第184页。
③ 梁启超:《中国四十年来大事记(一名李鸿章传)·绪论》,《饮冰室合集》专集之三。

这样的观念使梁启超在具体写作过程中采用了宏大的历史视角,除《绪论》和《结论》外,"李鸿章之位置""李鸿章未达以前及其时中国之局势"、"兵家之李鸿章(上、下)""洋务时代之李鸿章""中日战争之李鸿章""外交家之李鸿章(上、下)""投闲时代之李鸿章""李鸿章之末路"等就成为这一传记的叙述要点,而像"李鸿章之家世""李鸿章薨逝"等则成了"无关大体,载不胜载"的内容,被很简单地在一二小节中略作交代而已。

朱东润的《张居正大传》十四章三十余万言,有十三章用于叙述传主辅弼神宗,宦海沉浮的人生历程。其中特别引人注目的是联系政局时局,对张居正当政期间推行"考成法"及"一条编法",裁汰冗员,加强边防,浚治黄淮等一系列改革措施进行全方位的描述。而主要用于叙述传主个人生活和成长历程的,仅仅是在开篇的第一章"荆州张秀才"。但在这一章又有很大的篇幅是在写传主的家族世系,真正讲述张居正从出生到嘉靖二十六年(丁未)入京会试中二甲进士,开始踏上政治生涯大道的文字仍然微乎其微。从第二章"政治生活的开始"之后的叙述,则完全是以朝政变迁为背景,以传主的政治生涯为重点了。作为文史学家,朱东润重在强调张居正是划时代的人物的历史叙述视角是再清楚不过了,所以这一传记作品的宏大的历史叙述特征也十分明显。

不仅仅是他传创作,现代自传作品的作者一般也不着力讲述自己个人的私生活,也不甚关注自身的精神世界,他们大多希望能够通过个人命运的讲述,展现一幅广阔丰富的社会历史画卷。所以,自传这种在西方世界被当成"精神的自我形成史",一般都体现个人化叙事特征的文学样式,在现代的中国也比较一致的表现出宏大历史叙述的共同特征。胡适提倡自传写作,是希望人们"替将来的史家留下一点史料",在《四十自述》的《自序》中他谈到,自己写作的目的也是"给史家做材料,给文学开生路",所以最终走的还是"历史叙述的老路"①。

郭沫若自传写作中的宏大历史叙述意识更为自觉。他谈到自己的自传写作时曾说:"写的期间不同,笔调上多少不大一致,有时也有些重复的地

---

① 胡适:《四十自述·自序》,《胡适传记作品全编》第一卷,东方出版中心1999年版,第2—3页。

方,但在内容上是蝉联着的;写的动机也依然一贯,便是通过自己看出一个时代。"① 所以,他的自传更是包罗了无尽的时代风云,从"反正前后"到"革命春秋",从"创造十年"到"划时代的转变",从"归去来"到"洪波曲",他的自传在记叙自我人生轨迹的同时,也为读者提供了一部中国近现代革命斗争的编年史。在《〈我的童年〉前言》里,郭沫若更是明确地表示:

> 我的童年是封建社会向资本主义制度转换的时代,
> 我现在把它从黑暗的石炭的坑底挖出土来。
> 我不是想学 Augustine 和 Rousseau 要表述甚么忏悔,
> 我也不是想学 Goethe 和 Tolstoy 要描写甚么天才。
> 我写的只是这样的社会生出了这样的一个人。
> 或者也可以说有过这样的人生在这样的时代。②

正是这种鲜明的表述,也使得海外研究者注意到,"郭沫若不仅与西欧自传的两大类型划清了界限,而且不期而然地揭示了西欧罕见而中国独具的自传的鲜明特色……。在中国式的自传里,个人与时代密不可分,作者记录的不仅仅是个人,记录时代,抑或更在个人之上。进入 20 世纪才在西欧影响下产生的中国自传,就是这样从一开始,便浸染着浓郁的中国特色"③。

三

由于传记脱胎于历史,在现代传记文学的倡导者和实践者的观念中,传统史传的"实录"原则也显得特别的重要。中外的史学理论同样强调"实录"的原则,古希腊的思想家卢奇安也强调过,"历史家的首要任务是如实叙述",因为"历史家要讲的事件已经摆在他的面前,既然是真实的事件,他

---

① 郭沫若:《〈我的童年〉前言》,《郭沫若全集》第十一卷,人民文学出版社 1992 年版,第 7 页。
② 同上书,第 8 页。
③ 〔日〕川合康三:《中国的自传文学》,蔡毅译,中央编译出版社 1999 年版,第 3 页。

就不得不如实直陈"①。但是,在具体的传记文学创作方面,由于受现代心理学理论的强大影响,西方传记文学在进入 20 世纪后似乎出现了一种越来越向传主的内心开掘和精神分析发展的趋势。如英国现代著名的传记作家斯特拉屈在《维多利亚时代名人传》的《序言》中也十分强调"不偏不倚地追求真实",但是在具体写作中,对传主内心世界的一些细致的分析有时也使人对其真实性产生怀疑。斯特拉屈的"传记革命"之后,西方的三大传记作家茨威格、卢德威克和莫洛亚各有建树,但他们传记写作的一个显著的共同特点也是喜欢对传主心态进行分析。特别是莫洛亚的传记文学作品（如《雪莱传》、《拜伦传》等）,由于对戏剧性技巧的过分追求和心理分析的充分运用,其内容的真实性多少受到影响,因此有时也被人看成是"传记小说"。

而中国的史传传统对传记的真实性却始终有着严格的要求,所以"实录"可以说已经成为传记写作的一项铁定原则。董狐、南史秉笔直书的精神成为后代史学家和传记作家的楷模,后来司马迁的《史记》更是以"实录"受人们赞誉。司马迁的所谓"实录",班固概括为"其文直,其事核,不虚美,不隐恶"②,这包括两层主要的意思,一是"其文直,其事核",一是"不虚美,不隐恶"。"其文直,其事核"要求所叙之事均赖文证而言之有据,即所谓"史体述而不造,史文而出于己,是为言之无征",所以"文士撰文,惟恐不自己出;史家之文,惟恐出之于己"③。不仅要掌握充分的史料,做到言之有据,而且必须进行必要的考据,辨别史料的真伪,考而后信,"文疑则阙"④。具体到传人方面,不仅须充分掌握传主个人的资料,而且还得熟悉其生活的时代与环境,"不读其人一生所著之文,不可以作;其人生而在公卿大臣之位者,不悉一朝之大事,不可以作;其人生而在曹署之位者,不悉一司之掌故,不可以作;其人生而在监司守令之位者,不悉一方之地形土俗、因革利病,不可以作"⑤。如果说"其事核"更主要还是对全部历史书写的要求,"不虚美,

---

①　卢奇安:《论撰史》,见章安棋编《缪灵珠美学译文》第一卷,中国人民大学出版社 1987 年版,第 207、210 页。

②　《汉书·司马迁传》。

③　章学诚:《与陈观民工部论史学》,《文史通义·外篇一》。

④　《文心雕龙·史传》。

⑤　顾炎武:《日知录·志状不可妄作》。

不隐恶"则完全是针对传人提出的。这一原则要求写人时实事求是,"不隐不讳而如实得当,周详而无加饰"①。相对于"其事核"而言,"不虚美,不隐恶"更难做到,因为从文化观念方面讲,中国的传统讲究为尊者讳,为亲者讳,为贤者讳,但从传人者个人的角度看,情感的好恶和现实的生存等因素都可能影响对传主的如实再现。所以刘子玄认为"善恶必书,斯为实录"②,袁枚则强调"作史者只须据事直书,而其人之善恶自见,以己意为奸臣、逆臣,原可不必"③。

中国这种悠久的"实录"传统在进入现代之后,并不因西方各种理论(包括弗洛伊德的精神分析学)的传入而消失,胡适、郁达夫、朱东润等现代传记文学创作的倡导者和实践者,无一不强调和遵循这一原则。胡适认为"传记的最重要的条件,是纪实传真","要能写出他的实在身份,实在神情,实在口吻"④;朱东润也强调"中国所需要的传记文学,看来只是一种有来历、有证据、不忌繁琐、不事颂扬的作品"⑤。后来的冯至虽然认为考核史料"同传记的文体不合,传记应该带有形象性,写出性格",但他也"要求自己第一要忠于史实,不能有一点虚拟悬测"⑥。

胡适、朱东润和吴晗等作者因为受过专门的治史训练,他们的作品,都格外注意资料的收集和应用。胡适的《荷泽大师神会和尚传》主要依据作者自己从英、法两国所得敦煌卷子(包括神会和尚语录及其《显宗记》等),加上国内原有史料写成,其最为引人注目的特点是原始文献资料的应用和严密的考证研究相结合。而《李超传》总字数仅六七千,其中大段引用传主生前信稿原文竟达十六七处,其"实录"精神可见一斑。朱东润写《张居正大传》参考了大量的历史文献,作者曾自信地宣称这一作品中"没有一句凭空

---

①　钱锺书:《管锥编》第一册,中华书局 1979 年版,第 163 页。

②　《史通·惑经》。

③　袁枚:《随园随笔·作史不必自标名目》。

④　胡适:《〈南通张季直先生传记〉序》,《胡适传记作品全编》第四卷,东方出版中心 1999 年版,第 203 页。

⑤　朱东润:《〈张居正大传〉序》,《朱东润传记作品全集》第一卷,东方出版中心 1999 年版,第 6 页。

⑥　转引自《中国百年传记经典》第三卷,东方出版中心 2002 年版,第 521 页。

想象的话"①。吴晗的《明太祖传》有很强的政治倾向性,但短短的八万字的传记也有数百条的注释。冯至在西南联大时就有作《杜甫传》的念头,但他为此做了四五年的准备,"首先做杜诗卡片,按内容分门别类编排,如政治见解、朋友交往、鸟兽虫雨等等。同时对唐代政治经济、典章制度、思想文化诸方面的发展沿革,也作了必要的了解,国内学者如陈寅恪等的有关著作,也都读了。另外,对杜甫同时代诗人李白、王维等的生平、思想、创作情况,也有了基本的掌握"②。在掌握了大量史料的基础上,冯至到1947年才开始《杜甫传》的写作。

中国传统对"实录"的另一具体要求是"不虚美,不隐恶",但撰史或作传者往往因各种影响而很难真正做到,历代传记中"谀墓"之作也多如牛毛。所以胡适批评中国"几千年的传记文章,不失于谀颂,便失于诋诬,同为忌讳,同是不能纪实传信"③,表面上看似乎是受西学东渐影响,实际上正是对"不虚美,不隐恶"的传统"实录"精神的呼唤和期待。郁达夫则更为具体地谈到,传记作家在传人时,"他的美点,自然应当写出,但他的缺点与特点,因为要传述一个活泼泼而且整个的人,尤其不可不书。所以若要写新的有文学价值的传记,我们应当将他外面的起伏事实与内心的变革过程同时抒写出来,长处短处,公生活与私生活,一颦一笑,一死一生,择其要者,尽量来写,才可以见得真,说得像"④。

传记转型之初,梁启超在强调传记的真实性原则的同时,也特别注意不因个人的政治立场和感情因素而对传主曲意奉承或恶意贬损。如《南海康先生传》一方面再现康有为公车上书,"无所于扰,锲而不舍",以天下为己任的气概,另一方面也如实指出"戊戌维新之可贵,在精神耳,若其形式,则殊多缺点"⑤。《李鸿章》不仅如实记录和谴责传主丧权辱国的历史罪行,而

---

①　朱东润:《〈张居正大传〉序》,《朱东润传记作品全集》第一卷,东方出版中心1999年版,第13页。

②　转引自《中国百年传记经典》第三卷,东方出版中心2002年版,第520页。

③　胡适:《〈南通张季直先生传记〉序》,《胡适传记作品全编》第四卷,东方出版中心1999年版,第203页。

④　郁达夫:《什么是传记文学?》,《郁达夫文集》第六卷,花城出版社1983年版,第283页。

⑤　梁启超:《南海康先生传》,《饮冰室合集》文集之六。

且也实事求是地讲述和肯定李鸿章倡导向西方学习,并且身体力行付诸实施的历史功绩。

胡适的自传作品《四十自述》也写得极为冷静客观,其目的在抛砖引玉,其方法则是"赤裸裸的叙述"①。因此,作者既不避母亲为填房之讳,也实录自己留美之前一段日子"在昏天黑地里胡混"——"从打牌到喝酒,从喝酒又到叫局,从叫局到吃花酒"的不光彩的经历。在写完 1908 年中国公学风潮的有关章节后,胡适担心自己的记载"有不正确或不公平的地方",还特意把原稿送给自己这一派当年攻击的一个主要目标王敬芳"批评修改"②。朱东润写《张居正大传》,传主是一个有争议的历史人物,"誉之者或过其实,毁之者或失其真"。在主观上,朱东润认为张居正是一个理想的政治家,所以在具体的写作过程中时有为传主辩解或解释之笔,但从总体上讲,这一作品的记叙和议论却是建立在史实基础上的,读者从中完全可以感觉到的是:"居正既非伊、周,亦非温、莽:他固然不是禽兽,但是他也并不志在圣人。他只是张居正,一个受时代陶熔而同时又想陶熔时代的人物。"③

当然就实际情形而言,一个传记作家要真正做到完全"实录",做到完全的"不虚美,不隐恶"是很困难的。写自传,难免当局者迷,同时又难于摆脱与现实的种种复杂的干系,自然很难做到完全客观。作他传,特别是为历史人物作传,少了许多忌讳多了时间距离,情况可能好些,但也很难完全摆脱作者个人价值取向因素的影响。所以,与其认为传统的实录原则在现代传记中得到了发扬光大,不如把梁启超、胡适、郁达夫、朱东润等人的呼唤和努力理解为现代传记作家对传统实录原则的期待与追求。而另一角度看,现代传记作家所强调的"实录",有时也体现为不满足史家既有的定评而追求对个人"真实"发现的阐发(如朱东润的《张居正大传》),或不囿于四平八稳的叙说而张扬自我情感的真切抒写(郭沫若、郁达夫的自传是其典型),这也正

---

① 胡适:《四十自述·自序》,《胡适传记作品全编》第一卷上册,东方出版中心 1999 年版,第 3 页。

② 胡适:《四十自述·我怎样到外国去》,《胡适传记作品全编》第一卷上册,东方出版中心 1999 年版,第 71 页。

③ 朱东润:《〈张居正大传〉序》,《朱东润传记作品全集》第一卷,东方出版中心 1999 年版,第 7 页。

体现了传统的史家之传与现代的文学之传、历史的真实与艺术的真实的区
别,体现了传统"实录"精神的现代发展。

四

在中国悠久的史传传统中,和"实录"原则相联系的是"春秋笔法"。
善恶必书,斯为实录,但夫子修《春秋》意在微言大义,且又"为尊者讳,为
亲者讳,为贤者讳!"① 这看起来似乎是很矛盾的。实际上,所谓的"春秋笔
法",乃尊贤隐讳而又隐而不避,讳而不饰,暗含褒贬,所以《左传》说:"'春
秋'之称,微而显,志而晦,婉而成章,尽而不汙,惩恶而劝善,非圣人孰能修
之!"② 对这种笔法,当代作家孙犁曾有更为具体的理解:

> 中国历史传记,很少夹叙夹议,直接评价人物的写法。它的传统作
> 法是"春秋笔法",寓褒贬于行文用字之中,实际上是叫事实说话,即用
> 所排比的事件本身,使读者得到对人物的印象,评价,因之引出历史的
> 经验教训。大的史学家只是写事实,很少议论。司马迁在写过一个人
> 物之后,有"太史公曰"一小段文字,谈他对这一人物的印象和评价,
> 也是在若即若离之间,游刃于褒贬爱憎之外。又有时谈一些与评价无
> 关的逸闻琐事,给文字增加无穷余韵,真是高妙极了。班固以后,这种
> 文字,称"赞"或称"史臣曰",渐渐有所褒贬,但也绝不把这种文字滥
> 入正文。③

五四过后,传统观念受到冲击,作家个性充分张扬,传记作者似乎也进入
无须春秋笔法,可以秉笔直书的年代。实际的情况却是,现代人的书写固然
不必为尊者讳,为亲者讳,为贤者讳,但受其他种种因素影响,总也还是有不
便直说或不想直说之处。于是,春秋笔法作为一种叙述策略自然仍被应用到
现代传记写作之中,即使像无所顾忌的鲁迅或性情豪放的郭沫若,在他们的

---

① 《公羊传·闵公元年》。
② 《左传·成公十四年》。
③ 孙犁:《与友人论传记》,《澹定集》,百花文艺出版社 1981 年版,第 66 页。

传记作品中也仍然可以看到春秋笔法的精魂。

鲁迅的《朝花夕拾》叙述的是作者自己从绍兴到北京的人生历程。为达形象生动、妙趣横生的叙述效果，其中可能不乏无伤大雅的艺术想象的补充。但是在一些特殊或关键的地方，鲁迅采用的却仍然是实录中暗含褒贬的笔法。如作者写自己在国内的学习经历有两次，一是在三味书屋接受的传统的私塾教育（《从百草园到三味书屋》），一是在南京接受的维新之后的新式学堂教育（《琐记》）。按五四运动之后的流行观念，传统的私塾教育自然应受到指责甚至批判，西学东渐后的新式学堂则应受到大力褒扬。鲁迅作为五四新文化运动的主将，当然更应该守住自己的立场。但就对具体的三味书屋和南京水师学堂的学习经历而言，鲁迅似乎是有自己独特的感受。

三味书屋是"全城中称为最严厉的书屋"，陈规陋习不少，读的又是《论语》、《尚书》、《周易》和《幼学琼林》一类的老古董，但鲁迅对三味书屋的感情主要流露在对自己老师（先生）的描写上：

> 第二次行礼时（第一次算是拜孔子，第二次算是拜老师——引者注），先生便和蔼地在一旁答礼。他是一个高而瘦的老人，须发都花白了，还戴着大眼睛。我对他很恭敬，因为我早听到，他是本城中极方正，质朴，博学的人。

> 先生最初这几天对我很严厉，后来却好起来了，不过给我读的书渐渐加多，对课也渐渐地加上字去，从三言到五言，终于到七言。

> 他有一条戒尺，但是不常用，也有罚跪的规则，但也不常用，普通总不过瞪几眼，大声道：
> "读书！"

> 先生自己也念书。后来，我们的声音便低下去，静下去了，只有他还大声朗读着：
> "铁如意，指挥倜傥，一座皆惊呢——；金叵罗，颠倒淋漓噫，千杯未醉嚏……。"

> 我疑心这是极好的文章，因为读到这里，他总是微笑起来，而且将头

仰起,摇着,向后面拗过去,拗过去。①

不必再加分析,除了教学内容外,先生身上的和蔼、敬业、认真以及读文章时的投入,足可令人感到这一学校的优劣。而水师学堂和路矿学堂呢? 作者通过对一些细节的"实录"让人感到的,却是不伦不类和乌烟瘴气:

> 初进去当然只能做三班生,卧室里是一桌一凳一床,床板只有两块。头二班学生就不同了,二桌二凳或三凳一床,床板多至三块。不但上讲堂时挟着一堆厚而且大的洋书,气昂昂地走着,决非只有一本"泼赖妈"和四本《左传》的三班生所敢正视;便是空着手,也一定将肘弯撑开,像一只螃蟹,低一班的在后面总不能走出他之前。

这不仅写出了学校设备的简陋,而且写出其缺乏现代的民主平等的精神。学生之间尚有此等级区别,教师之间以及师生之间就更不用说了。新式学堂与旧式学堂的另一重要区别是其科学精神,但水师学堂却是: 原先还有一个池,给学生学游泳的,这里面却淹死了两个年幼的学生。当我进去时,早填平了,不但填平,上面还造了一所小小的关帝庙。庙旁是一座焚化字纸的砖炉,炉口上方横写着四个大字道:"敬惜字纸。" 只可惜那两个淹死鬼失了池子,难讨替代,总在左近徘徊,虽然已有"伏魔大帝关圣帝君"镇压着。办学的人大概是好心肠的,所以每年七月十五,总请一群和尚到雨天操场来放焰口,一个红鼻而胖的大和尚戴上毗卢帽,捏诀,念咒:"回资罗,普弥耶吽! 唵耶吽! 唵! 耶吽!!!"

至于教师的水平,从路矿学堂的汉文教员可见一斑:

> 但第二年的总办是一个新党,他坐在马车上的时候大抵看着《时务报》,考汉文也自己出题目,和教员出的很不同。有一次是《华盛顿论》,汉文教员反而惴惴地来问我们道:"华盛顿是什么东西呀?……"②

——————————

　① 鲁迅:《从百草园到三味书屋》,《鲁迅全集》第二卷,人民文学出版社1981年版,第280—282页。

　② 鲁迅:《琐记》,《鲁迅全集》第二卷,人民文学出版社1981年版,第294—295页。

总之,鲁迅的这些描写大多是实录,但对三味书屋和对水师学堂、路矿学堂的褒贬已经包含其中了,真可谓"义生文外,秘响旁通"[1] 也。

二三十年代的郭沫若意气风发,作诗为文大多笔无藏锋,但为回应鲁迅《上海文坛一瞥》而作的《创造十年》,因牵涉许多同时代人,也常常借用传统的春秋笔法。如写到第一次见到茅盾和郑振铎的印象,表面上是"实感",实际上还是暗含褒贬:

> 雁冰所给我的第一印象却不很好,他穿的是青布马褂,竺布长衫,那时似乎在守制的光景。他的身材矮小,面孔也纤细而苍白,带着一副很深的近视眼镜,背是微微弓着的,头是微微埋著的。和人谈话的时候,总爱把眼睛白泛起来,把视线越过眼镜框的上沿来看你。声音也带着些尖锐的调子。因此我总觉得他好像一只耗子——我在这儿要特别加上一番注脚,我这只是写的实感,并没有包含骂人的意思在里面。

仅因为茅盾穿的是"青布马褂,竺布长衫",就说其"似乎在守制的光景";两人初见时茅盾年仅三十,却说其"背是微微弓着的,头是微微埋著的";带的是很深的近视眼镜,却强调"把视线越过眼镜框的上沿来看你"这种带老花镜常有的动作。对郑振铎的印象似乎会好一点:

> 我记得他穿的是一件旧了的鸡血红的华丝葛的马褂,下面是爱国布的长衫。他的面貌很有些希腊人的风味,但那时好像没有洗脸的一样,一带着一层暗暮的色彩。他伸出来和我握手的手指,就和小学生的手一样,有很多的墨迹。那时候我觉得他很真率,当得德国人说的unschuldig,日本人说的"无邪气"。[2]

但后来却又写郑振铎有一次看到自己抄在纸上的诗歌:"独坐幽篁里,弹琴复长啸。深林人不知,明月来相照"时就问:"你还在做旧诗吗?"[3] 分明是王维著名的五绝,郑振铎却误以为是郭沫若所做,并且不假思索地问出口

---

① 《文心雕龙·隐秀》。
② 郭沫若:《创造十年》,《郭沫若全集》第十二卷,人民文学出版社 1992 年版,第 99 页。
③ 同上书,第 103 页。

来,这似乎是在肯定郑振铎的"直率",但也不能不令人怀疑作者是有意透露其无知。

而写第一次见到毛泽东情形就不一样了:

> 到了祖涵家时,他却不在,在他的书房里却遇见了毛泽东。
>
> 太史公对于留侯张良的赞语说:"余以为其人计魁梧奇伟,至见其图,状貌如妇人好女。"
>
> 吾于毛泽东亦云然,人字形的短发分排在两鬓,目光谦抑而潜沉,脸皮嫩黄而细致,说话的声音低而娓婉。不过在当时的我,倒还没有预计过他一定非"魁梧奇伟"不可的。
>
> 在中国人中,尤其在革命党人中,而有低声说话的人,倒是一种奇迹。……①

同是初次见面,同是貌不扬声不响,这一次却觉得对方是个"奇迹",郭沫若自传中的"春秋笔法"可见一斑。

总之,中国古代传记对现代传记的影响源于任何民族文化所具有的自然承传性,源于中华文化深厚的历史积淀和顽强的生命力,同时也与19世纪后期以来中国特殊的社会经济状况和社会文化思潮,与转型时期传记文学作家的文化积累和现实追求不无关系。现代传记文学最初那批提倡者与写作者从本质上说也只不过是过渡时代的先行者,在他们身上,传统的基因甚至多于现代的成分,民族文化的积淀也远远胜过外来文化的影响。所以,尽管中国现代传记文学诞生于西学东渐的历史时期,诞生于学习外来文学形式的时代浪潮之中,但在精神实质上仍蕴涵了深刻的民族文化烙印。正是这种民族的承传使中国的现代传记文学有别于鲍斯威尔精神,有别于《维多利亚女王传》的匠心独运,也无法真正达到莫洛亚传记的文学境界。或许由于这一切,中国现代的传记文学带上了浓厚的社会历史色彩,承载着鲜明的宣传教化重负,而且在某种程度上也弱化了对传记文学的表现主体——"人"本

---

① 郭沫若:《创造十年续编》,《郭沫若全集》第十二卷,人民文学出版社1992年版,第297页。

身——的探索。但是,历史只能理解不可指责,这种根植于传统文化土壤的
"史传"传统,这种紧密贴近现实的感时忧国的时代精神,正是中国现代传记
文学诞生期的历史特征,是保留于那一时代传记文学作品中值得深入研究的
民族特色。

（原载《文学评论》2005 年第 2 期）

其他作家作品研究

《尝试集》历史地位的考察与思索

　　近年来,随着实事求是的科学精神在学术界的恢复和发扬,胡适的《尝试集》也得到了较为客观的评价。但是,对于它的历史地位问题,学术界仍然存在一些不甚一致的看法。文万荃同志最近在《中国现代文学史上第一部新诗辩白》①（下简称《辩白》）一文中,对把《尝试集》当作"中国现代文学史上出现最早的一部新诗集"提出了异议,他通过《尝试集》与《女神》的比较,得出了"《尝试集》顶多只能算作是中国现代文学史上的第一部白话诗集",而郭沫若的《女神》才"堪称中国现代文学史上的第一部新诗集"的结论。对于这个结论,笔者实在不敢苟同,所以本文拟就这一问题发表一些不成熟的看法,以就正于文万荃司志,也就正于专家与读者。

　　《尝试集》收有胡适从 1916 年至 1919 年的主要诗作,出版于 1920 年 3 月。从出版的时间与它所表现出来的对于旧格律诗的反动来看,这一部诗集列于新文学作品之林是不会有异议的。但是《辩白》却认为,《尝试集》的作者"站在资产阶级立场观察事物,这就不可能从根本上反映出五四运动的精神实质,因此《尝试集》中有不少的篇章抒写的都是诗人个人的日常生活感受,没有什么积极的社会意义,甚至还有相当一部分的作品,思想陈腐,情调低沉,内容反动,与'五四'精神完全背道而驰"。所以《辩白》最后指

　　① 文万荃:《中国现代文学史上第一部新诗辩白》,《四川师范学院学报》1984 年第 1 期。

出:"《尝试集》虽有一定的积极意义,但是由于作者始终没有从资产阶级的立场向前跨进一步,因此它所反映的内容,仍然是'属于世界资产阶级的资本主义文化革命的一部分(《毛泽东选集》一卷658页——原注),把他说成是中国现代文学史上的'第一部新诗集',未免有些过誉。"显然,《辩白》是由于《尝试集》所表现的思想内容"仍然属于旧的范畴"而认为它不能成为中国现代文学史上的第一部新诗集的。

笔者觉得,《尝试集》中的确有不少篇章抒写了诗人个人的日常生活感受,但这并不会妨碍其成为新文学作品。与叙事性作品不同,抒情性作品往往通过作者抒发的某种思想感情来反映现实生活,因此我们不能因为诗人抒写的是个人日常生活感受就断定其"没有什么积极的社会意义",更不能因此而把这类作品排斥于新文学作品之外。纵观中国现代文学发展的历史,其他现代作家的这类作品就从未被排斥过,有的甚至还是公认的新文学中的佳作。如冰心的《繁星》、《春水》中的许多小诗,郭沫若《星空》、《瓶》中的一些诗篇,以及朱自清的《荷塘月色》、《桨声灯影里的秦淮河》、《背影》等散文,都从未被说成"仍然属于旧的范畴"。《尝试集》实际上也不像《辩白》所说的"思想陈腐、情调低沉,内容反动,与'五四'情神完全背道而驰"。而是在一定程度上表现了作者当时的反封建倾向和爱国主义热情,一定程度上反映了"五四"的时代精神。众所周知,创作《尝试集》时的胡适正热心于文学革命的倡导,他同时还是以《新青年》为旗帜的新文化运动的积极参加者之一。这时期,他思想中具有冲破封建束缚,争取民主自由以及反帝爱国的积极因素。《尝试集》正从如下三个方面反映了这些因素。

第一,五四时期的胡适和其他先进的知识分子一样看到了中华大地"兰蕙日荒秽,强盗满国门"的不景气现状,他怀着"誓为宗国去陈腐"的思想,在《尝试集》中写下了不少具有反帝爱国思想内容的诗篇。如在悼念近代民主革命家黄兴的《黄克强先生哀辞》中,他对"一欧爱儿,努力杀贼"的精神极为推崇,因为这"八个大字,读之使人慷慨奋发而爱国"。在《小诗》里他有感于陈独秀由于参加反帝反封建活动被反动当局逮捕的事件,写下了这样的诗行:

也想不相思，

可免相思苦。

几次细思量，

情愿相思苦！

诗人同时还特意注明："有一天我在张慰慈的扇子上，写了两句话：'爱情的代价是痛苦，爱情的方法是要忍得住痛苦。'陈独秀引我这两句话，做了一条随感录，（《每周评论》二十五号）加上一句按语道：'我看不但爱情如此，爱国爱公理也都如此。'这条随感录出版后三日，独秀就被军警捉去了，至今还不曾出来。"可见，诗歌是借男女间的相思来比喻爱国之情，它赞颂了陈独秀五四时期的爱国行动，对投降卖国的北洋政府表示了不满，也表达了作者的爱国主义思想感情。它与郭沫若把祖国比作"年轻的女郎"、"心爱的人儿"的爱国诗篇《炉中煤》有异曲同工之妙。《尝试集》中常常被指责为忘掉民族界限，远离爱国主义，违背"五四"根本精神的，是《你莫忘记》中的这几句：

你莫忘记：

你老子临死时只指望快快亡国：

亡给"哥萨克"，亡给"普鲁士"，——

都可以，——

总该不至——如此！

事实上，假如我们不仅仅从所引的字面上，而是从整首诗来体会它所表达的内容，我们就会觉得，这里模拟的是一个目睹过发动军阀"逼死了三姨，逼死了阿馨。逼死了你妻子，枪毙了高升！……""烧了这一村"的老人丧失理智后发出的愤慨不满之辞，表达的是一个被反动军阀活活打死的老人临终前对腐败黑暗现实的失望、诅咒与深恶痛绝。同此作者在这里鞭挞的是反动黑暗的封建军阀统治，而不是在推销投降卖国思想，这就像闻一多《死水》中的"不如让给丑恶来开垦，看他造出个什么世界"表达的并不是对丑恶的妥协与让步一样。

第二，《尝试集》表现了作者反对封建礼教，封建专制，追求资产阶级民主自由的思想倾向。在《"威权"》一诗中,作者揭露了封建统治者对"一斑铁索锁着的奴隶"的压迫,反映了奴隶们"我们要造反了"的共同心愿,号召"奴隶们同心合力"推翻封建统治,乐观地预告了"威权"必将"活活的跌死"的末日,表达了作者对封建专制、封建压迫的蔑视。在《我的儿子》一诗中,作者也通过"我"对自己儿子说:

> 将来你长大时,
>
> 莫忘了我怎样教训儿子:
>
> 我要你做一个堂堂的人,
>
> 不要你做我的孝顺儿子。

这表现的是对传统的封建伦理道德的反抗。另外,在《周岁》、《乐观》、《一颗遭劫的星》等充满乐观基调的诗篇中,作者也对《晨报》、《每周评论》以及"响应新思潮最早"的《国民公报》等刊物的反封建倾向表示赞赏,对封建军阀政府无理查禁进步书刊的丑恶行径进行了揭露。上述这一切都说明《尝试集》包含着与新文学性质相同的反抗封建黑暗的精神。但是在《辩白》中,它的这种精神不仅没有得到应有的肯定,而且还受到"对反动腐朽的封建势力,不是彻底地否定,而是同情、惋惜"的指责。被作为"同情、惋惜"的证据是《赠朱经农》一诗中的这些诗句:

> 旧事三天说不全,
>
> 且喜皇帝不姓袁。
>
> 更喜你我都少年,
>
> "辟克匿克"来江边。
>
> 赫贞江水平可怜,
>
> 树下石上好作筵。
>
> 黄油面包颇新鲜,
>
> 家乡茶叶不费钱。
>
> 吃饱喝胀活神仙,
>
> 唱个"蝴蝶儿上天"!

《辩白》认为,从这里可以看出胡适"对卖国贼袁世凯的死,虽有'且喜'之感,但他'更喜'的只'树下石上好作筵'的资产阶级生活方式得以实现",他"仅仅满足于个人'吃饱喝胀'的'活神仙'的生活,不去彻底砸碎吃人的社会制度",等等。事实上任何人只要认真地读过整首诗都会明白,这首诗写于1916年8月底,其时正是窃国大盗袁世凯病死后不久。对袁世凯罪恶一生的结束,全国人民无不拍手称快,胡适和他的朋友"且喜"之情是完全可以理解的,而恰与朋友久别重逢,一起去郊外野餐,也不能指责其为"仅仅满足于个人'吃饱喝胀'的'活神仙'的生活"。诗歌里的"蝴蝶儿"一说出自于作者自己前一年写的小诗《蝴蝶》,作者在这里借它来后映和朋友到郊外野餐,一起讨论新文学、新诗的情景,并无"不去彻底砸碎吃人的社会制度"之意。再说如果胡适真的如《辩白》所说的,"且喜"仅仅由于"资产阶级生活方式得以实现",文万荃同志也不能指责他的这首诗"同情""惋惜"反动腐朽的封建势力,因为向往资产阶级的生活方式与同情、惋惜封建势力的灭亡并没有必然的联系。

第三,胡适创作《尝试集》时,正值五四运动高潮前后,五四时期所流行的"个性解放"、"社会改造"、"劳工神圣"等思想,也影响了他的诗歌创作。其中如《老鸦》一诗,表达了在新旧文化阵营对垒的时代里,作者不顾旧势力的诽谤而坚持抨击旧文化、提倡新文化的那种不甘沉寂、狂傲不羁的气概,一定程进上体现了五四时期反封建传统的时代精神。写于1917年的《文学篇》也表现了作者准备与封建复古派斗争到底的决心,诗中写道:

　　吾敌虽未降,
　　吾志乃更决。
　　暂不与君辩,
　　且著《尝试集》。

《尝试集》中还有一些诗篇一定程度上反映了下层劳动人民的痛苦,表达了诗人对下层劳动人民的同情。例如虽然当时社会上"警察法令,十八岁以下,五十岁以上,皆不得为人力车夫",但《人力车夫》一诗却通过车夫"今年十六,拉过三年车"的事实来反映下层劳动人民"又寒又饥"的困苦处境,通过车夫"我年纪小拉车,警察还不管"的回答,揭露了"警察法令"
的虚伪。但就是这首诗也被《辩白》指责为"对劳动人民虚伪的资产阶级
人道主义的同情"。

上述这些都充分地表明:就思想内容来说《尝试集》确实在一定程度上
表现了反帝反封建的五四精神,它应属于新文学的范畴。但《辩白》对于上
述事实,有的避而不谈,有的没有联系当时的特定历史背景加以客观的评析,
有的甚至以臆断代替具体的分析(如说《赠朱经农》一诗对反动腐朽的封建
势力有"惋惜""同情"即属此例),从而得出的只是不能令人信服的结论。

此外,《尝试集》在表现形式上的"新",如首先采用白话写诗等,也应
得到充分的肯定。表现形式的"新"固然不是新文学的充分条件,但却是其
必要条件,争取文学形式的解放在文学革命时期一直具有突出意义。胡适的
《文学改良刍议》,陈独秀的《文学革命论》以及刘半农的《我的文学改良
观》中都非常注意这一问题。事实上,当时白话文战胜文言文的实际意义远
远超出了文学的范围。所以,尽管用后来的尺度衡量,《尝试集》在表现形
式上还有所不足,但在当时却产生了很大的影响,新文学阵营对它的问世表
示了欢迎与支持,鲁迅、俞平伯、周作人、康白情等人都曾为它的再版提出过
修改意见;而新文学的敌人却像对待魔鬼一样对它进行了围攻,胡先骕写下
了二万五千言的《评〈尝试集〉》,对它进行了攻击和漫骂。因此,《尝试集》
在新文学史上理应有其突出的地位。

还必须看到,由于有论者既想承认《尝试集》的开拓地位,又想强调
《女神》的重要地位,于是就产生了"第一部白话诗集"与"第一部新诗集"
之分。《辩白》也认为:"《尝试集》顶多只能算作是中国现代文学史上的第
一部白话诗集","郭沫若同志虽不是最早写'新诗'的人,但他却是中国
现代作家中第一个真正写新诗的人,也只有他的《女神》才够得上中国现代
文学史上的'第一部新诗集'的资格"。笔者认为,只要确认《尝试集》从
内容到形式都属于新文学范畴,那么我们就没有必要再一一指明《辩白》误
把经郭沫若后来修改的诗行当作 1921 年初版本《女神》的诗行加以引述的
重大疏忽,也没有必要再咬文嚼字地把《女神》与《尝试集》分为"白话
作品"与"新文学作品"了。不错,较之于《女神》,《尝试集》在思想内

容与艺术形式上都存在着明显的不足,但我们应根据它们产生年代的不同来客观地、历史地认识这些不足。开拓者的路较之于后来者的路,往往更曲折更漫长,开拓者在后来者面前也往往是相形见绌的,但却不会有人无理地指责其没有与后来者一样高明。而如果《尝试集》与《女神》真的该区分为"白话诗集"与"新诗集",那么又有谁曾把冰心那表现"爱的哲学"、许地山那带有浓厚宗教色彩的作品,或者把较多反映郭沫若思想局限的诗集《星空》《瓶》等称之为"白话小说"、"白话诗"或者"白话散文"呢?

列宁曾经指出过:"判断历史的功绩,不是根据历史活动家没有提供现代所要求的东西,而是根据他们比他们的前辈提供了新的东西。"① 用这样的态度来评价《尝试集》,一切问题都会迎刃而解,而人们也就不至于再对《尝试集》是中国现代文学史上的第一部新诗集的历史评价产生异议了吧!

(原载《南平师专学报》1984 年第 4 期)

---

① 列宁:《评经济浪漫主义》,《列宁全集》第二卷,人民出版社 1957 年版,第 150 页。

传记文学视野中的《朝花夕拾》

在 2006 年 10 月"鲁迅:跨文化对话"的国际学术研讨会上,日本学者大村泉在对《藤野先生》一文的一些史实进行严密的考证后认为,《藤野先生》一文与在仙台的鲁迅记录调查会的调查结果、鲁迅的"解剖学笔记"存在诸多不吻合的地方,因此《藤野先生》只能是一部以鲁迅当年在仙台为基础写作的"具有相对独特的自传风格的短篇小说"①。在当时及后来,一些研究者鲜明回应了大村泉的观点,断然拒绝了其最终的结论。他们认为《藤野先生》的某些内容是"与实际容或有些不同",但这是记忆的失真,绝不是"虚构"。"鲁迅写作的基调是温情和善意,即便有虚构情节,也不足以影响这个基调"②,等等。其实不仅《藤野先生》,包括《朝花夕拾》中其他篇的一些记叙,其内容与实际生活或有些不同的说法在大村泉之前就已有过,而且提出这方面问题的还是同样为亲历者的周作人和周建人。可惜的是,就像大村泉的结果一样,周作人和周建人的看法一直也没引起研究者的充分关注。

① 〔日〕大村泉:《鲁迅的〈藤野先生〉一文,是"回忆性散文"还是小说?》,《鲁迅:跨文化对话——纪念鲁迅逝世七十周年国际学术讨论会论文集》,大象出版社 2006 年版,第 288 页。

② 崔云伟、刘增人:《2006 年鲁迅研究综述》,《鲁迅研究月刊》2007 年第 9 期;黄乔生:《善意与温情——"鲁迅与仙台"研究的基调》,《西南民族大学学报》2006 年第 6 期,等等。

一

对《朝花夕拾》记述内容与实际生活的一些差异，周作人的解释是作者采用了"一种诗的描写"，是"故意把'真实'改写为'诗'"①。但一般论者所持态度大概与这次对大村泉研究结果的看法一样，认为周作人"所说的'诗'，指的就是虚构，这就涉及到了《朝花夕拾》的性质问题；它究竟是一本回忆性的散文还是如周作人所理解的杂有想象和虚构的小说；如果是后者，那就谈不上甚么史料价值了"②。

所以，我觉得这些的分歧除了涉及《朝花夕拾》是否掺杂想象和虚构的问题外，实际上还牵涉《朝花夕拾》的文体问题，牵涉对不同文体特性的把握，涉及对不同文体写作中的成规和特例的认识。是不是杂有想象和虚构就一定是小说？传记或回忆性散文是否就完全远离想象和虚构？而回忆性散文和传记的区别又体现在哪些方面？我觉得，在关于鲁迅的研究中，《朝花夕拾》一般被分解阐释或被当成资料应用，虽常被提起，却鲜有综合、系统的专门研究。在许多情况下，《朝花夕拾》是被当成阐释的佐证，缺少文学性、诗性的整体把握，这一切都影响了对其价值的认识和定位。所以如果换一视角，在现代传记文学的视野中考察《朝花夕拾》，或许可给这一作品的研究别样的启示。

关于《朝花夕拾》的文体，一般的文学史著作是不会把其当成小说，而是都把其归入回忆性散文之列。如就大散文概念而言，这样的归类也无可厚非。但伴随近三十年来现代文学研究的深入，相继问世的一些专门的现代散文史却仍把《朝花夕拾》归入记叙抒情散文，而一些传记文学史甚至把鲁迅与景宋的《两地书》当成鲁迅的自传创作而只字不提《朝花夕拾》③，这就

---

① 周作人：《知堂回想录》（上），河北教育出版社 2002 年版，第 36、234 页。

② 王瑶：《论〈朝花夕拾〉》，《鲁迅作品论集》，人民文学出版社 1984 年版，第 172 页。

③ 如陈兰村：《中国传记文学发展史》，语文出版社 1999 年版，第 442 页；新近出版的郭久麟的《中国二十世纪传记文学史》第 54 页虽提到《朝花夕拾》，但仍称其为"散文集"，认为"是以散文形式写下的珍贵的回忆录和优美的传记文"，山西人民出版社 2009 年版。

更不能不令人感到诧异。在 20 世纪三四十年代,倒是有人明确把《朝花夕拾》看成传记,如 1934 年出版的《名家传记》中的《怎样写传记》,许寿裳 1940 年发表的《谈传记文学》,以及 1947 年出版的沈嵩华的《传记学概论》等,都明确把《朝花夕拾》称为自传①;而且许多《鲁迅传》、《鲁迅年谱》的编撰,也都把《朝花夕拾》的叙述当成珍贵的传记资料加以引用。那么学界后来又为什么比较一致地把《朝花夕拾》排除在现代传记文学作品之列呢?

据王瑶先生 80 年代初的意见:"《朝花夕拾》是鲁迅回忆童年和青少年时期生活的散文,但它不是自传",理由是"鲁迅是不赞成给自己写传记的","传记是以宣扬'本传主'的生平事业为内容的,鲁迅自居于普通人之列,并不想宣扬自己的贡献和成就"。②但鲁迅在《朝花夕拾》写作的前后,也两次写过《自传》,所以,因鲁迅不赞成给自己写传记而认定《朝花夕拾》不是自传实际上也是没说服力的。

不把《朝花夕拾》当成传记,但又强调其史料价值本身就是个悖论。从传记文学的角度看,以历史或现实中具体的人物为传主,以纪实为主要表现手段,集中叙述其生平或相对完整的一段生活历程的作品就可以算是传记。《朝花夕拾》中的各篇单独地看似乎是作者"从记忆中抄出来的"③生活片断,但深入细察不难找到各篇之间内在的连贯性,它叙述的正是鲁迅相对完整的一段生活历程。开篇的《狗·猫·鼠》从"那是一个我的幼时的夏夜"正式进入回忆,它连同后面的《阿长与〈山海经〉》、《二十四孝图》、《五猖会》、《无常》,依次写的是幼小鲁迅不断发现、不断生长、充满欢乐谐趣的童年生活。接着,《从百草园到三味书屋》写少年时代的读书生活,《父亲的病》写家庭的变故,《琐记》写为"寻别一类人们"离开家乡到南京求学的生活。最后,《藤野先生》、《范爱农》则分别记叙留学日本到辛亥革命前后的经历。十篇文章的讲述不仅有先后承接的时间链条,也包含着严密的空

---

①　佚名:《怎样写传记》,新绿文学社编《名家传记》,上海文艺书局 1934 年版,第 19 页;许寿裳:《谈传记文学》,《读书通讯》第三期,1940 年;沈嵩华:《传记学概论》,教育图书出版社 1947 年版,第 18 页。

②　王瑶:《论〈朝花夕拾〉》,《鲁迅作品论集》,人民文学出版社 1984 年版,第 163 页。

③　鲁迅:《〈朝花夕拾〉小引》,《鲁迅全集》第二卷,人民文学出版社 1981 年版,第 230 页。

间转接。从开头到《父亲的病》,故事都在家乡展开,接着《琐记》空间是家乡→南京→东京,《藤野先生》是东京→仙台→东京,而《范爱农》则是东京→家乡→南京→北京。这严密的时间链条和空间转接,恰好完整映现了叙述者从幼年到任职北京的完整的生活历程。

从表面看,《朝花夕拾》讲述的是作者以前熟悉的人物和目睹的事件,这似乎与一般的回忆录并无区别。但实际上,《朝花夕拾》却又绝非一般的回忆性散文。作者通过自身视角的选择以及周围人物事件的变换,讲述自己从一个天真无邪的儿童成长为今天的"鲁迅"的成长过程。《狗·猫·鼠》和《阿长与〈山海经〉》的感知主要还限于幼时家庭环境和母亲和保姆,《二十四孝图》《五猖会》、《无常》已依次有了家塾、小同学和到离家很远东关看五猖会,但父亲的出场令其感受了读"书"的压力和家教的威严。《从百草园到三味书屋》标志着拔何首乌、摘覆盆子、捕鸟雀、担心遇到赤练蛇和美女蛇等欢乐童年的结束,但即使在全城最为严厉的书塾里读书、习字、对课,作者似乎又逐渐寻找到新的乐趣,接着,《父亲的病》逼着他进入成年人的世界,开始承担家庭的责任,感受生命的脆弱……总之,《朝花夕拾》以作者自我人生轨迹为主干,穿缀相关的人物与事件,从而为读者展现了一个富有个性特征、不断生长着的生命世界,通过对自我与其他人物事件相互关系的叙述,坦露了自己不断思索、不断进取的心路历程,"我"才是这一作品的主角。

依法国著名自传诗学专家菲力浦·勒热讷的界定,所谓的自传,是"一个真实的人以其自身的生活为素材用散文体写成的回顾性叙事,它强调的是他的个人生活,尤其是他的个性的历史",这其中,必备的条件是"作者、叙述者和人物的同一"。自传与散文随笔或自画像等的区别则在于"自传首先是一种叙事,它遵从的是一位个人的'历史'的时间顺序;而随笔或自画像首先是综合的行为,文本按照逻辑顺序、根据一系列的论点或某一论证的各个层次、而不是根据时间顺序加以组织"。菲力浦·勒热讷认为:"强调'首先',是因为在实际中,自传当然可以包括许多论述,但论述是从属于叙事的。即使随笔或自画像引入了某种发生学的或历史的视角,它同样也是居于次要地位的。"因此必须区分的是"文本的主要结构是叙述的还是逻辑的"①。《朝花夕拾》不仅作者、叙述者和人物是同一的,其叙事结构也充分体现了以个人的"历史"的时间顺序的特征。

二

在传统的观念中,无论是传记或自传(自叙),一般都属史学的范畴。但《朝花夕拾》与一般的史传或序传作品的不同还在于其鲜明的文学本质。它不是传主生平资料的堆砌,也不着意于个人日常生活琐屑记录,更迥异于传统序传"首章上陈氏族,下列祖考;先述厥生,次显名字",而后才"自叙发迹"②的老套。在《朝花夕拾》中,有的是形象生动的场面,曲折而多变的人生,还有传主那童年时的欢乐、少年时的抑郁,求学中的艰辛和革命失败后的无奈,甚至也不乏一定的文学想象。无论是叙述还是描写,是人物刻画还是环境衬染,是情节的设置还是结构的安排,一切都又蕴涵了叙述者的主体情愫。所以我认为,《朝花夕拾》不仅是传记的,同时更是文学的,它无疑具备了一般传记难于企及的艺术高度。

具体地说,作为自传的《朝花夕拾》的叙事首先兼容了不同文体的表现手段,从而在错杂的文体中彰显了独特的叙事张力。鲁迅曾自谦这一作品的"文体大概很杂乱"③,而一些研究者也因此强调其"文本的多样性"④。文无定法,在同一作品中运用不同文体的表现手段在许多作家笔下也不是什么新鲜事,即使是鲁迅自己,在《阿Q正传》、《药》、《风波》、《社戏》和《故事新编》等小说中的叙述中,也常常生发一些批判的忧思或感时的议论。《朝花夕拾》也是这样,前五篇明显的夹杂着作者叙述时的意绪,后五篇虽说是比较纯粹的叙事,有时涉笔成趣,也难免来几句"正经的俏皮话",但这都没从总体上改变《朝花夕拾》自传文学叙事的性质。

---

① [法]菲力浦·勒热讷:《自传契约》,杨国政译,生活·读书·新知三联书店2001年版,第201、203、24页。

② (唐)刘知己:《史通·内篇·序传第三十二》。

③ 鲁迅:《朝花夕拾·小引》,《鲁迅全集》第二卷,人民文学出版社1981年版,第230页。

④ 李德尧:《谈〈朝花夕拾〉的文体》,《鲁迅研究月刊》2002年第8期。

一般说来,回顾性的叙事通常都包含了双重的视角,过去的视角通过叙事话语承担着客观再现的功能,当下的视角则通过非叙事话语,承担着审视、评判或解说的功能。中国古代的史传本来也有辩诬的传统,不管是为人立传或自序,叙述者也常在回顾性叙事中透露或阐发当下的思绪。所以,双重的视角和不同话语的共存也使得《朝花夕拾》的文本产生特殊的复调的效果,过去的鲁迅时而单纯,时而愤激,而当下的鲁迅则貌似超然,实则刚韧,不同话语的交融不断地拓展着叙事的张力。

在《朝花夕拾》中,明显给人杂感写法印象的是《狗·猫·鼠》,它一开篇就是近大半篇幅的议论,这样的写法和小说《社戏》十分的相似。但仔细体味,那大半篇的议论从表面上看是通过寻找自己"仇猫"的原因顺便调侃论敌,实际上,寻找"仇猫"的原因只是个隐喻,作者通过不断的追溯,由此引导读者共同追寻"我"之所以为"我"的缘由。自传本身是一种"信用"体裁,它的作者往往都是"在文本伊始便努力用辩白、解释、先决条件、意图声明来建立一种'自传契约',这一套惯例目的就是为了建立一种直接的交流"。① 所以,像《狗·猫·鼠》这种由双重视角引发的多种话语,在叙事上不仅承担了再现的功能、修辞的功能,同时也发挥了文体上的契约功能。

其次,回顾性的叙事一般都是建立在选择性的基础上,叙述者不可能也不必要事无巨细而絮絮叨叨,他总是围绕一定的题旨决定讲述什么,强调什么。《朝花夕拾》的叙事选择,主要统一在传主思想人格形成的因果链上,叙述者着力讲述的是"我"的心理个性的形成历史,而不是像一些长篇传记那样,不是流水账式的个人年谱,就是描述自己所处时代的历史事件,甚至掺杂有生以来道听途说的奇谈怪论。从《狗·猫·鼠》、《阿长与〈山海经〉》、《二十四孝图》、《五猖会》以及《无常》等,可以体察到作者同情弱者、不满专制、酷爱民间艺术的精神渊源。《从百草园到三味书屋》意味着童蒙的开启和短暂的欢娱。《父亲的病》中与庸医"整两年"的"周旋",与小康堕入困顿的生命体验及后来仙台学医有着必然的联系。《琐记》写家道中落后感受的世态炎凉,毅然走出 S 城的种种心理原因,新式学堂的"乌烟瘴气",

---

① [法]菲力浦·勒热讷:《自传契约》,杨国政译,生活·读书·新知三联书店 2001 年版,第 14 页。

以及在《天演论》等诱惑下的再次出走。《藤野先生》的故事包含了学医和弃医的心理动因,《范爱农》则暗含着对革命从兴奋希到失望的过程。自传叙述的是个人的历史,但"有人身所作之史,有人心所构之史"①;而吴尔夫也认为"要讲述一生的全部故事,自传作家一定得有所创新,保证两个生存层面都能够纪录下来——转瞬即逝的事件和行为;强烈情感渐渐激发的庄严时刻"②。鲁迅在《朝花夕拾》中叙述的正是自己心灵的发展史。

在中国传统的自传里,"个人与时代密不可分,作者记录的不仅仅是个人,记录时代,抑或更在个人之上"③。所以,虽然近代以来西方式的传记观念开始影响中国作家,但即使是鲁迅之后的一些作家,却仍然无法摆脱传统史传那种宏大叙事的影响,他们写作自传时所追求的,有不少还是希望"以我的自述为中心线索,而写出中国最近五十年的变迁"④,或"写的只是这样的社会生出了这样的一个人。或者也可以说有过这样的人生在这样的时代"⑤。正因为如此,《朝花夕拾》这方面的尝试才显得别具一格而弥足珍贵。

第三,鲁迅很称道《儒林外史》"戚而能谐,婉而多讽","无一贬词,而情伪毕露"⑥的写作境界,所以《朝花夕拾》在涉笔当下时虽不乏语带讥讽,但在叙及过往亲朋师友时却常用实录中含褒贬的春秋笔法。如《五猖会》中父亲临时叫儿子背书一节都是纯客观的白描,但背书成功后"我"却没了兴致也是实情。对父亲这种不通情理的做法,做儿子的当然不便贸然抨击,作者只是客观地写自己"开船以后,水路中的风景,盒子里的点心,以及到了东关的五猖会的热闹,对于我似乎都没有什么大意思"。最后再于文末淡淡写上一句:"我至今一想起,还诧异我的父亲何以要在那时候叫我来背书。"

对影响自己不同人生阶段的学校和老师,鲁迅有不同的评判,但这种评

---

① 严复、夏曾佑:《本馆附印说部缘起》,转引自陈平原、夏晓虹编《二十世纪中国小说理论资料》第一卷,北京大学出版社 1989 年版,第 27 页。

② [英]吴尔夫:《德·昆西自传》,文楚安译,《普通读者Ⅱ》,人民文学出版社 2003 年版,第 125 页。

③ [日]川合康三:《中国的自传文学》,蔡毅译,中国编译出版社 1999 年版,第 3 页。

④ 梁漱溟:《〈我的自学小史〉序言》,《梁漱溟自传》,江苏文艺出版社 1998 年版,第 8 页。

⑤ 郭沫若:《〈我的童年〉前言》,《郭沫若全集》第十一卷,人民文学出版社 1992 年版,第 8 页。

⑥ 鲁迅:《中国小说史略》,《鲁迅全集》第九卷,人民文学出版社 1981 年版,第 220、223 页。

判也大都用婉而多讽的文笔透露的。三味书屋虽是"全城中称为最严厉的书屋",陈规陋习不少,读的又是《论语》、《尚书》、《周易》和《幼学琼林》一类的老古董,但鲁迅对先生身上和蔼、敬业、认真以及读文章时的投入的描摹却暗含着敬重。作者对水师学堂和路矿学堂一些细节的"实录"已让人感到不伦不类和乌烟瘴气,而特意记录的汉文教员那一句"华盛顿是什么东西呀?……"暴露的更不仅仅是一种无知。仙台的经历是自己人生的一大转折,而仙台的生命体验也并不那么令人愉快,但作者对一些细节的描述却可以令人感受到藤野先生的认真与善意。

另外像对几位妇女言行举止的简单描摹也别有意味,长妈妈自不待说,远房叔祖的太太(《阿长与〈山海经〉》)虽"莫名其妙"但也没心没肺,沈四太太(《琐记》)被起绰号"肚子疼"却是因对孩子们的关爱。即使是后来并无好感的衍太太,作者也如实地写"孩子们总还喜欢到她那里去",而原因居然是"假如头上碰得肿了一大块的时候,去寻母亲去罢,好的是骂一通,再给擦一点药;坏的是没有药擦,还添几个栗凿和一通骂。衍太太却决不埋怨,立刻给你用烧酒调了水粉,搽在疙瘩上,说这不但止痛,将来还没有瘢痕"。中国的传统讲究为亲者讳,现实中疾恶如仇的鲁迅在回顾长辈或师友时,似乎也多了点温婉。

三

最后回到本文开头关于虚构的话题。从理论上讲,史书、传记甚至回忆录掺杂了传闻或虚构都是很令人诟病的,但我们并不能因此而一概否认《朝花夕拾》讲述的一些内容与生活实际存在着差异。大村泉等日本学者的探究所揭示的主要是通过鲁迅当年的《医学笔记》实证的结果,周作人指出的《朝花夕拾》的个别讲述与当年的生活实际不符的情况也不是不可能。其中像周作人所说的父亲临终时"没有'衍太太'的登场"现在看来不仅成理,而且也符合生活的实际。周作人在其《知堂回想录》中谈道:"因为这是习俗的限制,民间俗信,凡是'送终'的人到'殓'当夜必须到场,因此凡人临终的时节只是限于平辈及后辈的亲人,上辈的人决没有在场的。'衍太太'

于伯宜公是同曾祖的叔母，况且又在夜间，自然更无特地光临的道理。"① 后来周建人在《鲁迅固家的败落》中也回忆，父亲临终时，"把经卷焚化，火熄灰冷，用红纸包作两包塞在病人手里"，并催促大哥"快叫呀"的，是"善知过去未来的长妈妈"。② 而更早的记录则是鲁迅写于1919年的《我的父亲》，作者回忆父亲临终时让自己"大声叫"的是"我的老乳母"。③ 伯宜公是1896年过世，现在所能看到的最原初的记录是1919年，且《朝花夕拾》的说法为孤证，《知堂回想录》、《鲁迅故家的败落》和鲁迅的《自言自语》可以互证，衍太太不在伯宜公临终现场之说当然成立。

那么，作为有一定的史学属性的自传出现这样的情况应如何解释呢？其实，即使是经典史籍，出现一些"工侔造化，思涉鬼神"④ 的情节也是可以理解的，而像《左传》中鉏麑槐下之词，《国语》里骊姬夜泣之事，以至《史记》中霸王别姬时的对话，伍子胥伏剑前的喟然自语这些由操笔者"想当然"⑤ 的细节也常常被后人提及。作为传记文学的《朝花夕拾》本身更非严格意义的史传作品，它所讲述的只不过是作者几十年后记忆里的故事。"所有少年时代留在我们心中的事情，包含的正是这样的细小的东西——含混的感情与联想纠合缠杂，起源早已消失在朦胧中了……因此，即使作者以诚心待之，少年时代的自传，也几乎是微乎其微的，不真实的。"⑥ 既然少年时代的记忆不一定可靠，而且往往还存在空白，回顾叙述的拟真的效果一般也只是心理的真实，所以为达形象生动、妙趣横生，来点无伤大雅的虚构或"诗意"的描写完全可以接受。值得我们探讨的是，作者为什么要改变本相进行虚构或"诗意"的描写，这种改变的目的是什么，其实际效果如何，等等。

像《朝花夕拾》在父亲临终时安排衍太太的登场，周作人觉得是作者"想当她做小说里的恶人，写出她阴险的行为来罢了"⑦。以我看来，即使想当

---

① 周作人：《知堂回想录》（上），河北教育出版社2002年版，第37页。
② 周建人口述、周晔编写：《鲁迅故家的败落》，湖南人民出版社1984年版，第118页。
③ 鲁迅：《自言自语》，《鲁迅全集》第八卷，人民文学出版社1981年版，第95页。
④ （唐）刘知己：《史通·内篇·杂说上第七》。
⑤ 钱锺书：《管锥编》第一册，中华书局1979年版，第164页。
⑥ ［法］安德烈·莫洛亚：《论自传》，杨民译，《传记文学》1987年第3期。
⑦ 周作人：《知堂回想录》（上），河北教育出版社2002年版，第37页。

衍太太为小说里的恶人,也不必非让她在那个时候登场;而即使她的确在场并那样做了也无可厚非,因为那一切毕竟是习俗所然。当然,这也绝非作者的记忆失误或失真,因为不管少年时代的记忆如何朦胧,与父亲的诀别的场景对一个十六岁的少年来说永远也是刻骨铭心的,且鲁迅不可能1919年还记忆犹新痛心疾首而1926年就印象模糊。我认为作者特意安排衍太太在这里出场,目的是为了篇章之间的衔接。因为从《朝花夕拾》整体的叙事结构看,除了三、四、五三篇“流离中所作”外,前两篇和后五篇都是比较讲究过渡和转接的。《狗·猫·鼠》的后半部长妈妈登场,《阿长与〈山海经〉》以“长妈妈,已经说过,是一个……”开篇;《父亲的病》的末尾特意让衍太太登场,《琐记》的开篇则是“衍太太现在是……”。另外,《琐记》最后写到只有到外国去的一条路,《藤野先生》则是“东京也无非是这样……”开头,等等。所以,从这细节的改动上看,《朝花夕拾》完全是一部颇具匠心之作,鲁迅也因此把它与《呐喊》、《彷徨》、《野草》以及《故事新编》当成自己仅有的五本文学“创作”。① 因此,对于自传文学作品中个别细节的一些虚构,我们完全不必耿耿于怀,“历史但存其大要,存其大体而已”②,传记文学追求的最高境界本应是艺术的真实。

总而言之,我觉得鲁迅所秉承的,正是其称道司马迁的“不拘于史法,不囿于字句,发于情,肆于心而为文”③的写作传统,《朝花夕拾》也因此才能在传人和叙事等方面别开生面,成为传记价值和诗性价值相统一的现代传记文学作品;而从中国现代传记文学发展的历史看,这一作品出现于郭沫若的《我的童年》(1928)、李季的《我的生平》(1932)以及胡适的《四十自述》(1933)之前,其开30年代作家自传创作风气之先的历史地位也是无可替代的。

（原载《鲁迅研究月刊》2009年第11期）

① 鲁迅在《〈自选集〉自序》中依次谈了《呐喊》、《彷徨》、《野草》、《故事新编》和《朝花夕拾》,并说“可以勉强称为创作的,在我至今只有这五种”。见《鲁迅全集》第四卷,人民文学出版社1981年版,第456页。
② 孙犁:《三国志·关羽传》,《秀露集》,百花文艺出版社1981年版,第204页。
③ 鲁迅:《汉文学史纲要》,《鲁迅全集》第九卷,人民文学出版社1981年版,第420页。

叶绍钧的生平、思想与创作

在中国现代文学诞生的最初几年里,叶绍钧以其多种样式的丰富创作为新文学的百花园增添了异彩。现代文学史上最初的四本短篇小说集中,他一个人就占了两本(《隔膜》、《火灾》)。颇有影响的新诗集《雪朝》中他占有15首。他于1921年发表的独幕剧《恳亲会》也是现代文学史上最初问世的几个剧本之一。他散文作品不多,但"给予小品文运动的影响是巨大的,而每一篇,都可以说是非常精妙的佳构"①。他的童话集《稻草人》"是给中国的儿童开了一条自己创作的路的"②。而他1928年创作长篇小说《倪焕之》则被誉为"扛鼎"之作,在当时是"很值得赞美的"③。无疑,叶绍钧以其广博的文学才能、旺盛的创造力,以及鲜明的创作个性,为中国现代文学的诞生与发展作出了不可磨灭的贡献。

一

叶绍钧,字秉臣,辛亥革命后改字圣陶,1894年10月出生于苏州,家境贫寒。1912年中学毕业后无力升学而当上乡村教师,从而开始将近十年的

---

① 阿英:《叶绍钧》,《阿英全集》第二卷,安徽教育出版社2003年版,第617页。
② 鲁迅:《〈表〉译者的话》,《鲁迅全集》第十卷,人民文学出版社1981年版,第396页。
③ 茅盾:《读〈倪焕之〉》,《茅盾全集》第十九卷,人民文学出版社1991年版,第211页。

从小学到中学以至大学的教师生涯。从 1923 年起,开始从事编辑出版工作,先后达二十几年之久。新中国成立后的很长一段时间内,他主要负责国家出版教育等方面的工作。1988 年 2 月,叶绍钧病逝于北京。

叶绍钧对文学产生兴趣,可以追溯到十二三岁的时候。那时他接触到《唐诗三百首》和《白香词谱》等中国古典作品,便特别觉得新鲜有味。后来在中学读英文过程中,又为美国作家华盛顿·欧文的文趣(风格)所打动。在中学时他开始尝试写诗,并与一些同学组织了诗会“放社”,后来还编印了文学刊物《课余丽泽》(油印),在上面发表自己的习作。辛亥革命前后,他还试写过长篇小说和自传。这都为他日后的创作打下了较为坚实的基础。

叶绍钧正式发表文学作品是 1914 年,那时他因小学教师位置被人挤掉,“为金钱计”开始向刊物投稿。从 1914 年到 1916 年间,他在《小说丛报》、《礼拜六》等刊物上发表《穷愁》、《贫女泪》等十多篇文言小说。但是,叶绍钧却又“极不愿拿文艺来敷衍生计”,“他的宗旨在写实,不在虚构,和那时盛行的艳情滑稽各派是合不拢来的”[①]。因而他这一时期的文言小说还是扎根于现实生活,用细致冷静的笔调描写平凡的人生,在一定程度上揭露了社会的黑暗,具有不同于一般鸳鸯蝴蝶派小说的社会意义。

从 1919 年到 1949 年是叶绍钧文学生涯中的重要时期。“五四”前夕他发表了《春雨》、《这也是一个人》(即《一生》)等白话诗和白话小说,从而开始了新文学的创作。最初,他是属于新潮社的。新潮社的作家们有着共同的创作趋势:“没有一个以为小说是脱俗的文学,除了为艺术之外,一无所为的。他们每作一篇,都是‘有所为’而发,是在用改革社会的器械,——虽然也没有设定终极的目”[②],叶绍钧“五四”前后的创作也明显地带有这样的色彩。1921 年 1 月,他与沈雁冰、郑振铎、王统照等十二人发起成立了中国现代文学史上的第一个文学社团文学研究会。同一年,他还开始剧本和童话的创作,并发表了《文艺谈》四十则等文艺批评文章, 1928 年又开始

①　顾颉刚:《〈隔膜〉序》,叶绍钧《隔膜》,上海商务印书馆 1922 年版。
②　鲁迅:《〈中国新文学大系〉小说二集序》,《鲁迅全集》第六卷,人民文学出版社 1981 年版,第 239 页。

了长篇小说的创作。文学研究会是提倡为人生而艺术,提倡写实主义的。叶绍钧敢于直面人生,善于冷静客观的描写,因而他的创作往往被认为最能代表文学研究会的现实主义特色。从 20 年代末开始,叶绍钧的创作有减少的趋势,但总的看来,从 1919 年到抗日战争前夕是他创作上的丰收期,一些最能代表他的创作风格、成就和影响较大的作品也大多诞生在这一时期。这期间他出版了《隔膜》、《火灾》、《线下》、《城中》、《未厌集》、《四三集》等六本短篇小说集,《稻草人》、《古代英雄的石像》等两本童话集,一部长篇小说《倪焕之》,还发表了《恳亲会》等四个剧本和收集在《雪朝》、《未厌居习作》等作品集中的大量诗文。抗战爆发之后到 40 年代末,叶绍钧的创作较少,这段时间的作品主要收入在《西川集》中。

50 年代以后,叶绍钧担任了出版署领导工作。在繁忙的工作之余,他仍坚持创作,出版了《小记十篇》等作品。"文革"之后,又有《晴窗随笔》等作品问世。这些作品都细致地描绘了发生在中国大地上的深刻变化,热情地歌颂了勤劳智慧的人民,感情深厚,质朴清新,别具一格。

二

了解一个作家的思想脉络和性格特点,对于把握其创作风貌是很有裨益的。像大部分现代作家一样,叶绍钧创作的重要时期正是中国社会发生急剧变化的年代,几乎每隔几年,社会总有一次大的政治风云。辛亥革命、五四运动、"五卅"斗争、大革命……时代的浪潮一次又一次地冲刷着人们的头脑,不甘沉寂的进步作家在时代的风云中不断地探索,伴随着时代的激流不断前进。然而,不同的年龄、经历、生清环境,又使得不同的作家对同一政治事件产生独特的感受。辛亥革命的失败对叶绍钧来说并未能引起鲁迅般的深思,他"对于革命一下子就成功感到莫名其妙的高兴,看看事实,似乎跟理想中的革命不大对头,又感到莫名其妙的忧虑"(《革心》),仅此而已。在此后的文学创作中可以看出,近代中国这一重大事件对他的影响是不大的。事实上,家庭经济状况也不允许他有多少犹豫的时间,贫穷把他推上了教师的位置,"生计"又使得他匆匆地拿起了创作之笔。因此,叶绍钧"五四"之前的文言小说创作虽然在一定程度上揭露了黑暗的社会现实,表现了一定的民主倾向,但也未能摆脱封建思想的束缚。

"五四"时期,随着新思想的传播,他接受了来自不同方面的影响,并形成了较为鲜明的民主思想,这就是对以人道主义为基础的"爱"与"自由"的憧憬与追求。所谓"爱",就是指人与人之间"彼此的心都是赤裸裸的,连一层薄雾似的障翳都没有,而后可以互相了解,互相慰悦,互相亲爱,团众心而为大心"。叶绍钧认为,"果然达此境界,则一切消极的问题全可消除"(《文艺谈二十六》)。至于"自由",则是指每个人的天性都得到充分的、无拘束的发展,因为叶绍钧认为:"自我们的祖先以至我们,才一入世,便堕落在陈腐束缚的境遇里。我们原有可以发出深浓的情绪的本能,而外境拘牵、或竟阻遏,使我们不得发抒。我们原有可以磨练强固的意志的本能,而外境制止,或且戕贼,使我们因循颓废。"(《文艺谈三十九》)不难看出,当时叶绍钧感到了现实社会的陈腐,看到了人与人之间不正常的关系,他对"爱"与"自由"的追求正是从反封建的强烈愿望出发的。在创作中,叶绍钧把"爱"与"自由"当成了改变黑暗现状的良方。有对"爱"的憧憬,他的创作中才有对于人世间"隔膜"和"云翳"的讥讽,才有对于人类本身"潜在的爱"的歌颂;有对"自由"的渴望,他也才有在《一生》、《苦菜》、《低能儿》等作品中对于劳苦人民非人生活的同情,对于摧残下层劳动妇女的封建礼教的揭露,以及对于压抑儿童个性的传统教育制度的不满。但是,叶绍钧无论是创作上对于"爱"和"自由"的追求,还是实际从事的改革教育的活动,都带有一定的改良色彩。他虽然不满当时的黑暗现实,并在创作中作了一定的揭露,但并未能认识到这种黑暗现状的改变有赖于社会政治制度的变革。因此他这一时期的一些作品社会背景是较模糊的,与社会的政治风云的联系是较远的。一些作品对于黑暗现状的揭露也仅停留在"讽它一下"的立意之上。

"五四"前后叶绍钧的思想未能达到时代先进思想的高度是有其客观原因的。他当时正与吴宾若、王伯祥等人在吴县用直镇进行教育改革实验。"五四"的浪潮虽然波及这江南小镇,但叶绍钧却还未能直接感触时代的脉搏。由于生活圈子的狭小,他也无法在思想上产生更大的突破与更变。小镇上的生活,虽然有别于农村,但毕竟与农村生活相去不远,"农业国里的人因为亲近自然,事必互助,所以'爱他'的观念很发达,而且喜欢和平"(《文艺谈二十二》)。周围人们的生活观念更坚定了叶绍钧对"爱"与"自由"的追求。他的思想的转换还有赖于旧的生活环境的改变和新的时代浪潮的冲刷。

很快,"五卅"运动成了叶绍钧思想转变的一个契机。在这之前,他已从角直镇来到了思想气氛颇为活跃的上海,并与茅盾、沈泽民、杨贤江、瞿秋白等早期共产党人有了较为频繁的交往。先进的思想从不同的渠道更为直接地影响了他。"五卅"反帝爱国的浪潮终于把叶绍钧直接推向进步斗争的行列。他写文章声援反帝斗争,参加爱国团体,并积极参加著名爱国报纸《公理日地》的编辑出版工作。在实际的斗争中,叶绍钧的思想发生了一次重大的转变,就是"从反封建的重心移到反对帝国主义的重心,从激昂的反抗到相对的肉搏,从对现状的不满到愤怒的抨击,从个人主义的观点到反个人主义的立场"①。这一转变必然地引起了他创作倾向的转变。他的创作由此从对于抽象的"爱"与"自由"的歌颂转向了对实际社会斗争的关注。"五卅"期间他写下《五月三十日》、《五月卅一日急雨中》、《认清敌人》等一系列反帝爱国的著名诗文。1926 年"三一八"惨案后,他写下了《致死伤的同胞》等文,赞颂了群众的爱国热情,控诉了民族败类的卖国罪行。大革命失败后,他又写下了著名的短篇小说《夜》,无情地谴责了反革命的大屠杀,歌颂了革命人民不畏牺牲、前仆后继的斗争精神。此后,还写下了《某镇纪事》、《某城纪事》、《李太太的头发》等一系列反映大革命时期错综复杂斗争的作品。叶绍钧"五卅"之后的作品中还表现了对现实社会清醒的认识,对人民力量的信赖,以及对反抗斗争的肯定。在《认清敌人》一文中,作者就指明,在当时的斗争中存在着两面绝然不同的旗帜。《五月卅一日急雨中》作者又表明了对穿着"青布大衫"的工人、"露胸的朋友"的信赖和赞赏。《抗争》等短篇小说则描写和肯定了对于旧势力的大胆反抗。而在1928 年完成的长篇小说《倪焕之》中,作者通过对主人公人生经历的描绘,

---

① 阿英:《小品文谈》,《阿英全集》第二卷,安徽教育出版社 2003 年版,第 596 页。

对十几年来普通知识分子的思想历程进行了全面的清算,否定了"一切希望悬于教育"的改良主义思想,充分肯定了主人公参加群众斗争的行动,并且批判了他没有与人民大众站在一个行列、对斗争的长期性和复杂性估计不足等弱点。

总之,"五卅"运动之后,叶绍钧的思想发生了重大的转变,而且对他此后的创作产生了深远的影响。抗日战争时期及其以后的几年,他始终没有脱离现实的斗争,并且用他的笔为中华民族的独立解放和繁荣富强而努力耕耘。

在为人方面,叶绍钧一贯平易谦和,诚朴敦厚,谨言慎行,一丝不苟。他给人的印象"不像豪情满怀的郭老,也不像文质彬彬的茅公。一件灰布长衫好象穿了一辈子,轻言慢语,循循善诱,是奖掖后辈的谦谦君子"①。这种长者风范对他的创作也有很大的影响。

三

叶绍钧的创作领域是非常广阔的。从旧体诗词和文言小说,到"五四"之后出现的白话小说、散文、新诗、戏剧、童话等领域,叶绍钧都留下了一定的创作成果。在他的创作中,短篇小说、童话、散文的成就最大,但大部分的作品又都充分地体现了他鲜明独特的创作风格。这种风格形成于 20 年代,在不同的创作阶段又有所发展。

立足于自己独特的生活体验,取材于自己所熟悉的生活事实是叶绍钧创作的一大特色。叶绍钧认为:"事实纵浅易平凡,我们如能精密地透入地观察,就可以发见它的深浓和非常。这深浓和非常,论其德必然含至高之美,论其用必然深切动人。"(《文艺谈二十四》)因而,叶绍钧与同时代的一些作家不同,在创作中他不去追求风行一时的"革命的浪漫蒂克"的情节,也没有为表达浅薄的人道主义而描绘陌生的劳农生活,而是把笔触伸向自己所熟悉的社会人生,描写城镇小资产阶级知识分子和小市民的普通日常生活,描写

---

①　陈白尘:《追怀叶圣老》,《新文学史料》1988 年第 3 期。

下层妇女,少年儿童的喜怒哀乐,展现旧中国教育界的腐败现状。叶绍钧往往通过对这些日常生活琐屑和小人物命运的描绘,反映社会人生,展露对生活的真切感受。因而他的作品具有平朴真切的风格。

叶绍钧是一个使命感很强的作家。他认为文艺的目的在表现人生,文学创作是一件非常严肃、非当真不可的事业,而文艺家决不应仅是一个"书记官"或一个"冷淡的傀儡",他应有自己独特的修养和世界观,应有独特的情绪和独特的理想。但在实际创作中,叶绍钧又极少在自己的作品中直接抒发自己的主观见解,而是通过对现实人生严肃客观的描绘显露自己的思想,并且"常常留意,把自己表示主张的部分减到最少的限度"(《随便谈谈我的写小说》)。因此他的创作具有客观含蓄的风格。现代作家中,和叶绍钧一样曾在自己的作品中表现对爱与美的憧憬的,还有冰心和王统照等人。但冰心更多的是在自己的作品中直接抒发对于母爱、童真、大自然的歌颂,不仅在她的诗歌和散文中,而且也在她的小说里(如《超人》等)。王统照相对来说较为客观,但也难免喜欢在自己的作品中从正面写了"爱"与"美"的伟大力量(如《微笑》)。叶绍钧则不然,在他的作品中,读者看不到直接的议论和抒情。他善于通过客观的描写,把日常生活画面形象地展现在作品中,让读者在作品的艺术氛围中自然地感受生活中的美与丑、善与恶。他还特别擅于通过对反面事物的揭露来透露自己的理想与追求。总之,在创作中,叶绍钧把"自我"化入了画面,把思考与感受留给了读者。

叶绍钧的创作还具有独特的讽刺特色。他"仿佛觉得对于不满意不顺眼的现象总得'讽'它一下"(《〈叶圣陶选集〉自序》)。而在他创作的主要时期,现实社会中令人不满的现象又实在太多了,因此他的许多作品都不乏讽刺色彩。但是叶绍钧当时又认为,文艺家对于社会毛病的暴露"是存着一腔悲天悯人的心肠的"(《暴露》),自己对于笔下的人物也"都用严正的态度如实地写,不敢存着玩弄的心思"(《〈倪焕之〉作者自记》),对于表示自己主张的部分又减到最少的限度,以免超出讽它一下的范围。这一切使得他的讽刺具有严肃、含蓄而又宽厚的特色。叶绍钧很少像张天翼那样夸张尖刻的嘲讽,也没有老舍早期创作中那种谑多于刺的幽默,他的讽刺风格更接近于鲁迅,深沉含蓄,有严正的分寸感。但鲁迅具有政治思想家的目光和战士的性格,他的讽刺峭利深刻。而叶绍钧二三十年代却有悲天悯人的心肠,因而他讽刺较为蕴藉宽厚。

在人物塑造方面,叶绍钧"写对话似不顶擅长。各篇中对话往往嫌平板,有时说教气太重"①。也不太着力于人物容貌服饰的描绘,他更主要的是通过细腻的心理描写和心理分析来刻画人物的性格。叶绍钧善于把笔触深入到描写对象的心灵深处,细致而准确地剖析各类人物的心理,他特别注意描绘同一类人物之间细微的心理差别,也注意描绘同一人物在不同境遇中的不同心理。小说《潘先生在难中》就因把城市小资产阶级复杂的心理"描写得很透彻"② 而为人们所称道。

"紧密而仍觉舒畅,稀疏而仍觉照应"(《一个青年》)可以说是叶绍钧对文学作品的艺术结构的追求。一般说来,由于注重客观的描绘,他的作品所反映的生活大多与现实较为接近,平淡而且单调。但作为一位精于文章学的作家,叶绍钧善于"将所得的材料加以剪裁、增损、修饰种种工夫","使那些里面含有自己的灵魂,一面却仍不失原来的精神"(《文艺谈五》)。他的作品,特别是短篇小说,虽然矛盾冲突不甚尖锐,但却能够通过明暗线索的安排,详写略写的调剂,以及运用"布眼"、呼应等手法,形成"谨严而不单调的布局"③。叶绍钧对作品的结尾也特别重视。几乎对于每一作品的结尾,他都是苦心经营、力求能够"文字虽完了而意义还没有尽,使读者好象嚼橄榄,已经咽了下去而嘴里还有余味,又好象听音乐,已经到了末拍而耳朵里还有余音"(《开头和结尾》)。像《风潮》、《遗腹子》等小说的结尾,都是他得意之笔。

"文学既然是以语言为手段的艺术,风格跟语言当然有密切的关系。"(《文艺作者怎样看现代汉语规范化问题》)由于长期从事教师和编辑的职业,叶绍钧形成了比现代任何作家更为明显的"斟酌字句的癖习"。创作中他不仅讲究字词句的精炼、准确与生动,而且讲究"神韵"、"文气"和"独

---

① 朱自清:《叶圣陶的短篇小说》,《朱自清全集》第一卷,江苏教育出版社1988年版,第262页。
② 茅盾:《王鲁彦论》,《茅盾全集》第十九卷,人民文学出版社1991年版,第169页。
③ 朱自清《叶圣陶的短篇小说》,《朱自清全集》第一卷,江苏教育出版社1988年版,第262页。

创"。他的语言纯净洗炼,没有华丽的辞藻,没有滥用的方言土话,更没有"欧化"或"文言"的痕迹。叶绍钧的文学语言语法严密、用词准确,具有一种内在的、朴实的美,使普通的文字显示了丰富的表现力。

当然,叶绍钧早期的某些作品也具有平朴有余、精深不足的局限;在长达七十余年的创作生涯中,他的风格也曾发生过一定的变化,如50年代之后,他的作品就由冷峻转向了炽热。但总的说来,他那形成于20年代,令人有"脚踏实地,造次不苟"① 的艺术风格,一直是很鲜明的。

叶绍钧对中国现代文学的贡献是多方面的。除文学创作之外,叶绍钧对新文学的出版工作,对青年作家的扶植培养也有杰出的贡献。他先后主编过著名的《文学周报》、《小说月报》、《中学生》等刊物,主持过开明书店;他经手发表过巴金、丁玲、施蛰存等著名作家的处女作,还撰写了《文艺谈》、《文章例话》等文艺论著和创作批评,对新一代作家的成长产生了不可估量的影响。

从为生计到为人生,从对旧中国黑暗现实的讽刺一下到对新的社会现实的热情歌颂,叶绍钧在文学百花园中耕耘了半个多世纪。历史将永远铭刻叶绍钧光辉的文学业绩,他那已成为民族文学宝库中的珍贵财富的作品,也将永远值得我们学习与借鉴。

(原载《叶绍钧作品欣赏》,广西教育出版社 1989 年版)

---

① 郁达夫:《〈中国新文学大系·散文二集〉导言》,《郁达夫文集》第六卷,花城出版社 1983 年版,第 277 页。

朱自清杂文创作初探

人们通常根据朱自清的创作实践,把他的文学道路分为三个时期,即诗歌时期、散文时期以及杂文时期。如果从总体的创作看,这样的把握大致没错。但如果深入考察就不难发现,朱自清的杂文创作并非始于抗战胜利之后,而是贯穿于他的整个文学历程。

1920 年夏天,朱自清从北大毕业后到杭州第一师范教书。11 月 16 日,在该校的《十日刊》上,他发表了目前可以找到的第一篇杂文《自治的意义》。文章针对当时各种要求自治(如"学生自治"、"地方自治"等)的现象,探讨了自治的实质与意义、自治与自由之关系等问题。文章的一些观点并不很成熟,但在表现上,却很有当时大量出现的政治杂文的特点。紧接着,他又发表了《奖券热》、《憎》、《父母的责任》等一系列的杂文,显示了丰富的杂文创作实绩。可见作为一个进步的知识分子,朱自清在五四前后勃然兴起的杂文创作热潮中不可能会是个旁观者。而在血雨腥风的年代,朱自清的思想也产生过"哪里走"的彷徨,但他仍然一直用杂文这一文学样式来表达自己的思绪和心情。

朱自清的杂文创作,大致可以分为四个时期,即 20 年代初到 20 年代末的第一个时期、20 年代末到抗战爆发前夕的第二个时期、抗战时期以及抗战胜利之后的第四个时期。

一

在第一个时期里,朱自清创作的杂文较多,除前面提到的几篇之外,还有《教育的信仰》、《正义》、《说梦》、《刹那》等几篇。严格地说,还应包括颇有影响的《生命的价格——七毛钱》、《航船中的文明》、《白种人——上帝的骄子》等篇。

朱自清这时期的作品,基本上带有与《语丝》杂文相一致的特点,着力于社会批评与文明批评,"不仅带着政治色彩,触及现实的敏感政治问题,和道德伦理、人情世态的种种弊端,更深入解剖了几千年的封建精神文明造成的'国民的劣根性'"[①]。

《憎》一篇写于 1921 年 11 月,作者在文中开宗明义地表明对于充斥着"冷淡的言词"、"惨酷的佯笑"、"强烈的揶揄"的现实人生的不满。接着从自己经历的几件小事入手,分别描述了"遍满现世间"的"漠视"、"蔑视"与"敌视",形象地刻画了傲慢的优越者和阴毒的压迫者的丑恶嘴脸,从而批判了畸形的社会现状与复杂的人际关系。另外,像《生命的价格——七毛钱》、《航船中的文明》以及《教育的信仰》诸篇,或议论"生命的价格",或讥刺"名教大防",或揭露教育的弊端,都具有鲜明的现实批评色彩。

特别是《正义》一文,更是体现了幽默辛辣的批评特色。它描述了社会上"正义"沦丧的现实:被用来"自诩",被用于"假名行恶",受着威权的鼓弄,在"名利与金钱的面前,正义只剩淡如水的微痕了"。作者同时也指出:"正义"目前还藏在人们心里,"所以你要正义出台,你就得排除一切,让它做第一个尖儿。你得凭着它自己的名字叫它出台。你还得抖擞精神,准备一副好身手,因为它是初出台的角儿,捣乱的人必多,你得准备着打——不打不成相识呀!打得站住了脚携住了手,那时我们就能从容地瞻仰正义的面目了。"

值得着重注意的还有《父母的责任》这一篇杂文,它从做父母的角度论述了节育和优生优育问题。作者首先分析了传统的和近代的两种父母观,批

---

① 姚春树:《中国现代杂文史纲》,河北教育出版社 1990 年版,第 25 页。

判了传统的观念以及由此而带来的"重男轻女"、"多子多福"的社会现象，肯定了新的观念与新的道德。作者呼吁重视优生学和节育论的宣传，使每个做父母的都明了自己的责任。文章写于1923年年初，可能是我国较早提倡、较全面论述节育论与优生学的文章之一，也反映了五四时期"民主"与"科学"对于青年朱自清的影响。

总之，朱自清这时期的杂文所涉内容较广，具五四思想解放的时代风尚，手法上以明快的批评为主，在辛辣的揶揄中显示着青春的朝气。

二

1927年之后，朱自清的思想陷入了痛苦的泥淖之中，中和主义思想抬头。加上从1925年秋赴清华任教，1930年秋起主持清华中文系，无论从主观上还是客观上都促使朱自清躲进了书斋，促使他产生了逃避现实、"消磨了这一生"的念头。因此，他的精力主要转移到学术研究上，创作日渐减少。但严肃的生活态度，狷介的个性以及鲜明的正义感又使他无法与恶势力妥协。所以，在繁忙的工作之余偶尔为文，也都透露出作者的苦闷之情，透露出对现实的不满。

《论无话可说》写于1931年，后来收入杂文集《你我》时，朱自清说"本书里作者最中意的就是这篇文字"[①]。它曲折地流露了中年朱自清对现实取"暂时超然"，避入学术研究圈子后的复杂心情。作者从对十年来文学生活的回顾总结入手，对不敢讲话的自我进行了深刻的自省，同时也表明对"压根儿就无所谓自己的话"的"咱们这年头"的不满。文章在幽默诙谐的笔调中蕴含着严肃的自省，在淡淡的笑意中流露出丝丝的苦味。写于稍后的《说话》与《论无话可说》有着异曲同工之妙，作者采用漫谈的写法，论述了说话的重要、说话的困难、说话的种类以及中国人对说话的态度，最后委婉地表达了对国民党当局的文化专制统治的不满。国民党掌握政权后，曾先后多次颁布有关限制、审查图书杂志的条例，组织审查委员会，查禁、限制进步书

---

① 朱自清：《你我·自序》，《朱自清全集》第一卷，江苏教育出版社1988年版，第113页。

刊。因此,朱自清不无反感地写道:"加以这些年说话的艰难,使一般报纸都变乖巧了,他们知道用侧面的,反面的,夹缝里的表现了。这对于读者是一种不容避免的好训练;他们渐渐敏感起来了,只有敏感的人,才能体会那微妙的咬嚼的味儿。这时期说话的艺术确有了相当的进步。"

朱自清这时期杂文虽然不多,但已体现出从明快向蕴藉精确的方向发展的态势。

三

抗战爆发后,朱自清随校南迁,开始了战时的生活。作为一个具有强烈民族意识的中国人,朱自清希望抗战早日胜利;作为一个具有民主思想的知识分子,朱自清对国民党的腐败统治极为不满;而战时清苦的生活,对朱自清这个多人口家庭又是另一种严峻的考验。所以,宣扬抗战必胜的信念,批判社会腐败现象,以及表达对现实人生的思考成了朱自清这时期杂文的主要内容。

在宣传抗战思想的杂文中,《北平沦陷那一天》和《爱国诗》两篇较有特色。前者写于 1939 年 6 月,作者在近似平静的回忆中记叙了自己在北平沦陷前后的经历,真切地反映了北平民众同仇敌忾,期望"背城一战"的心情,流露了对"地方当局"的不满,同时也表达了"最后胜利终久是咱们的!"坚定信念。后者具有冷静的历史分析的成分,它围绕对爱国诗歌的探讨,熔作品鉴赏、历史批评、感情抒发于一炉,在古今爱国诗歌、国家观念的比较分析中,突出辛亥革命、特别是抗战以来的发展变化,具有鲜明的现实针对性。

在《论自己》、《论东西》、《论别人》等一系列杂文中,朱自清一方面是对于社会腐败状况的批判,另一方面表现了对怎么样做一个堂堂正正的人的思考。《论别人》探讨的是自己与别人的关系。作者从历史的角度分析了传统的"为别人"的几个层次,辨明义务与义气、分内与分外的区别与联系,同时也对"只凭着神圣的抗战的名字做那些自私自利的事,名义上是顾别人,实际上只顾自己"的人进行了尖锐的批判。文章所贯穿的是"自己和别人是相对的存在,离开别人就无所谓自己"的思想,是"先米多想想别人"的主张。《论自己》则侧重探讨在物质昂贵、生活清苦的现实面前如何做人的问题。朱自清认为："穷有穷干、苦有苦干；世界那么大，凭自己的身手，哪儿就打不开一条路？何必老是向人愁眉苦脸唉声叹气的！"他主张靠自己，体现了独立不羁、实干乐观的骨气。同时他又告诫人们，不可固步自封，不要把自己关在"丁点大的世界里"；要"看得远，想得开，把得稳；自己是世界的时代的一环，别脱了节才真算好"。反映了作者抗战以来的思想转变，体现他紧跟时代步伐，脚踏实地，一步一步向前走的意愿。另外，《论东西》所写的是知识分子在战时的生活状况以及作者自己的生活信念，就是那一把够自己骄傲的"清骨头"："读书人大概不乐意也没本事改行，他们很少会摇身一变成为囤积居奇的买卖人的。他们现在虽然也爱惜东西，可是更爱惜自己；他们爱惜东西，其实也只能爱惜自己的。"

总之，朱自清这时期的杂文，已完全由社会批评转向了政治的批判，反映了作者走出书斋后思想观念的转变，形式上也从随感式的抒发转向了认真严肃、精密理智的历史分析，体现出独特的创作个性。

四

抗战胜利之后，在人民大众风起云涌的争民主、争自由的激流冲击之下，在严酷的现实面前，朱自清的思想立场发生了深刻的转变。长期萦绕于脑际里的"哪里走"问题解决了，他开始用现代的立场，"近于人民的立场"，用民主的尺度来认识历史、观察现实。他写得很勤，出版了《标准与尺度》、《论雅俗共赏》两本杂文集。

朱自清这时期的作品，大多具有浓厚的历史感、丰富的知识性和明晰的现实性。如《文学的标准与尺度》一文首先辨析了标准与尺度的含义与区别，然后从中国文学传统的"儒雅风流"这一标准在不同历史时期的变化，说明文学的尺度是人民参加制定的。文章虽以大量的篇幅辨析、论述传统的"儒雅风流"观念的演变，其着眼点却是时代的使命和人民的立场影响下形成的新的"民主"的尺度。层次分明、重点突出、深入浅出、知识性强，很有说服力。如《论气节》一文主要探讨的是知识分子的立身处世之道，即气节问题。作者首先进行的是"气"与"节"的意念的考证辨析和历史考察，他从东汉末年的党祸谈到明朝东林党的攻击宦官,精辟地指出:"气是敢作敢为,节是有所不为——有所不为也就是不合作。"进而又论述了五四以来知识分子队伍的分化以及思想观念的转变而形成的新的气节观,同时也表达了作者对斗争在民主运动最前列的青年学生的赞赏之情。

除了上述这些具有历史感和知识性的杂文外,朱自清这时期一些随感式的杂文也写得颇为出色。这些作品往往从现实生活中的具体人物、事物入手,在真切的描述中鲜明地表达作者对时局、对社会的认识,大多具有尖锐的批判锋芒。《动乱时代》写于抗战胜利后不久,却清醒地分析了战后的局势,敏锐地指出普遍存在于人民之中的幻灭感,表明了作者对时局极度的关心以及对中国达到小康时代的殷切期望。文章采用开门见山的写法,对时局的评论一针见血,观点鲜明,行文简约通俗,概括性强。《回来杂记》也写得颇有特色。作者在文中透过战后北平的社会现实,抒发了自己对时代的沉重感受:先以市场状况的"有"和精神状况的"闲"两个层次,叙述了古城还是"老味道",虽然经历了八年抗战而毫无长进;接着又以人民生活的"穷"和社会治安的"乱"两个层次,点明和以前的北平"不一样",从而揭示出古城旧貌未改而恶象增加的现实。另外,文章还通过对警察殴打人力车夫、以及人力车夫的责问等描写,深刻地表露了对统治当局的不满,对人民的同情,同时又含蓄地透露了时代进步、人民觉醒的讯息。文章从小事落笔,时而又以富有启示性的短语略加点显,收到了就事明理,于小显大的效果。

另外,《中国学术界的大损失》也很能体现朱自清这类杂文的特点。这是一篇悼念闻一多的文章,又是一篇猛烈抨击国民党反动统治的作品。闻一多的遇害引起了朱自清极大的震惊和愤怒,也促使他对现实、对自己进行重新的审视。在这篇作品中,朱自清着重介绍的是闻一多在学术上的贡献,同时也告诉人们,这样年轻有为的学者,"竟惨死在那卑鄙恶毒的枪下",以此激起人们对于敌人更大的愤恨。文章格调悲愤,对统治者的暗杀政策表示了强烈的控诉,对老朋友的殉道表示了深切的哀悼,同时也预示着作者将迈上殉道者所走过的道路。

在艺术表现手法上,朱自清这时期的创作已是炉火纯青。他时而是历史的观照,时而是意念的辨析,时而又是分类的对比,剖析细密,叙述亲切自然,既有口语的灵感,又有旁征博引的理趣,充分地显示了学者型作家创作的缜密、深刻、浑然天成的特色。

　　总之,朱自清的杂文创作是与现代杂文的时代风尚相一致的,也是与社会前进同步的。从他的杂文,可以了解到作者从为人生到为人民、从写血泪的文学到为人民求生存而创作的人生历程。他的杂文,也反映了作者"由明快而达到精确,发展着理智的分析机能"①的艺术走向。

(原载《福建教育学院学报》1997 年第 1 期)

---

① 朱自清:《历史在战斗中》,《朱自清全集》第三卷,江苏教育出版社 1988 年版,第 35 页。

当代散文园地的艺术奇葩

在 20 世纪五六十年代的散文百花园中,曾经有过一枝引人注目的艺术奇葩,她以清新自然而又独具情趣、理趣与文趣的韵味,为充满着崇高热烈时尚的文坛,带进了一股清淡的幽香。然而时过境迁,80 年代以来问世的种种"当代文学史"却大多看不到关于她的记载。这一即将被人淡忘的艺术奇葩,就是周瘦鹃的散文小品。

一

20 世纪二三十年代,周瘦鹃曾以"礼拜六"派作家的身份活跃于文坛,并受到过新文学作家的批评。30 年代中期,他从繁闹的上海退隐苏州,兴致转向园林艺术,此后除偶尔执笔外,主要与花木为伍。新中国成立之初,这位驮着沉重历史包袱的旧知识分子的内心,充满着一种近于绝望的自卑,他曾用"今年烧梦先烧笔,倦矣应怜缩手时"、"从此周郎闭门卧,梅花四壁梦魂清"① 等诗句,表达自己萧瑟黄昏,打算投笔焚砚,以园圃终老的心情。但时隔不久周瘦鹃应邀出席苏南地区文代会,接着又先后受到各级领导人的鼓励与支持,他终于重振精神走下孤山,又提起那新清婉约情趣横生的旧笔,写出

---

① 　周瘦鹃:《拈花集·前言》,上海文艺出版社 1983 年版,第 1 页。

了新时代里的新篇章。

从 1954 年冬天到 1966 年"文革"爆发前夕,周瘦鹃创作发表散文小品三四百篇,先后结集出版《花前琐记》、《花花草草》、《花前续记》、《花前新记》以及《行云集》等五种散文小品集。1962 年,作者还以前四种为主,旁涉未入集篇章,自选 150 篇加以修改与润色后合编为《拈花集》,送交上海文艺出版社出版,后因世事变迁未果,延至 1983 年 6 月才得以面世。另外,金陵书画社后来曾集周瘦鹃旧作 150 余篇,分别以《苏州游踪》、《花木丛中》为题,于 1981 年 4 月出版其选集两种。上述诸集所收篇目互有重合(特别是后三种),但同一作品在不同集中文字又略有不同。其中最能体现周瘦鹃这一时期散文小品创作风貌的,当属作者生前亲自编定的《拈花集》。

周瘦鹃这时期的散文从内容上看大致可以归为三类。第一类是歌颂新社会新生活的随感。它们记叙作者亲历的故事,抒写他在新时代里的新感受。其中像《初识人间浩荡春》、《我的心被拴在怀仁堂》描述两次见到毛泽东主席的情形,《一时春满爱莲堂》、《年年香溢爱莲堂》等篇分别记叙周恩来、朱德等领导人到周家花园参观的经过,而《一双花布小鞋》、《花布小鞋上北京》以及《迎春时节在羊城》等则叙写作者外出开会、参观的经过与感受。在这些随感中,周瘦鹃对新社会新生活的热爱之情,对党和国家领导人的感激之情溢言于表,读者从中不难了解到一个旧的知识分子在新旧交替历史时期的人生历程,感受到他进入新社会而又受知遇之恩的喜悦与兴奋。作者曾是一位著名的小说家,在状物写人方面有着丰富的经验,他笔下的毛泽东、周恩来、朱德、陈毅、班禅等领导人也显得神态各异、栩栩如生。

第二类作品,是以介绍各种花草果木为主,同时讲述与之相关的文学掌故与历史传说的散文。这是周瘦鹃本时期创作的主要部分。它们的篇幅大多较小,一般只有千把字,又包含着密集的知识容量,接近于知识小品。但作者却能以其特有的人生经验、美学素养以及情趣横生的妙笔,为读者构筑出一个个清新淡雅的艺术世界,让读者在轻松的浏览中增进知识,陶冶性情,感受在那一时期文学作品中难得感受到的闲情与安适。因此,周瘦鹃这类散文小品在当时颇受广大读者的青睐。

记录作者游踪,描绘风景胜地,介绍各种风土俗尚、奇珍异宝,是周瘦鹃散文的第三个方面的内容。从姹紫嫣红的南国花市到令人称奇的宜兴双洞，从危崖层叠自峥嵘的黄山到满山绿竹忘炎夏的莫干山，从浓妆淡抹总相宜的西子湖到绿水青山两相映的富春江，凡作者游踪所至，那里的风物胜景珍闻瑰宝无不成为其叙写的内容。当然，周瘦鹃在散文中写得最多的，还是他那风景秀丽园林称奇而又具有丰富历史文化意蕴的江南小城苏州。这类作品虽属纪游之作，但由于包含着丰富的历史掌故与人文知识，它们也很接近于知识小品。

二

不管是抒写自己在现实生活中的感受，还是描摹花草、记录行踪，周瘦鹃这时期的散文小品体现了一种清新婉约的共同特征。这种独特的风貌首先得益于作者进入新社会后的舒畅心情，以及行文时屡屡透露出的情趣与情韵。

在散文小品的创作与欣赏中，情感的因素有着无可替代的独特作用，它既是作者艺术创造的内驱力，又是读者接近作品的重要桥梁。新中国成立后，周瘦鹃"身受知遇，报国有心"[1]，精神面貌为之一新。因此他写下的虽大多为侧重于知识传播的小品，但字里行间却满蕴着枯木逢春、感恩知报的真挚感情。他善于将花木的繁荣凋谢，风物的历史变迁与国事的兴衰、个人的遭际联系在一起，在介绍花木知识与风景俗尚的同时表达自己的情怀。如《我爱菊花》一文，开篇就说自己是个"花迷"，"对于万紫千红，几乎无所不爱"，但具体谈到自己喜欢菊花的情形时，则自然地把种花与自己的心境联系到一起："我在解放以前，眼见得国事日非，国将不国，自知回天无力，万念俱灰；因此隐居苏州，想学做陶渊明。渊明爱菊，我就大种菊花，简直是像渊明高隐栗里，做黄花主人。"而"解放以后，我忙于社会活动，便种得少了。我想陶渊明如果生于今天，瞧到祖国的欣欣向荣，也该走出栗里，不再作隐士了吧"。作者在旧社会的悲郁愤懑，在新社会的愉快欢畅，一切都自然地流露于文中。接着他又写道：

---

① 周瘦鹃：《一时春满爱莲堂》，《拈花集》，上海文艺出版社 1983 年版，第 20 页。

> 我爱菊花,不但爱它的五光十色,多种多样;更爱它那种坚强不屈的精神,象征我国的民族性格。它和寒霜作斗争,和西风作斗争,还是倔强如故。即使花残了,枝条仍然挺拔,脚芽仍然茁生。古诗人的名句"菊残犹有傲霜枝",就给予它很高的赞颂。(《我爱菊花》)

作者在这里抒发的,已不仅仅是对菊花的感情,而是包含了对民族,对祖国母亲,以及对大自然的一片深情。

当然,在周瘦鹃的散文中,像《我爱菊花》这样用较大篇幅来抒写自身情怀的并不太多,作者更多的时候是在叙述与描写之中有所节制地显露自己的感情倾向,从而给读者留下一定的回味。如:

> 梅花时节,我用竹管插上一枝红梅放在上面,那就好像是枯木逢春了(《年年香溢爱莲堂》);

> 记得那年传来了日寇投降、抗战胜利的喜讯的一天,八年间沉郁苦闷的心境,顿时豁然开朗,曾享受过一次非常甜美的午睡,这是值得纪念的(《花竹幽窗午梦长》);

> 我本来爱花若命,对于花几乎无所不爱,可是经了"八·一三"创巨痛深,对樱花也并没好感(《易开易谢的樱花》)。

等等,虽然均着墨不多,却无不内蕴别意,情趣盎然。

如果说周瘦鹃上述的散文小品所散发出的情致还带有那一时代的"政治抒情"的意味的话,那么更为可贵的是,在并未完全摆脱这种影响的同时,他也能够忠实于自己的生活感受,在作品中一而再、再而三地叙说一己之体验、儿女之私情。和同时代的其他散文作者相比,周瘦鹃较少采用那种"我们"式的抒发,而是坚持着叙说"我"的偏爱、"我"的感觉以及"我"的看法。如《一双花布小鞋》、《花布小鞋上北京》诸文,作者在表达自己有资格参政议政,并且受到党和国家领导人尊重与关心的喜悦心情的同时,那对于小女儿的疼爱之情,那由小女儿的天真活泼机灵而引发的欣慰之情也跃然纸上。《上甘岭下战士强》一文主旨在歌颂志愿军英雄,但作品的开头却描述了朝鲜战场的消息报道也在只有四岁的小女儿心中烧起了怒火,她对自己的母亲说:"美国强盗坏得很,我要去打他们;妈,你不要跟!"周瘦鹃接着不无自豪地写道:"这三句话,妙在第三句,我至今还记得;在朋友们跟前,总是津津乐道的。"与此相类似,在《"阿弟光临"看杂技》一文的结尾,作者描述全家观看杂技表演之后特意添上一笔说:

> 这几天来,三个淘气的小女儿,老是把小椅子、小凳子一只只叠起来,仿效杨少光表演椅枝,使她们的母亲大伤脑筋,可是我却顾而乐之。(《"阿弟光临"看杂技》)

更为突出的是在《一生低首紫罗兰》一文中,周瘦鹃谈到自己对紫罗兰所以情有独钟,皆因年轻时的"一段影事",他说:

> 只为她的西名是紫罗兰,我就把紫罗兰作为她的象征,于是我往年所编的杂志,就定名为《紫罗兰》、《紫兰花片》,我的小品集定名为《紫兰芽》、《紫兰小谱》,我的苏州园居定名为"紫兰小筑",我的书室定名为"紫罗兰 ",更在园子的一角叠石为台,定名为"紫兰台"。每当春秋佳日紫罗兰盛开时,我往往痴坐花前,细细领略它的色香;而四十年来牢嵌在心头眼底的那个亭亭倩影,仿佛从花丛中冉冉地涌现出来,给我以无穷的安慰。(《一生低首紫罗兰》)

作品的最后,周瘦鹃还写道:"日来闲坐花前,抚今思昔,又不禁回肠荡气了。"像作者这样公开地表达自己对于初恋对象那种刻骨铭心感情的作品,在那一年代的散文作品中恐怕已是绝无仅有。

在五六十年代,由于社会提倡"大我",时代呼唤崇高,而文坛又倾向于明朗乐观的基调,散文创作中众笔一调滥情直抒几乎蔚然成风。在这样的大背景下,像周瘦鹃散文小品这种既写国事兴衰又写一己私情的真挚坦诚,既不热烈也不直抒的恬淡委婉,就格外令人耳目一新。因此,它的存在当自有别树一帜的意义。

三

周瘦鹃的散文小品还具有独特的理趣色彩,作者常常借助特定的描述对象,含蓄地表达生活的感悟和对人生的思考。《花雨缤纷春去了》在详尽地介绍了自然节气与花事的关系之后写道:"春既挽留不住,那么还是让她走吧,……好在今年送去了春,明年此时,春还是要来的啊。"读到这里,人们不禁都会联想到雪莱的名句:"冬天已经来到,春天还能很远么?"而在《咖啡谈屑》中,周瘦鹃引用自己旧作"更啜苦咖啡,绝似相思味"的诗句后又进一步议论说:"其实咖啡虽苦,加了糖和牛乳,却腴美芳香,兼而有之。相思滋味,有时也会如此;过来人是深知此味的。"正是在这种似乎轻描淡写的叙述和漫不经心的闲谈中,作者透露了真切的个人感受,同时也揭示了一定的人生哲理。

作为一个有较高艺术造诣的作家,周瘦鹃在描绘花木、记叙游踪时,也喜欢用艺术家的眼光审视笔下的事物,因而往往能从中品味出一定的美学原理。谈到夏天制作瓶供时,周瘦鹃说:

> 我轮替地用一只古铜大圆瓶、一只雍正黄瓷大胆瓶和一只紫红瓷窑变的扁方瓶来插供,以花的颜色来配瓶的颜色,务求其调和悦目……我也将花与瓶的颜色互相配合,互相衬托,花以三枝、五枝或七枝为规律,再插上几片叶,高低疏密,都须插得适当,看上去自有画意。(《夏天的瓶供》)

在《问梅花消息》中谈梅花的欣赏时,他先引清代诗人宋琬的话:"花之佳处,正在含苞蓄蕊,辛稼轩所谓十三女儿学绣时也;乃至离披烂漫,则风韵都减。"接着又进一步发挥道:"此君的话自有见地,尤以浅红梅含苞为美,一开足反而减色了。"此类例子,谈的虽只是花花草草问题,表达的却是作者的美学趣味,因而也就具有一定的认识意义。

周瘦鹃人生阅历丰富而又博学多才,他的散文小品主要以丰富的知识见长,特别是那些描写花草树木,记叙各地名胜风物的作品更是如此。他往往在作品中广征博引与话题有关的古今趣事、中外逸闻以及诗词掌故,向读者传播人文科学知识或自然科学原理。如在详尽地介绍"品种既繁,名色亦多"的山茶花之后,周瘦鹃又交代"它喜阴恶阳,种花者不可不知"(《山茶花开春未归》);在谈到"谷雨节一到,牡丹花也烂漫地开放"的同时,他又点明"牡丹时节最怕下雨,牡丹一着了雨,就会低下头来,分外的楚楚可怜"(《国色天香说牡丹》)。而《关于〈汉明妃〉》、《明末遗恨〈碧海花〉》、《〈梁祝〉本事考》、《闲话〈礼拜六〉》、《看了〈黑孩子〉》等一系列侧重介绍文史知识的小品,由于所叙之事大多为作者当年亲历,读来使人更觉得亲切自然,而且也使人开阔视界,增长见识。

除了传播知识,周瘦鹃有时也向读者传授自身的一些生活经验。如《探梅香雪海》把自己探梅的经历进行一番描述之后,又特意提醒读者:

> 香雪海探梅必须算准时期,不要忘了日历。古人曾说"梅花以惊蛰为候",大概每年惊蛰前后一星期内前去,才恰到好处,如果太早或太迟,那么梅花自开自落,是不会迁就你的。探梅的人们,最好能与山中人先作联系,探问梅花消息;开到七、八分时,就可以前去,领略那暗香疏影的一番妙趣了。(《探梅香雪海》)

在告知读者"柿初红时,也可作瓶供"的消息之后,周瘦鹃还特意介绍说,柿太重,须"插在古铜瓶中方能稳定","叶片易于干枯,索性全都剪去,另行摘了带叶的大枝插在中间,随时更换,红柿绿叶,可以经久观赏"(《仲秋的花与果》)。作者为读者所考虑的,可谓周密之至了。

周瘦鹃散文小品的理趣色彩与过分强调政治教育意义的文学时尚相去甚远,作者在作品中极少板起面孔发大段的议论,更没进行一本正经的周密论证,他主要通过娓娓的叙说传播知识,让读者在愉快轻松的欣赏之中不知不觉地接受作者所阐明的事理。有时,周瘦鹃只不过借古人诗赋表明自我对人生的认识。如谈起女子喜欢用凤仙花染指甲,他引清代李笠翁之言说:"纤纤玉指,妙在无瑕,一染猩红,便称俗物"(《好女儿花》);谈起凌霄花的攀缘性,他又引唐代白乐天《有木》诗"劝人重自立,戒依赖",并强调指出:"古人诗词中,对于凌霄花的依赖性都有微词,有人更讥之为势客,就是说它仗势而向上爬。"(《凌霄百尺英》)有时,周瘦鹃则用三言两语随意点染,表露自己对生活的感悟,闪现自己思想中的火花。如写蔷薇类中的七姊妹、十姊妹,他先谈道:"文章中有小品,往往短小精悍,以少胜多。花中也有小品,玲珑娇小,别有韵致……"(《姊妹花枝》);而写水仙,先是介绍漳州水仙、崇明水仙、盆供水仙、瓶供水仙,接着又谈到市上花店中有色繁而香郁的"所谓洋水仙",最后才点明:"我以为这洋水仙比了国产水仙,总有雅俗之分。"(《得水能仙天与奇》)

总之,周瘦鹃的小品虽然缺少哲理散文的深刻,却能够在生动有趣的叙说中让读者了解历史,认识事物,同时也接受作者真切的感悟与思考。

四

周瘦鹃的散文小品大多具有苏州园林式的艺术结构。作者往往在一两千字的篇幅中写入丰富的内容,但信笔所至却又井然有序,粗看似漫不经心,实则苦心经营,大多体现出格局紧凑而又曲折有致的精巧美。像《杏花春雨江南》,一开篇就抓住春雨、江南和杏花引征古人诗词,抒发作者思绪,给人以"客子光阴诗卷里,杏花消息雨声中"的强烈感受。接着又简要地描述两年来凭窗东眺楼头听雨的情形,把读者的兴致一步步地吸引到作品所表达的题旨上来。再接下去则以"春光好"和"春意闹"两个典故进一步渲染杏花春雨江南的诗意,同时也使本来紧凑的格局稍微开阔起来。作品的最后以对西湖"杏花村"酒家的几笔速写作结,从而形成由紧而松,又由松复紧的独特布局。

而《枣》一篇更具匠心,其行文线索大致是:后园老枣树牺牲于台风之中,幸而它的儿子现在已经长大,年年也一样开花结果——枣树开花结果的有关知识以及果实的津味、枣木的品性——历代文人对枣花、枣实、枣树的歌咏——鲁迅《秋夜》对后园枣树的描写——后园的老枣树却又奇迹般地复活了。作品从老枣树入手,紧扣枣树展开描写与叙述,迂回曲折而又环环相扣,最后又回到老枣树的话题,既给人以异峰突起之感,又首尾呼应,独显匠心。

在谋篇布局时,周瘦鹃对作品的开头与结尾更是苦心经营,力求不落俗套,给人清新而富情致的艺术享受。如"苏州刺绣,名闻天下,号称苏绣……"(《闲话刺绣》);"迎春花又名金腰带,是一种小型灌木,往往数株丛生……"(《迎春花》);这一类的开头均直截了当,质朴平实。而像《山茶花开春未归》、《桃之夭夭,灼灼其华》、《最是橙黄桔绿时》等许多篇章,则以古人优美诗句开篇引入正文,既富情韵又趣味盎然。周瘦鹃散文小品的结尾或奔流直下而后戛然而止,或迂回曲折而后豁然开朗,或异峰突起或随意点染,真是千变万化各呈异彩。《蔗浆玉碗冰冷冷》介绍甘蔗有关知识,颇为详实,但结尾时突然笔锋一转道:"晋代大画家顾恺之,每嚼甘蔗,总从梢尾嚼到老头,人以为怪。他说:'渐入佳境!'因此俗有'甘蔗老头甜'之说;而老年人处境好的,亦称'蔗境'。我们老一辈人,眼见得祖国欣欣向荣,老怀欢畅,也可说是甘蔗老头甜了。"这结尾仍承接前面对甘蔗有关知识的介绍,同时又抒发了自身的感受,从而使文章进入一个余韵不绝的新境界。《热话》通篇围绕暑天消夏叙写,文末特意介绍清代某诗人把玉华石放在左边,名之为"雪山",把盛满清泉的白资缸放在右边,名之为"冰井",又放竹榻于中间,终日坐卧其上,自觉似登雪山而浴冰井。紧接着再以"这是一种想入非非的消暑法,亏他想得出来"作结,戛然而止而又谐趣横生。

周瘦鹃散文小品的语言平实质朴,不矫饰,少造作,往往在亲切自然的叙说中显现一种自然的美。《一年无事为花忙》写的是作者平日的劳作与心情,感情真挚亲切但文字质朴,很少用形容词比喻句,看似清淡平朴,实则体现作者宁静淡泊的心境和返朴归真的语言功力。但周瘦鹃对本民族传统文化相当熟悉,具有深厚的古典文学功底,因此他有时则诗文并举,文白兼用。如说自己麻痹大意,对台风警报置之不理是"想到古人只说'绸缪未雨',并没有'绸缪未风'这句话,所以只到园子里溜达一下,单单把一盆遇风即倒的老干黑松从木板上移了下来,请它在野草地上屈居一下"(《和台风搏斗的一夜》);而谈到自己在苏州观看前线歌舞团演出,则是"侥幸地作了第一场的座上客,真的是尽东南之美,极耳目之娱"(《卓绝人民子弟兵》)。这样的行文化入人们较为熟悉的古代诗文的话语,并且穿插着"溜达"、"侥幸"一类的口头语言,具有典雅而清新的特色。当然,周瘦鹃散文小品给人最深的印象是穿插有大量的诗文。作者大多紧扣某一特定的事物,时而旁征博引历代文人墨客的有关吟咏,点明山水花木、风俗时尚的历史背景与状况,时而又将自作诗词嵌入其中,用以表达个人的真挚感情。这一切都为其散文增添了一定的雅趣。

创作时,周瘦鹃还常常巧妙地借助设喻拟人等手法,将一些说明性的文字写得亦庄亦谐、妙趣横生。如写春天来去飘忽不定,"活像是偷儿行径,不上几时,就在我们不知不觉间偷偷地走了"(《花雨缤纷春去了》);写杜鹃的啼声,"四川的杜鹃到了苏州,也变了腔,懒得说普通话了"(《杜鹃枝上杜鹃啼》)。周瘦鹃将蚁群侵害建兰的根,说成是"在根部的土壤开辟殖民地",并介绍说:"要防止这个可恶的侵略者,必须在盆底垫上一个大水盆,使蚁群望洋兴叹,没法飞渡,那么虽欲染指而不可得了"(《秋兰送满一堂春》)。他还将老枣树称为自己的"老朋友",又把移植的小枣树叫作老枣树的"儿子",并夸他"日长夜大,现在早已成立,英挺劲直,绰有父风"(《枣》)。在《和台风搏斗的一夜》中,作者用轻松灵活、庄谐并出的语言描述紧张的搏斗,从而为作品创造一种喜剧的氛围。

上述种种无不表明,周瘦鹃散文小品具有严谨而又自然、典雅而又清新的艺术特色,它不矫饰,不造作,又时时处处映现出作者高雅的美学品味和独特的艺术匠心,在庄谐并出中显示了那一时期文坛上少有的文趣。

秦牧在1947年曾用抒情的笔调预言过,在奠定了一份"和平的基业"之后,艺术家们"将在群星闪烁的夏夜,为孩子们谈天说地,从宇宙谈到阿米巴,不再像前辈老人一样,再用颤栗的音调述说吃人肉的故事"①。然而可惜的是,他的这种预言并未完全实现,在中国大陆五六十年代的散文创作园地中,作家们固然已不必再述说"吃人肉的故事",但由于受政治气候和文学时尚的影响,真正能在自己作品中自由地"谈天说地",真正能专心致志在知识小品这一方土壤中耕耘的人并不多,而能够写出一定数量,并且格调高雅情趣盎然作品的散文家就为数更少。因此,像周瘦鹃、秦牧等人写出的散文小品已属凤毛麟角,在当时的文坛上自有其弥足珍贵的意义。当然,相对于秦牧的作品而言,周瘦鹃散文小品的取材范围略嫌狭窄,主要局限于花草树

---

① 秦牧:《人肉》,《秦牧全集》第一卷,人民文学出版社1994年版,第54页。

木、清供盆景和有限几个地方的胜景风物。这样的取材范围固然与作者当时的生活世界有关,但也正体现周瘦鹃忠实于自身体验与感受,不为"文抄公"或"传声筒"的创作态度。在周瘦鹃的三四百篇散文小品中,的确也有一些篇章带上了那一时代文学重政治抒情和政治宣传的烙印,但就是带有政治色彩的歌颂与赞美,也少有空泛的言辞而大多出自于真情与实感。作者抒情而不矫饰,言理而不作高深状,瞩意于艺术的创造而又不着雕琢的痕迹,周瘦鹃的散文小品在那一时代的文学百花园中,无疑是一枝绰然而立、个性鲜明、令人耳目一新的艺术奇葩。

（原载《福建师范大学学报》1998 年第 3 期）

沉重而感伤的文学旅程

在"十年荒于疾病,十年废于遭逢"①之后,四五十年代曾经以《荷花淀》、《风云初记》、《铁木前传》等作品蜚声文坛的小说家孙犁以其丰盛而又独具一格的散文创作,进入一个新的写作时期。从1979年到1995年,他先后出版了《晚华集》、《秀露集》、《澹定集》、《尺泽集》、《远道集》、《老荒集》、《陋巷集》、《无为集》、《如云集》、《曲终集》②等十个作品集。除个别篇章,十个集子中的大部分文字写于1976年12月到1995年5月这近二十年间,且大多属于散文作品。这些作品所显示出的旺盛的写作实力和富有个性特色的思想艺术使得这位老作家重新成为引人注目的文坛景观,人们把"文革"前的孙犁称作"老孙犁",而把"文革"后的孙犁称作"新孙犁",并且对他进行了种种的解读。不少人认为"新孙犁""以近古稀之龄、抱多病之躯,在文学创作的思想内涵、表现领域、美学意蕴、文体形式、语言风格诸方面进行了全新创造,……孙犁的后期创作是一个飞跃性的发展"③。有的研究者甚至认为:晚年的孙犁"完成了从作家的孙犁到思想家的孙犁

---

① 孙犁:《信稿(二)》,《晚华集》,百花文艺出版社1979年版,第205页。

② 这10本作品集的出版情况依次为:百花文艺出版社1979年8月版、1981年3月版、1981年10月版、1982年12月版、1984年3月版,上海文艺出版社1986年2月版,百花文艺出版社1987年4月版,人民文学出版社1989年9月版,百花文艺出版社1992年3月版、1995年11月版。

③ 肖海鹰:《"老孙犁"之后又出"新孙犁"——中国文学史上独特的"孙犁现象"》,《光明日报》1998年7月9日。

的转变";"而他后一个时期的创作成果,则使孙犁成为二十世纪中国文学大师"①。但是,正当人们为晚年孙犁的创作阵阵叫好之时,作家本人却已在《曲终集》之后断然隐退,彻底告别了文坛。于是,孙犁的搁笔又成文坛上众说纷纭的话题。笔者觉得,人们对于晚年孙犁的评论,就像谈及许多健在老作家那样,不乏溢美之词,其中带感情色彩的价值判断多,客观冷静分析的少。"新孙犁"的思想内涵、艺术价值是否超过"老孙犁"自当别论,但"新孙犁"所表现出的丰富性、复杂性远比"老孙犁"的那种朴素的单纯更值得人们深思。因此,本文将通过对晚年孙犁的创作文本的解读,探讨其蕴涵的文化意味以及给予人们的启示。

一

复出后的孙犁首先聚焦个人的记忆,聚焦自己过往的生命体验,他最先是唱着缅怀故旧,忆念往昔的歌谣向读者走来的。1976 年 12 月,孙犁写下了复出后的开篇之作《远的怀念》,此后,他又先后完成了《伙伴的回忆》、《回忆何其芳同志》、《悼画家马达》、《谈赵树理》等数篇追怀战友和伙伴的作品。那时候也正是忆悼散文兴盛的季节。"十年浩劫"中许多人都经历了一次又一次的生离死别,厄运过后,作家们痛定思痛,都不约而同地缅怀起失去的亲人与朋友,吟唱出郁积在心中的哀歌,同时也借此表达对于"四人帮"的愤怒之情。当然,晚年孙犁的这一类的文章并不算太多,因为他并不是为了趋赶文坛时尚,更不是"为赋新诗强说愁"。在他所忆悼的人中,无论是故旧还是亲朋,怀念之情总是早就郁积胸中,所以,当情感的波澜冲决而出时总是那样的深沉,那样的真挚。在悼念亡友远的时候,孙犁写道:

> 现在,不知他魂飞何处,或在丛莽,或在云天,或徘徊冥途,或审视谛
> 听,不会很快就随风流散,无处召唤吧。历史和事实都会证明:这是一个
> 美好的,真诚的,善良的灵魂。他无负于国家民族,也无负于人民大众。
> (《晚华集·远的怀念》)

---

① 张学正:《观夕阳——晚年孙犁述论》,《当代作家评论》1998 年第 3 期。

这是作者真情挚爱的抒发,也是为无辜者不平的悲愤哀鸣。

　　紧接着悼挽散文之后,孙犁连续写下了《平原的觉醒》、《在阜平》、《服装的故事》、《同口旧事》等追忆自己征战生活的作品。这些作品则大多洋溢着青春的气息与激越的情怀,洋溢着革命战士积极乐观的笑声。无论是征途上战友间的"走马换衣"还是大年三十晚上穷苦房东的"馈送",无论是女学生改好衣服后的"拍手笑笑"还是中年房东那"带些愁苦的微笑",孙犁为读者描绘的,是普遍存在于革命阵营中的同志情。虽然身处险恶而又艰难的环境,但大家"方向明确,太阳一出,歌声又起"(《晚华集·服装的故事》);虽然充满了风雪、泥泞、饥寒、惊扰,但同志之间却始终保存着兄弟姊妹般的情谊。孙犁这些关于征战岁月的散文再三描述的似乎都是生活的琐屑,但这绝对不是一位文学老人悠闲的絮絮叨叨,而是一位革命文化战士对优良传统的呼唤,是一位老艺术家对美好生活的追觅。在叙说这一切的时候,作者也不无所指而又激情满怀地写道:

　　　　真诚的回忆,将是明月的照临,清风的吹拂,它不容有迷雾和尘沙的干扰。面对祖国的伟大河山,循迹我们漫长的征途:我们无愧于党的原则和党的教导吗?无愧于这一带的土地和人民对我们的支援吗?无愧于同志、朋友和伙伴们在战斗中形成的情谊吗?(《晚华集·在阜平》)

晚年的孙犁正是用这种使人永系情怀的美好回忆,来观照现实,鞭策后来者,来表达对那神圣时代的怀念与向往。

　　缅怀故旧,忆念往昔的歌谣,包括了对战争年代的生活和战争岁月中结下情谊的回忆,也包含了对自己童年伙伴与亲人的回忆。复出后的孙犁在后来的几年间还相继写下了《乡里旧闻》、《童年漫忆》、《保定旧事》、《母亲的记忆》、《父亲的记忆》、《亡人逸事》等几组回忆亲人、回忆故乡、回忆童年生活的散文。四五十年代的孙犁就以擅于写亲情,写生活中的普通人著称,"荷花淀"里夫妻间藕断丝连的话别,"识字班"结束后父、母、子三人合唱的歌声,战时的生活同样闪烁着情感的浪花。步入晚年的孙犁在回忆中更是平实地记录着生活中令人感动的种种亲情。参加抗战的儿子途经家乡,母亲听说了,高兴得不知给孩子什么好,竟把"父亲养了一春天,刚

开了一朵"的月季花折下送给儿子(《远道集·母亲的记忆》);父亲对儿子
"虽然有些失望,也只是存在心里,没有当面斥责"的慈爱(《老荒集·父亲
的记忆》);妻子临终前脸上展现的"一丝幸福的笑容"(《尺泽集·亡人逸
事》)……这些平静的叙述,都透露出亲人间的关心、理解与深情。而《乡里
旧闻》、《童年漫忆》、《保定旧事》的一系列篇章,不仅写出了旧中国城乡
的人情世态,写出父老乡亲留给他的深刻印象,也写出了蕴藉于芸芸众生之
中那善良淳厚的人性美和人情美,写出了自己执著而艰难的人生追求。

即使是记叙有关"文革"经历的作品,孙犁也没放弃对美好人性与人
情的发掘和肯定。在道德泯灭兽性横流的"文革"初期,孙犁遭受了非人的
折磨,但两位女外调人员却把他当"人"看待,态度友好。还有一位本来熟
悉的女同志,因有其他人陪同而来而故意装着不认识,为的是使受难者不再
惹出新的麻烦(《晚华集·删去的文字》)。70年代初,孙犁处境艰难,心情
抑郁地回到了故乡,但乡亲们并没因此而冷淡他。他们为他经历过这么大的
"运动"还能"安然生还"而庆幸,"亲戚间也携篮提壶来问",使他"心里
得到不少安慰"(《秀露集·戏的梦》)。后来,孙犁奉调参加创作一个京剧剧
本,那时虽然已是"文革"后期,但大家还是惊魂未定,人与人之间也不得不
保持一种淡漠的关系。但是在一次外出"体验生活"时,一位始终沉默寡言
的女演员看到孙犁这位"顾问"寒冷而又无精打采地蜷缩在船头时,却"忽
然用京剧小生的腔调,笑了几声,使整个水淀都震荡,惊起几只水鸟"。这奇
异的举动,包含了"给她身边这位可怜的顾问增添点乐趣,提提精神,驱除寒
冷"的"真诚的好意"(《老荒集·戏的续梦》)。

在历经"文革"磨难而幸存的老作家中,像孙犁这样"喋喋于男女邂逅,
朋友私情之间"(《晚华集·删去的文字》)的并不太多,难道晚年的孙犁对
动乱时期泛滥的卑微与丑恶没有愤慨,没有鄙视? 当然不是,只不过他有
"洁癖","真正的恶人、坏人、小人",他"不愿"写进自己的作品(《如云
集·谈镜花水月》)。他认为:"以百纸写小人之丑争,不若以一纸记古人之德
行,于心身修养,为有益也。"他正是有感于"四人帮"在"文革"中的倒行
逆施,有感于人与人关系的恶劣变化,才有意识地在创作中叙写战友之情,人
伦之乐,弘扬人类中相互同情,相互关心,相互宽慰,相互理解的美好情怀的。

"它的意义或者说它的终极目的何在呢？当然不是对现实的失望或绝望，而是寄托着一种为了祖国，为了未来，为了青年一代的希望。"（《尺泽集·读柳荫诗作记》）当然，对于自己的故旧亲朋甚至过去的自己，孙犁有时也有批评或讽刺的时候，但用孙犁的话说，他"对他们仍然是有感情的，有时还是很依恋的"（《如云集·谈镜花水月》），这也许正是孙犁在观照历史或现实的污垢时不像巴金等人那样激情满怀地大声疾呼，也不像杨绛等人那样以超然的笔调客观追忆的原因。过去，他用清新优美的文辞在小说里抒写战争岁月中美好的存在，在饱经沧桑之后，他又努力从战争年代、和平时期、甚至动乱岁月的记忆中搜寻美好的人性与人情，追觅革命的情怀和情操，挖掘金子般的心。作为一位正直善良的作家，孙犁是一位人类丑行的批判者，但他更是一位人性与人情的热情歌手。

二

晚年的孙犁并不是仅仅一味地吟唱着过去的歌谣，一味地抒写美好的人性与人情，他毕竟经历过浩劫的磨难，毕竟生活在一个不同于战争年代或共和国初生的新的时期，过往的岁月和当下的生活里的种种不正常不完善，那不断出现、不断重复的社会悲剧和历史悲剧，风云人物、故旧亲朋身上所表现出的人生缺憾或人性弱点他怎能听而不闻视而不见？但是，正如他在谈到怎样在文学作品中描写"文革"一样，他说：

> 如果老是写"文化大革命"时期那些游街、批斗、牛棚，这就又陷入了俗套。因为这些究竟还是表面的东西，是大家都司空见惯的，是四人帮罪恶的类型性的表现。如果写，今天则须进一步，深挖一下：这场动乱究竟是在什么思想和心理状态下，在什么经济、政治情况下发动起来的？为什么它居然能造成举国若狂的局面？它利用了我们民族、人民群众的哪些弱点？它在每个人的历史、生活、心理状态上的不同反映，又是如何？（《澹定集·读作品记（二）》）

所以，晚年的孙犁力图进行的是更高层面的思考，他走进历史的隧道，在与古人的对话中探寻着社会的规律和人生的哲理,力图在自己的作品中为人们提供有益的启迪。

复出前的孙犁曾有过一个漫长的历史文化素养的积累过程。1956 年他中年罹病,在小汤山、青岛、西湖等地养病之后开始大量搜求古籍旧书,并独自闭门研读,终日徜徉在残碑断碣之中。即使"文革"中藏书被抄走查封,他也"借来一册大学用的文学教材,内有历代重要作品及其作者的介绍,每天抄录一篇来诵读"(《晚华集·文字生涯》)。他的读书生活就这样"从新文艺,转入旧文艺;从新理论转到旧理论;从文学转到历史"(《曲终集·我的读书生活》)。长期的批阅和广泛的涉猎为晚年孙犁的写作奠定了深厚的学识功底,也为他与古人对话架设了精神的通道。

开始于 70 年代的"书衣文录",复出后大量写作的"耕堂读书记",以及其他的一些札记、序跋和琐谈,几乎都是孙犁探究历史,评判古人,寄托情怀的载体。如果说 70 年代他更主要还是从古人身上寻找修身养性的启迪,那么进入 80 年代之后,他开始在历史的对话中探究社会历史变迁、国家民族前途以及知识分子命运等诸多问题。如读完《颜氏家训》,在谈到社会上各界人士都会犯错误,都有缺点,人们为什么唯独对"文人无行"津津乐道的原因时,孙犁首先想到的就是文人自身的原因:

一、文人常常是韩非子所谓的名誉之人,处于上游之地。司马迁说:"上游多谤议。"

二、文人相轻,喜好互相攻讦。

三、文字传播,扩散力强,并能传远。

四、造些文人的谣,其受到报复的危险性,较之其他各界人士,会小得多。(《秀露集·颜氏家训》)

但孙犁觉得,《颜氏家训》以为文人的不幸遭遇是他们自己行为不检的结果是不可信的。他以阮籍、嵇康为例查检《三国志》和《魏氏春秋》等历史记载,发现他们俩都是小心谨慎的,但他们终于得到惨祸也是事实。于是孙犁揽古思今,对证林彪、"四人帮"在"文革"的所作所为后得出结论:

一些文人之陷网罗，堕深渊，除去少数躁进投机者，大多数都不是因为他们的修身有什么问题，而是死于客观的原因，即政治迫害。(《秀露集·耕堂读书记·颜氏家训》)

在孙犁的大量的读书记中，有许多是从古人的遭遇联想到历史文化和作家操行问题的。读完《胡适的日记》之后，他考虑到的是如何认识文化名人在历史上的作用和地位问题。他认为：

文化，总是随政治不断变化。五四文化一兴起，梁启超的著作，就被冷落下来；无产阶级文化一兴起，胡适的文化名人地位，就动摇了。就像他当时动摇梁启超一样。这是谁也没有办法的，无可奈何的。(《曲终集·读〈胡适的日记〉》)

但他同时又强调：

这只是就大的趋势而言。如果单从文化本身着眼，则虽冷落，梁启超在文化史上的地位，胡适在文化史上的地位，仍是存在的，谁也抹不掉的。(《曲终集·读〈胡适的日记〉》)

读《史记》时孙犁想到，世间各行各业均有竞争，有竞争就必有忌妒，而学者为了显露自己，也不能不评讥前人。但他认为这种评讥"如以正道出之，犹不失为学术。如出自不正之心，则与江湖艺人无异矣"，他进而探究近人为学者诋毁前人之例甚多、否定前人之风甚炽的原因：

并非近人更为沉落不堪，实因外界有多种因素，以诱导之，使之急于求成，急于出名，急于超越。如文化界之分为种种等级，即其一端。特别是作家，也分为一、二、三等，实古今中外所从未闻也。有等级，即有物质待遇、精神待遇之不同，此必助长势利之欲。其竞争手段，亦多为前所未有。结宗派，拉兄弟。推首领，张旗帜。花公家钱，办刊物，出丛书，培养私人势力，以及乱评奖等等。(《如云集·读〈史记〉记(上)》)

不难看出，这类读书记考察交流的对象虽然主要是古人和历史，言说的目的却主要是当下，是对于现实的思考和批判。

　　晚年的孙犁是在经历"十年浩劫"之后执笔为文的，像许多有良知、有正义感的作家一样，无论何时他都没忘却给国家民族带来的创伤，都力图更进一步探讨"十年动乱"产生的思想文化根源，而在与历史对话时就更是如此。读陈垣抄出的《办理四库全书档案》时是七八十年代之交，孙犁把清代办理四库全书与所谓的"文化革命"进行比较，认为"清代办理四库全书，今日平心论之，有功有过，应该说是功大于过"，因为：

　　　　它对中国文化，当然是一次严重的创伤，但并不是毁灭，并非存心搞愚民政策。它主要还是要保存、整理、传播文化。并非不分青红皂白，全部横扫。……即就销毁而言，在书籍中究系少数，并有抽毁、全毁之别。此外，销毁的根据，是违碍，是诋毁本朝。这种定罪法，还是有局限的，也可以说是具体的，这方面的书籍，也是有限度的。并非提出海阔天空的口号，随意罗织任何书籍者可比。所用的是行政办法，审阅者为学者，当然他们承天子之意旨，但也是经过反复研究讨论，然后才定去取。并非发动无知无识者，造成疯狂心理，群起堆书而拉杂烧毁之。（《秀露集·耕堂读书记（三）》）

七八十年代之交尚属思想上的解冻时期，孙犁这种深入的探究无疑是很有胆识的。90年代之后，在读了《东坡先生谱》中关于文字之祸的记述时，他则指出：

　　　　古今文字之祸，如出一辙。……然宋时抄家，犹是通过行政手段：有皇帝意旨，官吏承办，尚有法制味道。自有人提倡和尚打伞以来，抄家变成群众行动，遭难者受害尤烈矣。（《曲终集·读〈东坡先生谱〉》）

像这样以历史观照当下，在比较中揭示文化浩劫的产生根源和严重后果，虽寥寥几笔却力透纸背。

　　十年"文革"的记忆对于经历过那个时代的中国人，特别是那些幸存下来的文化人来说是刻骨铭心的，因此尽管始终有着种种的忌讳，人们总是时刻想探究其产生的根源，总结其历史的教训。孙犁对于那段岁月的一些独特的思考,常常是在与历史对话、与古人交流中产生的。他总是力求在对人类与国家、现实与历史的思考中,寻找社会生活中不完善的结症所在。他曾感慨地写到过:

> 当变革之期,群众揭竿而起,选士用人,不可拘泥细节。大局已定,则应教养生息,以道德法制教化天下。未闻有当天下太平之时,在上者忽然想入非非,迫使人民退入愚昧疯狂状态。号称革命,自革已成之业,使道德沦丧,法制解体,人欲横流,祸患无穷,如"文化大革命"所为者。……道德伦理观念,成就甚难,进化甚慢。但如倒行逆施,则如江河决口,水之就下,退化甚易。十年动乱,可作千古借鉴矣。(《老荒集·书衣文录·五种遗规》)

这段文字中对于造成"文革"内乱的根源探讨,虽然有点简单化,但对内乱所带来的严重后果的揭露,对于"变革之期"与"太平之时"的历史思考,却不能不说颇为深刻。因为这已不是一般的、具体的、表面的揭露或控诉,而是带有深厚的历史感和巨大的文化批判意义深刻反思。

但是,在历史的追寻中,孙犁从历代文人的不幸想到一个奇怪的问题:"在历史上,这些作者的遭遇,为什么都如此不幸呢? 难道他们都是糊涂虫? 假如有些聪明,为什么又象飞蛾一样,情不自禁地投火自焚?"用孙犁自己的眼光看,在古代的文士中"天才莫过于司马迁。这样一个能把三皇五帝以来的,错综复杂的历史,勒成他一家之言,并评论其得失,成为天下定论的人,竟因一语之不投机,下于蚕室,身受腐刑。他描绘了那么多的人物,难道没有从历史上吸取任何一点可以用之于自身的经验教训吗?"而"班固完成了可与《史记》媲美的《汉书》,他特别评论了他的先驱者司马迁,保存了那篇珍贵的材料——《报任少卿书》,使司马迁的不幸遭遇留传后世。班固的评论,是何等高超,多么有见识,但是,他竟因为投身于一个武人的幕下,最后瘐死狱中。对于自己,又何其缺乏先见之明啊!"所以,孙犁觉得:"历史经验,历史教训,即使是前人真正用血写下的,也并不是一定就能接受下来",因为"历史情况,名义和手法在不断变化"(《晚华集·文字生涯》)。

而且,晚年孙犁在与历史对话的同时也对所谓的历史的真实性产生了怀疑,他觉得"历史强调真实,但很难真实。几十年之间的历史,便常常出现矛盾,众说纷纭,更何况几百年之前?几千年之前?历史但存其大要,存其大体而已"。(《秀露集·三国志·关羽传》)后来他还谈道:

> 史书一事,甚难言矣。司马迁一家之言。起自荒古,迄于汉武。其所据,有传说,有载记,有创意。要之,汉以前为笔削前人记载,定其真伪;汉以后,则为他家世职业所在。然人际关系,语言神态,全部实录乎?拟有所推演乎?后人不得而知。历史无对证,正如死人无对证一样,唯其无考,人皆信不无二言也。(《如云集·读〈旧唐书〉》)

追寻历史、和历史对话的目的在于当下,在于用历史观照、矫正现实,但晚年的孙犁对历史这一前提,对历史经验教训能否被接受下来产生了怀疑,这不能不使他感到困惑,感到"心情沉重,很不愉快"(《秀露集·耕堂读书记(三)》)。

三

其实不只是困惑,深入晚年孙犁的文字我们不难发现,这位深受读者爱戴,一直在普通生活中寻找美好人性与人情,给读者带来理想与希望的热情歌手的心灵深处,始终存在着一种浓郁的感伤情怀。晚年复出之后,从"晚华"、"秀露"到"老荒"、"无为"、"如云"、"曲终"等几本作品集的命名,就已可看出作者心绪的变化。在《曲终集》的后记中,孙犁曾提到"曲终"之命名,"友人有谓为不祥者",自己也曾想改一下,但"终以实事求是为好,故未动"。因为他认为:"人生舞台,曲不终,而人已不见;或曲已终,而仍见人。此非人事所能,乃天命也。"(《曲终集·后记》)一种无助的伤怀跃然纸上。

孙犁作品中较早出现"伤感"的字眼的是写于1978年12月的《文字生涯》,他谈到,鲁迅说过读中国旧书,每每使人意志消沉,在经历一番患难之后,尤其容易如此。他说自己有时也想:"恐怕还是东方朔说得对吧,人之一生,一龙一蛇。或者准声而歌,投迹而行,会减少一些危险吧?"但孙犁很快又表示"这些想法都是很不健康,近于伤感的。一个作家,不能够这样,也不应该这样"(《晚华集·文字生涯》)。这时的作家所处的是新时期的开端，而且他尚有"余勇"(《曲终集·文虑》)，所以还能表现出自制的、积极的生活姿态和写作姿态。

但是此后，孙犁的这种"伤感"并不是逐渐消失而是有增无减。1979年4月27日，在给丛维熙的信中他提到了自己也不反对任何真实地反映我们时代悲剧的作品，"只是因为老年人容易感伤，在现实生活中见到的，或亲身体验的不幸，已经很不少，不愿再在文学艺术上去重读它"(《秀露集·关于〈大墙下的红玉兰〉的通信》)。1980年11月2日，在给丁玲的信中他谈到自己"还有容易消沉的毛病"(《澹定集·致丁玲信》)。大约在此期间，他在给铁凝的信中也谈道："我身体不好，心情有时也很坏"，且"时有心灰意冷之念"(《尺泽集·关于我的琐谈——给铁凝的信》)。再往后来，孙犁的这种伤感已经不限于字面，而是几乎变成一种触景生情的自然流露。1987年1月新年试笔，他说："我同书籍，即将分离。我虽非英雄，颇有垓下之感，即无可奈何。"(《无为集·告别》)80年代后期迁入新居时，他曾把一个残损的小瓷人带入新居，放在书案上，但"忽然有些伤感了"，最后"又把小瓷人放回筐里去了"(《曲终集·残瓷人》)。1993年11月1日，在题自己文集的珍藏本时他说：看到自己这部文集出版的兴奋过去了，"忽然有一种满足感也是一种幻灭感"。他甚至想到这"不是一部书，而是我的骨灰盒"(《曲终集·题文集珍藏本》)。在缅怀曼晴、邹明、康濯等人的悼挽文章中，孙犁都表现出哀朋友，同时也是哀自己的心情，他说："我们的一生，这样短暂，却充满了风雨、冰雹、雷电，经历了哀伤、凄楚、挣扎，看到了那么多的卑鄙、无耻和丑恶，这是一场无可奈何的人生大梦，它的觉醒，常常在冥目临终之时"(《如云集·记邹明》)，而今"环顾四野，几有风流云散之感矣！"(《曲终集·悼康濯》)

如果不是把晚年孙犁的作品进行系统的细读，并把这些文字集中到一起，我们简直难以相信这是出自于当年那个充满理想主义、浪漫主义情怀的作家之笔，也很难相信具有这种感伤情绪的人与本文第一部分所谈到的搜寻美好的人性与人情，追觅革命的情怀和情操的，居然是同一位作家，并且表现在同一个时期。其实越往后面，孙犁作品中的这种伤感越来越浓郁，到了最后，孙犁甚至发出这样的愤激之词：

　　我不知道，我现在看到的，是不是我青年时所梦想的，所追求的。我没有想再得到什么，只觉得身边有很多的累赘。……我时常想起青年时的一些伙伴，他们早已化为烟尘，他们看不到今天，我也不替他们抱憾。人有时晚死是幸运，有时早死也是幸运。(《曲终集·反嘲笑》)

　　据知情者介绍，写完《曲终集》后的孙犁也"走向了完全彻底的孤独"，他不再读书，不再写作，不再接待客人(包括很熟悉的朋友)甚至不拆来信，更不回信；他不理发，不刮脸，每天对着天花板枯坐。[①] 晚年的孙犁由困惑、感伤而绝望，作为文学家的孙犁就这样彻底地从文坛消失了。

　　或许人们会认为孙犁告别挚爱的文坛是健康或年纪使然，但事实恐非如此。与孙犁较熟悉的人还曾谈道："孙犁的不再握笔，非不能也，乃不为也"，而辍笔的结果才是"使身体更其迅速地老衰"的原因[②]。因此，孙犁的断然搁笔也就成了文坛上的一个难解的谜。

　　从晚年的作品看，孙犁这次的搁笔与他孤僻偏执的性格、与文事纠纷所带来的烦恼有一定的关系，但更主要的原因是他对于社会转型所带来的生活方式和文坛时尚的急剧变化明显地难于适应。80年代以来，随着社会经济的逐步发展，随着社会商品化的基本形成，中国大陆出现了多元的文化市场。这种市场带来的是欣赏者的分流，是通俗文艺的勃然兴起，是机械的复制和大众传媒的发达。而随着社会生活的高度开放，原有的道德规范、运作方式面临了严峻的挑战，固有的价值观和统一的行为规范也已消解，经济规律在很大程度上成了社会运行的杠杆。于是作家们投身于写作的商海之中，出版商、大众传媒介入作品的制作过程，读者的期待和需求反过来干预着作家的文学行为。这种由改革开放所带来的生活方式和文学理念的全新变化与晚年孙犁之间似乎存在着很大的隔阂。一个最直观的例证是到80年代末，彩电就基本覆盖了整个中国的城乡，但作为一个居住在大城市的著名作家，孙犁居然到1988年8月迁入新居后才有了一台12寸的黑白电视机。在此之前，他不仅"一直没有购置这种玩意，也没有正式看过"(《如云集·看

　　① 张学正：《观夕阳——晚年孙犁述论》，《当代作家评论》1998年第3期。
　　② 滕云：《孙犁辍笔已五年》，《人民日报》(海外版) 2000年5月22日。

电视》),他有时还沉浸在幼时看"拉洋片"经历的回味上(《如云集·拉洋片》)。因此,固守传统精神和生活方式的孙犁和现实之间的心灵冲突必然发生,并且将随着晚年自制能力的下降而表露在自己的作品之中。在总题为《芸斋琐谈》、《风烛庵文学杂记》、《庚午文学杂记》以及一些触及文坛和社会现状的文字中,晚年的孙犁对现代社会的工业文明、都市生活以及商品经济颇有微词,而对社会转型所带来的文化变迁和文学时尚的更替更是痛心疾首。在总题为《文林谈屑》的系列杂谈中,他甚至对现代社会的电报约稿、文学笔会、宾馆文学、通俗小说、杂志包装等现象进行了猛烈的抨击。但是,社会的运行和文坛的现状并不会因此而改变,晚年的孙犁可以在作品中追寻自己业已经历的美好时光和光荣岁月,可以穿过历史的隧道与古人进行思想的交流和灵魂的对话,而当他面对瞬息万变、丰富多彩的现实生活时,必然感到一种痛苦的孤独。

实际上,从发展心理学的角度看,上了年纪的人由于身心能力的衰退等原因,在把握现实的时候往往容易出现力不从心感。搁笔之前不久,孙犁就已坦诚地谈到过:

> "文革"以后,我还以九死余生,鼓了几年余勇。但随着年纪,我也渐渐露出下半世光景,一年不如一年的样子来。……目前为文,总是思前想后,顾虑重重。环境越来越"宽松",人对人越来越"宽容",创作越来越"自由",周围的呼声越高,我却对写东西,越来越感到困难,没有意思,甚至有些厌倦了。我感到很疲乏。究竟是什么原因,自己也说不清楚。(《曲终集·文虑》)

四

问题的关键还在于"历尽沧桑之后,红尘意远之时"(《陌巷集·〈金瓶梅〉杂说》)的晚年孙犁处在这样一个较好的文化语境之中,个人生活方面又"不愁衣食,儿女成人,家无烦扰,领导照顾"(《尺泽集·关于我的琐谈——给铁凝的信》),他本可以超然地面对生活,笑看人生,点染文字,为什么却痛苦、感伤、厌倦以至于最后愤然搁笔呢?

　　先让我们把目光投向更远的过去。在孙犁的一生中,像这样从文学的家园中离家出走并非头一次,1956 年,正当他的《荷花淀》、《风云初记》、《铁木前传》等作品风行一时之际,他也曾悄然地从文坛消失过。

　　1938 年春天孙犁投身民族解放事业,1944 年奉调到延安。1945 在《解放日报》副刊发表《荷花淀》、《芦花荡》等作品后,他就"提升教员,改吃小灶,讲《红楼梦》"(《秀露集·〈善闇室纪年〉摘抄》)。1944 年后的延安文艺界相对安静,孙犁免受了整风的洗礼,《荷花淀》一炮打响又奠定了他在主流文艺中的坚实地位。进城之后,他虽然只任《天津日报》社的副刊科副科长,但他也因从副刊中走出了刘绍棠、丛维熙、房树民、韩映山等文艺新人而享誉文坛。而他自己从 1950 年 7 月动手写作《风云初记》,同年 10 月出版第一集,1953 年出版第二集,1954 年基本写成第三集。与此同时,他于 1952 年开始《铁木前传》的创作,1956 年完成,翌年出版。可以说这正是作者风华正茂,在文学事业上得心应手的阶段,但他却于 1956 年一病之后在文坛上消失。

　　这一次搁笔的原因,据孙犁本人后来的反复叙说,似乎是疾病。但回顾 1956 年前后的社会历史和作家的个人经历,疾病似乎也非根本的原因。

　　虽然属于 1938 年参加抗战的老革命,虽然自己的代表作也被认定为主流革命文艺的样板,但从个性气质上看,孙犁毕竟是书生,他的思维方式、他的审美取向、甚至他的为人处世都与主流意识形态的规范有不小的距离。还在保定读书时,有人邀其入党,孙犁说自己那时"觉悟不高,一心要读书,又记着父亲嘱咐的话:不要参加任何党派,所以没答应"(《澹定集·同口旧事》)。鲁艺期间,他虽与何其芳等著名作家艺术家为邻却无过深交往。抗战胜利后,他随艾青、江丰队伍进军张家口,一路"人欢马腾,胜利景象",他却"要求回冀中写作",一人离队返乡(《陋巷集·〈善闇室纪年〉摘抄》)。从这几个简单的例子可以看出,孙犁与主流要求之间总是不那么合拍,或者说,他似乎是自觉或不自觉地游离于主流的边缘。

　　从延安出来后,已是主流文学的代表性作家的孙犁在人生旅程上也非一帆风顺。他先是因发表《一别十年同口镇》、《新安游记》等文而受到《冀中导报》整版整版的批判,后者甚至被当成"客里空"的典型。接着是 1947

年冬天的土改,他又经历了"搬石头"的遭遇。据孙犁自己的文字回忆,那时的土改会议"气氛甚左":

> 本拟先谈孔厥。我以没有政治经验,不知此次会议的严重性,又急于想知道自己家庭是什么成分,要求先讨论自己,遂陷重围。有些意见,不能接受,说了些感情用事的话。会议僵持不下,遂被"搬石头",静坐于他室,即隔离也。(《陌巷集·〈善闇室纪年〉摘抄》)

进城之初,他和几个学生讨论《荷花淀》的通信在《文艺报》发表后,很快就"收到无数詈骂信件,说什么的都有",差点"惹出什么大祸"(《秀露集·文学和生活的路》、《秀露集》)。这些曲折的经历固然与那一时期已经成形的左的风气有关,但也与孙犁自身的书生气质有关。从另一方面看孙犁虽算是主流作家,文坛上的宗派斗争由来已久,来自晋察冀边区的他显然也与更为主流者不属于同一山头,文学旅途不那么顺畅似也必然。

或许由于从小所接受的影响,孙犁对政治斗争、特别是文学与政治的关系一直就以谨小慎微的态度处之。母亲曾教育他"饿死不做贼,屈死不告状";父亲一直害怕他参加党派或八路军;而他说自己对于一部《韩非子》,除去一些篇名,记得的两句话之一就是:"儒以文乱法,而侠以武犯禁。"特别是参加革命后的四十年代初期,他"见到、听到有些人,因为写文章或者说话受到批判,搞得很惨",其中有的还是他的熟人,他就更"警惕自己,不要在写文章上犯错误"(《秀露集·文学和生活的路》)。所以他曾提出过应"离政治远一点"(《曲终集·我与文艺团体》)。但是,尽管孙犁始终对政治斗争保持了特有的警觉,反胡风运动中的一次极其危险的经历还是加速了他精神上的彻底崩溃。据晚年孙犁的小说《王婉》透露,当时同在作协的一诗人被指控为"胡风分子",孙犁居然在会上公开为其分辩;后来公安局来人,当着大家的面把诗人逮捕,孙犁才知道问题的严重性,"可能脸色都吓白了"[①]。这一经历相信与孙犁1956年的"病",与他"病"后的搁笔有

---

① 孙犁在《读小说札记》中称:"我晚年所作的小说,多用真人真事,真见闻,真感情。平铺直叙,从无意编故事,造情节。……强加小说之名,为的是避免无谓纠纷。"《老荒集》,上海文艺出版社1986年版,第112页。

很大的关系。因为 50 年代后期健康状况逐渐恢复后,他也没重新执笔,而是一头埋进古书,从而避开了多事文坛的风风雨雨。所以,中年孙犁的搁笔表面上看是健康方面的原因,实际上是作家预感到某种危险后的一种明智的、自觉的选择。

但是,晚年孙犁再次告别文坛的情况恰好相反。从表面看他似乎是从容而自觉地搁笔,实际上却是在无奈伤感之中愤然离去。他明显地感觉到自己所属时代的结束,感觉到属于自己的精神故园的消失(《曲终集·故园的消失》),在力不从心的情形之下只好满怀惆怅地告别文坛。他曾跟朋友诉说"文坛现状,使我气短,也很想离的远些了"(《曲终集·1992 年 4 月 25 日致贾平凹》);"我感觉到,现在写文章没有什么用处"(《如云集·和郭志刚的一次谈话》)。"江山代有人才出",随着时间的推移,老一代的作家总是得退出文坛,但从孙犁充满伤感、无奈和愤激的话语中,从他被迫悲壮地告别文坛,我们却又看到不同文化价值观念的对立与碰撞,看到现代中国文人的某种传统的终结。

孙犁和其他主流作家很不一样的地方是他始终推崇人道主义、人本主义精神。他早期的作品配合了时代政治的需要,但并不完全符合主流文学范式的要求。不同于主流作品对革命斗争、阶级斗争等高亢精神的张扬,孙犁作品在革命斗争民族解放的言说中包含了浓郁的人性温情。70 年代后期复出后,他更是高张人道主义、人本主义大旗。在 1980 年答《文艺报》记者的谈话中,他强调:"凡是伟大的作家,都是伟大的人道主义者,毫无例外的。……把人道主义从文学中拉出去,那文学就没有什么东西了。"(《秀露集·文学和生活的路》)不管孙犁对作家的人道主义作何理解,在八九十年代的商品经济大潮中,这样绝对的观念无疑是难于为大多数人所接受。历史上,中国知识分子的人文精神就非常脆弱的,到了五四时期,一些先进的知识分子从西方引入人本主义,抨击封建专制,从而使得人道主义一度高扬,但 1949 年之后,人性、人道主义又被当成敌对阶级的意识形态而彻底抛弃。进入 80 年代以后,人道主义有过短暂的辉煌,但随着市民阶层崛起,一种以实利为核心的市民意识形态开始形成。这种意识形态随着商品经济的迅速发展和市民阶层逐渐壮大而发展壮大,孙犁他们所高张的以人本主义、人道主义为核心的精英意识必然受到冲击和排挤。到了 90 年代,这种人道主义的精英意识几乎已从公共话语的中心彻底消失。

孙犁早期的作品有比较鲜明的理想主义、浪漫主义色彩,到了晚年他却独尊现实主义,他说在自己的身上"浪漫主义的色彩,越来越淡了"(《陋巷集·后记》)。他强调文学的认识作用和教化功能,强调作家"对时代献身的感情","对个人意识的克制"以及"对国家民族的责任感"(《尺泽集·贾平凹散文集序》)。现实主义在中国被大力张扬也是在五四时期,那时的作家为完成启蒙的使命并进而实现改造国民灵魂、改造现实社会的目标极力提倡现实主义(写实主义)。后来随着阶级斗争、民族解放斗争以及建国后的政治斗争的形势的一步步发展,现实主义文学逐渐成为主流文学的代名词,直至 80 年代中期。现在看来,现实主义在 20 世纪中国的一路凯歌缘于变革时代的社会要求,但也与中国那种"兼济天下"的文人传统很有关系。中国文人在传统中被称为"士",他们是朝廷官员的后备军,他们苦读的终极目标就是"达",达而兼济天下。所以中国知识分子的政治意识很强,而且具有难于消除的"中心"情结。晚年的孙犁虽说自己"宁可闭门谢客,面壁南宫,展吐余丝,织补过往。毁誉荣枯,是不在意中的了"(《尺泽集·关于我的琐谈——给铁凝的信》),但他却从没忘却现实主义文学的使命,无论是开掘革命记忆中的闪光点还是寻找古人对话,无论是对当下社会生活文坛现象的评说还是抒发自己的忧患意识感伤情怀,他都极力想为国家民族作出自己的贡献,都力图用自己的思想观念、道德精神干预现实。

由于孙犁执著地守望着人道主义、现实主义的精神家园,文学在他心目中也就始终是一种报国济民的神圣事业。他坚信"文学必须取信于当时,方能传信于后世"(《晚华集·关于〈荷花淀〉的写作》)。甚至当孙犁最后满怀惆怅地告别文坛之时,他也还在《〈曲终集〉后记》中援引孔子的话表示:"天如不厌,虽千人所指,万人诅咒,其曲终能再奏,其人则仍能舞文弄墨,指点江山。细菌之传染,虮虱之痒痛,固无碍于战士之生存也。"(《曲终集·后记》)但现实的情形却是,80 年代以来的社会转型已使中国大陆形成了多元的文化市场,这种市场的形成带来的是文学消费者的分流,是他们消费习惯的转移。许多人不再追求原来文学所给予的那种教育与启示,而是追求乐趣,追求感官享受。读者的接受期待已不再是一种精神的享受而只是一种一次性的文化消费。

正是在这不同价值观念的激烈的碰撞中,晚年孙犁表现了力不从心,他不自觉地被抛向边缘,并且产生被精神放逐的失落感。所以孙犁的第二次搁笔看似准备已久主动告别,实则是无能为力被迫退出。他一生的文学历程跨越了几个历史时期,他和同时代的大多数作家一样几经风雨饱经沧桑,虽遭逢十年竟能幸免于难,因此晚年孙犁的“劫后十种”① 才显得格外珍贵。但他执著追求数十年,最后却以如此的心境如此的方式告别文坛,从中寻求启示的人们觉得不幸否耶?

（原载《泉州师范学院学报》2001 年第 5 期）

---

① 山东画报出版社 1999 年 9 月集晚年孙犁这 10 本作品,以《劫后十种》为总题出版。

学术与学科史研究

二十五年学科发展的历史缩影

作为全国唯一的专门刊登中国现代文学研究原创性成果的学术刊物，《中国现代文学丛刊》（下称《丛刊》）到 2004 年第 3 期出满整一百期，无论从学科建设、从中国现代文学研究会和中国现代文学馆的工作，还是从现代文学的具体教学来说，这都是一件值得庆贺的大事。1979 年的金秋十月，在解放思想、实事求是的时代氛围中，《丛刊》第一辑（实际上的"创刊号"）正式出版。这一辑正文的首页，刊物用《致读者》的形式，开宗明义地标明："本丛刊创办的目的，是为现代文学的研究提供阵地，以利交流研究成果，开展学术讨论，促进现代文学研究的发展，提高现代文学研究的学术水平。"二十五年后的今天，当我们重新系统披阅蔚为壮观的百期《丛刊》，就不能不为刊物信守当年承诺，坚持学术立场而感到由衷的赞叹。

二十五年在人类的历史上只不过是微小的一瞬间，但中国社会在这 1/4 世纪里却发生了当初人们难以预料的巨变。因此，在 70 年代末 80 年代初争相面世的许多刊物（其中也不乏与《丛刊》性质相近的刊物），后来也产生了各各不同的变化，有的轰轰烈烈后销声匿迹，有的一路辉煌而更弦易辙。但《丛刊》却不这样，无论是面对政治风波还是经济大潮，无论是由前辈领衔还是换新锐编刊，她都是那样持重、那样单纯、那样不失书生本分。从十几二十年来已见诸刊物的编委们的"工作总结"或"编后记"的字里行间，我

们不难感受这些年来《丛刊》所承受的政治、经济以及体制带来的种种重
负,但她总是超然面对,从不应景趋时,从不哗众取宠,很少广告①,不出
增刊,默默而执着地维护着学术的尊严,昭示着一种严谨而独立的品格的
存在。

但我并不是说《丛刊》是保守者的阵地,是怀旧者的港湾,是停滞封闭
的世外桃源。这里有薪火相传的交接,有不同学科、不同领域的交流,有学术
的争鸣、学理的探讨、视界的开拓以及观念的更新。从这些方面说,她的一切
又时时处于变动之中。也正是这种变动,使得百期《丛刊》成为二十几年来
中国现代文学学科发展历史的缩影。

《丛刊》的变动或变化,首先就反映在编委的人员构成上。到目前为
止,《丛刊》编辑队伍有过几次大的变动。先后担任主编的是王瑶(1979—
1990)、杨犁(1991—1994)和樊骏(1991—1998),吴福辉(1999—)、钱
理群(1999—2003)和温儒敏(2004—　),按目前为学界较为广泛接受
的看法,他们刚好分别代表了"在三四十年代就开始了文学研究、文学批评
和其他文学活动"的第一代学者,"五六十年代成长起来"的第二代学者以
及"差不多与《丛刊》创办成长同步"的第三代学者②。其中,在王瑶任内,
又大致可以分为两个阶段:前期从创刊到 1984 年,由田仲济、任访秋和严家
炎任副主编,编委最多时有 30 人,均为第一、二代的学者;后期从 1985 年开
始,杨犁和樊骏担任副主编,编委 12 人,以第二代学者为主;而到 1988 年,编
委中又增加王富仁、刘纳、吴福辉和钱理群等 4 位第三代的学者。在杨、樊二
先生任内,副主编最初由钱理群、吴福辉担任,编委基本由原来的 16 任组成;
从 1995 年开始,由樊骏担任主编,副主编增加了舒乙,编委中又新增王中忱、
汪晖、高远东等 6 人。而到了吴福辉、钱理群和温儒敏任内,副主编为刘勇、
孙郁、李今,编委 15 人中,除严家炎等学者为第二代之外,其余大部分均为第
三代以及更为年轻的学人组成。这种编辑队伍的变动,大致可用"表一"表

①　在百期《丛刊》中偶尔也刊登广告,主要的如 1998 年第 1—4 期刊登的"中国书网"的
广告,但毕竟与《丛刊》性质相关。
②　关于三代学人的划分,可参见樊骏:《〈中国现代文学研究丛刊〉十年(1979—1989)》,
《丛刊》1990 年第 2 期。

示。或许,关于"代"的划分并不是绝对的,但不管怎么说,《丛刊》编委构成的变化还是从一个方面透露出现代文学研究队伍在短短二十五年里迅速发展的状况,从主编到编委的有序交接,读者也不难感觉到几代学人薪火相传的努力和这一学科后继有人的良好发展态势。如果进一步深入考察的《丛刊》作者构成情况,还可以更为清晰地了解这二十几年来中国现代文学研究队伍的历史发展。在 20 世纪 70 年代到 80 年代中期,《丛刊》的作者队伍基本上是以第一代学者领衔,第二代学者为主力,第三代学者为后备军。而到了二十年后的今天,伴随《丛刊》成长起来的第三代学人已经担当起现代文学学科和刊物的带头人,《丛刊》的基本作者则主要是第四代或更为年轻的学人。

表一

编　委	第二代 第一代	第二代 第一代	第三代 第二代 第一代	第三代 第二代	第四代 第三代 第二代	第四代 第三代 第二代	第四代 第三代 第二代
副主编	第二代 第一代	第二代	第二代	第三代	第三代	第四代	第四代
主　编	第一代	第一代	第一代	第二代	第二代	第三代	第三代
时　间	1979—1984	1985—1988	1988—1990	1991—1994	1995—1999	1999—2003	2004—
任　期	王瑶			杨、樊		吴、钱、温	

因为编委始终有老一辈的研究者领衔,又有年轻学人源源不断的加入,《丛刊》就更能既始终保持纯正的学术性质和"持重"的风格,又时时显露出开拓创新、前瞻标示的新鲜活力。只要考察百期《丛刊》有关栏目的设置,我们就可以感受到这一刊物持重的风格和新鲜的活力,同时也基本上可以了解中国现代文学研究的深入、拓展和变化。

《丛刊》的常设栏目有"作家作品研究"、"文学史研究"、"书评"和"资料"等,设立的时间分别是"作家作品研究"创刊号,"资料"1980 年第 1 期,"文学史研究"1980 年第 3 期,"书评"1983 年第 3 期。这几个栏目设立后基本都贯穿各期,但偶也会出现空缺。在我目前可以统计到的98期 [①] 中,空缺最少的当属"作家作品研究",只有 15 次,其次是"资料"(有时也称"资料和资料研究"或其他)17 次,再次是"书评"30 次,"文学史研究"栏目出现空缺最经常,共 41 次。但如果扣除栏目创刊之前的期数,"书评"空缺仅 15 次,"资料"也仅 16 次,"文学史研究"则仍达 38 次。上述的空缺,有时可能与刊物出版专号有关,最典型的如 1995年第 1、2 期,因为是"现代文学研究 15 年的回顾与瞻望"专号,集中刊登中国现代文学研究会第六届年会论文,原有的栏目就都被暂停。有时也与其他临时栏目的设置有关,如 2003 年第 2 期"作家作品研究"空缺,但这一期中"胡风研究"和"沈从文研究"两栏目 5 篇论文,实际上都是作家作品研究的内容;2003 年第 3 期"文学史研究"空缺,但这一期内"现代文学与语文教育"、"诗歌研究"以及"左翼文学研究"三个临时栏目的5 篇论文,也大多与现代文学史研究有关。但是,上述几个常设性栏目的情况统计也还是从一个侧面表明:其一,作家作品的研究、特别是作品的研究毕竟是现代文学研究区别于其他学科的文学性质所在,而新的资料的发掘和研究则属这一学科研究的重要基础,所以"作家作品研究"和"资料"工作始终受到了现代文学研究者和《丛刊》编者的重视或关注。其二,"书评"栏目较迟在《丛刊》出现,这是因为 70 年代后期重新起步的现代文学研究必须有一个重新积累的时间;而 1983 年第 3 期创立之后就很少空缺,则可以看到这一学科充满后劲的研究势头。其三,"文学史研究"栏目虽然空缺较多,但 80 年代空缺的次数明显多于 90 年代(见表二),而进入新世纪的这头几年,空缺的次数就更少了。再结合其他临时设置栏目的内容就可很清楚地感觉到,二十五年来的现代文学研究是从比较注重作家作品研究开始而逐步关注文学史的宏观研究的,而近年来,文学史的研究则受到更为充分的重视。

---

① 撰写此文时,笔者仅看到从"创刊号"到 2004 年第 1 期,所以本文的统计数据仅限于98 期。

表二

年度	空缺数	年度	空缺数	年度	空缺数	年度	空缺数	年度	空缺数
1980	2	1985	2	1990	0	1995	3	2000	1
1981	4	1986	3	1991	1	1996	2	2001	1
1982	2	1987	2	1992	1	1997	2	2002	1
1983	3	1988	2	1993	3	1998	2	2003	1
1984	0	1989	1	1994	1	1999	0		

　　除了常设栏目,《丛刊》不定期设置的栏目也很多,其中最较常见的类型仍然是关于作家(作品)研究的专题栏目。98 期《丛刊》中随时增设作家研究专栏的次数是:鲁迅 17 次,老舍 8 次,郭沫若 6 次,茅盾 4 次、巴金 3次、叶圣陶、周作人、沈从文、丁玲、张爱玲、端木蕻良等 2 次、曹禺、郁达夫、闻一多、林纾、朱自清、王统照、田汉、冯至、凌淑华、艾青、沙汀一艾芜、萧红、无名氏、钱锺书、陈独秀、胡适、凌淑华、张天翼等 1 次。这一统计数据表明,鲁迅、老舍、茅盾、郭沫若、巴金等作家的研究,特别是鲁迅的研究仍然受到较多研究者或《丛刊》编者的关注,张爱玲、林纾、凌淑华、萧红、无名氏等作家专栏的出现则可看出,二十五年来(特别是近年来)现代作家作品研究的某些新的趋向。另外,在 1998 年第 1 期,《丛刊》编者在推出了老向、丰村、黑婴、沈祖棻、熊佛西等长期被忽视的作家的有关资料和研究成果的同时,还在"编后记"中郑重呼吁着手或加强对罗黑芷、万迪鹤、司马文森、刘盛亚等六十余位同样"有着自己的特色与贡献,却长期被忽视"的作家的挖掘与研究,这都显示了《丛刊》编者以及现代文学研究界拓宽作家研究视界,冷静审视不同派别、不同风格作家的努力。当然,由于某些方面的原因,有些还是值得比较集中深入研究的作家,近年来对其研究却深入不够或难成规模。最突出的个例是徐志摩和赵树理,关于他们,《丛刊》陆陆续续发表过相当数量的论文,但却始终未能有一次机会集成专辑推出,这不能不说是一种遗憾。

　　另外,"表三"是近二十五年来《丛刊》发表的有关作家论文、资料、书评等的总和,而且所列的也仅仅是发表篇数合计较多的 15 位。不难看出,这 15 位作家在创作上都取得过较高的成就,在文学史上也有着比较重要或特殊的贡献和影响,因此才能引起研究者们比较普遍的兴趣。也有一些本来很值得研究,但由于种种原因(如起步较迟等),有关他们的文章总数较少,如胡适、艾青等。但论文总数在这 15 位之后的还有叶圣陶等 14 篇,林语堂、艾青等 13 篇,胡适、钱锺书等 12 篇。从这些具体的数据,我们基本可以了解这二十几年间现代作家作品研究的基本走向。比如,传统的"鲁、郭、茅、巴、老、曹"6 位作家,有关他们的文章总数仍然遥遥领先于其他作家;但依次按文章总数多少排列则是"鲁、老、茅、郭、巴、曹";而郁达夫、沈从文和周作人等作家的文章总数也与巴金、曹禺等比较接近,这都是很令人寻味的。如果更细致地考察对一些具体作家的关注过程,也可从中发现现代文学研究的某些变化。如张爱玲,《丛刊》最早发表关于她的文章已是 1983 年,在整个 80年代发表的文章总数仅仅 8 篇,而 90 年代则是 17 篇,其中发表文章最多的是 1996 年的 6 篇,此后连续几年也都有较多的文章发表。除了张爱玲独特的文学成就始终将受到重视外,这样的关注变化,恐怕也与 90 年代以来女权主义批评的兴起,40 年代文学、沦陷区文学受到重视,以及作家本人的逝世等因素不无关系。对于鲁迅的关注也很有启迪,80 年代前期每年都有相当的文章发表,1981 年竟达 28 篇,这恐怕与人们刚刚从"文革"中走出来有关;而 80 年代中期之后,每年发表的文章则维持在相对稳定的篇数上,这可以说是显示了现代作家研究的一种比较成熟的"常态"。

表三

作家\年度	鲁迅	老舍	茅盾	郭沫若	巴金	曹禺	郁达夫	沈从文	周作人	丁玲	张爱玲	萧红	徐志摩	闻一多	赵树理
1980	16	2	4	2	2		3	2	1	1		2	1		1
1981	28		10		2	5		1	2			1		1	1
1982	16	4	9	6	3	5	3		1	1		2			1
1983	11	8	6	7		4	1	1		2	1		2	4	1
1984	14		10	4	7	1	7	4		2			1	1	4
1985	8	6	4	3	2		2	3			2				
1986	12	6	4	5		3	3	1		4		1	3	1	2

续表

作家＼年度	鲁迅	老舍	茅盾	郭沫若	巴金	曹禺	郁达夫	沈从文	周作人	丁玲	张爱玲	萧红	徐志摩	闻一多	赵树理
1987	5	3	1	3	5	3	1	1	2	1	1			2	1
1988	5	6	4	2	1	4	2	1	6	1	1		2	2	1
1989	3	5	7	2	2	1	1	1		1	3	1		1	
1990	7	6	5	5	4	2	3	1		1		1		1	
1991	11	3		4	1	1	2	1	2			1	5	1	
1992	5	4	5	7	2			4				1	1		1
1993	12	5	1	3	3	2	2	1	2	3	1		3		1
1994	6	1		1		4	4	3	2	4	1	2		1	
1995	7	2	2	2	2	1	1	3		1	1				1
1996	5	4	5	1	2	1	2	4			6				
1997	7		1	1	1		2	1	1	2	4				
1998	5	4	2		6	3	3	1	6		4	2	3	1	
1999	6	5		1			1	1	1	2	3	1			
2000	7	5			3	1	1	2	2	2					
2001	5	1		1	1	1	1		2	1					
2002	6	1	1		1	1	1		1		1				1
2003	5	1	1		2		1	1	1		1				
合计	212	86	82	59	52	45	43	37	35	30	26	23	22	19	15

　　更能反映二十几年来现代文学研究新变化的，是《丛刊》不定期设置的另一些专题栏目。除了四个（类）常设栏目和有关作家作品研究栏目，《丛刊》比较经常设置的栏目还有"笔谈"、"争鸣园地"、"中国现代文学研究在国外"以及按文学体裁或重要事件纪念设立的有关栏目。想从这些栏目了解现代文学研究的新动态，就必须阅读栏目中的具体论文。但因为《丛刊》是一个以自然来稿为主要稿源的刊物，一般说来必须有相当数量选题相近的来稿，才有可能编成相应的研究专栏，所以还有一些临时设置的专题研究的栏目，其题意本身就已经清楚地凸现了二十五年来现代文学研究者关注点的历史转换。"表四"所列就是《丛刊》每一年度临时设置的研究专题的栏目。

表四

年度	专栏名称
1980	
1981	国外书刊评论
1982	
1983	思潮、流派、社团 / 比较研究
1984	
1985	现代文学与近、当代文学的汇通 / 在世界文学的广阔背景下研究文学 / 比较研究
1986	思潮、流派、社团
1987	中国近、现、当代文学史分期讨论会专辑 / 文学思潮研究 / 文学批评史 / 中国民族民主革命战争文学研究论坛 / 现代作家与中外文化
1988	现代文学与中西文化 / 抗战文艺运动研究 / 中外文学比较研究 / 现代文学与文化 / 理论思潮研究
1989	"解诗学"研究 / 通俗文学研究 / 名著重读 / "重写文学史"的讨论 / 二十世纪中国文学 / 现代浪漫主义文学研究
1990	作家与流派研究 / 文学期刊研究 / 中外文学比较研究
1991	比较文学研究 / 现代作家与地域文化 / 文学史观讨论 / 现代作家传记研究
1992	文学史观讨论 / 名著重读
1993	沦陷区文学研究专号 / 比较研究 / 文学思潮讨论 / 关于"四十年代文学"现代作家与宗教文化 / 现代文学批评研究
1994	文学思潮研究 / 沦陷区文学研究 / 现代文学与地域文化 / 比较文学研究 / 现代女性文学研究
1995	社团流派研究
1996	沦陷区文学研究 / "海派"文学研究
1997	20 世纪初文学研究 / 儿童文学与儿童视角研究 / 研读与讨论
1998	民国初期文学研究 / 比较文学研究 / 出版与文学 / 现代文艺思潮与文艺思想研究
1999	现代文学与现代教育 / 现代文学与现代出版 / 抗战时期文学研究
2000	台港文学研究

年度	专栏名称
2001	近现代通俗小说笔谈 / 现代报刊与现代文学 / 校园文化与现代文学 / 期刊与史料研究 / 近代小说研究 / "十七年"小说研究 / 理论与批评研究
2002	"左翼文学与现代中国"笔谈 / 文学期刊研究 / 翻译与创作 / 延安文艺研究 / 报刊研究
2003	文学思潮与理论研究 / 四十年代文学研究 / 报刊、杂志研究 /40 年代文学与 17 年文学研究 / 翻译文学研究 / 现代文学与语文教育 / 左翼文学研究 / 版本研究 / 期刊与出版研究 / 女性文学研究

　　从"表四"我们首先可以感觉到，80 年代前期临时设置的专题研究栏目非常之少，《丛刊》主要还是以四个常设栏目为主。究其原因，这时的学术研究刚刚在"文化浩劫"之后开始复苏，在"拨乱反正"的历史语境中，人们力图恢复的也还只是"文革"之前的学术传统和价值观念。因此，现代文学研究界基本上也还未能超越原有的政治评判的思维模式，而包括作家、作品、文学史事件等许许多多的问题，在短期内都急需或可以进行"平反昭雪"，所以除了这些带有很强的意识形态色彩的工作之外，似乎还不大可能再形成研究者较为普遍关注的其他学术话题。

　　从 1985 年开始，《丛刊》的专题研究栏目明显增多，这表明学科研究真正进入了活跃的时期。无论就《丛刊》而言还是从整个学科的发展而言，1985 年无疑是一个转折的年份。"现代文学与近、当代文学的汇通"和"在世界文学的广阔背景下研究文学"两个专栏在《丛刊》出现，是与此前提出的"二十世纪中国文学"这一文学史命题紧密相关的，它们的出现标志着现代文学研究者已经比较一致地关注重构学科体系的问题。紧接着，在经历 80 年代后期"重写文学史"的讨论和 90 年代初的"文学史观讨论"讨论之后，1997 年的"20 世纪初文学研究"和 1998 年"民国初期文学研究"两次栏目的出现，可以看成是 12 年前的文学史命题已经正式为《丛刊》或现代文学研究界所接受，打通近代、现代和当代的宏观研究体系开始被《丛刊》或现代文学研究界正式付诸实施。而 2001 年的"近代小说研究"、"'十七年'小说研究"和 2003 年的"40 年代文学与 17 年文学研究"则是这方面工作的进一步深化。

　　另外，1983年"比较研究"栏目的出现，也透露了比较文学研究兴起后对现代文学研究的影响。此后这一类的栏目的持续出现表明，比较文学的研究方法正越来越为现代文学研究者所运用。到1999年之后《丛刊》没再出现这类栏目则表明，比较文学作为一种研究手段被大规模运用到现代文学研究领域的时期可能已经基本结束。但是，80年代中期出现"比较研究"栏目的意义，并不仅仅是某一研究方法为现代文学研究所接纳这件事情本身，它还标志着现代文学学科开始在传统的研究模式之外，寻求、借鉴和运用西方现代批评研究新方法的努力。紧接在"比较文学研究"之后，"叙事研究"（如"儿童文学与儿童视角研究"）、"接受研究"（如"现代文学与现代教育"和"现代文学与语文教育"）以及"女权主义批评"（"现代女性文学研究"和"女性文学研究"）等许多现代西方的批评研究手段，先后都被运用到现代文学研究之中。

　　《丛刊》在1987年和1988年连续出现了"现代作家与中外文化"和"现代文学与中西文化"这类专栏，这似乎表明"文化研究"最早为现代文学研究界所关注，源自于比较文学研究中的"文化比较"。但是，从更为广阔的学术语境看，"文化研究"和80年代中期以来持续不断的"文化热"有很大的关系，所以在"比较文学"热潮过后的今天，"文化研究"仍然为众多现代文学研究者所重视。如果更进一步考察可以发现，80年代后期出现的"现代作家与中外文化"和"现代文学与中西文化"这两个栏目中，关于"文化"的概念与范围还相对笼统和宽泛，到90年代前期出现的"现代作家与地域文化"和"现代作家与宗教文化"中的"文化"概念与范围，就已有比较具体的指向。而90年代后期以来持续不断出现的"出版与文学"、"现代文学与现代出版"、"校园文化与现代文学"、"文学期刊研究"以及"现代报刊与现代文学"等栏目，虽然不一定都标出"文化"这一概念，实际上进行的已经是深入、具体和实证的"文化研究"。因此可以说，这二十余年来对现代文学进行文化的研究，经历了从宽泛到具体，从观念到实证这么一个逐步深入的过程。

　　但值得注意的是，这股长达十几年、带有鲜明"文化批评"特点的研究热潮的出现,可能还与本学科"研究人员显得'拥挤',研究课题也几近'枯竭'"[①]有很大的关系。当不少研究者开始感到已有的研究方向和选题大同小异,大部分成果缺少应有的广度和深度,越来越多的硕士研究生、博士研究生和他们的导师为选择、确定有新意的学位论文题目而苦恼时,开拓新的研究领域就成为一种便捷的首选。"文化批评"最主要的特点之一就在于其广泛的包容性,因此有关现代文学与文化之关系的选题就越来越为新进研究者所关注。不可否认,进行广泛的文化研究对现代作家作品和现代文学史的研究有着不可替代的、特殊的认识意义,特别是近年来从发生学的角度,对现代文学与现代教育、现代出版等关系的研究,更是令人耳目一新、大受启迪,但是对于整个学科的宏观发展态势而言,我们似乎还应有个更为清醒的认识。如果我们把这一学科的研究对象——"现代文学"作为研究本体,那么其内部研究自然应是文学研究,而包括以前的政治的、意识形态的研究和现在的文化研究则都属于外部的研究。从学科的研究体系而言,外部研究只是属于边缘研究,其终极指向还是应为内部研究或本体研究服务。而从学术研究的实际效果看,近年来持续被关注的这类文化研究选题,被开发之后也很少能显示出继续深入的学术增长点,它为当下的学科研究带来的直接效应,似乎更在于类似选题的不断涌现,因为现代文学的文化边缘本来就是极为广泛的。所以,对于种类选题的大量出现的现象,我觉得还是应持一种慎重乐观的态度。

谈论由"文化研究"选题带来的边界开放,自然又想到打通现代文学与近代文学、当代文学的学科界线问题。前面谈到,"二十世纪中国文学"的文学史命题已为现代文学研究界所接受,打通近代、现代和当代的宏观研究体系也开始被付诸实施,但在人们的感觉中,这十几年来"走出现代文学"的学者似乎比从其他研究领域"走入现代文学"的学者多,现代文学专业的研究生选择学位论文时越界跨出"现代"的也远远多于跨入的,个中原因似乎也很值得深思。

---

①　樊骏:《〈丛刊〉:又一个十年(1989—1999)》,《丛刊》1990年第2期。

表五

年度	次数	篇数	年度	次数	篇数	年度	次数	篇数
1980	2	4	1990	0	0	2000	1	2
1981	1	3	1991	0	0	2001	0	0
1982	4	13	1992	0	0	2002	1	1
1983	3	7	1993	0	0	2003	0	0
1984	4	13	1994	1	1			
1985	1	4	1995	0	0			
1986	2	2	1996	1	2			
1987	2	2	1997	0	0			
1988	1	2	1998	0	0			
1989	0	0	1999	0	0			

其实,要对 20 世纪一些重要作家的文学创作以及文学史上的重大问题,作出具有理论高度的历史概括,想让学科研究的某些方面取得一定深度的重大突破,仅仅寄希望于不断开拓新的研究领域是远远不够的。在研究视野不断开阔的今天,更为急需的应该是对某些具体学术论题的共同关注,相互切磋,而不是各找话题,自言自语。从某种意义上说,对于一个学科研究的深入发展而言,共同关注,相互切磋是一种必不可少的学术活力。但披阅百期《丛刊》的一个"不祥"感觉是,最近十几年来,这种推动学科发展的活力正在现代文学研究领域日益减退。《丛刊》在创刊后的第 4 期(1980 年第 3 期),便在卷首隆重推出具有战略眼光的"争鸣园地"专栏。此后,这一"园地"也就被作为不定期专栏被保留下来。"表五"统计的是《丛刊》每一年度这一专栏刊出的次数和具体刊出论文的总篇数。从表中的数据可以看出,在整个 80 年代,几乎每一年度都有"争鸣园地"专栏出现,平均每年发表争鸣文章 5 篇。但进入 90 年代,这种争鸣探讨的风气似乎突然消失,十年间发表的相关文章才 3 篇,还不及前十年年度平均发表的文章数。进入新世纪略有改观,但仍然还是很少。

　　对于这种状况,《丛刊》的编者早就有所觉察并一直在试图改变它。1994 年第 4 期,在这一专栏空缺将近六年后,《丛刊》编者重新推出这一专栏,发表了沈永宝与卢豫冬商榷的文章,并且在"编后记"中强调:"学术需要争鸣,不争鸣不能得到更加迅速的发展……,我们发表他的文章,是为了进一步倡导健康的学术争鸣之风。"1996 年第 1 期,编者再次推出这一专栏,发表王福湘、葛红兵分别与倪墨炎、舒芜、沈卫威等以及朱德发商榷的文章,并再次在"编后记"中表明刊物的期待:"我们欢迎不同意见的争论,并期待在平等、自由、严肃的学术讨论中推动学科的健康发展。"2000 年第 3 期,编者又推出这一专栏,分别发表董炳月、柳珊的文章,这次的"编后记"更是明确地提出:"这两篇文章所提的问题,都是值得深入探讨研究的,盼望读者能够参与争鸣与讨论。"但是没有,这些文章都没得到应有的回应。《丛刊》的编者从"进一步倡导"到"期待",从"期待"以至"盼望",字里行间已经隐隐透露了几分的遗憾和无奈。

　　但 80 年代却绝不是这样的。那时,无论是关于"五四"文学革命的领导思想这种重大文学史争鸣,还是像围绕鲁迅的《雪》、《狂人日记》、《故乡》这样一些具体作品的讨论,都能引起研究者的关注和反响。其中像对《雪》的象征问题的论争,《丛刊》就先后发表了陈安湖的《说〈雪〉》(1981 年第 2 期)、李允经的《〈说《雪》〉质疑》(1982 年第 3 期)、陈安湖《关于〈雪〉的论辩》(1984 年第 1 期)以及李允经的《〈关于〈雪〉的论辩〉的论辩》(1984 年第 2 期)等 4 篇文章,充分显示了一种平等讨论、共同切磋的活跃风气。按道理,在 90 年代之后相对多元与宽松的学术语境中,现代文学研究应该显示出比 80 年代更为活跃的论辩局面。但实际情形却不能不令人感到遗憾,像葛红兵的文章涉及的是在现代文学研究领域很有代表性的文学史命题,王福湘、董炳月的文章则触及周作人研究中一些很有争议的敏感论题,这些问题必然(也应该)引起热烈的讨论、而实际都没得到回应。所以只能说,90 年代之后整个学科问题意识和讨论风气的缺失。

　　当然,出现这样的状况还有其他方面的原因,在短期内也还不大可能改变,但我们还是有理由期待共同关注,相互切磋的学术风气的形成。因为现代文学研究的深入,不同学派的产生都和这密切相关。在 1994 年第 1 期的

"编后记"中,《丛刊》的编者曾用带感情色彩的笔调描述道:"当在看稿时,眼前时时闪动着作者孤灯一盏,艰难'爬格'的身影,心头也就滚过阵阵热浪,感受着一种'相濡以沫'的温暖。"对于学科的发展,同仁间相濡以沫固然可贵,相互切磋也必不可少,伴随《丛刊》新的百期的开始,我们热切地期待着。

（原载《中国现代文学研究丛刊》2004 年第 3 期）

另辟蹊径 独具风采

从 1981 年 9 月，《朱自清作品欣赏》问世，到 1990 年 2 月《王蒙、陆文夫小说欣赏》、《郭小川、贺敬之诗歌欣赏》二书出版，广西教育出版社编辑出版的《中国现代作家作品欣赏丛书》①，按预定构想已出版了四十种，目前正由大陆、台湾②同时重印推出。台湾版自去年推出新文学主将《鲁迅》卷之后，到 1990 年 9 月已陆续出版二十五卷，反响强烈。

自中国现代文学这一学科创立以来，系统地对现代作家作品进行艺术的鉴赏与梳理，丛书是第一次。在这之前，一些人在这方面进行了一番努力，取得了一定的成绩。但是，回顾这方面的工作，至少存在两个偏颇：一是对于作家作品的赏析、研究，过分地集中于为数有限的几位著名作家的主要作品之间，因而也就未能真正反映出现代文学多姿多彩的历史；二是对作家作品的研究，过分地注重了社会思想意义的分析，而忽视了对这些具有不同创作个性的作家及其作品进行精细的艺术品辨，因而几乎导致这方面的工作成为非文学研究。之后，这种状况有了一定的改变。不少有识之士，呼吁重视这方面工作。但纵观近年的研究状况，仍不能乐观。在这情况下，这套丛书的出版就具有特殊的意义。它与北京十月文艺出版社的《现代作家传记丛书》、山东文艺出版社的《中国现代文学史丛书》相呼应，形成了一个分别侧重于

① 该丛书原由广西人民出版社出版，后改由新成立的广西教育出版社出版。
② 台湾繁体字版以《中国新文学大师名作赏析系列》为丛书书名，台湾海风出版社出版。

文学史研究,作家传记研究,以及作家作品研究三足鼎立的新格局。

如果说,整套丛书对中国现代作家作品进行了广泛的、系统的鉴赏与梳理,那么,丛书的每一种则是对具体作家作品的集中鉴赏与评析。它们分别选取体现一个(或几个)作家创作风貌的作品若干篇,以鉴赏为主要审美手段,从不同角度进行思想艺术分析,从而反映出构成一个(或几个)作家创作风格的不同侧面。在评析中,丛书的作者们真正地切入作品,从一篇篇具体作品入手,通过自身的感受、体验、分析、鉴别,把握其思想艺术灵魂,然后写出不落俗套,深入浅出的分析文章。这样的鉴赏是一种艺术的再创造,它不仅能让读者感受到鉴赏对象的艺术魅力,同时也显现了鉴赏者本身的批评个性。像《朱自清作品欣赏》、《郁达夫小说欣赏》、《冰心作品欣赏》、《艾青作品欣赏》、《庐隐、冯沅君、绿漪、凌叔华作品欣赏》等几种,或以抒情的、带哲理意味的文字,把读者引入原作的文学境界,或用诗歌般的语言来点明原作的深意,或着意创造一种与原作相吻合的艺术氛围,都是很值得称道的。

然而,丛书又不仅仅是一般的作品选析,它旨在"通过对作家具体作品的集中赏析,呈现作家的艺术灵魂"(《编辑例言》)。这样的编辑意图,决定了丛书的作者必须以自觉的历史态度和严格的科学精神来研究具体的作家作品,并进而对他们作出历史的、美学的评价。因而这是一种宏观指导下的微观研究。近年来,现代文学研究已从近于单纯的文学批评逐渐走上了综合的、历史的、宏观的研究,这是一种可喜的现象。但与此同时,一种"大而空"的倾向却也正在形成,因而就有人特别呼吁要重视与加强微观研究与本文精读。当然,微观研究如果不是在宏观的指导下进行,也很有可能陷入琐碎的、印象式的批评。因此,《中国现代作家作品欣赏丛书》虽然以作品赏析为主体,但在每一种的赏析之前都刊有综合论述作家创作道路、思想历程、创作风格,以及在文学史上的地位与贡献的评论专文,书后又附有扼要反映作家生活创作情况的年表。赏析、评论、年表三者的有机配合,使得丛书超越了历来的作品选析而带上了作家研究的性质。

只要稍为认真地阅读一下丛书各种的评论专文,就不难发现其中不乏丛书作者独特的研究心得。如指出周作人与鲁迅早期散文艺术上的异趣与内

容上的各主一阵(《周作人散文欣赏》);抓住人性这一轴心对沈从文的创作
进行思想与艺术的评判(《沈从文作品欣赏》);从艺术世界的基础、母题、时
空、语言等方面比较分析王蒙、陆文夫创作的艺术灵魂(《王蒙、陆文夫小说
欣赏》);从创作意识、形象特征、取材特点来探讨蒋子龙的创作个性(《蒋子
龙小说欣赏》);以及挖掘出少为人道及的老舍小说的抒情风格和意识流表
现手法(《老舍短篇小说欣赏》)等,都体现了丛书作者在作家研究方面所取
得的新进展以及在研究方法、研究视野上的新突破。

　　另外,丛书的选题也体现了主持者的史观与史识。像《吴组缃作品欣
赏》一书,曾被已故的王瑶先生称为"第一本对其创作道路及其艺术特色作
了理论概括,又对其主要代表作进行具体细致分析的专著"①。对吴组缃研究
是这样,对萧乾、冯沅君、绿漪、刘大白、沈尹默等人的研究,同样也填补了现
代作家研究的一些空白。特别值得称道的是,在学术界 1984—1985 年探索
拓宽现代文学研究时限,试图对五四以来新文学(或二十世纪文学)做一
体化研究之前,丛书的主持者就已把这项工作付诸实践。在 1984 年 3 月之
前问世的八种之中,它的选题就已包括了像杜鹏程、孙犁等 50 年代成长起来
的,或主要创作在 50 年代的作家。而《赵树理短篇小说欣赏》、《冰心作品
欣赏》诸书中,也已选析了他们五六十年代、甚至 80 年代的作品。丛书名为
"中国现代作家作品欣赏",事实上进行的则是对从五四时期到现阶段五十几
位著名作家的研究。

　　当然,丛书也有令人遗憾之处。披阅四十种,总有一种不平衡的感觉,
即每一种之间存在着质量上的悬殊。这种悬殊,对于个别几本还是极为明显
的。有的在赏析作品时并未能摆脱陈旧的作品分析的模式,有的在选目上也
有很值得商榷的地方。大部分作者都从研究对象的处女作、成名作、代表作
的创作轨迹选篇,这基本上都能体现一个作家创作风格的形成与发展。但是
有的却漏选了能充分体现作家艺术个性的名篇,这不能不说是一种失误,因
为丛书的最主要目的就在于研究作家的艺术个性。在评论专文方面,有的侧
重论述了作家的创作道路而遗漏了对其创作风格的总体论述;有的则仅仅论

---

① 　唐沅:《吴组缃作品欣赏·内容提要》,广西人民出版社 1986 年版。

述其创作风格而忽略了对其进行全面的、综合的评价。有的评论专文对创作道路的叙述与年表的内容重复过多。另外,丛书选评的作家多达五十几位,但仍有一些缺漏。据悉,丛书还将在明年补充出版鲁迅散文、林语堂散文、徐志摩诗歌、张天翼小说、以及白先勇小说欣赏等五种。如能再扩大一定的范围,增加到五十种的规模,那么,这套丛书将能更加全面地"汇映中国现代文学史的风貌"(《编辑例言》)。

（原载《当代文学通讯》1991 年第 1 期）

评《中国现代散文史》

在现代中国,几乎所有的作家都涉足于散文创作,然而数十年来,人们对于现代散文的研究又是极为不够的,它远远落后于现代小说、诗歌和戏剧的研究。

可喜的是,俞元桂先生和他的三位同事从1980年秋天起在这寂寞的园地中进行了辛劳而持久的耕耘,获得了引人注目的成果。而最能体现他们在中国现代散文系列研究中所取得的成就的,就是作为中国现代文学史丛书之一,由山东文艺出版社出版的《中国现代散文史》①。

这部长达五十万言的散文史具有丰富的史料,充分地显示了从五四时期到新中国成立三十年间中国散文发展的全貌。它涉及的作家三百多人,其中着重评述的名家约七十人,略加评述的作家一百余人。在这些被评述的作家中,有素负盛名的鲁迅、茅盾、郁达夫、朱自清、冰心等等小说、散文家,有仅以三两部散文集而跻身于三十年散文创作领域的王力、刘海粟、钱锺书等著名人士,有过去因种种原因而不为一些文学史家所重视的周作人、林语堂、陈西滢、梁实秋等作家,还有目前不太为一般文学爱好者所熟知,但在散文史上又确实产生过一定影响的盛成、卢剑波等人。编著者尽量地避免了历来的偏见和疏漏,把不同政治倾向的散文作品一视同仁地放到了同一研究视野之中,

---

① 俞元桂主编:《中国现代散文史》,山东文艺出版社1988年版。

关注了不同时期不同地区（如抗战时期的国统区、根据地、"孤岛"、沦陷区等）散文创作的情况，并且论及了包括日记、书简、科普小品、散文诗等十余种散文品种的创作面貌。正由于这部散文史具有如此广泛的覆盖面，它也才能够比较充分而真实地反映现代散文历史的全貌。

在编写体例方面，本书吸收了文学史编写的有益经验，采用了时代分期与题材分类的体例。由于现代散文与时代的关系太密切的缘故，编著者采用了与中国现代革命史大体一致的分期法，但为了战争环境与题材的连续性，他们又把抗日战争与解放战争合并为一个时期。这样，全书初步勾勒出现代散文由开创、兴盛，到拓展三个时期的历史演变。对散文领域中三大主要文体的论述，编著者出于文学史丛书的总体考虑，采用了以记叙抒情散文为主，杂文和报告文学为辅的写法，既有所侧重，又有利于读者从整体上了解三十年散文发展的概貌。对于具体作家作品的评述，这部散文史放弃了文学史与作家论混编的体例。他们将作家作品打散，就其题材取向、思想倾向和文体特点的近似性，分别编入有关章节，从而显示现代散文发展的史的面貌和史的线索，显示了不同题材作品和不同文体发展的历史演变。还值得特别一提的是，这部散文史不仅注意了三十年散文的创作面貌，而且研究和探讨了不同时期内散文理论建设的情况，揭示了现代散文创作与理论建设齐头并进的历史事实，这在现代文学史的编写体例上也是一种成功的尝试。

在评价作家作品时，本书的作者坚持了实事求是的原则，对不同的作家作品作出了较为客观公正的历史评价。

比较研究方法的运用也使本书增色不少。编著者往往通过不同作家作品的比较来提醒人们注意其不同的历史价值，品辨其鲜明的艺术个性。如对俞平伯与朱自清的同题游记《桨声灯影里的秦淮河》，编著者就通过两文不同写法的详尽对照比较，揭示两文的异同，进而引导人们把握两文作者的不同创作风格。而对叶圣陶、夏丏尊、丰子恺三人的小品，散文史评道："较之叶圣陶的朴实谨严，夏丏尊的委婉隽永，丰子恺散文以率真幽默、明白如话的文风见长。"寥寥数语，道尽三人创作之个性。

另外，以散文笔法写散文史也是这部著作的一大特点。全书行文畅达，不同部分又各具特色。杂文部分的论述精深严密，报告文学部分的叙述朴实无华,抒情记叙散文部分的分析则优美从容。限于篇幅,本文就不再作过多的引述。

当然,这部散文史难免也存在一些不尽完善之处。如对于沦陷区的创作,编著者在第三个时期的开头做了一定的交代,但后来并未作较为深入的论述。对王实味的《野百合花》,丁玲的《三八节有感》等在文学史上有过特定影响的文章也未作介绍。这还是很值得遗憾的。但尽管如此,本书仍不愧为目前国内最完备、最充实、而又独具特色的一部散文史。

(原载《中文自学指导》1989 年第 12 期)

原生状态的历史碎片

　　时间是遮蔽历史的尘埃,时间愈长,被遮蔽的历史愈多;文献是还原历史的碎片,文献愈充足,被还原的历史也就愈清晰。在众多历史文献中,日记无疑又是最毛茸茸的一种,因为从时间上看,日记写于当天,往往是最为接近历史原初记录的一种;而从文体的特征看,"诗文小说戏曲都是做给第三者看的,所以艺术虽然更加精炼,也就多少有点做作的痕迹。信札是写给第二个人,日记则给自己看的(写了日记预备将来石印出书的算作例外),自然是更真实更天然的了"①。所以前人的日记对于我们还原历史或解读历史,无疑有许多文献所无法替代的功能。

　　中国文人写日记的历史源远流长,据说早在一千一百多年以前的唐代,日记就已出现。进入 20 世纪之后,中国作家的日记更是数量惊人,有的在作者生前就已结集出书,有的去世以后也由亲朋好友陆续整理出版。单就五四那一代作家而言,我们今天能够看的就包括了胡适、鲁迅、周作人、郁达夫、叶圣陶等人写下的日记。但是,尽管出版作家日记在 20 世纪二三十年代就已蔚然成风,也还是有不少历史文化名人的日记被束之高阁,长期未能与世人见面,有的还有可能(或者已经)因天灾人祸而消散流失。正因为上述种种原因,由北京鲁迅博物馆编、福建教育出版社影印出版的 12 卷本、近 7600 页

---

①　周作人:《日记与尺牍》,《雨天的书》,河北教育出版社 2002 年版,第 12 页。

的《钱玄同日记》①才特别值得人们关注。

据《出版说明》和陈漱渝先生为该书所作《序言》介绍,这次影印《钱玄同日记》,底本包括了钱玄同一百多本日记的全部。这些日记有的是专门的日记本,有的是硬皮本或普通练习簿,还有的是自订的宣纸、毛边纸本,其中大多数的封面上都有作者生前亲标注的年份和序号。这批日记原本作为遗物的一部分珍藏于作者后裔处,1966 年 8 月红卫兵大破"四旧"时,他们紧急致电鲁迅博物馆,请求派员将钱玄同遗物中有价值部分取走。"鲁博"副馆长迅速带少数工作人员推着双轮车奔赴钱宅,慌忙中运回一批文物资料,其中包括 90 本日记。"文革"后,这批珍贵文物经钱家后代同意由鲁迅博物馆收藏。这次影印出版的日记除这 90 本外,还包括目前仍保存在钱玄同后人处的 24 本。附录则包括钱玄同生前整理手抄的一部分日记(1905.12.9—1906.1.19)、1925 年自编的日记目录一份以及自撰年谱稿一册(1987—1905)。

钱玄同日记始于 1905 年 12 月 9 日,迄于 1939 年 1 月 14 日,共历 35 年,其间除 1911 年阙如外,其他年份均有所记。就时间跨度而言,钱玄同日记并不太长,但就起始时间看,其记事却明显早于其他五四文化名人的日记。在目前所公开的文献中,胡适日记始于 1911 年 1 月,叶圣陶日记始于 1911 年 8 月,鲁迅的日记始于 1912 年 5 月,周作人日记始于 1917 年 1 月(周的日记开始于这之前,但目前被整理发表的从这开始)。日记上限的提前,使得《钱玄同日记》为我们保留了其他日记少有历史细节。如 1905 年 11 月,日本政府颁布取缔留学生规则,引发留日中国学生大规模的抗议,著名革命者陈天华为激励大家"共讲爱国",写下绝命书,于 12 月 8 日在东京大森海湾蹈海自尽。钱玄同日记中对这一历史事件就有如下几处的记载:

> 午后,忽有神坂领事馆东西文翻译王万年者来见大哥。云:"留学生为'取缔规则'事(近,日本文部省新定苛例,约束清、韩留学生,名'取缔规则'),聚众造反,约有三千余人,逢人便杀。切勿前往,致遭不测'云云。"实则留学生不过要求去此苛例,行动稍激烈耳。而官场竟

---

① 北京鲁迅博物馆编:《钱玄同日记》,福建教育出版社 2002 年版。

（？）如此云云,可笑极矣。（1905 年 12 月 13 日）

闻留学生有陈天华者,为取缔规则事,愤而投海死。呜呼,烈矣!（1905 年 12 月 14 日）

伯恒、界定来访余及稻孙,谈及学生风潮事,始知彼等因……（1905 年 12 月 28 日）

闻大兄说,此次为取缔规则事,有多数留学生归国。驻日本公史杨枢急电满政府,云学生此次归国咸带凶器,意图革命,请速派兵舰至吴淞口截剿云云。满清政府虽不谓然,然亦命两江总督周馥调查。馥遣提督萨某往搜,一无所得。萨归云:“遍查不见所谓凶器,惟张之洞之孙携有拳铳一,未知是凶器否?”馥笑曰:“这一定不是的!”细玩馥此语,真妙,真有趣。（1906 年 1 月 17 日）

这些记载虽然文字不多,但既有海外的场景,也有国内的反应;既有社会的传闻,也有官方的态度。外交官员的耸人听闻,满清政府的草木皆兵,以及青年学生的愤慨之情都跃然纸上。透过这些记录的片断,我们也能从一个侧面更为具体、更为真切地感受到某种历史丰富。

和五四时期其他文化名人相比,钱玄同的突出之处在于其激进的姿态和坦荡的个性。他于 1917 年初投身五四新文化运动后即率先明确抨击“选学妖孽、桐城谬种”,并与刘半农合作“双簧信”,给旧文学阵营以沉重的打击。在具体主张方面,他率先提倡“左行横移”的书写方式、应用标点符号、数目字改用阿拉伯号码、采用公元纪元,这一切也很具建设性。当然,他的一些偏激主张在当时以及后来也很令人诧异,如主张废除汉字而采用罗马字母,宣称“人到四十就该死,不死也该枪毙”,等等。五四期间激进或偏激者大有人在,但钱玄同格外引人注目与其率真坦荡不无关系。他思想活跃,常今日之我与昨日之我战,且喜欢公开直截地表达自己的见解,“十分话常说到十二分”①。

---

① 陈漱渝:《钱玄同文集·序二》,《钱玄同文集》第一卷,中国人民大学出版社 1999 年版,第 15 页。

这种率真的个性，使得钱玄同日记充分显示出历史碎片的原生态特点。如：

> 凡英雄必多情，彼六亲不顾之人断不能称为英雄。至于父子之情，根于天性，东方学者提倡孝悌，实极有至理，断不能以"旧道德"三字一笔抹杀之也。吾见今之维新志士及秘密会党，大家习标"家庭革命"四字，而置其父母于不顾者，其尤甚者，有以父母为分吾利之人，为社会之蟊贼，可以杖逐可以鞭驱者，而开口辄曰"四万万同胞"，是真所谓"世界有同胞，家族无伦理"矣。（1907年1月10日）

十余年过后，当年大发感慨的钱玄同俨然已是抨击旧文化、旧道德的健将，是为新文化冲锋陷阵的先锋，所以他的日记又有了这样的记载：

> 蓬仙今日在大学中和我大大辩论。他不以我做《新青年》为然，又不以我抵斥纲常为然。我和他十多年的老友，也不和他使气……。总之，人各有志，各行其是便了。（1919年2月10日）

不论是前面的大发感慨还是后来的我行我素，寥寥数语的日记都是情伪毕露的。

中国传统的"排日记事"的日记往往是从年头记到年末，且记事格式固定。钱玄同的日记却时有中断，有所记时也不拘一格。其内容涉及读书写作，接待出访，信札往来及日常工作等方方面面；也经常记录饮食起居，身体状况。除了一般记事，还时有细致描写、私下议论或内心抒发。有时洋洋洒洒三四千字，有时简明扼要三言两语，有时则干脆写上"某日某日无日记"。率真的个性使得钱玄同的日记充分显示了私人化记忆的特征。其中颇据代表性的如1923年1月6日的日记共八页约一千五百字，开头较为详细地记录上午校勘三本音韵学著作的情形及感受，此后依次简要记录中午看病、回家、午后三时访友及在朋友处见一音韵学著作的新版本、五时访友、十时回宿等事项。从第三页末尾开始即转入午后三时访友途中所想到的问题："坐在人力车中忽然起了一种不快之感，我觉得雇佣奶妈，这是最不合人道主义的一件事情"，接着从几个方面抨击了"雇佣奶妈者的罪恶"，最后由奶妈亲生婴儿的啼哭联想到自身：

　　你静听! 静听! 那个可怜的婴儿因为没有奶吃,发出极怨叹的“啼饥”之音! 你听见了吗? 唉! 清平世界,荡荡乾坤,何来如此可叹的景象,可叹的声音! 唉! 玄同! 说什么废话! 你的小儿子——秉雄——的奶妈是怎样雇来的? 那个奶妈的儿子已经死了,你记得吗? 我×天想到这里,今日写到这里,两次都有些毛骨悚然! 然则如之何而后可呢? 以往的事只好不说了, ——有时忽然想起,弄得内疚神明,以至脸皮火热,眼泪直流,这还是无法消灭的, ——今后惟有时时警惕,绝对的实行生育制裁之一法而已,——然而这能算消灭从前的罪恶了吗? ……(1923 年 1 月 6 日)

　　钱玄同这种与传统“排日记事”模式截然不同的日记从某些方面看来可能有所遗憾,但正是这种率性的随意书写才使得其体现出个人化、隐私化特征,从而也才保留了作为原初历史文献本该具备的本真面目。

　　近代以来,不少中国读书人开始具备自觉的历史意识,坚持日记的写作和保存正是这种自觉意识所带来的文化现象。许许多多文化名人留下的日记,给后人研究那段历史提供了种种的便利。但是,我们在读一些文化名人的日记,又常会朦朦胧胧感到书写者在有意无意地省略些什么,感到历史的复杂性或历史人物的丰富性已被一定程度的遮蔽。这在读简赅凝炼的“排日记事”的日记时感觉特别的明显,就是鲁迅、周作人的日记也不能例外。如 1917 年 9 月 30 日是旧历中秋节,鲁迅在日记中记道:

　　晴。星期休息。上午杜海生来。季市来。潘企莘来。下午得封德三信,廿三申发。洙邻兄来。朱蓬仙、钱玄同来。张协和来。旧中秋也,烹鹜沽酒作夕餐,玄同饭后去。月色极佳。铭伯、季市各致肴二品。(鲁迅日记,1917 年 9 月 30 日)

这种记事客观清晰,仅在“旧中秋也,烹鹜沽酒作夕餐”和“月色极佳”两句的语气中微露作者的情绪。而周作人的日记就更为简洁、冲淡了:

　　晴。上午海生、季茀、企莘来访。下午寿先生来访。草希文史第二章了。二许君送菜各两。玄同、蓬仙、燮和三君来。玄同留饭,谈至十一时去。今日旧中秋。(周作人日记,1917 年 9 月 30 日)

作者在日记中,似乎是只愿意对当天日常生活过程,做一种谨慎刻板的记录。

出现这种现象的原因恐怕在于,历史意识在促使人们自觉保留文献资料的同时,也在提醒人们遗留文献所应警惕的某种未知后果。因为"日记或书信,是向来有些读者的。先前是在看朝章国故,丽句清词,如何抑扬,怎样请托,于是害得名人连写日记和信也不敢随随便便"[①];而时人作日记,除必须日日防传钞外,大家心中也很清楚,假使写日记的人"成了名人,死了之后便也会印出"[②]。但钱玄同似乎没有这些顾虑,这在其同一天的日记中就可见和周氏兄弟有很大的不同:

> 今天是旧历的中秋节。我这几年以来很厌恶这个不适于实用的阴历,因此,遇着阴历的过年过节总劝媕贞不要有什么举动(其实过年过节都是极平淡不足道的事情,就是阳历年节我也没有什么举动)。所以今天家里一切照常。午后二时访蓬仙。四时起偕蓬仙同访豫才启明。蓬仙先归,我即在绍兴馆吃夜饭。谈到十一时才回家宿矣。(钱玄同日记,1917 年 9 月 30 日)

这其中有客观记事,但同时也明显地带上了某种钱氏色彩。有时,钱玄同甚至还记录晤谈的内容,如 1919 年 1 月 7 日就写道:"和半农同访周氏兄弟。豫才说……"

钱玄同的晚年拒绝伪聘,但也因"环境和外界的刺激增加血管的压力以至右脑血管破裂"不幸病故[③]。关于这种环境和外界的刺激,我们在其最后几天的日记中也能明显而具体地感受到。

> 五时许召诒忽来,告以知堂于今日上午十时忽被狙,未伤,沈启无适在座。亦被狙,伤肺。(1939 年 1 月 1 日)

① 鲁迅:《孔另境编〈当代文人尺牍钞〉序》,《鲁迅全集》第六卷,人民文学出版社 1981 年版,第 414 页。
② 鲁迅:《〈马上日记〉豫序》,《鲁迅全集》第三卷,人民文学出版社 1981 年版,第 308 页。
③ 秉雄、三强、德充:《回忆我们的父亲——钱玄同》,《新文学史料》1979 年第 3 辑。

三时遇炳华,知今日上午 × 李陈沈均往视知,知仍谈笑如常,可慰也。(1939年1月2日)

上午秉雄访知,余交一函带去。……知之以后,当少出门。(1939年1月3日)

无聊之至,无友可访,无人可谈,亦看不下书去(一看便吃力)。(1939年1月4日)

冷,精神甚差(?)。(1939年1月5日)

今天还是难过一天,头更胀。盖因昨宵一～五时失眠也。(1939年1月6日)

血压178……。(1939年1月8日)

下午二时访知堂,四时归。他送我右写本文选。(1939年1月10日)

竟日心乱,不能作事。(1939年1月13日)

1939年1月14日,钱玄同病发被送入医院,17日就与世长辞了。

作为那一时代的文化名人,钱玄同一生交游很广,他的日记也因此有了许多关于章太炎、蔡元培、陈独秀、胡适、黄侃等历史人物的具体文字记录,这些都是研究那段历史的珍贵资料。钱玄同又是一位著名的学者,治学范围涉及经学、史学、文字学以及音韵学等许多方面,他在日记中也常有自己读书的心得和治学的思考。从他的日记,我们也可具体地看到一代学人学术观念演变和读书治学的历程,看到转型时期的中国学术发展史的某些侧面。因此无论从哪个方面讲,原生状态的钱玄同日记手稿都是我们解读或还原历史的珍贵文献,影印本《钱玄同日记》的出版无疑具有特殊的文化学术意义。

(原载《鲁迅研究月刊》2004年第11期)

考镜源流 辨章学术

　　如果从 1922 年 9 月 11 日《文学旬刊》刊登记者（郑振铎）复苇甘的信算起，与巴金研究直接相关的文献资料已经有了九十年的积累。而从 20 世纪 70 年代后期开始，经历"浩劫"后复出的巴金以写作出版《随想录》完成他的最后辉煌，巴金研究也同时得到全面的开展，这最近三十年间与巴金研究相关的文献资料就更是数量巨大。在这样的学术背景下，广泛地搜罗、蒐集尽可能齐全丰富的材料并加以整理汇编，对推进巴金研究向更深层次发展就显得格外重要。因此，《巴金研究文献题录》（李存光编，复旦大学出版社 2010 年 10 月，下称《题录》）的出版无疑具有特殊的价值与意义。

　　《题录》的编者李存光先生 1963 年秋就在四川大学中文系林如稷教授指导下开始着手巴金研究，70 年代后期又入中国社会科学院研究生院师从唐弢、王世菁等先生继续巴金研究。他曾参与大型史料丛书"中国现代文学史资料汇编"工作，负责编就、并于 1985 年出版的三卷本《巴金研究资料》，对推动 80 年代中期之后的巴金研究发挥过重要的作用。但正如他自己后来一直耿耿于怀的，这三卷本《巴金研究资料》"存在两大不足，一是收录时间止于 1982 年年底，研究工作长足进展、研究成果丰硕多彩的此后大段时间，相关文献空缺；二是收录的条目（特别是 1950 年前）有不少遗漏；此外，全书条目中有数十处文字误植"（《〈巴金研究文献题录〉编后赘语》）。因此，收集整理 1983 年以来的资料，增补改订 80 年代前的历史文献，将两者汇为一体,从而全面系统地展示八十余年来巴金评介研究的实际状貌,为学术界提供一份翔实的研究参考是他二十几年来的最大心愿,也是他编《题录》的动机衷所在。如今,他的初衷、他的全部心血都在这 180 万字的《题录》中得到了很好的体现。

作为全面反映作家研究历史与现状的文献题录,资料的翔实无疑是其最为重要的价值所在。所谓翔实,首先指的是所含信息的充分与完备。《题录》包含信息的时间跨度是 1922 年至 2009 年,但它所包含的信息量,远远大于目前所能见到的其他中国现代作家研究的"目录索引"。它不仅包含这八十几年间有关巴金的研究专著、研究论文、评介文章、相关报道、传记资料的目录,而且收录了中国大陆地区部分文学史类著作中有关巴金的章节目录,1947 年至 2009 年国内外以巴金及其作品为题的博士、硕士学位论文题录,中国大陆和台湾地区主要内容涉及巴金及其作品的部分相关博士、硕士学位论文题录,有关巴金的纪录片、传记片、作品赏析的影视节目和音像制品目录,根据巴金作品改编的戏剧、影视作品及连环画目录,中国大陆、香港及台湾地区各种版本的巴金文集、选集题录,以及与巴金研究相关的不同人士写给巴金的书信、写给巴金亲友的书信、他人之间谈及巴金的书信、他人日记中有关巴金的记载的目录,等等。也就是说,这一《题录》的收录范围,几乎囊括了目前所能见到的除巴金本人文字之外的巴金研究文献方方面面。

资料翔实的另一含义,指的是在有限的篇幅中为读者提供具体准确的信息。在这方面,《题录》编者借鉴了中国传统目录学的有益经验。中国传统目录学中的"目"指的是篇名或书名,"录"是对目的说明和编次,也称叙录或书录,"目录"就是把一批篇名或书名与说明编次在一起。一个完整的目录,大致都包括书名、卷数、作者、版刻、提要、分类诸项内容,而在著录书名及卷数之下往往还得附以简要的注释,指明著者,记其时代爵衔,间或还注明书的内容的真伪以及存亡残缺等情况。《题录》基本上继承了传统目录学这一套规则。对于一般的研究论文、评介文章、相关报道和传记资料,《题录》都录入了标题、作者和出处,以便于读者了解和查阅。对于专书、专著等,则不仅录入书名、作(编)者、出版机构、初版时间、全书总页数,而且录入所收篇目或所含章节,为读者提供专书、专著的基本内容。而对于相关学位论文,因分散于各大学,且大多未公开发表物,采集搜罗不易,一般研究者不易接触到,《题录》则不仅包含题名、作者、学校、导师、时间、页码、章节目录等相关信息,而且还尽可能录入了论文的提要或摘要。另外,对于一些图书著作的版本变迁和一些文章的转摘转载等情况,编者也加以一定的说明。总之,《题录》以巴金研究为中心汇集起来的信息全面、具体、准确,这无疑将为全方位了解巴金研究的历史与现状,为多维度推进巴金研究奠定坚实的基础。

资料信息的汇编有工具书的功能,而对于使用者而言说,是否能方便、快捷、准确查阅到自己所需信息也是判断一部工具书价值高低的重要标准。为便于使用者的浏览和查阅,《题录》编者在广泛收集的基础上,根据巴金研究领域的具体特点,对相关文献进行了精心的编排。与传统目录学先分部类后再以时代先后为序的编排不同,《题录》采用的是部类与时序相结合的方法。编者首先是把巴金研究分成七个历史时段,每一时段为一辑,共七辑。然后根据各时段的情况,依次把相关文献归入各辑之下的“中国大陆部分”、“香港、澳门及台湾部分”和“外国部分”三个单元。各单元之下的文献,又大致分为(一)专书、专著及影视节目,(二)专门期刊,(三)研究论文、评介文章,(四)传记、资料四大门类,各大门类中的文献才以时序的先后排列。这前七辑,构成了《题录》的主体内容。

从第八辑到第十辑则是以部类为别,依次收入“中国(大陆)文学史类著作中有关巴金的章节目录”、“以巴金为题的博士、硕士学位论文编目”和“有关巴金的书信和日记编目”三个方面的题录,但在部类之下的目录则参照前七辑的历史时段划分排列。附录两辑,之一是“根据巴金小说改编的戏剧、影视作品及连环画要目”,集中反映的是巴金作品在不同时期的流布和影响,也表现出不同时期不同艺术家对巴金作品的诠释和理解。之二列中国大陆、香港及台湾地区各种版本的《巴金选集》及其篇目,从独特的角度显示不同时期、不同选家和读者对巴金文本的接受取向。

另外,在一至七辑中有时还根据文献内容,在相关门类中增列“分类子题目”,以方便使用者相对完整地了解和快速检索一些特定的文献信息。如第三辑的“1958年10月—1959年9月各报刊关于巴金作品的讨论篇目索引”,第四辑的“‘文革’时期‘造反派’团体编印的部分‘批斗’材料举要

（1966—1970）"，第四辑的"庆贺巴金百岁华诞文章资料目录索引（2003 年
4—12 月）"和"悼念巴金逝世文章资料目录索引（2005 年 10 月 17 日—
12 月 31 日）"。

总之，《题录》对七个历史时段的划分，部类与时序相结合的编排，辑、
单元、门类以及"分类子题目"的设置，都是建立在编者谙熟巴金研究的历
史与现状，准确把握这一研究领域的热点与重点的基础上的；这种立足于学
术研究的细致分类和合理编排，很方便研究者的快速查阅和使用。

《题录》出版的意义，首先在于为一般的初学者提供了读书治学之门径。
古人称读书得法不得法的不同结果是"泛滥无归，终身无得；得门而入，事
半功倍"，因此在浩如烟海的文献著作之中"宜抉择分析，方不至误用聪明"
（张之洞《輶轩语》），从这意义上说，目录之学也就成为读书治学的第一要
事。对于中国现当代文学的研究生和热心于巴金研究的初学者而言，《题
录》好似明细账本，打开账本，前人的研究成果汇聚一堂，从何而入，往何而
走一目了然。

对于巴金研究界，对于已经入门的巴金研究者而言，《题录》也是一部
不可或缺的学术参考书。编者穷数十年的功夫广泛地搜集起来的文献资料，
严谨细密的考辨整理，以及深得要旨的精心编排，无疑将为研究者更为宏观
地把握巴金研究的全貌，准确地选择新的学术增长点提供全面、准确的的参
照。例如从不同单元的题录中，研究者可以分别了解到中国，香港、澳门和台
湾，以及海外的不同学术语境中对巴金及其创作的不同学术观点；从不同地
区，不同时期的《巴金选集》的不同选目，大致可以了解到巴金读者接受期
待的时代变迁；而不同年代文学史著作中有关巴金的章节目录的变化，以及
博士、硕士学位论文的选题则映现了巴金文学经典化的历史进程。因此，
对研究者而言，《题录》提供的并不仅仅是信息，也提供研究的视角、学术的
启示以及深入的途径；借助《题录》，不仅可以"辨章学术、考镜源流"，也可
以更便捷地"即类求书，因书究学"（章学诚《校雠通义》），进而深化已有的
研究。

从更广阔的范围而言，《题录》的出版对中国现当代文学的学科建设也
别有启示。当下的学术环境，一方面是体制追求数量与速度，另一方面又鲜

有"对已有的研究成果能站在公正的立场上进行直言不讳的批评以推进学术的发展"的"学术警察"(陈平原《告别一个学术时代》,《中华读书报》2011年2月16日),因此有意的造假和无意的低水平重复交错混杂,学术泡沫泛滥成灾。就《题录》前七辑看,巴金研究各个历史时段相关文献目录所占的篇幅依次是:1922年—1928年1页,1929年—1949年27页,1950年—1965年22页,1966年—1976年9页,1977年—1986年93页,1987年—1999年143页,2000年—2009年426页。就是说,这最近十年所发表的有关巴金的文字数量已经远远超过前七十几年的总和。当然,在最近这十年,巴金的社会文化声誉达到顶峰,特别是2003年的百年华诞和2005年的逝世,出现了相当数量相关的庆贺或悼念文字,但即使扣除这两个"分类子题目"所占的159页,最近十年巴金研究还是给人以繁荣的感觉。但实际的情况是这样的吗?大致浏览这十年的文献目录就不难发现,一些论题并无多大学术含量,而相近以至重复的选题也为数不少。再认真看看有比较具体内容介绍的第九辑"以巴金为题的硕士、博士学位论文编目",还可以发现有前后不同的学位论文不仅选题一样,而且论述的思路、所持观点也大致相同。或许,编者无意于担当"学术警察",但《题录》实际上已无言地揭示了非正常繁荣的瑕疵,同时也为今后的学界提供了一铁面的学术宝鉴。完全有理由相信,如果中国现当代文学研究的各个主要分支、重要的经典作家都有这样的"题录",这一神圣的领地必将有更为晴朗的天空。因此,对中国现当代文学学科建设而言,《题录》的特殊价值与其说是为学科史某一领域的写作奠定了基础,倒毋宁说它警示着一种严肃的学术态度;这种嘉惠学林的著作,必将在学科建设史上留下浓墨重彩的一笔。

(原载《讲真话:巴金研究集刊卷七》,2012年8月)

新的高度与新的开端

　　巴金的《随想录》在写作和发表的当时曾经引起过很大的社会反响。作为当时文坛的一面旗帜,巴金用他的《随想录》直接参与和影响了 80 年代的文学进程。因此,无论对巴金研究还是对 80 年代的中国文学研究,如何评价《随想录》都是无法回避的论题。

　　对《随想录》初步的评介在其第一集问世的 80 年年初就已经开始,而《随想录》受到文坛以至知识界和整个社会的重大关注则在 80 年代中期。1986 年 9 月,先是《人民日报》、《文艺报》等媒体郑重刊登《随想录》五集"全部完稿"的消息,紧接着,《文艺报》刊登张光年、王蒙、刘再复等十位著名作家、评论家关于《随想录》的笔谈,《文汇报》刊登王元化、柯灵等六位著名作家、艺术家关于"巴金近作"的谈话。此后几年里,《随想录》受到许多论者的关注。但总体上看,80 年代关于《随想录》的评论大多还只是一些感性的见解。之后社会转型,90 年代的《随想录》研究趋于冷静、沉稳,当然偶尔也有较为厚重的论文出现。21 世纪之后,特别 2003 年巴金百岁华诞和 2005 年巴金逝世前后,《随想录》又成为众多言说者的重要话题。但由于主要是"庆贺"或"悼念",大多数的文章仍以感受性的抒发为主,或沿用既有旧说,笼统地赞赏《随想录》的忏悔精神、人格力量、说真话,或以《随想录》、说真话为话题,表达论者对巴金以至对现实的看法。总之,二十几年来,系统深入的《随想录》研究的成果却并不多。

　　另一方面,对《随想录》价值持保留意见的声音也一直存在着。即使是在80年代初,香港《开卷》杂志就已刊登国黎活仁等八位的"意见",之后直至近年,张放、林贤治、包雁冰等也先后表示过对推崇《随想录》的怀疑。当然,持不同意见的各位,不排除有的是为了标新立异,但我相信有的的确是没读懂《随想录》,或者是没认真读过《随想录》。就我熟悉的当代大学生的《随想录》接受状况看,能确确实实读出其特殊价值的学生并不多,更多的是面对文本无法真正理解。不少中文专业的研究生、本科生曾与我谈及,《随想录》字面上的表述他们看得明明白白,但字面背后具体的意思是什么却令人困惑;因为根据他们的直觉,像巴金这样功成名就的作家在古稀之后还这么执著地写着,应该是有具体所指的。

　　总之,《随想录》实际接受中的障碍或误读很值得深思。我认为只要不持偏见,凡亲历过"文革",亲历过80年代文坛风云变幻的作家、批评家,凭直接也大致能认识到《随想录》特殊的价值和意义;对于他们来说,这是可以意会但不必言传的,除非要具体确认具体的某一篇的具体指向,那才需要专门的认真研究。但是对于毫无这方面人生体验的接受者,要让他们真正理解《随想录》的特殊价值和意义就相当的困难,因为具体的历史语境对于理解《随想录》的特殊含义十分重要。从某种意义上说,《随想录》的意义是通过其所在的语境体现的。所以,把语境与文本分离,读者就无法顺利抵达《随想录》的深层结构。

　　除了语境,影响《随想录》意义正常释放的原因还在于其特别的文本结构。《随想录》作为一个语言符号系统,其言说的形式表面上是完全"无技巧",平易、流畅,一切都直截了当。而其言说的对象(内容)不仅非常明了,在表面上还不断的强调和重复。因此,在一这层面上其能指与所指已构成一个完整、自足的语言符号系统。这种缺少"陌生化"的文本遭遇一般读者的接受惰性,的确很难形成像鲁迅的《野草》、周作人的苦涩味散文那样使人延长关注而后重构认知的接受过程。没有障碍,缺少惊奇,不明就里而又处于快节奏生活中的读者,在匆匆浏览之后都确信已一目了然,谁会再去追寻什么深层的意义? 但实际上,说"什么"并不一定就是"什么",由言说的技巧和言说对象构成的仅仅是《随想录》的表层结构,它们还共同指向了另一重要的层面——《随想录》的终极意义。所以说,由言说的形式、言说的内容以及言说的指向所构成的,才是《随想录》完整的深层结构,想读出《随想录》的意义,就必须进入这一结构之中。

胡景敏在系统梳理已有研究成果的基础上,提出把《随想录》放在思想史视野加以考察,主张着重从《随想录》与新时期思想解放运动进程的互动关系中追寻其思想史意义,这就准确把握到《随想录》研究的两个关键点——历史语境和深层指向。有了不同于既有研究的思路,他的《巴金〈随想录〉研究》因此而读出了《随想录》的许多新的见解。例如从五四人文思潮历史演进的角度,胡景敏首先考察《随想录》写作主体的自我结构。他发现巴金的自我构成深受五四时期自我的意识形态神话影响,抽象自我长期压抑意识自我,因此《随想录》虽然回到了自我具体性,但最终的结果还是回到重塑新的抽象(目标)自我。对巴金这种的"观念自我居于主导强势地位"的写作,胡景敏持赞赏的态度,但他对这种自我建构的当代命运又不无忧虑,他谨慎而有所保留地表明自己的评判:"五四的自我神话在新时期可以打破'红色自我神话'的坚冰,但它在新世纪是否能够冲破后现代的迷障呢? 这确实是一个难以回答的问题。"(第二章)

而从五四知识者现代性话语实践的角度,胡景敏分析了《随想录》现代性言说的独特性。他认为巴金在《随想录》的现代性言说中采取的是稳健的文化姿态。受萨义德关于知识分子"特定公共角色"和"一己的感性"之关系的论述所启发,胡景敏辨析了作为公共知识分子一员的巴金在《随想录》中所彰显的道德伦理观所包含的个人性与公共性的关系:"作为个人的道德实践,巴金穷其一生追求'生命的开花',他也渴望一个拥有'共同的善和万人的福祉'的理想社会,但是,巴金却不想以道德的名义强制他人。他坚守道德实践的个人性,但不排斥道德建设的公共性,他联结个人道德实践和公共道德建设的途径,一是'由我做起'的道德垂范,巴金晚年对'言行一致'的不懈追求充分显示了这一点;二是呼唤民族道德良知,传播高阶道德理念。"(第三章)

对《随想录》与新启蒙的关系以及《随想录》在中国当代思想史上的意义,胡景敏则结合社会语境的历史变迁细读文本,进而为《随想录》进行思想史的定位。他认为："如果单纯以个体经验和记忆反思'文革'，满足于对历史的个人总结，那么，即便《随想录》搞清了这场浩劫的来龙去脉，它也只能算是一部有一定深度的'历史笔记'，而不会成为一个思想史文本。《随想录》超越了这一点，他不但要对历史做出不同于常人（体现在自我解剖这一点上）的高质量的个人总结，而且要尽可能祛除加在历史和历史叙述上的意识形态遮蔽，解构国家总结对个人总结的压抑。因此，在新时期思想解放思潮中，《随想录》与国家意识形态之间发生的是一种批判性关联，正是因为参与了新时期的意识形态斗争，而且产生了广泛影响"，所以胡景敏确信《随想录》是一个可以进入思想史的文学文本"（第五章）。

从上述简要的列举不难看到，胡景敏的巴金《随想录》研究的深度以及所达到的高度，他立足文本进行深入缜密的分析，因此往往能发人所未发的见解。但胡景敏研究著作的独特价值还不仅仅在于这种种新发现和新阐释，作为一种新的开端，他的《随想录》研究还从方法学的角度，为之后的《随想录》研究提供了新的启示。从总体上看，他以历史的、实证的研究为主，注重文本的细读与理论的分析，注重宏观考察和微观辨析的结合，在层层推进中透彻地揭示出蕴涵于文本深处的意义。但在具体的研究中，他进行的语境还原、互文考察以及传播与接受效应研究等，在已有的《随想录》的研究格局中也属别开生面，是具有创新意义的尝试。

如前面所谈到的，《随想录》意义是通过其产生的特殊语境来体现的。这种语境，既包括《随想录》写作时复杂多变的社会文化背景，也牵涉《随想录》一些具体言说的历史文化积淀。80年代是社会文化观念急剧变化、意识形态领域斗争白热化的时期，围绕"文革"的评价、当代中国的历史反思以及现实思想观念、文艺政策等敏感问题，国家意志与民间的精英意识分分合合，撞击出一个又一个重要的论争与事件。在这种诡异多变的背景中，巴金的《随想录》中许多看似平常的话题，如《望乡》、毒草、骗子、发烧、赵丹"遗言"、噩梦、"紧箍咒"、衙内……，背后都有许多复杂的故事，都具有牵涉历史的或现实的特殊内涵。为探寻《随想录》不同篇章的深层含义，胡景敏小心翼翼地梳理相关的政治文化事件，辨析特定时代特定用语的特定内涵，在尽可能还原的历史语境中阐释巴金与那段历史、与国家意志的"批判性关联"。作为 70 后的青年学人,胡景敏对历史语境的还原可能不如那一时代的亲历者,他对于那些特定用语的把握可能不够全面,而他由此读出的巴金意义也可能不很准确,但在《随想录》研究中采用这种方法,细致认真地为巴金意义的论证提供历史语境的注脚,他是第一个,而且这种方法必将为更多的后来者所采用。

　　《巴金〈随想录〉研究》在方法学方面将给后来研究者启迪的还有互文考察和互文性研究。胡景敏把与《随想录》产生交互关系的文本分成两类,一是作者同一时期的其他著译,一是同一时期其他作家的同类创作。通过对《随想录》与这两类文本关系的考察与研究,胡景敏也常有新的发现。如他认为《创作回忆录》一方面回忆作者的创作历程,另一方面各篇中均有相当篇幅牵涉对、对文艺问题、对亲友遭遇的反思,所以和《随想录》构成了互补的关系;《再思录》则是《随想录》的延伸,"部分地可以作为对前者的进一步阐释看待"。而译作方面的《往事与随想》与《随想录》的关系更为密切,不但《随想录》的书名取自这本书的译名,而且巴金追求的是从"老师"那里学来的思想独立和精神自由,所以他认为"《往事与随想》为巴金的写作提供了重要的思想资源和精神动力,二者的文本间性研究对解读《随想录》极富意义"(第七章)。

　　通过对《随想录》与其他作家的同类创作,如陈白尘的《牛棚日记》、黄裳的《珠还记幸》、邵燕祥的《人生败笔》、王西彦的《炼狱中的圣火》、季羡林的《牛棚杂忆》、孙犁的"芸斋随笔"、杨绛的《干校六记》等的考察,胡景敏发现这些文本大都具有"随想"性质,大多对建国后的多次政治运动,尤其是"文革",都或多或少有所涉及;它们不是历史,但却都试图以个人记忆去触摸历史,保留了个体对一个民族劫难后的思考;它们都以文学的文本出现,但却不能单纯以文学视之。所以,胡景敏把这些作家称为"随想作家群"。在对《随想录》与其他"随想作家群"的写作文本进行比较研究之后,胡景敏梳理出《随想录》在新时期文学思潮中特殊的辐射效应,他认为"巴金是新时期随想的最早作者",他的《随想录》"对很多作家产生过示范性的影响",他的随想写作"引领了整个新时期随想作家群"(第六章)。这样,胡景敏的研究不仅从作家个人思想转化为公共观念的理路阐明了《随想录》及巴金的思想史意义,而且也初步为巴金或《随想录》研究探索出一条传播与接受效应研究的新途径。

我认为胡景敏的《随想录》研究预示着一种新的开端,还因为他在《巴金〈随想录〉研究》中提出了一些值得进一步探讨的学术命题。例如他所提出的关于"随想作家群"就是一个很有研究价值的文学史命题。胡景敏是在《随想录》研究过程中发现"随想作家群"这一文学史现象的,但因为关注点的不同,他无暇也不可能对这一现象进行系统深入的考察,所以对这一"作家群"内涵的概括和外延的界定并不很准确,在某些方面甚至还可能相互矛盾(如张中晓的《无梦楼随笔》、朱东润的《李方舟传》、冯骥才的《一百个人的十年》等能否列"随想作家群"的"随想"就值得推敲),但相信此后他自己或其他研究者的研究,将使这一命题得到进一步的深入。

又如胡景敏认为"那种认为巴金的思想是在《随想录》写作中逐渐成熟起来的观点仍然显得不够准确",他把"思想"区分为两个层次,一是作为认识事物的基本理念的"思想",这是认识的出发点,二是在基本理念影响下,作为对事物的具体"看法"的思想,这是认识的结果。胡景敏强调"一般所谓巴金的思想指的是前者",因此他认为"巴金写作《随想录》伊始,其思想既已成熟,在写作过程中没有大的改变,发生变化的只是他对所论话题的看法"(第五章)。但我认为胡景敏所以作出这样的判断,很可能是过于受巴金本人关于《随想录》"最好能作为整体来看"(徐开垒《作家靠读者养活——关于传记及某些文艺现象与巴金对话》)的影响,同时也与其立论过于强调作家何时确立对"文革"的批判立场有关。实际上胡景敏在对《随想录》进行历时性的分析,他所辨析出的巴金许多看法的变化,以及他所提到的"对于巴金而言,《随想录》文本的批判性经历了一个由自发到自觉的形成过程"、其言说"由浅入深、由零散归于系统"、"日渐解放"(同上)等,都表明在写作《随想录》伊始,巴金的思想未必已经成熟,至少是有个"过程",所以有赖进行后续的研究。

另外,因为胡景敏有意打破以往单一的文学视野而侧重从思想史的角度考察和阐释《随想录》的意义,他强调《随想录》是个思想史文本也在情理之中。但《随想录》是否如所他所说的,在作者眼里它"是一个以文学的形式出现的思想史文本",并且存在着"由文学文本向思想史文本的倾斜"的问题（绪论）也值得进一步研究。关于《随想录》的文学成就,除了一些人的质疑之外,评论界和研究界也几乎不置一词。我认为对《随想录》进行准确文学评价的关键,在于对其所指的把握,在于认清作者各篇中确立的题旨,因此胡景敏对《随想录》的思想史意义的辨析反过来必将促进《随想录》文学性的研究。虽然《随想录》的言说表面上一清到底地絮絮叨叨,但胡景敏在探寻文辞背后的意蕴时经常提到的"智慧"、"言说策略"、"趋避之道"等,都属作家高超的艺术修辞。我认为,假如在看似浅易平淡的文字之内包藏着大爱大恨,大智大德,本身就是一种炉火纯青的艺术,胡景敏以为然否?

（原载《燕赵学术》2012 春之卷）

附录 第六届巴金国际学术研讨会纪要

由中国作家协会、中华文学基金会以及福建师范大学联合主办,福建省作家协会、黎明大学、福建教育出版社协办,福建师范大学文学院承办的"第六届巴金国际学术研讨会"于2001年11月初在桂树飘香的福建师范大学举行。来自全国各地及美、日、韩等国的巴金研究的专家学者50余人共聚榕城,就"巴金与现代文化建设"、"面向21世纪:再读巴金"等议题进行了热烈、深入的交流与研讨。

一

此前,会议组成以福建师范大学副校长李建平教授为组长,中国作家协会书记处书记金坚范、中国社会科学院研究生院国际交流中心主任李存光、复旦大学中文系主任陈思和、福建师范大学科研处处长张江山、外事办主任黄家骅、文学院院长汪文顶、副院长郑家建以及福建教育出版社社长阚国虬等人为成员的筹备组,对会议的前期工作进行了精心的准备。10月31日,先期到达福州的中国社会科学院研究生院李存光、黎明大学方航仙就会议有关事项与承办单位的汪文顶、郑家建、姚春树、辜也平等进行了具体的磋商。与会代表报到的11月1日晚上,部分筹备组成员和与会学者代表举行预备会议,讨论和最后确定了会议的主要议程和具体安排。

11月2日上午8时30分,开幕式在福建师范大学的科学会堂隆重举行。

中国作家协会党组书记金炳华、福建省政协副主席王耀华、福建省委宣传部副部长卓家瑞、中国作家协会书记处书记金坚范、上海作协秘书长褚水敖、中国现代文学馆副馆长刘泽林、福建省作协主席章武、福建师范大学党委书记苏玉泰、校长曾民勇以及福建省文化学术界有关人士、与会代表300多人出席大会。开幕式由福建师范大学副校长李建平主持,在宣读了福建省人民政府和中华文学基金会分别向大会发来的贺信后,曾民勇校长致欢迎词。先后在开幕式上发言的有金炳华、王耀华、刘泽林、章武以及与会学者代表、日本一桥大学教授坂井洋史。他们的发言从不同的角度分析和肯定了巴金在20世纪中国文学发展史上和中国现代文化建设方面的重要地位与作用,介绍和肯定了巴金对福建文化教育工作的关心与支持,同时也都对这届研讨会的召开表示热烈的祝贺。

2日上午10时,紧接在简朴隆重而又充满学术气息的开幕式之后,研讨会即进入研讨交流阶段。包括此后两天4个时段的研讨交流分别由南京的汪应果、北京的陈丹晨和上海的唐金海、北京的李存光和日本的坂井洋史、广州的吴定宇和福州的辜也平轮流主持,在"巴金与现代文化建设"、"面向21世纪:再读巴金"的总议题下,与会代表30余人做了专题发言,并由此展开了热烈而深入的讨论。

3日下午4时30分至5时30分,研讨会举行了简朴紧凑的闭幕式,四川文艺出版社社长首先表达了争取筹办下一届巴金国际学术研讨会的意向,李存光代表与会者对承办单位表示感谢,汪文顶代表承办单位做了总结发言。最后,在热烈的掌声中代表们一致通过了给巴金的致敬信,信中说:作为新文学的奠基者之一,作为享誉国际的文学大师,巴金的作品哺育了一代又一代的读者;巴金的作品不仅属于20世纪,也属于21世纪,并将作为宝贵的文化资源在历史上永存。

11月4日,部分代表南下泉州,参观和考察了巴金在30年代曾三次到过的黎明大学,其余代表则直接或取道武夷山返程。研讨会的善后工作委托陈思和、汪文顶、阙国虬及辜也平协调处理。

二

与历次研讨会一样,这次会议同样开得认真严肃、热烈深入,但也显示了一些新的特点。与会代表中，40 岁以下、具有博士学位或正在攻读博士学位的青年学者超过 1/3，这充分体现了巴金研究队伍强劲的活力。用新的批评方法解读、研究巴金及其创作的论文明显增多，这在某种程度上体现了巴金研究的新趋势。而不少未能与会的研究者也向大会提交了新近的研究成果，这从一个侧面表明巴金及其创作的特殊魅力。

会议收到论文 30 余篇，其中围绕"巴金与现代文化建设"议题，探讨巴金的思想发展、道德人格以及和现代文化建设的关系的有《爱与真的人生》（褚水敖）、《巴金晚年思想初探》（陈丹晨）、《论二十年代巴金和申采浩的无政府主义》（朴兰英）、《巴金，现代文化的热情建设者》（吕汉东）、《论巴金的道德人学思想》（吕周聚）、《巴金人格内涵的再审视》（李书生）、《搭构多元信仰间的桥梁——论〈田惠世〉及其对现代文化建设的一点启示》（刘丽霞）等。

巴金小说研究依然是研究者关注的重点，这方面的论文有《悖论性的思维叙事——以公共意识为视角再读巴金》（唐金海、齐成民）、《巴金小说与国家叙事法则》（郑波光）、《革命：在巴金的历史叙事中》（吕若涵）、《个人音符奏出的国家乐章——巴金早期"革命＋恋爱"系列小说初探》（曹艳红）、《巴金前期小说中的男性中心意识》（李玲）、《巴金家庭小说再认识》（姚健）、《出走？抑或回归？——巴金家族小说的意义》（李晓红）、《世纪焦虑——兼评巴金作品的人物心态和写作心态》（王瑞华）、《从〈家〉到〈寒夜〉：知识分子的心路历程》（李书生）、《家园的彷徨：〈憩园〉的启蒙精神和文化矛盾》（邵宁宁）、《小人物的悲剧——对巴金〈寒夜〉的解读》（李槟）、《疾病的隐喻：关于巴金〈寒夜〉的一种存在主义解读》（萧成）、《时代话语的侵入——谈解放后巴金对〈寒夜〉的阐释和修改》（乔世华）等。

论及巴金散文的有《世纪之交的"精神界之战士"的言说——论巴金晚年散文创作》（姚春树、江震龙）、《向后世说话的持久力量是无限的——〈随想录〉的意义》（蔡江珍）、《"诗"可以怨——巴金〈随想录〉思想意蕴略探》（陈伟华）、《论巴金十七年的散文创作》（杨剑龙）、《转折中的呐喊——巴金抗战时期的杂文创作》（刘福泉）、《把散文"当做我的遗嘱写"——巴金散文理论批评的述评》（范培松）等。

　　围绕会议的另一主题"面向 21 世纪:再读巴金",探讨如何使巴金的文学和精神财富走向 21 世纪,如何使巴金研究在未来获得更加丰硕的成果以及下一步巴金研究的具体设想的论文有《论巴金在新世纪再度走向大众——从九十年代中期以来有关巴金的著作谈起》(李存光)、《扩大视野更新观念　精读文本　提新课题》(蒋刚)、《"命名"与"命运"——兼论巴金"意义与价值"的建构过程及其可能性》(席扬)、《巴金及其作品在新世纪的重新解读》(汪应果)等。

　　此外,侧重从某一角度研究巴金的论文有《艺术创作必须忠于自我感悟——巴金创作谈》(周芳芸)、《悲剧艺术两大师——巴金与曹禺》(宋曰家)、《从接受美学看巴金作品的艺术魅力》(宋光成)、《期待、互动与召唤性结构——巴金创作的接受研究》(辜也平),等等。

三

　　交流中,代表们曾在三个方面的问题上产生较大的分歧,并且由此进行了较为深入的讨论。

　　首先是关于巴金的思想发展问题。针对有代表提出的如何认识巴金思想的主导面问题,有代表认为巴金的思想和实践活动具有超越国家这一人为的制度的壁垒,追求整个人类的心灵沟通以及实现全人类自由平等生活的根底。也有代表认为,巴金的思想中既有中国传统人学思想的遗传因子,又有西方无政府主义人学思想的影响;巴金把这二者融为一体,从而形成了以道德为核心的现代人学思想。也有代表对巴金前后期思想是否一致的问题产生疑问,但另有代表则在梳理和回顾巴金前期思想的基础上探讨其晚年的思想资源,认为巴金晚年的思想告别了主流意识形态和流行的世俗观念,是对前期道德理想之梦的回归,因此变得更加纯粹,更加真切,更加深刻。

　　另一较大的分歧是如何认识和评价巴金散文创作的艺术性问题。有代表在充分肯定巴金在《随想录》在颠覆长期盛行的政治化散文批评,解放散文文体的文学史意义的同时,也为巴金散文中很难找出完整的"美文"而遗憾;还有代表认为巴金的散文过分平直,缺少"阐释的空间"。但也有代表认为,衡量散文的优劣不能仅仅以"美文"为唯一的绝对的标准,卢梭的《忏悔录》、赫尔岑的《往事与随想》都不算美文,但都是文学史上的大手笔;《随想录》中的"真话"、"忏悔"、"长官意识"等都有特殊而丰富的内涵,不能说它没有"阐释空间"。也有代表提醒说,巴金可以称得上传世美文的作品可能只有少数几篇,但公认的现代散文大家的美文也不是篇篇都是传世精品,这其实是一个常识问题;批评者应尽可能全面地阅读巴金的作品,才有可能体悟和感觉到巴金创作在思想上和艺术上的独特性。还有代表认为,《随想录》中那些有意的省略,故意的委婉在共时接受的读者看来未必是问题,未必有阐释的空间,但随着时间的推移和读者阅读期待的变化,这一切都将有成为新的"空白"与"未定性",并且将随着将来读者的接受生成新的意义。

分歧和争议最大的是关于"巴金的天才性、现代性及经典性"问题。有代表在把巴金与鲁迅的创作进行比较后尖锐地提出,就作家的语言来说,在20世纪文学阵营的大家中,巴金的文本是平庸的,这种平庸可以从他的一些小说中对自己顽强重复看出来;巴金作品在现代性上是缺乏的,在参与文学建设上总的来说是滞后的,因此其作品已无法担当起先锋的功能;而真正的经典应该是超民族、超时代、超阶级的,巴金的作品并不具备这种要素。这些观点引发了许多与会专家学者的热烈讨论。有代表认为如果都与鲁迅进行比较,那么,所有大家都是平庸的,文学史上就又剩下一个鲁迅了,这种流行的"横扫一切"的做法其实是一种历史虚无主义的表现,对于作家的研究都应当从历史的深处走向当下,再从当下的制高点观照历史。有代表不同意巴金作品现代性缺乏、无法走入当下的看法,认为在充满物欲的消费时代,巴金作品所包含的人格思想、人文精神别有意义;特别是他那让人更善良、更纯洁、对别人更有用些的思想更是当下需要弘扬的。也有代表就巴金作品的经典性问题说,巴金的作品贯穿的是一种精神,就是对一切扼杀、扭曲健康人性的制度、观念发出强烈的抗议,以及对一切被侮辱、被损害的"小人物"悲剧命运的同情。这其实是最普遍性的人性主题,因而它也一定能够随着时代的发展而被注入新的内容。世界的秩序并不都建立在雅典娜手捧的太平之上,只要有压迫,有不公正存在,巴金的作品就永远是鼓舞人们争取尊严的力量源泉。

此外,在如何面向21世纪再读巴金问题上,研讨会上虽没有引发激烈的争论,但从有关论文和一些代表们的发言中仍然可以看出,分歧同样是存在的。有些代表认为巴金研究在新的世纪应深入学术领域,走出学术领地,面向一般读者,吸引专门读者,以便使巴金在新的历史时期再度走向大众。但也有代表认为,巴金作品的阅读对象除了相关研究者外,大致以中学生为主,所以不大可能再度走向大众;就目前的巴金研究来说,防止学术深化过程中任何公开的或隐蔽的"时代利益化"的企图,对建构巴金文学世界的"意义与价值"有特别的意义。有代表则提出,在巴金的作品已经成为历史文本的21世纪,巴金研究的一个重要工作就是对巴金文本中的"空白"和"未定性"进行挖掘,只有随着文本中的"空白"与"未定性"不断浮出地表,巴金的意义才能不断得到丰富,以至不朽。还有代表认为,巴金研究的当务之急是扩大视野和精读文本,而更多的代表认识到,各种新批评方法的应用,必将使巴金研究有新的发展。

热烈的争论和频繁的交锋是这次研讨会的特色,也是巴金研究更加客观、更加深入的表现。虽然存在着这样那样的分歧,但代表们都认为,在学术交流中,不同声音的出现是正常的,而不同观点的交锋、严肃认真的讨论则是学术研究过程中不可或缺的重要环节。

这次学术研讨会的召开受了舆论界和学术界的热切关注。开幕当天,中新社记者传发了报道会议召开的消息(后刊《中国新闻》第15270期)。紧接着,《光明日报》(11月3日)、《福建日报》(11月3日)、《文艺报》(11月6日)、《文学报》(11月8日)、《人民日报》(11月22日)也都刊发了会议召开的新闻。当地媒体《海峡都市报》于11月13日就会议召开的消息制作了"文化周刊"专版。另外,开幕式上各位领导、来宾的发言、福建省人民政府和中华文学基金会的贺信、全体代表给巴金的致敬信以及与会者代表名单将刊发于《巴金研究》2002年第1期;会议论文集则以《巴金:新世纪的阐释》为题,于2002年9月由福建教育出版社出版。

(原载《巴金研究》2002年第1、2期合刊)

后 记

　　能在自己职业生涯即将告一段落时出一本论文自选集,这应该是一件令人高兴的事情,至少对于我来说是这样的。因为选编本身,就是回首三十年来在自己园地忙碌的过程,这其中有汗水也有收获,有自审也有敝帚自珍。

　　收入本书写作和发表时间最早的,是《关于〈尝试集〉历史地位的考察与思索》一文,较近的则是《许寿裳与现代传记文学》,这是应邀参加"许寿裳先生诞辰130周年纪念座谈会"的发言稿。而在编排上,第一部分巴金及其创作研究,第二部分现代传记文学研究,这基本上反映了我的两个主要关注点;第三部分是其他作家作品研究,第四部分学术与学科史研究则是关于中国现当代文学书刊的几篇评论,写作时间的跨度也从20世纪的80年代到新近。这最后一部分连同附录的"纪要",包含了我自己的一些怀念,也包含了学科一些相关的信息。另外,除了《论郭沫若自传写作的现代意义》,本书收录的文章全部都在刊物或著作中发表过。关于"郭沫若自传"一文选自《中国现代传记文学史论》,这一著作已经完成三年多,并且已经在出版社排印,估计和这一论文集可以同时出版。

　　重读《关于〈尝试集〉历史地位的考察与思索》等文,浅陋的感觉格外的明显。实际上这还不是我20世纪80年代初写作和发表最早的文章。那时,刚从大学毕业的我是大山深处一所小大学的新老师,靠初生之犊的血气写了这一商榷文章。记得当时的文稿中还有关于《尝试集》和《女神》思想倾向的大段比较，但编者明确要我删除，理由是怎么可以把郭沫若和胡适进行比较呢？毛泽东和蒋介石能进行比较吗？可见不管是他还是我，虽然都感受到了 80 年代初期学术界那种热烈、开放的气氛，但在观念方面也都还是很陈旧的。

书名《多维牵掣下的苦心雕镂》原是《〈家〉的版本流变及"异文"考察》一文的标题。20 世纪 90 年代中期我在北京大学做访问学者，主要进行的是《巴金创作综论》写作。一年间，导师严家炎先生很认真地看过我一章一章写出的书稿，一次又一次提出具体的修改意见，有时甚至对文字也进行具体的订正。当他看过有关"《家》的版本流变及'异文'考察"那一节后，建议我以单篇论文的形式先向刊物投投稿。于是我以《多维牵掣下的苦心雕镂——〈家〉的版本流变及"异文"考察》为题寄出，结果先后在不同刊物流转一遍还是没发表成。一位很熟的编者直言相告，单单一部小说中的一个版本问题写这么长的文章，大部分刊物都无法提供这样的版面。没曾想进入新世纪后，史料、版本等问题却日渐得到学界的重视。每念及此，真令人有"三十年河东四十年河西"的感叹！

总之，既然是自选集，总是打上自己一路走来的印记，也包含着自己的怀念与感激。所以，借此机会，我再次向曾经帮助过我的老师、同行以及编者表达由衷的谢意，同时也感谢为本书出版付出辛劳的詹素娟女士。

2014 年岁末于福州仓山寓所